증언들

THE TESTAMENTS

증언들

마거릿 애트우드

김선형 옮김

황금가지

THE TESTAMENTS:
The Sequel to The Handmaid's Tale
by Margaret Atwood

차례

* 이 책은 2019년 출간된 『The Testaments』를 저본으로 삼아 우리글로 옮겼습니다.
* 이탤릭, 고딕, 인용 부호 등은 원서를 충실히 따랐습니다.
* 본문 중 길리어드의 계급을 나타내는 경우는 작은따옴표로 첫 노출시에만 표기하였습니다.
  다만, '눈'은 혼동의 우려 때문에 상시 표기하였으며, '아주머니'는 각 인물에 연결되어 등장시에만
  처음 한 번씩 표기하였습니다.

"여자들은 누구나 똑같이 한 세트의 동기를 갖는다고 생각해 버리고는, 그게 아니면 괴물이라고 하지."

—조지 엘리엇, 『다니엘 데론다』

"우리가 서로의 얼굴을 마주 볼 때는, 둘 다 단순히 혐오하는 얼굴을 보고 있는 게 아닙니다. 아니지요, 우리는 거울을 응시하고 있는 겁니다……. 정말로 우리 안에서 당신 자신을 보지 못하는 겁니까……?"

—나치 친위대 상급돌격대지도자 리스가 늙은 볼셰비키 모스토프스코이에게, 바실리 그로스만, 『삶과 숙명』

"자유는 무거운 짐, 영혼이 짊어져야 할 거대하고 이상한 짐이다……. 당연히 주어진 선물이 아니라 선택이며, 그런 선택은 어려울 수 있다."

—어슐러 K 르 귄, 『아투안의 무덤』

I

동상

아르두아 홀 홀로그래프*

1

죽은 사람에게만 석상이 허락되건만, 나는 아직 살아 있는데도 석상을 하사받았다. 이미 화석이 된 것이다.

이 석상은 내가 세운 무수한 공적에 대한 작은 감사의 표시라고, 헌사에서 말했는데 이를 대독한 사람은 비달라 '아주머니'였다. 윗사람들의 지시로 대독을 맡은 비달라 아주머니는 하나도 고맙지 않은 눈치였다. 내 안에 있는 겸손을 모조리 끌어올려 그녀에게 감사를 표하고 밧줄을 잡아당겨 수의처럼 나를 덮은 천을 걷었다. 펄럭이는 천이 땅에 떨어지자 내가 거기 서 있었다. 여기 아르두아 홀에서는 환호성을 올리지 않지만 얌전한 박수 소리는 좀 났다. 나는 고개 숙여 예를 갖췄다.

---

* holograph. 자필로 작성한 문서. 빛의 간섭으로 3차원 이미지를 기록하는 홀로그래피(holography)와 어원은 비슷하나 전혀 다른 개념이다.

석상이 대개 그렇지만 내 석상도 실물보다 크고 근래의 내 모습보다 젊고 날씬하며 훨씬 나은 모습이다. 어깨를 젖히고 똑바로 서 있고, 휘어진 입술에 확고하지만 선한 미소를 띠고 있다. 나의 이상주의, 한 치의 물러섬도 없는 헌신적 의무감, 모든 장애를 불사하고 전진하려는 결단을 표현하고자 시선은 우주의 한 지점에 고정되었다. 그러나 아르두아 홀 정문에서 나오는 오솔길 옆 음침한 나무와 덤불 속에 묻혀 있으니 하늘에 행여 뭐가 있더라도 내 동상의 눈에 보일 리가 없다. 우리 '아주머니'들은 주제넘게 굴면 안 된다, 심지어 돌의 형상이 되어서도.

나의 왼손을 꼭 쥔 여자아이는 일고여덟 살쯤 되었고, 신뢰하는 눈빛으로 올려다보고 있다. 내 오른손은 옆에 쭈그리고 앉은 여자의 머리에 얹혀 있다. 여자는 머리카락을 베일로 가리고 갈망이나 감사, 둘 중 하나로 읽을 법한 표정으로 눈을 들어 위를 본다. 우리 '시녀' 중 한 사람이다. 내 뒤로는 '진주 소녀' 한 명이 선교사업을 시작할 준비를 마치고 서 있다. 내 허리를 감은 벨트에 걸린 물건은 테이저건이다. 이 무기를 보면 내 실패를 떠올리게 된다. 내가 좀 더 효율적이었다면 저런 거추장스러운 물건은 필요가 없었을 것이다. 내 목소리에 깃든 설득력만으로 충분했을 것이다.

전체 군상으로 보면 대단한 성공작은 아니다. 너무 바글바글하다. 내가 좀 더 강조되었더라면 좋았을 것이다. 하지만 적어도 내가 제정신으로 보이는 건 다행이다. 이 늙은 여성 조각가는(수십 년째 참된 믿음을 지켜 온 사람이다.) 열렬한 신심을 강조하기 위해 눈알을 툭 튀어나오게 만드는 경향이 있어서, 그조차 안 됐을 수도 있다. 그 여자가 제작한 헬레나 '아주머니' 흉상은 흡사 광견병에 걸린 몰골이고, 비달라 아주머니 흉상은 갑상선 항진증 환자 같고, 엘리자베스 '아주머니'의 흉상은 터지기 일보 직전이다.

석상 개막식에서는 조각가는 초조해했다. 자기가 표현한 내 모습이 충분히 보기 좋았나? 과연 내가 마음에 들어 하는 걸까? 내가 기분이 좋다는 티를 내 줄 것인가? 천이 벗겨지는 순간 인상을 찌푸리는 건 어떨까 잠시 생각도 해 보았지만 결국 그러지 않기로 했다. 나도 측은지심을 아예 모르는 위인은 아니다.

"아주 실물과 흡사하군요."라고 나는 말했다.

그게 9년 전 일이다. 그 후로 내 석상은 풍상에 닳았다. 비둘기들이 나를 장식하고 이끼가 내 축축한 틈새에 싹을 틔웠다. 참배자들이 내 발치에 헌물을 두고 가는 일이 많아졌다. 다산을 비는 달걀, 만삭을 상징하는 오렌지, 달을 뜻하는 크루아상. 빵 종류는 무시하지만(보통은 비를 맞아 엉망이다.) 오렌지는 챙겨 호주머니에 넣는다. 오렌지는 정말 상큼하다.

아르두아 홀 도서관 관내 나만의 성역에서 이 글을 쓴다. 우리 땅 전역을 휩쓴 열광적인 분서(焚書) 이후로 남아 있는 몇 안 되는 도서관이다. 앞으로 반드시 도래할, 도덕적으로 순수한 세대를 위한 청결한 공간을 창조하기 위해서는 타락한 과거의 피 묻은 지문을 싹 지워 버려야만 했다. 이론은 그랬다.

그러나 피 묻은 지문 중에는 우리가 찍은 것도 있고, 이런 자국은 그리 쉽게 지워지지 않는다. 지난 세월 동안 나는 무수한 유골을 파

묻었다. 이제는 다시 파내고 싶은 마음이 든다. 단지 당신의 계몽을 위해서라도 말이다, 미지의 독자여. 지금 당신이 읽고 있다면 이 원고는 적어도 살아남았을 것이다. 하지만 나는 그저 미망에 빠져 있는지 모른다. 아마도 내게는 영영 독자가 없을지 모른다. 아마도 나는 벽에 대고 말하고 있는지도 모른다, 한 가지 이상의 의미로.

오늘은 이 정도의 집필이면 충분하다. 내 손은 아프고, 내 허리는 쑤시며, 밤마다 마시는 뜨거운 우유가 나를 기다리고 있다. 이 장광설은 감시 카메라를 피해 은닉처에 숨겨 둘 것이다. 나는 감시 카메라들이 어디 있는지 안다. 내 손으로 설치했으니까. 이렇게 조처해 두긴 했으나 여전히 내가 무릅쓰는 위험은 잘 안다. 글쓰기는 위험할 수 있다. 어떤 배반이, 어떤 탄핵이 나를 기다리고 있을까? 아르두아 홀 내부에도 이 원고를 손에 넣고 기뻐할 이들은 한둘이 아니다.

잠깐 기다려, 나는 소리 없이 그들에게 충고한다. 훨씬 나빠질 게야.

II

귀한 꽃

증언 녹취록 369A

2

길리어드 내에서의 성장기가 어땠는지 말해 달라고 하셨지요. 도움이 될 거라고 하셨는데, 실제로 도움이 되면 정말 좋겠어요. 무시무시한 기억밖에 없을 거라 상상하시겠지만 사실은 다른 곳이나 마찬가지로 길리어드에서도 많은 아이가 사랑받았고 소중히 보살핌을 받았답니다. 그리고 다른 곳이나 마찬가지로 길리어드에서도 많은 어른이 흠결이 있긴 해도 친절했지요.

우리는 누구나 어린아이였을 때 알았던 친절에 어느 정도는 무조건 향수를 품을 수밖에 없다는 걸, 여러분도 기억하시기를 바라요. 아무리 다른 사람들이 보기에 그 유년기의 상황이 엽기적이었다 해도 말이에요. 길리어드는 사라져 없어져야 한다는 여러분의 생각에 저도 동의해요. 길리어드에는 잘못된 구석이, 거짓된 구석이, 하느님의 의도에 확실히 반하는 구석이 너무 많지요. 그러나 함께 사라질 좋은 것들을 슬퍼할 여지를 제게 허락해 주셔야만 해요.

　우리 학교에서는, 봄과 여름에 분홍색을, 가을과 겨울에 자두색을, 일요일과 축일 같은 특별한 날에는 흰색을 입었어요. 팔은 가리고 머리는 감싸고 치마는 다섯 살 전까지는 무릎길이로, 그 후로는 발목에서 5센티미터 올라가는 길이로 입었어요. 남자의 욕구는 끔찍한 것이고 그런 충동은 억제할 필요가 있으니까요. 남자의 눈은 호랑이 눈처럼 언제나 이리저리 배회했고, 그 탐조등 같은 눈은 유혹적이고 나아가 눈을 멀게 만드는 우리의 힘으로부터 보호받아야 했어요. 우리의 날씬하거나 깡마르거나 뚱뚱한 다리, 우아하거나 앙상하거나 소시지 같은 팔, 복숭아 같거나 얽은 우리의 피부, 우리의 빛나는 고수머리나 거칠고 제멋대로 뻗치는 머리털이나 지푸라기처럼 볼품없이 땋은 머리나, 아무런 상관도 없었어요. 외모와 생김새를 막론하고 우리는 불가피한 덫이고 유혹이었어요. 우리는 순진하고 무구한 죄의 원인이라서 타고난 본성으로 남자를 욕정에 취하게 만들어 휘청거리고 비틀거리다 선을 넘게 만들 수 있었고(그런데 무슨 선을 말하는 걸까요? 우리는 그걸 잘 몰라서 궁금했죠. 벼랑 같은 걸까? 이러면서요.) 그러면 남자는 하느님의 분노한 손이 내던진 불타는 유황 눈덩이처럼 불길에 휩싸여 추락하는 거예요. 우리는 한없이 값진 보물을 보이지 않게 속에 품고 있는 관리인이었어요. 우리는 귀한 꽃이라 유리 온실 속에서 키워야 했어요. 그러지 않으면 암암리에 습격을 받아 우리 꽃잎이 뜯겨 나가고 우리 보물을 도둑맞을 테니까요. 날 서고 죄에 물든 바깥세상에 나가면, 어느 모퉁이에 욕정에 굶주린 남자들이 도사리고 있다가 우리를 갈기갈기 찢어 버리고 짓밟을지 모를 일이었어요.

그런 것들이 콧물을 줄줄 흘리던 비달라 아주머니가 학교에서 우리한테 들려주던 유의 얘기였어요. 우리는 손수건이나 발판이나 액자 사진에 쓸 십자수를 놓고 있었어요. 화병에 꽂은 꽃, 그릇에 담은 과일이 인기 있는 패턴이었어요. 하지만 우리가 제일 좋아했던 선생님 에스테 '아주머니'는 비달라 아주머니가 지나치다면서 우리 혼이 쑥 빠지게 겁을 줘 봤자 아무 소용도 없다고 했죠. 그런 반감을 주입하면 장래의 우리 결혼 생활에 부정적인 영향을 줄 수도 있다면서.

"모든 남자가 다 그런 건 아니란다, 얘들아." 에스테 아주머니는 달래듯 말했어요. "훌륭한 부류의 남자는 성격도 우월하거든. 괜찮은 자제력을 가진 남자들도 있어. 그리고 결혼하고 나면 아주 달라 보일 거란다. 그렇게 무섭지도 않고."

그녀가 뭘 잘 알아서 하는 말은 아니었어요. 아주머니들은 결혼하지 않았거든요. 결혼하지 못하게 되어 있었죠. 그래서 글과 책을 가질 수 있었던 거고요.

"때가 되면 우리와 너희 아버지 어머니가 현명하게 남편을 골라 줄 거다." 에스테 아주머니는 말하곤 했어요. "그러니까 무서워할 필요 없단다. 가르침을 숙지하고 어른들이 하는 일이 최선이라고 믿으면 모든 일이 순리대로 잘 풀릴 거야. 내가 기도할게."

하지만 에스테 아주머니의 보조개와 다정한 미소에도 불구하고 결국 승리한 건 비달라 아주머니의 이야기였어요. 내 악몽에도 나왔어요. 유리 집이 산산조각으로 깨어지고, 다음에는 찢기고 뜯기고 발굽에 짓밟히고, 나는 분홍색과 흰색과 자두색 조각들이 되어 땅바닥에 널려 있었어요. 나이가 많아지는 생각만 해도, 그래서 결혼식을 올릴 나이가 된다는 생각만 해도 무서웠어요. 아주머니들의 현명한 선택에는 아무 기대도 믿음도 없었어요. 이러다 결국 불타는 염소한테 시집가게 될까 봐 두려웠어요.

분홍색, 흰색, 자두색 드레스는 우리 같은 특별한 소녀들을 위한 규칙이었어요. '이코노가족'* 출신의 평범한 여자애들은 항상 똑같은 옷을 입었지요. 자기 어머니들이 입는 옷처럼 못생긴 색색의 줄무늬 옷에 회색 망토 말이에요. 그런 애들은 정교한 십자수나 크로셰 뜨개질도 배우지 않고 평범한 바느질과 종이꽃 만들기 같은 잡일만 배웠어요. 최고의 남자들('야곱**의 아들들'과 또 다른 '사령관'들, 아니면 그 아들들)과 결혼할 신붓감으로 선선택(pre-chosen)되지 않았기 때문이지요. 그래도 나이가 다 찼을 때 충분히 예쁘다면 선택받을 수 있었지만요.

아무도 그런 말을 해 주지는 않았어요. 오히려 외모를 가꾸면 안 된다고, 정숙하지 못한 일이라고, 다른 사람의 예쁜 외모를 눈여겨봐도 안 된다고 했어요. 그래도 우리 여자애들은 진실을 알고 있었어요. 못생긴 것보다 예쁜 게 낫다는 진실을. 심지어 아주머니들도

---

* Econo-family. 『시녀 이야기』에는 나오지 않으나 TV 드라마로 제작된 「핸드메이즈 테일」 1시즌에서 처음 소개된 길리어드의 하층계급. 마거릿 애트우드는 드라마의 제작자 브루스 밀러(Bruce Miller)에게 드라마의 내용과 상충되는 내용은 소설에 다루지 않겠다고 말했다.

** 구약성서에 나오는 인물로, 라반의 딸 레아와 라헬을 차례로 아내로 맞아 열두 아들을 낳았는데, 이들이 이스라엘 열두 부족의 조상이 되었다. 라헬에게서 태어난 야곱의 12번째 아들 베냐민이 '열두 조각으로 잘린 첩' 이야기에 나오는 베냐민 부족의 선조다

예쁜 애들한테 더 관심을 기울였어요. 선선택을 받은 경우라면 미모는 그렇게 문제 되지 않았지만요.

나는 훌다처럼 사시도 아니고 슈나마이트처럼 찌푸린 미간을 기본 장착한 것도 아니고 베카처럼 눈썹이 있는 둥 마는 둥 하지도 않았지만, 생김새가 아직 미완성이었어요. 반죽 같은 얼굴 말이에요. 내가 제일 좋아하는 '하녀' 질라가 건포도 눈을 박고 호박씨로 이를 박아 특별히 나를 위해 만들어 준 쿠키처럼요. 하지만 특별히 예쁘지 않아도 나는 아주, 아주 선택된 아이였어요. 이중으로 선택받은 아이였지요. 사령관과 결혼하도록 선선택되었을 뿐만 아니라 애초에 어머니 타비사의 선택을 받았거든요.

그게 타비사가 내게 들려주던 이야기였어요. "내가 산책하러 숲에 갔거든." 하고요. "그런데 마법에 걸린 성에 가게 됐어. 성안에는 작은 여자애들이 아주 많이 갇혀 있었는데, 아무도 어머니가 없었고 모두 사악한 마녀의 주문에 걸려 있었어. 나한테는 성문을 여는 마술 반지가 있었지만 딱 한 소녀만 구할 수 있었단다. 그래서 나는 모든 아이들을 아주 찬찬히 살펴보았고, 수많은 아이 중에서 너를 골랐지!"

"다른 애들은 어떻게 됐어요?" 나는 묻곤 했어요. "다른 꼬마 여자애들은요?"

"다른 어머니들이 구해 줬어." 타비사는 늘 말했어요.

"그 어머니들한테도 마술 반지가 있었어요?"

"그럼, 우리 아가. 어머니가 되려면 마술 반지가 있어야 한단다."

"그 마술 반지는 어디 있어요?" 나는 물었어요. "지금은 어디 있어요?"

"바로 여기 내 손가락에 있지." 타비사는 왼손 셋째 손가락을 가리
키며 말했어요. 심장손가락이라고 하면서. "하지만 내 반지는 소원
을 하나밖에 들어주지 못하는데 나는 그걸 너한테 써 버렸단다. 그
러니까 이제는 평범한, 일상적인 어머니의 반지에 불과해."

이쯤에서 나는 반지를 끼어 봐도 된다는 허락을 받았어요. 다이
아몬드 세 개가 박힌 금반지였어요. 커다란 다이아몬드가 있고 양쪽
옆으로 작은 알이 박혀 있었어요. 정말로 한때는 마술을 부렸을 법
한 반지로 보였지요.

"나를 훌쩍 안아 들고 데리고 나왔어요?" 나는 묻곤 했죠. "숲 밖으
로요?"

나는 그 이야기를 낱낱이 외우고 있었지만 듣고 또 듣는 게 좋았
어요.

"아니, 내 소중한 아가, 그러기에 너는 이미 너무 컸어. 내가 너를
안아 들고 나왔으면 기침이 나왔을 거고, 그러면 마녀들이 우리 소
리를 들었을 거야." 나는 이 말이 사실이라는 걸 알 수 있었죠. 타비
사는 실제로 기침을 아주 많이 했거든요. "그래서 나는 네 손을 잡았
고, 우리는 마녀들한테 소리가 들리지 않게 성을 빠져나왔어. 우리
둘 다 쉬이, 쉬이잇 하고 말했단다." 여기서 타비사가 손가락을 치켜
들고 입술에 대면 나도 손가락을 치켜들고 신이 나서 쉬잇, 쉬이잇
하고 따라 했어요. "그러고 나서 우리는 숲속을 아주 빨리 달려서 도
망쳐 나와야 했어. 사악한 마녀들을 피해서. 한 마녀가 문밖으로 나
가는 우리를 봤거든. 우리는 달리다가 속이 빈 나무에 숨었어. 아주

22

위험했지!"

실제로 누군가가 내 손을 잡고 숲속을 달렸던 기억이 희미하게 있었어요. 내가 속이 텅 빈 나무에 숨었던가? 어딘가 숨었던 기억이 나는 듯도 했어요. 그러니까 어쩌면 사실일지도 모르지요.

"그다음에는 어떻게 됐어요?" 나는 물었어요.

"그다음에는 내가 너를 이 아름다운 집으로 데리고 왔지. 여기서 행복하지 않니? 우리가 모두 너를 얼마나 소중하게 아끼는데! 내가 너를 선택했다니, 우리 둘 다 정말 운이 좋았지?"

내가 바짝 다가앉으면 그녀는 팔로 나를 안아 줬고 나는 앙상한 몸에 머리를 기댔는데, 그러면 도드라진 갈비뼈가 느껴졌어요. 그녀의 가슴에 귀를 꼭 대면 몸속에서 망치로 때리듯 쿵쿵거리는 심장 소리가 들렸지요. 내 다음 말을 기다리는 사이 그 심장이 점점 더, 점점 더 빨리, 뛰는 것만 같았어요. 나는 내 대답에 힘이 있음을 알았어요. 내 대답이 그녀를 웃게 할 수도 있고, 웃지 못하게 할 수도 있었어요.

'네', 그리고 또 '네'라고 대답하는 것 말고 내가 무슨 말을 할 수 있었을까요? 네, 나는 행복했어요. 네, 나는 운이 좋았어요. 어쨌든 그건 사실이었어요.

3

그때 내 나이가 몇 살이었느냐고요? 아마 여섯이나 일곱 살이었을 거예요. 나로서는 가늠하기 어려워요. 그때 이전으로는 선명한 기억이 없거든요.

나는 타비사를 아주 많이 사랑했어요. 그녀는 너무나 말랐지만 아름다웠고, 몇 시간씩 나와 놀아 줬어요. 우리는 우리가 살던 집과 같은 인형의 집을 갖고 있었어요. 그 속에는 거실과 식당과 하녀들을 위한 커다란 주방과 책상과 책장을 갖춘 아버지의 서재도 있었지요. 책장에 꽂힌 작은 가짜 책들은 다 속이 비어 있었어요. 나는 왜 그 안에 아무것도 없느냐고 물었어요. 책 페이지에 원래는 뭔가 표식이 있어야 한다는 생각을 어렴풋이 했던 것 같아요. 그랬더니 어머니는 책들은 꽃꽂이 화병처럼 장식이라고 말했어요.

어머니는 나를 위해 얼마나 많은 거짓말을 해야만 했던지요! 나를 안전하게 보호하기 위해서! 하지만 그 일을 훌륭하게 감당해 냈답니다. 아주 창의적인 정신의 소유자였거든요.

우리 인형의 집 2층에는 커튼에 벽지에 그림들까지(괜찮은 그림들이었어요. 과일이며 꽃이며.) 걸려 있는 어여쁘고 커다란 침실들이 있었어요. 그리고 3층에는 더 작은 침실들이 있고 다 합쳐서 화장실이 다섯 개 있었어요. 비록 하나는 파우더룸이었지만요.(왜 그렇게 불렀을까요? '파우더'가 무엇이었을까요?) 생필품을 보관하는 지하창고가 있었어요.

우리는 인형의 집에 필요한 인형들을 다 갖고 있었어요. 사령관 '아내'가 입는 파란 드레스 차림의 어머니 인형, 나와 똑같이 분홍색, 흰색, 자두색의 드레스 세 벌을 갖춘 어린 딸 인형, 앞치마를 두르고 칙칙한 녹색 옷을 입은 하녀 인형 셋, 캡모자를 쓰고서 자동차를 몰고 잔디를 깎아 주는 '신앙의 수호자*', 아무도 우리 집에 들어와서 우리를 해치지 못하도록 작은 미니어처 플라스틱 총을 갖고 대문에 서 있는 '천사' 둘, 그리고 빳빳한 사령관의 제복을 입은 아빠 인형. 아빠 인형은 말을 많이 하는 법이 없었지만 아주 많이 서성거렸고 식탁 머리에 앉으면 하녀들이 쟁반에 이것저것 담아 가져다주었어요. 그러고 나면 서재로 가서 문을 닫았지요.

이런 점에서 사령관 인형은 내 아버지 카일 '사령관' 같았어요. 아버지는 나를 보고 미소를 지으며 착하게 굴었느냐고 묻고는 획 사라졌어요. 차이가 있다면 사령관 인형은 서재 안에서 뭘 하는지 볼 수 있지만(컴퓨토크와 서류 더미를 가지고 책상에 앉아 있었죠.) 현실의 아버지가 뭘 하는지는 알 길이 없다는 거였어요. 아버지 서재에 들어가는 건 금지였거든요.

아버지가 그 안에서 하는 일은 아주 중요하다고들 했어요. 남자들이 하는 중요한 일들은, 너무 중요해서, '종교' 과목을 맡은 비달라 아주머니의 말에 따르면 뇌가 작아서 큰 생각을 못 하는 여자들이 관여할 게 아니라고 했어요. 고양이한테 크로셰 뜨기를 가르치려 드는 거나 마찬가지야라고 '공예' 선생님 에스테 아주머니가 말하면 우리는 와자하게 웃었어요, 아니, 얼마나 말도 안 되는 생각이에요! 고양이는 하물며 손가락도 없잖아요!

그래서 남자 머릿속에는 손가락 같은 게 있다는 거야. 다만 여자애들한테는 없는 손가락이고. 그러니까 전부 설명이 되는 거지, 비

---

* '수호자'라는 줄임말로 통칭되는 길리어드 군대의 계급.

달라 아주머니는 이렇게 말하고 더 이상 질문을 받지 않았어요. 입을 꾹 다물면, 그녀가 했을지도 모를 다른 말들이 갇혀 버렸죠. 틀림없이 다른 말들이 있다는 걸 알았어요. 심지어 고양이에 대한 생각도 맞는 것 같지 않았어요. 고양이는 크로셰 뜨기를 하고 싶어 하지 않아요. 그리고 우리는 고양이가 아니었어요.

금지된 것이라도 상상에는 열려 있단다. 그래서 이브가 지식의 사과를 먹은 거야, 비달라 아주머니는 말했어요. 상상력이 지나쳐서. 그러니까 모르는 게 나은 것도 있다. 잘못하면 너희 꽃잎이 뜯겨 흩어진단다.

인형의 집 박스세트 안에는 빨간 드레스와 툭 튀어나온 배와 얼굴을 가리는 하얀 모자를 쓴 시녀 인형도 있었지만, 어머니는 우리 집에는 이미 내가 있으니 시녀가 필요 없다고 했어요. 딸 하나로 만족 못 하고 탐욕을 부리면 안 된다고요. 그래서 우리는 시녀 인형을 티슈페이퍼로 쌌고, 어머니는 나중에 이런 사랑스러운 인형의 집이 없고 시녀 인형을 잘 쓸 수 있는 누구 다른 여자애한테 주면 된다고 했어요.

나는 시녀를 상자에 넣고 치워 둘 수 있어서 좋았어요. 진짜 시녀들을 보면 마음이 불안해졌거든요. 우리는 학교 외유 때 시녀들 곁을 지나치곤 했어요. 우리는 길게 두 줄로 서서 걷고 양 끝에 아주머니가 한 사람씩 있었어요. 외유는 교회로 가거나, 아니면 우리가 동그라미 놀이를 하거나 연못의 오리들을 구경할 수 있는 공원들로 갔어요. 우리가 더 크면 흰 드레스에 베일을 걸치고 '구제 사업'이나

'대기도회'에 가서 교수형이나 결혼식을 구경해도 되지만 아직 그만큼 성숙하지는 못하다고 에스테 아주머니가 말했어요.

어느 공원인가 그네가 있었지만, 우리는 치마 때문에, 혹시나 바람에 날려 치마 속이 들여다보일까 봐, 감히 그네를 타는 주제넘은 짓은 할 수가 없었어요. 그런 자유를 맛볼 수 있는 건 오로지 남자아이뿐이었죠. 남자아이들만 낙하하고 비상할 수 있었어요. 남자아이들만 공중에 떠오를 수 있었어요.

나는 아직도 그네를 타 본 적이 없어요. 그건 내 소원 중 하나로 남아 있지요.

우리가 거리를 행진할 때면, 시녀들이 장바구니를 들고 둘씩 짝을 지어 걷곤 했어요. 시녀들은 우리를 보지 않았어요, 대놓고 쳐다보기는커녕 똑바로 보지도 않았어요. 그리고 우리도 시녀들을 보면 안 되었어요. 시녀들을 빤히 쳐다보는 건 무례한 거란다, 에스테 아주머니는 말했죠. 불구자나 여타 우리와 다른 사람들을 빤히 쳐다보면 무례한 것과 마찬가지야. 우리는 시녀에 대한 질문을 해서도 안 되었어요.

"나이가 차면 그런 걸 다 배우게 될 거다." 비달라 아주머니는 그런 걸 다라고 말하곤 했어요. 그렇다면 뭔가 나쁜 거죠. 뭔가 해로운 것, 아니면 뭔가 손상된 것, 어쩌면 그게 다 같은 것일 수도 있고요. 시녀들도 한때는 우리 같았을까요, 흰색과 분홍색과 자두색 옷을 입었을까요? 시녀들은 부주의했을까요, 유혹적인 신체 일부를 보여 줘도 된다는 허락을 받았을까요?

이제 시녀들에게서 볼 수 있는 부분은 별로 없었어요. 심지어 쓰고 다니는 하얀 모자 때문에 얼굴도 보이지 않았어요. 모두 똑같아 보였어요.

집에 있는 우리 인형의 집에는 아주머니 인형도 하나 있었지만, 그 인형의 진짜 집은 우리 인형의 집이 아니라 학교나, 아니면 아주머니들이 모여 산다던 아르두아 홀이었어요. 혼자 인형의 집을 갖고 놀게 되면 나는 아주머니 인형을 지하창고에 가뒀는데 착한 짓은 아니었죠. 그러면 아주머니 인형은 창고 문을 주먹으로 쾅쾅 두드리며 "나를 내보내 줘." 하고 소리쳤지만 딸 인형과 딸을 도와주는 하녀 인형은 신경도 쓰지 않았고, 가끔 소리 내어 웃기도 했어요.

이런 가혹 행위를 증언하는 지금도 잘했다는 생각이 들지는 않아요, 아무리 인형한테 가한 짓이라 해도 말이에요. 이런 말은 유감이지만, 완전히 억누를 수는 없었던 본성의 복수심 때문이었을 거예요. 그러나 이런 기록에서는 다른 모든 행위처럼 자신의 결함도 철저히 신중하게 적는 편이 나아요. 그러지 않으면 내가 그런 결정들을 내린 이유를 아무도 이해하지 못할 테니까요.

내게 자기 자신에게 정직하라고 가르친 건 타비사였는데, 그녀가 내게 한 거짓말들을 생각해 보면 다소 아이러니한 일이죠. 그래도 타비사는 자기 자신에 관한 한 정직했을 거예요. 주어진 상황 속에서, 내가 믿기로는, 최대한 좋은 사람이 되려고 노력했어요.

매일 밤, 내게 이야기를 들려주고 나면, 타비사는 침대에 나를 눕히고 제일 아끼는 봉제 인형과 함께 이불을 꼭 덮어 주었어요. 동물

인형은 고래였죠. 하느님은 바다에서 뛰어놀라고 고래를 만드셨으니 고래는 장난감으로 만들어 써도 괜찮았어요. 그다음에 우리는 기도를 했어요.

기도는 노래 형식이라 우리가 함께 불렀어요.

이제 잠자리에 듭니다,
주님께서 내 영혼을 지켜 주시고
깨어나기 전에 죽는다면
주님께서 내 영혼을 거둬 주소서.

내 침대를 둘러선 네 천사,
두 천사는 발치에 두 천사는 머리맡에
한 천사는 지켜보고 한 천사는 기도하고
두 천사는 내 영혼을 멀리 데리고 가리라.

타비사의 목소리는 은 플루트처럼 아름다웠어요. 가끔, 밤에 잠으로 빠져들 때면, 요즘도 그 노랫소리가 들릴 것만 같아요.

이 노래에는 내 마음에 걸리는 구석이 한두 가지 있었어요. 먼저, 천사들요. 하얀 가운을 두르고 깃털이 달린 천사라야 한다는 건 알았지만 막상 머릿속에 떠오르는 모습은 그게 아니었어요. 나는 우리가 아는 천사들을 떠올렸어요. 헝겊 날개를 꿰매 붙인 검은 제복의 남자들과 총. 총을 든 천사 넷이 내가 잠든 사이 침대 주위에 둘러서 있다는 생각만 해도 싫었어요. 어쨌든 남자들이었으니까요. 혹시라도 내 몸의 일부가 담요 밖으로 툭 튀어나오면 어떻게 해요? 예를 들어서, 내 발이라든가. 그러면 그들의 욕구에 불을 댕기지 않을까요? 그럴 거예요, 피할 수가 없는 일이잖아요. 그래서 네 명의 천사라는 건 기분이 좋아지는 생각이 아니었어요.

게다가 잠자다 죽는 일에 대해 기도를 한다니, 그것도 별로 기운이 나는 일은 아니었죠. 내가 자다가 죽을 것 같지는 않았지만, 혹시라도 그러면 어떻게 해요? 그리고 내 영혼은 어떤 것일까요? 천사들이 멀리 데리고 간다는 영혼은요? 타비사는 영적인 부분은 몸이 죽어도 죽지 않는다고, 마치 그게 신나는 일이라는 듯 말했죠.

하지만 어떻게 생겼을까요, 내 영혼이란? 나는 나와 꼭 닮은 모습으로 상상했어요, 다만 훨씬 작을 거라고, 인형의 집 안에 있는 어린 딸 인형만큼 작을 거라고 상상했어요. 그런데 그것이 내 안에 있대요. 그러니까 어쩌면 비달라 아주머니가 그토록 조심해서 지켜야 한다고 말했던 한없이 값진 보물과 같은 것일지도 모르겠어요. 너희는 영혼을 잃어버릴 수도 있다, 비달라 아주머니는 코를 풀며 말했어요, 그렇게 되면 너희 영혼은 벼랑 끝에서 거꾸로 떨어져 끝없이 무섭게 아래로 추락하다가, 염소 같은 사내들과 똑같이, 불길에 휩싸이고 말 거야. 나는 그런 사태만은 정말이지 꼭 피하고 싶었어요.

4

지금부터 설명할 다음 시기의 초입에, 나는 아마 여덟 살, 아니면 아홉 살쯤이었을 거예요. 이런 사건들은 기억나지만, 정확한 내 나이는 생각이 안 나요. 달력의 날짜를 기억하기도 어려워요, 특히나 우리는 당시 달력이 없었으니까요. 하지만 할 수 있는 최선을 다해 증언을 계속하겠어요.

당시 내 이름은 아그네스 제미마였어요. 아그네스는 '어린 양'이라는 뜻이라고, 우리 어머니 타비사가 말했어요. 그녀는 시 한 수를 읊어 주곤 했죠.

어린 양아, 누가 너를 만들었니?
누가 너를 만들었는지 너는 알고 있니?*

이다음으로 이어지는 구절이 더 있었지만 잊었어요.

제미마라는 이름은 성경의 일화에서 따온 거예요. 제미마는 아주 특별한 여자아이였는데, 그 애의 아버지 욥이 하느님의 시험에 들어 온갖 불운을 겪게 되었고, 그중에서도 최악의 사건이 욥의 자식 모두가 죽임을 당한 것이에요. 아들들, 딸들 모두 다요. 죽어 버렸죠! 그 얘기를 들을 때마다 내 온몸에 소름이 쫙 끼쳤어요. 그 소식을 들었을 때 욥의 마음이란, 참담했을 거예요.

하지만 욥은 시험을 통과했고, 하느님이 그에게 다른 자식들을 주었어요. 아들 여럿, 그리고 세 딸도요. 그래서 다시 욥은 행복해졌대

---

* 윌리엄 블레이크의 시 「어린 양(Little Lamb)」의 첫 구절로, 『순수와 경험의 노래(Songs of Innocence and Experience)』에 수록되어 있다. 이 시집은 무지한 유년의 '순수'와 타락한 성년의 '경험'이라는 측면에서 각각 쓰인 시를 한 쌍으로 짝지어 대비하는데 「어린 양」과 짝지어지는 시는 한밤중에 불같은 눈빛을 번득이는 맹수 「호랑이(Tiger)」다.

요. 그리고 제미마는 그 딸 중 하나예요.

"하느님이 제미마를 욥에게 주셨단다. 하느님이 너를 내게 주신 것처럼 말이야." 어머니는 말했어요.

"어머니도 불운을 겪었어요? 나를 선택하기 전에요?"

"그래, 그랬단다." 어머니는 미소를 지으며 말했어요.

"어머니도 시험에 통과했어요?"

"그랬나 봐." 어머니가 말했어요. "아니면 너처럼 멋진 딸을 선택하지 못했을 테니까."

나는 이 이야기를 들으면 기분이 좋았어요. 곰곰이 되짚어 생각하게 된 건 한참 후의 일이에요. 하느님이 새 자식들을 옜다 던져 주면서 이제 죽은 자식들은 아무 의미도 없는 척 살라고 했는데, 욥은 어떻게 그런 짓을 하게 허락했던 걸까요?

학교에 가거나 어머니와 함께 있을 때가 아니면(어머니와 함께 지내는 시간은 점점 줄어들고 있었어요. 어머니가 2층 침실에 누워서 하녀들이 말하는 소위 '요양'을 하는 시간이 점점 길어졌거든요.) 나는 주방에서 하녀들이 빵과 쿠키와 파이와 케이크와 수프와 스튜를 만드는 모습을 보는 걸 좋아했어요. 하녀들은 다 하녀로 통했어요. 그냥 하녀였으니까요. 하녀는 모두 똑같은 옷을 입었지만, 각자의 이름은 있었어요. 우리 집에는 베라, 로사, 질라가 있었죠. 아버지가 워낙 중요한 인물이라서 하녀를 셋이나 두었어요. 나는 그중에서 질라를 제일 좋아했어요. 말씨가 아주 부드러웠거든요. 반면 베라는 목소리가 매서웠고 로사는 늘 찌푸린 얼굴이었어요. 하지만 그건 그녀 잘못이 아니고 원래 얼굴 생김새가 그랬어요. 로사는 다른 둘보다 나이가 많았어요.

"내가 도와도 돼?" 나는 우리 하녀들에게 묻곤 했어요. 그러면 그들은 내게 갖고 놀 반죽을 떼어 주었고, 내가 반죽으로 남자 모양을 만들면 다른 구울 것들과 함께 오븐에 넣어서 구워 주었어요. 나는 언제나 반죽으로 남자를 만들었어요. 여자는 절대 만들지 않았어요. 다 구워지면 내가 먹을 테고, 그러면 남자들한테 은밀한 힘을 행사하는 느낌이 들었거든요. 비달라 아주머니 말대로 내가 남자들의 욕구를 자극할지 몰라도, 그것 말고는 남자들한테 어떤 힘도 행사할 수 없다는 사실이 서서히 분명해지고 있었어요.

"빵 만드는 거 내가 처음부터 해 봐도 돼?" 하루는 그릇을 꺼내 재료를 섞기 시작하려는 질라를 보고 내가 물었어요. 하녀들이 빵 만드는 걸 하도 자주 봐서 방법을 확실히 안다고 생각했어요.

"아가씨는 괜히 그런 수고 할 필요 없어요." 로사가 보통 때보다 더 험하게 인상을 쓰며 말했어요.

"왜요?"

베라가 특유의 새된 소리로 웃었어요.

"알아서 다 해 주는 하녀들한테 시키면 될 테니까요. 어른들이 아가씨한테 통통하고 좋은 신랑감을 골라 주면요."

"뚱보는 아닐 거야." 뚱보 남편을 갖고 싶지는 않았어요.

"당연히 아니죠. 그냥 말이 그렇다는 거예요." 질라가 말했죠.

"아가씨는 장보기도 안 해도 될 텐데요." 로사가 말했어요. "하녀가 다 해 줄 거예요. 아니면 시녀나. 혹시 시녀가 필요할 경우에 말이지만."

"시녀는 아마 필요 없을걸." 베라가 말했죠. "어머니가 누군지 생각하면……"

"그런 말 하지 마." 질라가 말했어요.

"뭐라고?" 내가 말했어요. "우리 어머니가 왜?"

나는 우리 어머니와 관련해 비밀이 있다는 걸 알았기 때문에(하녀들이 요양이라는 단어를 입에 올릴 때 말투가 그랬어요.) 겁이 덜컥 났죠.

"그냥 아가씨 어머니가 자기 아기를 낳을 수 있었다는 뜻이에요." 질라가 달래듯 말했어요. "그러니까 아가씨도 틀림없이 할 수 있을 거예요. 아기를 낳고 싶죠, 안 그래요?"

"응. 하지만 남편은 싫어. 역겨운 사람 같아."

하녀 셋이 웃음을 터뜨렸어요.

"다 그런 건 아니에요." 질라가 말했죠. "아가씨 아버지도 남편이 잖아요."

그러니까 나도 할 말이 없어지더군요.

"좋은 남편감을 알아서 잘 골라 줄 거예요." 로사가 말했죠. "그냥 아무나 나이 든 남편을 고를 리가 없어요."

"가문의 자존심을 지켜야 하니까요." 베라가 말했어요. "못한 혼처에 시집보내기야 하겠어요, 그럴 리가 없어요."

남편 생각은 더 하고 싶지 않았어요.

"하지만 내가 하고 싶으면 어떡해?" 내가 말했죠. "빵을 만들고 싶으면?" 감정이 상했어요. 마치 자기네들끼리 동그랗게 뭉쳐서 나를 따돌리는 느낌이었죠. "내가 직접 빵을 만들고 싶으면 어떻게 해?"

"뭐, 하고 싶다면야 물론 아가씨네 하녀들이 할 수 없이 하시라고 해야겠죠." 질라가 말했어요. "아가씨가 그 집의 여주인이 될 테니까요. 하지만 그러면 하녀들이 아가씨를 아래로 볼 거예요. 그리고 아가씨가 자기들의 정당한 입지를 빼앗아 간다고 느낄 거고요. 그들이 제일 잘할 줄 아는 일을 말이에요. 하녀들한테 그런 평가를 받는 건 싫죠, 안 그래요?"

"아가씨 남편도 좋아할 리가 없어요." 베라가 또 새된 웃음을 웃으며 말했죠. "손에도 안 좋아요. 내 손을 봐요!" 베라는 손을 내밀었어요. 손가락 마디에 옹이가 지고 피부는 거칠었으며 손톱은 짧고 각질이 삐죽삐죽 일어나 있었죠. 마술 반지를 낀 우리 어머니의 날씬하고 우아한 손가락과는 전혀 달랐어요. "험한 일을 하면 손에 나빠요. 남편도 아가씨한테서 빵 반죽 냄새가 나는 걸 원치 않을걸요."

"아니면 표백제나." 로사가 거들었어요. "걸레질해서."

"수를 놓는 거 같은 일이나 그냥 열심히 하면 좋아할 거예요." 베라가 말했죠.

"십자수." 로사가 말했어요. 그 목소리에 조롱이 섞여 있었어요.

나는 자수에 소질이 없었어요. 스티치가 느슨하고 칠칠치 못하다고 늘 흠이 잡혔죠.

"나는 십자수 싫어. 빵 만들고 싶어."

"하고 싶은 걸 다 하고 살 수는 없어요." 질라가 부드럽게 말했어요. "아무리 아가씨라도요."

"그리고 가끔은 하기 싫은 일도 해야만 해요." 베라가 말했어요. "아무리 아가씨라도요."

"안 시켜 주면 되잖아, 그러면!" 내가 말했죠. "다들 못되게 굴고 있어!"

그리고 나는 주방을 뛰쳐나왔어요.

이때쯤 나는 울고 있었어요. 어머니를 귀찮게 하면 안 된다는 얘기를 들었지만, 나는 몰래 2층으로 올라가서 어머니 방에 들어갔어요. 어머니는 푸른 꽃이 수놓인 사랑스러운 흰색 이불을 덮고 있었어요. 눈은 감고 있었지만 내 소리를 들었나 봐요. 눈을 떴거든요. 볼 때마다 그 두 눈은 더 커지고 더 빛났어요.

"무슨 일이니, 우리 강아지?" 어머니가 말했어요.

나는 이불 밑으로 기어들어 가서 어머니한테 몸을 꼭 붙이고 누웠어요. 어머니는 아주 따뜻했어요.

"불공평해요." 나는 흐느꼈죠. "나는 결혼하고 싶지 않아요! 왜 결혼을 해야 해요?"

어머니는 네 의무니까 그렇지라고 비달라 아주머니처럼 말하지 않았어요. 때가 되면 너도 하고 싶어질 거란다 하고 에스테 아주머니가 할 법한 말을 하지도 않았어요. 처음에는 아무 말도 하지 않았어요. 대신 나를 꼭 안아 주면서 머리카락을 쓸어 주었죠.

"내가 널 어떻게 선택했는지 기억하렴." 그녀는 말했어요. "그 많은 다른 애들을 두고."

하지만 나는 그때쯤은 나이가 들어서 선택의 이야기를 믿지 않게 되었죠. 자물쇠가 달린 성, 마술의 반지, 사악한 마녀들, 탈주.

"그건 그냥 동화잖아요." 내가 말했어요. "나는 어머니 배 속에서 나왔어요, 다른 아기들과 똑같이."

어머니는 이 말을 긍정하지 않았어요. 아무 말도 하지 않았어요. 무슨 이유에선지 나는 이게 굉장히 무서웠어요.

"맞죠! 그렇게 나왔죠?" 내가 물었어요. "슈나마이트가 말해 줬어요. 학교에서. 배 속 얘기."

우리 어머니는 나를 더 꼭 끌어안았어요.

"무슨 일이 있더라도," 한참 후에 그녀가 말했어요. "나는 네가 항상 기억하길 바라. 내가 너를 아주 많이 사랑했다는 걸."

5

내가 다음에 무슨 얘기를 할지 아마 짐작하셨을 텐데, 행복한 얘기는 전혀 아니에요.

우리 어머니는 죽어 가고 있었어요. 모두가 알고 있었어요, 나만 빼고.

나는 슈나마이트한테서 들어 알게 되었어요. 그 애는 자기가 내 단짝 친구라고 말했죠. 우리는 원래 단짝 친구를 가지지 못하게 되어 있었어요. 폐쇄적인 무리를 만드는 건 좋지 못한 일이라고, 에스테 아주머니가 그러셨거든요. 다른 애들이 소외감을 느낄 테니까, 그리고 우리는 모두가 가장 완벽한 소녀가 될 수 있도록 서로 도와야 했어요.

비달라 아주머니 말로는, 단짝 친구가 되면 속삭이고 음모를 꾸미고 비밀을 품게 되는데, 음모와 비밀은 신에 대한 불복종으로 이어지고, 불복종은 반항으로 이어지고, 반항적인 소녀는 반항적인 여자가 되고 반항적인 여자는 반항적인 남자보다 더 나쁜데, 그 이유는 반항적인 남자는 반역자가 되지만 반항적인 여자는 간음하는 음부(淫婦)가 되기 때문이래요.

그때 베카가 생쥐 같은 목소리로 물었어요, 간음하는 음부가 뭐예요? 우리 여자애들은 다 놀랐죠. 베카는 보통 때 거의 질문을 하는 법이 없거든요. 베카 아버지는 우리 아버지들처럼 사령관이 아니었어요. 그저 치과의사였어요. 최고의 치과의사라서 우리 가족들이 모두 그에게 가긴 했지만요. 덕분에 베카가 우리 학교에 입학 허가를 받았고요. 그렇지만 그건 실제로 다른 여자애들이 베카를 깔보고 자기네들을 올려다볼 거라고 기대한다는 뜻이었어요.

베카는 내 옆에 앉아 있어서(그 애는 슈나마이트가 밀쳐 내지 않으면 언제나 내 옆에 앉으려 했어요.) 그 떨림이 느껴졌어요. 비달라 아주머니가 베카를 버릇없다고 혼낼까 봐 걱정했지만, 누구라도, 아무리 비달라 아주머니라 해도, 베카한테 버릇없다는 비난을 하기는 어려웠을 거예요.

슈나마이트가 내 건너편 자리에서 베카를 보고 속삭였어요. *바보같이 굴지 좀 마!* 비달라 아주머니는 이제까지 본 중 제일 환하게 웃더니, 베카가 그 말뜻을 직접 겪어서 알게 되지는 않기를 바란다고 하더군요. 음부가 되면 돌팔매질을 당하거나 머리에 자루를 쓰고 교수형을 당하게 된다면서요. 에스테 아주머니는 쓸데없이 아이들을 겁줄 필요는 없다고 했어요. 그러고는 미소를 지으며 말했죠, 너희는 귀한 꽃이야, 세상에 반항적인 꽃이 어디 있니?

우리는 천진함의 징표로 최대한 눈을 동그랗게 만들면서 에스테 아주머니를 보고 우리도 동의한다는 걸 보여 주려고 고개를 끄덕였어요. 여기에 반항적인 꽃은 없어요!

슈나마이트의 집에는 하녀가 한 명뿐이고 우리 집에는 세 명이 었으니까, 우리 아버지가 그 애 아버지보다 더 중요한 사람이었어요. 이제야 슈나마이트가 나를 단짝 친구로 삼으려는 이유가 그것이 었구나 하고 깨닫게 되네요. 그 애는 땅딸막했고, 두툼하게 양 갈래로 땋은 긴 머리를 하고 있었는데 난 그 머리가 부러웠어요. 내 머리는 땋으면 가늘고 짧았거든요. 그리고 까만 눈썹 때문에 제 나이보다 더 들어 보였어요. 슈나마이트는 호전적이었지만 아주머니들 등 뒤에서만 그랬죠. 우리 사이에 시비가 붙으면 끝까지 자기가 옳다고 우겨야 직성이 풀렸어요. 반박을 하면 처음에 자기가 했던 주장만 계속 되풀이했어요, 점점 더 큰 소리로. 여러 다른 여자애들한테, 특히 베카에게 무례하게 굴었는데, 부끄럽지만 나는 그 애를 제압하기엔 너무 유약했어요. 나는 또래의 여자애들을 다룰 때는 약한 성격이었죠. 우리 집 하녀들은 내가 고집불통이라고 했지만요.

"너희 어머니 죽는다면서, 맞지?" 어느 날 점심시간에 슈나마이트가 내게 속삭였어요.

"아니야, 안 그래." 나는 속삭여 대답했어요. "그냥 만성질환이 있을 뿐이야!" 하녀들이 그렇게 말했거든요. *어머니의 만성질환.* 네 어머니는 만성질환 때문에 그렇게 많이 쉬셔야 하고, 기침도 하는 거란다. 최근에 우리 하녀들은 어머니 방으로 쟁반을 들고 계속 올라

갔는데, 쟁반은 접시에 담긴 음식에 입을 댄 흔적도 거의 없이 도로 내려오곤 했어요.

나한테도 어머니를 자주 만나러 가지 못하게 했고요. 어쩌다가 가면 방 안이 반쯤 어둠에 묻혀 있었어요. 방 안에서는 이제 어머니 냄새도 나지 않았죠. 나리꽃이 피는 우리 정원의 비비추처럼 하늘하늘하고 달콤한 냄새가 났었는데, 퀴퀴하고 더러운 낯선 사람이 몰래 들어와서 침대 밑에 숨어 있는 것 같았어요.

나는 푸른 꽃 수가 놓인 이불을 덮고 웅크려 누운 우리 어머니 옆에 앉아 마술 반지를 낀 앙상한 왼손을 잡고 엄마의 만성질환은 언제 없어지느냐고 묻곤 했어요. 그러면 어머니는 이 고통이 곧 끝나기를 기도하고 있다고 말하곤 했죠. 그러면 나는 안심이 되었어요. 어머니가 나아질 거라는 뜻이었으니까요. 그러면 어머니는 내게 착하게 굴고 있느냐고, 행복하냐고 물었고 나는 언제나 그렇다고 했어요. 어머니는 내 손을 꼭 쥐면서 같이 기도해 달라고 했고 우리는 침대 주위에 둘러선 천사들에 대한 노래를 함께 부르곤 했어요. 그리고 어머니는 내게 고마워, 오늘은 이걸로 충분하구나 하고 말했죠.

"너희 어머니는 정말로 죽는 거래." 슈나마이트가 속삭였어요. "그 만성질환이 그런 거야. 죽어 가는 거라니까!"

"그렇지 않아." 나는 너무 큰 소리로 속삭였어요. "병이 나아지고 있단 말이야. 어머니의 고통은 금세 끝날 거라고 했어. 어머니가 그렇게 기도했단 말이야."

"얘들아." 에스테 아주머니가 말했어요. "점심시간에 우리 입은 먹는 데 쓰는 거고, 사람이 말하면서 동시에 씹을 수는 없단다. 이렇게 훌륭한 음식을 먹을 수 있다니 정말 행운이지 않니?"

점심은 달걀 샌드위치였는데, 보통은 내가 좋아하는 음식이었어요. 하지만 그때는 냄새만 맡아도 토할 것 같았어요.

"우리 하녀한테 들었어." 슈나마이트는 에스테 아주머니가 딴 데 정신을 파는 틈을 타서 속살거렸어요. "그리고 너희 하녀가 해 준 얘기래. 그러니까 정말이야."

"어느 하녀?" 나는 물었죠. 우리 하녀 중에 어머니가 죽는다는 거짓 놀음을 할 만큼 불충한 사람이 있다고는 믿을 수가 없었어요. 아무리 험상궂은 로사라도 그럴 리가 없었어요.

"어느 하녀인지 내가 어떻게 알겠니? 다 그냥 하녀인데." 그 길고 도톰한 땋은 머리를 획 뒤로 넘기면서 슈나마이트가 말했어요.

그날 오후 우리 수호자가 모는 차를 타고 집으로 돌아온 나는 주방에 갔어요. 질라가 파이 반죽을 밀고 있었고, 베라는 닭을 해체하고 있었어요. 스토브 뒤쪽에 수프 냄비를 하나 올려 끓이고 있었는데, 쓰지 않는 닭의 부위는 남는 채소 찌꺼기며 뼈와 함께 그 안으로 들어가게 되어 있었죠. 우리 하녀들은 음식을 아주 경제적으로 활용했고, 보급품을 낭비하는 법이 없었어요.

로사는 커다란 이중 개수대에서 접시를 헹구고 있었어요. 우리 집에는 식기세척기가 있지만 하녀들은 우리 집에서 사령관 만찬이 열린 후가 아니면 식기세척기를 쓰지 않았어요. 전기를 너무 많이 잡아먹잖아요. 베라가 말했어요. 전쟁 때문에 전기 공급이 달리는데. 가끔 하녀들은 이 전쟁은 확 끓어오르는 법이 없다며 곰국 전쟁이라고

하고, 아무 데도 못 가고 한 자리에서 빙빙 돈다고 에스겔의 바퀴*

전쟁이라고도 했지만, 그런 말은 물론 자기네끼리만 숙덕거렸죠.

"슈나마이트 말이 너희 중 누군가가 자기네 하녀한테 우리 엄마가

죽는다고 말했대." 나는 앞뒤 가리지 않고 벌컥 말해 버렸어요. "누

가 그랬어? 거짓말이야!"

세 하녀가 모두 하던 일을 뚝 멈췄어요. 마치 내가 마술지팡이를

휘둘러 시간을 얼어붙게 만든 것 같았어요. 밀대를 치켜든 질라, 한

손에 뼈 자르는 칼을 들고 다른 손에는 길고 창백한 닭 목을 쥔 베

라, 커다란 접시와 행주를 든 로사. 그러더니 그들은 서로 얼굴을 바

라보았어요.

"우리는 아가씨가 아는 줄 알았어요." 질라가 부드럽게 말했죠.

"어머니가 아가씨한테 말해 준 줄 알았어요."

"아니면 아버지가요." 베라가 말했어요. 멍청한 소리잖아요, 아버

지가 언제 그런 말을 해 줄 시간이 있겠냐고요? 요즘 아버지는 집에

잘 있지도 않고, 집에 있더라도 식당에서 혼자 저녁을 먹거나 서재

에 처박혀 중요한 일만 하는데.

"정말 유감이에요." 로사가 말했죠. "아가씨 어머니는 좋은 여자예

요."

"모범적인 아내죠." 베라가 말했어요. "한마디 불평 없이 시련을

견뎌 냈어요."

이때쯤 나는 이미 주방 식탁에 엎드려, 손으로 얼굴을 감싸고 울

---

* Ezekiel's Wheel. 에스겔서 1장에서 선지자 에스겔은 기이한 환상을 본다. 그는 외계인 같은 생물이 바퀴 속에 또 바퀴가 있는 탈것을 타고 공중에서 나타났으며 그것이 신의 형상이라고 했다.

고 있었어요.

"우리 모두 우리를 시험하려고 하느님이 보내는 고난을 인내해야 하는 법이에요." 질라가 말했어요. "희망을 놓아서는 안 돼요."

무슨 희망? 나는 생각했죠. 희망할 게 이제 뭐가 남았다고? 내 눈앞에 보이는 거라곤 상실과 어둠뿐이었어요.

우리 어머니는 이틀 밤이 지난 후 세상을 떠났지만, 나는 아침까지 알지 못했어요. 불치병에 걸리고 또 내게 말해 주지도 않은 그녀에게 화가 나 있었거든요. 하지만 어떤 면에서는, 내게 말을 해 주긴 했던 거예요. 어머니는 고통이 곧 끝나기를 기도했으니까요. 그 기도는 응답을 받았죠.

화를 다 내고 났더니, 내게서 조각 하나가 툭 잘려 나간 느낌이 들었어요. 내 심장 한 조각, 그것도 같이 죽은 게 틀림없었어요. 나는 어머니의 침대를 에워싼 천사 넷의 이야기가 어쨌든 진실이기를, 그래서 천사들이 어머니를 지켜보다가 노래 속에 나오는 것처럼 영혼을 멀리 데리고 갔기를 바랐어요. 천사들이 어머니를 높이, 높이, 황금빛 구름 속으로 데리고 날아오르는 장면을 눈앞에 그려 보려 애썼어요. 하지만 도저히 진심으로 믿을 수가 없었어요.

III

찬송

아르두아 홀 홀로그래프

6

어젯밤 잠자리에 들 준비를 하면서, 나는 머리카락, 아니 그나마 남은 머리에 꽂은 핀을 풀었다. 꽤 오래전에 아주머니들에게 각오를 다지는 훈화를 하며, 우리의 엄격한 금욕에도 불구하고 슬그머니 기어드는 허영심을 경계하라고 설교했다. "삶에서 중요한 건 머리카락이 아닙니다." 나는 그때 그렇게 말했는데, 반만 농담조였다. 그 말은 사실이지만, 머리카락은 삶을 말해 준다는 것 역시 사실이다. 머리카락은 육신이라는 초의 불꽃이고, 그 불꽃이 잦아들면 육신도 쭈그러들어 녹아 없어진다. 한때 정수리에 높이 틀어 올려 묶는 머리가 유행하던 시절에는 나도 따라 할 만큼 숱이 있었다. 올림머리의 시대에는 뒷머리를 동그랗게 말아 올렸다. 그러나 이제 내 머리카락은 아르두아 홀에서 우리가 먹는 끼니 같다. 듬성듬성하고 부족하다. 내 삶의 불꽃이 사그라지고 있다. 내 주변 사람들이 바라는 것보다는 천천히, 그러나 아마도 그들 생각보다는 더 빨리.

거울에 비친 내 모습을 응시했다. 우리 중에 거울을 발명한 이의 덕을 본 자는 거의 없다. 우리는 자기가 어떻게 생겼는지 모르던 시절에 훨씬 행복했을 것이다. 이보다 더 나쁠 수도 있었어 하고 나 자신에게 말했다. 내 얼굴은 유약함의 증표를 전혀 드러내지 않는다. 여전히 가죽처럼 질긴 질감을 유지하고 턱에는 성격을 부여하는 사마귀가 있으며 익숙한 주름이 에칭처럼 파여 있다. 나는 경박하게 예뻤던 적이 없으나 한때는 잘생긴 얼굴이었다. 그러나 이제 그런 말은 할 수 없게 되었다. 그나마 쓸 수 있는 말 중에서는 *위압적*이라는 말이 최선이다.

나는 어떻게 끝날까? 궁금해졌다. 온후하게 홀대받는 노년까지 살아서 점진적으로 화석화될까? 나 자신의 영예로운 조각상이 될까? 아니면 체제와 내가 함께 쓰러지고 내 석상이 나와 함께 끌려 나가 희한한 수집품으로, 잔디밭 장식품으로, 엽기적인 키치 예술품으로 팔려 갈까?

괴물로 재판을 받고 형장에서 총살당하고 가로등에 매달려 대중의 구경거리가 될까? 성난 군중에게 갈기갈기 찢기고 꼬챙이에 머리가 꽂힌 후 거리를 전전하며 놀림감이 될까? 나는 충분히 그럴 만한 분노를 유발해 왔다.

지금 당장은 아직 이 문제에 내가 선택할 여지가 있다. 죽을지 말지가 아니라 언제 어떻게 죽을 것인지. 그것도 일종의 자유가 아닌가?

아, 그리고 누구를 같이 끌어내릴지도. 나는 명단을 작성해 두었다.

당신이 내심 나를 얼마나 비난하고 있을지 잘 알고 있다, 나의 독자여. 만일, 내 명성을 이미 들어 알고 있고 내가 누구인지, 아니 누구였는지를 해독했다면 말이지만.

내가 사는 현재에서 나는 전설이다. 살아 있으나 산 것 이상이고 죽었으나 죽은 것 이상이다. 나는 교실을 가질 만큼 신분이 높은 여자애들의 교실 뒤편에 액자로 표구되어 걸려 있는 머리로서, 음침한 미소를 띠고 말없이 설교한다. 나는 하녀들이 어린애를 겁줄 때 쓰는 귀신이다. *착하게 굴지 않으면, 리디아 '아주머니'가 와서 잡아갈 거야!* 나는 또한 본받아야 할 완벽한 도덕성의 모범이다. *리디아 아주머니는 네가 어떻게 하면 좋아하실까?* 그리고 상상 속의 모호한 종교재판을 주재하는 판관이자 입법자다. *리디아 아주머니는 이런 경우에 뭐라고 하실까?*

물론 나는 권력으로 한껏 부풀었으나 또한 그로 인해 성운처럼 모호하다. 형태도 없거니와 시시각각 모습을 바꾼다. 나는 어디에나 있고 아무 데도 없다. 심지어 나는 사령관들의 마음속에도 심란한 그림자를 드리운다. 어떻게 나 자신을 되찾을 수 있을까? 어떻게 정상적인 내 크기로, 평범한 여자의 크기로 다시 줄어들 수 있을까?

그러나 아마도 그러기엔 너무 늦었다. 일단 첫발을 내디디면, 그 결과로부터 자신을 구하기 위해 다음 발을 내딛게 된다. 우리가 사는 이런 시대에는 방향이 딱 두 개밖에 없다. 위로 올라가거나 나락으로 떨어지거나.

오늘은 3월 21일 이후 첫 만월이다. 세계의 다른 곳에서는, 어린 양이 도축되어 먹히고 있다. 부활절 달걀도 소비되는데, 그 이유는 굳이 아무도 기억해 주지 않는 무슨 신석기시대 다산의 여신들과 관련이 있다.

여기 아르두아 홀의 우리는 양의 살코기는 건너뛰었으나 달걀은 여전히 먹는다. 특별한 미식인 만큼 내가 염색을 허락했다. 베이비 핑크와 베이비블루 빛깔로. 이것이 저녁 식사를 위해 식당에 모인 아주머니와 '탄원자'*들한테 얼마나 큰 기쁨을 주는지 당신은 상상조차 못 할 것이다! 우리의 식단은 단조롭기에 약간의 변화라도, 그저 색깔만 달라졌을 뿐이라도, 반가운 일이다.

파스텔 색 달걀이 담긴 그릇이 나오고 좌중의 감탄이 있고 나서 우리 소박한 만찬이 시작되기 전에 나는 평상시와 같은 식전 기도를 인도하고 나서(이 음식이 우리의 양식이 되도록 축복하시고 우리가 길을 벗어나지 않도록 지켜 주소서. 주님께서 열어 주시기를.) 춘분 특별 기도를 했다.

해가 봄으로 펼쳐지듯 우리 심장이 펼쳐지게 하소서. 우리 딸들을 축복하시고 우리 아내들을 축복하시고 우리 아주머니와 탄원자들을 축복하시고 국경 밖에서 선교사업에 매진하는 우리 진주 소녀들을 축복하시고 아버지의 은총이 우리 타락한 시녀 자매들에게 쏟아지게 하시며 그들이 몸의 희생과 출산의 진통을 통해 주님의 뜻에 따라 구원받게 하소서.

또한 간악한 시녀 어머니의 손에 납치되어 캐나다의 불경한 분자들 손에 숨겨져 있는 '아기 니콜'을 축복하시고 그 아기가 표상하는 바, 타락한 자의 손에 길러질 운명에 처한 모든 죄 없는 생명을 축복하소서. 우리의 생각과 기도가 그들과 함께 하나이다. 우리의 아기 니콜이 우리에게 되돌아

---

* Supplicant. '아주머니' 수련을 시작했으나 아직 '진주 소녀'의 자격을 획득하지 못한 견습생.

오기를, 우리는 기도하나이다. 은총으로 아기 니콜을 돌려주소서.

페르 아르두아 쿰 에스트루스.* 아멘.

내가 이렇게 애매한 모토를 고안했다는 사실이 기분 좋다. 아르두아는 '역경'인가, '여성이 출산할 때 겪는 진통'인가? 에스트루스는 호르몬과 관련이 있는가, 아니면 봄을 찬미하는 이교 의례를 가리키는가? 아르두아 홀의 거주자들은 알지도 못하고 신경도 쓰지 않는다. 그들은 올바른 단어들을 올바른 순서로 반복하고 있고, 그러기에 안전하다.

그리고 아기 니콜이 있다. 내가 아기 니콜의 귀환을 기도할 때 모든 눈이 내 뒤에 걸린 아기 니콜의 사진에 초점을 맞췄다. 얼마나 쓸모가 있는지 모른다, 아기 니콜은. 믿음이 깊은 신도를 채찍질하고 적에 대한 증오를 불러일으키며, 길리어드 내부에 존재하는 배반의 가능성과 결코 믿어서는 안 될 시녀의 간악과 교활을 상기시킨다. 아기 니콜의 쓸모는 이것으로 끝이 아니라고, 나는 생각했다. 내 수중에서라면(결국 내 손에 들어온다면) 아기 니콜에게는 눈부신 앞날이

---

* Per Ardua Cum Estrus. 유명한 영국 공군의 모토 Per Ardua Ad Astra(역경을 딛고 별을 향하여)를 상기시키는 이 모토의 의미는 모호하고 복잡하다. 아르두아 홀의 이름이기도 한 Ardua는 다음 단락에서 리디아 아주머니 스스로 설명하듯 '역경'이라는 뜻도 되지만 '출산의 진통'이나 '노동'이라는 뜻도 된다. Cum은 라틴어로 영어 전치사 with에 해당하는데, 의미를 따지자면 ……로 인한'이 될 수도 있고 ……와 더불어'가 될 수도 있다. 가장 문제가 되는 단어는 Estrus이다. 라틴어에는 Estrus라는 단어가 없고 '발정'이라는 의미의 영어가 있을 뿐이다. 하지만 Estrus라는 영어 단어는 '광기,' '격렬한 충동' 또는 '산들바람'을 모두 의미할 수 있는 라틴어 Oestrus에서 왔다. 그러므로 이 모토의 의미는 여러 가지가 될 수 있다. 이를테면 '성적 흥분으로 인한 시련을 헤치고'가 될 수도 있고 '봄바람으로 산고를 극복하고'가 될 수도 있다. Oestrus를 쓰지 않고 Estrus를 쓴 이유는 아마도 영어를 모국어로 쓰되 라틴어를 공부하지 않은 평범한 사람들이 직관적으로 의미를 이해할 수 있게 하기 위해서일 것이다. 리디아 아주머니가 지닌 비상한 언어 감각과 천재적인 선전선동가의 자질을 잘 보여 준다.

펼쳐질 것이다.

그게 우리 젊은 탄원자들이 화음을 맞춰 삼중창으로 마무리 찬송가를 부르는 동안 내가 하던 생각이었다. 그네들의 목소리는 맑고 낭랑했으며, 우리는 황홀하게 몰입해 귀 기울였다. 나의 독자여, 당신이 무슨 생각을 했는지 몰라도, 길리어드에서도 누릴 수 있는 아름다움이 있었다. 우리가 왜 아름다움을 소망하지 않았겠는가? 우리도 결국 인간이었는데.

그러고 보니 내가 우리를 과거시제로 말했다는 걸 알겠다.

그 찬송가의 음악은 오래된 시편의 선율이었지만 가사는 우리 것이었다.

> 그의 눈 아래 우리 진실의 빛살이 찬란히 빛나고
> 우리는 모든 죄를 보네.
> 우리는 네 나감과 네 들어옴을
> 지켜보리라.
> 온 심장으로부터 은밀한 악을 짜내니,
> 기도와 눈물 속에 봉헌을 선포하소서.
>
> 순종을 맹세한 우리 복종을 받들리.
> 일탈하지 않으리!
> 혹독한 의무에 기꺼이 손을 내밀고
> 섬김을 맹세하네.
> 헛된 생각과 쾌락을 모두 잠재워야 하리

자아를 버리고, 무아(無我)에 거하리.

진부하고 매력 없다, 저 말들은. 나는 이렇게 말해도 된다, 내가 썼으니까. 하지만 그런 찬송가 가사들은 원래 시(詩)를 쓰는 게 목적이 아니다. 노래하는 사람들에게 정해진 길에서 벗어날 때 치르게 될 값비싼 대가를 상기해 주기만 하면 그만이다. 여기 아르두아 홀에서는, 서로의 잘못을 그리 너그럽게 용서하지 않는다.

노래가 끝나자, 축하의 식사가 시작되었다. 나는 엘리자베스 아주머니가 자기 몫보다 달걀을 하나 더 챙기자 헬레나 아주머니가 하나 덜 가져가면서 남들이 다 보라고 수선을 떠는 걸 눈여겨보았다. 냅킨에 대고 코를 풀던 비달라 아주머니로 말하자면, 두 사람을 번갈아 보더니 내 쪽을 향하는 붉게 핏발 선 눈을 보았다. 무슨 꿍꿍이일까? 고양이는 어느 쪽으로 뛸까?

우리 작은 축연이 끝나고 나서 나는 달빛 젖은 고적한 산책로를 따라 컴컴하게 그늘진 나의 석상을 지나쳐 아르두아 홀 반대편 끝에 있는 힐데가르트* 도서관으로 밤 순례를 나섰다. 관내로 들어갔고, 야간 사서에게 인사를 했고, 우리의 탄원자 셋이 최근에 습득한 문해력과 씨름하고 있는 '일반' 구역을 통과해 지나쳤다. 리딩 룸을 가로질러 걸어갔는데, 출입하려면 더 높은 권한이 요구되며 이곳에는

---

* '빙엔의 힐데가르트(Hildegarde)'라고 알려진 중세 독일의 여성 신비학자의 이름을 딴 것으로 추정된다. 힐데가르트는 여성 은자 유타에게 교육받고 빙엔의 루페르츠베르크에 최초의 수녀원을 설립해 수녀원장이 되었다. 신비한 영적 체험으로 예언자적 소명을 받았다. 중세 시대의 가장 뛰어난 여성으로 손꼽히며 자연과 치료, 영성에 관해 단테에 비견되는 업적을 쌓았다.

자물쇠가 채워진 상자의 어둠 속에 성서들이 도사리고 앉아 불가해한 에너지로 이글거리고 있는 곳이다.

그리고 나는 잠긴 문 하나를 열고 극비 파일들이 보관된 '혈통 족보 보관기록' 사이로 구불구불한 회랑을 누볐다. 공식적으로, 또 실제로 누가 누구와 친척인지 기록해 두는 작업은 필요 불가결했다. 시녀 체제로 인해 부부의 아이가 생물학적으로 엘리트 어머니와 아무 관련이 없을 수도 있었다. 심지어 공식적 아버지와도 무관할 수 있었는데, 절박한 시녀는 방법을 가리지 않고 임신을 시도할 가능성이 높기 때문이다. 정보 습득이 우리 일이다. 근친상간은 막아야 하기 때문이다. 비아(非兒. Unbaby)들은 이미 충분하다. 그 지식을 총력 수호하는 것 역시 아르두아 홀의 소명이다. 보관 기록은 아르두아 홀의 펄떡거리는 심장이다.

마침내 나는 '금지된 세계 문학' 구역 깊은 곳, 내부의 성소에 다다랐다. 나만의 개인 책장에 하위 직급은 볼 수 없는 금서들을 골라 꽂아 두었다. 『제인 에어』, 『안나 카레니나』, 『더버빌가의 테스』, 『실낙원』, 『소녀들과 여자들의 삶』.* 탄원자들 사이에 풀어 놓으면 저 책들 한 권 한 권이 얼마나 엄청난 도덕적 공황을 유발하겠는가! 나는 여기에 극소수만 열람할 수 있는 또 다른 파일 세트를 보관한다. 나는 그 파일들이 길리어드의 비밀 역사라고 생각한다. 썩어 문드러진 게 다 황금은 아니지만, 꼭 금전적인 방식이 아니라도 이윤을 챙길

---

* *Lives of Girls and Women.* 2013년 노벨 문학상을 수상한 캐나다 작가 앨리스 먼로(Alice Munroe)가 1971년 발표한 자전적인 소설로 단편집과 장편소설의 중간 형태를 띠고 있다. 육체적 경험을 열망하는 책벌레 소녀의 성장기를 다루고 있다.

수는 있다. 지식은 힘이다, 특히 불명예스러운 지식은. 이 사실을 인지하고, 할 수 있을 때마다 더러운 지식을 자본화한 자는 내가 처음이 아니다. 세계의 모든 첩보 기관은 이를 항상 알고 있었다.

나만의 은신처에 자리를 잡고 숨겨 둔 곳에서 막 시작된 내 원고를 꺼냈다. X 등급을 받은 책, 뉴먼 추기경의 『아폴로기아 프로 비타 수아(Apologia Pro Vita Sua. 인생의 변호)』 속을 사각형으로 파서 만든 공간이었다. 천주교가 이단이자 부두교의 옆집 정도로 간주되는 지금은, 아무도 이 묵직한 책을 읽지 않으므로 누가 이 책 속을 들여다볼 리가 없다. 물론 누군가 보게 되면 내 머리에는 총알이 박히겠지만. 때 이른 총알이겠다, 나는 아직 전혀 떠날 채비가 되지 않았으니까. 정말로 떠나게 된다면 훨씬 큰 굉음을 내며 퇴장할 계획이다.

책 제목은 숙고해서 골랐다. 여기서 내가 하는 일이 인생의 변호가 아니라면 뭐란 말인가? 내가 살아온 인생. 선택의 여지가 없어 살아왔던, 그렇다고 나 자신에게 말했던 인생. 현재의 체제가 도래하기 전, 옛날에는, 내 삶의 변호 따위 생각도 않던 때가 있었다. 그럴 필요가 있다고 생각지 않았다. 나는 가정법원의 판사였고, 그 직책을 얻기 위해 수십 년에 걸쳐 대가가 인색한 힘든 일을 도맡아 하며 전문직의 사다리를 올랐으며 최대한 공정하게 직능을 수행하고 있었다. 내 직업의 현실적 한계 안에서, 나아질 여지가 보이는 대로 세계를 좀 더 낫게 만들고자 행동했다. 자선사업에 기부했고, 연방 선거와 지방선거가 열릴 때마다 투표했으며, 가치 있는 의견을 견지했다. 나는 내가 덕망 있게 살고 있다고 전제했다. 내 덕망이 그럭저럭 갈채를 받을 거라고 전제했다.

　그러나 이 점에 있어서, 또 그 밖에도 여러 다른 문제에서 내가 얼마나 철저히 틀렸는지를, 내가 체포되던 날에 깨달았다.

IV

클로즈 하운드

7

그들은 내 흉터가 영영 없어지지 않을 거라고 말했지만 나는 거의 나았어요. 그러니까 좋아요, 이제 이 일을 할 만한 기운이 생긴 것 같아요. 이 모든 이야기에 내가 어떻게 연루되었는지 말해 주면 좋겠다고 하셨으니까, 한번 해 볼게요. 하지만 어디서부터 시작해야 할지 판단이 어렵네요.

내 생일 직전부터, 아니 내가 생일이라고 믿었던 날 직전부터 시작할게요. 닐과 멜라니는 이 문제에 대해서 내게 거짓말을 했어요. 그럴 만한 최상의 이유가 있었고 정말 좋은 의도로 한 일이었지만, 처음 알게 됐을 때는 정말로 그들한테 화가 났어요. 하지만 분노를 오래 끌고 가기가 어려웠죠. 그때는 이미 그들이 죽어 버린 후였거든요. 죽은 사람한테 화를 낼 수는 있지만, 그들이 한 일을 놓고 대화를 나눌 수 있을 리 없고, 아니면 이야기의 한쪽밖에 못 듣는 거니까요. 게다가 나는 분노와 더불어 죄책감을 느꼈어요. 그들은 살해당했는데, 그때는 두 사람의 죽음이 내 탓이라고 믿었거든요.

나는 열여섯 살이 될 예정이었어요. 가장 기대되는 일은 운전면허 취득이었지요. 생일파티를 하기에는 너무 컸다는 느낌이 들었지만, 멜라니는 언제나 케이크와 아이스크림을 사 주면서 「데이지, 데이지, 진실의 답을 다오」라는 노래를 불렀어요. 어렸을 때는 내가 정말 좋아하던 노래지만 이제는 왠지 창피했지요. 케이크는 나중에 받았지만(초콜릿 케이크, 바닐라 아이스크림, 내가 제일 좋아하던 거예요.) 그때는 도저히 먹을 수가 없었어요. 멜라니는 이제 거기 없었어요.

그 생일은 내가 사기였다는 사실을 알게 된 날이에요. 아니요, 형편없는 마술사 같은 그런 사기꾼이 아니라, 가짜 골동품 같은 가짜 말이에요. 나는 의도적으로 위조된 가짜였어요. 그 당시 나는 너무나 어렸죠. (아주 짧은 찰나가 흐른 것 같은데) 나는 이제 어리지 않아요. 한 얼굴을 바꾸는 데, 나무처럼 조각하고 단단하게 만드는 데, 참 얼마나 짧은 시간이면 되는지. 이제 예전처럼 커다랗게 뜬눈으로 백일몽을 꾸던 몽롱한 눈빛은 사라졌어요. 나는 더 날카로워지고, 더 초점이 선명해졌어요. 더 좁아졌어요.

닐과 멜라니는 나의 부모였어요. 그들은 '클로즈 하운드'*라는 가게를 운영했어요. 기본적으로 중고의류 매매였어요. 멜라니는 '중고'라는 말이 '착취'를 뜻한다면서 '과거에 사랑받았던 옷들'이라고 불

---

* Clothes Hound. '옷 사냥개'라는 뜻이다.

렀지만요. 바깥에 걸린 간판에는 살랑살랑한 치마를 입고 분홍색 리본을 머리에 달고 쇼핑백을 들고 웃는 분홍색 푸들이 그려져 있었어요. 그 밑에는 이탤릭체로 슬로건과 따옴표가 있었지요. *"꿈에도 모를걸요!"* 옷들이 너무 좋아서 중고라는 걸 아무도 모를 거라는 뜻이었지만 대다수가 허접쓰레기였으니 그건 사실이 아니었어요.

멜라니는 자기 할머니한테서 클로즈 하운드를 물려받았다고 말했어요. 그리고 간판이 구식이라는 것도 잘 알지만 사람들이 친숙하게 생각하니 이제 와서 바꾸는 건 예의가 아니라고도 했죠.

우리 가게는 퀸 웨스트에 있었고, 멜라니 말로는 예전에는 동네 전체가 다 이랬대요. 섬유, 단추와 장식, 싸구려 리넨, 1달러 잡화점들. 그렇지만 이제는 고급화되고 있었어요. 공정무역이며 오가닉 카페가 입점하고 있었고, 브랜드 아웃렛, 이름 있는 부티크들이 들어왔죠. 이에 대응해서 멜라니는 창문에 안내문을 하나 걸었어요. 입을 수 있는 예술이라고요. 하지만 안에 들어와 보면, 가게에는 차마 입을 수 있는 예술이라고 할 수 없는 온갖 옷들이 빽빽하게 들어차 있었어요. 한구석에는 디자이너 브랜드라고 할 만한 옷들이 좀 있었지만, 솔직히 진짜로 값진 옷이면 애초에 클로즈 하운드까지 오지도 않았겠죠. 나머지는 그냥 없는 게 없었어요. 그리고 온갖 사람들이 왔다가 가곤 했어요. 젊은이들, 노인들, 가격에 비해 괜찮은 옷이나 뜻밖의 발견을 찾거나 그냥 구경하러 들어온 사람들. 아니면 팔려는 사람들. 심지어 노숙자들도 어느 집 차고에 내놓고 파는 옷을 들고 와서 몇 달러를 벌어 들었죠.

멜라니가 1층에서 가게를 봤어요. 멜라니는 오렌지나 핫핑크처럼 원색 옷을 입었는데, 그래야 긍정적이고 활기찬 분위기가 조성된다고 하기도 했지만 어쨌든 멜라니의 마음 깊은 곳에는 집시 기질이 있었어요. 눈에 불을 켜고 소매치기를 감시하면서도 변함없이 기운찼고 미소를 잃지 않았죠. 가게 문을 닫고 나면 옷을 구분해서 정리해서 싸 두곤 했어요. 이건 자선단체에, 이건 넝마주이, 이건 '입을 수 있는 예술'로. 분류 작업을 하는 동안에 뮤지컬에 나오는 노래들을 불렀지요. 옛날 노래들 말이에요. 「오, 얼마나 아름다운 아침인가」*를 즐겨 불렀고, 또 「폭풍을 헤치고 걸을 때」**도 좋아했어요. 나는 멜라니가 부르는 노래가 신경에 거슬렸어요. 지금은 그랬던 게 미안해요.

가끔은 멜라니가 감당하기 어려울 만큼 일이 많았어요. 옷감이 많아도 너무 많았어요. 바다처럼 망망해서, 밀려드는 옷감의 파도에 멜라니가 빠져 죽을 것 같았어요. 캐시미어라니! 누가 30년 된 캐시미어를 사겠니? 시간이 지나면서 숙성되는 것도 아닌데. 멜라니는 그런 말을 하곤 했어요, 평소의 그녀답지 않게.

닐은 수염을 길렀는데 허옇게 세기 시작한 데다 늘 깔끔하게 다듬고 다니지도 않았고 머리숱도 별로 없었어요. 사업가 같은 외모는 아니었지만 닐이 장사에서 소위 '돈 문제'를 맡고 있었어요. 송장, 회계, 세금, 그런 거요. 고무 발판을 깐 계단을 올라가면 2층에 닐의 사

---

* *Oh What a Beautiful Morning*. 1943년 브로드웨이 무대에 오르고 1955년 영화화된 뮤지컬 「오클라호마」에 나오는 노래. 브로드웨이와 할리우드 뮤지컬의 전성시대를 이끈 리처드 로저스와 오스카 해머스타인 2세 콤비의 대표작이다.

** 1945년의 브로드웨이 뮤지컬 「회전목마」에 나오는 노래. 역시 로저스와 해머스타인 콤비의 작품이다. "폭풍을 헤치고 걸을 때."는 가사의 첫 부분이고 실제 제목은 「당신은 결코 혼자 걷지 않으리(You'll Never Walk Alone)」이다.

무실이 있었어요. 컴퓨터 한 대와 서류 캐비닛과 금고가 있긴 해도 그 방은 별로 사무실처럼 보이지 않았어요. 가게나 마찬가지로 혼잡하고 잡동사니가 빽빽하게 들어차 있었죠. 닐은 물건을 수집하는 걸 좋아했거든요. 태엽 감는 뮤직박스를 몇 개나 가지고 있었어요. 시계들, 각종 시계가 아주 많았고, 손잡이로 돌아가는 오래된 연산 기계들도 있었고. 마루에는 곰이며 개구리며 틀니며, 걷거나 뛰어다니는 플라스틱 장난감들이 널려 있었어요. 이제는 아무도 쓰지 않는 색색의 슬라이드가 들어가는 환등기. 카메라들…… 닐은 오래된 카메라를 좋아했어요. 이 중에 몇 대는 요즘 나오는 어떤 기계들보다 더 좋은 사진을 찍을 수 있단다, 닐은 자주 말했죠. 아예 선반 하나를 카메라로만 채웠었어요.

언젠가 닐이 금고를 열어 두고 갔기에 안을 들여다본 적이 있어요. 돈다발이 있을 줄 알았는데 아주 작은 금속과 유리로 된 물건뿐 아무것도 없더라고요. 펄쩍펄쩍 뛰어다니는 틀니처럼, 또 장난감인가 보다 생각하고 넘어갔어요. 하지만 어디 태엽 감는 장치가 있는지 봐도 모르겠고, 워낙 오래된 물건이라 손대기도 겁이 났어요.

"나 그거 갖고 놀아도 돼요?" 닐에게 물었어요.

"뭘 갖고 놀아?"

"금고 안에 있는 장난감요."

"오늘은 안 돼." 닐은 미소를 띠고 말했어요. "좀 더 크면 또 모르지."

그리고 닐은 금고 문을 닫았고, 나는 그 이상한 장난감을 까맣게 잊고 있다가, 때가 되어서야 기억하고 그게 무엇인지 알게 되었어요.

닐은 각종 물건을 직접 수리하려 했지만, 부품이 없어서 실패하기

일쑤였어요. 그러고 나면 물건들은 그냥 거기 놓인 채 멜라니 말대로 '먼지만 모으고' 있었죠. 닐은 뭘 내다 버리는 걸 아주 싫어했어요.

닐은 벽에 옛날 포스터들을 몇 장 붙여 뒀어요. 아주 옛날 전쟁에서 나온 '가벼운 입이 함선을 침몰시킨다'*도 있었고, 여자들도 폭탄을 만들 수 있음을 과시하기 위해 이두박근을 자랑하는 여자의 포스터도 있었어요. 역시 그 옛날 옛적의 전쟁 때 나온 포스터였죠. 그리고 어떤 남자와 깃발이 그려진 적색과 흑색의 포스터도 있었는데, 닐 말로는 러시아가 되기 전의 러시아에서 나온 거래요. 그건 다 위니펙에 사는 닐의 증조부님 거라고 했어요. 위니펙이라고 하면 내가 아는 거라곤 춥다는 것밖에 없었지만요.

꼬마 때는 클로즈 하운드를 정말 좋아했어요. 보물이 그득한 동굴 같았거든요. 내가 '물건을 건드려서' 고장을 낼지도 모른다고 닐의 사무실에는 못 들어가게 했고요. 하지만 어른이 지켜볼 때는 태엽 감는 장난감들이나 뮤직박스나 연산 기계를 가지고 놀 수 있었어요. 하지만 카메라들은 손대지 못하게 했죠. 그건 너무 귀한 물건이란 말이야, 닐이 말했어요. 그리고 어차피 속에 필름도 없는데, 갖고 놀면 뭐 하겠니?

우리는 가게 위층에 살지 않았어요. 우리 집은 멀리 떨어진 곳, 낡은 방갈로와 방갈로를 철거하고 그 자리에 지은 새롭고 더 큰 집들이 몇 채 있는 주택 지역에 있었어요. 우리 집은 방갈로는 아니었지요. 2층도 있고 거기 침실들이 있었어요. 하지만 새집도 아니었어요.

---

* Loose lips sink ships. 제2차 세계대전 당시 미국의 전쟁 프로파간다에 동원된 슬로건이다. 그러나 현재는 '부주의하게 입을 놀리지 말라'는 뜻의 숙어로 자리 잡았다.

노란 벽돌로 지은 집이었고, 아주 평범했어요. 두 번 쳐다볼 만한 구석이 하나도 없는 집이었어요. 돌이켜 생각해 보니, 아마 그게 목적이었던 것 같네요.

8

나는 토요일과 일요일이면 클로즈 하운드에서 아주 많이 머물렀는데, 멜라니가 나 혼자 집에 있는 걸 싫어했기 때문이에요. 왜 안 되는 거야? 나는 열두 살 때쯤부터 이상하게 생각했어요. 불이라도 나면 어떡해, 멜라니는 말했어요. 어쨌든, 아이를 집에 혼자 두는 건 불법이야. 나는 어린애가 아니라고 반박했지만 멜라니는 한숨을 쉬며 뭐가 어린애고 아닌지 내가 천지 분간을 못 한다고 했고, 애를 키우는 일에는 큰 책임이 따른다고, 나중에는 나도 이해하게 될 거라고 했어요. 그리고 나 때문에 머리가 다 아프다고 말했고, 우리는 멜라니의 차에 타고 가게로 갔어요.

나는 가게 일을 도와도 좋다는 허락을 받았어요. 티셔츠를 사이즈별로 분류하고 가격표를 붙이고 빨거나 버려야 할 옷들을 따로 치워두고. 그런 일 하는 게 좋았어요. 뒤쪽 구석 테이블에 앉아서 희미한 나프탈렌 볼 냄새에 휩싸인 채 들어오는 사람들을 구경했죠.

모두가 손님은 아니었어요. 직원 화장실을 쓰고 싶어 들어오는 노숙자들도 있었고요. 멜라니는 얼굴을 아는 노숙자한테는 화장실을 쓰게 해 줬어요, 특히 겨울에는요. 꽤 자주 오던 늙수그레한 남자가 하나 있었어요. 멜라니한테서 얻은 트위드 코트와 니트 조끼를 입고 있었죠. 열세 살쯤 됐을 때 나는 그 사람이 왠지 으스스해졌어요. 학교에서 아동성애자에 대한 교육을 받았거든요. 그 남자 이름은 조지였어요.

"조지가 화장실을 쓰지 못하게 해요." 나는 멜라니에게 말했어요. "변태란 말이야."

"데이지, 매정하게 왜 그러니." 멜라니가 말했어요. "왜 그런 생각을 했어?" 우리는 우리 집에, 주방에 있었어요.

"딱 봐도 그렇잖아요. 항상 주변을 맴돌고. 가게 바로 앞에서 돈 달라고 사람들 귀찮게 하고. 게다가 엄마를 스토킹하고 있단 말이에요." 나를 스토킹한다고 했을 수도 있는데, 그랬다면 정말로 놀라서 난리가 났을지도 몰라요. 하지만 그건 사실이 아니었어요. 조지는 나를 쳐다보지도 않았거든요.

"아니, 그렇지 않아." 멜라니는 웃음을 터뜨리고 말했어요.

나는 그녀가 세상 물정을 모른다고 생각해 버렸어요. 그때 나는 세상에 모르는 게 없는 사람이었던 부모가 갑자기 아는 게 하나도 없는 사람으로 바뀌는 나이였지요.

가게에 아주 자주 드나드는 사람이 또 하나 있었지만, 그 여자는 노숙자가 아니었어요. 나는 대충 마흔, 아니 어쩌면 쉰에 더 가까운 나이일 거라고 짐작했어요. 나는 어른들의 나이를 잘 어림할 줄 몰랐거든요. 보통은 검은 가죽 재킷, 블랙진, 묵직한 부츠 차림이었어요. 길고 검은 머리를 뒤로 묶고, 화장기가 없었죠. 바이커처럼 보였지만 진짜 바이커는 아니었어요. 오히려 바이커 광고에 가까웠어요. 가게 손님도 아니었어요. 그 여자는 뒷문으로 들어와서 자선단체에 보낼 옷을 받아 갔어요. 멜라니는 둘이 오래된 친구라고, 그래서 에이다가 부탁하면 거절하기 어렵다고 했어요. 아무튼, 에이다에게는 팔기 어려운 옷들만 주니까 누가 가져다 잘 쓰면 좋은 거라고.

내가 보기에 에이다는 자선사업 일을 할 타입이 아니었어요. 부드럽고 잘 웃기는커녕 모난 얼굴에, 걸음걸이도 성큼성큼 씩씩했거든요. 에이다는 오래 머무르는 법이 없었고, 나갈 때는 버리는 옷가지가 든 마분지 상자를 꼭 한두 개씩 챙겨서 그날그날 가게 뒤쪽에 주차해 둔 차에 실었어요. 내가 앉은 자리에서는 그 차들이 보였어요. 한 번도 같은 차를 몰고 온 적이 없어요.

아무것도 사지 않으면서 클로즈 하운드에 드나드는 세 번째 부류가 있었어요. 은빛이 도는 긴 드레스에 하얀 모자를 쓰고 진주 소녀라고 자처하는 젊은 여자들이었죠. 자기네들이 길리어드를 위해서 하느님의 일을 하는 선교사들이라고 했어요. 그 여자들이 조지보다 훨씬 더 소름 끼쳤어요. 여자들은 시내에서 노숙자들에게 말을 걸고 상점마다 들어가면서 사람들을 괴롭혔어요. 그 여자들에게 무례하게 구는 사람들도 있었지만, 멜라니는 그래 봤자 아무 소용이 없다면서 절대 그러지 않았어요.

진주 소녀들은 언제나 둘씩 짝을 지어서 나타났어요. 하얀 진주 목걸이를 걸고 굉장히 많이 웃었지만 진짜로 미소 짓지는 않았어요. 그 여자들은 멜라니에게 홍보 책자를 내밀었고, 그 책자들에는 정갈

한 거리, 행복한 아이들, 일출 사진과 길리어드로 유혹하기 위한 목적의 제목이 인쇄되어 있었죠. '타락했다고요? 하느님은 그래도 당신을 용서하신답니다!' '집이 없나요? 길리어드에는 당신을 위한 집이 있습니다.'

그리고 언제나 아기 니콜에 대한 책자가 적어도 하나씩 있었어요. '아기 니콜을 돌려주세요!' '아기 니콜의 집은 길리어드입니다!' 학교에서는 아기 니콜에 대한 다큐멘터리를 보여 줬어요. 아기의 어머니는 시녀였는데 아기 니콜을 길리어드 밖으로 몰래 데리고 나왔대요. 니콜의 아버지는 엄청 무서운 최고위층 길리어드 사령관이었고, 그래서 굉장한 난리가 났고, 길리어드에서는 니콜이 법적 부모와 재결합할 수도 있도록 귀환을 요구했어요. 캐나다는 꾸물거리다가 끝내 굴복하고 최선의 노력을 다하겠다고 답했지만, 이미 아기 니콜은 종적 없이 사라진 후였죠.

이제 아기 니콜은 길리어드의 선전용 포스터마다 나오는 이미지가 되었어요. 진주 소녀들의 모든 홍보 책자에 똑같은 아기 니콜의 사진이 있었죠. 특별한 데 하나 없는 보통 아기의 모습이었지만 사실상 길리어드에서는 성인이나 다름없다고 우리 선생님이 말했어요. 아기 니콜은 우리한테도 아이콘이었어요. 캐나다에서 반(反)길리어드 시위가 열릴 때마다 그 사진을 내세워 아기 니콜! 자유의 상징! 같은 슬로건이 등장했거든요. 아니면 아기 니콜! 우리의 앞길을 인도한다!라든가요. 아기가 무슨 앞길을 인도하겠어, 나는 그런 생각을 하곤 했죠.

기본적으로 아기 니콜이 싫었던 이유는 그 주제로 리포트를 써야 했기 때문이에요. 나는 아기 니콜이 양측에 의해 축구공처럼 이용당하고 있고 최대 다수의 최대 행복을 위해서는 본국으로 돌려보내야 한다고 썼다가 C를 받았어요. 선생님은 내가 매정하다면서 타인의 권리와 감정을 존중하는 법을 배워야 한다고 말했고, 나는 길리어드 사람들도 사람인데 그 사람들의 권리와 감정은 존중하지 않아도 되느냐고 따졌죠. 선생님은 인내심을 잃고 버럭 화를 내며 철 좀 들라고 했어요. 아마 맞는 말이었을 거예요. 일부러 선생님 속을 긁고 있었거든요. 하지만 그래도 C를 받은 건 화가 났어요.

진주 소녀들이 올 때마다 멜라니는 홍보 책자를 받고 매대에 쌓아 두겠다고 약속했어요. 가끔은 심지어 옛날 홍보 책자들을 돌려주기도 했어요. 남은 홍보 책자는 다시 모아 뒀다 다른 나라에 가서 써야 한대요.

"왜 그렇게 해 줘요?" 나는 열네 살이 되어 예전보다 정치에 관심이 더 많아졌을 때 물었어요. "아빠는 우리가 무신론자라고 하던데요. 엄마는 오히려 부추기고 있잖아요."

우리는 학교에서 길리어드에 대한 수업을 세 번 받았어요. 그곳은 끔찍한, 정말 끔찍한 곳이었어요. 여자는 직업도 못 갖고 차도 몰지 못하고 시녀들은 암소처럼 임신을 강요당하는 곳, 차라리 암소 입장이 나아 보였죠. 길리어드 쪽에는 대체 어떤 사람들이 사는 걸까, 무슨 괴물 아닐까? 그랬어요. 특히 여자들요.

"왜 당신들은 나쁜 사람들이라고 말하지 않아요?"

"그 여자들과 말다툼을 해 봤자 허사니까." 멜라니가 말했어요. "광신도들이거든."

"그러면 내가 말할래요."

나는 그때 사람들의 문제를, 특히 어른들의 잘못을 다 안다고 믿었어요. 내가 나서서 바로잡을 수 있다고 생각했어요. 진주 소녀들은 나보다 나이도 많은데 어려서 모른다고 할 수는 없잖아요? 어떻게 그딴 쓰레기 같은 소리를 믿을 수가 있어요?

"안 돼." 멜라니의 말투가 몹시 날카로웠어요. "뒤쪽에 가만히 있어. 네가 그 여자들하고 말을 섞는 건 싫어."

"왜 안 돼요? 내가 다 알아서……."

"네 나이 여자아이들을 꼬드겨서 길리어드로 데리고 가려고 한단 말이야. 진주 소녀가 여자들과 소녀들을 돕고 있다고 말할 거야. 네 이상주의에 호소할 거라고."

"난 절대로 그런 데 넘어가지 않을 거라고요!" 나는 씩씩거리며 화를 냈어요. "내가 망할 뇌가 없는 것도 아니고!"

보통 나는 멜라니와 닐 앞에서 욕을 하지 않았지만, 가끔 나도 모르게 그런 말들이 튀어나올 때가 있어요.

"더러운 입 조심해라." 멜라니가 말했어요. "나쁜 인상을 준단 말이야."

"미안해요. 하지만 난 안 속아요."

"당연히 안 속지." 멜라니가 말했어요. "하지만 그 여자들은 그냥 내버려 둬. 내가 홍보 책자만 받아 주면 그냥 가잖니."

"그 여자들 진주는 진짜예요?"

"가짜야." 멜라니가 말했죠. "그 여자들의 모든 게 다 가짜야."

9

나를 위해 해 준 그 모든 일에도 불구하고, 멜라니에게서는 아득한 냄새가 풍겼어요. 내가 방문한 낯선 집의 손님용 꽃향기 비누 같은 냄새가 났죠. 내 말뜻은, 우리 엄마 같은 냄새가 아니었다는 말이에요.

어릴 때 내가 좋아하던 학교 도서관 책이 있었는데 늑대 무리에 들어간 한 남자 이야기였어요. 이 남자는 늑대 무리의 냄새가 씻겨 나가면 무리에서 쫓겨날까 봐, 목욕을 할 수 없었지요. 멜라니와 내 경우엔, 오히려 늑대 무리 냄새를 한 겹 덧입을 필요가 있었다고 할까요, 우리가 우리라고 꼬리표를 달아 주는 그것, 우리가 함께라는 표징 말이에요. 하지만 끝내 그런 일은 없었어요. 우리 사이는 끝까지 좀 서먹서먹했죠.

그리고 닐과 멜라니도 내가 아는 다른 애들의 부모와 좀 달랐어요. 내가 무슨 깨지는 물건도 아닌데, 곁에 있을 때 너무 조심했거든요. 남의 귀하고 값비싼 고양이를 대신 돌봐 주는 사람들 같았어요. 자기 고양이는 그냥 그런가 보다 하잖아요. 아무렇지도 않게 대하고. 하지만 남의 고양이는 얘기가 다르죠. 잃어버리면 완전히 종류가 다른 죄책감을 느끼게 되니까요.

또 한 가지 있어요. 학교 아이들은 자기 사진이 있었어요, 아주 많았어요. 부모님이 아이들 생의 1분 1초를 기록했죠. 심지어 출산 과정의 사진이 있는 애들도 있어서 '쇼앤드텔'*에 가져온 적도 있어요. 옛날에 나는 그런 게 징그럽다고 생각했어요. 피범벅에 커다란 다리에, 작은 머리가 나오는 사진 말이에요. 그리고 다른 아이들은 아기 때 사진도 있었어요, 그것도 수백 장. 이런 애들은 트림만 해도 어른이 카메라를 대고 한 번 더 해 보라고 난리였다죠. 꼭 인생을 두 번 사는 것처럼, 한 번은 현실에서 두 번째는 사진을 위해서.

그런 일은 내게 없었어요. 닐의 골동품 카메라 컬렉션은 근사했지만 실제로 작동하는 카메라는 우리 집에 한 대도 없었어요. 멜라니는 어렸을 때 내 사진들은 불이 나서 다 타 버렸다고 했어요. 이런 소리를 믿는 건 바보밖에 없을 텐데, 그래서 나는 믿었어요.

이제 내가 저지른 바보짓과 그 결과 초래된 사태 얘기를 해 드릴게요. 내 행동이 자랑스럽지는 않아요. 돌아보면, 얼마나 멍청했는지 알겠거든요. 하지만 그때는 그걸 못 봤어요.

내 생일 일주일 전에, 길리어드에 대한 시위행진이 열리게 됐어요. 새로운 집단 처형 영상이 길리어드에서 유출되어 뉴스에 방송됐어요. 이단과 배교, 그리고 길리어드 밖으로 몰래 아기를 빼내려고 한 죄목으로 교수형을 당하는 여자들. 길리어드 법으로는 반역죄였어요. 우리 학교는 '세계 사회의식 제고' 행사의 일환으로서 시위에 참여할 수 있도록, 고학년 두 학년은 수업을 면제해 줬지요.

우리는 플래카드를 만들었어요. 길리어드와 무역을 단절하라! 길리어드 여성에게 정의를! 아기 니콜, 길잡이 별! 어떤 아이들은 녹색 문구도 덧붙였어요. 길리어드, 기후 과학을 거짓으로 부정하지 말라! 길리어

---

* Show and Tell. 의미가 있는 물건을 가져와 그와 관련된 이야기를 발표하는 교육과제.

드는 우리가 튀겨져 죽기를 원한다! 산불과 죽은 새와 물고기와 사람들 사진을 붙이고요. 교사들 몇 명과 학부모 자원봉사자들이 우리와 동행해서 폭력적인 일에 휘말리지 않도록 지도하기로 했어요. 생전처음 참가하는 시위였기 때문에 나는 마음이 들떴죠. 그런데 닐과 멜라니가 가면 안 된다고 했어요.

"왜 안 돼요?" 내가 말했죠. "다른 애들은 다 가는데!"

"절대로 안 돼." 닐이 말했죠.

"우리는 원칙을 수호해야 한다고 아빠가 입버릇처럼 말해 놓고." 내가 말했어요.

"이건 달라. 안전하지 못해, 데이지." 닐이 말했어요.

"삶이 안전하지 못하다고, 아빠가 직접 한 말이잖아요. 어찌 됐든 선생님들이 많이 따라가요. 그리고 이것도 학교 공부라고요. 안 가면 점수를 못 딴다니까요!"

이 마지막 부분은 엄밀히 따지면 사실이 아니었지만 닐과 멜라니는 내가 성적을 잘 받기를 원했죠.

"가도 괜찮을지 몰라." 멜라니가 말했어요. "에이다한테 같이 가 달라고 부탁하면?"

"나는 아기가 아니라고, 베이비시터 같은 거 필요 없다고." 내가 말했어요.

"당신 지금 헛것이라도 봐?" 닐이 멜라니에게 말했죠. "언론이 부글부글할 거라고! 뉴스에 나올 거란 말이야!"

닐은 별로 없는 머리를 쥐어뜯고 있었어요. 걱정이 된다는 표시였죠.

"그게 시위의 목적이라고." 우리가 들고 갈 포스터 중 한 장을 내가 만들었어요. 검은 해골에 빨간 글자. 길리어드 = 정신의 죽음. "애초에 뉴스에 나오려고 시위를 하는 거잖아요!"

멜라니는 손으로 귀를 막았어요.

"나 이제 두통이 오려고 해. 닐이 옳아. 안 돼. 엄마는 못 가게 할 거야. 너는 그날 오후에 가게에서 엄마 일을 도와, 이걸로 이 얘기 끝이야."

"좋아요, 어디 날 집에다 가둬 봐요."

나는 쿵쾅거리며 내 방으로 돌아와서 문을 쾅 닫았어요. 날 억지로 못 가게 할 수는 없었어요.

내가 다니던 학교는 와일 학교라고 해요. 학교 이름은 옛날 조각가 플로렌스 와일*을 따서 지었고, 본관 입구에 그녀의 사진이 걸려 있었어요. 학교는 창의성을 계발해 줘야지, 멜라니는 말했어요. 민주주의적 자유와 독립적 사고를 이해하도록 해야 하고, 닐이 말했지요. 두 사람은 그래서 사립학교 일반을 찬성하지는 않지만 나를 그 학교에 보내는 거라고 했죠. 아무래도 공립학교의 기준이 너무 낮다고, 물론 우리 모두 체제를 발전시키기 위해 노력해야 하지만 그사이에 내가 청소년 마약상의 칼에 찔리는 건 바라지 않는다고 말이에요. 이제 생각해 보니 그들이 와일을 고른 이유가 하나 더 있었어요.

---

* Florence Wyle. 미국과 캐나다에서 활동한 여성 조각가, 디자이너, 시인. 캐나다 예술계를 개척한 선구자 중 한 사람이다. 동성의 파트너 프랜시스 로링(Frances Loring)과 삶과 작업을 함께했다. 왕립 캐나다 미술원의 정식 회원이 된 최초의 여성 조각가이기도 하며 예술가의 생활 보장과 기본 인권을 위해 노력했다.

와일에서는 출석을 엄격하게 확인했어요. 결석이 아예 불가능했죠. 그러니까 멜라니와 닐은 내가 어디 있는지 항상 알고 있었던 거예요.

나는 와일 학교를 사랑하지는 않았지만 싫어하지도 않았어요. 그 학교는 머지않아 눈앞에 형체가 드러날 참된 내 삶으로 가기 위해 통과해야 하는 길목 같은 거였어요. 얼마 전만 해도 작은 동물을 치료하는 수의사가 되고 싶었지만, 그 꿈은 이제 유치해 보였어요. 그 다음에는 외과 의사가 되겠다고 마음을 먹었는데, 학교에서 수술 장면의 비디오를 본 후로 속이 메슥거렸지요. 다른 와일 학교 학생들은 가수나 디자이너나 다른 창의적인 직업을 갖고 싶어 했지만, 나는 그러기엔 너무 음치인 데다 투박했어요.

학교 친구들은 몇 명 있었어요. 가십을 주고받는 친구들, 여자애들, 숙제를 거래하는 친구들, 각각 몇 명씩 있었죠. 나는 실제 능력보다 성적을 덜 받으려고 애썼기 때문에(사람들의 시선을 끌고 싶지 않았거든요.) 내가 한 과제는 물물교환에서 값어치가 높았어요. 하지만 체육 과목과 운동을 잘하는 건 괜찮았고, 나는 실제로 운동을 잘했어요. 특히 농구처럼 신장과 스피드가 중요한 종목은 뭐든지 잘했죠. 팀에서만큼은 나도 인기가 많았어요. 그러나 학교 밖에서 내 삶은 제약이 많고 갑갑했어요. 닐과 멜라니가 워낙 작은 일에도 화들짝 화들짝 놀라서요. 쇼핑몰에서 구경하며 돌아다니는 것도 금지였어요. 코카인 중독자들이 득시글거려, 멜라니는 말했죠. 공원에서 친구들과 같이 어울리는 것도 안 돼, 닐이 말했어요. 낯선 남자들이 거기 몰래 숨어 있을 수도 있으니까. 그래서 나의 사교생활은 0에 수렴하다시피 했어요. 순전히 나이가 들면 해도 되는 일들로만 구성되어 있었지요. 우리 집에서 닐의 마술 단어는 안 돼였어요.

하지만 이번에는 물러서지 않을 생각이었죠. 무슨 일이 있어도 그 시위행진에 가고 말 작정이었어요. 학교에서 우리를 싣고 갈 버스 몇 대를 준비했어요. 멜라니와 닐은 교장 선생님에게 전화를 걸어 불허 의사를 밝혔고, 교장 선생님은 내게 뒤에 남아 있으라고 했고, 나는 당연히 이해한다고, 걱정 마시라고, 멜라니가 차를 가지고 데리러 올 때까지 기다리겠다고 장담했어요. 하지만 아이들 이름을 확인하는 건 버스 기사뿐이었는데, 그는 누가 누군지 몰랐고, 모두가 이리저리 떼밀리고 있었고, 학부모와 교사 들은 한눈을 팔고 있었으며 내가 원래 따라가면 안 된다는 사실도 몰랐어요. 그래서 나는 가기 싫어하는 우리 농구팀 팀원과 학생증을 바꿔 버스에 탔고, 그런 나 자신이 기특해서 몹시 뿌듯했어요.

10

시위행진은 처음에는 설레고 흥분됐어요. 중심가에, 의회 건물 근처였는데, 사실 완전히 꽉 막혀서 아무도 어디로 갈 수 없었으니 행진이라고 할 수도 없었지요. 사람들이 연설을 했어요. 길리어드 콜로니에서 치명적인 방사능 제거 작업을 하다가 죽은 어떤 여자의 캐나다 친척이 노예 노동에 대해서 말했어요. 길리어드 '내셔널 홈랜드'* 종족학살 사태 생존자 협회 회장이 노스다코타주로 강제행군을 했던 이야기를 들려주었어요. 그곳에서는 울타리가 둘러쳐진 유령

76

마을에 사람들을 양 떼마냥 꾸역꾸역 몰아넣고 식량도 물도 주지 않았다고, 그리하여 수천 명이 죽었고, 사람들은 목숨을 걸고 한겨울에 북쪽 캐나다 국경까지 걸어갔다고, 그리고 남자는 손가락이 없는 손을 치켜들며 말했어요, 동상 때문입니다.

다음에는 생츄케어**의 연설자가(탈출한 길리어드 여성들을 위한 난민 구호 단체였어요.) 아기를 빼앗긴 여자들에 대해 말하면서, 얼마나 잔인한 일이냐고, 아기를 되찾으려 시도만 해도 저들은 신에 대한 불경죄를 지었다며 고발한다고 말했어요. 가끔 사운드 시스템이 끊겼기 때문에 연설이 전부 잘 들리지는 않았지만 의미는 충분히 똑똑하게 알아들을 수 있었어요. 아기 니콜 포스터들도 아주 많았어요. 모든 길리어드 아기들은 아기 니콜이다!

그때 우리 학교가 단체로 구호를 외치며 플래카드를 들었고, 다른 사람들은 또 다른 문구를 치켜들었어요. 길리배드*** 파시스트를 축출하라! 당장 피난처를 제공하라! 바로 그때 다른 플래카드를 치켜든 맞시위 참가자들이 나타났어요. 국경을 폐쇄하라! 길리어드 창녀와 헤픈 여자들은 길리어드가 알아서 하라, 우리도 많아서 문제다! 침공을 멈춰라! 수음하는 자들은 제집에 가라! 그들 사이에는 은빛 도는 드레스에 진주목걸이를 걸친 진주 소녀 무리도 있었어요. 손에는 아기 도둑들에게 죽음을!이라든가 아기 니콜을 돌려달라는 문구를 들고요. 우리

---

* 홈랜드(Homeland)는 과거 남아프리카공화국에서 인종격리 정책에 의해 설정되었던 흑인 자치구를 뜻한다. '내셔널 홈랜드'는 백인이 아닌 인종들을 각기 격리해 수용하는 정책으로 추정된다.

** SanctuCare. 성역(Sanctuary)과 보살핌(Care)을 조합한 단체명.

*** Gilibad. 길리어드가 악당이라는 의미로 Gilead와 Bad를 합성해 만든 단어.

쪽 사람들이 그쪽으로 달걀을 던지며 맞히면 환호성을 올렸지만 진주 소녀들은 그저 특유의 반지르르한 미소를 계속 짓고 있었어요.

여기저기 몸싸움이 벌어졌죠. 검은 옷을 입고 얼굴을 가린 사람들이 한 무리 나타나서 가게 창문을 깨기 시작했어요. 느닷없이 폭동 진압 장구를 갖춘 경찰이 엄청나게 들이닥쳤어요. 홀연 허공에서 튀어나온 것 같았어요. 경찰들은 방패를 쾅쾅 휘두르며 전진했고, 진압봉으로 아이들이며 다른 사람들을 마구 때렸어요.

그때까지만 해도 나는 격앙되어 있었지만, 이제는 무서워졌어요. 빠져나가고 싶었지만, 워낙 인파가 빽빽해서 꼼짝달싹도 할 수 없었어요. 우리 반 아이들도 찾을 수가 없고, 사람들도 공황 상태였어요. 이쪽저쪽으로 파도처럼 밀려다니며 비명을 지르고 악을 썼어요. 뭔가가 내 배를 세게 쳤어요. 팔꿈치였던 것 같아요. 헉헉 밭은 숨을 쉬는데 눈에서 눈물이 흐르는 게 느껴졌어요.

"이쪽이야." 내 뒤에서 걸걸한 목소리가 들렸어요. 에이다였어요. 에이다는 내 멱살을 잡고 자기 뒤에서 질질 끌고 갔어요. 어떻게 길을 텄는지 모르겠어요. 사람들 다리를 발로 마구 찼을 거라고 짐작해요. 다음 순간에는 우리가 소요사태 뒤쪽의 거리로 나와 있었어요. 소요사태, 나중에 TV에서 그렇게 말했어요. 영상을 보고 생각했어요, 이제 소요사태 한가운데 있는 게 어떤 기분인지 알아. 물에 빠져 죽는 기분이야. 물에 빠져 죽어 본 적도 없으면서요.

"멜라니한테 네가 여기 있을지 모른다고 들었다." 에이다가 말했어요. "집에 데려다주마."

"아니요, 하지만……." 나는 겁에 질렸다고 인정하기가 싫었어요.

"지금 당장. 쉿. 만일이고 하지만이고 다 넣어 둬."

그날 밤 뉴스에서 내 모습을 보았어요. 플래카드를 치켜들고 외치고 있었어요. 닐과 멜라니가 길길이 날뛰며 화낼 줄 알았는데, 그러지 않았어요. 오히려 불안해했어요.

"왜 그랬니?" 닐이 말했어요. "우리 말 못 들었니?"

"사람은 항상 불의에 맞서 싸워야 한다고 했잖아요." 내가 말했죠. "학교에서도 그렇게 말했고요."

내가 선을 넘었다는 건 알았지만 사과하지는 않을 작정이었어요.

"우리 다음 행동은 뭐야?" 멜라니가 말했어요, 내가 아니라 닐한테. "데이지, 물 한 잔 갖다줄래? 냉장고에 얼음이 좀 있어."

"그렇게 나쁘지 않을 수도 있어." 닐이 말했어요.

"위험을 감수할 수는 없어." 멜라니의 말소리가 들렸어요. "움직여야 해, 어제처럼. 에이다한테 전화를 해야겠어. 밴을 한 대 구해 줄 수 있을 거야."

"대비책이 준비가 안 됐어." 닐이 말했어요. "우리는 안……."

내가 물잔을 들고 방 안으로 다시 들어왔어요.

"무슨 일이에요?" 내가 물었어요.

"너 숙제 없나?" 닐이 말했어요.

11

사흘 뒤 클로즈 하운드에 침입자가 있었어요. 가게에는 경보 시스템이 있었지만, 강도는 누가 미처 도착하기도 전에 이미 들어왔다 나갔어. 경보 시스템의 문제가 바로 그거야, 멜라니가 말했어요. 멜라니는 절대로 가게에 현금을 두지 않았기 때문에 강도들이 돈은 찾지 못하고 입을 수 있는 예술 몇 점만 들고 가면서 닐의 사무실을 난장판으로 만들어 놨어요. 닐의 서류가 마루에 다 흩어져 있었어요. 강도들은 닐의 수집품도 몇 점 훔쳐 갔어요. 시계 몇 개와 낡은 카메라들, 골동품 태엽장치 광대 인형. 강도들이 방화도 했어, 하지만 방식이 서툴러서 불은 금방 껐지, 닐이 말했어요.

경찰이 와서 닐과 멜라니한테 적이 없느냐고 물었어요. 아니요, 원한 관계도 없어요, 다 괜찮습니다, 아마 그냥 노숙자들이 마약 살 돈을 구하려고 그랬을 거예요. 이렇게 대답하긴 했지만 나는 두 사람의 심기가 불편하다는 걸 알아챘어요. 내가 듣지 말았으면 하는 얘기를 할 때 하는 방식으로 둘이 이야기를 나눴거든요.

"저들이 카메라를 가져갔어." 닐이 멜라니에게 말하는데 마침 내가 주방에 들어갔어요.

"무슨 카메라요?" 내가 물었죠.

"아, 그냥 낡은 카메라." 닐이 말했어요. 또 머리를 뜯으면서. "하지만 귀한 거야."

그때부터 닐과 멜라니는 점점 더 신경이 예민해졌어요. 닐은 가게 경보 시스템을 새로 주문했어요. 멜라니는 우리가 다른 집으로 이사가야 할지도 모른다고 말해 놓고, 내가 이것저것 따져 물었더니 그냥 생각만 하는 거라고 둘러댔어요. 닐은 침입 사건에 대해서 "피해는 없잖아."라고 말했죠. 하지만 같은 말을 몇 번이나 하는 바람에, 닐이 좋아하는 카메라가 없어진 것 말고 실제로 또 무슨 피해가 있는지 궁금해졌어요.

침입 사건 다음 날 밤, 멜라니와 닐이 TV를 보고 있었어요. 보통 두 사람은 제대로 앉아서 TV를 보는 일이 없었는데(TV는 항상 켜 두고 있었어요.) 이번에는 열심히 보고 있었어요. 아드리아나 '아주머니'라고만 신분이 밝혀진 진주 소녀 한 명이 동행하는 진주 소녀와 함께 세 들어 살던 콘도에서 주검으로 발견되었던 거예요. 자기 은색 허리띠를 목에 감은 채 문손잡이에 묶여 있었대요. 죽은 지는 며칠 됐다고, 감식 전문가가 말했어요. 냄새를 감지하고 경찰에 신고한 사람은 다른 콘도의 소유자였어요. 경찰에서는 자살이라면서, 이런 자기 교살은 흔한 방법이라고 말했어요.

죽은 진주 소녀의 사진이 나왔어요. 나는 그 사진을 찬찬히 뜯어봤어요. 진주 소녀들은 옷차림 때문에 분간하기 어려울 때도 있는데, 그 여자는 최근에 클로즈 하운드에 와서 홍보 책자를 나눠 준 기억이 났어요. 샐리 '아주머니'로 밝혀진 그녀의 파트너도요. 뉴스 앵커는 그 여자의 행방이 묘연하다고 했어요. 그 여자 사진도 있었어요. 경찰은 목격하면 신고해 달라고 요청하고 있었어요. 길리어드 영사관에서는 아직 논평을 내놓지 않았고요.

"끔찍한 일이야." 닐이 멜라니를 보고 말했어요. "저 여자애 불쌍해서 어떡해. 이게 무슨 참사야."

"왜요?" 내가 말했어요. "진주 소녀는 길리어드를 위해 일하잖아요. 우리를 증오하고. 모두가 아는 사실인데요, 뭐."

그때 둘 다 나를 바라보았어요. 그 표정을 형언하는 말이 뭘까요? 쓸쓸하고 막막했어요, 그게 맞을 것 같아요. 영문을 알 수 없어서 당황스러웠어요. 대체 무슨 상관이라고?

정말로 나쁜 일은 내 생일에 일어났어요. 그날 아침은 만사가 평범한 것처럼 시작됐죠. 나는 일어나서 초록색 체크 와일 교복을 입었고…… 우리가 교복을 입었다고 내가 말했나요? 초록색 양말을 신은 발에 검은 레이스업 구두를 덧신고, 정해진 등교 옷차림에 맞춰 머리를 뒤로 모아 하나로 묶고(풀어서 흘러내리는 머리카락은 금지였어요.) 아래층으로 내려갔어요.

멜라니는 화강암 아일랜드가 있는 주방에 있었어요. 나는 우리 학교 카페테리아처럼 레진과 재활용된 소재로 만든 상판이 있으면 좋겠다고 생각했죠. 레진을 통해 아래를 내려다보면 안에 든 물건들이 다 보였는데 어떤 상판에는 너구리 해골이 들어 있어서, 항상 시선을 집중할 거리가 있었어요.

주방 아일랜드는 우리가 대부분의 식사를 하는 곳이기도 했어요. 식탁을 갖춘 거실 겸 식당 구역도 있기는 했어요. 디너파티를 위한 공간이었는데, 멜라니와 닐은 디너파티를 열지 않았어요. 대신 모임들이 열렸어요. 닐과 멜라니의 이런저런 관심사들과 연관된 모임이었죠. 그 전날에도, 어떤 사람들이 집에 왔다 갔어요. 아직 커피잔들이 테이블에 널려 있고 크래커 부스러기가 담긴 접시와 시든 포도 몇 알이 있었어요. 나는 뭔지는 몰라도 내가 저지른 일의 후폭풍을 피하느라고 위층 내 방에 처박혀 있었기 때문에 그 사람들을 보지는 못했어요. 내가 저지른 일은 단순한 반항보다 훨씬 큰 일이 확실했어요.

주방에 들어가서 아일랜드에 앉았어요. 멜라니는 내게 등을 돌리고 있었어요. 창밖을 바라보고 있었죠. 그 창문에서는 우리 마당이 보였어요. 로즈메리 관목이 자라는 둥근 시멘트 화분들, 야외용 테이블과 의자가 있는 파티오, 그 앞으로 거리 모퉁이가 보였어요.

"좋은 아침." 내가 말했어요. 멜라니가 휙 뒤돌아봤어요.

"아! 데이지!" 그녀가 말하더군요. "네 소리를 못 들었네! 생일 축하해! 이제 달콤한 열여섯이 됐구나."

닐은 내가 학교 갈 시간이 다 될 때까지 아침 식사를 하러 오지 않았어요. 위층에서 전화 통화를 하고 있었죠. 살짝 마음이 상했지만 크게 속상하진 않았어요. 닐은 아주 정신이 없는 사람이었으니까.

멜라니가 보통 때처럼 차로 나를 데려다줬어요. 내가 혼자서 버스를 타고 등교하는 걸 별로 안 좋아했거든요. 버스 정류장이 우리 집 바로 앞에 있었는데도요. 멜라니는 (언제나 그렇듯) 클로즈 하운드로 어차피 가야 하는데 가는 길에 나를 내려 주는 거라고 말했어요.

"오늘 밤에는 네 생일케이크를 먹자, 아이스크림하고." 멜라니는 질문을 하듯 말꼬리를 올렸어요. "내가 방과 후에 데리러 올게. 이제 너도 다 컸으니까 닐과 내가 너한테 해 줄 얘기가 있어."

"좋아요." 내가 말했어요. 어차피 남자애들이며 '동의'의 의미 같은

애기겠지 생각했지요. 학교에서도 충분히 많이 들은 얘기. 보나 마나 어색하겠지만 참고 지나가야 할 일이었어요.

시위행진에 가서 미안하다고 말하고 싶었지만, 학교에 다 오는 바람에 말하지 못했어요. 말없이 차에서 내렸죠. 멜라니는 내가 교문 앞에 갈 때까지 기다렸어요. 나는 멜라니에게 손을 흔들었고 멜라니도 손을 흔들어 답했죠. 왜 그랬는지 모르겠어요. 보통 때는 안 그러거든요. 그게 내 나름의 사과였을 거예요.

그날 학교에서의 하루는 별로 기억나지 않아요. 기억할 일도 없잖아요? 평범했는데. 평범하다는 건 자동차에서 창밖을 내다보는 것 같아요. 사물들이 스쳐 가죠, 이것저것 또 이것저것, 특별한 의미 없이. 그런 시간을 꼬박꼬박 기록하진 않아요. 이를 닦듯 습관적이지요.

과제를 함께하는 친구들 몇 명이 점심 먹을 때 카페테리아에서 「생일 축하합니다」 노래를 불러 줬어요. 또 다른 애들이 박수도 쳐 줬죠.

그리고 오후가 됐어요. 공기는 텁텁하고 시계가 느려졌죠. 프랑스어 수업을 들으며 앉아 있었는데, 콜레트*가 지은 중편소설 「미추」를 읽어야 했어요. 옷장에 남자들 한두 명을 숨겨 주는 뮤직홀 스타에 대한 이야기였죠. 프랑스어기도 했지만, 과거에 여자들의 삶이 얼마나 힘들었는지를 보여 주려는 의도의 소설이었는데, 내가 보기에는 미추의 삶이 그렇게 끔찍하게 나빠 보이지 않았어요. 잘생긴 남자를 옷장에 숨겨 주다니…… 나도 그럴 수 있으면 좋겠다고 생각

---

* 시도니가브리엘 콜레트(Sidonie-Gabrielle Colette). 프랑스의 여성 소설가. 필명 '콜레트'로 활동했다. 배우이자 저널리스트이기도 했으며 1948년 노벨문학상 후보에 올랐다.

했죠. 하지만 행여 그런 남자를 안다 해도, 숨겨 둘 만한 데가 어디일까요? 내 방 옷장은 안 될 말이었어요. 멜라니가 당장 알아챌 테고, 그렇지 않더라도, 내가 밥을 먹여 줘야 하잖아요. 나는 그 문제를 꽤 열심히 생각했어요. 멜라니 모르게 몰래 반입할 만한 음식이 뭐가 있을까? 치즈와 크래커? 그 남자와 섹스를 하는 것도 불가능했어요. 옷장 밖으로 나오라고 하면 너무 위험하고, 내가 옷장 안으로 비집고 들어갈 공간도 없었거든요. 나는 학교에서 이런 백일몽에 자주 빠져들곤 했어요. 시간이 흘러가니까요.

아무튼 그게 내 삶에서 문제긴 했어요. 데이트하고 싶은 사람을 만난 적이 없어서 한 번도 누구와 사귀어 본 적이 없었거든요. 아무리 생각해 봐도 길이 보이지 않았어요. 와일 학교의 남자애들과는 불가능했어요. 초등학교를 같이 다녔는데, 그 애들이 코를 파는 것도 봤고, 어떤 애들은 바지에 오줌도 쌌단 말이에요. 마음속에 그런 이미지를 담고 낭만적인 감정을 품을 수는 없다고요.

이때쯤 나는 우울해졌어요. 생일이 사람을 우울하게 만들 수가 있어요. 마술 같은 변신을 원하지만 그런 일은 일어나지 않거든요. 졸지 않으려고 머리카락을 뽑았어요. 오른쪽 귀 뒤에서, 한 번에 그냥 두세 가닥씩. 같은 머리카락을 너무 자주 뽑으면 원형 탈모가 생길 위험이 있다는 걸 알았지만, 이런 습관이 생긴 지 몇 주 안 되니까요.

마침내 학교가 끝나고 집에 갈 수 있게 됐어요. 반들반들 윤이 나는 홀을 따라 걸어서 학교 정문까지 와서 교문 밖으로 나섰어요. 가벼운 보슬비가 내리고 있었어요. 비옷이 없었죠. 나는 거리를 눈으로 훑었어요. 차에서 기다리는 멜라니가 없었어요.

별안간 에이다가 검은 가죽 재킷을 걸친 차림으로 내 옆에 불쑥 나타났어요.

"가자. 차에 타." 에이다가 말했어요.

"뭐라고요?" 내가 물었죠. "왜요?"

"닐과 멜라니 일이야."

그 얼굴을 보고 알 수 있었어요. 정말로 나쁜 일이 벌어졌다는 걸. 내가 더 어른이었다면 당장 무슨 일이냐고 물었겠지만, 그러지 않았어요. 진짜로 알게 되는 순간을 미루고 싶었거든요. 내가 읽은 이야기들에서, 이름 없는 두려움이라는 구절을 본 적이 있어요. 그때는 그냥 단어들에 불과했는데 이제 정확히 내가 느끼는 감정이었어요.

자동차에 타고 에이다가 운전하기 시작했을 때, 내가 물었어요.

"누가 심장마비라도 일으켰어요?" 그런 생각밖에 나지 않았어요.

"아니야." 에이다가 말했어요. "내 말 잘 듣고 나한테 난리 치지 마. 너희 집으로는 돌아갈 수 없게 됐어."

배 속의 끔찍한 느낌이 더 심해졌어요.

"뭔데요? 불이 났어요?"

"폭발이 일어났어." 에이다가 말했어요. "자동차 폭탄이었어. 클로즈 하운드 바로 밖에서."

"저런. 가게가 박살 났어요?"

처음에는 강도가 들어오더니, 이번엔 또 이런 일이.

"멜라니의 차였어. 멜라니와 닐이 둘 다 타고 있었어."

1분쯤 거기 앉아서 아무 말도 못 했어요. 이 말의 의미가 이해되지 않았어요. 어떤 미친 사람이 닐과 멜라니를 죽이고 싶어 할까? 그렇게 너무나 평범한 사람들인데.

"그래서 죽은 거예요?" 마침내 물었어요.

몸이 덜덜 떨리고 있었어요. 폭발 장면을 떠올리려 해 봤지만, 눈앞에 보이는 건 텅 빈 여백뿐이었어요. 새카만 사각형.

V

밴

아르두아 홀 홀로그래프

12

당신은 누구인가, 나의 독자여? 그리고 언제에 있는가? 어쩌면 내일, 어쩌면 지금부터 50년 후, 어쩌면 영영 없을지도 모른다.

십중팔구 당신은 아르두아 홀 우리 아주머니 중 한 명일 테고, 우연히 이 원고를 발견하게 되었을 거야. 잠시 나의 죄상에 경악한 후에, 당신은 내 경건한 이미지가 훼손되지 않도록 이 페이지들을 태울 것인가? 아니면 보편적인 권력욕에 굴복하고 나를 밀고하기 위해 '눈'으로 후다닥 달려갈 것인가?

아니면 당신은 우리 국경 밖에서 온 첩자일 것인가? 이 체제가 무너진 후 아르두아 홀에 보관된 기록을 낱낱이 캐고 있는 것인가? 그런 경우라면, 내가 그 많은 세월에 걸쳐 비축해 둔 고발 문서들이 내 재판뿐 아니라(운명이 악의를 드러냈다면, 그리고 내가 살아서 그런 재판에 서게 된다면) 많은 다른 이들의 재판에도 이미 등장했을 것이다. 시체들이 매장된 곳을 파악하는 일을 나의 과업으로 삼아 왔으니까.

이제쯤 당신은 내가 어떻게 상부의 숙청을 피했는지 궁금해하고 있을 것이다. 길리어드의 초창기는 몰라도 잔혹한 권력의 개싸움으로 자리 잡은 성숙기까지도 살아남았으니 말이다. 그쯤이면 과거의 명사들 상당수가 '장벽'에 걸린 후다. 권력의 정점에 있는 최상층은 야심을 품은 도전자가 자기 자리를 넘보지 못하도록 철저한 조치를 취했기 때문이다. 내가 여자이므로, 이런 종류의 알곡 추려 내기에 특히 취약할 거라 짐작할지 모르나 그건 오산일 공산이 높다. 순전히 여성이라는 이유로 나는 잠재적 찬탈자의 명단에 이름이 오르지 않았다. 그 어떤 여자도 사령관 위원회 자리를 차지하고 앉은 적이 없기 때문이다. 그러니 아이러니하게도, 그 방면으로는 안전했다.

그러나 나의 정치적 장수에는 세 가지 다른 이유가 있다. 첫째, 체제가 나를 필요로 한다. 나는 양털 손모아장갑 안에 가죽장갑을 낀 철권을 숨기고 그들의 기획에서 여성 쪽 업무를 통제하며, 만사를 질서정연하게 유지한다. 하렘의 환관처럼 나는 그 일에 맞춰진 고유한 위상을 차지한다. 둘째, 나는 지도자들에 대해 너무 많은 것을 알고 있고(더러운 비밀정보가 너무 많다.) 그들은 내가 기록 과정에서 그 정보를 가지고 무엇을 했는지 확신하지 못한다. 그들이 나를 엮어 넣으려 한다면, 그런 기밀이 어떤 방식으로든 유출되지 않겠는가? 그들은 내가 백업으로 예방조치를 준비해 뒀을 거라 의심하고 있고 그 생각은 옳을 것이다.

셋째, 나는 입이 무겁다. 최고위층의 남자들은 하나같이 나라면 자신의 비밀들을 믿고 맡길 수 있다는 느낌을 받았다. 그러나 (내가 에둘러 명확히 해 둔 바대로) 그건 내 안위가 보장될 때만이다. 오래전부터 나는 수표와 예금잔고의 신봉자였다.

이런 보안 조치에도 불구하고, 나 자신이 안일하게 방심하도록 용납하는 일은 없다. 길리어드는 위태로운 곳이다. 사고는 빈번하게 일어난다. 누군가 이미 나의 장례식 추도사를 써 두었다는 사실은 굳이 두말할 필요도 없다. 나는 전율한다. 누구의 발이 내 무덤을 밟고 걷고 있는가?

시간을, 나는 허공에 대고 간청한다, 약간의 시간을 더 다오. 그게 내게 필요한 전부다.

어제 나는 저드 '사령관'과 개인적 회동을 하러 오라는 뜻밖의 초대를 받았다. 그런 초대를 처음 받은 건 아니다. 과거에는 불쾌한 만남도 몇 번 있었다. 반면 좀 더 근일의 회동들은 서로에게 이득이 되었다.

아르두아 홀과 '눈' 본부 사이를 덮은 성긴 잔디를 가로질러 (약간 힘겹게) 열주가 늘어선 정문까지 이어지는 언덕 등성이의 위압적인 흰 계단을 오르면서, 이 회동은 어느 부류에 속하게 될까 생각했다. 심장이 평소보다 빨리 뛰었는데, 솔직히 시인하건대 계단 탓만은 아니었다. 저 문을 통해 들어간 사람들이 모두 살아 나오지는 못했다.

'눈'은 과거 웅장했던 도서관을 장악하고 있다. 이제는 그들의 책들 말고 다른 책은 한 권도 없다. 원래의 장서는 불에 탔거나, 값어치가 높을 경우, 손버릇이 나쁜 여러 사령관의 개인 소장품으로 편입되었다. 이제 나도 성경은 철저히 숙지하고 있으므로 주님이 금지한 약탈의 위험을 경고한 말씀이 몇 장 몇 절에 나오는지 줄줄이 읊어 줄 수 있으나, 신중은 한층 훌륭한 용기이므로 그러지 않는다.

이 건물 실내 계단 양측 벽에 그려진 벽화를 아무도 지우지 않았다는 이야기를 해 주게 되어 기쁘다. 죽은 병사들, 천사들, 승리의 화환을 묘사하는 벽화이므로 충분히 경건하여 허용 가능하다는 판정을 받았을 테지만 우측에 있는 과거의 미합중국 깃발 위에는 길리어드 깃발이 덧칠되었다.

저드 사령관은 내가 처음 그를 알게 된 후로 출세의 상승 가도를 달려왔다. 길리어드의 여자들을 바로잡는 일은 그의 자존심을 충족하기에는 범위가 협소했고 흡족한 존경을 받을 감도 못 되었다. 그러나 '눈'을 총지휘하는 사령관이 된 지금, 그는 모든 면에서 두려움의 대상이다. 그의 집무실은 건물 뒤쪽, 한때는 장서 보관과 연구실로 봉헌되었던 공간에 있다. 눈동자에 진품 크리스털이 박힌 커다란 눈이 문 위 한가운데에 있다. 이런 식으로 그는 문을 두드리려는 사람이 누군지 볼 수 있다.

"들어오시오." 내가 손을 드는데 그가 말했다.

나를 에스코트하던 두 명의 하급 '눈'들은 이 말을 물러가라는 신호로 받아들였다.

"친애하는 리디아 아주머니." 저드 사령관은 거대한 책상 뒤에서 활짝 웃으며 말했다. "누추한 집무실에 왕림해 주시니 감사합니다. 건강하시지요, 바라건대?"

그런 걸 바라지는 않을 테지만 나는 그냥 넘긴다.

"찬미 있으라." 내가 말했다. "사령관님도, 그리고 아내분도 건강하시지요?"

이 아내는 평소보다 오래 버텼다. 그의 아내들은 죽어 버리는 습관이 있다. 저드 사령관은 다윗 왕과 여러 중남미 마약왕들이 그러했듯 젊은 여자의 회춘 능력을 깊이 신봉한다. 범절에 맞게 적당히 상을 치른 후, 그는 자기가 또 다른 어린 신부를 찾아 시장에 나왔다는 사실을 알리곤 했다. 정확히 말해서, 나에게 알렸다는 말이다.

"나와 아내는 모두 건강합니다, 감사 있기를." 그가 말했다. "아주머니에게 전할 멋진 소식이 있습니다. 부디 앉으시지요." 나는 자리에 앉아 경청할 채비를 했다. "캐나다의 우리 요원들이 가장 활동적인 메이데이 요원 두 명의 신원을 파악하고 제거하는 데 성공했습니다. 토론토의 허름한 구역에서 중고 의류상으로 위장하고 있었다더군요. 선제적으로 그 장소를 수색한 결과, 그들이 '언더그라운드 피메일로드'*를 원조하고 교사하는 데 결정적인 역할을 수행한 단서를 찾았어요."

"섭리가 우리를 축복하셨나니." 내가 말했다.

"우리 열정적인 젊은 캐나다 요원들이 작전을 완수했으나 애초에 아주머니의 진주 소녀들이 방향을 알려 주었습니다. 여성적 육감으로 수집한 첩보를 공유해 주니 너무나 큰 힘이 됩니다."

"그 아이들은 관찰력이 뛰어나고 훈련을 잘 받았으며 순종적이지

---

* Underground Femaleroad. 길리어드 여성을 탈출시키는 지하조직. 19세기 초 미국에서 흑인 노예들의 탈출을 돕기 위하여 결성된 비밀 조직인 '지하철도(Underground Railroad)'를 본떠서 지은 단체 이름이다. 남부에서 도주한 노예들을 북부로 탈출시키는 것이 목적이었다. 지하철도는 이동 경로를 '노선'이라 불렀고, 안전한 집은 '정거장', 길잡이는 '차장', 도주 노예들은 '짐' 또는 '화물'이라고 불렀다.

요." 내가 말했다.

진주 소녀는 원래 내 아이디어였지만(다른 종교에도 선교사가 있는데, 우리 종교라고 안 된다는 법이 있나? 그리고 다른 선교사들도 개종자를 만들어 냈는데, 우리 선교사라고 안 된다는 법이 있나? 그리고 다른 선교사들도 첩보전에 쓸 정보를 수집했는데, 우리 선교사라고 안 된다는 법이 있나?) 바보도 아니고, 적어도 그런 종류의 바보는 더더욱 아닌지라, 나는 저드 사령관이 그 계획의 공을 가져가도록 했다. 공식적으로 진주 소녀는 오로지 내게만 보고한다. 본질이 여성의 일인데 사령관이 세세히 간섭하면 모양새가 좋지 않을 테니 말이다. 물론 나는 필요하거나 불가피한 일이라고 판단하면 무조건 그에게 전달한다. 너무 많이 전달하면 내가 통제력을 잃게 되고, 너무 적게 주면 의심을 사게 된다. 진주 소녀의 매혹적인 홍보 책자는 우리가 작성해서 우리 지하실 한 곳에 자리한 소규모 아르두아 홀 출판사가 디자인을 맡아 찍어 낸다.

나의 진주 소녀 운동은 저드 사령관이 절체절명의 위기에 처했을 때 등장했다. 당시 그가 주도한 내셔널 홈랜드 정책이 야기한 대참사는 그 어리석음을 부인할 수 없는 지경에 이르고 있었다. 국제 인권 단체가 제기한 종족 학살 혐의는 국가의 수치가 되었고, 노스다코타에서 캐나다 국경을 넘어 흘러드는 난민 홈랜더의 물결은 도저히 막을 수 없는 홍수를 이루었으며, 저드의 엉터리 같은 '백인 혈통 증명서' 계획은 위조와 뇌물의 대혼란 속에서 자체 붕괴했다. 진주 소녀의 창단이 저드 사령관을 곤경에서 구했지만, 그 후로 나는 그게 과연 정치적으로 잘한 짓인지 알 수가 없었다. 저드 사령관은 내게 빚을 진 셈이지만 그것이 오히려 악재로 작용할 수 있다. 어떤 사람들은 부채를 달가워하지 않는다.

그러나 그때 그 순간만큼은 저드 사령관의 만면에 미소가 떠올라 있었다.

"과연 그렇습니다. 참으로 '크나큰 값어치의 진주'들이지요. 그리고 메이데이 요원이 두 명이나 활동 정지되었으니 아주머니께도 골칫거리가 좀 덜어지길 바라는 바입니다. 탈출하는 시녀들이 좀 적어질 테니까."

"찬미 있으라."

"우리의 외과 수술적 파괴와 청소가 이룩한 위업은 물론 대외적으로 발표되지 않을 것입니다."

"어차피 우리 짓이라는 비난을 받겠지요." 내가 말했다. "캐나다와 국제 언론으로부터요, 당연히."

"그리고 우리는 혐의를 부인할 겁니다." 그가 말했다. "당연히."

잠시 침묵이 흐르고 우리는 책상을 가운데 두고 서로를 응시했다. 아마도 두 체스 선수들처럼, 아니면 두 오랜 동지들처럼. 우리 둘 다 세 번 밀어닥친 숙청의 물결에서 살아남았다. 단지 그 사실만으로도 일종의 유대감이 형성되었다.

"그런데 좀 난감한 문제가 있어요. 그 두 명의 메이데이 테러리스트들은 여기 길리어드에 연락책이 있었던 게 틀림없습니다."

"정말입니까? 그럴 리가요!" 나는 외쳤다.

"우리는 알려진 모든 탈출 사례를 분석했어요. 저들의 높은 성공률은 누출이라는 요인을 배제하고는 설명할 수가 없습니다. 길리어드의 누군가가, 우리 보안 인력 배치 현황에 접근할 수 있는 누군가가 언더그라운드 피메일로드에 정보를 주고 있었던 게 틀림없습니다. 어느 루트가 감시하에 있는지, 어느 루트가 깨끗한지, 그런 첩보 말입니다. 알다시피 전쟁은 인력이, 특히 버몬트와 메인 쪽의 지상 인력이 부족하다는 의미입니다. 우리는 그 병력을 다른 데서 써야 했으니까."

"길리어드의 누가 그런 반역을 저지른단 말입니까?" 나는 물었다. "우리의 미래를 배반하다니!"

"우리도 알아보는 중입니다." 그가 말했다. "그동안 무슨 생각이든 떠오르면……."

"물론입니다." 내가 말했다.

"또 한 가지 용건이 있는데." 그가 말했다. "아드리아나 아주머니. 토론토에서 시체로 발견된 진주 소녀 사건 말입니다."

"네. 참담한 일이지요." 내가 말했다. "뭔가 더 나온 정보가 있습니까?"

"영사관에서 최신 근황을 받을 예정입니다. 받으면 알려 드리죠."

"제가 할 수 있는 일이라면 무엇이든 하겠습니다." 내가 말했다. "저는 믿어도 된다는 걸 아시지요."

"너무나 여러 면에서 그렇지요, 친애하는 리디아 아주머니." 그가 말했다. "루비보다 값진 분입니다, 찬미 있으라."

나도 누구 못지않게 칭찬을 좋아한다.

"감사합니다." 나는 말했다.

내 삶은 아주 다를 수도 있었다. 내가 주위를 둘러보고, 시야를 넓게 가지기만 했더라도. 일부가 그랬듯, 충분히 이른 시기에 짐을 싸기만 했더라도, 그래서 그 나라를 떠나기만 했더라도. 하지만 나는 여전히 바보같이 그 나라가 내가 그토록 오랜 세월 몸담았던 나라와 같다고 믿고 있었다.

그런 후회는 현실적으로 쓸모가 없다. 나는 선택을 내렸고, 일단 선택을 내리자 점차 선택의 여지가 줄어들었다. 두 갈래 길이 노란 숲속에 있었고, 나는 사람들이 가장 많이 지나간 길을 갔다.* 그런 길이 다 그렇듯 그 길에도 시체들이 널려 있었다. 그러나 당신도 이미 알아차렸겠지만, 나의 시체는 그 가운데 없다.

사라진 나의 국가에서, 상황은 수년째 악화일로로 치닫고 있었다. 홍수, 화재, 토네이도, 허리케인, 가뭄, 물 부족, 지진. 이건 모자라고 저건 넘치고. 퇴락하는 하부구조……. 어째서 너무 늦기 전에 누군가 그 원자력 발전소들의 가동을 중단하지 않았던가? 침몰하는 경제, 실업, 추락하는 출생률.

사람들은 겁에 질렸다. 그러다가 분노했다.

실행 가능한 요법의 부재. 원망할 사람을 찾는 탐색.

나는 그런데도 왜 평소와 다를 바 없다고 생각했을까? 우리가 이런 이야기를 너무 오래 들어 왔기 때문이었으리라. 하늘 한 덩어리가 제 머리에 떨어질 때까지는 아무리 하늘이 무너진다고 해도 못 믿는 법이다.

---

* 미국 시인 로버트 프로스트(Robert Frost)의 시 「가지 않은 길(The Road Not Taken)」의 인용. 시인은 노란 숲속에서 두 갈래 길에 맞닥뜨려 오래 고민한 끝에 사람들이 덜 지나간 길을 선택한다.

나의 체포는 야곱의 아들들이 습격해 의회를 청산한 직후에 닥쳤다. 처음에 우리는 이슬람 테러리스트라고 들었다. 국가 비상사태가 선포되었지만, 우리는 평소와 다름없이 생활하면 된다고, 헌정이 곧 재개되고 비상사태는 곧 끝날 거라고 들었다. 맞는 말이었지만 우리가 생각했던 방식과는 달랐다.

악랄하리만큼 뜨거운 날이었다. 법원은 폐쇄되었다. 한시적인 조치였다. 유력한 명령 체계와 법치가 재개될 때까지만이라고, 우리는 들었다. 그래도 우리 중에는 출근한 사람들이 있었다. 자유 시간이 생기면 항상 밀린 문서를 공략하는 데 쓸 수 있었으니까, 아니 적어도 그게 내 핑계였다. 사실 나는 옆에 사람이 있는 게 좋았다.

이상하게도, 남자 동료들은 아무도 그런 욕구를 느끼지 못했다. 아마도 아내와 아이들에게서 위안을 얻는 모양이었다.

사례를 몇 건 읽고 있는데, 젊은 동료 판사 한 명이(케이티는 최근 부임한 판사로 서른여섯 살에 정자은행을 통해 임신한 지 3개월째였다.) 내 사무실로 들어왔다.

"우리는 떠나야 해요." 그녀가 말했다.

나는 그녀를 물끄러미 바라보았다.

"무슨 뜻이에요?" 내가 물었다.

"이 나라를 벗어나야 해요. 뭔가 심상치 않은 일이 벌어지고 있어요."

"뭐, 그야 물론이죠. '비상사태'니까."

"아니, 그 이상이에요. 내 은행 카드가 취소됐어요. 내 신용카드들 둘 다요. 비행기 표를 사려고 했는데, 그래서 알게 된 거예요. 판사님

차 여기 있어요?"

"뭐라고요?" 내가 말했다. "왜요? 그렇게 돈을 끊을 수는 없는 거 잖아요!"

"할 수 있나 봐요." 케이티가 말했다. "여자한테는요. 항공사에서 그렇게 말했어요. 임시정부가 방금 새 법안을 통과시켰대요. 여자들의 돈은 이제 가장 가까운 남성 친척에게 귀속된대요."

"여러분이 생각하는 것보다 나빠요." 우리보다 나이가 많은 동료 아니타가 말했다. 그녀도 내 사무실에 들어와 있었다. "훨씬 더."

"나는 가까운 남성 친척이 없는데요." 놀라다 못해 머리가 멍해졌다. "이건 완전히 위헌이에요!"

"헌법은 잊어요." 아니타가 말했다. "방금 저들이 폐지했으니까. 은행에서 들었어요, 내가 뭘 하려 했느냐면……."

그러더니 울기 시작했다.

"진정해요." 내가 말했다. "우리는 생각을 해야 해요."

"판사님도 어딘가에는 남자 친척이 있을 거예요." 케이티가 말했다. "몇 년 전부터 계획한 일이 틀림없어요. 나한테는 제일 가까운 남자 친척이 열두 살짜리 조카라고 하더라고요."

그 순간 정문을 발길질하는 소리가 들렸다. 남자 다섯 명이 들어왔다. 둘씩 짝지어서 넷, 그리고 혼자 한 명, 기관단총을 발포 준비 자세로 들고 있었다. 케이티, 아니타, 그리고 나는 사무실 밖으로 나왔다. 안내 담당 직원 테사는 비명을 지르며 책상 뒤로 엎드려 숨었다.

두 명은 젊었지만(아마도 20대였을 것 같다.) 다른 셋은 중년이었다. 젊은이들은 늘씬했고 나머지는 뱃살이 있었다. 영화 촬영장에서 엑

스트라들한테 나눠 준 듯한 위장복을 입고 있었는데, 총이 없었다면 나는 아마 웃음을 터뜨렸으리라. 여성의 폭소가 머지않아 공급 부족 상태에 처하리라는 걸 아직 깨닫지 못하고.

"이게 다 무슨 일이죠?" 내가 말했다. "노크를 할 수도 있었잖아요! 문이 열려 있었는데!"

남자들은 나를 묵살했다. 한 사람이(아마도 대장이었을 것이다.) 동행에게 물었다.

"명단 갖고 있나?"

나는 더 격하게 언성을 높여 보았다.

"이 피해는 누가 책임질 건가요?" 쇼크가 덮쳐 오기 시작하고 있었다. 한기가 느껴졌다. 이것은 강도인가? 인질 상황인가? "원하는 게 뭐예요? 여기에는 이제 돈이 없다고요."

아니타가 나를 팔꿈치로 쿡쿡 찔러 조용히 시키려 했다. 이미 나보다 상황을 훨씬 잘 파악하고 있었다.

무리의 이인자가 종이 한 장을 치켜들었다.

"임신한 사람이 누군가?" 그가 물었다.

우리 셋은 서로를 쳐다보았다. 케이티가 앞으로 나섰다.

"나예요."

"남편은 없고, 맞나?"

"네, 나는……."

케이티는 보호하듯 손을 배 앞에 두고 있었다. 그 시절 많은 여성이 그랬듯 그녀 역시 혼자서 어머니가 되기로 선택했다.

"고등학교." 대장이 말했다. 젊은 두 남자가 앞으로 한 발 나섰다.

"우리와 함께 가셔야겠습니다, 부인." 첫 번째 남자가 말했다.

"왜요?" 케이티가 말했다. "여기 이렇게 막 쳐들어와서 이런 법이……."

"우리와 함께 가시지요." 두 번째 젊은 남자가 말했다.

그들은 케이티의 팔을 움켜쥐고 질질 끌었다. 그녀는 비명을 질렀지만, 어쨌든 문밖으로 끌려 나갔다.

"그만둬요!" 내가 말했다.

홀 밖에서 케이티의 목소리가 우리 귀에 들려왔다, 점차 흐릿해지며 사라져 갔다.

"명령은 내가 내린다." 대장이 말했다.

코안경을 끼고 콧수염을 길렀는데도 인상이 전혀 푸근해 보이지 않았다. 소위 나의 길리어드 경력이라 할 세월을 거치며 내가 주목하지 않을 수 없었던 사실은, 졸개에게 갑자기 권력을 주었을 때 최악의 남용이 이루어지기 일쑤라는 점이다.

"걱정하지 마십쇼, 저 여자는 다치지 않을 테니." 이인자가 말했다. "안전한 장소로 가게 될 겁니다."

그 남자는 명단에서 우리의 이름을 읽었다. 우리 정체를 부인해 봤자 아무 소용이 없었다. 그들은 이미 알고 있었다.

"안내 담당 직원은 어디 있지?" 대장이 말했다. "이 테사라는 여자."

불쌍한 테사가 책상 뒤에서 일어났다. 공포로 덜덜 떨고 있었다.

"어떻게 생각하세요?" 명단을 든 남자가 말했다. "창고형 점포, 고등학교, 아니면 스타디움?"

"당신 몇 살이야?" 대장이 말했다. "아니, 됐어, 여기 있군. 스물일곱."

"한번 기회를 줘 보죠. 창고형 점포로. 어떤 남자가 저 여자와 결혼할 수도 있으니까."

"거기 서." 대장이 테사에게 말했다.

"빌어먹을, 저 여자 오줌을 지렸잖아." 세 번째로 나이가 많은 남자가 말했다.

"욕하지 마." 대장이 말했다. "좋아. 겁이 많은 여자라. 하라는 대로 순순히 잘할 것도 같군."

"픽도 말을 잘 듣겠어." 세 번째 남자가 말했다. "죄다 여자들인데 말이야."

내 생각에는 그게 농담이랍시고 한 말 같다.

케이티를 데리고 사라졌던 젊은 남자 둘이 문을 열고 다시 들어왔다.

"그 여자는 밴에 태웠습니다." 한 사람이 말했다.

"다른 두 명의, 소위 여성 판사들은 어디 있나?" 대장이 말했다. "이 로레타라는 여자하고? 이 다비다는?"

"점심 먹으러 갔어요." 아니타가 말했다.

"이 두 명은 우리가 잡으러 간다. 그들이 돌아올 때까지 여기서 저 여자와 기다려." 테사를 가리키며 대장이 말했다. "그리고 저 여자를 창고형 점포 밴에 처넣고 가둬. 그다음에 점심 먹으러 간 두 명을 데리고 오지."

"창고형 점포요, 아니면 스타디움요? 여기 이 두 사람한테는?"

"스타디움." 대장이 말했다. "하나는 나이가 넘었고, 둘 다 법학 학위가 있고, 둘 다 여성 판사들이잖아. 명령을 듣고도 몰라."

"하지만 어떤 경우에는, 하등 쓸데없는 짓이라서." 두 번째 남자가 아니타를 고갯짓으로 가리키며 말했다.

"섭리가 결정할 것이다." 대장이 말했다.

아니타와 나는 붙잡혀 계단으로 내려갔다, 5층. 엘리베이터가 작동하고 있었던가? 모르겠다. 그리고 우리는 손을 앞으로 모아 수갑이 채워졌고 검은 밴에 처넣어졌다. 단단한 판이 우리와 운전기사 사이를 가로막고 있었으며, 검게 코팅된 유리 차창 안쪽으로 철망이 덧대어져 있었다.

우리 둘은 내내 아무 말도 하지 않았다, 할 말이 뭐가 있겠는가? 아무리 도와달라고 소리쳐 봤자 응답이 올 리 없음이 자명했다. 악을 쓰거나 밴 차창에 몸을 던져 봤자 허사였다. 그저 헛된 에너지 낭비에 불과했으리라. 그래서 우리는 기다렸다.

적어도 냉방이 되고 있었다. 그리고 앉아 있을 시트도 있고.

"저들이 무슨 짓을 할까요?" 아니타가 속삭였다.

우리는 창밖을 내다볼 수 없었다. 침침한 형체뿐, 서로의 모습마저 잘 보이지 않았다.

"모르겠어요." 내가 말했다.

밴이 잠시 정지했다가(검문소였을 것이다.) 움직이더니, 차츰 멈춰 섰다.

"종점이다." 어떤 목소리가 말했다. "나와!"

밴의 뒷문이 열렸다. 아니타가 먼저 꾸물꾸물 힘겹게 나갔다.

"빨리 움직이지 못해." 또 다른 목소리가 말했다.

수갑을 찬 손으로 밴에서 내리는 건 어려웠다. 누군가 내 팔을 잡고 끌어당기는 바람에, 땅바닥에 고꾸라졌다.

밴이 뒤로 빠져 가 버리자, 나는 비틀거리며 주변을 찬찬히 둘러보았다. 탁 트인 공간에 다른 사람들(아니, 다른 여자들이라고 말해야 할 것이다.) 여러 무리가 있고 총을 든 남자들이 아주 많았다.

나는 스타디움에 있었다. 그러나 더는 스타디움이 아니었다. 이제 감옥이었다.

VI

여섯은 죽음

증언 녹취록 369A

13

우리 어머니의 죽음을 둘러싸고 일어난 사건들을 이야기하는 건 몹시 힘겨웠어요. 타비사는 무조건 나를 사랑해 주었는데, 이제 그녀가 없으니 내 주위의 모든 것이 흔들리고 불안하게 느껴졌죠. 우리 집, 우리 정원, 심지어 내 방까지도(더는 현실로 느껴지지 않았어요.) 스르르 안개가 되어 사라져 버릴 것만 같았어요. 비달라 아주머니가 우리에게 외우게 했던 성경 구절이 뇌리를 떠나지 않았어요.

당신 앞에서는 천 년도 하루와 같아, 지나간 어제 같고 깨어 있는 밤과 같사오니

당신께서 휩쓸어 가시면 인생은 한바탕 꿈이요, 아침에 돋아나는 풀잎이옵니다.

아침에는 싱싱하게 피었다가도 저녁이면 시들어 마르는 풀잎이옵니다.*

시들어 마르다, 시들어 마르다. 그 말은 혀짤배기소리처럼 들렸어요. 마치 신이 똑똑히 말할 줄 모르는 것 같았죠. 낭독하다가 그 단어에서 삐끗하는 아이들이 우리 중에는 아주 많았어요.

나는 어머니의 장례식에 입고 갈 검은 드레스를 받았어요. 다른 사령관들과 아내들이 참석했고, 우리 하녀들도 왔죠. 닫힌 관에 흙으로 돌아갈 어머니의 껍데기가 안치되어 있었고, 아버지는 어머니가 얼마나 좋은 아내였는지에 대해 짧은 추도사를 했어요. 언제나 자기보다 다른 사람들을 앞세웠다고, 길리어드의 모든 여인에게 모범을 보였다고, 그리고 고통에서 자유롭게 해 주신 신에게 감사의 기도를 올렸고 모두가 아멘이라고 말했죠. 길리어드 여자의 장례식은 뭐 그리 대단하게 치르지 않았어요. 심지어 고위층의 여자라도 말이에요.

요인들이 묘지에서 우리 집으로 돌아왔고, 조촐한 리셉션이 열렸어요. 질라가 특기인 치즈 퍼프를 만들어서 냈는데, 내가 일을 돕게 해 주었어요. 그게 퍽 위로가 되었어요. 앞치마를 두르고 치즈를 강판에 갈고 페이스트리 튜브에서 반죽을 짜서 베이킹시트에 놓고 오븐 유리창으로 부풀어 오르는 모습을 바라보는 일. 우리는 마지막 순간에, 사람들이 다 온 다음에 치즈 퍼프를 구웠죠.

그리고 나는 아버지의 요청대로, 앞치마를 벗고 검은 드레스로 갈아입은 후 리셉션장으로 들어가서, 역시 아버지의 요청대로, 말없이

* 시편 90편 4절~6절.

가만히 있었어요. 대다수 손님은 나를 없는 사람 취급했지만 한 아내는 달랐어요. 그 여자의 이름은 폴라였지요. 미망인인데 좀 유명했어요. 남편인 손더스 '사령관'이 자기 서재에서 시녀한테 주방에서 쓰는 꼬챙이로 찔려 죽었거든요. 1년 전에 학교에서도 떠들썩하게 속살거리던 추문이었어요. 시녀가 서재에서 뭘 하고 있었던 거지? 어떻게 들어간 거래?

폴라 쪽 이야기는 그 처녀가 미쳐서 밤에 아래층으로 몰래 내려와 부엌에서 꼬챙이를 훔쳤고, 불쌍한 손더스 사령관이 서재 문을 열자 급습했다는 거였어요. '아내'인 자신과 자신의 위상을 항상 존중해 주었던 남자를 시녀가 죽였다는 거죠. 시녀는 도망갔지만 결국 붙들려 교수형을 당했고, 장벽에 걸려 진열되었어요.

또 다른 이야기는 슈나마이트가 해 줬어요. 손더스 저택의 우두머리 하녀로부터 슈나마이트의 하녀를 거쳐 들은 얘기였죠. 폭력적인 욕구와 죄 많은 관계가 얽힌 이야기였어요. 시녀는 어떤 식으로든 손더스 사령관을 유혹했던 게 틀림없고, 사령관은 시녀에게 남들이 모두 잠든 밤에 몰래 아래층으로 내려오라고 했다는 거예요. 그리고 시녀가 뱀처럼 슬며시 서재로 들어섰을 때, 이미 사령관은 그 여자를 기다리고 있었고, 두 눈이 손전등처럼 번득였다나요. 사령관이 욕정에 차서 어떤 요구를 했는지 누가 알겠어요? 부자연스러운 요구들에 시녀는 미쳐 돌았을 거예요. 하긴 이미 광기의 경계에 걸쳐 있어 조금만 자극해도 미쳐 버리는 시녀들도 이따금 있었어요. 하지만 이 시녀는 웬만한 다른 시녀보다 더 지독했던 모양이에요. 이건 정말 생각해 볼 만한 문제야 하고 하녀들은 말했어요. 어차피 달리

할 수 있는 생각도 별로 없으면서.

남편이 아침 식탁에 나타나지 않자 폴라는 찾아 나섰고 서재 바닥에 바지를 입지 않은 채 죽어 있는 그를 발견했죠. 폴라는 먼저 바지부터 주워 입히고 나서야 천사들을 불렀어요. 하지만 하녀 한 명에게는 도와달라고 부탁할 수밖에 없었어요. 안 그래도 죽은 사람은 몸이 뻣뻣하거나 축축 늘어지는데, 손더스 사령관은 덩치가 크고 볼썽사나운 남자였거든요. 슈나마이트는 그 하녀 입에서 나온 말이라면서, 폴라가 시체에 옷을 입힌다고 씨름하다가 온몸에 피를 묻혔다고 했어요. 체면을 유지하는 쪽으로 옳다고 판단한 일을 한 거니까 쇠심줄 같은 신경의 소유자가 틀림없다고.

나는 폴라 쪽 이야기보다 슈나마이트의 이야기가 더 마음에 들었어요. 장례식장에서 아버지가 폴라에게 소개해 줄 때도 그 생각을 했지요. 폴라는 치즈 퍼프를 먹고 있었어요. 그러면서 나를 재어 보는 표정으로 쳐다보았죠. 케이크가 잘 구워졌는지 찔러 보던 베라한테서 그런 표정을 본 적이 있어요.

그리고 폴라는 미소를 지으며 말했어요.

"아그네스 제미마. 정말 예쁘구나."

그러더니 나를 다섯 살짜리 취급하며 머리를 토닥이며 새 드레스가 생겨서 좋겠다고 말했어요. 칵 그 여자를 깨물어 버리고 싶었어요. 새 드레스가 우리 어머니의 죽음을 보상해 주는 용도인가요? 하지만 내 진짜 생각을 드러내는 것보다 입을 꾹 다물고 있는 편이 나았어요. 속내를 드러내지 않는 일에 늘 성공하는 건 아니지만, 이번에는 성공했지요.

"감사합니다." 내가 말했어요.

그 여자가 흥건한 피바다에 무릎을 꿇고 앉아서 죽은 남자한테 바지를 주워 입히려 애쓰는 모습을 상상했어요. 그러자 내 머릿속에서 그 여자의 입장이 민망해졌고, 덕분에 내 기분도 좀 나아졌어요.

어머니가 돌아가시고 몇 달 후, 아버지는 미망인 폴라와 결혼했어요. 폴라의 손가락에 어머니의 마술 반지가 끼워졌죠. 아버지는 그 반지를 낭비하고 싶지 않았던 것 같아요. 그렇게 아름답고 값비싼 반지가 이미 있는데 뭐 하러 또 반지를 사겠어요?

하녀들은 그 일을 두고 투덜거렸어요.

"아가씨 어머니는 그 반지가 아가씨한테 가길 바랐을 텐데." 로사가 말했어요.

하지만 물론 하녀들이 할 수 있는 일은 하나도 없었죠. 나는 심통을 부리고 골을 냈지만, 아버지도 폴라도 아랑곳하지 않았어요. 자기네들끼리 작당해 소위 '내 비위를 맞춰' 주는 데 골몰했는데, 사실 그건 내 감정 기복에 아예 반응하지 않는 전략이었어요. 내가 아무리 완강히 침묵을 지켜도, 꿈쩍도 하지 않는다는 교훈을 주려던 거예요. 심지어 이런 교육 방침을 내가 듣는 앞에서 삼인칭으로 거론하기도 했어요. *아그네스가 또 기분이 나쁜가 보군요. 그래요, 날씨같은 거죠. 금세 지나갈 거예요. 어린 여자애들은 다 그렇잖아요.*

14

아버지가 폴라와 결혼하고 얼마 되지 않아 굉장히 심란한 일이 학교에서 일어났어요. 여기 기록으로 남겨 두는 건 엽기적인 이야기를 좋아해서가 아니라, 그 일이 내게 깊은 인상을 남겼고, 어쩌면 우리 일부가 그 시간 그 장소에서 왜 그렇게 행동했는지 설명하는 데 도움이 될 수 있겠다는 생각이 들어서예요.

이 사건은 종교 수업 시간에 일어났는데, 전에 말한 대로 비달라 아주머니가 맡아 가르치는 과목이었어요. 비달라 아주머니는 우리 학교뿐만 아니라 우리와 비슷한 다른 학교들도(모두 비달라 학교라고들 불렀지요.) 관장하고 있었지만, 교실 뒤편에 걸린 사진은 리디아 아주머니보다 작았어요. 이렇게 교실마다 걸린 사진은 다섯 점이었어요. 맨 위에 아기 니콜의 사진이 걸려 있었어요. 우리가 매일 그 아기의 무사 귀환을 기도해야 했거든요. 그리고 엘리자베스 아주머니와 헬레나 아주머니, 그다음에 리디아 아주머니, 그리고 비달라 아주머니. 아기 니콜과 리디아 아주머니는 금박 액자였지만 나머지 셋은 고작 은색 액자를 차지했을 뿐이에요.

물론 우리 모두 다른 네 명의 여성이 누군지 알았어요. '창설자'들이었죠. 하지만 무엇의 창설자들인지는 정확히 몰랐고, 감히 물어볼 용기도 내지 못했어요. 괜히 비달라 아주머니의 관심을 그 작은 액자에 돌려서 기분을 건드리고 싶지 않았으니까요. 슈나마이트는 리디아 아주머니 사진의 눈이 방 안에서 사람들을 따라다니고 무슨 말이든 다 들을 수 있다고 말했지만, 그 애는 원래 과장이 심하고 없는 말도 만들어서 했어요.

비달라 아주머니는 커다란 책상에 걸터앉아 있었어요. 우리를 한 눈에 볼 수 있는 자리를 좋아했거든요. 그녀는 우리에게 책상을 앞으로 끌고 와서 더 바짝 붙어 앉으라고 했어요. 너희는 이제 성경에서 가장 중요한 이야기를 들어도 될 만큼 자랐어. 이 이야기는 특별히 소녀들과 여자들을 위해 하느님이 보내신 전언이라서 중요하고, 반드시 귀담아들어야 한다. 바로 '열두 조각으로 잘린 첩'의 이야기다.

슈나마이트는 내 옆자리에 앉아서 속삭였어요.

"옛날부터 알고 있던 얘기야."

다른 쪽 옆자리에 앉아 있던 베카는 손가락을 꼬물거리며 다가와 책상 밑에서 내 손을 잡았어요.

"슈나마이트, 조용히 해라." 비달라 아주머니가 말했어요.

코를 힝 풀고 나서 그녀는 다음과 같은 이야기를 들려주었어요.

어떤 남자의 첩이(첩은 일종의 시녀란다.) 주인한테서 도망쳐서 자기 아버지의 집으로 도망을 쳤다. 크나큰 불복종을 저지른 것이지. 남자는 첩을 데리러 갔는데, 친절하고 너그러운 사람이다 보니 그녀를 돌려달라고만 부탁했지. 아버지는 법을 잘 알고 있었으므로 좋다고 했고(아버지는 불복종을 저지른 딸에게 크게 실망했단다.) 두 남자는 합의를 축하하기 위해 함께 저녁을 들었다. 그러나 덕분에 남자와 첩의 출발이 늦어졌고, 사위가 어두워지자 두 사람은 남자가 아는 사람이 아무도 없는 낯선 도시에서 쉴 곳을 찾아야 했지. 그러나 어느 인심 좋은 시민이 두 사람이 자기 집에서 하룻밤 묵어가도 좋다고 허락해 주었어.

하지만 또 다른 시민들은 사악한 충동에 휩싸여 그 집에 와서 여행자를 자기네들에게 넘기라고 요구했다. 그들은 그 남자에게 수치스러운 짓을 행하기를 원했어. 욕정에 가득 찬 사악한 짓거리 말이다. 남자들끼리 그런 일이 생기면 특별히 죄가 더 중해질 테니, 너그러운 시민과 여행자는 대신 첩을 문밖으로 내보냈지.

"뭐, 여자도 그런 짓을 당해 마땅하지, 안 그러냐?" 비달라 아주머니가 말했어요. "도망가지를 말았어야지. 남들한테 끼친 민폐를 생각해 보렴!" 비달라 아주머니는 하던 이야기를 계속했어요. 하지만 아침이 되어 여행자가 문을 열었을 때, 첩은 문지방에 누워 있었대요. "일어나." 남자는 여자에게 말했죠. 그러나 여자는 죽었기 때문에 일어나지 않았어요. 죄 많은 남자들이 여자를 죽인 거죠.

"어떻게요?" 베카가 물었어요. 그 목소리는 속삭임이나 다를 바 없었죠. 그 애는 내 손을 으스러져라 움켜쥐고 있었어요. "그 사람들이 여자를 어떻게 죽였어요?"

두 줄기 눈물이 베카의 뺨을 타고 흐르고 있었죠.

"여러 남자가 한꺼번에 욕정을 채우면 젊은 여자는 죽게 되지." 비달라 아주머니가 말했어요. "이 이야기는 하느님이 우리에게 각자 자기 운명에 만족하고 반항하지 말라고 들려주는 거야."

여자는 자기 주인인 남자에게 경의를 표해야만 한다, 그녀는 말했어요. 그러지 않으면 이런 결과가 생기는 거야. 하느님은 언제나 범죄에 맞는 형벌을 내리시니까.

나는 그 뒷이야기를 나중에야 알게 됐어요. 여행자가 첩의 시체를 열두 조각으로 잘라 이스라엘의 부족들에게 한 조각씩 보냈고, 살인자들을 처형해 자기 첩의 원한을 풀어 달라고 부탁했다는 얘기였어요. 살인자가 자기 일족이었기 때문에 베냐민 부족은 청을 거절했대요. 이어진 복수의 전쟁에서 베냐민 부족은 거의 멸족을 당했고 아내와 자식 들은 모두 참형을 당했어요. 그때 다른 열한 부족이 열두 번째 부족을 말살하는 건 좋은 생각이 아니라는 결론을 내려 학살을 중단했지요. 다른 부족들이 공동으로 맺은 서약 때문에 살아남은 베냐민 부족민들은 공식적으로 여자와 결혼해 자식을 낳을 수 없게 되었지만, 처녀 몇 명을 훔쳐서 비공식적으로 결혼한다면 무방하다는 귀띔을 들었고, 그래서 그렇게 했어요.

그러나 그때는 이야기의 나머지를 듣지 못했어요. 베카가 울음을 터뜨렸거든요.

"그건 끔찍해요. 끔찍하다고요!" 그 애는 말했어요.

나머지 우리는 미동도 없이 앉아 있었어요.

"자제력을 발휘해라, 베카." 비달라 아주머니가 말했어요.

그러나 베카는 그러지 못했죠. 베카가 너무 심하게 울어서 저러다 숨이 멎는 게 아닐까 걱정이 됐어요.

"베카를 안아 줘도 될까요, 비달라 아주머니?" 마침내 내가 물었어요.

우리가 다른 여자애들을 위해 기도하는 건 권장되었지만 신체를 접촉하는 건 금지되어 있었거든요.

"그래도 될 것 같구나." 비달라 아주머니는 심통을 부리며 말했어요.

나는 베카의 몸에 팔을 둘렀고, 그 애는 내 어깨에 기대어 흐느꼈어요.

비달라 아주머니는 베카의 상태에 짜증스러워했지만, 한편으로는 걱정도 되었겠죠. 베카의 아버지는 사령관이 아니라 일개 치과의사였지만 중요한 치과의사였고 비달라 아주머니는 치아가 좋지 못했으니까요. 그녀는 일어나서 교실을 나가 버렸어요.

몇 분 후에, 에스테 아주머니가 들어왔어요. 우리를 진정시켜야 할 필요가 있을 때마다 불려 들어오는 사람이었죠.

"괜찮아, 베카야." 그녀가 말했어요. "비달라 아주머니는 너한테 겁을 주려고 하신 게 아니야." 이건 엄밀히 따져서 사실이 아니었지만 베카는 울음을 그치고 딸꾹질을 시작했어요. "이야기를 다른 관점에서 바라볼 수도 있단다. 그 첩은 자기가 한 짓이 미안했고, 그래서 죄과를 갚고 싶었어. 그래서 자기가 희생해서 여행자가 그 사악한 사내들에게 죽임을 당하는 걸 막고자 한 거다."

베카는 고개를 살짝 기울였어요. 듣고 있다는 표시지요.

"첩은 참 용감하고 고결한 일을 한 거다, 그렇게 생각지 않니?" 아주 작게 베카가 고개를 끄덕였어요. 에스테 아주머니가 한숨을 쉬었어요. "우리는 모두 다른 사람을 돕기 위해 희생해야 한단다." 달래는 말투였지요. "남자들은 전쟁에서 희생을 치르고 여자들은 다른 방식으로 희생해야 하는 거야. 그런 식으로 세상이 나뉜 거란다. 이제 우리 모두 맛있는 간식을 먹고 힘을 내도록 하자. 오트밀 쿠키를 좀 가지고 왔다. 자, 이제 사교 시간을 가져도 좋아."

우리는 거기 앉아서 오트밀 쿠키를 먹었지요.

"그렇게 아기처럼 굴지 마." 슈나마이트가 건너편의 베카에게 속삭였어요. "그냥 이야기일 뿐이잖아."

베카는 듣고 있는 것 같지 않았어요.

"나는 절대로, 절대로 결혼하지 않을 거야." 그 애는 거의 혼잣말처럼 중얼거렸어요.

"아냐, 하게 될걸." 슈나마이트가 말했죠. "누구나 결혼하니까."

"아니야, 그렇지 않아." 베카는 말했지만, 그 말을 들은 건 나뿐이었어요.

15

폴라와 아버지의 결혼식이 있고 나서 몇 달 후에, 우리 가문은 시녀를 받았어요. 그 여자의 이름은 오브카일이었어요. 아버지의 이름이 카일 사령관이었거든요.

"전에는 또 다른 이름이었을 거야." 슈나마이트가 말했어요. "어떤 다른 남자 이름. 아기를 갖게 될 때까지 이리저리 보내지거든. 어쨌든 시녀들은 다 헤픈 여자들이니까, 진짜 이름 따위는 필요도 없겠지 뭐."

슈나마이트는 헤픈 여자란 남편 말고도 여러 남자와 나갔던 여자라고 말했어요. '나간다'는 게 무슨 말인지 우리는 사실 몰랐지만요.

게다가 시녀들은 두 배로 헤픈 여자가 틀림없어, 슈나마이트가 말했어요. 심지어 남편도 없었잖아.

하지만 너희는 시녀에게 무례하게 굴거나 헤픈 여자라고 부르면 안 돼, 비달라 아주머니가 코를 훔치며 말했어요. 시녀는 속죄의 뜻으로 공동체에 봉사하고 있으니, 우리 모두 감사해야 하는 법이다.

"헤픈 여자가 무슨 봉사를 한다는 건지 모르겠어." 슈나마이트가 속삭였어요.

"아기들 때문이야." 내가 속삭여 대답했어요. "시녀는 아기를 만들잖아."

"그럴 수 있는 다른 여자들도 있잖아." 슈나마이트가 말했어요. "헤픈 여자 아니라도."

맞는 말이었죠. 일부 아내는 아기를 낳을 수 있었고 이코노아내* 중에도 있었어요. 부푼 배를 안고 다니는 모습을 본 적이 있었어요. 그러나 그러지 못하는 여자들이 아주 많았어요. 모든 여자는 아기를 원해, 에스테 아주머니는 말했죠. 아주머니나 하녀가 아닌 모든 여자. 아주머니나 하녀가 아니라면, 아기를 못 갖는 여자가 이 지상에서 무슨 쓸모가 있단 말이냐? 비달라 아주머니는 이렇게 말했죠.

이 시녀가 온다는 건, 내 새어머니 폴라가 나를 자기 자식으로 생각지 않기 때문에 아기를 원한다는 의미였어요. 타비사가 우리 어머니였으니까요. 하지만 카일 사령관은 어땠을까요? 사령관도 나를 자식으로 쳐주지 않는 것 같았어요. 두 사람 모두의 눈에 내가 보이지 않게 된 것 같았죠. 그들은 나를 보았지만, 그 눈길은 나를 통과했고 벽을 보았어요.

시녀가 우리 집안에 들어왔을 때쯤 나는 길리어드의 셈법으로 여

---

* 이코노아내(Econowife)는 『시녀 이야기』에 '빈처'라는 역어로 등장했다. 그러나 '이코노가족'과 '이코노맨'이 『증언들』에 새로 등장함에 따라 '이코노아내'로 역어를 변경했음을 알려 둔다.

자의 나이에 거의 다다라 있었어요. 키도 훌쩍 컸고, 얼굴형도 길어
졌고, 코도 커졌죠. 눈썹도 짙어졌어요. 슈나마이트처럼 북슬북슬한
애벌레 모양도 아니고 베카처럼 흐릿하지도 않고 반원의 곡선을 그
리는 눈썹에 속눈썹도 검었고요. 머리카락도 두꺼워져서 생쥐 같은
갈색에서 밤색으로 변했어요. 그런 변모에 나는 기분이 좋았고, 허
영을 조심하라는 경고도 아랑곳없이 거울에 내 새 얼굴을 온갖 각도
로 비춰 보곤 했어요.

다만 좀 걱정스러운 일은, 젖가슴이 부풀고 우리가 신경 써서는
안 될 신체 부위에 털이 나기 시작했다는 거였어요. 다리, 겨드랑이,
그리고 여러 모호한 이름으로 불리는 부끄러운 부위에도요. 여자아
이한테 그런 일이 생기면 귀한 꽃이 아니라 훨씬 위험한 생물로 변
하게 되죠.

우리는 학교에서 그런 사태에 대비해 교육을 받았어요. 비달라 아
주머니가 일련의 민망한 삽화들을 들어 여자가 자기 몸과 관련해 수
행해야 할 역할과 의무를 강의했거든요. 소위 결혼한 여자의 역할
말이에요. 하지만 그 수업은 정보가 알차지도 못하고 위로가 되지도
못했어요. 비달라 아주머니가 질문이 있느냐고 물었지만 아무도 질
문하지 않았어요. 대체 어디서부터 시작해야 할까요? 나는 어째서
꼭 이런 식이어야 하느냐고 묻고 싶었지만 이미 답은 나와 있었는
걸요. 하느님의 계획이라고 하겠죠. 아주머니들은 그런 식으로 항상
빠져나가곤 했죠.

머지않아 내 다리 사이에서도 피가 날 거라고 예상할 수 있었죠.
이미 학교의 여자애들한테 많이 일어난 일이었어요. 하느님은 왜 좀

다른 방식으로 못 했던 걸까요? 하긴 하느님은 피에 특별한 관심을 가지시죠. 우리한테 읽어 주는 성경 말씀만 들어도 알 수 있었어요. 피, 정화, 더 많은 피, 더 많은 정화, 불순한 자를 정화하고자 흘리는 피, 그래도 사람이 제 손에 피를 묻히면 또 안 된다죠. 피는 오염원이니까요, 특히 여자애들한테서 흘러나오는 피. 그래도 하느님은 예전에 자기 제단에 그 피를 뿌리는 걸 좋아했잖아요. 비록 나중에 포기하고(에스테 아주머니 얘기로는) 과일, 야채, 침묵의 수난과 선행을 선호하게 되었지만.

아무리 봐도 성인 여성의 몸은 거대한 함정 덫이었어요. 구멍이 있으면 뭔가가 반드시 쳐넣어지고 또 다른 게 반드시 나오게 되어 있고, 하긴 원래 종류를 막론하고 구멍이 다 그렇긴 하죠. 벽에 뚫린 구멍, 산에 난 구멍, 땅에 난 구멍도 그렇고. 성숙한 여성의 몸이라는 건, 거기다 할 수 있는 짓도 너무 많고 그러다 잘못될 길도 너무나 많아서, 난 차라리 그런 몸 따위 없는 게 낫겠다고 생각하게 되었어요. 먹지 않고 몸을 작게 줄이면 어떨까 생각하기도 했고, 실제로 하루 시도해 보기도 했는데, 너무 배가 고파 도저히 결심을 밀고 나갈 수가 없어서 한밤중에 부엌에 들어가 수프 냄비에서 치킨 찌꺼기를 건져 먹었어요.

비등점으로 끓어오르던 몸만 내 걱정거리가 아니었어요. 학교에서의 내 위상도 눈에 띄게 낮아졌거든요. 다른 아이들의 존경을 받지도 못했고, 아무도 친해지자고 따라오지 않았어요. 내가 다가가면 여자애들끼리 하던 이야기를 딱 끊고 이상한 눈길로 나를 바라보았어요. 어떤 애들은 심지어 등을 돌리기까지 했어요. 베카는 그러지 않았지요.(아직도 내 옆에 앉으려고 애썼고요.) 하지만 똑바로 앞만 보았고, 슬쩍 책상 밑으로 손을 넣어 내 손을 잡아 주지도 않았어요.

슈나마이트는 여전히 말로는 내 친구라고 했는데, 워낙 다른 애들한테 인기가 없었던 탓도 있었을 거라고 확신해요. 다만 이제는 반대로 그 애가 내게 생색내듯 우정을 베푸는 쪽이 되었던 거지요. 이 모든 일로 나는 상처를 받았지만, 아직도 왜 이렇게 분위기가 바뀌었는지 이해하지 못하고 있었어요.

하지만 다른 아이들은 알고 있었지요. 말이 돌았던 게 틀림없어요. 입에서 귀로 또 입으로. 나의 계모 폴라로부터, 모든 걸 눈치챈 우리 하녀들을 통해서, 그때부터는 그들이 심부름할 때마다 마주치게 되는 다른 하녀들에게로, 그다음에는 그 하녀들로부터 그들의 아내들에게로, 아내들로부터 그 딸들, 내 학교 친구들에게로.

그 말은 무엇이었을까요? 부분적으로는 내가 권력자 아버지의 총애를 잃었다는 것일 테죠. 그동안은 어머니 타비사가 나를 지켜 줬지요. 하지만 이제 그녀는 세상에 없고, 계모는 내 행복을 바라지 않았어요. 집에서는 나를 무시하거나 내게 바락바락 소리를 질렀지요. *저것 좀 주워라! 그렇게 쭈그리고 앉지 말고!* 나는 최대한 눈에 띄지 않으려 애썼지만, 닫힌 방문마저도 그 여자 눈에는 반항으로 보였을 거예요. 내가 그 방문 뒤에 숨어서 산(酸)처럼 독한 생각을 한다는 걸 알았을 테니까요.

그러나 내 가치 하락은 아버지의 총애를 잃은 선에서 그치지 않았어요. 새로운 정보가, 내게 아주 해로운 정보가 유통되고 있었으니까요.

털어놓을 비밀이 있을 때(특히 충격적인 비밀일 경우에) 슈나마이트
는 꼭 자기가 전달하고 싶어 했어요.

"내가 뭘 알아냈는지 알아?"

어느 날 우리가 점심 샌드위치를 먹고 있는데 그 애가 말했어요.
쾌청한 정오였어요. 학교 잔디밭에서 피크닉을 해도 좋다는 허락이
떨어졌고요. 부지는 면도날처럼 날카로운 철조망이 달린 높은 울타
리로 둘러쳐져 있고 정문에는 두 명의 천사가 서 있었어요. 교문은
아주머니들의 차가 드나들 때만 제외하고 굳게 잠겨 있으니, 우리는
완벽하게 안전했어요.

"뭐라고?" 내가 말했어요.

진짜 치즈는 우리의 군인들이 먹어야 했기 때문에, 우리 학교 샌
드위치에는 진짜 치즈를 대체하게 된 인공 치즈가 들어 있었어요.
볕이 따스했고, 잔디는 부드러웠고, 그날은 폴라의 눈에 띄지 않고
집을 빠져나오는 데 성공했기 때문에, 일단 그 순간에는 내 삶이 아
주 조금은 만족스러웠어요.

"너희 어머니는 네 진짜 어머니가 아니래." 슈나마이트가 말했어
요. "너희 진짜 어머니는 헤픈 여자라서 사람들이 너를 그 여자한테
서 빼앗아 데리고 왔대. 하지만 걱정 마, 네 잘못은 아니잖아. 어려서
아무것도 몰랐으니까."

배 속이 꽉 죄어들었어요. 입에 물고 있던 샌드위치를 풀밭에 뱉
뱉었어요.

"그럴 리가 없어!" 하마터면 소리를 지를 뻔했어요.

"진정해." 슈나마이트가 말했죠. "말했듯이, 네 잘못은 아니니까."

"네 말 안 믿어." 내가 말했어요.

슈나마이트는 참 딱하다는 얼굴로, 몹시 흡족한 미소를 짓더군요.

"사실이야. 우리 하녀가 너희 하녀한테 자초지종을 다 들었는데, 그 하녀는 네 새어머니한테 들었다더라. 아내들끼리는 그런 사정을 알거든. 하지만 나는 아니래, 격에 맞게 태어났대."

그 순간 정말로 그 애가 미웠어요.

"그러면 내 진짜 어머니는 어디 있어?" 내가 따졌죠. "네가 그렇게 모르는 게 없다며!"

넌 정말로, 정말로 못됐어, 그렇게 말하고 싶었어요. 그 애가 나를 배신했다는 생각이 서서히 명확해졌어요. 나한테 얘기하기 전에 다른 애들한테 얘기했을 거예요. 그래서 다들 그토록 차가워진 거였죠. 내 평판이 더러워져서.

"몰라, 아마 죽었을 거야." 슈나마이트가 말했어요. "그 여자가 너를 길리어드로부터 훔쳐 가려 했대, 숲속으로 도망치려 했고, 국경 밖으로 널 데리고 가려 했대. 하지만 그 여자를 잡고 너를 구했다고 했어. 너한테는 천만다행이지 뭐!"

"누가?" 나는 희미하게 물었어요.

이야기를 하는 내내 슈나마이트는 음식을 씹고 있었어요. 그 애의 입을 바라보고 있자니, 그 속에서 내 운명이 서서히 모습을 나타냈지요. 이에 오렌지색 가짜 치즈가 끼여 있었던 거예요.

"너도 알잖아, 그들. 천사와 '눈'과 그들. 너를 구해 와서 아기를 가질 수 없는 타비사한테 줬대. 그들이 너한테 선행을 베푼 거지. 그 헤픈 여자하고 있는 것보다는 지금 훨씬 더 좋은 집에 사니까."

믿음이 사지 마비처럼 내 몸을 타고 기어 올라와 퍼지는 느낌이 들었어요. 타비사가 들려주던 이야기, 나를 구해서 사악한 마녀들을 피해 도망치던 이야기, 거기에는 진실이 담겨 있었던 거예요. 그러나 내가 붙잡고 있던 건 타비사의 손이 아니라 진짜 어머니의 손이었어요. 내 진짜 어머니, 그 헤픈 여자. 그리고 우리를 쫓아오고 있던 건 마녀들이 아니라 남자들이었어요. 총도 들고 있었겠지요, 그런 남자들은 늘 그렇잖아요.

하지만 타비사는 정말로 나를 선택했어요. 진짜 어머니와 아버지로부터 억지로 떼어 낸 다른 아이들 속에서 나를 골랐던 거예요. 나를 선택하고 소중하게 아껴 주었어요. 나를 사랑했어요. 그 부분은 사실이었어요.

그러나 이제 내겐 어머니가 없었어요. 진짜 어머니는 어디 있는데요? 나는 아버지도 없었어요. 카일 사령관은 이제 나와는 아무 상관도 없어서, 달나라 사람이나 다름없었어요. 내가 타비사의 기획이었기 때문에, 그녀의 장난감, 그녀의 애완동물이었기 때문에 나를 참아 주었던 거예요.

폴라와 카일 사령관이 시녀를 원한 것도 당연해요. 내가 아니라 진짜 아이를 원했던 거예요. 나는 그 누구의 자식도 아니었으니까요.

슈나마이트는 계속 우물우물 씹으면서 자기가 한 말이 내 마음 깊이 박히는 걸 만족스럽게 지켜봤어요.

"내가 네 편을 들어줄게." 징그럽게 엄숙하고 일말의 진심도 없는 말투였어요. "네 영혼은 하나도 달라질 것 없어. 에스테 아주머니가 모든 영혼은 천국에서 평등하다고 하셨잖아."

천국에서만 그렇겠지, 나는 생각했죠. 그리고 여기는 천국이 아니야. 여기는 뱀과 사다리의 세상이고, 한때 나는 생명의 나무가 떠받친 사다리 저 꼭대기에 있었지만 이제 뱀을 타고 미끄러져 추락하고 말았어. 나의 추락을 보면서 다들 얼마나 신이 날까! 슈나마이트도 이렇게 악의적이고 즐거운 뉴스를 퍼뜨리지 않을 수 없었을 거야. 이미 등 뒤에서 킬킬거리는 사람들의 웃음소리가 들려오는 것만 같았어요. 헤픈 년, 더러운 년, 헤픈 년의 딸.

비달라 아주머니와 에스테 아주머니도 알고 있는 게 분명했어요. 처음부터 알고 있었을 거예요. 아주머니들이 알 만한 부류의 비밀이었으니까요. 하녀들 말로는, 아주머니들은 그런 식으로 권력을 잡았대요. 비밀을 아는 것으로.

그리고 리디아 아주머니는(인상을 쓰며 미소를 짓는 금박 액자로 우리 교실 뒤편에 걸려 있는) 최고의 권력자니까 비밀 중의 비밀을 알고 있겠죠. 리디아 아주머니라면 내가 처한 곤경에 대해 뭐라고 하실까? 나를 도와줄까? 내 불행을 이해하고, 나를 구해 줄까? 그런데 실제로 존재하는 인간이기는 할까? 나는 그녀를 본 적이 없었어요. 어쩌면 신이나 마찬가지일 지도 몰라요. 실재하지만 동시에 실재하지 않는 존재. 밤에 하느님 대신 리디아 아주머니에게 기도를 드리면 어떨까요?

그 주말에 나는 실제로 그렇게 해 봤어요. 하지만 그런 생각 자체가 터무니없다고 느껴졌어요. 여자한테 기도를 올리다니. 그래서 그만뒀어요.

16

그 끔찍한 오후는 몽유병 환자처럼 흘려보냈어요. 우리는 아주머니들을 위한 손수건을 십자수로 장식하고 있었죠. 이름에 어울리는 꽃을 수놓아서요. 엘리자베스에 맞춰 수레국화(Echnacea)를, 헬레나에 맞춰 히아신스(Hyacinth)를, 비달라에 맞춰 바이올렛(Violet)을 수놓아 장식했어요. 나는 리디아를 위해 라일락(Lilac)을 수놓고 있었는데, 손가락을 반쯤 찌르고도 모르고 있다가 슈나마이트가 말해 줘서 깨달았어요.

"네 십자수에 피 묻었어."

가브리엘라는(그 깡마르고 말본새가 얄미운 아이는 아버지가 하녀 셋으로 승진하는 바람에 예전의 나만큼 인기가 높아졌죠.) 속살거렸어요.

"드디어 쟤도 생리를 하나 보지, 손가락으로."

그러자 모두가 웃음을 터뜨렸어요. 아이들은 거의 다 생리를 했거든요, 하다못해 베카까지도요. 비달라 아주머니가 웃음소리를 듣고 읽던 책에서 눈을 들어 말했어요.

"그건 그만하면 됐다."

에스테 아주머니는 나를 화장실로 데리고 갔고 우리는 내 손에 묻은 피를 씻었고 아주머니가 내 손가락에 붕대를 감아 주었지만, 십자수 손수건은 찬물에 담가야 했어요. 핏자국을 빼려면, 특히 흰 천에서 얼룩을 빼려면 그렇게 해야 한다고 배웠거든요. 피 얼룩을 빼는 일은 아내로서 너희가 알아야 할 일이란다, 수행해야 할 의무의 일환이야, 비달라 아주머니가 말씀하셨거든요. 너희는 하녀들이 일을 제대로 하는지 감독해야 할 거다. 피를 비롯해서 몸에서 나오는 다른 물질을 깨끗이 없애는 일은 다른 사람을 돌보는 여자의 의무란다. 특히 어린 아기와 노인을 돌봐야 하니까, 만사를 긍정적인 관점으로 채색하는 에스테 아주머니가 말했죠. 그건 여자의 재능이지. 여자의 특별한 두뇌 덕분인데, 남자의 뇌처럼 딱딱하고 초점이 명확하지 않고 부드럽고 촉촉하고 따뜻하고 감싸는…… 그러니까, 뭐랄까, 뭐 같다고 해야 할까? 에스테 아주머니는 그 문장을 끝맺지 않았어요.

양지바른 곳의 진흙 같아, 나는 생각했어요. 내 머릿속에 든 건 그거였어요. 따끈하게 데워진 진흙.

"무슨 문제가 있니, 아그네스?" 에스테 아주머니는 내 손가락을 씻어 주고 물었어요. 나는 아니라고 했어요.

"그러면 왜 울고 있니, 얘야?"

내가 울고 있었나 봐요. 아무리 제어하려 노력해도, 내 눈에서, 내 축축하고 질척한 머리에서, 눈물이 흘러나오고 있었어요.

"아프니까요!" 이제 나는 흐느끼며 말했어요.

아주머니는 어디가 아프냐고 묻지 않았어요. 사실은 바늘에 찔린 손가락 때문이 아니라는 걸 알았을 거예요. 한 팔로 나를 감싸고 살짝 힘주어 안아 주었거든요.

"아픔을 주는 것들은 너무 많단다." 에스테 아주머니가 말했어요. "하지만 우리는 기운차게 살려고 노력해야만 해. 하느님은 쾌활함을 좋아하신단다. 우리가 세상의 좋은 것들을 알아보고 만끽하기를 바라셔."

우리는 우리를 가르치는 아주머니들로부터 하느님이 뭘 좋아하고 뭘 싫어하시는지 그런 얘기를 아주 많이 들었어요. 특히 비달라 아주머니가 그런 얘기를 많이 했어요. 하느님과 굉장히 친한 사이 같아 보였죠. 언젠가 슈나마이트가 비달라 아주머니한테 하느님은 아침 식사로 뭘 먹고 싶으신지 여쭤봐야겠다고 말하는 바람에 소심한 아이들이 화들짝 소스라친 적이 있는데, 결국 실행에 옮기지는 않았어요.

하느님이 어머니들에 대해서 무슨 생각을 하는지 궁금했어요, 진짜와 가짜 어머니들 모두. 그러나 에스테 아주머니에게 내 진짜 어머니 이야기나 타비사가 나를 선택한 사연을 물어봤자 아무 소용도 없었죠. 심지어 내가 그때 몇 살이었는지도 묻지 못했죠. 학교의 아주머니들은 우리와 부모 이야기를 하는 일을 삼갔어요.

그날 집에 가서 나는 주방에서 비스킷을 만들고 있던 질라를 한구석에 몰아붙이고 점심시간에 슈나마이트가 한 말을 한마디도 빠짐없이 되풀이했어요.

"아가씨 친구는 입이 참 가볍기도 하네요." 그게 질라가 한 말이었어요. "입을 좀 더 자주 다물고 있어야 되겠어요." 질라의 입에서 나온 말치고는, 흔치 않게 가시 돋친 말이었죠.

"하지만 사실인 거야?" 내가 물었어요.

그때는, 여전히, 그 이야기를 통째로 부인해 주기를 바라는 마음이 반쯤 남아 있었어요.

질라는 한숨을 쉬었어요.

"내가 비스킷 만드는 일 도와주면 어때요?"

하지만 나는 그런 단순한 선물에 넘어갈 정도로 어린아이가 아니었어요.

"그냥 말해 줘." 내가 말했어요. "부탁이야."

"뭐, 아가씨 새어머니에 따르면, 맞아요. 그 이야기는 사실이에요. 아니 뭐 그 비슷한 거든가."

"그러니까 타비사가 우리 어머니가 아니었구나."

새삼스럽게 고이는 눈물을 참으며, 흔들림 없는 말투를 유지하려 애썼어요.

"어머니를 무슨 뜻으로 쓰느냐에 따라 다르겠지요." 질라가 말했어요. "아가씨 어머니는 낳아 준 사람인가요, 아니면 아가씨를 제일 많이 사랑해 준 사람인가요?"

"모르겠어." 내가 말했어요. "제일 많이 사랑해 준 사람이겠지?"

"그러면 타비사가 아가씨 어머니예요." 질라가 비스킷을 자르며 말했어요. "그리고 우리 하녀들도 아가씨 어머니예요. 우리도 아가씨를 사랑하니까. 아가씨 눈에 항상 그렇게 보이는 건 아니겠지만요." 질라는 동그란 비스킷을 하나씩 팬케이크 뒤집개로 들어 베이킹시트 위에 놓았죠. "우리 모두 아가씨의 최선의 행복을 진심으로 빌고 있어요."

이 말에 나는 질라를 조금 불신하게 됐어요. 비달라 아주머니도 우리 최선의 행복 어쩌고 비슷한 말을 하는데, 보통은 체벌 직전에 그러거든요. 비달라 아주머니는 겉으로 드러나지 않는 종아리를 회초리로 때리는 걸 좋아했고 가끔은 우리를 엎드리게 하고 치마를 걷어 더 위쪽을 때릴 때도 있었어요. 가끔은 반 전체가 보는 앞에서 그러기도 했어요.

"어떻게 됐어?" 내가 물었어요. "내 다른 어머니는? 숲속을 헤치고 도망치던 사람? 그들이 나를 데려간 후에 말이야?"

"저는 정말로 몰라요."

질라가 나를 보지 않고 뜨거운 오븐에 비스킷을 밀어 넣었어요. 비스킷이 구워져 나오면 하나 먹어도 되느냐고 묻고 싶었지만(따끈한 비스킷이 먹고 싶어 죽을 지경이었죠.) 이렇게 진지한 대화 중에 너무 유치한 부탁 같았죠.

"총으로 쐈을까? 그들이 죽였을까?"

"아, 아니에요." 질라가 말했어요. "그러지는 않았을 거예요."

"왜?"

"아기를 낳을 수 있으니까요. 아가씨를 낳았잖아요? 그게 임신할 수 있다는 증거죠. 정말 어쩔 도리가 없는 경우가 아니면 그렇게 값진 여자를 죽일 리가 없어요." 질라는 내가 이 말뜻을 이해하도록 잠시 말을 멈췄어요. "가능성이 제일 높은 일은, 그들이 먼저 확인……'라헬과 레아' 센터의 아주머니들이 그녀와 함께 기도하겠죠. 처음에는 말로 설득하면서, 마음을 바꿀 수 있는지 알아볼 거예요."

학교에서도 '라헬과 레아' 센터에 대한 뜬소문이 돌아다녔지만, 전부 모호했어요. 그 안에서 무슨 일이 벌어지는지 아무도 몰랐죠. 그래도 아주머니들 한 무리가 자기 문제로 기도하는 건 무서운 일일 거예요. 모두가 에스테 아주머니처럼 온화한 건 아니니까.

"그런데 마음을 바꿀 수 없으면 어떻게 해?" 내가 물었어요. "그러면 죽여? 죽은 거야?"

"아, 틀림없이 아주머니들이 마음을 돌렸을 거예요." 질라가 말했어요. "그런 일을 아주 잘하거든요. 마음과 정신을 다…… 속속들이 개조한단 말이에요."

"지금 어디 있어, 그럼?" 내가 물었어요. "우리 어머니 말이야, 그러니까 진짜 어머니, 다른 어머니는?"

그 어머니가 나를 기억할지 궁금했어요. 나를 기억해야만 해요. 나를 사랑했던 게 틀림없어요. 안 그랬다면 도망칠 때 나를 데려가지 않았을 테니까.

"그건 우리도 아무도 몰라요, 아가씨." 질라가 말했어요. "시녀가 되면 어차피 옛 이름은 잃게 되니까요. 그리고 그네들 입는 옷을 보면 얼굴도 잘 보이지 않고요. 다 똑같아 보여요."

"시녀야?" 내가 물었어요. 그렇다면 슈나마이트가 한 말이 사실이었던 거예요. "우리 어머니가?"

"저 사람들이 하는 일이 그거예요, 저기 센터에서." 질라가 말했어요. "그 여자들을 시녀로 만들죠, 이런저런 수를 써서. 잡히는 여자들 말이에요. 자, 맛있고 뜨거운 비스킷 하나 먹을래요? 지금은 버터가 없는데 꿀을 발라 줄 수는 있어요."

나는 고맙다고 했어요. 그 비스킷을 먹었어요. 우리 어머니는 시녀였어요. 그래서 슈나마이트가 헤픈 여자라고 우겼던 거예요. 시녀는 모두, 옛날 옛적에는, 헤픈 여자들이었다는 건 상식이었죠. 하긴 아직도 그랬어요, 좀 다른 의미에서.

그때부터, 나는 우리 집에 새로 온 시녀에게 매료되었어요. 처음 왔을 때는, 배운 대로 보고도 못 본 체했죠. 그 여자들한테는 그게 최고의 친절이에요, 로사가 말했어요. 아기를 갖거나 아니면 다른 데로 옮겨지니까, 어쨌든 우리 집에는 오래 있지 않을 거라고. 그러니까 정을 붙이는 건, 특히나 집 안의 어린애들에게 정을 붙이는 건 못할 짓이라고요. 어차피 포기해야 하는데 나중에 마음이 얼마나 아프겠냐고.

그래서 나는 오브카일을 외면했고 빨간 드레스를 입고 주방으로 소리 없이 미끄러져 들어와 장바구니를 들고 산책 갈 때도 못 본 척했어요. 시녀들은 둘씩 짝을 지어 매일 산책하러 나갔어요. 인도에 나가면 볼 수 있었죠. 아무도 귀찮게 하거나 말을 걸거나 손대지 않았어요. 그들은(어떤 면에서) 아무도 건드릴 수 없는 존재였거든요.

그러나 이제 나는 기회가 생길 때마다 곁눈질로 오브카일을 바라보았어요. 장갑을 낀 손의 지문처럼 텅 빈 타원형 얼굴을 하고 있었어요. 나도 무표정한 얼굴을 지을 줄 알기 때문에, 정말로 그 얼굴 밑에 아무것도 없다고 생각지 않았어요. 완전히 다른 인생을 살았던 사람이니까요. 헤프게 놀던 여자일 때는, 어떤 모습이었을까요? 헤픈 여자들은 한 남자하고만 나간 게 아니었다는데. 얼마나 많은 남자와 나갔을까요? 그게 정확히 무슨 뜻일까요, 남자와 나간다는 게, 그리고 어떤 부류의 남자일까요? 신체 일부가 옷 밖으로 빠져나와도 그냥 뒀을까요? 바지를 입었을까요, 남자처럼? 상상할 수조차 없는 불경한 일이었어요! 정말 그랬다면 얼마나 대담한 일이에요! 지금의 행동거지와는 아주 달랐을 거예요. 훨씬 활력이 넘쳤을 거예요.

창가로 가서 산책 가는 그녀를 뒤에서 지켜보곤 했어요. 우리 정원을 지나 오솔길을 따라 우리 집 정문으로. 그러면 나는 신발을 벗고, 까치발로 복도를 지나, 몰래 그녀의 방에 숨어들곤 했어요. 집 뒤편으로, 3층에 있는 방이었어요. 별도의 화장실이 딸린 중간 크기의 방이었어요. 실을 꼬아 엮은 깔개가 깔려 있었고, 벽에는 예전에 타비사 것이었던, 화병에 꽂힌 파란 꽃 그림이 걸려 있었죠.

새어머니가 그 그림을 자기 눈에 보이지 않는 곳으로 치워 버리려고 거기에 가져다 두었겠지요. 새 남편이 첫 아내를 떠올릴 만한 시각적인 사물들을 집 안에서 싹 없애 버리고 있었거든요. 폴라는 그런 짓을 드러내 놓고 하지는 않았어요. 그보다는 교묘한 사람이었죠. 물건을 한 번에 하나씩 옮기거나 버리고 있었어요. 하지만 나는 그 꿍꿍이를 알고 있었어요. 나로서는 그 여자를 싫어할 이유가 하나 늘어난 셈이었죠.

굳이 에둘러 말할 이유가 없죠? 이제 그럴 필요가 없는데. 단순히 싫은 정도가 아니었어요, 나는 그 여자를 증오했어요. 증오는 영혼을 딱딱하게 만드는, 몹시 나쁜 감정이라지만요.(에스테 아주머니가 우리한테 그렇게 가르쳤죠.) 솔직히 인정하는 게 자랑스럽지도 않고 예전에는 용서를 구하며 기도도 올렸지만, 증오야말로 내가 느끼는 감정이었어요.

시녀의 방에 들어가서 부드럽게 문을 닫고 나면, 여기저기 들춰 보며 돌아다녔어요. 그녀는 실제로는 누구였을까? 그리고 그녀가 잃어버린 우리 어머니라면 어떻게 할까? 이건 다 머릿속에서 꾸며 낸 상상이었지만 나는 그만큼 외로웠어요. 정말이라면 어떨까 생각하는 게 좋았죠. 우리는 서로의 품에 달려들어 안길 테고, 으스러져라 껴안을 테고, 서로를 다시 찾아내서 너무나 행복하겠지……. 그러나 그다음엔 어떻게 될까? 나는 다음에 일어날 일에 대해서는 어떤 이야기도 꾸며 낼 수 없었지만, 막연하게 골치 아픈 일이 될 거라는 생각은 하고 있었죠.

오브카일의 방에서는 그녀에 대한 그 어떤 단서도 찾을 수 없었어요. 옷장에는 빨간 드레스가 나란히 정갈하게 걸려 있었고, 새하얀 속옷과 자루 같은 잠옷들도 깔끔하게 개어져 선반에 놓여 있었죠. 그녀는 두 번째 신발 한 켤레와 여분의 망토와 여분의 흰 보닛을 가지고 있었어요. 그리고 손잡이가 붉은 칫솔도 있었죠. 이런 물건들을 넣어서 가지고 온 수트케이스도 있었지만, 그 속에는 아무것도 없었어요.

17

마침내 우리 시녀가 임신에 성공했어요. 나는 이야기를 듣기 전부터 알고 있었죠. 불쌍해서 참아 주는 길 잃은 개를 대하듯 하던 하녀들이 법석을 떨면서 더 성대한 식사를 주고 아침 식사 트레이 위 작은 꽃병에 꽃을 꽂아 놓아두는 걸 봤거든요. 그녀에게 집착하고 있었기 때문에, 이런 세세한 사항들을 꼼꼼히 눈여겨보고 있었어요.

나는 하녀들이 내가 없는 줄 알고 부엌에서 흥분해서 떠드는 소리에 귀를 기울이곤 했지만, 매번 말소리를 들을 수는 없었어요. 하녀들과 함께 있을 때 보면 질라가 혼자서 많이 웃었고, 베라는 교회에 갈 때처럼 언성을 낮췄어요. 심지어 로사마저 뿌듯한 표정을 짓곤 했어요. 특별히 맛있는 오렌지를 먹고도 아무에게도 말하지 않는 사람처럼 말이에요.

새어머니 폴라는 얼굴에서 반짝반짝 빛이 났어요. 어쩔 수 없이 우리가 같은 방에 있게 되더라도 내게 훨씬 잘 해 줬죠. 그런 일이 자주 생기지는 않도록 내가 최선을 다했지만요. 차를 타고 학교로 보내지기 전에 부엌에서 아침 식사를 훔쳐 먹었고, 저녁 식탁에서는 숙제가 있다고 둘러대면서 최대한 빨리 빠져나왔어요. 십자수나 뜨개질이나 바느질할 거리가 있다든가, 그리던 그림을 끝내야 한다든가, 수채화를 그려야 한다고 했죠. 폴라는 안 된다고 말하는 법이 없었어요. 내가 그녀를 보기 싫어하는 만큼, 그녀 역시 나를 보기 싫어했으니까요.

"오브카일이 임신한 거지, 그렇지?" 어느 날 아침 질라에게 물었어요. 혹시 내가 틀렸을까 봐 별일 아닌 것처럼 물었죠. 질라는 뜻밖의 질문에 당황했어요.

"어떻게 알았어요?" 질라가 물었죠.

"나도 눈이 있어."

잘난 척하는 내 말투가 듣기에는 참 짜증스러웠을 거예요. 나는 그런 나이가 되어 있었죠.

"우리는 그 문제에 대해서 함구해야 해요." 질라가 말했어요. "3개월이 지날 때까지는요. 처음 3개월이 위험한 시기거든요."

"왜?"

비달라 아주머니의 콧물로 범벅이 된 슬라이드 쇼를 아무리 많이 봤어도, 솔직히 내가 아는 건 많지 않았어요.

"비아라면, 그럴 수도 있으니까……. 그러면 그때쯤 조산을 하게 되는 거예요." 질라가 말했어요. "그러면 아기가 죽어요." 비아가 뭔지는 알고 있었어요. 배운 건 아니지만 여기저기서 들리는 속삭임이 있었죠. 비아가 굉장히 많다고 들었어요. 베카네 시녀가 딸을 낳았는데, 뇌가 없었대요. 불쌍한 베카는 여동생을 원했기에 굉장히 속상해했어요. "우리는 그것을 위해서 기도하고 있어요. 그 여자를 위해서도요." 질라는 그때 그렇게 말했죠. 나는 *그것*이라는 표현을 놓치지 않았어요.

하지만 폴라가 오브카일의 임신에 대해 다른 아내들 사이에 실마리를 흘렸는지, 학교에서의 내 위상이 느닷없이 치솟았어요. 슈나마이트와 베카가 예전처럼 앞다투어 내 관심을 끌려 했고 다른 여자애들도 내게 보이지 않는 후광이라도 둘러진 마냥 비위를 맞췄어요.

태어날 아기는 관련된 모든 사람에게 은은한 서광을 비추었어요. 황금빛 아지랑이가 우리 집을 에워쌌고, 시간이 가면서 점점 환해지고 점점 진한 금빛으로 변했어요. 3개월의 기점에 도달했을 때, 주방에서는 비공식적인 파티가 열리고 질라가 케이크를 구웠죠. 오브카일은, 얼핏 보이는 그녀의 표정은 기쁨보다는 안도감에 가까워 보였어요.

이처럼 억누른 기쁨의 와중에 나만은 먹구름이었어요. 오브카일의 몸 안에 있는 이 미지의 아기가 모든 사랑을 독차지하게 되어 있었어요. 이제 어디를 봐도 내게는 아무도 남지 않은 것 같았죠. 철저히 외톨이였어요. 그리고 질투심에 차 있었지요. 아기는 어머니가 있겠지만 내게는 영영 없을 테니까요. 하녀들마저도 내게 등을 돌리고 오브카일의 배에서 발산되는 빛을 향해 끌려가고 있었어요. 아기한테 질투하다니! 솔직히 인정하기 부끄러운 일이지만 그게 사실이었어요.

이 시기 즈음에 한 가지 사건이 일어났어요. 잊히는 편이 나은 일이지만, 머지않아 내가 하게 될 선택과 관련이 있었기 때문에 전해야 할 것 같습니다. 이제는 나도 더 나이가 들고 바깥세상을 보았으니, 어떤 사람들에게는 그렇게 중요한 일이 아닐 수도 있다는 생각이 들어요. 하지만 나는 길리어드 출신의 어린 소녀였고, 이런 상황에 노출된 적도 없었기 때문에, 이 사건은 내게 결코 하찮은 게 아니었어요. 오히려 끔찍하게 무서웠지요. 그리고 수치스럽기도 했어요. 수치스러운 일을 당하면 치욕이 몸에 묻게 돼요. 더러워진 느낌이 들지요.

시작은 사소했어요.* 나는 매년 하는 검진을 하러 치과에 가야 했

---

* The prelude was minor. 서곡은 단조였다는 의미로도 읽힌다.

죠. 치과의사는 베카의 아버지였고, 이름은 그로브 박사였어요. 그분이 최고의 치과의사예요, 베라가 말했죠. 최고위 사령관들과 그 가족들이 거기 간대요. 진료실은 의사와 치과의사 들을 위한 '건강의 축복' 건물에 있었어요. 건물 외관에 웃는 심장과 웃는 치아가 그려져 있었지요.

의사나 치과의사를 찾아갈 때는 하녀 한 명이 항상 나를 따라가서 대기실에서 대기하고 있었어요. 그러는 편이 범절에 맞는 거라면서, 타비사는 막상 이유는 말해 주지 않았지요. 하지만 폴라는 수호자가 나를 거기 데려다주면 될 거라고, 집안의 큰 변화를 준비해야 하니 할 일이 너무 많아서(아기 이야기였죠.) 하녀를 딸려 보내는 게 시간 낭비라고 했지요.

나는 별로 신경 쓰지 않았어요. 솔직히, 혼자 가는 게 아주 어른스러운 일 같았죠. 우리 수호자 등 뒤의 자동차 뒷좌석에 허리를 꼿꼿이 세우고 앉아 있었죠. 그리고 건물로 들어가서 치아 세 개가 그려진 엘리베이터 단추를 누르고 맞는 층 맞는 문을 찾아 벽에 그려진 투명한 치아의 그림들을 보며 대기실에 앉아 있었죠. 내 차례가 되어 조수 윌리엄 씨의 안내대로 안쪽 방으로 들어가서 치과 진료 의자에 앉았어요. 그로브 박사가 들어왔고, 윌리엄 씨가 나의 진료기록을 가져다준 후 문을 닫고 나가자 그로브 박사가 내 차트를 들여다보더니 이에 무슨 문제가 있느냐고 물어서 아니라고 답했어요.

보통 때와 다름없이, 그는 기구와 작은 거울로 내 입안을 쑤셨죠. 보통 때와 다름없이, 안경 너머 확대된 그 눈을 아주 가까이서 바라보았어요. 코끼리 무릎 같은 눈꺼풀에 파랗고 핏발 선 눈. 그러면서

140

그 사람이 날숨을 뱉을 때 숨을 들이쉬지 않으려 애썼죠. 박사의 입에서는 (보통 때와 다름없이) 양파 냄새가 났거든요. 생김새에 아무 특징이 없는 중년 남자였어요. 박사는 하얗고 탄성이 있는 위생 장갑을 벗고 내 뒤에 있던 개수대에서 손을 씻었어요. 그리고 말했죠.

"완벽한 치아야. 완벽해." 그리고 또 말했어요. "다 큰 처녀가 되겠구나, 아그네스."

그러더니 내 작지만 부풀고 있던 젖가슴에 손을 얹었어요. 여름이라서, 여름 교복을 입고 있었죠. 분홍색이고 얇은 순면 재질이었어요.

나는 충격으로 얼어붙었어요. 그러니까 전부 사실이었던 거예요. 남자들과 광포한 본성, 불같은 욕구, 그러니까 단순히 치과의 의자에 앉아 있는 것만으로 나는 원인이 된 거예요. 끔찍스럽게 창피했어요. 내가 뭐라고 말해야 했던 걸까요? 그걸 알 수가 없어서, 그런 일이 아예 일어나고 있지도 않은 것처럼 행동했어요.

그로브 박사는 내 뒤에 서 있었고, 왼쪽 젖가슴에 그의 왼손이 올라가 있었어요. 그의 다른 부분은 보이지 않았어요. 오로지 손만 보였죠. 손등에 불그스름한 털이 난 커다란 손이었어요. 뜨끈했어요. 커다랗고 뜨거운 게처럼 내 젖가슴 위에 얹혀 있었어요. 어떻게 해야 할지 알 수가 없었어요. 그 손을 잡고 젖가슴에서 치워야 할까요? 그러면 오히려 더욱 불타는 욕정이 터져 나오지 않을까요? 몸을 빼려고 해야 할까요? 그때 그 손이 내 젖가슴을 움켜쥐었어요. 손가락이 내 젖꼭지를 찾아 꼬집었어요. 몸에 압정이 꽂힌 것만 같았죠. 나는 상체를 앞으로 기울여 일으켰지만(최대한 빨리 그 진찰용 의자에서 빠져나와야 했어요.) 그 손에 갇혀 꼼짝할 수 없었어요. 갑자기 그 손이 휙 걷히더니 그로브 박사의 나머지 몸이 내 시야로 들어왔어요.

"너도 이런 걸 볼 때가 됐지." 아무 다른 말을 할 때도 늘 쓰는 보통의 목소리였어요. "곧 이런 걸 네 안에 넣게 될 거다."

박사는 내 오른손을 잡고 자기의 그 부분으로 가져갔어요.

다음에 무슨 일이 벌어졌는지는 말하지 않아도 되겠지요. 그는 이미 수건을 준비해 두고 있었어요. 제 몸을 닦고 그 부위를 다시 바지 속에 쑤셔 넣었지요.

"자." 그가 말했어요. "착하구나. 나는 너를 다치게 하지 않았다." 박사는 아버지처럼 내 어깨를 두드려 주었지요. "하루에 두 번 이 닦는 걸 잊지 말고, 치실도 해라. 윌리엄 씨가 새 칫솔을 줄 거야."

진료실에서 걸어 나오는데, 메스꺼워 속이 뒤집히더군요. 윌리엄 씨가 대기실에 있었는데, 눈에 거슬리는 구석 없는 서른 살의 얼굴이 무표정했어요. 그는 분홍색과 파란색의 새 칫솔들이 담긴 그릇을 내밀었죠. 나도 분홍색을 고를 정도의 분별은 있었어요.

"고맙습니다." 내가 말했어요.

"천만에요." 윌리엄 씨가 말했죠. "데운 곳은 없어요?"

"네." 내가 말했죠. "이번에는 없어요."

"좋아요." 윌리엄 씨가 말했어요. "단것만 삼가면 앞으로도 안 생길 거예요. 충치 말입니다. 괜찮아요?"

"네." 내가 말했어요. 문이 어디 있지?

"창백해 보여요. 치과의사를 겁내는 사람들이 있죠."

방금 의미심장하게 웃은 걸까? 방금 일어난 일을 알고 있는 걸까?

"창백하지 않아요." 멍청한 소리였어요. 창백한지 아닌지 내가 어떻게 알겠어요? 나는 문손잡이를 찾아 버벅거리다 간신히 나왔고, 엘리베이터를 타고 내려가는 버튼을 눌렀어요.

치과에 올 때마다 이 일이 일어나게 되는 걸까요? 이유도 밝히지 않고 그로브 박사에게 다시는 가지 않겠다고 말할 수는 없었고, 이유를 말하면 내가 곤란해지겠죠. 학교의 아주머니들은 어떤 남자든 부적절한 접촉을 하면 권위 있는 사람한테 말해야 한다고(그러니까 그들에게 말해야 한다고) 가르쳤지만, 우리는 괜한 소란을 떨 정도로 멍청하지 않았어요. 특히나 그로브 박사처럼 명망 있는 남자라면 더더욱. 게다가 내가 자기 아버지에 대해서 그런 말을 하면 베카는 어떻게 되겠어요? 수치스러울 테고, 비참한 불행에 빠질 거예요. 끔찍한 배반이 될 테죠.

그런 일을 신고한 여자애들도 있었어요. 어떤 아이는 자기네 집 수호자가 손으로 다리를 만졌다고 주장한 적도 있었죠. 또 다른 여자애는 이코노계급의 쓰레기 수집상이 자기 앞에서 바지 지퍼를 내렸다고 말했어요. 첫 번째 여자애는 거짓말을 한 죄로 종아리에 채찍질을 당했고, 둘째 아이는 착한 여자애라면 남자들의 사소한 장난을 눈여겨보지 않고 눈을 돌려 딴 데를 보고 만다는 훈계를 들었어요.

그러나 나는 다른 데를 볼 수가 없었어요. 눈을 둘 수 있는 다른 방향이 없었어요.

"저녁은 전혀 생각이 없어." 주방의 질라에게 말했어요. 질라가 날카롭게 쳐다봤어요.

"치과 진료는 잘 갔다 온 거예요, 아가씨?" 그녀가 말했어요. "때운 데는 없고요?"

"응." 나는 힘없이 미소를 지었죠. "치아가 완벽하대."

"아파요?"

"감기 기운이 있나 봐." 내가 말했어요. "좀 누워 있으면 될 것 같아."

질라는 레몬과 꿀이 든 뜨거운 음료를 만들어 쟁반에 받쳐 내 방으로 올려 보냈어요.

"내가 함께 갔어야 했는데." 질라가 말했어요. "하지만 그분이 최고의 치과의사니까요. 모두가 같은 생각이에요."

질라는 알았어요. 아니라면 짐작하고 있었어요. 내게 아무 말도 하지 말라고 경고하고 있었던 거예요. 그런 게 그들이 썼던 암호화된 언어였어요. 아니, 이렇게 말해야 할까요. 우리 모두 썼던 언어라고. 폴라도 알고 있었을까요? 그로브 박사의 진료실에서 내가 그런 일을 당할 수도 있다는 예상을 했을까요? 그래서 나를 혼자 보냈던 걸까요?

틀림없이 그랬을 거라고, 나는 결론을 내렸어요. 내가 젖가슴을 꼬집히고 눈앞에서 그 더러운 것이 왔다 갔다 하는 꼴을 보게 만들려고 일부러 그런 거라고. 내가 더럽혀지기를 바랐던 거라고. 그건 성경에서 나온 말이었어요. *더럽혀진다는 말.* 폴라는 사악하게 소리 내어 웃었을 거예요. 나한테 저지른 못된 장난을 생각하면서. 폴라의 눈을 보면 그런 짓을 농담거리로 생각한다는 걸 알 수 있었어요.

그 후로 나는 그녀에게 느끼는 증오심을 용서해 달라는 기도를 그만두었어요. 증오하는 내가 옳았어요. 폴라에 대해 최악의 생각을 기꺼이 할 태세였고, 또 그렇게 했죠.

18

몇 개월이 흘렀어요. 까치발을 하고 다니며 몰래 엿듣는 삶이 이어졌지요. 들리지 않게 듣고 보이지 않게 보려고 열심히 노력했어요. 문틀의 갈라진 틈새와 거의 닫힌 문들, 복도와 계단에서 귀 기울여 들을 수 있는 기둥들, 벽체의 얇은 부분들을 발견했지요. 내가 듣는 것들은 대체로 조각조각 쪼개지고 심지어 침묵들로 이루어져 있었지만, 이 파편을 맞추어 말하지 않은 문장의 빈칸을 채워 넣는 재주가 늘고 있었죠.

우리 시녀, 오브카일은 점점 몸이 커졌고(아니 배가 커지고 있었죠.) 몸이 커질수록 온 집안이 더욱더 황홀한 희열에 빠져들었어요. 카일 사령관으로 말하자면 감정을 파악하기 어려웠어요. 언제나 나무토막처럼 딱딱한 얼굴을 하고 있었고, 아무튼 남자들은 울거나 심지어 큰 소리로 웃으며 감정을 드러내면 안 된다고 했으니까요. 그래도 그가 어울리는 사령관들을 초청해서 만찬을 할 때면 닫힌 거실 문 뒤에서는 어느 정도 웃음소리가 흘러나왔어요. 이런 자리에는 와인과 함께, 휘핑크림을 구할 수 있을 때면, 질라가 정말 잘 만드는 파티 디저트가 나오곤 했죠. 그러나 오브카일이 풍선처럼 부풀자 사령관마저도 어느 정도는 설레고 흥분되었던 것 같아요.

가끔은 내 친아버지는 나를 어떻게 여겼을까 생각하기도 했어요. 어머니에 대해서는 그래도 그려지는 바가 있었지만(나를 데리고 도망쳤고, 아주머니들이 시녀로 만들었고) 아버지에 대해서는 전혀 아는 바가 없었어요. 내게도 틀림없이 아버지가 있었을 텐데요, 누구나 있으니까. 내가 이상적인 아버지상으로 빈칸을 채웠을 거라 짐작하시겠지만, 그렇지 않았어요. 빈칸은 빈칸인 채로 남아 있었지요.

오브카일은 이제 상당한 유명인이었어요. 아내들이 이런저런 핑계를 대고 자기네 시녀들을 보내곤 했지만(달걀을 빌려 오라든가, 그릇을 돌려준다든가) 실제로는 오브카일의 안부를 묻기 위해서였어요. 그런 시녀들을 집 안으로 들이고 아래층으로 불러서 오브카일의 둥근 배에 손을 대고 아기의 태동을 느끼게 해 주었어요. 이런 의례가 거행될 때 시녀들의 얼굴에 떠오르는 표정은 놀라웠어요. 기적을 바라보는 듯한 경이로움, 오브카일이 할 수 있다면 그들도 할 수 있다는 희망, 아직은 못 하고 있다는 질시, 진심으로 바라는 마음인 갈망, 그들에게는 결코 일어나지 않을 일이라는 절망. 임신 가능 판정을 받았다 하더라도 임지를 전전하는 과정에서 불임으로 밝혀진 시녀가 어떻게 되는지, 나는 아직 몰랐지만 좋은 일이 아니리라는 짐작은 할 수 있었어요.

폴라는 다른 아내들을 불러 헤아릴 수도 없는 티파티를 열었어요. 그들은 폴라를 축하하고 우러러보고 부러워했고, 폴라는 우아하게 미소를 지으며 겸손하게 축하 인사를 받고 이 모든 축복은 하늘에 돌린다고 말하며, 오브카일이 거실에 모습을 나타내도록 명령해서 아내들이 직접 자기 눈으로 보며 탄성을 지르고 소란을 떨게 했죠. 아내들은 심지어 오브카일을 '아가씨'라고 부르기도 했는데, 배가 납작한 평범한 시녀에게는 절대로 쓰지 않을 호칭이었죠. 그러고는 폴라에게 아기 이름을 뭐라고 지을 거냐고 물었어요.

'폴라의' 아기. 오브카일의 아기가 아니고요. 오브카일의 의견은 어떤지 궁금했죠. 하지만 아무도 시녀의 머릿속에서 일어나는 일에는 관심이 없었어요. 오로지 배 속에서 일어나는 일에만 관심이 있었죠. 그들은 오브카일의 배를 토닥이고 가끔은 귀를 대고 소리를 들었고, 그럴 때 나는 열린 거실 문 뒤에 서서 문틈으로 그녀의 얼굴을 지켜보았어요. 대리석 같은 표정을 유지하려 애쓰지만 언제나 성공하지는 못한다는 걸 보았어요. 그녀의 얼굴은 처음 왔을 때보다 둥글었는데(부어오른 것처럼 보일 정도였어요.) 내가 보기에는 차마 마음껏 흘리지 못하고 참고 있는 그 많은 눈물 때문인 것 같았어요. 남몰래 그 눈물을 흘리기는 하는 걸까요? 닫힌 방문에 귀를 대고 들어봐도 기척 한 번 들은 적이 없는데.

이렇게 잠복하고 있다 보면 화가 치밀었어요. 예전에는 내게도 어머니가 있었지만 나는 그녀 품에서 빼돌려져 타비사에게 주어졌고, 마찬가지로 이 아기도 오브카일의 품에서 낚아채여 폴라에게 주어질 테죠. 원래 그렇게 하는 법이라고, 정해진 순리라고, 길리어드의 미래를 위해서는 그렇게 해야 하는 법이라고 했어요. 다수의 행복을 위해 소수의 희생이 필요하다고 했어요. 아주머니들이 동의한 일이었어요. 그렇게 가르쳤어요. 하지만 나는 여전히 어딘가 잘못되었다는 걸 알았어요.

그러나 타비사를 원망할 수는 없었죠. 훔친 아이를 받은 장본인이긴 해도. 타비사가 지금 같은 세상을 만든 것도 아닌 데다 내 어머니였으니까요. 그리고 나는 타비사를 사랑했고 그녀 역시 나를 사랑했으니까요. 나는 여전히 그녀를 사랑했어요, 그리고 그녀도 나를 사랑했을 거예요. 아무도 모르는 일이잖아요? 어쩌면 타비사의 은빛 영혼이 내 곁에 있고, 내 머리 위에 떠다니면서 나를 지켜 줄지도 모르잖아요. 그렇게 생각하는 게 좋았어요.

그렇게 생각해야만 했어요.

마침내 출생일(Birth Day)이 찾아왔어요. 나는 집에 와 있었는데, 드디어 첫 생리를 해서 심하게 배가 아팠기 때문이에요. 질라가 나를 위해 뜨거운 물을 병에 담아 주고 진통용 연고를 주물러 발라 주고 진정작용이 있는 차를 한 잔 끓여 주었어요. 침대에 웅크리고 누워 자기연민에 빠져 있는데 우리 집 앞 거리에서 출생차 사이렌이 울리는 소리가 들렸어요. 침대에서 힘들게 몸을 일으켜서 창가로 갔어요. 그래요, 그 빨간 밴이 이제 우리 정문 안에 들어와 있었고 시녀들이, 여남은 명의 시녀들이 내리고 있었어요. 얼굴은 보이지 않았지만 움직임만 봐도 흥분한 상태라는 걸 알 수 있었어요.

그때 아내들의 차들이 도착하기 시작했고, 똑같이 파란 망토 차림의 아내들도 우리 집으로 황급히 달려 들어왔어요. 아주머니의 차두 대가 달려왔고, 아주머니들도 차에서 내렸어요. 내가 얼굴을 아는 아주머니는 아니었지만요. 두 사람 다 나이가 지긋했고, 한 사람은 '의료 봉사 응급 구호대'의 여성 부문을 의미하는 붉은 날개와 매듭지은 뱀과 달이 그려진 검은 가방을 들고 있었어요. 아주머니는 진짜 의사가 될 수 없었지만, 응급 구호와 출산 보조 훈련을 받는 경우는 많았어요.

나는 '출생(Birth)'에 참관하지 못하게 되어 있었어요. 소녀와 결혼 가능한 젊은 처녀는(머지않은 나의 모습이었죠.) 무슨 일이 일어나는지 봐서도 안 되고 알아서도 안 되었어요. 그런 소리와 광경은 우리에게 적절하지 못할 뿐만 아니라 해로울 수도 있다고, 혐오를 조장하거나 겁을 줄 수도 있다고 말이에요. 그 탁하고 시뻘건 앏은 기혼녀와 시녀, 그리고 물론 아주머니의 전유물이었고, 그들이 수련 중인 산파 아주머니에게 전달해 줄 수 있었죠. 그렇지만 당연히 나는 절로 허리가 꺾이는 통증을 무릅쓰고 가운과 슬리퍼 차림으로 3층으로 올라가는 계단을 반쯤 올라 눈에 띄지 않게 숨었어요.

아내들은 아래층 거실에서 티파티를 즐기며 중요한 순간을 기다렸어요. 정확히 어떤 순간인지는 몰라도, 아내들이 웃고 잡담하는 소리는 들을 수 있었어요. 나중에 주방에서 본 술병과 빈 잔으로 보아 홍차와 함께 샴페인을 마시고 있었어요.

시녀들과 지명된 아주머니들이 오브카일과 함께 있었어요. 오브카일은 자기 방이 아니라(그 방은 좁아서 모두 들어갈 수가 없었을 거예요.) 2층의 부부침실에 있었어요. 짐승 같은 신음과 함께 시녀들이 다 같이 음송하는 소리가 들려왔지요. 힘주고, 힘주고, 힘주고, 숨 쉬고, 숨 쉬고, 숨 쉬고. 그리고 간헐적으로, 내가 들어도 알 수 없을 목소리가(하지만 오브카일의 목소리가 분명한) 괴로움에 허우적거리며 *아, 하느님, 아, 하느님* 하고, 벽에서 나오는 것처럼 깊고 어둡게 외쳤어요. 너무 무서웠어요. 팔로 몸을 꼭 감싸고 계단에 앉아서 덜덜 떨기 시작했어요. 무슨 일이 벌어지고 있는 걸까? 도대체 무슨 고문이, 무슨 가해가 이루어지고 있는 걸까? 대체 무슨 짓들을 하는 걸까?

이런 소리들이 까마득하게 길게 느껴지는 시간 동안 이어졌어요. 복도에서 다급한 발소리가 들렸죠. 뭐든 필요한 걸 가져가고, 뭔가 이것저것 옮기는 하녀들이었어요. 저녁때 세탁실을 기웃거리다 알게 된 사실이지만, 이런 물건 중에는 피 묻은 시트와 수건 들도 있었어요. 그다음에는 아주머니들이 복도로 나와 컴퓨토크에 대고 버럭버럭 소리를 지르기 시작했어요.

"지금 당장! 최대한 빨리요! 혈압이 너무 떨어졌다고요! 피를 너무 많이 흘렸어요!"

비명이 들리고, 또 들렸어요. 아주머니 하나가 계단 위에서 아래층의 아내들에게 소리를 질러 댔어요.

"지금 당장 들어오세요!"

아주머니들은 보통 그렇게 고함을 지르지 않거든요. 우르르 계단을 올라 몰려가는 발소리가 들리고 어떤 목소리가 말했어요.

"아, 폴라!"

그리고 다른 사이렌 소리, 종류가 다른 소리가 들려왔어요. 나는 복도를 확인하고(아무도 없었죠.) 정신없이 내 방으로 뛰어와서 창밖을 내다보았어요. 검은 자동차, 붉은 날개와 뱀, 하지만 높은 금빛 삼각형. 진짜 의사였어요. 차에서 펄쩍 뛰어내리다시피 해서 쾅 소리가 나게 문을 닫고 계단을 뛰어 올라갔죠.

그 의사가 하던 말을 들었어요. *젠장! 젠장! 젠장! 젠장맞을 하느님 젠장!*

이건 그 자체로 전기가 통하듯 짜릿했어요. 나는 남자가 그런 말을 하는 걸 들어 본 적이 없었어요.

아들이었어요, 폴라와 사령관 카일의 건강한 아들. 마크라는 이름을 지어 줬어요. 그러나 오브카일은 죽었죠.

아내와 시녀와 모두가 가고 나서 나는 하녀들과 함께 주방에 앉아 있었어요. 하녀들은 남은 파티 음식을 먹고 있었어요. 크러스트를 자른 샌드위치, 케이크, 진짜 커피. 좀 먹으라면서 내게도 맛있는 음식을 권했지만, 배고프지 않다고 말했어요. 하녀들이 생리통은 좀 어떠냐고 물었어요. 내일이 되면 좀 나을 거예요, 그리고 좀 시간이 지나면 그렇게 아프지 않을 거고, 어쨌든 익숙해질 테니까요. 하지만 내가 입맛을 잃은 이유는 그게 아니었죠.

젖어머니를 구해야 할 텐데, 하녀들이 말했어요. 누구 시녀 중에 아기를 잃은 여자가 되겠지. 그렇게 하든지, 분유를 먹이든지, 분유는 아무래도 안 좋다는 건 누구나 알잖아요. 하지만 그거라도 먹어야 그 작은 것이 살지.

"불쌍한 여자." 질라가 말했어요. "그 고생을 하고 얻은 게 뭐람."

"적어도 아기 목숨은 살렸잖아." 베라가 말했어요.

"산모 아니면 아기였으니까." 로사가 말했어요. "배를 갈라야 했지."

"이제 나 자러 갈래." 내가 말했어요.

오브카일은 아직 우리 집 밖으로 옮겨지지 않았어요. 조용히 뒤쪽 계단으로 올라가 봤더니 시트로 몸을 감싼 채로 자기 방에 있었죠.

나는 그녀 얼굴을 들추어 보았어요. 새하앴어요. 몸 안에 피가 한 방울도 남지 않은 것 같았죠. 눈썹은 얇은 금빛 솜털이었고, 깜짝 놀란 사람처럼 일자였어요. 뜬눈으로 나를 바라보고 있었죠. 아마 그녀가 나를 본 건 그때가 처음이었을 거예요. 나는 그 여자 이마에 키스했어요.

"당신을 절대로 잊지 않을 거예요." 나는 그녀에게 말했어요. "다른 사람들은 잊어도, 나는 절대로 잊지 않겠다고 약속해요."

신파 같죠, 나도 알아요. 사실 나는 아직 어린애였죠. 그러나 보시다시피, 나는 약속을 지켰답니다. 한 번도 그녀를 잊은 적이 없으니까요. 그녀, 오브카일, 이름 없는 사람, 공백이나 다름없는 작은 사각형 석판 아래 묻힌 그녀. 몇 년 후 나는 시녀의 묘지에서 그 무덤을 발견했어요.

그리고 내게 그럴 힘이 있을 때, '혈통 족보 보관기록'에서 그녀를 검색하고 또 찾아냈어요. 원래의 이름을 찾아냈죠. 알아요, 그 이름은 아무 의미도 없다는 것, 분명 그녀를 사랑했을 사람들, 하지만 억지로 헤어질 수밖에 없었던 사람들에게라면 몰라도요. 그래도 내게는 동굴에 찍힌 손자국을 찾은 것만 같았어요. 그건 신호였어요, 전언이었어요. 내가 여기 있었어요. 내가 존재했어요. 나는 실재했어요.

그녀의 이름이 무엇이었냐고요? 물론 알고 싶으시겠죠.

크리스털이었어요. 그리고 나는 지금도 그녀를 그렇게 기억해요. 그녀를 크리스털로 기억해요.

그들은 크리스털을 위해 조촐한 장례식을 치러 주었어요. 나도 참석 허락을 받았죠. 첫 생리를 끝냈으니 이제 공식적으로 여자였거든요. 출생 현장에 있던 시녀들에게도 와도 된다고 했고, 우리 집안사람 모두가 참석했어요. 심지어 카일 사령관도 존경의 징표로 참석했지요.

우리는 찬송가 두 곡을 불렀어요. 「낮은 이를 올리시고」와 「결실은 복되도다」였죠. 그리고 전설적인 리디아 아주머니가 추도사를 했어요. 나는 액자 속 사진이 살아 나와 움직이는 것처럼 경탄의 눈길로 바라보았어요. 실제로 존재하는 사람이긴 했던 거예요. 그래도 사진보다 늙어 보였고 그렇게까지 무섭지도 않았어요.

리디아 아주머니는 봉사하던 자매, 오브카일 시녀가 궁극의 희생을 했고 고결한 여성의 명예를 지키며 세상을 떠났으며 죄악으로 점철된 전생에서 구원을 받아 다른 시녀들 앞에 빛나는 모범을 보였다고 말했어요.

리디아 아주머니의 목소리는 이 말을 할 때 살짝 떨렸어요. 폴라와 카일 사령관은 경건하고 신심 깊은 얼굴을 하고 서서 가끔 고개를 끄덕였고 시녀 몇 명이 울었어요.

나는 울지 않았어요. 울 만큼 울었으니까요. 진실은, 그들이 크리스틸을 개복 수술해 아기를 꺼냈고, 그 과정에서 크리스틸을 죽였다는 것이었어요. 그건 크리스틸의 선택이 아니었어요. 고결한 여성의 명예를 지키다가 죽거나 빛나는 모범을 보이겠다고 자원한 것도 아니었는데, 아무도 그 얘기는 하지 않았어요.

19

학교에서 내 위상은 과거 어느 때보다 바닥으로 추락했어요. 나는 금기시되었죠. 우리 시녀가 죽었다는 사실은 여자애들 사이에서 불운의 징조로 통했어요. 여학생들은 미신을 잘 믿는 집단이었어요. 비달라 학교에는 두 가지 종교가 있었지요. 아주머니들이 가르치는, 신과 여성이 차지하는 특별한 반구를 다루는 공식적 종교, 그리고 게임과 노래를 통해 여학생들 사이에서 암암리에 전해지는 비공식적 종교.

여자애들은 동시를 아주 많이 알고 있었어요. 예를 들어, *뜨개질 하나, 자수 둘, 여기 너만의 남편이 있네. 뜨개질 둘, 자수 하나, 남편이 죽었네, 여기 또 다른 남편이 있네* 같은 것. 어린 소녀들에게 남편은 실재하는 사람이 아니에요. 내 어린 시절 인형의 집에서처럼, 바꿔 넣어도 되는 가구였죠.

더 어린 여자애들 사이에서 제일 인기 있는 노래 게임은 '교수형'이라고 불렸어요. 가사가 다음과 같았지요.

장벽에 걸려 있는 저이는 누구지? 피 파이 피들-오!
시녀네, 이름이 뭐지? 피 파이 피들-오!
그녀는 (여기에 우리 중 한 사람의 이름을 넣었어요.)라네, 지금은 아니네. 피 파이 피들-오!
냄비에 아기를 끓여 먹었네.(여기에서 우리는 작고 통통한 우리 배를 찰싹 쳤어요.) 피 파이 피들-오!

모두 노래하는 동안 아이들은 다른 두 여자애의 치켜든 손 밑으로 줄을 지어 지나가야 했어요.

하나는 살인, 둘은 키스, 셋은 아기, 넷은 실종, 다섯은 생존, 그리고

여섯은 죽음. 일곱에 잡았다, 빨강 빨강 빨강!

그리고 일곱 번째 여자애를 두 명의 술래가 잡으면 원을 그리며 행진을 시킨 후 머리를 찰싹 때렸어요. 이제 그 여자애는 '죽음' 상태가 되어서 다른 두 사형집행자를 선택할 수 있게 되죠. 불길하고도 경박하게 들리는 얘기라는 건 알지만, 아이들은 뭐든 활용할 수 있는 소재로 놀이를 만드는 법이지요.

아주머니들은 이 게임이 유익한 수준의 경고와 협박을 담고 있다고 생각했던 모양이에요. 그렇지만 왜 '하나는 살인'이었을까요? 왜 키스보다 살인이 먼저 나왔을까요? 키스 다음이 아니고요? 그쪽이 더 자연스러워 보이는데? 그 후로도 이 문제를 자주 생각했지만 어떤 대답도 찾지 못했어요.

방과 시간에 허락되는 다른 놀이들도 있었어요. '뱀과 사다리'도 하고 놀았죠. '기도'가 나오면 '생명의 나무'에서 사다리를 타고 올라가지만, '죄'에 걸리면 사탄의 뱀을 타고 추락했어요. 우리는 색칠공부 교재도 받았고 정육, 빵, 생선 같은 상점 간판을 칠하는 공부를 했어요. 우리는 사람들 옷도 색칠했어요. 아내는 파란색으로, 이코노아내는 줄무늬로, 시녀는 붉은색으로. 베카는 시녀를 보라색으로 칠했다가 비달라 아주머니에게 혼난 적도 있었죠.

더 큰 여자애들에게 미신은 이제 놀이가 아니었기에, 노래보다는 속삭임으로 전해졌어요. 진지하게 취급해야 했죠. 그중에는 이런 시도 있었어요.

네 시녀가 네 침대에서 죽으면

그녀의 피가 네 머리에 걸린다.

네 시녀의 아기가 죽으면

네 삶은 눈물과 한숨.

네 시녀가 출생 중에 죽으면

저주가 세상 끝까지 너를 따라다니리라.

오브카일은 출생 중에 죽었으니 나는 다른 아이들의 눈에 저주받은 존재였어요. 그러나 또 한편으로, 아기 마크가 엄연히 살아 동생이 되었으므로 비범한 축복을 받은 존재이기도 했지요. 다른 여자애들은 드러내어 놓고 나를 놀리지는 않았지만 슬금슬금 회피했어요. 내가 다가오는 모습을 보면 홀다가 사시로 천장을 올려다보았죠. 베카는 돌아서곤 했지만, 그러면서도 아무도 안 볼 때를 틈타 자기 점심을 슬쩍 나눠 줬어요. 슈나마이트는 죽음의 공포 때문인지 출생의 질투 때문인지 둘의 혼합 때문인지 나와 멀어졌어요.

집에서는 모든 관심이 아기에게 쏠렸는데, 워낙 관심을 갈구하는 아기이기도 했죠. 굉장히 큰 소리를 냈거든요. 게다가 폴라는 아기의 특혜를(그것도 아들이었으니까) 만끽하면서도 마음으로부터 모성애가 우러나는 타입은 아니었고요. 친구들이 오면 어린 마크를 내놓고 과시했지만, 그 짧은 시간도 폴라는 버거워해서 아기는 금세 젖어머니에게 넘겨지곤 했어요. 젖어머니는 최근까지만 해도 오브터커였지만, 이제는 물론 오브카일이 된 통통하고 청승맞은 시녀였어요.

먹거나 자거나 전시되지 않을 때 마크는 주방에서 시간을 보냈고,

하녀들의 사랑을 한 몸에 받았어요. 하녀들은 아기를 목욕시키고 작은 손가락, 작은 발가락, 작은 보조개, 정말로 놀랍게 힘찬 오줌 분수를 발사할 수 있는 작은 남성 성기를 보며 환호성을 질렀죠. 정말 힘센 꼬마 대장부야!

나도 그런 숭배에 참여할 거라는 기대를 받았지만, 흡족한 수준의 열의를 보여 주지 않자 심통 부리지 말라는 소리를 들었어요. 조금 있으면 나만의 아기를 가지게 될 테고, 그러면 행복할 거라면서요. 나는 그 말이 몹시 의심스러웠어요. 아기가 아니라 행복 부분 말이에요. 나는 최대한 내 방에 처박혀서, 주방의 명랑한 분위기를 피하고 우주가 얼마나 불공평한가 생각하며 시간을 보냈어요.

VII

스타디움

20

크로커스는 녹아 버렸고 수선화는 종잇장처럼 말라 쭈그러졌고 튤립은 매혹적인 춤을 마치고 꽃잎 치맛자락을 홀떡 뒤집어 펼쳤다가 완전히 벗어던져 버렸다. 클로버 '아주머니'가 이끄는 반(半)채식주의자들의 흙손 민병대가 아르두아 홀 경계에 가꾸는 허브들이 아주 한창이었다. *하지만요, 리디아 아주머니, 이 민트 티를 꼭 드셔야 해요. 소화에 기적 같은 효능이 있다니까요!* '내 소화 기능은 내가 알아서 할 테니까 참견하지 마시오!' 나는 쌀쌀맞게 되쏘고 싶다. 그러나 좋은 뜻으로 하는 거니까, 나는 스스로 되새긴다. 카펫에 핏자국이 있더라도, 이건 언제나 설득력 있는 변명이 아닌가?

나 역시 의도는 좋았다고, 가끔 소리 없이 혼자 중얼거리곤 한다. 최선을, 아니 적어도 주어진 상황에서 최선을 강구한 거라고. 물론 그 둘은 같은 게 아니다. 그래도, 내가 아니었다면 얼마나 더 나빠졌을지 생각해 보라고.

엉터리 같은 소리라고 어떤 날에는 대답한다. 하지만 또 다른 날에는 스스로 잘했다고 어깨를 두드려 주기도 한다. 일관성이 미덕이라고 누가 말했던가?

꽃의 왈츠에서 다음 주자는 누구인가? 라일락. 참으로 믿음직하고. 하늘하늘 프릴이 달리고. 참으로 향기가 좋은 꽃. 머지않아 내 오랜 적수인 비달라 아주머니는 재채기를 하고 다니리라. 내가 뭔가 실수하기를, 약점을 드러내기를, 신학적 정론에서 실수로 벗어나기를, 무엇이든 나의 몰락에 기여할 건수를 어떻게든 찾아내려 곁눈질로 흘끔거리지 못하게 눈도 팅팅 부어 버리면 좋겠다.

희망을 버리지 말라, 나는 그녀에게 속삭인다. 나는 늘 당신보다 한발 앞서갈 수 있다는 사실을 자랑스럽게 여긴다. 그러나 꼭 한발이어야 할 이유는 뭐지? 몇 발자국도 너끈한데. 나를 무너뜨려라. 그러면 나는 아예 사원 전체를 끌고 쓰러지리라.

길리어드는 고질적인 문제가 하나 있다, 나의 독자여. 지상에 세워진 하느님 왕국이라기에는 창피스러우리만큼 이민율이 높기 때문이다. 예를 들어 우리 시녀의 유출이라든가. 몰래 빠져나가는 시녀들이 너무 많다. 저드 사령관의 탈출 분석이 보여 준 바와 마찬가지로, 우리 측이 탈출 경로를 하나 발견해 차단하면 즉시 또 다른 경로가 열린다.

우리 완충지대는 침투에 몹시 취약하다. 메인주와 버몬트주의 야생 지대는 우리가 완전히 통제하지 못하는 주변적 공간이고, 적나라하게 적대적이지 않더라도 이단에 경도된 원주민들이 살고 있다. 그들은 또한, 내가 경험으로 아는 바로는, 초현실주의 뜨개질 작품을 닮은 촘촘한 결혼의 네트워크로 조밀하게 상호연결 되어 있고, 뜻을 거스르면 보복에 나서는 경향이 있다. 이런 이유로 그들이 서로 배신하게 만들기는 어렵다. 그들 중에 안내자가 있다는 의혹을 품게 된 지는 꽤 오래되었는데, 동기는 길리어드를 한 수 앞지르겠다는 욕망일 수도 있고 단순한 물욕일 수도 있겠다. 메이데이는 후하게 삯을 쳐주는 것으로 알려져 있다. 메이데이의 수중에 들어간 한 버몬트인이 우리에게 한 말에 따르면 '메이데이는 페이데이*'라는 속담이 있다고 한다.

야산과 늪, 구불구불한 강, 파고가 높은 바다로 이어지는 길고 바위가 많은 만, 모든 지형이 비밀조직에 우호적이다. 이 지역의 하위 역사를 살펴보면, 럼 밀수업자도 있고 담배 사재기도 있고 마약 밀매업자도 있고 온갖 종류의 불법 행상이 난무한다. 국경은 그들에게 아무 의미도 없다. 제멋대로 몰래 드나들며 국경을 우롱하고, 돈의 주인이 바뀐다.

나의 삼촌 한 명도 그런 식으로 활동했다. 우리 가족은 원래 그런 부류였다. 트레일러 파크**의 거주민, 경찰을 보면 코웃음 치고 형법 체제의 뒷면과 어울리는 족속. 우리 아버지는 그걸 자랑으로 여겼다. 그러나 나는 아버지의 자랑이 못 되었다. 나는 여자였고, 더 나쁘

---

* '월급날'이라는 뜻이다.

** 집 대신 트레일러를 주차해 두고 사는 지역으로, 미국의 최하층 계급인 백인 쓰레기(White Trash)가 주로 산다.

게도, 잘나고 똑똑한 체하는 여자애였다. 그러니 어떻게 하랴, 주먹으로든 구둣발로든 손에 잡히는 건 뭐든 써서 나를 두들겨 패 그런 허세를 쫙 빼는 수밖에. 아버지는 길리어드의 승리를 보기 전에 먹이 따여 죽었는데, 안 그랬다면 내가 직접 나서서라도 처리했을 것이다. 그러나 이딴 집안 이야기는 이만하면 됐다.

최근에 엘리자베스 아주머니, 헬레나 아주머니와 비달라 아주머니가 통제를 강화하기 위한 세부계획을 고안했다. '데드엔드* 작전'이라는 이름이었다. 동북 연안 국토의 여성 이민 문제 제거 계획. 계획안은 캐나다로 향하는 탈주 시녀들을 포획하는 데 필요한 조처를 개략적으로 제시하며 국가 비상사태 선포와 더불어 추적견의 수를 2배 늘리고 더욱 효율적인 신문 체계를 갖출 것을 요청했다. 나는 이 마지막 조항에서 비달라 아주머니의 손길을 감지했다. 그녀는 사람의 손톱을 뜯어내고 눈알을 뽑는 고문이 우리의 징벌 조치에 포함되어 있지 않다는 사실을 늘 내심 안타까워했다.

"훌륭합니다." 내가 말했다. "이 계획안은 아주 철저해 보이는군요. 세심하게 공들여 읽어 보겠습니다. 그리고 제가 장담하지만 여러분의 우려에 저드 사령관님도 공감하며 적절히 조처하고자 하십니다. 비록 이 시점에서 제가 여러분께 상세한 내용을 마음대로 밝힐 수 있는 입장은 아닙니다만."

"찬미 있으라." 엘리자베스 아주머니는 말했지만, 그렇게 기쁜 눈

---

* Dead End. 막다른 골목이라는 뜻이다.

치는 아니었다.

"이 탈주 사업은 일거에 박멸해야 합니다." 헬레나 아주머니가 단언하면서, 비달라 아주머니를 흘끗 보고 지지를 구했다. 그러면서 강조의 의미로 한 발을 굴렀는데, 아치가 무너진 발을 생각하면 꽤 아팠을 것이다. 그녀는 젊었을 때 10센티미터가 넘는 마놀로 블라닉 하이힐로 발을 망가뜨렸다. 요즘 같으면 그 구두만 가지고도 그녀를 공개비판에 넘길 수 있으리라.

"물론이지요." 나는 매끄럽게 말했다. "그리고 실제로 이건 사업으로 보이는군요, 적어도 부분적으로는요."

"이 지역 전체를 싹 쓸어 버려야 해요!" 엘리자베스 아주머니가 말했다. "캐나다의 메이데이와 한통속이라니까요."

"저드 사령관님도 그렇게 믿고 계십니다." 내가 말했다.

"그 여자들도 나머지 우리처럼 신성한 계획에 의무를 다해야만 합니다." 비달라 아주머니가 말했다. "인생이 휴가도 아니고."

그들이 내게 먼저 인가를 받지 않고(반항의 의미로 한 짓이다.) 입안한 계획이라 해도 나는 저드 사령관에게 전달해야 한다는 의무감을 느꼈다. 안 그러면 내가 한 짓이 틀림없이 저드 사령관의 귀에 들어갈 테고, 내가 자기 말을 듣지 않고 제멋대로 군다는 인식이 박힐 테니 더더욱 그랬다.

이날 오후, 세 명은 나를 한 번 더 찾아왔다. 사기가 잔뜩 고무되어 있었다. 뉴욕주 북부를 토벌해 일곱 명의 퀘이커 교도와 네 명의 귀농자들, 두 명의 캐나다 무스 사냥 안내원, 레몬 밀수업자를 체포했는데 모두 각기 언더그라운드 피메일로드의 체인과 연결 고리가 의심되었다. 소지한 부가적 정보를 짜내고 나면, 이들은 폐기 처분하게 된다. 다만 물물교환 가치가 발견된다면 사정이 다른데, 메이데이와 길리어드 간의 인질 교환이 아예 없었던 일은 아니기 때문이다.

나도 물론 이런 상황 전개를 알고 있었다.

"축하합니다." 내가 말했다. "여러분 모두가 공을 인정받아야 할 것입니다. 공식적으로는 어렵겠지만 말이지요. 저드 사령관께서 주역으로 나서야 하니 말입니다, 당연히."

"당연히." 비달라 아주머니가 말했다.

"우리는 섬김으로 행복합니다." 헬레나 아주머니가 말했다.

"저도 제 나름대로 여러분과 나눌 소식이 있습니다. 저드 사령관님께서 직접 전해 주신 것이지요. 하지만 우리 밖으로 새어 나가서는 안 됩니다." 그들은 몸을 기울여 다가들었다. 우리 모두 비밀을 사랑한다. "캐나다에서 활동하는 최고위 메이데이 활동분자들이 우리 요원에 의해 제거되었습니다."

"그분의 눈 아래." 비달라 아주머니가 말했다.

"우리 진주 소녀가 중추적 역할을 했습니다." 내가 덧붙여 말했다.

"찬미 있으라!" 헬레나 아주머니가 말했다.

"사상자가 한 명 나왔습니다." 내가 말했다. "아드리아나 아주머니입니다."

"어떻게 된 겁니까?" 엘리자베스 아주머니가 물었다.

"우리는 명확한 설명을 기다리고 있습니다."

"우리는 그녀의 영혼을 위해 기도할 것입니다." 엘리자베스 아주머니가 말했다. "샐리 아주머니는요?"

"안전하리라 믿습니다."

"찬미 있으라."

"그렇지요. 하지만 나쁜 소식은, 우리 방어선에 균열이 생겼음을 알게 되었다는 점입니다. 그 두 명의 메이데이 요원들은 다름 아닌 길리어드 내부의 반역자들에게서 도움을 받고 있었습니다. 누군가 그들에게, 여기에서 거기로, 메시지를 전달하고 있었습니다. 우리의 보안 활동은 물론이고, 심지어 캐나다 내의 우리 요원과 자원봉사자들에 대한 정보까지도 말입니다."

"누가 그런 짓을 할까요?" 비달라 아주머니가 말했다. "그건 배교 행위가 아닙니까!"

"'눈'이 찾고 있습니다." 내가 말했다. "그러니 무엇이든 의심스러운 점이 있으면, 누구든, 어떤 일이든, 심지어 아르두아 홀 소속의 누구라도, 반드시 알려 주십시오."

잠시 침묵이 흐르는 사이 그들이 서로를 바라보았다. *아르두아 홀 소속의 누구라도*는 그들 셋도 포함하는 말이었다.

"아르두아 홀은 얼룩 한 점 없습니다." 엘리자베스 아주머니가 말했다.

"하지만 인간의 심장은 음흉하지요." 비달라 아주머니가 말했다.

"우리는 고양된 의식을 가지려 노력해야 합니다." 내가 말했다. "아무튼, 정말 잘하셨습니다. 퀘이커며 그 무리한테서 뭘 좀 알아내면 알려 주세요."

나는 기록하고, 또 기록한다. 그러나 허사로 돌아갈까 봐 가끔 두렵다. 내가 쓰던 스케치용 검은 잉크가 떨어져 가고 있다. 곧 파란색 잉크로 바꿔야 할 것이다. 비달라 학교 보급품에서 한 병 징발하는 일은 어렵지 않을 것이다. 거기서는 스케치를 가르치니까. 우리 아주머니들은 과거에 회색 시장*에서 볼펜을 구할 수 있었지만 이제는 안 된다. 뉴브런즈윅에 본부를 두고 있던 우리 보급업자가 너무 자주 레이더망을 피해 잠수하는 바람에 체포되고 말았기 때문이다.

그러나 나는 당신에게 유리창을 검게 물들인 밴에 대한 이야기를 해 주려던 참이었다. 아니, 한 페이지를 되넘겨 보니, 이미 우리는 스타디움에 도착해 있구나.

일단 땅을 밟은 아니타와 나는 쿡쿡 찌르는 손길에 우측으로 밀려갔다. 그곳에서 한 떼의 다른 여자들과 합류했다. '떼'라고 표현하는 건, 가축처럼 몰이를 당했기 때문이다. 이 무리는 깔때기를 통과하듯 비좁은 출입구를 지나 전형적으로 범죄 현장을 표시할 때 쓰는 노란 테이프가 둘러쳐진 외야석으로 떠밀려 들어갔다. 우리의 수는 40명쯤 되었을 것이다. 일단 배치된 자리에 앉자 우리 손목의 수갑은 풀어 주었다. 다른 여자들한테 써야 했기 때문이라고 짐작한다.

아니타와 나는 나란히 앉아 있었다. 내 왼편에는 모르는 여자가 앉아 있었는데 자기가 변호사라고 했다. 아니타 오른편에도 변호사가 앉아 있었다. 우리 뒤에 판사 네 명, 우리 앞으로도 네 명이 더 있

---

* Grey market. 상품을 공정가격보다 비싼 값으로 매매하는 위법적이면서 합법적인 면도 있는 시장. 제2차 세계대전 무렵부터 전후에 걸친 통제경제 시대에 미국에서 사용된 속어로 암시장과 공정시장의 중간지점을 가리킨다.

었다. 우리는 모두 판사나 변호사였다.

"우리를 직업으로 분류하고 있나 봐요." 아니타가 말했다.

정말 그랬다. 경비들이 잠시 한눈을 파는 틈을 타, 우리 줄 끝에 있던 여자가 통로 건너편 우리 바로 옆 구역의 여자와 소통하는 데 성공했다. 그쪽은 전원이 의사였다.

우리는 점심을 먹지 못했고, 점심을 받지도 못했다. 그 후로 몇 시간에 걸쳐, 밴들이 계속 도착해, 달가워하지 않는 여성 승객들을 내려놓았다.

아무도 젊다고 말할 수는 없는 나이였다. 정장에 말쑥하게 머리를 자른 중년의 전문직 여자들. 하지만 핸드백은 없었다. 우리는 핸드백 소지를 허락받지 못했다. 따라서 빗도, 립스틱도, 거울도, 마름모꼴 목캔디 봉지도, 일회용 티슈도 없었다. 그런 게 없으면 얼마나 벌거벗은 느낌인지 놀라울 따름이다. 아니, 벌거벗은 느낌이 들었다, 한때는.

태양이 뜨겁게 내리쬐었다. 우리에겐 모자도 자외선 차단제도 없었으니, 해 질 녘이면 내가 얼마나 벌겋게 물집이 잡힌 몰골이 될지 안 봐도 눈에 선했다. 적어도 좌석에는 등받이가 있었다. 우리가 여흥을 즐기러 그곳에 온 거라면 그리 불편하지는 않았을 것이다. 그러나 여흥은 제공되지 않았고, 우리는 일어나 기지개조차 켤 수 없었다. 시도만 해도 고함이 날아왔다. 움직이지 않고 앉아 있자니 당연히 따분해졌고 엉덩이, 허리, 허벅지의 근육이 땅겼다. 경미한 통증이었지만 통증은 통증이었다.

시간을 보내기 위해 나는 심하게 자책했다. 멍청이, 멍청이, 멍청이. 삶, 자유, 민주주의 운운하는 온갖 입에 발린 소리를 모두 믿었고, 개인의 권리에 대한 믿음도 법대에서 흠뻑 들이켜 심취했다. 이런 가치는 영원한 진실이고 우리는 언제까지나 그것들을 수호하리라 믿었다. 무슨 마법의 주문에 홀린 듯, 그 믿음에 철저히 의지했다.

현실주의자라고 자부하는 주제에, 나는 나 자신에게 말했다. 그러니 사실을 직시해. 쿠데타가 일어난 거야, 여기 미합중국에서, 다른 수많은 나라에서 그랬듯이. 무력으로 정권이 교체되면 항상 반대세력을 진압하려는 움직임이 있게 마련이지. 반대세력은 지식인이 이끄니까, 지식인이 가장 먼저 제거될 거야. 너는 판사니까, 좋든 싫든 교육받은 계층인 거고. 그들은 네가 멀쩡히 돌아다니는 걸 원치 않아.

나는 사람들이 내게는 불가능한 일이라고 말하는 일들을 성취하며 젊은 시절을 보냈다. 우리 가족은 아무도 대학에 가지 않았고, 대학에 갔다는 이유로 나를 경멸했다. 장학금을 받고 밤마다 허접쓰레기 같은 일을 전전하며 대학을 마쳤다. 그러다 보면 강해진다. 고집불통이 된다. 나는 할 수만 있다면 제거되지 않겠다고 마음먹었다. 그러나 대학에서 얻은 번지르르한 겉치레는 여기서 내게 아무 쓸모가 없었다. 노새 같은 하층민 아이로, 결의에 찬 시궁창 쓰레기로, 분에 넘치는 출세를 노리는 꾀돌이로, 한 칸씩 사다리를 올라가는 전략가로 돌아가야만 했다. 애초에 그 힘으로 나는 방금 박탈당한 이 사회적 위상에 올라설 수 있었다. 일단 상황을 파악하면 수단과 방법을 가리지 않고 공략해야 한다.

예전에도 궁지에 몰린 적은 많다. 그때마다 내가 이겼다. 그게 내가 자신에게 들려준 나의 이야기였다.

오후가 무르익자 남자들이 3인 1조가 되어 물병을 나눠 주었다. 한 사람은 물병을 나르고, 한 사람은 전달하고, 나머지 한 사람은 무기를 들고 우리가 악어처럼 펄떡 뛰어올라 몸을 뒤채고 덥석 물까봐 감시했다. 하긴 우리는 악어나 다를 바 없었다.

"당신들이 우리를 여기 잡아 둘 순 없어!" 한 여자가 말했다. "우리는 아무 잘못도 하지 않았단 말이야!"

"우리는 그쪽하고 말하지 못하게 되어 있어." 병을 전달해 주는 남자가 말했다.

우리는 아무도 화장실에 갈 수 없었다. 찔끔찔끔 지린 오줌이, 외야석을 따라 운동장으로 흘렀다. 이런 취급은 우리를 욕보여 저항의 의지를 꺾으려는 의도라고, 나는 생각했다. 하지만 무엇에 대한 저항인가? 우리는 스파이도 아니었고, 감추고 있는 비밀정보도 없었으며, 적군의 병사도 아니었다. 아니, 혹시 우리는 적군의 병사였나? 이들 중 한 남자의 눈 깊은 곳을 들여다보면, 거기 나를 다시 바라보는 인간이 있을까? 혹시 없다면, 그러면 어떻게 될까?

나는 우리를 축사에 몰아넣은 자들의 입장에 서 보려고 애썼다. 무슨 생각을 하고 있을까? 목표는 무엇일까? 그 목표를 어떻게 성취하고자 할까?

4시에 우리는 대단한 구경거리를 보게 되었다. 체구와 나이는 각양각색이지만 모두 정장을 갖춰 입은 여자 스무 명이 운동장 한가운데로 끌려 나왔다. 끌려 나왔다고 말하는 건, 눈가리개를 하고 있었기 때문이다. 손은 앞으로 모아 수갑을 차고 있었다. 2열 횡대로, 한 줄에 열 명씩 서 있었다. 앞줄은 단체 사진을 찍을 때처럼 무릎을 꿇게 했다.

검은 제복을 입은 남자가 마이크에 대고 신의 눈은 언제나 죄인을 보고 있고 죄는 죄인을 반드시 찾아오고야 만다고 열변을 토했다. 나지막한 동의의 탄성이, 진동처럼, 경비와 배석자들에게서 터져 나왔다. 으으음……. 시동을 거는 모터처럼.

"하느님의 뜻이 이루어지이다." 연설자가 결론을 내렸다.

바리톤의 합창으로 아멘 소리가 울려 퍼졌다. 그리고 눈가리개를 한 여자들에게 에스코트한 남자들이 총을 들어 발포했다. 조준은 훌륭했다. 여자들이 우수수 쓰러졌다.

외야석에 앉아 있던 우리 모두에게서 한목소리로 신음이 터졌다. 비명과 흐느낌도 들렸다. 여자 몇이 벌떡 일어나 소리를 질렀지만 (뭐라고 하는지는 알아들을 수 없었다.) 개머리판에 뒤통수를 얻어맞아 금세 조용해졌다. 여러 번 칠 필요도 없었다. 단 한 번의 가격으로 충분했다. 이번에도 역시 조준은 훌륭했다. 훈련을 잘 받은 남자들이었다.

우리는 보되 말해서는 안 되었다. 메시지는 명백했다. 그렇지만 이유는? 우리 모두를 죽일 생각이라면, 왜 이런 광경을 굳이 보여 준단 말인가?

일몰과 함께 샌드위치가 도착했다, 한 사람 앞에 한 개씩. 내 것은 달걀 샐러드였다. 말하기 부끄럽지만, 나는 그 샌드위치를 맛나게, 게걸스럽게 먹어 치웠다. 멀리서 게워 내는 소리가 좀 들리긴 했지만, 정황을 생각하면 놀랄 정도로 적었다.

식사 후 우리는 일어서라는 지시를 받았다. 그리고 한 줄씩 나가서 (행렬은 섬뜩하게 조용하고 매우 질서정연했다.) 인도대로 라커룸으로, 라커룸으로 가는 통로로 내려갔다. 거기가 우리가 밤을 보낼 자리였다.

세면도구도, 매트리스나 베개도 없었지만 적어도 화장실이 있었다. 이미 더러워질 대로 더러워지긴 했지만 그래도 화장실이었다. 우리 대화를 막을 경비대는 없었지만, 대체 왜 아무도 듣는 사람이 없다고 생각했는지는 정말 모르겠다. 하지만 그때쯤은 아무도 똑바른 정신으로 생각하지 못했다.

불은 켜 두고 갔다. 그나마 베푼 자비였다.

아니, 그건 자비가 아니었다. 책임자들의 편리를 위한 조치였을 뿐이다. 자비는 그 장소에서 작동하지 않는 자질이었다.

VIII

카나본*

* 캐나다 브리티시 컬럼비아주의 지명

증언 녹취록 369B

21

에이다의 자동차에 앉아서 방금 들은 말을 이해하려고 애썼어요. 멜라니와 닐. 폭탄이 터져 죽었다. 클로즈 하운드 밖에서. 그럴 리가 없어.

"우리 어디로 가요?" 내가 물었어요.

참 맥 빠지는 소리였죠, 너무나 평범하게 들렸거든요. 평범한 거라곤 하나도 없는데. 나는 왜 비명을 질러 대지 않았던 걸까요?

"생각 중이야."

에이다는 백미러를 보고 어떤 집 진입로로 들어가서 정차했어요. 집에는 알터나 리노베이션이라는 간판이 붙어 있었어요. 우리 구역의 주택은 모두 항상 개조 공사 중이었어요. 그러고 나면 누군가 그 집을 사서 또 개조 공사를 하고. 그래서 닐과 멜라니가 돌아 버리겠다고 했어요. 왜 완벽하게 훌륭한 집들을 배 속까지 박박 긁어내는 데 그 많은 돈을 쓰는 거지? 닐은 입버릇처럼 말했어요. 집값을 천정부지로 올리고 가난한 사람들을 시장에서 몰아내는 것이야.

"우리 이 집 안에 들어가요?"

별안간 몹시 피로해졌어요. 집 안에 들어가서 눕고 싶다는 생각만 들었어요.

"아니." 에이다가 말했어요.

그리고 가죽 배낭에서 작은 렌치를 꺼내더니 폰을 부서뜨렸어요. 나는 금이 쩍쩍 가고 잘게 찢겨 나가는 폰을 바라보았죠. 케이스가 박살 나고 금속 내장이 일그러지며 해체되었어요.

"왜 폰을 망가뜨리는 거예요?" 내가 물었어요.

"아무리 조심해도 지나치지 않으니까." 에이다는 잔해를 작은 비닐봉지에 담았어요. "이 차가 지나갈 때까지 기다렸다가, 나가서 휴지통에 버리고 와."

마약상들이 하던 짓이에요. 대포폰을 썼죠. 에이다를 따라온 게 과연 잘한 일인지 다시 생각하게 되더라고요. 에이다는 그냥 엄한 사람이 아니었거든요. 무서웠어요.

"차 태워 주셔서 감사합니다." 내가 말했어요. "하지만 이제 학교로 돌아가 봐야 해요. 폭발 얘기는 학교에 직접 할게요. 선생님들이 어떻게 해야 할지 아실 거예요."

"충격을 받았겠지. 놀랄 일도 아니야." 에이다가 말했어요.

"저는 괜찮아요." 사실이 아니었지만 그래도 말했어요. "이제 여기서 내리면 돼요."

"마음대로 해." 에이다가 말했어요. "하지만 저들은 너를 사회복지부에 보고할 테고, 그 사람들은 너를 위탁 부모한테 맡길 테고, 그다음에 어떻게 될지는 누가 알겠니?" 내가 생각도 하지 못한 얘기였어요. "그러니까 일단 내 폰을 갖다 버린 다음에, 다시 차로 돌아오든 그냥 걸어가든 마음대로 해. 네 마음대로 선택하라고. 그냥 집에는 가지 마. 명령은 아니고, 충고야."

나는 에이다의 부탁을 들어줬어요. 선택지를 준 셈이지만 내가 무슨 선택권이 있었겠어요? 내가 다시 차로 돌아와서 훌쩍거리기 시작했지만, 에이다는 티슈를 건네주었을 뿐 아무 반응도 하지 않았어요. 그리고 유턴을 하고는 남쪽으로 달리기 시작했어요. 아주 빠르고 효율적인 운전사였어요.

"네가 나를 믿지 못한다는 건 알아." 한참 후 에이다가 말했어요. "하지만 믿어야 해. 그 차에 폭탄을 설치한 자들이 지금도 너를 찾고 있을지도 몰라. 실제로 그렇다는 얘기는 아니야, 나도 모르니까. 하지만 위험에 노출된 건 사실이야."

위험에 노출되었다. 그건 뉴스에서 이웃들이 여러 번 경고했는데도 불구하고 맞아 죽은 아이들이나 버스가 없어서 히치하이킹을 했다가 목이 부러진 사체로 얕은 무덤을 파던 동네 사람의 개한테 발견되는 여자한테나 쓰는 말이 아니던가요. 뜨겁고 끈적한 공기 속에서도 이가 딱딱 부딪었어요.

에이다의 말에 딱히 신뢰가 가지도 않았지만 불신할 수도 없었어요.

"경찰에 신고할 수도 있잖아요." 내가 소심하게 말했어요.

"아무 쓸모도 없을 거야."

경찰의 쓸모없음에 대해서는 익히 들어 알고 있었어요. 닐과 멜라니가 주기적으로 표명한 견해였으니까요. 에이다가 자동차 라디오를 켰어요. 하프 소리가 섞인 잔잔한 음악이 흘러나왔어요.

"아직은 아무 생각도 하지 마." 에이다가 말했어요.

"경찰이에요?" 내가 물었어요.

"아니." 그녀가 대답했어요.

"그럼 뭐예요?"

"최대한 말을 아껴야 상처가 빨리 낫는 법이야."

우리는 크고 네모난 빌딩 앞에 정차했어요. 표지판에 만남의 집, 그리고 퀘이커교 친목회라고 쓰여 있었어요. 에이다는 건물 뒤 회색 밴 옆에 차를 세웠지요.

"우리가 다음에 타고 갈 차야."

우리는 옆문으로 들어갔어요. 에이다가 작은 데스크 뒤에 앉은 남자에게 묵례했지요.

"일라이자." 그녀가 말했어요. "우리 심부름이 있어요."

나는 남자를 제대로 보지 않았어요. 에이다를 따라서 공허하고 숨죽인 정적이 깔리고 메아리가 울리고 살짝 서늘한 냄새가 나는 만남의 집 본관을 지나쳐 더 큰 방 안으로 들어갔는데, 훨씬 환하고 냉방이 되어 있었어요. 침대가(간이 침상에 더 가깝겠네요.) 한 줄로 쭉 놓여 있고, 간간이 여자들이 누워 있었어요. 담요를 덮고 있었는데 다 다른 색이었죠. 다른 한쪽 구석에는 의자들이 놓여 있고 커피테이블이 있었어요. 거기 앉은 여자들 몇 명이 낮은 목소리로 이야기를 나누고 있었지요.

"빤히 쳐다보지 마." 에이다가 내게 말했어요. "동물원이 아니야."

"여기 뭐 하는 곳이에요?" 내가 물었어요.

"생츄케어, 길리어드 난민 단체. 멜라니가 이곳과 손을 잡고 일했고, 방식은 좀 달라도 닐도 그랬지. 자, 저 의자에 앉아서 벽에 붙은 파리처럼 있어. 꼼짝도 하지 말고 입도 벙긋하지 말고. 여기서는 안전할 거야. 내가 몇 가지 너 대신 처리해 줄 일이 있어. 내가 돌아올 때까지 아마 한 시간 정도 걸릴 거야. 저 사람들이 너한테 당분을 좀 먹여 줄 거야, 너한테 필요해."

에이다는 가서 책임자로 보이는 여자한테 뭐라고 말하고는 재빨리 방에서 나갔어요. 잠시 후 그 여자가 뜨겁고 달콤한 차와 초콜릿 칩 쿠키를 가져다주면서 괜찮으냐고, 뭐 필요한 건 없냐고 묻기에, 아무것도 없다고 대답했지요. 하지만 그래도 여자는 초록과 파랑이 섞인 담요 한 장을 가져와 나를 꼭 감싸 여며 주더군요.

차는 간신히 몇 모금 마셨지만 이가 계속 맞부딪으며 딱딱거렸어요. 나는 거기 앉아서 왔다 갔다 하는 사람들을 구경했어요, 클로즈 하운드에서 그랬던 것처럼요. 여자 몇 명이 들어왔는데, 한 명은 아기를 데리고 있었어요. 참담한 고생을 한 흔적이 역력하고 잔뜩 겁에 질려 있었어요. 생츄케어의 여자들이 가서 반갑게 맞으며 말했어요.

"이제 여기 오셨으니 다 괜찮습니다."

그러면 길리어드 여자들은 울기 시작했어요. 그 당시에 나는, 울긴 왜 울어, 탈출했잖아, 행복해야지, 그렇게 생각했어요. 하지만 그날 이후로 온갖 일을 겪고 난 지금은, 그 울음의 이유를 알겠어요.

최악의 상황을 견디고 살아남을 때까지는 그게 뭐든, 안에 꼭꼭 담아 두게 돼요. 그러다가 안전해지면 그제야 시간을 낭비할 수 없어서 그간 흘릴 수 없었던 눈물을 한꺼번에 쏟게 되죠.

언뜻언뜻 스치는 말소리와 몰아쉬는 숨소리에 섞여, 여자들한테서 말들이 흘러나왔어요.

"저 사람들이 날 보고 돌아가야 한다고 말하면……."

"아들을 남겨 두고 떠나야 했어요, 혹시라도 무슨 방법이……."

"아기를 잃었어요. 아무도 없……."

이곳을 통솔하는 여자들이 티슈를 건네주었어요. *강해지셔야 해요* 같은 차분한 말을 하면서. 상황을 낫게 만들어 보려고 노력하고 있었죠. 그러나 강해져야 한다는 말을 들으면 엄청난 부담으로 느낄 수도 있어요. 그것도 내가 배우게 된 사실 중 하나죠.

한 시간 남짓 지나자, 에이다가 돌아왔어요.

"아직 살아 있구나." 그녀가 말했어요. 농담이었다 해도 참 형편없는 농담이었죠. 나는 그냥 물끄러미 쳐다보기만 했어요. "그 체크 교복은 버려야 해."

"뭐라고요?" 그 여자가 하는 말은 아예 다른 언어 같았어요.

"너한테 이게 힘들다는 건 알아." 에이다가 말했어요. "하지만 우리는 지금 그럴 시간이 없어, 어서 빨리 움직여야 한단 말이야. 괜히 겁을 주는 사람이 되고 싶지는 않지만, 골치 아픈 문제가 있어. 이제 가서 좀 다른 옷을 찾아보자."

에이다는 내 팔을 잡고 의자에서 일으켜 세웠어요. 놀랄 만큼 힘이 셌어요.

여자들을 모두 지나쳐서 뒷방으로 들어갔는데, 테이블에 티셔츠와 스웨터 들이 있고 옷걸이들이 걸린 행거가 둘 놓여 있었어요. 몇 점은 나도 알아볼 수 있는 옷이었어요. 여기가 클로즈 하운드의 기부 물품이 도착하는 종착점이었던 거예요.

"실제 생활에서 절대로 입을 일이 없는 옷으로 골라." 에이다가 말했어요. "완전히 다른 사람으로 보여야 하니까."

하얀 해골이 그려진 검은 티셔츠와 하얀 해골 무늬가 그려진 검은 바탕 레깅스를 골랐어요. 흑백 하이탑과 양말 몇 개를 더했고요. 모두 중고였어요. 이나 빈대 생각을 하지 않을 수 없었어요. 멜라니는 사람들이 물건을 팔려고 하면 항상 빨았느냐고 물었거든요. 한 번은 가게에 빈대가 옮았는데 악몽이 따로 없었죠.

"등 돌리고 있을게." 에이다가 말했어요.

탈의실은 따로 없었어요. 꾸물꾸물 교복을 벗고 새 중고 옷을 입었어요. 내 동작이 아주 굼뜨게 느껴졌어요. 에이다가 나를 유괴하는 거라면 어떡하지? 온몸이 천근만근 무거운 와중에 그런 생각이 들었어요. 유괴. 인신매매를 당해 성노예로 팔려 가는 여자애들이 당하는 일이잖아. 학교에서 배웠어. 하지만 나 같은 여자애를 누가 유괴하겠어, 가끔 부동산 업자인 척하는 남자들이 지하실에 가둬 두는 일이 있다지만. 그런 남자들 일을 도와주는 여자들도 있다잖아. 에이다가 그런 여자일까? 멜라니와 닐이 폭사했다는 얘기가 속임수면 어떻게 하지? 지금도 내가 없어져서 두 사람이 미친 듯이 찾고 있을지 몰라. 학교에 전화를 걸고 심지어, 그 쓸모없다는 경찰에도 신고

할지 몰라.

에이다는 아직도 내게 등을 돌리고 있었지만, 내가 도망칠 생각을 하더라도(만남의 집 옆문으로 뛰어나간다든가) 미리 알아챌 것 같았어요. 그리고 행여 도망친다고 하더라도, 어디로 갈 수 있겠어요? 가고 싶은 곳은 집 밖에 아무 데도 없는데, 에이다가 진실을 말하는 거라면 그곳으로 가면 안 되잖아요. 아무튼, 에이다가 진실을 말하는 거라면 이제 우리 집도 아니었고요. 멜라니와 닐이 없잖아요. 텅 빈 집에서 나 혼자 어떻게 살아요?

"다 입었어요." 내가 말했어요.

에이다가 돌아섰어요.

"나쁘지 않네."

에이다는 입고 있던 검은 재킷을 벗어 손가방에 쑤셔 넣고 행거에 걸려 있던 초록색 재킷을 걸쳤어요. 그러더니 머리카락을 올려 핀으로 고정하고 선글라스를 썼어요.

"머리 풀어."

에이다의 말에 머리끈을 잡아당기고 고개를 흔들어 머리를 흘러내리게 했죠. 그랬더니 내가 쓸 선글라스를 찾아 주었어요. 오렌지색 미러 선글라스. 립스틱도 하나 건네주기에 입술을 빨갛게 새로 그렸죠.

"깡패처럼 보여 봐." 에이다가 말했어요.

어떻게 해야 할지 몰랐지만 노력했어요. 인상을 쓰며 번질번질한 붉은 입술을 뾰루퉁하게 내밀었거든요.

"그래." 에이다가 말했어요. "꿈에도 모르겠다. 우리 비밀은 안전하게 지킬 수 있겠어."

우리 비밀이 무엇일까요? 이제 나는 공식적으로 존재하지 않는다
는 것? 뭐 그런 거였겠죠.

22

우리는 회색 밴을 타고 한참 달렸고, 에이다는 우리 뒤편의 차량
통행을 유심히 관찰했어요. 그리고 구불구불한 샛길의 미로를 지나
오래된 브라운스톤 대저택 앞 진입로로 들어가 정차했어요. 한때는
화단이었으리라 추정되는, 그리고 깎지 않은 잔디와 민들레 가운데
지금도 튤립 몇 송이가 잔해처럼 피어나 있는 반원 속에 콘도 건물
의 그림이 그려진 안내판이 있었죠.

"여기는 어디에요?" 내가 물었어요.

"파크데일." 에이다가 말했어요.

파크데일이라면, 와 본 적은 없지만 들어 본 적 있는 곳이었어요.
학교에서 마약을 하는 아이들이 쿨하다고 생각하는 곳이었죠. 요즘
다시 젠트리피케이션을 거치고 있는 쇠락한 도시 구역이었어요. 나
이를 속이는 아이들이 갈 수 있는 트렌디한 나이트클럽이 한두 군데
있었죠.

저택은 아름드리나무가 한두 그루 있는, 넓고 거친 부지에 서 있
었어요. 아무도 낙엽을 치우지 않게 된 지도 까마득히 오랜 곳, 너덜
너덜 떨어진 색색의 비닐이 이리저리 날아다니는 썩은 잎새들 사이

로 빨강과 은빛으로 번득였어요.

에이다는 집 쪽으로 가다가, 슬쩍 뒤돌아보며 내가 잘 따라오는지 확인했어요.

"너 괜찮니?"

"네."

약간 어지러웠어요. 울퉁불퉁하게 포장된 길을 에이다 뒤에서 걸었어요. 바닥이 스펀지처럼 느껴졌어요, 언제라도 발이 푹 빠져 버릴 것처럼 물렁했어요. 세상은 이제 견고하고 든든한 곳이 아니었어요. 구멍이 숭숭 뚫리고 표리부동했죠. 무엇이든 얼마든지 사라져 버릴 수 있었어요. 그런가 하면 내가 바라보는 모든 사물이 몹시 선명했어요. 그전 해에 학교에서 공부한 초현실주의 회화 같았어요. 사막에 녹아 흐르는 시계 말이에요, 단단하지만 비현실적인.

묵직한 돌계단을 오르니 현관 포치였어요. 문을 빙 둘러 석조 아치 입구가 세워져 있었는데, 거기에는 토론토의 낡은 건물에서 가끔 보이는 켈트 문자로 이름이 새겨져 있고(카나본이라고 쓰여 있었어요.) 돌로 조각한 잎사귀와 요정 같은 얼굴들이 언저리를 장식하고 있었어요. 장난기 어린 표정을 의도했겠지만 내 눈에는 악의적으로 보였어요. 그때 그 순간 내게는 만물이 악의를 품은 것처럼 보였어요.

현관 앞 바닥에서 고양이 오줌 냄새가 났어요. 문은 넓고 무겁고, 검은 못들이 징처럼 박혀 있었고, 그래피티 아티스트들이 붉은 페인트로 작업을 해 놨더군요. 그 사람들이 잘 쓰는 그 삐죽한 글씨 있잖아요. 그나마 좀 잘 읽히는 단어가 있었는데 BARF(구토)였을 거예요.

현관의 몰골은 슬럼 같았지만, 잠금장치는 소형 마그네틱 키 카드로 작동했어요. 안에 들어가 보니 낡은 밤색 홀 카펫이 깔려 있고, 빙글빙글 돌아 오르는 계단에 아름답게 휘어진 난간이 달려 있었어요.

"한동안 하숙집으로 썼는데, 이제는 가구 딸린 아파트가 됐지." 에이다가 말했어요.

"처음에는 뭐였는데요?" 나는 벽에 기대서려 했어요.

"여름 별장." 에이다가 말했어요. "부자들. 2층에 데려다줄게, 너 좀 누워야겠다."

"'카나본'이 뭐예요?" 계단을 올라가는 게 좀 고역이었어요.

"웨일스에 있는 지명이야." 에이다가 말했어요. "누군가 집이 심하게 그리웠나 보지." 그녀가 내 팔을 잡아 줬어요. "자, 힘내, 계단의 숫자를 헤아려."

집, 나는 생각했어요. 또 훌쩍훌쩍 울음이 비어져 나오려 했죠. 꾹 참았어요.

맨 위 계단까지 올라왔어요. 무거운 문이 하나 더 있고, 또 잠금장치가 있었어요. 안은 소파와 편안한 의자 두 개가 있고 커피테이블과 식탁이 놓여 있는 전실이었어요.

"저기 네가 잘 침실이 있어." 에이다가 말했지만 보고 싶은 마음이 전혀 들지 않았어요. 느닷없이 몸의 기운이 쑥 빠져나갔죠. 일어설 기운도 없는 느낌이었어요.

"또 덜덜 떠는구나." 에이다가 말했어요. "에어컨을 줄여 줄게."

어느 침실에서인가 이불을 가져왔어요, 새것, 흰색.

방 안의 모든 게 현실보다도 더 현실적이었어요. 테이블에는 무슨 화분 같은 게 놓여 있었는데, 플라스틱이었을지도 몰라요. 잎이 고무처럼 탱탱하고 반들반들했어요. 벽은 짙은 색 나무 문양이 그려진 장밋빛 벽지로 도배되어 있었고요. 예전에 그림을 걸었던 자리에 못 구멍이 나 있었죠. 이런 세밀한 부분까지 어찌나 생생한지, 후면 조명을 켠 것처럼 은은히 빛이 나는 줄 알았죠.

그 빛을 차단하려고 눈을 감았어요. 깜박 졸았던 게 틀림없어요, 별안간 저녁이 되었거든요, 에이다가 평면 텔레비전을 켜고 있었어요. 나를 생각해서 그랬겠지만(진실을 말하고 있다는 걸 알려 주려고) 잔인했어요. 완파된 클로즈 하운드. 유리창은 박살 나고, 문은 쩍 열려 있고. 천 쪼가리들이 인도에 널려 있고. 그 앞에, 까맣게 탄 마시멜로처럼 쭈그러진 멜라니의 텅 빈 차체. 경찰차 두 대가 보였고, 재난 지역에 두르는 노란 테이프가 있었어요. 닐이나 멜라니의 자취는 찾아볼 수 없었지만, 그래서 다행이라고 생각했어요. 그들의 시커멓게 탄 살점과 재가 된 머리카락과 그을린 뼈를 보게 될까 봐 무서웠거든요.

리모컨이 소파 옆 탁자에 놓여 있었어요. 나는 소리를 꺼 버렸어요. 이 사건이 정치인이 비행기에 탑승하는 뉴스와 하나 다름없다는 듯 평온한 앵커의 목소리를 듣고 싶지가 않았어요. 차와 가게가 사라지고 뉴스 진행자의 머리가 장난칠 때 쓰는 풍선처럼 둥실둥실 시야로 떠오르자, 나는 텔레비전을 꺼 버렸어요.

에이다가 부엌에서 들어왔어요. 샌드위치를 접시에 담아서 갖다 줬어요. 치킨샐러드. 배고프지 않다고 했어요.

"사과가 하나 있어." 에이다가 말했어요. "그거 먹을래?"

"아뇨, 감사합니다."

"괴상한 짓인 건 나도 알지만," 에이다가 말하더군요. 나는 아무 말도 하지 않았어요. 에이다가 나갔다가 다시 들어왔어요. "생일케이크를 좀 사 왔어. 초콜릿 케이크야. 바닐라 아이스크림하고. 네가 제일 좋아하는 거."

하얀 접시에 담겨 있었고, 플라스틱 포크가 있었어요. 어떻게 내가 제일 좋아하는 게 뭔지 알았을까요? 멜라니가 말한 게 틀림없어요. 둘이 내 얘기를 한 게 틀림없어요. 하얀 접시에 눈이 부셨어요. 케이크 조각에 초가 딱 하나 꽂혀 있었어요. 내가 더 어렸다면 소원을 빌었겠죠. 이제 내 소원은 무엇이어야 할까요? 시간을 돌리고 싶다고? 어제였으면 좋겠다고? 그런 소원을 빈 사람이 얼마나 많을지 궁금하네요.

"화장실은 어디 있어요?" 내가 물었어요. 에이다가 가르쳐 줬고, 난 그리 들어가서 토했어요. 그리고 다시 소파에 누워서 덜덜 떨었어요. 한참 후에 에이다가 진저에일을 조금 갖다 줬어요. "혈당 수치를 올려야 해."

에이다는 불을 끄고 방을 나갔어요.

감기에 걸려 학교에서 조퇴하고 집에 왔을 때 같았어요. 다른 사람들이 꽁꽁 싸매 주고, 마실 걸 갖다주고, 나 대신 현실의 생활을 처리해 주고. 그럼 영원히 이렇게 있는 것도 좋겠다는 생각이 들었어요. 그럼 다시는 아무 생각도 안 해도 될 텐데.

저 멀리서 도시의 소음이 들렸어요. 차 소리, 사이렌, 공중의 비행기. 부엌에서는 에이다가 부스럭거리며 돌아다니는 소리가 들렸고요. 까치발로 걸어 다니는 것처럼, 특유의 경쾌하고 가벼운 발걸음이었어요. 전화에 대고 중얼거리는 에이다의 목소리도 들렸어요. 책임지고 결정을 내리고 지시하고 있었어요, 무슨 책임인지는 가늠도 할 수 없었지만요. 그래도 나는 어르고 달래고 안아 주는 느낌을 받았어요. 감은 눈 너머로 아파트 문이 열리고, 잠시 멎었다가, 닫히는 소리가 들렸어요.

23

다시 일어났을 때는 아침이었어요. 몇 시인지는 알 수 없었죠. 늦잠을 잤을까요, 학교에 늦었을까요? 그때 기억이 났어요. 학교는 끝났어. 다시는 학교로, 아니 내가 아는 곳 어디로도 돌아가지 못할 거야.

나는 카나본의 어느 침실에 있었죠, 하얀 이불에 폭 감겨서, 티셔츠와 레깅스는 그대로 입은 채였지만 양말과 신발은 벗겨진 채로. 두루마리식 블라인드가 내려진 창문이 하나 있었어요. 조심스럽게 일어나 앉았어요. 베개에 뭔가 빨간 게 묻어 있었는데, 그냥 어제 칠한 빨간 입술에서 묻어난 립스틱일 뿐이었죠. 이제 메스껍거나 어지럽지는 않았지만, 정신이 몽롱했어요. 머리를 벅벅 긁고 머리카락을 쥐어뜯었어요. 언젠가 두통이 생겼을 때, 멜라니가 머리카락을 잡아당기면 두뇌 혈액순환이 좋아진다는 얘기를 해 준 적이 있어요. 그래서 널이 머리를 쥐어뜯는 거라고 했어요.

일어나 보니 정신이 좀 드는 느낌이었어요. 벽에 걸린 커다란 거울에 비친 내 모습을 찬찬히 살펴봤어요. 겉모습은 비슷해도, 전날의 나와 같은 사람이 아니었어요. 문을 열고 맨발로 복도를 지나 주방으로 갔어요.

에이다는 거기 없었어요. 커피 머그를 들고 거실의 안락의자에 앉아 있었어요. 소파에는 우리가 생츄케어의 옆문으로 들어갈 때 지나쳤던 남자가 있었어요.

"너 일어났구나." 에이다가 말했어요. 어른들은 뻔한 얘기를 굳이 하는 버릇이 있어요. *너 일어났구나*는 멜라니가 할 법한 말이었죠. 내가 뭐 대단한 일이라도 해냈다는 듯이. 그래서 에이다도 이런 면에서 예외가 아니라는 걸 알고 좀 실망했어요.

내가 남자를 보자 그도 나를 봤어요. 블랙진에 샌들을 신고 두 단어, 한 손가락*이라고 쓰인 티셔츠를 입고 블루제이스 야구모자를 쓰고 있었죠. 자기 티셔츠에 쓰인 글귀가 실제로 무슨 뜻인지 알고 있을까 궁금했어요.

나이는 쉰 살 언저리가 분명해 보였지만, 검고 숱 많은 머리로 보면 더 젊을지도 몰라요. 얼굴은 쭈글쭈글한 가죽 같고, 뺨 옆을 따라 길게 흉터가 있었어요. 남자는 나를 보고 미소를 지었는데, 하얀 치아 왼쪽으로 어금니 하나가 빠져 있었어요. 그렇게 이 하나가 없으니까 불법적인 일을 자행하는 사람처럼 보이더군요.

에이다가 턱으로 남자를 가리켰어요.

"생츄케어에서 본 일라이자 기억하지. 닐의 친구분이야. 도와주러 오셨어. 주방에 시리얼 있다."

---

* Two Words, One Finger. 가운뎃손가락을 치켜드는 행위, 즉 '엿 먹어(Fuck you)'라는 두 단어의 욕설을 의미한다.

"그다음에 우리 얘기 좀 하자." 일라이자가 말했어요.

시리얼은 내가 좋아하는 종류였죠. 콩으로 만든 동그란 O들. 나는 그릇을 거실로 가져와서 또 다른 안락의자에 앉아 두 사람이 말할 때까지 기다렸어요.

"어느 쪽 가닥부터 풀어 볼까요?" 일라이자가 말했어요.

"깊은 쪽." 에이다가 말했어요.

"그럽시다." 일라이자가 그 말과 함께 나를 똑바로 바라보았어요.

"어제는 네 생일이 아니었단다."

나는 놀랐어요.

"아뇨, 맞아요." 내가 말했어요. "5월 1일. 이제 열여섯 살이 됐어요."

"실제로 너는 4개월쯤 어려." 일라이자가 말했어요.

생일을 어떻게 입증하나요? 출생증명서 같은 게 틀림없이 있겠지만 멜라니가 그걸 어디 보관해 뒀을까요?

"건강보험 카드에 있어요. 내 생일." 내가 말했어요.

"다시 시도해 봐요." 에이다가 일라이자에게 말했어요. 그는 카펫을 내려다보았어요.

"멜라니와 닐은 네 부모가 아니란다."

"아니에요, 맞아요!" 내가 말했죠. "왜 그런 말을 하는 거예요?"

눈에 서서히 고이는 눈물이 느껴졌어요. 현실에 또 다른 허공이 열리고 있었어요. 닐과 멜라니가 흐릿해지면서 모습을 바꾸고 있었죠. 나는 실제로 그들에 대해서, 아니면 그들의 과거에 대해 많이 알지 못한다는 걸 깨달았어요. 부모한테 자기 얘기를 해 달라고 묻는 아이가 세상에 어디 있어요, 안 그래요?

"이게 너한테 괴로울 거라는 건 아는데," 일라이자가 말했죠. "그래도 중요한 얘기니까 다시 할게. 닐과 멜라니는 네 부모가 아니었다. 이렇게 노골적으로 말해서 미안한데, 우리한테 시간이 많지 않단다."

"그럼 뭐였는데요?" 내가 물었어요.

눈을 깜박거리고 있었어요. 눈물 한 줄기가 흘러나와 버려서, 손으로 훔쳤어요.

"아무 관계도 없어." 남자가 말했어요. "너는 아기 때 안전히 지켜줄 사람들에게 맡겨졌던 거야."

"그게 사실일 리가 없어요." 내가 말했어요.

하지만 이제는 서서히 확신을 잃고 있었어요.

"너한테 더 일찍 얘기해 줬어야 했지." 에이다가 말했어요. "닐과 멜라니는 너한테서 괜한 걱정을 덜어 주고 싶어 했어. 너한테 말해 주려고 했는데 하필 그날⋯⋯."

에이다는 말꼬리를 흐리고, 입을 꾹 다물어 버렸어요. 에이다가 멜라니의 죽음에 대해서 한사코 침묵을 지켜서 두 사람이 친구이긴 했던 건가 싶었는데, 이제 진심으로 괴로워하는 게 보였어요. 그래서 나는 에이다가 더 좋아졌어요.

"임무의 일부는 너를 보호하고 안전하게 지키는 거였지." 일라이자가 말했어요. "이런 소식을 전해 주게 되어 유감이다."

방의 새 가구 냄새 위로, 일라이자의 체취를 맡을 수 있었어요. 땀에 젖은, 단단한, 실용적인 세탁비누 냄새. 유기농 세탁비누. 멜라니가 쓰는 종류였어요. 아니 썼던 종류였어요.

"그럼 누구였어요?" 내가 속삭였어요.

"닐과 멜라니는 아주 귀중하고 숙련된 우리 조직의……."

"아니요." 내가 말했죠. "내 다른 부모님 말이에요. 진짜 부모님. 누구였어요? 그들도 죽었나요?"

"내가 커피 좀 더 끓여 올게요." 에이다가 말했어요. 그러더니 일어나서 부엌으로 들어갔어요.

"아직 살아 계신다." 일라이자가 말했어요. "아니, 어제는 살아 있었어."

나는 그를 빤히 응시했어요. 거짓말을 하고 있나 궁금했는데, 왜 그런 짓을 하겠어요? 거짓말을 꾸며 대고 싶으면 훨씬 더 근사한 거짓말을 했겠죠.

"한마디도 믿지 않아요." 내가 말했어요. "왜 그런 말을 하시는지도 모르겠어요."

에이다가 커피 머그를 들고 방으로 돌아와 말했어요, 누구 커피 마시고 싶은 사람, 넉넉하니까 마음껏 마셔요, 그리고 너는 좀 혼자 시간을 가지고 생각을 정리하는 게 좋겠다.

무슨 생각을 정리해요? 생각할 게 뭐가 있다고? 내 부모는 살해당했지만, 그 사람들은 내 진짜 부모가 아니고 그 자리에 또 다른 부모 한 세트가 나타났다면서요.

"무슨 생각요?" 내가 말했죠. "뭘 생각하고 자시고 할 만큼 알지도 못하는데."

"뭘 알고 싶니?" 일라이자가 친절하지만 지친 목소리로 말했어요.

"어떻게 된 거예요?" 나는 물었죠. "어디에 내 진짜…… 내 다른 어머니와 아버지는 어디 있어요?"

"길리어드에 대해 많이 알고 있니?" 일라이자가 물었어요.

"물론이죠. 저도 뉴스를 봐요. 학교에서도 배웠어요." 나는 뾰루퉁하게 말했어요. "그 시위행진에도 참가했고요."

그 순간에는 길리어드도 연기처럼 사라져 버리고 우리를 가만 내버려 두면 좋겠다는 생각뿐이었어요.

"거기가 네가 태어난 곳이란다." 일라이자가 말했어요. "길리어드 말이야."

"농담이죠."

"네 어머니와 메이데이가 너를 몰래 빼냈단다. 그들은 목숨을 걸었지. 길리어드는 그 일을 아주 크게 문제 삼고 너를 되찾고자 했어. 소위 법적 부모에게 네 양육권이 있다고 주장했지. 메이데이가 너를 숨겼어. 아주 많은 사람이 너를 찾아다녔고, 언론이 총공세를 펼쳤단다."

"아기 니콜처럼요?" 내가 말했어요. "학교에서 그 아기에 대한 리포트를 썼어요."

일라이자가 다시 바닥을 내려다보았어요. 그러더니 나를 똑바로 바라보았죠.

"네가 아기 니콜이야."

IX

땅크 탱크*

* Thank Tank. 싱크탱크(Think Tank)를 염두에 두고 감사하다(Thank)와 결합해 만든 신조어다.

아르두아 홀 홀로그래프

24

이날 오후 한 번 더 저드 사령관의 소환을 받았다. 하급 '눈'이 직접 나를 찾아와 전달했다. 저드 사령관은 수화기를 들고 그대로 용건을 말할 수도 있었을 것이다. 그의 집무실과 내 집무실 사이에는 붉은 전화기로 내부 핫라인이 가설되어 있었다. 그러나 나처럼, 그 역시 다른 누가 듣고 있을지 확신하지 못했다. 게다가 그는 복잡하고도 도착적인 이유로 나와 직접 얼굴을 맞대고 이야기하는 걸 즐겼다. 그는 내가 자기가 손수 빚은 작품이라고 생각한다. 말하자면 나는 그의 의지를 체현한 존재다.

"건강하시리라 믿습니다, 리디아 아주머니." 그는 맞은편에 앉는 나를 보고 말했다.

"아주 좋습니다, 찬미 있으라. 사령관님께서는요?"

"나는 매우 건강합니다만, 안타깝게도 아내는 병이 들었습니다.

제 영혼을 무겁게 짓누르는 일이지요."

놀랍지 않았다. 마지막으로 봤을 때, 저드의 현재 아내는 닳고 헐고 낡아 보였다.

"슬픈 소식이군요." 내가 말했다. "병환의 원인이 무엇이라고 짐작하십니까?"

"분명하지 않습니다." 항상 그렇다. "내부 장기의 병이라는데."

"우리 '진정과 향유' 클리닉에 계신 분이 한번 보도록 할까요?"

"조금 더 두고 보지요." 그가 말했다. "웬만하면 큰 병이 아닐 겁니다. 심지어 상상의 병일지도 모릅니다. 여자들의 불평은 알고 보면 그런 경우가 아주 많지 않습니까."

우리가 서로 응시하는 사이 침묵이 흘렀다. 유감스럽지만, 머지않아 그는 다시 아내와 사별할 테고 또 다른 어린 신부를 찾아 시장에 나오게 되리라는 생각이 들었다.

"제가 도울 일이 있다면 무엇이든 말씀하십시오." 내가 말했다.

"감사합니다, 리디아 아주머니. 워낙 제 마음을 잘 알아주시는 분이니." 그가 미소를 지으며 말했다. "그러나 오늘 여기로 와 달라고 부탁드린 이유는 그게 아닙니다. 우리는 캐나다에서 잃은 진주 소녀의 죽음과 관련해 입장을 확정했습니다."

"사건의 진상이 무엇입니까?"

나는 이미 답을 알고 있었지만 공유할 의사가 없었다.

"그 문제에 관해 공식적인 캐나다의 설명은 자살입니다."

"심경이 참담합니다." 내가 대답했다. "아드리아나 아주머니는 누구보다 신심이 깊고 효율적이었습니다…… 저 역시 깊이 신뢰했지요. 비범한 용기의 소유자였답니다."

"우리 쪽 이야기는, 캐나다인들이 진상을 은폐하고 있고, 불법적 존재를 허술하게 용인하는 캐나다로 인해 암약하고 있는 타락한 메이데이 요원들이 아드리아나 아주머니를 죽였다는 겁니다. 우리끼리니 하는 얘깁니다만, 참 당혹스럽습니다. 누가 진실을 알겠습니까? 심지어 그 부패한 사회에서 무작위로 흔히 일어나는 마약 관련 살인사건일 수도 있지요. 샐리 아주머니는 바로 그 근처에 달걀을 사러 외출했다고 합니다. 돌아와서 그런 비극을 목격하고는 현명하게도 길리어드로 신속히 귀환하는 것이 최고의 선택지라고 판단했던 거지요."

"매우 현명한 선택이었지요." 내가 말했다.

급작스럽게 귀환한 후, 충격에서 벗어나지 못한 샐리 아주머니는 곧장 나를 찾아왔다. 그리고 아드리아나가 어떻게 최후를 맞았는지 설명해 주었다.

"나를 공격했어요. 뜬금없이, 영사관으로 출발을 앞두고 말이에요. 이유를 모르겠어요! 나를 덮치고는 목을 조르려 해서 맞서 싸웠어요. 정당방위였다고요."

샐리는 흐느껴 울었다.

"순간적인 정신 착란이군. 캐나다처럼 심신을 미약하게 하는 낯선 환경에 있다 보면 스트레스가 그런 효과를 낳을 수 있다네. 자네가 옳은 일을 했어. 달리 선택의 여지도 없었고. 나는 이 문제를 다른 사람한테 알릴 이유가 전혀 없다고 보는데, 자네는 어떤가?"

"아, 감사합니다, 리디아 아주머니. 이런 사건이 발생하다니 정말 유감이에요."

"아드리아나의 영혼을 위해 기도하고, 자네 마음에서는 떨쳐 버리도록 하게. 달리 나한테 할 얘기는 없는가?"

"글쎄요, 우리에게 항상 눈을 크게 뜨고 아기 니콜을 찾도록 하라고 말씀하셨잖아요. 클로즈 하운드를 경영하던 부부한테 나이가 대충 맞는 딸이 있었습니다."

"그거 흥미로운 추정이군. 영사관을 통해서 보고를 할 의도가 있었겠지? 돌아와서 내게 직접 말할 때까지 기다릴 생각이 아니라?"

"글쎄요, 저는 즉시 알려 드려야 할 일이라고 생각했습니다. 아드리아나 아주머니는 시기상조라고 하면서 극구 반대했지만요. 우리는 그 문제로 말다툼을 했어요. 저는 중요한 문제라고 완강히 주장했지요." 샐리 아주머니는 방어적으로 말했다.

"그럼, 중요한 일이네. 하지만 위험천만하지. 그런 보고는 근거 없는 뜬소문을 생성할 수도 있고, 심각한 결과로 이어질 수도 있어. 그런 거짓 경보가 얼마나 많이 울렸는지 모르네. 그리고 영사관 직원은 모두 잠재적으로 '눈'일 가능성이 있어. '눈'들은 굉장히 거칠게 굴 수 있잖나. 세련된 교양이 부족하다 보니. 내 지시에는 언제나 이유가 있네. 내 명령에도. 허락받지 않고 주도적으로 행동하는 건 진주 소녀한테 어울리지 않아."

"아, 저는 몰랐어요. 생각지 못했습니다. 하지만 그래도 아드리아나 아주머니는……."

"말을 아낄수록 상처가 빨리 낫는 법이지. 자네 의도는 좋았다는 걸 아네." 나는 달래는 말투로 말했다.

샐리 아주머니는 이미 울음을 터뜨린 후였다.

"그래요, 정말 그랬어요."

지옥으로 가는 길은 선의로 포장되어 있지, 그 말을 하고 싶은 유혹을 느꼈다. 하지만 꾹 참았다.

"지금 그 문제의 여자애는 어디 있지? 부모가 현장에서 제거된 후 어디론가 사라진 모양인데."

"모르겠습니다. 그렇게 빨리 클로즈 하운드를 폭파시키지 말았어야 했던 게 아닐까요. 그랬다면 우리가……."

"나도 같은 생각이네. 성급하게 굴지 말라고 내 충고한 적이 있건만. 불행히도 캐나다의 '눈'이 지휘하는 요원들은 젊고 열의에 넘치는 데다 폭파를 정말 좋아한단 말이야. 하지만 자기네들도 어떻게 알았겠나?" 나는 말을 잠시 멈추고, 내 장기인 꿰뚫어 보는 듯한 눈빛으로 그녀를 못 박아 두었다. "그리고 자네는 이 잠재적인 아기 니콜에 대한 의혹을 다른 사람 아무한테도 소통하지 않았겠지?"

"네. 오로지 아주머니께만 말씀드렸어요, 리디아 아주머니. 그리고 아드리아나 아주머니에게, 그 전에……."

"이 일은 우리끼리만 알고 있기로 하세, 알겠나? 재판이 열릴 필요는 없어. 자, 자네도 이제 좀 휴식을 취하고 원기를 회복해야 될 거라고 생각하네. 월든에 있는 우리 어여쁜 '마저리 켐프 피정의 집'에 자네가 묵을 수 있게 조처하지. 금세 몰라보게 다른 여자로 변신하게 될 걸세. 반 시간 후에 자네를 데리고 갈 차가 준비될 거야. 그리고 그 불행한 콘도 사건으로 캐나다가 들썩거리면, 자네를 취조하거나 심지어 무슨 범죄 혐의로 기소하려 들면 우리는 그냥 자네가 실 종됐다고 말하도록 하지."

샐리 아주머니의 죽음은 바라지 않았다. 그저 종잡을 수 없기를 원했다. 그래서 그렇게 되었다. '마저리 켐프 피정의 집'의 직원들은 신중하다.

샐리 아주머니로부터 이어지는 눈물 젖은 감사의 인사.

"나한테 감사할 일은 없다네. 자네한테 감사할 사람은 나야."

"아드리아나 아주머니는 헛되이 목숨을 바친 게 아닙니다." 저드 사령관이 말하고 있었다. "아주머니의 진주 소녀들 덕분에 우리가 유익한 일련의 행동을 취할 수 있게 되었지요. 우리가 또 다른 발견 들을 하게 되었습니다."

내 심장이 죄어들었다.

"우리 소녀들이 유용했다니 기쁩니다."

"언제나 그렇지만, 아주머니의 선도에 감사를 드립니다. 진주 소 녀가 알려 준 그 중고 의류상과 관련한 우리 작전 이후로, 최근 메이 데이와 이곳 길리어드 내부 미지의 연락책이 최근 몇 년간 정보를 교류한 수단이 무엇인지 확신하게 되었습니다."

"그 수단이 무엇입니까?"

"강도, 아니 특수작전을 통해 우리는 마이크로닷 카메라를 입수했 지요. 그것으로 실험을 몇 가지 해 봤습니다."

"마이크로닷?" 나는 물었다. "그것이 무엇이지요?"

"이제는 사용하지 않게 되었지만 아직도 완벽하게 효용성이 있는 옛날의 기술입니다. 문서를 미니어처 카메라로 찍으면 현미경으로 봐야 알아볼 수 있는 크기로 축소됩니다. 그런 후 문서를 아주 작은 비닐 점들에 인쇄하게 되는데, 이 점들은 어떤 표면에도 부착할 수 있습니다. 수신자는 특별히 제작된 뷰어로 그 문서를 읽을 수 있는데, 뷰어는 초소형이라서, 이를테면, 펜 같은 데도 숨길 수 있지요."

"참으로 놀랍군요." 내가 탄성을 질렀다. "우리 아르두아 홀에서 '펜은 질투다.'라는 말이 있는 게 다 이유가 있었습니다."

그는 웃음을 터뜨렸다.

"왜 아니겠습니까. 우리 펜을 휘두르는 자들은 질책을 피하려면 조심해야만 합니다. 그러나 이런 수단에 의존하다니 메이데이는 영특했던 거지요. 오늘날에는 아는 사람 자체도 많지 않은 기술입니다. 속담대로, 보지 않으면 보지 못하는 겁니다."

"기발하군요." 내가 말했다.

"실의 한쪽 끝일 뿐입니다. 메이데이 쪽 끄트머리죠. 아까도 말씀 드렸지만, 길리어드 쪽 끄트머리가 있습니다. 여기에서 마이크로닷을 수신하고 그 나름의 메시지로 화답하는 자들 말입니다. 우리는 아직 그 개인, 혹은 개인들의 정체를 파악하지 못했습니다."

"제가 아르두아 홀의 동료들에게 눈과 귀를 열어 두도록 부탁했습니다." 내가 말했다.

"그러기에 아주머니보다 더 훌륭한 위치가 또 있겠습니까?" 그가 말했다. "마음먹으면 어느 집이라도 들어갈 수 있고, 섬세한 여성의 육감으로 우리처럼 둔한 남자들이 귀 멀어 놓치는 것들을 들을 수 있으니까요."

"우리가 메이데이를 지략으로 앞지르면 됩니다." 나는 주먹을 꽉 쥐며 턱을 치켜들었다.

"이런 씩씩한 사기가 참 좋단 말입니다, 리디아 아주머니." 그가 말했다. "우리는 훌륭한 팀이에요!"

"진실이 승리하리라." 내가 말했다.

나는 파르르 떨면서 정의감에 찬 분노처럼 보이기를 바랐다.

"그분의 눈 아래." 그가 대답했다.

그러고 나니, 나의 독자여, 내게는 원기회복제가 필요했다. 그래서 슐라플리* 카페에 가서 뜨거운 우유 한 잔을 마셨다. 그리고 이곳 힐데가르트 도서관으로 와서 당신과의 여행을 계속하기로 했다. 나를 길잡이로 생각하라. 당신은 어두운 숲을 헤매는 방랑자라고 생각하라. 앞으로는 더욱 어두워질 것이다.

우리가 마지막으로 만났던 페이지에서 당신을 스타디움까지 데리고 갔으니, 그곳에서 다시 시작하려 한다. 시간이 느릿느릿 기어가자 패턴이 생겼다. 할 수 있다면 밤에는 잠을 잔다. 낮은 견딘다. 우는 사람이 있으면 안아 준다. 솔직히 우는 것도 지겨워졌다는 말은 해야겠지만 말이다. 울부짖는 아우성도 따분해졌다.

처음에는 밤에 음악적인 시도도 있었다. 낙관적이고 기운찬 여자들 한두 명이 주도적으로 선창하며 「우리는 극복하리라」를 비롯해

---

*미국의 여성 헌법학자이자 보수파 운동가 필리스 슐라플리(Phyllis Schlafly)의 이름을 딴 것으로 보인다. 슐라플리는 반페미니즘과 낙태 반대주의의 입장을 확고하게 견지했으며 보수파 정치단체인 이글 포럼을 창설하고 수장으로 활동했다.

이제는 사라진 여름 캠프의 경험에서 비슷하게 케케묵은 곡들을 캐내어 함께 불러 보려 했다. 가사를 기억하는 데 난항은 있었으나 적어도 다채로움을 더해 주긴 했다.

경비대는 이런 노력을 중단시키려 하지 않았다. 그러나 사흘째가 되자 사기가 서서히 떨어졌고 따라 부르는 사람들도 없어졌고 중얼중얼 불만이 터져 나왔다.("조용히 좀 해요, 제발!"이라든가 "미치겠네, 닥쳐!") 그리하여 걸스카우트 대장들은 마음이 상해 몇 번인가 항의하다가("도움이 되려고 그랬을 뿐이에요.") 그만두고 단념했다.

나는 노래를 부르는 사람들에 끼지 않았다. 왜 에너지를 낭비한단 말인가? 선율을 탈 기분이 아니었다. 오히려 미로의 시궁쥐에 가까웠다. 출구가 있나? 그게 무엇일까? 내가 왜 여기 있을까? 시험인가? 그들이 알아내려 하는 건 무엇일까?

당신도 짐작했겠지만 악몽을 꾸는 여자들도 있었다. 악몽에 시달리며 신음하고 뒤채거나 억눌린 고함과 함께 벌떡 일어나 앉기도 했다. 비난하려 하는 말이 아니다. 나도 악몽을 꾸었다. 어떤 악몽이었는지 하나 골라 묘사해 볼까? 아니, 그러지 않을 것이다. 이런 읊조림을 지금까지 하도 많이 들어온지라, 나는 타인의 악몽이 얼마나 사람을 지치게 만드는지 속속들이 알고 있다. 결정적으로 궁지에 몰리면, 자기 자신의 악몽 말고는 아무것도 흥미롭지 않고 의미도 없다.

아침에는 사이렌 소리에 귀청을 꿰뚫려 눈을 떴다. 시계를 빼앗기지 않은 사람들 말로는(시계 압수는 드문드문 이루어졌다.) 오전 6시에 울린다고 했다. 아침 식사로는 빵과 물. 빵이 얼마나 최상급으로 맛있었는지! 어떤 사람들은 한입에 집어삼키고 꿀꺽꿀꺽 마셔 버렸지만 나는 최대한 아껴 가며 길게 음미했다. 씹기와 삼키기는 추상적인 마음의 쳇바퀴 돌리기를 잠시 잊게 해 주었다. 시간 보내기에도 좋았고.

다음에는 더러운 화장실 앞에 줄을 섰는데, 하필 변기가 막혔다면 행운을 바랄 뿐이었다. 변기를 뚫어 주러 올 사람은 없었으니까. 내 이론을 말해 보라고? 경비대원들이 우리 분통을 더욱더 터뜨리려고 밤마다 돌아다니며 이런저런 물건들로 변기를 막고 다니는 게 틀림 없었다. 우리 중에서 위생의식이 강한 사람 몇이 화장실 청소를 시도해 봤지만, 얼마나 가망 없는 일인지 금세 깨닫고 포기했다. 포기는 뉴노멀*이었고 감염성이 굉장했다.

화장지가 없었다는 말을 내가 했던가? 그럼 어떻게 했느냐고? 손을 쓰고, 더러워진 손은 어떤 때는 수도꼭지에서 찔끔찔끔 흘러나오고 어떤 때는 나오지도 않는 수돗물로 씻는다. 나는 이 역시 무작위적 간격을 두고 우리의 사기를 올렸다가 절망으로 떨어뜨리고자 고의로 한 짓이라 믿는다. 어떤 바보천치 고양이 학대범이 이딴 일을 맡았는지 모르지만, 수도 시스템의 전력 스위치를 껐다 켰다 할 때 그 얼굴에 떠올랐을 희열의 표정만은 눈에 선하게 그려 볼 수 있다.

우리는 그 수도에서 나오는 물을 마시지 말라는 지시를 받았지만, 현명하지 못하게도 말을 듣지 않은 일부가 있었다. 구토와 설사가 이어지는 바람에, 저들의 전반적인 즐거움을 한층 더해 주었다.

종이타월도 없었다. 종류를 막론하고 수건이라는 게 없었다. 우리

---

* 시대의 변화에 따라 새롭게 부상하는 표준. 새로운 기준이 일상화된 상태를 일컫는다.

는 잘 손이 씻겼든 말든 치맛자락으로 훔쳤다.

시설 설명을 구구절절하게 한 건 미안하지만 당신도 그런 것들이 (당연하게 생각했던 기본 물품들, 빼앗기기 전까지는 생각조차 잘 하지 않는 것들) 얼마나 중요해지는지 안다면 경악할 것이다. 나는 백일몽 속에서(그리고 우리는 모두 백일몽을 꾸었다. 아무 사건도 일어나지 않는 강제적 정체상태는 백일몽을 낳거니와, 뇌도 붙잡고 분주하게 일할 거리가 있어야 하는 법이다.) 아름답고 깨끗하고 새하얀 변기를 자주 꿈꾸었다. 아, 변기와 어울리는 세면대와 콸콸 흘러나오는 순수한 맑은 물도.

당연히 우리는 악취를 풍기게 되었다. 변기의 시련도 모자라, 속옷도 갈아입지 못하고 비즈니스 정장 차림 그대로 잠을 잤기 때문이다. 우리 중에는 폐경이 지난 이들도 있었지만 그렇지 못한 사람들도 있어서 엉긴 피의 냄새가 땀과 눈물과 똥과 토사물의 냄새에 더해졌다. 숨만 쉬어도 구역질이 올라왔다.

저들은 우리를 동물적 본성에 걸맞은 동물로, 우리에 갇힌 동물로, 환원시키려 하고 있었다. 그 본성으로 우리 코를 문지르고 있었다. 우리는 스스로를 인간보다 못한 존재로 간주해야 했다.

그리고 하루하루는 독을 품은 꽃이 한 잎 한 잎 벌어지듯, 괴로우리만큼 서서히 펼쳐졌다. 우리는 가끔 다시 수갑을 차고(안 찰 때도 있었다.) 일렬로 행진해 나가 뜨거운 땡볕을 받으며 비좁은 야외석에 자리를 잡고 앉아 있었는데, 한 번은 (축복처럼) 서늘한 부슬비가 내렸다. 그날 밤 우리한테서는 젖은 옷 냄새가 풍겼지만 우리 자신의 체취는 덜했다.

우리는 매 시각 밴들이 도착해 할당량의 여자들을 내려놓고 빈 차로 떠나는 모습을 지켜보았다. 새로 오는 여자들한테서는 똑같은 곡소리가 났고, 경비대원에게서도 똑같은 버럭거림과 고함이 났다. 한창 꾸역꾸역 실연(實演)되고 있는 폭압이란 얼마나 따분한가. 항상 플롯이 똑같다.

점심은 또 샌드위치였는데, 하루는(부슬비가 오던 날) 막대기 모양으로 자른 당근이 좀 들어 있었다.

"균형 잡힌 식사만큼 좋은 게 없어요." 아니타가 말했다.

우리는 웬만하면 날마다 옆에 붙어 앉으려고 머리를 쥐어짰고, 멀지 않은 곳에서 잤다. 이번 일이 있기 전에는 아니타와 단순히 직장 동료였을 뿐 사적인 친구 사이가 아니었지만, 그저 내가 아는 누군가와 함께 있는 것만도 위로가 되었다. 내 예전의 업적, 내 예전의 삶을 체현하는 사람. 심지어 우정을 쌓았다고 말할 수도 있을 것이다.

"정말 우라지게 훌륭한 판사님이었어요." 아니타는 사흘째 되던 날 내게 속삭여 말했다.

"고마워요. 그쪽도 그랬어요." 나는 속삭여 대답했다. 그랬어요. 과거시제는 써늘했다.

우리 구역의 다른 이들에 대해서는 별로 알게 된 바가 없다. 이따금 이름. 그들의 회사명. 일부 회사는 가정법 전문이라(이혼, 양육권 등등) 이제 여자가 적이라면 왜 그들이 표적이 되었는지는 알 것 같았다. 그러나 부동산이나 소송이나 상속법이나 회사법이라 해도 보호막이 되어 주지는 못하는 눈치였다. 법학 학위와 자궁만 있으면 끝이었다. 죽음의 조합이었다.

오후 중에 골라 처형을 했다. 눈가리개를 한 죄수들은 필드 한가운데로 똑같이 퍼레이드를 했다. 시간이 흐르면서 나는 세부적인 사항들을 더 많이 알아냈다. 어떤 이들은 제대로 걷지도 못하고, 또 어떤 이들은 거의 의식조차 없어 보였다. 그들에게 무슨 일들이 벌어졌던 걸까? 그리고 왜 선별되어 죽임을 당하는 걸까?

마이크에 대고 장광설을 늘어놓는 검은 군복 차림의 똑같은 남자. 하느님의 뜻이 이루어지이다!

그리고 발포, 쓰러짐, 힘없이 흐느적거리는 몸들. 그리고 청소. 시체를 싣고 가는 트럭이 있었다. 매장되나? 화장되나? 아니면 그것도 귀찮다고 생략할까? 아마 간단하게 폐기장으로 싣고 가 까마귀 먹이로 던져 줄지도 모른다.

나흘째 되던 날에는 한 가지가 달라졌다. 사격수 중 세 명이 여자였다. 비즈니스 정장이 아니라 목욕가운처럼 긴 갈색 옷을 걸치고 턱 밑에 스카프를 묶고 있었다. 그 점이 우리 주의를 끌었다.

"괴물들!" 나는 아니타에게 속삭였다.

"어떻게 저럴 수가?" 아니타가 속삭여 답했다.

닷새째 되는 날에는 총살대 가운데 갈색 옷의 여자가 여섯으로 늘어났다. 그리고 그중 한 명이, 눈가리개를 한 사람들을 조준하는 대신, 빙글 돌아 검은 군복의 남자 중 한 명을 쏘자 한바탕 소란이 일었다. 여자는 곧 몽둥이찜질을 당해 땅바닥으로 쓰러졌고 총탄 세례를 받아 벌집이 되었다. 야외석에서 집단적으로 숨을 몰아쉬는 소리가 났다.

그렇군, 나는 생각했다. 탈출하려면 저것도 한 가지 길이겠군.

낮 시간에는 변호사와 판사로 구성된 우리 집단에 새로 온 여자들이 증원되었다. 그러나 밤마다 몇 명씩 제거되었기 때문에 규모는 똑같이 유지되었다. 그들은 두 경비대원 사이에 끼여 한 사람씩 떠났다. 우리는 그들이 어디로 끌려가는지, 왜 끌려가는지 알지 못했다. 아무도 돌아오지 않았다.

여섯째 되던 밤 아니타가 홀쩍 끌려가 사라졌다. 아주 조용하게 일어난 일이다. 이따금 표적이 된 사람은 비명을 지르고 저항하기도 했지만 아니타는 그러지 않았고, 나는 말하기 부끄럽지만 그녀가 소거되던 당시 자고 있었다. 아침 사이렌이 울릴 때 깨어나 보니 아니타가 그냥 사라지고 없었다.

"친구분 일은 유감이에요." 부글거리는 변기를 쓰려고 줄을 서 있는데 어느 친절한 영혼이 내게 속삭였다.

"나도 유감이에요." 나도 속삭여 대답했다.

그러나 나는 이미 거의 확실히 닥칠 일에 대비해 스스로를 딱딱하게 굳히고 있었다. 유감은 아무것도 해결해 주지 않아, 혼잣말을 했다. 지난 세월 동안 (그 많은 세월 동안) 그 말의 진리를 내가 얼마나 절실히 깨달았던가.

일곱 번째 밤에는 나였다. 아니타는 시끄러운 소리 없이 끌려갔지만(침묵은 그 자체로 사기를 떨어뜨리는 효과가 있었다. 아무도 눈치채지 못하게, 심지어 잔물결 같은 소리도 없이, 인간이 사라지는 게 가능해 보였기 때문이다.) 나는 조용히 갈 생각이 전혀 없었다.

나는 엉덩이를 발길질하는 군홧발에 잠에서 깼다.

"입 닥치고 일어나." 버럭버럭 짖는 목소리 하나가 말했다.

미처 제대로 잠을 깨기도 전에 나는 위로 번쩍 들려 움직이기 시작했다. 사방에서 중얼거리는 소리가 나고 한 목소리가 "안 돼."라고 말하자 또 다른 목소리가 "젠장."이라고 하고 또 "주님의 축복 있기를." 하자 또 하나가 "쿠이다테 무초."*라고 했다.

"혼자 걸을 수 있어!"

내가 말했지만 양쪽에서 하나씩, 나의 위팔을 붙잡은 손에는 아무 영향이 없었다. 올 게 왔구나, 나는 생각했다. 그들이 나를 쏴 죽일 거야. 그렇지만 아니야, 나는 마음속으로 고쳐 말했다. 그건 오후에 하는 일이잖아. 바보, 내가 응수했다. 총살은 언제 어디서라도 일어날 수 있어, 게다가 어쨌든 총살이 유일한 방법은 아니잖아.

그러는 내내 나는 아주 차분했는데, 이건 믿기도 힘들고 사실 지금은 내가 생각해도 잘 믿어지지 않는다. 아주 차분했던 게 아니라 죽은 듯 차분했다. 닥칠 일에 동요하지 않고 나 자신을 이미 죽은 사람이라 쳐 버리면 일이 훨씬 수월하게 흘러갈 터였다.

나는 여러 복도를 따라 끌려갔고, 뒷문으로 나가 차에 타게 되었다. 이번에는 밴이 아니라 볼보였다. 뒷좌석의 마감재는 부드럽지만 탄탄했고, 에어컨은 낙원의 숨결 같았다. 불행히도 신선한 공기를 맡으니 그간 내 몸에 축적된 악취가 새삼스럽게 두드러졌다. 그렇지만, 덩치가 산만 한 두 경비대원 사이에 끼여 앉아 찌그러질 지경이었음에도, 나는 호사를 만끽했다. 둘 다 아무 말도 하지 않았다. 나는

---

* Cuidate Mucho. '부디 몸조심하길'이라는 뜻의 스페인어.

운반해야 할 짐에 불과했다.

차는 경찰서 밖에 섰다. 그러나 이제 그곳은 경찰서가 아니었다. 글자는 뭔가로 덮여 지워졌고, 정문에는 이미지가 하나 붙어 있었다. 날개가 달린 눈이었다. 그때는 몰랐지만 '눈'의 로고다.

우리는 전면에 있던 계단을 올랐다. 내 두 동행은 성큼성큼 걷고, 나는 발을 헛디디며 비틀거렸다. 발이 아팠다. 그간 발을 얼마나 안 썼는지, 그리고 물에 젖었다 땡볕에 말랐다 온갖 오물이 묻은 내 구두가 얼마나 엉망진창으로 망가지고 더러워졌는지를 깨달았다.

우리는 복도를 지났다. 닫힌 문들 뒤에서 바리톤의 웅성거리는 소리가 흘러나왔다. 내 옆의 남자들과 같은 옷을 입은 남자들이 목표 의식에 반짝이는 눈을 하고 스타카토로 짧게 끊는 목소리로 말하며 서둘러 지나쳐 갔다. 군복과 견장과 빛나는 라펠 핀에는 사람의 허리를 반듯하게 펴게 만드는 힘이 있다. 여기에 구부정한 사람은 하나도 없었다!

우리는 그중 한 방으로 돌아 들어갔다. 거기, 커다란 책상 너머에, 산타클로스와 어렴풋이 닮아 보이는 한 남자가 앉아 있었다. 통통하고, 하얀 수염에, 장밋빛 뺨에 체리 색 코. 그는 나를 보고 활짝 웃었다.

"앉아도 좋습니다." 그가 말했다.

"감사합니다." 내가 대답했다.

선택의 여지도 없었지만. 내 두 여행 친구들이 의자에 나를 끼워 앉히고 비닐 끈으로 팔을 빙빙 둘러 고정시켰기 때문이다. 그리고 부드럽게 문을 닫고 방을 나갔다. 그들이 무슨 고대의 신이나 왕을 알현하고 나가듯 뒷걸음질로 물러난다는 인상을 받았지만, 등 뒤를 볼 수는 없었다.

"내 소개부터 해야겠군요." 그가 말했다. "나는 야곱의 아들들 소속의 저드 사령관입니다."

이것이 우리의 첫 만남이다.

"내가 누구인지는 알고 계시겠지요." 내가 대답했다.

"맞습니다." 온화하게 웃으며 그 남자가 말했다. "그간의 불편에 대해서는 사과하지요."

"그건 아무것도 아닙니다." 나는 무표정하게 말했다.

절대적인 통제력을 행사하는 사람한테 농담을 하는 건 바보짓이다. 그들은 그런 걸 좋아하지 않는다. 자기 권력의 범위를 온전히 인정받지 못한다고 느끼기 때문이다. 권력을 갖게 된 지금, 나는 아랫사람의 경박한 언행을 장려하지 않는다. 그러나 그 당시의 나는 경솔했다. 이제는 많이 배웠지만.

남자의 미소가 싹 사라졌다.

"살아 있음에 감사하고 있습니까?" 그가 물었다.

"글쎄요, 그렇죠."

"하느님이 여자의 몸으로 만들어 주신 것에 감사하고 있습니까?"

"그런 것 같네요. 생각해 본 적이 없어요."

"과연 충분히 감사하고 있는지 난 잘 모르겠는데." 그가 말했다.

"충분히 감사하는 건 어떤 걸까요?"

"충분히 감사하는 건 우리와 협력하는 거지요."

그 남자가 작은 타원형 돋보기를 썼다는 얘기를 내가 했던가? 이제 그는 그 안경을 벗어 들더니 곰곰 뜯어보고 있었다. 안경을 벗자 그 눈의 반짝이던 총기가 좀 무뎌졌다.

"'협력'이라니 무슨 뜻이시죠?" 내가 물었다.

"'네' 또는 '아니요'로 답하는 겁니다."

"저는 법률가로 수련받았습니다. 저는 판사예요. 백지 계약에는 서명하지 않습니다."

"당신은 판사가 아닙니다. 이제는." 그러더니 인터컴의 버튼을 눌렀다. "탱크 탱크." 그가 말했다. 그리고 나를 보고 말했다. "당신이 좀 더 감사하는 마음을 가질 수 있게 되기를 바라 봅시다. 그런 결과가 나오기를 기도하겠습니다."

그렇게 해서 나는 '탱크 탱크'에 들어가게 되었다. 그곳은 용도 변경된 경찰서 유치장의 독방으로, 폭과 너비가 대략 네 걸음씩 되었다. 벽에 붙은 침상이 하나 있었지만 매트리스는 없었다. 양동이가 하나 있었는데, 나는 그것이 인간 먹거리의 부산물을 담는 용도라는 결론에 금세 도달했다. 내용물이 좀 남아 있기도 하고 냄새로도 알 수 있었다. 한때는 조명이 있었지만 이제는 없었다. 이제는 전구 소켓뿐이었고 그나마 전기가 들어오지 않았다. (당연히 나중에는 손가락을 쑤셔 넣어 보았다. 당신이라도 그랬을 것이다.) 빛이라고는, 피할 길 없는 샌드위치가 조만간 나올 틈새를 통해 바깥 복도에서 흘러드는 것뿐이었다. 어둠 속에서 쥐처럼 깔작거리는 것, 그게 내게 예비된 계획이었다.

어둑한 사위를 이리저리 더듬다 침대 상판을 찾아 그 위에 걸터앉았다. 할 수 있어, 나는 생각했다. 견뎌 낼 수 있어.

맞는 생각이었지만 오래가지 못했다. 다른 사람들이 없으면 얼마나 빨리 정신이 축축 늘어지는지 알면 아마 놀랄 것이다. 한 사람은 온전한 인간이 아니다. 우리는 타인과의 관계 속에서 존재한다. 나는 한 사람이었다. 그리고 사람이 아닌 존재가 될 위험에 처해 있었다.

한동안 땡크 탱크에 있었다. 얼마나 오래인지는 모른다. 동태를 관찰하는 용도로 뚫려 있는 미닫이 셔터를 통해 가끔 어떤 눈이 나를 보기도 했다. 이따금 근처에서 외마디 비명이 울려 퍼지거나 몇 번인가 악쓰는 소리가 들리기도 했다. 잔학성이 퍼레이드를 벌이고 있었다. 어떤 때는 앓는 소리가 한참 늘어지기도 했다. 가끔은 끙끙거리는 신음과 밭게 몰아쉬는 숨소리가 연달아 나기도 했는데, 교성처럼 들렸고 실제로 그랬을 공산이 높다. 무력한 자들은 너무나도 유혹적이니까.

이 소음이 실제인지 아니면 내 신경을 너덜너덜하게 만들고 결심을 닳게 만들 의도로 트는 녹음이었는지는 알 길이 없었다. 내 결심이 무엇이었든 상관없다. 며칠이 지나자 나는 그 플롯 라인을 놓쳐 버렸으니까. 내 결심의 플롯 라인.

나는 미지의 기간 동안 어슴푸레한 내 감방에 처박혀 있었지만 끌려 나왔을 때의 손톱 상태로 볼 때 실제로 그리 긴 시간이었을 리는 없다. 그러나 혼자 어둠 속에 갇혀 있을 때 시간은 다르다. 더 길다. 잠들고 깨어 있는 시간조차 알 수 없다.

벌레가 있었던가? 그렇다, 벌레가 있었다. 나를 물지는 않았으니 바퀴벌레였을 거라 생각된다. 내 피부가 살얼음이라도 되는 듯, 그 작은 발들이 부드럽게, 조심스럽게, 내 얼굴을 가로질러 가는 촉감을 느꼈다. 시간이 좀 흐른 후에는 어떤 종류의 터치라도 반가웠다.

어느 날, 낮이었는지는 모르겠지만, 세 남자가 경고도 없이 내 감방에 들이닥쳐 소경이나 다름없이 끔벅거리는 내 눈에 이글거리는 불빛을 비추고 바닥에 나를 쓰러뜨리더니 정확하게 발길질을 하고 또 다른 여러 가지 폭행도 가했다. 내가 뱉은 소음은 듣기에 친숙했다. 근방에서 들은 적이 있는 소리였다. 더 자세한 얘기로 들어가지는 않겠지만, 테이저건도 연루되어 있었다는 얘기는 해야겠다.

아니다, 강간을 당하지는 않았다. 이미 그 목적으로 쓰기에는 너무 늙고 거칠었던 모양이다. 아니면 고고한 도덕적 규범을 자랑으로 여기고 있었을 수도 있겠지만, 그 점은 나로서는 몹시 회의적이다.

이 발길질과 테이저건 충격은 두 번 더 반복되었다. 3은 마법의 숫자다.

내가 흐느껴 울었던가? 그렇다. 보이는 내 두 눈에서, 내 축축한, 흐느끼는 인간의 눈들에서 눈물이 흘러나왔다. 그러나 내게는 제3의 눈이 있었다, 이마 한가운데. 나는 그 눈을 느낄 수 있었다. 차가웠다, 돌처럼. 그 눈은 울지 않았다. 보았다. 그리고 그 너머에서 누군가 생각하고 있었다. *이 일은 반드시 갚아 주겠어. 아무리 오래 걸려도, 그 사이에 아무리 많은 똥을 처먹어야 한대도 상관없어, 어쨌든 반드시 복수하겠어.*

그리고, 무한정의 기간이 끝나고 경고도 없이, 내 땡크 탱크 감방의 문이 철컹 열리고, 빛이 밀물처럼 흘러들어왔고, 검은 군복을 입은 남자 두 명이 나를 끌어냈다. 아무 말도 말해지지 않았다. 나는(이 제 꿈틀거리는 폐인의 몰골이었고, 이전보다 더 심한 악취를 풍겼다.) 걷다가 질질 끌렸다가 하면서 처음 들어왔던 복도를 지났고, 내가 끌려 들 어온 정문으로 나가서 냉방이 된 밴에 처넣어졌다.

다음에 아는 건 내가 호텔에 있었다는 사실이다. 그렇다, 호텔이 었다! 화려한 호텔은 아니고 홀리데이인에 가까웠지만 말이다. 하긴 홀리데이인이라는 이름이 당신에게 무슨 의미가 있을지 모르겠다, 아마 아무 뜻도 없겠지. 옛 시절의 브랜드들은 어디 있는가? 바람과 함께 사라졌다. 아니 페인트 붓과 철거 팀과 함께 사라졌다 해야 옳 겠다. 내가 로비로 끌려들어 가고 있을 때, 머리 위에서 작업자들이 글씨를 지워 없애고 있었기 때문이다.

로비에 달콤하게 웃으며 나를 맞아 줄 리셉션 직원은 없었다. 대 신 명단을 든 남자가 있었다. 남자는 나를 데리고 간 여행가이드 두 명과 대화를 나눴고, 그 후에 나는 엘리베이터로, 다음에는 청소 메 이드의 부재가 이제 막 티가 나기 시작하는 카펫이 깔린 복도로, 정 신없이 질질 끌려갔다. 한두 달만 지나면 심각한 곰팡이 문제가 생 기겠네, 어느 방문이 스르르 열리는 순간, 곤죽처럼 흐리멍덩한 뇌 로 그런 생각을 했다.

"즐거운 시간 보내십쇼." 내 담당 한 명이 말했다. 비꼬는 말이었 다고는 생각지 않는다.

"3일의 R&R.*" 두 번째 남자가 말했다. "필요한 게 있으면 프런트

---

* Rest and Recuperation. '휴식과 회복'을 뜻하는 군대용어다.

데스크에 전화하십시오."

그들 뒤로 문이 잠겼다. 작은 테이블에는 오렌지주스와 바나나, 그린 샐러드와 살짝 삶은 연어요리가 차려진 쟁반이 있었다! 시트가 깔린 침대! 수건 몇 장, 그럭저럭 희었다! 샤워! 무엇보다도, 아름다운 세라믹 변기! 나는 무릎을 꿇었고, 그렇다, 진심 어린 기도를 올렸지만, 누구를 향해선지 무슨 기도인지 나 스스로도 알 수가 없었다.

음식을 다 먹고 나서(독이 들었더라도 상관없었다, 그저 너무나 복받치게 기쁠 뿐.) 몇 시간을 샤워로 보냈다. 한 번의 샤워는 충분치 않았다. 씻어 내야 할 그간의 때가 겹겹이 층지어 쌓여 있었다. 아물어 가는 찰과상, 노랗고 보랏빛으로 번져 가는 멍들을 찬찬히 살폈다. 체중이 줄었다. 패스트푸드로 점심을 때우는 식습관 탓에 10년째 보이지 않던 갈비뼈가 도드라져 보였다. 법관 경력 내내 몸은 그저 하나의 성과에서 다음 성과로 힘차게 밀고 가는 탈것에 불과했지만, 이제 나는 내 몸을 새삼스럽게 애틋한 마음으로 바라보게 되었다. 내 손톱이 얼마나 분홍빛인지! 내 손의 핏줄 문양이 얼마나 정교한지! 그러나 화장실 거울에 비친 얼굴은 아무리 봐도 제대로 보이지 않았다. 저 사람이 누구지? 생김새가 흐릿하게 번져 보였다.

그리고 나는 오랫동안 잠을 잤다. 잠에서 깨자 또 맛있는 음식이, 아스파라거스를 곁들인 비프 스트로가노프와 디저트로 나온 복숭아 멜바*, 그리고, 아, 세상에 이렇게 행복할 수가! 커피 한 잔이 나와 있었다! 마티니를 한 잔 할 수 있다면 좋았겠지만, 이 새로운 시대에

---

* 바닐라 아이스크림에 과일과 딸기 소스를 곁들인 디저트.

는 여자의 메뉴에 알코올이 오를 리 없다는 짐작은 할 수 있었다.

고약한 냄새가 나는 옛날 옷은 보이지 않는 손이 치운 후였다. 하얀 테리 직물로 만든 호텔 목욕가운을 입고 살면 되는 모양이었다.

정신상태는 여전히 혼미했다. 바닥에 쏟은 직소 퍼즐처럼 어지러웠다. 그러나 사흘째 아침, 아니 오후였던가, 잠에서 깨어 보니 훨씬 나아져서 좀 일관된 정신상태를 회복하고 있었다. 다시 생각이라는 걸 할 수 있을 것 같았다. 나라는 단어를 떠올릴 수 있게 된 것 같았다.

게다가, 마치 그 사실을 안다는 듯, 나를 위한 새 옷이 준비되어 있었다. 수도승의 두건이라고 하기도 그렇고 딱히 거친 갈색 삼베로 지은 옷도 아니었지만, 그와 비슷한 모양이었다. 그 옷을 예전에 본 적이 있었다, 스타디움에서, 여자 사격수들이 입은 모습. 섬뜩한 오한이 느껴졌다.

나는 옷을 갈아입었다. 달리 내가 어떻게 했어야 한단 말인가?

X

봄의 초록

증언 녹취록 369A

25

이제 제안을 받은 내 결혼으로 이어지는 준비 과정을 설명하려 해
요. 길리어드에서는 그런 일들이 행해지는 방식에서 소정의 관심사
가 표명되거든요. 내 인생이 겪은 반전 때문에, 나는 준비를 받는 신
부의 입장과 준비를 책임지는 아주머니들의 입장 양편에서 결혼의
과정을 관찰할 수 있었어요.

나의 결혼 예식은 표준이었어요. 양가의 성정뿐 아니라 길리어드
사회에서 차지한 각자의 위상까지, 선택 가능한 대안에 모두 영향
을 미치게 되어 있었지요. 그러나 경우는 달라도 목표는 언제나 같
았습니다. 모든 부류의 처녀는(선호도가 떨어지는 집안부터 좋은 가문 출
신까지 모두) 조혼을 해야만 했습니다. 만에 하나 부적절한 남자와 우
연히 만나게 되어 소위 예전에 사랑에 빠진다고 말했던 사태라든가,
더 나쁜 경우에, 순결을 잃게 되는 일이 생기기 전에 말이지요. 후자

의 치욕은 특히, 혹독한 대가를 치를 수 있으므로, 수단과 방법을 가리지 않고 막아야 했지요. 돌팔매질로 죽임을 당하는 운명을 자식에게 바라는 부모가 어디 있겠어요. 그리고 가문의 이름이 더럽혀지면 그 얼룩은 다시는 지울 수 없다고 봐야 했고요.

어느 날 저녁, 폴라가 나를 거실로 불러서(소위 '조개껍데기'에 처박힌 나를 억지로 파내서 데리고 오라면서 로사를 보냈대요.) 자기 앞에 서 보라고 했어요. 안 한다고 해 봤자 아무 소용이 없을 터라서, 그냥 하라는 대로 했지요. 카일 사령관도 그 자리에 있고 비달라 아주머니도 있었어요. 내가 본 적이 없는 또 다른 아주머니도 있었는데, 가바나 '아주머니'라고 소개해 주더군요. 나는 만나 뵙게 되어 반갑다고 인사했지만 뾰루퉁한 목소리로 말했던 모양인지, 폴라가 "아까 제가 드린 말씀을 이해하시겠지요?"라고 했어요.

"그럴 나이잖아요." 가바나 아주머니가 말했어요. "다정하고 온순하던 여자애들도 이런 시기를 다들 거친답니다."

"나이가 찬 건 사실입니다." 비달라 아주머니가 말했어요. "우리는 가르쳐 줄 수 있는 건 모두 가르쳤어요. 너무 오래 학교에 있다 보면 말썽이나 일으키게 되죠."

"정말로 여자입니까?" 가바나 아주머니가 나를 빈틈없이 살피며 말했죠.

"물론이에요." 폴라가 말했어요.

"저기 패딩이 든 건 아니겠죠?"

가바나 아주머니는 고개를 끄덕이며 내 가슴을 가리키더군요.

"그럴 리가요!" 폴라가 말했지요.

"다른 가족들이 어떤 노력을 하는지 아시면 놀라 넘어가실 겁니다. 엉덩이가 넓어서 좋네요, 요즘 애들의 비좁은 골반과는 전혀 다르게. 어디 치아를 좀 보자, 아그네스야."

어떻게 나한테 그런 걸 시킬 수가 있어요? 치과에서처럼 입을 쩍 벌리라고 하다니요? 폴라는 혼란스러운 내 심경을 알아챘어요. "웃어." 그렇게 말하더군요. "제발 좀." 나는 입술을 당기고 쓴웃음을 지었어요.

"치아가 완벽하네." 가바나 아주머니가 말했어요. "아주 건강해. 뭐 그러면, 우리가 한번 찾아보도록 하지요."

"사령관 가문에서만요." 폴라가 말했어요. "그 밑으로는 안 돼요."

"그야 이미 숙지하고 있지요." 가바나 아주머니가 말했어요.

클립보드에 뭔가 메모를 하고 있었어요. 나는 그녀가 연필을 든 손가락을 놀리는 모습을 경탄하며 바라보았지요. 지금 그녀가 새기고 있는 상징은 얼마나 강력한 힘을 가지고 있을까요?

"딸아이는 아직 좀 어립니다." 카일 사령관이 말했어요.

이제 나는 그가 우리 아버지라고 생각지 않았어요. '아마도.' 아주 오랜만에 처음으로 그에게 고마운 마음이 들었지요.

"열세 살은 그렇게 어리지 않습니다. 사람마다 다 다르지요." 가바나 아주머니가 대답했어요. "잘 맞는 짝을 점지해 주면 기적처럼 달라질 수도 있거든요. 딱 자리를 잡거든요." 그러더니 그녀가 일어섰어요. "걱정 마라, 아그네스." 나를 보고 말했죠. "적어도 세 명의 후보 중에서 고를 수 있을 거야. 그들 입장에서도 명예로 간주할 겁니다." 마지막 말은 카일 사령관을 향했다.

"달리 필요한 게 또 있으면 알려 주세요." 폴라가 상냥하게 말했어요. "그리고 이왕 할 거면 빠른 게 낫죠."

"알겠습니다." 가바나 아주머니가 말했어요. "일단 만족스러운 결과가 나오면 그때 평소의 절차대로 아르두아 홀에 기부를 하시게 될 겁니다."

"물론이지요." 폴라가 말했어요. "성공하시기를 기도하겠습니다. 주님께서 열어 주시기를."

"그분의 눈 아래." 가바나 아주머니가 말했어요.

두 아주머니는 나의 비부모(非父母)와 웃음과 고갯짓을 교환하며 떠났죠.

"이제 가도 된다, 아그네스." 폴라가 말했어요. "일이 진척되는 대로 알려 주마. 기혼여성이라는 축복받은 상태로 진입하는 일은, 최선의 신중을 기해야 하고 네 아버지와 내가 너를 위해 그렇게 해 줄 거야. 너는 대단한 특권을 가진 아이야. 네가 그 사실을 고마워하길 바란다."

폴라는 내게 짓궂게 비웃음을 흘렸죠. 자기가 하는 말이 순 거품이라는 걸 알고 있었던 거예요. 사실상 나는 사회적으로 용납되는 방식으로 제거해야 할 불편한 혹이었으니까요.

내 방으로 다시 올라갔어요. 이런 일이 닥칠 줄 미리 알았어야 했어요. 나보다 몇 살 많지 않은 여자애들한테도 있었던 일이니까요. 멀쩡하게 학교에 다니다 어느 날 갑자기 사라지는 여자애가 한둘이 아니었어요. 아주머니들은 눈물 젖은 작별을 하며 법석을 떨고 감정적으로 구는 걸 달가워하지 않았어요. 그다음에는 약혼, 그리고 결혼의 소문이 퍼졌어요. 아무리 친한 친구였다 해도, 우리는 결혼식에 결코 참석할 수 없었어요. 예비신부로 결혼준비를 하게 되면 이전의 삶에서는 사라지는 거예요. 다음번에 모습을 보일 때는 품격 있는 아내의 파란 드레스를 입고 있을 테고, 결혼하지 않은 여자애들은 비켜서서 제일 먼저 문을 지나가게 해 주겠지요.

이제 이것이 내 현실이 되는 거였어요. 폴라가 나를 더 참아 줄 수 없다고 해서, 이제 내 집에서(타비사의 집에서, 질라와 베라와 로사의 집에서) 튕겨 나가게 된 거예요.

"오늘은 학교에 가는 거 아니야." 어느 날 아침 폴라가 말했고, 그걸로 끝이었어요. 그리고 일주일 동안은 별일이 일어나지 않았어요. 그저 내가 좀 우울해하고 안달복달했을 뿐이고, 그나마 그들이 아무 영향력도 행사할 수 없는 내 방에서 혼자 그랬지만요.

원래는 정신을 딴 데 팔지 않도록 몰두할 일로 그 증오스러운 십자수 프로젝트를 마무리하게 되어 있었어요. 디자인은 발판으로 만들기 적당한 크기의 과일 그릇이었는데, 누군지도 모르는 미래의 남편이 쓸 예정이었죠. 사각형 발판 한구석에 나는 작은 해골을 수놓았어요. 그것은 계모 폴라의 해골을 뜻했지만, 누가 물으면 *메멘토 모리*라고, 우리 모두 언젠가는 죽는다는 사실을 상기시켜 주는 표상이라고 말할 계획이었지요.

종교적인 모티프였기 때문에 뭐라 반대하기도 어려웠을 거예요. 학교 근처 오래된 묘역에 있는 묘석들에 그런 해골이 그려져 있었어요. 우리는 장례식에 갈 때 말고는 그곳 출입이 금지되어 있었어요. 망자의 이름이 묘석에 새겨져 있어서, 잘못하면 읽기로 이어지고, 나아가 타락으로 이어질 수 있었으니까. 읽기는 여자에게 맞지 않는 일이었어요. 읽기의 힘을 감당할 정도로 강한 건 남자뿐이었습니다. 그리고 물론 아주머니도요. 그들은 우리와 달랐으니까.

나는 여자가 어떻게 아주머니로 탈바꿈하는지 알고 싶어졌어요. 에스테 아주머니는 언젠가 부름을 받아야 한다고, 주님께서 너는 한 가족이 아니라 모든 여자를 돕기를 원한다고 말씀해 주셔야 한다는 얘기를 했어요. 그렇지만 아주머니들은 그런 부름을 어떻게 받는 거죠? 어떻게 그런 힘을 받은 걸까요? 여자도 남자도 아닌 특별한 두뇌를 소유한 걸까요? 그 유니폼 아래의 몸이 심지어 여자이기는 한 걸까요? 위장한 남자는 설마 아니겠지요? 아예 품을 생각조차 못 할 의혹이었지만, 정말 그렇다면 굉장한 스캔들이죠! 아주머니한테 분홍색을 입히면 어떤 모습으로 보일까 궁금했어요.

무위한 나날을 보낸 지 사흘째, 폴라는 하녀들을 시켜 내 방에 마분지 상자 몇 개를 갖다 놓았어요. 어린애 물건은 치울 때가 됐어, 폴라는 말했죠. 머지않아 나는 여기 살지 않게 될 테니 소지품은 보관 창고에 보내도 되겠다고. 그리고 내가 새 집안 살림을 통솔하게 되면, 이 중에서 무엇을 빈민에게 기부할 건지 정하면 된다고요. 나만큼 특권을 갖지 못한 이코노가족 출신 여자애는, 이를테면, 내가 옛날에 갖고 놀던 인형의 집 같은 걸 보면 굉장히 기뻐할 거라고 했어요. 최고의 품질도 아니고 이제 추레한 상태가 됐지만, 군데군데 칠만 해도 기적처럼 좋아질 거라면서.

인형의 집은 아주 오랜 세월 동안 내 방 창가를 지키고 있었어요. 타비사와 함께 보냈던 행복한 시간들이 여전히 그 안에 담겨 있었어요. 저기에 아내 인형이 식탁에 앉아 있었고, 저기에는 어린 소녀들이 조신하게 행동하고 있었지요. 주방에서는 하녀들이 빵을 만들고 있었고, 저기에는 안전하게 문을 잠그고 서재에 들어가 있는 사령관이 있었지요. 폴라가 나간 후, 나는 아내 인형을 의자에서 뽑아 방 저편으로 던져 버렸어요.

26

가바나 아주머니가 다음으로 한 일은, 폴라의 표현으로 '의상팀'을 들인 것이었는데, 나는 내 결혼까지 이어지는 기간 동안, 특히 결혼식 당일에 입을 옷을 고를 능력이 없다고 간주되었기 때문이에요. 나라는 사람 자체만 보면 아무것도 아니었다는 걸 이해하셔야 해요. 특권층 출신이긴 해도 결혼의 굴레*로 구속해야 할 젊은 여자에 불과했어요. 결혼의 굴레라니. 철컹, 소리를 내며 닫히는 강철 문처럼, 둔탁한 금속성이 나는 말이에요.

의상팀은 무대장치라 부를 만한 것들을 총지휘했어요. 의상, 간식,

* wedlock. 보통 혼인한 상태 자체를 뜻하지만, 주로 born in wedlock(혼인한 부부의 자식), born out of wedlock(부모가 결혼하지 않은 상태에서 낳은 자식)이라는 맥락으로 많이 쓰인다. 본문에서는 wedlock에 내포된 자물쇠(lock)의 어감에 주목한다.

장식. 위압적인 성격을 지닌 사람은 아무도 없었는데, 이런 상대적으로 하급 의무로 배속받은 이유가 바로 거기 있었겠죠. 그래서 아주머니들은 모두 높은 위상을 구가하는데도 폴라는(실제로 위압적인 성격을 가진 장본인이니) 선을 넘지 않는 정도에서 결혼군단 아주머니들을 좌지우지할 수 있었어요.

의상팀 세 명은 폴라를 대동하고 내 방으로 올라왔는데, 거기서 나는(발판 프로젝트를 끝내고) 솔리테어 게임*을 하며 혼자서라도 재미있게 시간을 보내려 애쓰고 있었어요.

내가 썼던 데크는 길리어드에서는 정상이었지만, 혹시 외부 세계에는 알려지지 않았을지 모르니 설명을 할게요. 당연히 에이스, 킹, 퀸이나 잭 카드에는 글자가 없었고 숫자 카드에는 숫자가 없었어요. 에이스는 구름에서 밖을 내다보는 커다란 '눈'이었어요. 킹은 사령관의 제복을 입고 있었고, 여왕은 아내였고 잭은 아주머니였어요. 이렇게 얼굴이 그려진 카드들이 제일 강력한 패였죠. 짝패 중에서 스페이드는 천사였고 클럽은 수호자였으며 다이아몬드는 하녀고 하트는 시녀였어요. 각 벌의 얼굴 카드에는 작은 형상으로 테두리가 둘러져 있었어요. 천사의 아내는 파란 아내 주위로 검은 옷을 입은 작은 천사들로 경계가 그려져 있고, 시녀의 사령관은 아주 작은 시녀들로 경계가 그려져 있었어요.

훗날 아르두아 홀 도서관에 접근할 수 있게 된 후, 나는 이 카드들을 연구했습니다. 역사를 한참 거슬러 올라가면, 하트는 한때 성배

---

* Solitaire. 혼자서 하는 카드놀이.

였어요. 아마 그래서 시녀가 하트였을 겁니다. 귀중한 그릇이었으니까요.

세 의상팀 아주머니들이 내 방 안으로 쳐들어왔어요.

"하던 놀이는 치우고 일어나려무나, 부탁이다, 아그네스." 폴라가 말했죠.

폴라가 내는 제일 달콤한 목소리. 얼마나 얄팍한지 잘 알기에 내가 제일 싫어하는 그 여자의 목소리였어요. 나는 하라는 대로 했고, 세 아주머니의 소개가 이어졌어요. 통통한 얼굴에 미소를 짓고 있는 로나 '아주머니', 어깨가 구부정하고 과묵한 사라 리 '아주머니', 바들바들 떨며 사과를 연발하는 베티 '아주머니'.

"가봉을 하러 오셨어." 폴라가 말했어요.

"뭐요?"

아무도 내게 아무것에 대해서도 미리 알려 주지 않았어요. 그럴 필요를 느끼지 못했던 거죠.

"*뭐요?*라고 하지 말고 *실례지만 다시 말씀해 주세요*라고 해야지." 폴라가 말했죠. "'예비신부 수업'을 들으러 갈 때 네가 입을 옷을 가봉하러 오셨다고."

폴라는 내게 분홍색 교복을 벗으라고 명령했어요. 내가 아직도 교복을 입고 있었던 건, 교회 갈 때 입는 하얀 드레스 말고는 다른 옷이 한 벌도 없었기 때문이에요. 나는 슬립 차림으로 내 방 한가운데 섰어요. 공기는 차갑지 않았지만, 사람들의 시선을 받으며 품평의 대상이 되어 있으니 피부에 소름이 돋았어요. 로나 아주머니가 내 치수를 쟀고 베티 아주머니가 작은 공책에 받아 적었어요. 나는 세심하게 그녀를 지켜봤어요. 나는 아주머니들이 자기네들끼리만 아는 비밀 메시지를 적을 때 지켜봤거든요.

그다음에는 교복을 다시 입어도 좋다고 해서 그렇게 했지요.

그동안 나한테 새 속옷이 필요할지를 두고 논의가 이어졌고요. 로나 아주머니는 좋은 생각일 거라 했지만 폴라는 기간이 짧고 지금 가진 속옷도 아직 잘 맞는다는 이유로 불필요하다고 말했어요. 폴라가 이겼지요.

그리고 세 아주머니는 떠났어요. 그리고 며칠 후 옷 두 벌을 들고 돌아왔어요. 녹색을 주제로 통일된 의상이었어요. 흰색으로 포인트를 준(주머니와 옷깃에) 봄초록 옷은 봄과 여름용이었고 진녹색으로 포인트를 준 봄초록 옷은 가을과 겨울용이었어요. 나는 이 색깔의 드레스를 입고 다니는 또래의 여자아이들을 본 적이 있고, 그 의미도 알았어요. 봄초록은 새로 돋아나는 잎사귀를 상징하고 소녀가 결혼할 준비가 되었다는 뜻이었지요. 그렇지만 이코노가족은 이런 호사를 허락받지 못했어요.

아주머니들이 가져온 의상은 벌써 누가 입은 적이 있는 헌옷이었지만 해진 데는 없었어요. 초록 옷은 아무도 오래 입지 않으니까요. 내 몸에 맞도록 수선이 되어 있었고요. 치마는 발목에서 10여 센티미터 위로 올라오고 소매는 손목까지 오고 허리는 헐렁하고 옷깃은 높았어요. 옷마다 맞춤으로 챙과 리본이 달린 모자가 딸려 있었어요. 이 옷들이 싫었지만 끔찍하게 질색하지는 않았어요. 옷이 꼭 있어야 한다면 이런 게 최악은 아니었으니까요. 나는 적어도 사계절용 옷이 다 제공되었다는 사실에서 미미한 희망을 보았어요. 어쩌면 결혼하지 않은 채로 가을이나 겨울로 계속 넘어갈 수 있을지도 모르니까요.

예전에 입던 내 분홍색과 자두색 옷들은 세탁해서 더 어린 소녀들에게 주기 위해 수거되었어요. 길리어드는 전쟁 중이었고, 우리는 물건을 버리는 걸 좋아하지 않았거든요.

27

초록색 의상을 받고 나서 다른 학교에 등록했습니다. 루비 예비신부학교. 신부 수업을 받는 양가집의 처녀들을 위한 학교였지요. 교훈은 성경에서 따온 문구였어요.

"누가 현숙한 아내를 맞겠는가? 그 값은 루비보다 더 뛰어나다."*

이 학교도 아주머니들이 운영했는데(똑같이 칙칙한 유니폼을 입기는 해도) 왠지 이 아주머니들은 훨씬 스타일이 좋았어요. 이들은 우리에게 고위직 가문의 안주인 노릇을 하는 법을 가르쳐야 했지요. '노릇'이라고 말하는 건 연기한다는 의미도 담고 있기 때문이에요. 우리는 장래의 집이라는 무대에서 연기하는 여배우가 되어야 했거든요.

비달라 학교의 슈나마이트와 베카가 나와 같은 반이었어요. 비달라 학교 학생들이 루비로 진학하는 경우가 많았지요. 마지막으로 본 후로 현실의 시간은 그리 오래 지나지 않았지만, 그 둘은 훨씬 나이

---

* 잠언 31장 10절. 한글로 번역된 성경에서는 모두 루비를 '진주'로 의역하고 있어 특정 역본을 인용하지 않았다.

들어 보였어요. 슈나마이트는 땋은 검은 머리를 뒤로 꼬아 올리고 눈썹을 뽑았어요. 아름답다고 할 수는 없었지만 그 어느 때보다도 생기 넘치는 모습이었어요. 다만 *생기 넘친다*는 표현은 아내들이 못마땅하게 생각할 때 쓰는 말이라는 얘기는 여기서 해 둘게요. 당돌하다는 함의가 있었거든요.

슈나마이트는 어서 빨리 결혼하고 싶다고 했어요. 솔직히 그 얘기밖에 하지 않았지요. 자신을 위해 선택되는 남편은 어떤 종류일까, 어떤 종류가 더 자기 마음에 들까, 기다리기도 힘들다 등등. 첫 아내를 그렇게 많이 사랑하지 않았고 아이가 없는 마흔 살가량의 핸섬한 고위직 홀아비가 좋겠다고 했지요. 섹스 경험이 전혀 없는 젊은 멍청이는 싫다면서, 불편할 거라고 했어요. 어디에 물건을 넣어야 할지 그 사람이 모르면 어떻게 해? 슈나마이트는 언제나 말버릇이 험했지만, 이제는 심지어 더 주체할 수 없었어요. 이 새로운, 더 거칠어진 말버릇은 십중팔구 하녀에게 배웠을 거예요.

베카는 심지어 더 말랐더군요. 얼굴에 비해 항상 커 보이던 녹갈색 눈이 더 커졌어요. 베카는 나와 함께 이 수업을 듣게 되어 기쁘지만, 수업을 듣는 건 기쁘지 않다고 말했어요. 가족에게 아직은 결혼을 시키지 말아 달라고 빌고 또 빌었지만(아직 너무 어리다고, 아직 준비가 되지 않았다고) 아주 좋은 혼처에서 제안을 받았다고 했어요. 야곱의 아들이자 사령관의 장남으로 착실히 사령관의 가도를 달리고 있는 청년이라고 했지요. 베카의 어머니가 바보같이 굴지 말라고, 이런 자리는 다시는 나지 않는다고, 이 혼사를 거절하면 베카가 나이가 들수록 들어오는 혼처가 점점 나빠질 거라고 했대요. 결혼을 못 하고 열여덟 살이 되면 말라빠진 상품으로 간주되어 사령관 근처는 쳐다보지도 못하게 될 거라고, 수호자라도 얻으면 다행이라고. 베카의 아버지인 치과의사 그로브 박사는 이렇게 말했대요. 사령관이 베카처럼 계급이 낮은 여자애를 고려하는 것만도 흔치 않은 일이니, 거절하면 모욕을 당한 것으로 간주할 텐데, 네가 아버지를 망하게 할 작정이냐?

"하지만 나는 싫은걸!" 리즈 '아주머니'가 교실 밖으로 나가면 베카는 우리에게 통곡하며 한탄하곤 했어요. "남자가 온몸을 더듬게 한다니, 꼭, 꼭, 벌레처럼 말이야! 끔찍스럽게 싫어!"

'끔찍하게 싫을 거야'가 아니라 이미 싫다고, '끔찍스럽게 싫어'라고 현재형으로 말했다는 생각이 내 뇌리를 스쳤습니다. 무슨 일을 당한 걸까요? 도저히 말할 수 없는 치욕적인 일? '열두 조각으로 잘린 첩'의 이야기를 듣고, 베카가 얼마나 흥분했는지 기억났어요. 그러나 베카에게 묻지는 않았습니다. 다른 여자애의 치욕에 너무 가까이 가면 옮을 수도 있으니까요.

"그렇게 많이 아프지는 않을 거야." 슈나마이트가 말했어요. "그리고 네가 갖게 될 온갖 것들을 생각해 봐! 네 집, 네 차와 수호자들, 그리고 네 하녀들! 그리고 아기를 갖지 못하면 시녀들도 필요한 대로 얼마든지 제공받을 텐데!"

"차나 하녀나, 심지어 시녀 따위는 관심도 없어." 베카가 말했어요. "그 끔찍한 느낌이 싫어. 그 축축한 느낌."

"뭐 어떤 거?" 슈나마이트가 깔깔 웃으며 말했어요. "남자들 혓바닥? 개보다 나쁠 게 없잖아!"

"훨씬 나빠!" 베카가 말했어요. "걔들은 친해지려고 그러는 거잖아."

결혼에 대한 내 속마음에 대해서는 한마디도 하지 않았어요. 그로브 박사와의 치과 진료 예약 얘기는 털어놓을 수 없었어요. 그는 여전히 베카의 아버지였고, 베카는 여전히 내 친구였으니까요. 아무튼 내 반응은 염증과 혐오에 가까웠지만, 베카의 순수한 공포에 비춰 보면 이제 하찮게 느껴졌거든요. 베카는 정말로 결혼하면 자기 존재가 지워져 없어질 거라고 믿었어요. 짓이겨지고, 무화되고, 눈처럼 녹아서 그녀 자신의 모습은 결국 완전히 사라져 버릴 거라 믿었어요.

슈나마이트와 멀찌감치 거리를 두고, 베카에게 왜 그녀의 어머니가 도와주지 않는 거냐고 물었습니다. 그러자 베카는 울음을 터뜨리더군요. 베카 어머니는 친어머니가 아니었대요. 그 사실은 하녀한테서 알아냈다고 해요. 수치스러운 일이지만, 베카의 친어머니는 시녀였대요. "아그네스, 너희 어머니처럼 말이야." 베카는 말했죠. 공식적인 어머니는 그 사실을 약점으로 잡고 베카를 협박했대요. 왜 너는 남자와 섹스하는 걸 그렇게 무서워하니? 헤프고 문란하던 네 시녀 어미는 그런 걸 하나도 겁내지 않았는데? 겁내는 게 뭐람, 완전히 반대였다니까!

그때 나는 베카를 안아 주면서, 이해한다고 말해 줬어요.

28

리즈 아주머니는 우리에게 범절과 관습을 가르치는 역할이었어요. 어느 포크를 써야 하는지, 차는 어떻게 따라야 하는지, 하녀에게 친절하면서도 강단 있게 대하는 법이라든가, 만에 하나 시녀가 필요할 경우에 시녀와 감정적으로 얽히는 상황을 피하는 요령 같은 것 말이에요. 길리어드의 모든 사람은 각자의 자리가 있고, 모두가 자기 나름의 방식으로 섬기며, 모두가 하느님 눈 아래 평등하지만, 어떤 이들에게는 남들과 다른 재능이 있는 법이지, 리즈 아주머니는 말했어요. 각종 재능을 혼동해서 누구나 모든 것이 다 되겠다고 하면 결과는 혼돈과 폐해뿐이라고. 암소한테 새가 되라고 하는 사람이 어디 있습니까! 그랬어요.

리즈 아주머니는 장미에 강조점을 두고 초보 원예를 가르쳤고(정원 가꾸기는 아내에게 적합한 취미였어요.) 요리되어 우리 식탁에 차려져 나오는 음식의 질을 판단하는 법도 교육했어요. 이처럼 국가적으로 자원이 귀한 시대에는 음식을 낭비하거나 잠재력을 최대한도로 끌어내지 못하는 일을 피하는 게 중요했으니까요. 동물들은 우리를 위해 죽는 겁니다, 리즈 아주머니가 우리에게 환기시켜 주었어요. 그리고 야채들도 마찬가지예요 하고 정숙한 말투로 덧붙여 말했죠. 우리는 이에 고마운 마음을 갖고 하느님의 자비에 감사해야 합니다. 형편없이 요리해서 음식을 오용하는 건 먹지 않고 버리는 거나 다름없이 신의 섭리 앞에 불경한(심지어 죄가 되는) 행동이랍니다.

그래서 우리는 수란을 제대로 만드는 법과 키슈*를 서빙하는 적정 온도, 비스크**와 포타주***의 차이를 배웠어요. 그때 배운 수업 내용

---

*Quiche. 프랑스의 대표적인 달걀 요리로 일종의 에그 타르트다.

을 지금까지 기억한다고 말씀드리기는 어려워요, 그 후로 실행에 옮겨 연습할 기회가 없었으니까요.

리즈 아주머니는 식전 기도를 예의 바르게 올리는 법도 가르쳐 주었지요. 식사 자리에 함께 할 때는, 우리 남편들이 가장으로서 기도를 올리겠지만 없을 때는(그들은 자주 식사 자리에 나타나지 않았어요. 늦은 시간까지 일을 해야 하기도 하고, 아무리 늦게 집에 들어와도 아내는 남편을 비난할 수 없었지요.) 리즈 아주머니가 바라건대 수많은 자식들을 위해 기도를 하는 것이 우리의 의무였습니다. 이 지점에서 리즈 아주머니는 굳은 미소를 엷게 지었지요.

내 머릿속에서는 슈나마이트와 내가 비달라 학교에서 가장 친한 친구로 지내던 시절 재미로 읊던 가짜 기도가 빙빙 돌았어요.

홀러넘치는 나의 잔을 축복하소서.
바닥으로 홀러넘쳤나이다.
내가 토했기 때문인데,
주님, 이제 돌아와 더 먹고자 하나이다.

우리 낄낄거리는 웃음소리가 저 멀리로 아득하게 물러났어요. 그때는 우리가 얼마나 못되게 군다고 생각했는지요! 결혼을 준비하는 입장이 되니 이런 작디작은 반항들이 얼마나 순진하고 무용하게 느

** Bisque. 게나 가재 등 갑각류를 재료로 만드는 진하고 크리미한 프랑스식 수프.

*** Potage. 프랑스 요리에서, 맑은 수프인 콩소메와 구분해서 농도가 더 짙은, 걸쭉하고 불투명한 수프를 말한다.

꺼지던지요.

여름은 서서히 맥이 빠졌고, 리즈 아주머니는 우리에게 실내장식의 기본을 가르치고 있었어요. 물론 가정의 최종적 스타일을 선택하는 건 우리 남편들의 결정이었지만요. 그다음에는 일본식과 프랑스식 꽃꽂이를 가르치게 되어 있었죠.

프랑스 스타일까지 배웠을 무렵 베카는 깊은 실의에 빠졌어요. 결혼식 날짜가 11월로 잡혔거든요. 베카의 신랑감으로 선택된 남자가 처음 집을 방문하기도 했어요. 거실에서 응대했는데, 그 남자가 아버지와 한담을 나누는 사이 베카는 말없이 앉아 있었는데(이것이 정해진 프로토콜이었고 나 역시 그렇게 해야 했어요.) 베카 말로는 그 남자를 보면 살갗에 벌레가 기어 다니는 느낌이 들었다고 해요. 여드름이 나고 삐죽삐죽 볼품없는 콧수염이 나고 혓바닥이 하얗더라면서.

슈나마이트는 소리 내어 웃으며 그건 치약일 거라고 말했어요. 너한테 잘 보이고 싶어서 방문 직전에 이를 닦은 게 틀림없어, 귀엽지 않니? 하지만 베카는 자기가 아팠으면 좋겠다고, 만성질병일 뿐만 아니라 감염력도 있는 중병이 들어서, 결혼 따위는 다 취소되었으면 좋겠다고 말했어요.

프랑스 스타일 꽃꽂이를 배우기 시작한 지 4일째, 우리가 대조적이지만 상호보완적인 질감을 가지고 대칭 형식의 화병을 쓰는 법을 배우고 있을 때, 베카가 전지가위로 손목을 그어 병원에 실려 가야 했어요. 상처는 치명적으로 깊지 않았지만, 그래도 엄청나게 많은 피가 흘렀어요. 하얀 샤스타데이지 꽃들이 다 엉망이 되어 버렸지요.

나는 그 애가 일을 저지르던 순간을 지켜보았어요. 그때 그 표정을 잊을 수가 없습니다. 한 번도 베카에게서 본 적이 없는 맹폭함이 느껴졌고, 그게 굉장히 마음에 걸렸어요. 마치 삽시간에 아예 다른 사람으로(훨씬 야성적인 사람으로) 변해 버리는 느낌이었어요. 구조대원들이 와서 병원으로 데리고 갈 무렵에는, 평온해 보였지만요.

"안녕, 아그네스." 베카는 내게 말했지만, 나는 어떻게 대답해야 할지 알 수가 없었어요.

"저 애는 아직 성숙하지 못하군요." 리즈 아주머니가 말했어요. 머리카락을 시뇽* 스타일로 올리고 있었는데, 아주 우아해 보였어요. 길고 귀족적인 코를 내리깔며, 우리에게 곁눈질로 흘끔 시선을 주더군요. "여러분과 달리."라고 덧붙여 말하면서.

슈나마이트는 만면에 미소를 지었고(성숙한 여자답게 굴겠다고 작정한 얼굴이었죠.) 나도 옅은 웃음을 띠는 데 성공했어요. 나는 이제야 연기하는 법을, 아니 여배우가 되는 법을 배우기 시작했다는 생각이 들었어요. 아니, 예전보다 더 좋은 여배우가 되는 법이라고 해야 할까요.

---

* 뒤로 모아 틀어 올린 머리 모양.

XI

베옷

아르두아 홀 홀로그래프

29

어젯밤에는 악몽을 꾸었다. 예전에도 꾼 적이 있는 꿈이다.

이 기록 앞부분에서 나는 꿈의 내용을 읊조려 당신의 참을성을 시험하지 않겠다고 말했다. 그러나 이 꿈은 앞으로 할 이야기와 관련이 있기에 예외로 두겠다. 당신은 물론 무엇을 읽을지 선택할 수 있는 전적인 통제권을 가지고 있으므로, 내가 꾼 이 꿈 이야기는 얼마든지 건너뛰어도 좋다.

나는 땡크 탱크를 거친 후 용도 변경된 호텔에서 가진 회복 기간에 받은 갈색의 목욕가운 같은 의상을 입고서 스타디움에 서 있었다. 똑같은 참회의 의상을 입은 다른 여자들 예닐곱 명이 나와 나란히 일렬로 서 있고, 검은 제복 차림의 남자들도 몇 명 있었다. 우리는 모두 소총을 하나씩 들고 있었다. 우리는 이 소총 중 일부에는 공포탄이 들어 있지만 그렇지 않은 것도 있음을 알았다. 그러나 우리 모두는 어차피 살인자가 될 것이다. 중요한 것은 생각이므로.

우리를 마주 보고 있는 건, 2열로 서 있는 여자들이었다. 한 줄은 서 있고 한 줄은 무릎을 꿇고 있었다. 그들은 눈가리개를 하지 않았다. 나는 그들의 얼굴을 볼 수 있었다. 한 사람 한 사람의 얼굴을 모두 알아볼 수 있었다. 과거의 친구들, 과거의 고객들, 과거의 동료들, 그리고 그보다 최근에 내 손을 거쳐 간 여자와 소녀들. 아내들, 딸들, 시녀들. 어떤 여자는 손가락이 없고 어떤 여자는 한쪽 발이 없고 또 어떤 여자는 외눈박이였다. 어떤 여자는 목에 밧줄을 두르고 있었다. 내가 그들에게 판결을 내렸고 내가 그들에게 형을 선고했다. 한 번 판사는 영원히 판사다. 그러나 여자들은 모두 웃고 있었다. 내가 그들의 눈에서 보는 건 무엇인가? 두려움, 경멸, 반항심? 연민? 파악이 불가능하다.

소총을 든 우리는 총을 들어 올린다. 발사한다. 무언가 내 폐로 들어온다. 숨을 쉴 수가 없다. 나는 질식한다, 쓰러진다.

식은땀을 흘리며 잠에서 깬다, 심장이 두방망이질 친다. 악몽의 공포에 질려 죽을 수도 있다고, 심장이 말 그대로 멎을 수도 있다고들 한다. 이 나쁜 꿈이 나를 죽일까, 어느 날 이런 밤에? 설마 그 정도로는 안 될 것이다.

나는 땡크 탱크에서의 격리수감에 이어진 호텔 방에서의 호사스러운 경험에 대한 이야기를 당신에게 들려주고 있었다. 마치 질긴 스테이크를 길들이는 레시피 같았다. 떡메로 사정없이 두드린 다음, 양념에 절이고 육질을 부드럽게 하라.

제공받은 참회의 의상으로 갈아입고 나서 한 시간 뒤 문을 두드리는 소리가 났다. 2인조의 남자 에스코트가 기다리고 있었다. 복도를 따라 다른 방으로 안내받아 갔다. 예전에 나를 취조한 하얀 수염의 남자가 있었는데, 이번에는 책상머리가 아니라 팔걸이의자에 편하게 앉아 있었다.

"앉아도 좋습니다." 저드 사령관이 말했다.

이번에는 강제로 의자에 앉히지 않았다. 내 의지에 따라, 자발적으로 앉았다.

"우리 간단한 양생 훈련이 좀 과하게 고달프지는 않았는지 모르겠군요." 그 남자가 말했다. "그 절차는 레벨 원에 불과할 뿐이지요." 응수할 말이 없어 나는 아무 말도 하지 않았다. "계몽적인 경험이었습니까?"

"어떻게 말씀이십니까?"

"빛을 보았소? 신성한 빛을?"

이 질문에 정답이 무엇일까? 거짓말을 하면 그가 알아차릴 것이다.

"계몽적이었습니다." 나는 대답했다. 이것으로 충분해 보였다.

"쉰셋?"

"제 나이요? 네."

"애인들을 여럿 사귀었군요."

그런 걸 어떻게 알아냈는지 궁금했고, 굳이 조사까지 했다는 사실에 살짝 으쓱하는 마음이 들기도 했다.

"짧게, 몇 명 있었지요. 길게 보아 성공한 관계는 없습니다."

내가 사랑에 빠진 적이 있었던가? 아닌 것 같았다. 우리 가족의 남지들을 겪은 뒤라 신뢰를 품기가 쉽지 않았다. 그러나 육신에는 그 나름대로 씰룩거리는 충동이 있고, 그에 순응하는 건 치욕일 수도 있으나 보람찰 수도 있다. 항구적인 피해는 한 번도 입지 않았고, 소정의 쾌락이 오갔으며, 이 개인들 중 그 누구도 내 삶에서 신속하게 제거되더라도 사적인 모욕이라고 여기지 않았다. 그 이상을 원할 이유가 무엇인가?

"유산을 한 적이 있군."

뒷조사를 참 샅샅이도 한 모양이다.

"딱 한 번입니다." 나는 조바심치며 말했다. "아주 젊었어요."

그는 못마땅하게 끙 소리를 냈다.

"이런 형식의 인간 살해를 이제 사형으로 처벌할 수 있다는 걸 알고 있습니까? 이 법은 소급 적용되는 겁니다."

"몰랐습니다."

한기가 오싹 끼쳤다. 그러나 총살할 작정이라면, 이런 취조는 뭐하러 하겠는가?

"결혼 한 번?"

"짧게 끝났어요. 실수였습니다."

"이혼은 이제 범죄입니다."

나는 아무 말도 하지 않았다.

"자식의 축복은 받지 못했고?"

"네."

"여자의 몸을 낭비했단 말입니까? 자연스러운 기능을 거부하고?"

"생기지 않았어요." 목소리에 돋치려는 가시를 최대한 숨기고 말했다.

"저런. 우리 치하에서는 정숙한 모든 여성은 자식을 가질 수 있습니다, 이렇게 안 되면 저렇게, 하느님이 애초에 뜻하셨던 대로. 그러나 보아하니 그쪽은, 어, 그, 소위 경력이라는 것에 완전히 골몰했던 모양이군요."

멸시의 어투는 못 들은 척했다.

"그래요, 일정이 벅찼습니다."

"학교 선생으로 두 학기?"

"네. 하지만 다시 법대로 돌아갔습니다."

"가정 내 사건? 성폭력? 여성 범죄? 보호를 강화해 달라고 소송하는 성 노동자? 이혼 시 재산권? 의료 과실, 특히 부인과 전문? 부적합한 어머니로부터 자식을 격리하는 건?"

그는 목록을 꺼내 들고 보면서 읽고 있었다.

"필요할 때는, 그렇습니다."

"강간 위기 센터*에서 잠깐 자원봉사 일도 하셨는데?"

"학생 때 일입니다."

"사우스스트리트 보호소지요? 그만둔 이유는……?"

"너무 바빠졌어요." 나는 말했다. 그리고 진실을 하나 더 실토했다. 솔직하게 말하지 않을 이유가 없었다. "게다가 사람을 지치게 만들더군요."

"맞습니다." 그가 눈을 반짝이며 말했다. "사람을 지치게 만들지요.

---

* Rape Crisis Center. 상담과 보호 등 성폭력 문제를 통합적으로 다루는 센터.

여자들의 그 온갖 불필요한 수난들이란. 우리는 그걸 없앨 작정입니다. 틀림없이 마음에 들 겁니다." 그는 내게 이 문제를 숙고할 시간을 주려는 듯 말을 잠시 멈췄다. 그러더니 새삼스럽게 미소를 지었다. "그래서. 어느 쪽입니까?"

과거의 나라면 "무슨 쪽 말씀이죠?"라든가 뭐 비슷하게 심드렁한 대꾸를 했을 것이다. 그러나 나는 그 대신 "'네' 또는 '아니요' 말씀이시군요?"라고 말했다.

"맞습니다. *아니요*의 결과를, 아니 일부의 결과는 경험했을 테고. 반면 *네*라면…… 그냥 우리 편이 아닌 자들은 적이라는 말만 해 두겠습니다."

"알겠습니다. 그러면 *네*예요."

"입증해 보여야 할 겁니다. 진심이라는 걸. 그럴 각오가 되어 있습니까?"

"네." 나는 다시 말했다. "어떻게 하면 되죠?"

혹독한 시험이 있었다. 당신도 무엇인지 감이 잡힐 것이다. 내 악몽과 똑같고, 다른 건 여자들이 눈가리개를 하고 있었고 총을 쏘았을 때 내가 쓰러지지 않았다는 점뿐이었다. 이건 저드 사령관의 테스트였다. 실패하면 유일한 진리의 길에 헌신하겠다는 맹세는 무로 돌아간다. 통과하면 그 피의 책임은 알아서 져야 한다. 언젠가 누가 말했듯, 우리는 다 같이 뭉쳐야 한다. 그러지 않으면 각자 따로 목매달릴 테니까.

나는 유약함을 드러냈다. 나중에 토했던 것이다.

표적 중 한 사람은 아니타였다. 무슨 이유로 선택되어 죽임을 당하게 된 걸까? 땡크 탱크를 거친 후에도 '네'가 아니라 '아니요'라고 말했던 게 틀림없다. 빠른 출구를 선택했던 게 틀림없다. 그러나 사실은 나도 이유를 전혀 모른다. 어쩌면 이유는 지극히 단순할지 모른다. 아니타는 체제에 도움이 되지 않는다고 간주되었던 것이다, 나와는 달리.

오늘 아침에는 식사를 하기 전 잠시 나의 독자인 당신과 시간을 보내려고 한 시간 일찍 일어났다. 당신은 모종의 강박이 되었다. 속내를 털어놓을 수 있는 유일한 대상, 하나뿐인 나의 친구. 당신이 아니면 내가 달리 누구에게 진실을 말할 수 있으랴? 달리 누구를 신뢰할 수 있으랴?

그렇다고 당신은 신뢰할 수 있다는 말이 아니다. 종국적으로 나를 배반할 가능성이 높은 사람은 누구인가? 내가 거미줄이 쳐진 귀퉁이나 침대 밑에 홀대받으며 누워 있는 사이 당신은 피크닉이나 무도장에 놀러 가거나(그렇다, 춤은 돌아올 것이다. 춤을 영원히 억압하기는 어려우므로.) 따뜻한 육신과 몰래 부비러 갈 것이다. 그때쯤 나는 손대면 바스러지는 낡은 종잇조각이 되어 있을 테고, 역시 그보다는 따뜻한 몸뚱이가 훨씬 더 매력적일 테지. 그러나 나는 당신을 미리 용서한다. 나 역시 한때는 당신과 같았다. 삶에 치명적으로 매혹되어 있었다.

어째서 나는 당신의 존재를 당연시하는가? 어쩌면 끝내 실체를 띠고 모습을 드러내지 않을지도 모르는데. 당신은 소망, 가능성, 유령에 불과하다. 감히 희망이라고 말해도 될까? 나도 희망을 품을 권리가 있다, 당연히. 아직 내 삶의 자정은 도래하지 않았다. 조종은 아직 울리지 않았고 아직은 메피스토펠레스가 나타나 악마와 거래한 대가를 치르라고 요구하지도 않았다.

거래가 있었다. 당연히 거래가 있었다. 악마와 거래한 건 아니지만. 나는 저드 사령관과 거래했다.

엘리자베스, 헬레나, 그리고 비달라와 나의 첫 만남은 스타디움에서 살인으로 시험을 치른 다음 날 이루어졌다. 우리 넷은 호텔 하숙방 중 하나로 안내받아 들어갔다. 그때는 우리 모두 지금과는 다른 모습이었다. 더 젊고, 더 날씬하고, 덜 옹이 지고. 엘리자베스, 헬레나와 나는 앞에서 설명한 자루 같은 옷을 입고 있었지만 비달라는 이미 제대로 된 유니폼을 입고 있었다. 나중에 고안된 아주머니 유니폼이 아니라 검은 제복이었다.

저드 사령관이 우리를 기다리고 있었다. 회의실 탁자의 상석에 앉아 있었다, 당연히. 그 앞에 커피포트와 컵들이 담긴 쟁반이 놓여 있었다. 그는 미소 띤 얼굴로, 잔뜩 격식을 차려 커피를 따랐다.

"축하합니다." 사령관이 말을 시작했다. "여러분은 테스트를 통과했습니다. 불길 속에서 낚아 건진 화인(火印)들이지요." 그는 자기 커피를 따르고 크림을 넣은 후 마셨다. "과거 타락한 제도하에서 충분한 성공을 거두었던 나 같은 사람이 어째서 그런 행동을 했는지 궁금했을지도 모르겠습니다. 내 행동의 막중한 무게를 실감하지 못한다는 오해는 하지 마십시오. 정당성이 없는 정부를 전복하는 것을 반역 행위라 부르는 이들도 있는 법입니다. 의심의 여지 없이, 나를 이렇게 생각하는 사람들도 다수 있었습니다. 이제 여러분이 우리와 합류했으니, 여러분에게도 다른 사람들이 그런 생각을 품을 겁니다. 하나 더 높은 진리에 대한 충성은 반역이 아닙니다. 하느님의 길은 인간의 길이 아니며, 무엇보다 강조해 말하지만 여자의 길은 결단코 아니기 때문입니다."

비달라는 일장 강연을 듣는 우리를 지켜보며, 옅은 미소를 띠었다. 사령관이 설득하려는 내용이 무엇인지 몰라도, 비달라는 이미 자신의 신조로 받아들인 게 틀림없었다.

나는 반응하지 않으려고 조심했다. 반응하지 않는 것도 기술이다. 사령관은 무표정한 얼굴 하나하나를 번갈아 가며 쳐다보았다.

"커피를 마셔도 좋습니다." 그가 말했다. "갈수록 구하기 어려워지는 귀한 상품이에요. 하느님이 자비를 베푸시어 총애하는 자들에게 내려 주신 것을 거부한다면 죄악입니다." 이 말에 우리는 영성체 의례에 참여하듯 컵을 집어 들었다. 그가 말을 이었다. "우리는 과도한 방종, 물질적 사치에 대한 과도한 허기, 균형 잡히고 안정된 사회로 이어지는 유의미한 구조의 부재가 어떤 결과들을 낳는지 보았습니다. 우리 출생률은(다양한 이유가 있지만, 가장 의미심장하게는 여자들의 이기적 선택으로 인해) 자유낙하하고 있습니다. 인간이 혼돈 한가운데에서 가장 불행하다는데 여러분도 동의하겠지요? 규칙과 경계가 안정감을 향상시키고 따라서 행복을 증진시킨다는 사실도 그렇고? 지금까지 내 말 알아들었습니까?"

우리는 고개를 끄덕였다.

"그게 그렇다는 뜻입니까?" 그는 엘리자베스를 지목했다.

"네." 엘리자베스는 겁에 질려 끽끽거리는 목소리로 말했다.

그때 그녀는 더 젊고 여전히 매력적이었다. 아직 자기 몸뚱이에 식탐을 허락하기 전이었다. 그 이후로 나는 어떤 부류의 남자들은 아름다운 여자들을 윽박지르기를 좋아한다는 사실을 알게 되었다.

"네, 저드 사령관님이라고 하세요." 그가 훈계했다. "계급에는 반드시 경의를 표해야 합니다."

"네, 저드 사령관님."

나는 탁자 건너편에서도 그녀가 느끼는 공포심의 냄새를 맡을 수 있었다. 내 공포의 냄새도 그녀가 맡을 수 있을까 궁금했다. 산성의 냄새를 풍긴다, 공포는. 그것은 부식성이다.

엘리자베스, 그녀 역시 어둠 속에서 혼자 있었구나, 나는 생각했다. 스타디움에서 시험을 받았구나. 그녀 역시 자기 자신을 응시하고 허공을 보았구나.

"사회는 남자와 여자가 별개의 반구를 차지하고 봉사할 때 가장 잘 돌아갑니다." 저드 사령관은 한층 엄한 목소리로 이어 말했다. "우리는 그 반구들을 서로 땜질해 붙이려는 시도의 참담한 결과를 보았습니다. 지금까지 질문 있는 사람?"

"네, 저드 사령관님." 내가 말했다. "질문이 있습니다."

그는 미소를 지었지만 따뜻한 표정은 아니었다.

"질문하십시오."

"원하시는 게 무엇입니까?"

그는 다시 미소를 지었다.

"고맙습니다. 내가 특히 여러분에게 원하는 바가 무엇인가? 우리는 '신성한 질서'에 부합하는 사회를 건설하고 있고(언덕 위의 도시, 만국을 비추는 빛 말입니다.) 자비로운 배려와 우려에서 행동하고 있습니다. 우리는 여러분이, 여러분이 받은 특권적 수련으로, 우리가 현재 폐지하고 있는 데카당스하고 부패한 사회로 인해 초래된 여성들의 개탄할 운명을 개선하는 사업의 조역으로 적격이라고 보고 있습니다." 그는 말을 멈추었다. "도움을 주고 싶습니까?"

이번에는 가리키는 손가락이 헬레나를 골라냈다.

"네, 저 드 사령관님." 거의 속삭임에 가까운 소리.

"좋아요. 여러분은 모두 지적인 여성입니다. 과거의⋯⋯." 그는 전문직이라는 말을 쓰고 싶지 않았던 거다. "과거의 경험 덕분에, 여성의 삶과는 친숙할 겁니다. 여자들이 어떤 식으로 사고할 가능성이 높은지 잘 알 테고, 아니, 다시 바꿔 말하자면, 여자들이 자극에, 그러니까 긍정적이거나 덜 긍정적인 자극들에, 어떻게 반응할 공산이 높은지 잘 알 겁니다. 그런 측면에서 여러분이 도움을 줄 수 있고, 이렇게 봉사함으로써 소정의 이득을 누릴 자격을 얻게 될 겁니다. 우리는 여러분이 그 나름의 여성적 반구 내에서 영적인 길잡이 겸 멘토 역할을, 말하자면 리더 노릇을 해 주기를 바랍니다. 커피 더 들겠습니까?"

그가 커피를 따랐다. 우리는 커피를 젓고, 홀짝이고, 기다렸다.

"간단하게 말해서," 하고 그가 말을 계속했다. "우리는 여러분이 별개의 반구, 즉 여자들을 위한 영역을 조직하는 일에 도움을 주기 바랍니다. 공적으로나 사적으로나 최적의 조화를 목표로 해서 최적

화된 숫자의 자손을 생산하고자 합니다. 다른 질문?"

엘리자베스가 손을 들었다.

"네?" 그가 되물었다.

"우리가…… 기도라든가, 여타의 일들을 해야 합니까?"

"기도는 쌓이는 겁니다. 여러분 자신보다 위대한 힘에게 감사를 올려야 할 이유가 얼마나 많은지 이해하게 될 겁니다. 여기 내, 어, 동료가," 하면서 비달라를 가리켰다. "구상 단계부터 우리 운동의 일원으로 참여했으며, 여러분의 영적 교관으로 자원했습니다."

엘리자베스, 헬레나와 내가 이 정보를 흡수하는 동안 잠시 정적이 흘렀다. 이 '여러분 자신보다 위대한 힘'이, 설마 사령관 자신을 말하는 건가?

"우리가 도움을 드릴 수 있으리라 믿습니다." 결국 내가 말했다. "그러나 상당히 방대한 작업이 될 것입니다. 여자들이 전문적이고 공적인 영역에서 평등을 획득할 수 있다는 얘기를 너무 오래 들어왔으니까요. 그들은……." 나는 단어를 물색했다. "격리를 반기지 않을 겁니다."

"애초에 여자들에게 평등을 약속한 것 자체가 잔인한 짓이었어요." 그가 말했다. "천성적으로 그럴 수가 없는데 말이죠. 우리는 이미 그들의 기대를 낮추는 자비로운 과업에 착수했습니다."

나는 이에 동원된 수단에 대해 묻고 싶지 않았다. 내게 사용된 것과 유사한 방법일까? 우리는 사령관이 자기가 마실 커피를 더 따르는 사이 기다렸다.

"물론 여러분은 법률을 제정하고 뭐 그런 온갖 일을 해야 할 겁니다." 그가 말했다. "예산과 작전 기지, 그리고 합숙소가 제공될 겁니다. 여러분을 위해 학생 기숙사를 따로 마련해 놓았습니다. 우리가 징발한 과거의 대학 중 한 곳으로, 장벽이 둘러쳐진 부지 내에 있습니다. 그만하면 편히 지낼 수 있을 겁니다."

여기서 나는 모험을 감수했다.

"별개의 여성 영역이라면, 참된 의미에서 분리되어야 합니다. 그 영역 내에서는 여성이 명령을 내려야 합니다. 갈급한 필요성이 없다면 우리에게 할당된 구역의 문지방을 남자가 넘어서는 안 되고 우리의 방법론을 따지고 들어서도 안 됩니다. 우리는 오로지 우리가 내놓는 결과로 판단받아야 합니다. 물론 필요한 경우 상부 권위에 보고할 것입니다."

사령관은 나를 가늠해 보는 눈으로 쳐다보더니, 손을 펼치고 손바닥을 치켜들어 보였다.

"백지 위임장을 주지요." 그가 말했다. "합리적인 선에서, 예산 내에서. 당연히, 내게 최종 인가를 받아야 합니다."

나는 엘리자베스와 헬레나를 보았고, 볼멘 찬탄을 읽었다. 자기들은 감히 청할 엄두도 내지 못했을 권력을 내가 요청했고, 또 얻어 낸 것이다.

"물론입니다." 내가 말했다.

"그게 현명한 일인지 확신이 서지 않습니다." 비달라가 말했다. "저들이 자기 문제를 처리할 권한을 저 정도까지 허락하다니요. 여자들은 약한 그릇입니다. 제아무리 강인한 여자라도 절대……."

저드 사령관이 말허리를 뚝 잘랐다.

"남자들은 여성 반구의 세세하고 치졸한 부분까지 신경 쓰는 일보다 훌륭한 할 일이 많습니다. 그 일을 해낼 만큼 능력을 갖춘 여자들은 틀림없이 있을 겁니다." 사령관이 고갯짓으로 나를 가리키자 비달라는 증오의 눈길을 내 쪽으로 쏘았다. "길리어드의 여성들이 여러분에게 감사할 일이 생길 겁니다." 그는 이어 말했다. "너무나 많은 정권이 이런 일들을 형편없이 처리했지요. 너무나 불쾌하게, 너무나 소모적으로! 여러분이 실패한다면, 모든 여성의 기대를 저버리는 겁니다. 이브가 그랬듯이 말입니다. 그러면 여러분이 다 함께 이 문제를 숙고할 수 있도록 나는 이만 가 보겠습니다."

그렇게 우리는 시작했다.

초창기에 이처럼 회합을 가지면서 나는 동료 창설자들의 면면을 파악했다. 우리가 창설자로 추앙받게 되리라는 건 저드 사령관의 약속이었다. 당신이 좀 험한 동네의 학교 운동장이라든가 암탉의 닭장을 익히 안다면, 아니 무엇이든 보상은 적고 경쟁은 치열한 상황을 알고 있다면, 그곳에서 어떤 기운이 작동하고 있었는지 이해할 것이다. 우호를, 심지어 동료 간의 유대를 짐짓 가장하기는 했으나, 저변에서는 이미 적의의 저류가 흐르기 시작했다. 여기가 닭장이라면 내가 우두머리 암탉이 될 작정이었다. 그러려면 다른 암탉들을 누르고 먼저 쪼아 먹을 권리를 쟁취해야 했다.

나는 이미 비달라라는 적을 만들었다. 비달라는 자기가 당연히 지도자라고 생각하다가 도전을 받았다. 있는 수단을 모두 강구해 내게 대적해 올 터였다. 그러나 내가 우위였다. 이데올로기에 눈이 멀지 않았으니까. 덕분에 나는 우리 앞에 놓인 장기전에서 비달라에게는 없는 유연성을 확보할 수 있었다.

다른 두 사람 중에서는 자신감이 가장 떨어지는 헬레나가 더 조종하기 쉬웠다. 헬레나는 그 후로 시들시들 마르긴 했지만 그 당시에는 살집이 있었다. 과거에 꽤 수지맞는 체중 조절 회사와 함께 일했던 적이 있다고 우리에게 말한 적이 있다. 하이패션 란제리 회사 홍보 담당으로 이직해 방대한 양의 구두를 수집하기 전 일이라고 했다.

"정말로 아름다운 구두들이었는데."

헬레나는 한탄을 하다가 비달라가 험상궂게 인상을 쓰는 바람에 입을 다물었다. 헬레나는 우세한 바람 쪽을 탈 거라는 게, 내가 내린 결론이었다. 그 바람이 나인 한은, 내게도 좋을 일이었다.

엘리자베스는 상류층 출신이었고, 그 말은 아주 명백하게 나보다 출신 계급이 높다는 의미였다. 그 결과 그녀는 나를 지나치게 낮잡아 보기에 이른다. 엘리자베스는 바사* 졸업생으로 워싱턴의 강력한 여성 상원의원(잠재적인 대선 후보였다고 한다.) 보좌관으로 일한 경력이 있었다. 그러나 땡크 탱크로 인해 그녀 내면의 무언가가 부러졌다. 출생의 특권과 교육도 그녀를 구해 주지 못했기에, 이제 그녀는 불안에 안절부절못했다.

한 사람씩 따로따로라면 내가 얼마든지 다룰 수 있지만, 셋이 합쳐 무리를 형성하면 곤란했다. 분할 정복이 앞으로 나의 모토였다.

평정심을 잃지 마, 나는 스스로에게 타일렀다. 자기 얘기는 너무

---

* Vassar College. 바너드, 브린모어, 마운트 홀리오크, 래드클리프, 스미스, 웰슬리와 함께 '세븐시스터스'라 불리는 미국의 7대 명문 여대를 구성한다. 현재는 남녀공학으로 바뀌었다.

많이 털어놓지 마, 너한테 독으로 써먹을 수 있으니까. 주의 깊게 경청해. 모든 단서를 저장해. 두려움을 드러내지 마.

한 주 한 주 우리는 창안해 냈다. 법, 유니폼, 슬로건, 찬송가, 이름들. 한 주 한 주 우리는 저드 사령관에게 보고했고, 그는 나를 그룹의 대변인 격으로 대했다. 저드 사령관은 마음에 드는 콘셉트가 있으면 가져다가 자신의 공적으로 삼았다. 다른 사령관들로부터 그를 향한 갈채가 쏟아졌다. 과연 참으로 잘하고 있다면서! 우리가 이것저것 섞어 만들어 내던 구조를 내가 증오했던가? 일정 수준에서는, 그렇다. 그건 우리가 예전 삶에서 배웠던 모든 것, 우리가 성취했던 모든 업적에 대한 배반이었다. 여러 제약에도 불구하고 우리가 결국 이루어 낸 성과가 자랑스러웠나? 역시, 일정 수준에서는, 그랬다. 세상일은 결코 단순하지 않다.

한동안은 내가 믿어야 한다고 머리로 이해한 바를 실제로 믿을 뻔도 했다. 내가 스스로 신자의 반열에 든다고 간주했던 건 길리어드의 많은 다른 사람들과 다를 바 없는 이유에서다. 덜 위험했기 때문이다. 도덕적 원칙 때문에 달려오는 증기기관차 앞에 몸을 던졌다가 발이 빠져나간 양말처럼 납작하게 짓뭉개져 봤자 무슨 소용이란 말인가? 군중 속으로 흐릿하게 사라져 모습을 감추는 편이 나았다. 경건하게 찬미하고 열심을 가장하고 증오를 조장하는 군중. 돌팔매질을 당하기보다는 돌을 던지는 편이 낫다. 아니, 살아남을 확률이라는 면에서는 낫다는 말이다.

저들은, 길리어드의 건축가들은 그 사실을 너무나 잘 알았다. 그런 부류는 항상 그 사실을 알고 있었다.

나는 여기에 기록해 두려 한다. 그로부터 몇 년 후, 내가 아르두아 홀을 단단히 장악하고 이를 지렛대 삼아 현재 내가 누리는 광범하지만 소리 없는 권력을 획득하고 난 후에, 힘의 우위가 바뀌었음을 감지한 저드 사령관이 내 비위를 맞추려 들었다는 사실을.

"나를 용서했기를 바랍니다, 리디아 아주머니." 그는 말했다.

"무슨 일로 말입니까, 저드 사령관님?"

나는 더없이 상냥한 말씨로 물었다. 설마 나를 약간 두려워하게 된 걸까?

"우리가 처음 인연을 맺게 되었을 때 어쩔 수 없이 내가 취해야 했던 인색한 조치 말입니다. 겨에서 밀알을 골라내기 위해서였음을."

"오, 사령관님의 의도는 고결했다고 믿어 의심치 않습니다."

"나도 그렇게 믿어요. 그렇다 하더라도, 그 조치는 가혹했지요." 미소를 짓고, 아무 말도 하지 않았다. "아주머니는 처음 본 순간부터, 밀알이라는 걸 알았습니다." 계속해서 미소를 지었다. "그 소총에는 실탄이 없었습니다." 사령관은 말했다. "알고 싶을 거라고 생각했습니다."

"친절하게도 말씀해 주셔서 감사합니다." 내가 말했다.

얼굴 근육이 아프기 시작했다. 어떤 조건에서는, 미소가 고역이다.

"그러면 용서해 주신 겁니까?" 그가 물었다. 혼기를 미처 채우지도 못한 어린 여자를 선호한다는 걸 그토록 날카롭게 인지하고 있지 않았다면, 내게 추파를 던진다고 착각했을 것이다. 나는 사라진 과거의 잡동사니 가방에서 한 구절을 뽑았다. "과오는 인지상사입니다, 용서는 신의 본성입니다.* 옛날에 누군가 말했던 것처럼 말이지요."

"참으로 박식하십니다."

간밤에 글쓰기를 마친 뒤, 뉴먼 추기경의 텅 빈 배 속에 원고를 집어넣어 숨기고 슐라플리 카페로 가는데, 비달라 아주머니가 앞길을 막고 말을 걸어왔다.

"리디아 아주머니, 얘기 좀 하실까요?" 그녀가 물었다.

그건 대답이 항상 '네'여야만 하는 질문이었다. 나는 함께 카페로 가자고 제안했다.

마당 건너편으로, 열주가 즐비한 '눈'의 백색 본거지에 밝게 불이 들어와 있었다. 눈꺼풀이 없는 '하느님의 눈'이라는 그 이름에 충실하게, 그들은 결코 잠들지 않았다. 세 명의 '눈'이 본관 밖의 백색 계단에 서서 담배를 피우고 있었다. 우리 쪽으로 흘긋 눈길도 던지지 않았다. 그들이 보기에 아주머니들은 그림자와 같다. 남들은 무서워해도 자기는 무섭지 않은, 자기 자신의 그림자.

내 석상을 지나치면서 나는 헌물을 확인했다. 보통 때보다 달걀과 오렌지의 수가 적었다. 내 인기가 떨어지고 있나? 오렌지 하나를 집어 호주머니에 넣고 싶다는 충동을 물리쳤다. 나중에 돌아오면 된다.

비달라 아주머니는 재채기를 했는데, 이는 중요한 할 말이 있다는 전조였다. 그러더니 그녀는 목청을 가다듬었다.

---

* 18세기의 영국 시인 알렉산더 포프(Alexander Pope)의 시구다.

262

"이 기회를 빌려 아주머니의 석상을 두고 불편하다는 얘기를 하는 사람들이 있다는 얘기를 해 드려야 할 것 같습니다."

"정말인가요? 어떤 면에서 그렇습니까?"

"헌물 말입니다. 오렌지. 달걀. 엘리자베스 아주머니는 이런 과도한 관심은 컬트 숭배에 위험할 정도로 가깝다고 느끼고 있어요. 그렇게 되면 우상숭배가 되겠지요." 그러더니 덧붙여 말했다. "중대한 죄목입니다."

"정말 그렇군요. 참으로 생각지도 못한 부분을 밝혀 주는 통찰이군요."

"또한 귀한 음식의 낭비이기도 합니다. 엘리자베스 아주머니는 사실상 태업이나 다름없다고 합니다."

"저도 진심으로 동의합니다." 내가 말했다. "인격 숭배의 등장을 저보다 더 열심히 막고자 하는 사람은 없습니다. 아시다시피 저는 영양 섭취와 관련해 엄격한 법이 있어야 한다고 믿는 사람이에요. 우리 아르두아 홀 지도자들은 먹고 또 먹는 것, 특히 완숙 달걀을 다먹고 또 먹는 문제 면에서 고고한 모범을 보여야 합니다." 여기서 나는 잠시 말을 끊었다. 식당에서 휴대할 수 있는 이런 음식을 몰래 훔쳐 소맷자락에 숨기는 엘리자베스 아주머니의 영상을 확보해 두고 있었지만 지금은 밝힐 때가 아니었다. "헌물로 말하자면, 다른 사람들이 마음을 표현하겠다는 걸, 내가 마음대로 통제할 수가 없어요. 누군지도 모를 사람들이 내 석상의 발치에 구운 빵이나 과일 같은 물건을 애정과 존경, 충성심과 감사의 표징으로 남기고 가는데, 막을 길이 있어야지요. 내게는 과분하기 짝이 없는 일이라는 거야 굳이 말할 필요가 있겠습니까."

"미리 막을 길이야 없겠지요." 비달라 아주머니가 말했다. "사후에 찾아서 처벌할 수도 있습니다."

"그런 행위에 대한 법규는 없습니다. 그러니 법규를 어긴 일이 아닌 게지요."

"그렇다면 우리가 법규를 만들어야 합니다." 비달라 아주머니가 말했다.

"고려해 보겠습니다. 그리고 적당한 처벌도요. 이런 일에는 요령 있게 대처할 필요가 있으니까요." 오렌지를 포기하자니 아쉽네 하는 생각이 들었다. 워낙 보급선이 들쭉날쭉해서 간헐적으로만 나오는데. "그런데 더 하실 말씀이 있으신 게지요?"

이때쯤에는 슐라플리 카페에 다 와 있었다. 우리는 분홍색 테이블을 하나 잡고 자리에 앉았다.

"따뜻한 우유 한 잔 드시겠습니까?" 내가 물었다. "제가 사지요."

"저는 우유 못 마십니다." 그녀는 샐쭉하게 말했다. "콧물이 나와서요."

나는 비달라 아주머니에게는 늘 내 돈으로 우유를 사 주겠다고 제안하며 관용을 과시한다. 우유는 평상시의 배급에 포함되지 않는 선택 물품이라서, 직위에 따라 분배되는 토큰을 주고 구매해야 했다. 그러면 그녀는 언제나 신경질을 팩 내며 거절했다.

"아, 미안해요." 내가 말했다. "깜박했네요. 그럼 민트 티 드실까요?"

음료가 우리 앞에 놓인 후, 비달라 아주머니는 본 용건으로 들어갔다.

"사실은, 엘리자베스 아주머니가 그 석상 발치에 음식을 놓고 가는 모습을 개인적으로 목격했습니다. 특히 완숙 달걀을요."

"흥미롭군요. 엘리자베스 아주머니가 왜 그런 짓을 한단 말이지요?"

"당신에게 불리한 증거를 조작하기 위해서지요. 그게 내 의견입니다."

"증거요?"

나는 엘리자베스가 그 달걀을 단순히 먹고 마는 줄 알았다. 이건 훨씬 더 창의적인 활용법이었다. 내심 그녀가 몹시 기특했다.

"나는 엘리자베스가 아주머니를 탄핵할 준비를 하고 있다고 생각해요. 자기 자신과, 그간 자기가 저지른 불충한 행위로부터 관심을 돌리기 위해서. 엘리자베스가 우리 내부의, 여기 아르두아 홀의 반역자일지도 모릅니다. 메이데이 테러리스트들과 공조하는. 나는 그녀가 이단을 믿는다는 의심을 오래전부터 품어 왔어요."

나는 짜릿한 흥분을 느꼈다. 이런 전개는 예상치 못했다. 비달라가 엘리자베스를 밀고하다니. 그것도 수많은 사람 중에서 하필 나에게, 그토록 오랫동안 나를 증오해 왔으면서! 놀라운 일이 그치질 않는구나.

"사실이라면 충격적인 소식이로군요. 말씀해 주셔서 감사합니다." 내가 말했다. "포상이 있을 겁니다. 현재로서는 증거가 없지만, 그런 의혹을 저드 사령관에게 전달해서 만일의 경우에 대비하도록 하지요."

"감사합니다." 비달라 아주머니가 응수했다. "한때는 저 역시 아주머니가 과연 여기 아르두아 홀의 우리를 이끌 자격을 갖춘 분인지 여부를 믿지 못해 의심을 품었지만, 줄곧 그 문제로 기도해 왔습니다. 그런 의혹을 품은 제가 잘못입니다. 사과드립니다."

"누구나 실수를 저지르지요." 내가 관대하게 말했다. "우리는 인간에 불과하니까요."

"그분의 눈 아래." 그녀가 고개를 숙이며 말했다.

친구를 가까이 두되 적은 더욱 가까이 두라. 친구가 없는 나는, 적들의 힘을 빌려 어떻게든 헤쳐 나가야 한다.

XII

카피츠

증언녹취록 369B

30

일라이자한테서 내가 생각하는 나는 내가 아니라는 말을 들은 순간의 얘기를 하고 있었나요. 그런 감정을 기억하는 게 싫어요. 싱크홀이 뚫리고 그 속에 집어 삼켜지는 기분이거든요. 자기 자신뿐만 아니라 집과 방과 과거, 자기 자신에 대해 알고 있던 모든 것, 심지어 외모까지도 말이에요. 그건 추락과 질식과 어둠이었어요, 그것도 한꺼번에 다 합쳐서.

적어도 1분쯤 가만히 앉아 있었을 거예요, 아무 말도 없이. 공기가 모자라 헉헉 숨이 차는 느낌이었어요. 온몸이 싸늘하게 식는 느낌이었어요.

둥근 얼굴과 아무것도 모르는 눈빛을 가진 아기 니콜. 그 유명한 사진을 볼 때마다 사실은 나 자신을 보고 있었던 거라니. 그 아기는 그냥 태어난 것만으로 수많은 고초를 초래했어요. 어떻게 내가 그 사람일 수가 있어요? 머릿속에서 나는 부정했어요, 아니라고 아니라고 악을 썼어요. 하지만 아무 말도 나오지 않았어요.

"마음에 안 들어요, 이런 상황." 마침내 작은 목소리로 말했어요.

"우리도 이런 상황이 썩 마음에 드는 건 아니란다." 일라이자가 친절하게 말했어요. "우리 모두 현실이 달랐다면 하고 바라지."

"길리어드가 없었으면 좋겠어요." 내가 말했죠.

"그게 우리 목표야." 에이다가 말했어요. "길리어드가 없는 거." 그 말을 특유의 실용적인 말투로 뱉는 바람에 길리어드를 없애는 게 새는 수도꼭지를 고치는 일처럼 쉽게 들렸어요. "커피 좀 마실래?"

고개를 흔들었어요. 아직도 납득이 잘되지 않아서 힘들었거든요. 그러니까 나는 난민인 거야. 생츄케어에서 봤던 겁에 질린 여자들처럼, 언제나 모두의 논쟁거리가 되는 다른 난민들처럼. 내 신분을 입증하는 유일한 증거인 보험증도 가짜야. 나는 캐나다에 합법적으로 체류한 적이 없어. 언제라도 추방당할 수 있어. 우리 어머니가 시녀였다고? 그리고 우리 아버지는······.

"그럼 우리 아버지도 그런 사람이에요?" 내가 물었어요. "사령관?"

그 사람의 일부가 바로 나의 일부라는, 실제로 내 몸 안에 있다는 생각만 해도 으스스 떨렸어요.

"다행히 그건 아니다." 일라이자가 말했어요. "아니, 네 어머니는 아니라고 하셨어. 하지만 그런 말로 네 친부를 위험에 빠뜨리고 싶지는 않다고 했지. 아직 길리어드에 있을 수도 있으니까. 하지만 길리어드는 네 공식적인 아버지를 통해서 너에 대한 권리를 주장하고 있어. 항상 그것을 근거로 네 귀환을 요구해 왔지. 아기 니콜의 귀환을."

그는 자기 말뜻을 다시금 명확히 설명했어요.

길리어드는 너를 찾겠다는 생각을 포기한 적이 없다, 일라이자가 말했죠. 탐색을 멈춘 적이 없고, 몹시 끈질겼다고요. 그들의 사고방식으로는 내가 그들의 소유였기 때문에, 끝까지 추적해서 합법과 불법을 막론한 모든 수단을 강구해 국경 너머로 끌고 갈 권리는 당연했던 거죠. 나는 미성년자였고, 따라서 길리어드 법률 체계에 따르면 문제의 사령관이 시야에서 사라졌다 하더라도(숙청당했을 가능성이 가장 높았어요.) 나는 여전히 그의 자식이었어요. 사령관에게는 생존한 친척이 있으므로, 법정 싸움으로 번지면 얼마든지 그 사람들에게 양육권이 넘어갈 수 있었죠. 메이데이는 국제적으로 테러리스트 단체로 분류되기 때문에 나를 보호해 줄 수 없었어요. 지하에 존재했으니까요.

"우리가 지난 수년에 걸쳐 몇 가지 허위 단서를 심어 두었어." 에이다가 말했어요. "너는 몬트리올에서, 또 위니펙에서 목격된 적이 있다고 보고되었지. 그리고 캘리포니아에 있다는 말도 돌았고, 그 후로는 멕시코에서도 그런 말이 있었어. 우리가 이리저리 너를 이동시켰던 거야."

"그래서 내가 시위에 간다고 했을 때 멜라니와 닐이 싫어했군요?"

"어떤 면에서는." 에이다가 말했어요.

"그런데 내가 갔잖아요. 내 잘못이에요. 그렇죠?"

"뭐가 말이니?" 에이다가 말했어요.

"내가 남들 눈에 띄는 걸 원치 않았잖아요. 나를 숨겨 줬기 때문에 죽임을 당한 거잖아요."

"꼭 그렇지는 않아." 일라이자가 말했어요. "네 사진이 돌아다니거나, 네가 TV에 나오는 걸 원치 않았던 거지. 만에 하나 길리어드가 시위 사진들을 검색해서, 맞춰 보려 할 수도 있으니까. 저들에게 네 아기 사진이 있어. 지금쯤 어떤 모습일지 얼추 짐작하고 있을 테고. 어쨌거나 드러난 정황만 보면, 네 문제와는 별개로 멜라니와 닐이 메이데이라는 의심을 품었던 모양이야."

"내가 추적당하고 있었을지도 몰라." 에이다가 말했어요. "나를 생츄케어와 연결하고, 그다음에 멜라니와 연결했을 수도 있어. 예전에도 메이데이에 정보원을 심었던 적이 있으니까. 가짜로 탈출한 시녀 노릇을 한 경우가 적어도 한 건 있어, 그보다 더 많을 수도 있지."

"심지어 생츄케어 내부에도 있을 수 있고." 일라이자가 말했다.

나는 우리 집에서 열렸던 모임에 오던 사람들을 생각했어요. 그중 한 사람이, 그것도 포도와 치즈 조각을 먹으면서, 멜라니와 닐을 죽일 계획을 세우고 있었을지도 모른다고 생각하니 속이 메스꺼웠어요.

"그러니까 그 부분은 너와 아무 상관이 없어." 에이다가 말했어요.

그냥 내 기분을 낫게 해 주려고 하는 말 아닐까 궁금했어요.

"내가 아기 니콜이라는 게 너무 싫어요. 내가 원한 것도 아닌데."

"인생은 엿 같은 거야, 그냥 원래 그래." 에이다가 말했어요. "이제 여기서부터 어디로 가야 할지 생각해 내야 해."

일라이자는 한두 시간 뒤에 돌아오겠다면서 일어났어요.

"밖에 나가지 말고, 창밖을 내다보지도 말고." 그는 말했어요. "전화 쓰지 말고. 내가 다른 차를 수배해 줄 테니까."

에이다가 치킨 수프 깡통을 하나 꺼내 왔어요. 그러면서 빈속에 뭐라도 집어넣어야 한다기에, 꾸역꾸역 먹으려고 애썼어요.

"그 사람들이 오면 어떻게 해요?" 내가 물었어요. "어떻게 생겼는지도 모르는데?"

"그냥 아무나하고 똑같이 생겼어." 에이다가 말했어요.

오후가 되자 일라이자가 돌아왔어요. 일라이자가 데리고 온 사람은 조지였어요. 한때 내가 멜라니를 스토킹한다고 생각했던 노숙자 조지요.

"우리가 생각했던 것보다 상황이 더 나빠요." 일라이자가 말했어요. "조지가 봤다는군요."

"뭘 봤는데요?" 에이다가 물었어요.

"가게에 영업 안 합니다라는 간판이 걸려 있었어요. 낮에 가게 문을 닫는 일은 없으니까 이상하게 생각했지요." 조지가 말했어요. "그런데 세 남자가 나와서 멜라니와 닐을 차 안에 태웠어요. 꼭 술 취한 사람들처럼 부축해서 걷고 있었죠. 얘기를 나누고 있었어요, 사교적인 모임처럼 보이려고, 별것 아닌 얘기를 나누다 방금 작별 인사를 하고 나온 사람들처럼. 멜라니와 닐은 그저 차 안에 앉아 있었어요. 지금 와서 생각해 보면…… 잠든 것처럼, 축 늘어져 있었던 것 같아요."

"아니면 죽었거나요." 에이다가 말했죠.

"네, 그럴 수도 있고." 조지가 말했어요. "세 사람은 떠났고, 1분쯤 지난 후 차가 폭발했어요."

"그러면 우리가 생각했던 것보다 훨씬 더 나쁜데요." 에이다가 말했어요. "말하자면, 그 전에 무슨 얘기를 했을까요, 가게 안에서?"

"아무 말도 안 했을 수도 있지요." 일라이자가 말했어요.

"그건 우리가 모를 일이지요." 에이다가 말했어요. "전술에 따라 다른 거고. '눈'은 가혹해요."

"여기서 빨리 벗어나야 해요." 조지가 말했어요. "저들이 나를 봤는지 모르겠어요. 여기 오고 싶지도 않았지만, 어찌할 바를 모르겠어서 생츄케어에 연락했고 일라이자가 나를 데리러 온 거예요. 하지만 내 폰을 도청하고 있었다면 어쩌죠?"

"그건 갖다 버립시다." 에이다가 말했어요.

"어떤 남자들이었죠?" 일라이자가 물었어요.

"정장. 비즈니스맨. 점잖아 보이고." 조지가 말했어요. "서류가방을 들고 있었어요."

"당연히 그랬겠죠." 에이다가 말했어요. "하나는 차 안에 넣어 두고 왔을 테고."

"이렇게 돼서 유감이구나." 조지가 내게 말했어요. "닐과 멜라니는 좋은 사람들이었는데."

"나 좀 실례할게요." 내가 말했어요.

울음이 터질 것 같았거든요. 그래서 침실로 들어가 문을 꼭 닫았어요.

그나마 오래가지 못했어요. 10분 후 노크 소리가 들렸고, 에이다가 내 방문을 열었죠.

"우리 이동해." 그녀가 말했어요. "지금 당장."

나는 이불을 코까지 올려 덮고 침대에 누워 있었어요.

"어디로요?" 내가 물었죠.

"호기심 많은 고양이가 고생하는 법이야. 어서 가자."

우리는 커다란 계단을 내려갔지만, 밖으로 나가는 대신 아래층의 다른 아파트로 들어갔어요. 에이다가 열쇠를 갖고 있었지요.

그 아파트는 위층과 똑같았어요. 새 가구로 꾸며져 있고 개인적인 자취는 전혀 없고. 사람이 사는 흔적이 있긴 했지만 아주 희미했어요. 침대에는 위층과 똑같은 이불이 깔려 있었죠. 방에는 검은 배낭이 하나 있었어요. 화장실에는 칫솔이 있었지만, 수납장에는 아무것도 없었죠. 내가 열어 봐서 알아요. 멜라니는 90퍼센트의 사람들이 남의 욕실 수납장을 열어 보니까, 절대로 비밀을 보관하면 안 된다고 말했어요. 이제는 멜라니가 실제로 비밀을 보관해 둔 곳이 어디였을까 생각하게 되더군요, 틀림없이 비밀이 아주 많았을 텐데.

"여기는 누가 살아요?" 나는 에이다에게 물었어요.

"가스." 에이다가 말했어요. "우리 운반책이 되어 줄 거야. 자, 이제 생쥐처럼 조용히 있어."

"우리는 뭘 기다리는 거예요? 무슨 일이 생기려면 언제가 되어야 하는데요?"

"참고 충분히 기다리면 실망하지는 않을 거야." 에이다가 말했죠. "무슨 일이든 일어날 테니까. 다만 네 마음에 드는 일이 아닐 수는 있지."

31

잠에서 깨어 보니 어두웠고 한 남자가 있었어요. 스물다섯 정도로 보였는데, 키가 크고 마른 남자였죠. 블랙진에 로고가 없는 검은 티셔츠를 입고 있었어요.

"가스, 여기는 데이지라고 해." 에이다가 말했어요.

나는 안녕하세요 하고 인사했어요.

남자는 흥미롭게 나를 보더니 말했어요.

"아기 니콜?"

"제발 그렇게 부르지 마세요."

"알았어. 원래 나도 그 이름을 부르면 안 돼."

"이제 우리 가도 될까?" 에이다가 말했어요.

"내가 아는 한은요." 가스가 말했죠. "저 애 얼굴은 가려야 합니다. 에이다도 그렇고요."

"뭘로?" 에이다가 말했어요. "내 길리어드 베일은 안 가지고 왔는데. 차 뒤에 탈게. 그게 지금 우리가 할 수 있는 최선이야."

우리가 타고 온 밴은 어디론가 없어졌고, 다른 밴이 있었어요. 뱀처럼 신속하게 하수구를 뚫어 드립니다라고 적힌 배달 트럭에는 하수구에서 나오는 귀여운 뱀 그림이 그려져 있었어요. 에이다와 나는 뒤 칸에 올라탔어요. 배관공 장비 사이에 매트리스가 하나 있기에, 우리는 그걸 깔고 앉았어요. 차 안은 컴컴하고 답답했지만, 내가 아는 한은 우리가 상당히 빠른 속도로 이동하고 있었어요.

"어떻게 나를 길리어드에서 빼내 온 거예요?" 한참 후에 에이다에게 물어봤어요. "내가 아기 니콜일 때 말이에요."

"너한테 말해 줘서 나쁠 건 없겠지." 에이다가 말했어요. "그 네트워크는 수년 전에 날아갔어, 길리어드가 루트를 봉쇄했거든. 지금은 장벽마다 탐지견들이 지키고 있어."

"나 때문에요?"

"모든 일이 너 때문인 건 아니야. 아무튼 얘기를 하자면 이래. 네 어머니는 믿을 수 있는 친구들에게 너를 맡겼고, 그 사람들이 고속도로를 타고 북부로 너를 데리고 가서 숲을 지나 버몬트로 들어간 거야."

"에이다가 그 믿을 만한 친구 가운데 한 명이었어요?"

"우리는 사슴 사냥을 한다고 말했어, 내가 옛날에 그 근방에서 가이드 일을 했거든, 그래서 좀 아는 사람들이 있었어. 우리는 너를 배낭에 넣어 데리고 갔어. 네가 소리를 지르지 못하게 약을 먹였지."

"아기를 약에 취하게 하다니. 나를 죽일 뻔했잖아요." 나는 버럭 성질을 냈다.

"하지만 안 죽었잖아." 에이다가 말했어요. "우리는 너를 데리고 산맥을 넘어서 스리리버스로 내려가 캐나다로 들어갔어. 트루아리비에르. 그곳은 옛날 한창때 인신매매가 이루어지던 주요 경로였어."

"옛날 어떤 때요?"

"아, 1740년쯤." 에이다가 말했어요. "옛날에는 뉴잉글랜드에서 젊은 여자들을 납치해 인질로 잡아 두었다가, 몸값을 받고 교환하거나 신붓감으로 팔아 버렸거든. 여자들은 아이를 낳으면 그 후로는 돌아가기 싫어했지. 그렇게 해서 나도 혼혈 족보를 갖게 된 거야."

"어떤 혼혈이에요?"

"반은 잡아 온 사람, 반은 잡혀 온 사람." 에이다가 말했어요. "양쪽 피를 다 가져서 못 하는 게 없잖니."

배관 수리용 장비들 가운데 앉아 어둠 속에서 생각에 잠겼어요.

"그럼 지금 어디 있어요? 우리 어머니는?"

"특급 기밀이야." 에이다가 말했어요. "아는 사람이 적으면 적을수록 좋아."

"나를 두고 휙 떠나 버린 거예요?"

"네 어머니는 워낙 깊이 연루되어 있었어." 에이다가 말했어요. "네가 살아 있는 게 다행이야. 그녀도 운이 좋았지. 저들은 우리가 아는 것만 해도 두 번이나 그녀를 살해하려고 시도했으니까. 그녀가 자기네 허를 찌르고 아기 니콜을 빼돌렸다는 걸 끝내 잊지 않았어."

"우리 아버지는요?"

"똑같은 얘기지. 호흡용 산소 튜브가 필요할 정도로 깊은 지하조직에 있으니까."

"어머니는 나를 기억하지 못하겠죠." 나는 서글프게 말했다. "좆도 관심이 없을 거예요."

"남들 좆을 어디 쓰는지 왈가왈부할 자격은 아무한테도 없어." 에이다가 말했어요. "어머니는 너를 위해서 멀찌감치 떨어져 지냈던 거야. 너를 위험에 처하게 하고 싶지 않아서. 그러나 주어진 상황 속에서 최선을 다해 네가 커 가는 모습을 지켜봤어."

분노를 포기하고 싶지는 않았지만, 이 말에 나는 기분이 좋아졌어요.

"어떻게요? 우리 집에 온 적이 있어요?"

"아니." 에이다가 말했어요. "너를 표적으로 만드는 위험을 감수할 사람이 아니야. 하지만 멜라니와 닐이 네 사진을 보내 줬단다."

"난 사진 찍은 적이 없는데." 내가 말했어요. "그게 두 사람 고집이었어요. 사진은 안 찍는다."

"네 사진을 아주 많이 찍었어." 에이다가 말했어요. "밤에. 네가 잠들어 있을 때."

그 생각을 하니 소름이 쫙 끼쳐서 에이다에게 그렇다고 말했어요.

"소름 끼치는 거야 어쩔 수 없는 거고." 에이다가 말했어요.

"그러면 이 사진들을 그분한테 보냈어요? 어떻게요? 그런 비밀이라면 두렵……."

"택배로." 에이다가 말했어요.

"택배 서비스가 체처럼 술술 샌다는 건 모르는 사람이 없는데."

"택배 서비스라고 하지 않았어, 택배라고 했지."

나는 잠시 생각했어요.

"아." 그리고 말했죠. "직접 갖다주신 거예요?"

"갖다준 건 아니야, 직접도 아니고. 어쨌든 내가 전달했지. 어머니는 그 사진들을 정말 좋아하셨어." 에이다가 말했어요. "어머니는 항상 아이의 사진을 좋아하는 법이지. 보고 나서는 불태워 버렸으니까, 무슨 일이 있어도, 길리어드가 볼 수는 없을 거야."

아마도 한 시간쯤 지난 후 우리는 에토비코크*의 카펫 도매 아웃

렛에 도착했어요. 하늘을 나는 양탄자의 로고가 그려져 있는 상점의 이름은 '카피츠'였어요.

카피츠는 전면에서 보면 쇼룸도 있고 진열된 카펫들도 많은 어엿한 카펫 도매상이었지만, 창고 구역을 지나서 뒤로 들어가면 측면을 따라 입방체의 공간들이 대여섯 개쯤 나란히 붙어 있는 빽빽한 방이 하나 나왔어요. 일부 입방체 안을 보면 안에 침낭이나 이불이 깔려 있었어요. 반바지를 입은 남자 한 명이 대자로 드러누워 침낭 속에서 자고 있었죠.

중앙의 공간에는 책상과 의자와 컴퓨터 들이 있었어요, 낡아서 너덜너덜한 소파 하나가 벽에 붙어 있었고요. 벽에는 지도들이 몇 장 붙어 있었어요, 남아메리카, 뉴잉글랜드, 캘리포니아. 다른 남자 두셋과 세 여자가 컴퓨터 앞에 앉아 분주하게 일하고 있었지요. 그들은 여름에 야외에서 아이스 라테를 마시는 사람들처럼 옷을 입고 있었어요. 그들은 우리 쪽을 흘끗 쳐다보더니 곧 하던 일로 돌아갔어요.

일라이자가 소파에 앉아 있었어요. 그리고 일어나 우리 쪽으로 와서 날 보고 괜찮으냐고 물었어요. 나는 말했죠, 괜찮아요, 물 한 잔 마셔도 될까요? 별안간 몹시 갈증이 났거든요.

"우리 근래에 먹은 게 없어요. 내가 갈게요." 에이다가 말했어요.

"두 분 다 여기 있어야 해요." 가스가 말했어요.

그는 나가서 건물 앞쪽을 향했어요.

---

* 캐나다 토론토 교외의 주거 도시.

"여기에 네가 누구인지 아는 사람은 하나도 없단다, 가스만 빼고."
일라이자가 낮은 목소리로 내게 말했어요. "저 사람들은 네가 아기
니콜이라는 사실을 몰라."

"앞으로도 모르게 할 거야. 가벼운 입이 함선을 침몰시키는 법이
니까."

가스는 시들시들한 크루아상 브랙퍼스트 샌드위치가 든 종이봉투
와 끔찍하게 맛없는 테이크아웃 커피 네 잔을 우리에게 가져다주었
어요. 우리는 입방체를 하나 골라 들어가서 무슨 중고 사무용 의자
같은 데 앉았고, 먹으면서 뉴스를 볼 수 있도록 일라이자가 방 안의
작은 평면 TV를 켜 주었어요.

클로즈 하운드가 아직 뉴스에 나오고 있었지만 체포된 사람은 없
더군요. 어떤 전문가가 나와서 테러리스트의 소행이라고 주장했지
만, 종류가 다른 테러리스트들이 워낙 많아서 막연한 소리에 불과했
어요. 또 누군가는 '외부 요원들'이라고 말했고요. 캐나다 정부는 가
능한 모든 접근경로를 탐색하고 있다고 했고, 에이다는 정부가 제일
좋아하는 접근경로는 쓰레기통이라고 했죠. 길리어드는 폭발에 대
해 아는 바가 전혀 없다는 공식 성명을 냈습니다. 토론토 주재 길리
어드 영사관 밖에서 시위가 열렸지만, 참석자 숫자는 적었어요. 멜
라니와 닐은 유명인도 아니고 정치인도 아니었으니까요.

슬퍼해야 할지 화를 내야 할지 알 수가 없었어요. 멜라니와 닐이
살해당했다는 사실에 화가 났고, 생전에 내게 해 주었던 친절한 일
들이 기억나면 또 화가 났어요. 그러나 화가 나야 할 일들에, 이를테
면 길리어드가 이런 짓을 하고도 아무 대가를 치르지 않는다는 사실

에는, 오히려 슬픈 마음만 들었어요.

아드리아나 아주머니가 다시 뉴스로 다뤄지고 있더군요. 진주 소녀 선교사가 콘도 손잡이에 목매달려 죽은 채 발견됐다고. 자살 가능성은 배제되었고 범죄가 의심된다고 경찰이 발표했어요. 오타와의 길리어드 대사관에서는 공식적인 항의 성명을 발표해 메이데이 테러리스트 단체가 이 살인을 저질렀고 캐나다 정부는 이를 은폐하고 있으므로, 불법적인 메이데이 활동을 완전히 근절해 정의의 심판을 받게 할 때가 되었다고 주장했고요.

내가 사라졌다는 얘기는 뉴스에 아예 나오지도 않았어요. 우리 학교에서 신고가 들어갔어야 하는 거 아닐까요? 그래서 내가 물었죠.

"일라이자가 손을 썼어." 에이다가 말했어요. "학교에 아는 사람들이 있어서, 그렇게 해서 너를 그 학교에 입학시킨 거야. 스포트라이트를 받지 않도록. 그러는 편이 더 안전했거든."

32

나는 그날 밤 옷을 입은 채로 매트리스에서 잤어요. 아침에 일라이자가 우리 넷을 불러 회의를 소집했지요.

"정황이 좀 나아진 것 같기도 해요." 일라이자가 말했어요. "조만간 여기서 나가게 될지도 모르겠군요. 캐나다 정부는 길리어드로부터 메이데이를 엄중하게 단속하라는 강력한 압박을 받고 있습니다. 길리어드가 더 큰 군대를 가졌고 자칫 잘못 건드리면 쳐들어올 테니까요."

"선사시대 원시인들이라니까, 캐나다 사람들이란." 에이다가 말했어요. "재채기만 해도 나자빠질 거예요."

"더 나쁜 소식인데, 길리어드의 다음 표적이 카피츠일지도 모른다는 얘기를 들었어요."

"우리가 어떻게 알게 된 거죠?"

"내부의 정보원." 일라이자가 말했다. "하지만 클로즈 하운드에 강도가 들기 전에 입수한 정보예요. 그 사람뿐만 아니라 길리어드 내부의 구출 라인 사람들 대다수와 연락이 끊겼고. 그들이 어떻게 되었는지는 모릅니다."

"그러면 이 친구는 어디에 데려다 놔야 하죠?" 가스가 고개를 끄덕여 나를 가리키며 말했다. "손이 닿지 않는 곳이라야 할 텐데?"

"우리 어머니가 계신 곳은 어때요?" 내가 말했다. "저들이 어머니를 죽이려 했지만 실패했다고 하셨잖아요. 그러니까 안전할 거예요, 적어도 여기보다는 더 안전할 거예요. 나도 그곳에 가면 되죠."

"더 안전하다는 건 시간의 문제야, 그녀에게는." 일라이자가 말했어요.

"그러면 다른 나라는요?"

"이삼 년 전이라면 생피에르를 통해 너를 국외로 내보낼 수 있었을 거다." 일라이자가 말했어요. "하지만 프랑스는 그 통로를 막아버렸어. 그리고 난민 소요 이후로 잉글랜드도 못 가게 됐고 이탈리아도 마찬가지야, 독일도, 유럽의 소국들도. 길리어드와 분쟁을 원하는 나라는 없어. 요즘 같은 분위기에서 자국민들의 분노야 말할 것도 없지. 심지어 뉴질랜드마저 문을 닫아 버렸으니."

"길리어드의 여성 도망자들을 환영한다는 나라도 있긴 한데, 대다수에서는 하루도 못 버틸 거다. 성노예로 팔려 갈 거야." 에이다가 말했어요. "그리고 남아메리카도 잊어버려, 독재자들이 너무 많으니까. 캘리포니아는 전쟁 때문에 입국이 어렵고, 텍사스 공화국은 신경이 바짝 곤두서 있단 말이야. 길리어드와 싸우다가 현재 정전 상태인데, 침략당하기를 원치 않거든. 그래서 도발을 피하고 있지."

"그러면 조만간 저들이 나를 죽일 테니까 차라리 포기하는 게 낫겠네요?"

정말로 그렇게 생각하지는 않았지만, 그때 그 순간에는 그런 느낌이 들었어요.

"아, 아니야." 에이다가 말했어요. "너는 죽이고 싶을 리가 없지."

"아기 니콜을 죽이면 그쪽한테는 모양새가 아주 나빠져. 멀쩡하게 살아서 웃는 얼굴로 길리어드로 돌아오길 바라지." 일라이자가 말했죠. "비록 이제는 저들이 원하는 바가 뭔지 진짜로 알아낼 길이 없어졌지만."

나는 이 말을 곱씹었어요.

"예전에는 그런 길이 있었어요?"

"길리어드의 우리 정보원." 에이다가 말했어요.

"길리어드 내부에서 도와주는 사람이 있었다고요?"

"누군지는 우리도 몰라. 토벌 작전이 있으면 미리 경고해 주고, 루트가 차단될 때 알려 주고, 지도도 보내 줬지. 그 정보는 언제나 정확했어."

"하지만 멜라니와 닐에게는 경고해 주지 않았잖아요."

"'눈' 내부의 움직임을 전적으로 파악할 수 있는 위치에 있는 것 같지는 않았어." 일라이자가 말했어요. "그러니까 저들이 누군지는 몰라도, 먹이사슬의 꼭대기는 아닌 거지. 하급 기관원이라는 게, 우리 짐작이야. 그렇지만 목숨을 걸고 있지."

"왜 그러는 걸까요?" 내가 물었어요.

"모르지. 하지만 돈 때문은 아니야." 일라이자가 말했어요.

일라이자에 따르면, 정보원은 옛날 기술인 마이크로닷을 썼다고 해요. 너무 오래되어서 길리어드가 찾아볼 생각도 못 했다는군요. 특별한 카메라로 제작하는 건데, 작아서 눈에 잘 보이지도 않았고요. 닐은 만년필에 장착된 특별한 뷰어로 마이크로닷을 해독했대요. 길리어드는 국경을 넘어가는 건 무엇이든 철저하게 수색했지만, 메이데이는 진주 소녀의 홍보 책자를 택배 대신 사용했대요.

"한동안은 실패할 염려가 없었지." 일라이자가 말했어요. "우리 정보원이 메이데이를 위한 문서를 촬영해서 아기 니콜 책자에 붙였고, 진주 소녀는 반드시 클로즈 하운드를 방문하게 되어 있었어. 멜라니는 항상 책자를 받아 줬기 때문에 개종할 가능성이 있는 후보군 명단에 올라 있었거든. 닐이 마이크로닷 카메라를 가지고 있어서 회신을 똑같은 책자에 붙였고, 그러면 멜라니가 그걸 진주 소녀에게 돌려줬던 거지. 그들은 남는 책자가 있으면 다른 나라에서 쓸 수 있도록 길리어드로 다시 가지고 돌아오라는 명령을 받았거든."

"하지만 마이크로닷은 이제 쓸 수 없게 됐어." 에이다가 말했어요. "닐과 멜라니는 죽었고, 그 카메라가 길리어드에 발각됐으니까. 지금 그들은 뉴욕 북부 탈출 경로에 연루된 이들을 전원 체포했단 말이야. 퀘이커 교도들을 다수 잡아들였고 밀수업자 몇 명, 사냥 가이드 두 명이 체포됐어. 집단 교수형이 스탠바이 상태야."

점점 더 가망이 없다는 느낌이 들었어요. 길리어드가 모든 권력을 휘두르고 있었어요. 저들은 멜라니와 닐을 죽였고, 알지도 못하는 우리 어머니를 찾아 또 죽일 테고, 메이데이를 쓸어 버릴 기세였어요. 어떻게든 나를 잡아 길리어드로 끌고 갈 테죠. 여자들이 집고양이와 다를 바가 없고 모두가 광신도인 나라로.

"우리가 할 수 있는 일은 뭐가 있어요?" 내가 물었어요. "아무것도 없는 것 같아요."

"안 그래도 그 얘기를 하려던 참이다." 일라이자가 말했어요. "가능성이 있을지도 몰라. 미약한 희망이라고 할 수도 있겠지."

"미약한 희망이 없는 것보다는 낫죠." 에이다가 말했어요.

정보원은 메이데이에게 대용량의 문서 캐시를 전달하겠다고 약속했다고 일라이자가 말했어요. 이 캐시의 내용은 알 수 없으나 길리어드를 하늘 끝까지 날려 버릴 수 있대요, 적어도 정보원의 주장은 그래요. 그러나 그쪽에서 미처 수집이 끝나기 전에 클로즈 하운드에 강도가 들어 연결 고리가 끊어졌다는 거예요.

그러나 정보원은 비상시 계획을 생각해 두었고, 몇 차례 전에 오간 마이크로닷에서 그 내용을 이미 공유했다고 해요. 진주 소녀 선교사에게 감화되어 길리어드의 신앙으로 개종했다고 주장하는 젊은 여자라면 수월하게 길리어드에 입국할 수 있다는 거죠. 그리고 정보원이 그 역할로 받아들일 수 있는 여자는 아기 니콜뿐이라는 거예요. 정보원은 메이데이가 아기 니콜의 행방을 알 거라 확신했대요.

정보원의 메시지는 명확했어요. 아기 니콜이 아니라면 문서 캐시는 없다. 그리고 문서 캐시가 없다면 길리어드는 지금의 체제대로 건재할 것이다. 메이데이에게 주어진 시간은 결국 끝날 테고, 멜라니와 닐의 죽음은 무위로 돌아갈 것이다. 우리 어머니의 목숨은 말할 것도 없다. 그러나 길리어드가 허물어진다면 모든 게 달라질 것이다.

"왜 나밖에 안 된다는 거예요?"

"정보원은 그 점에서 확고했어. 네가 성공할 확률이 가장 높다면서. 일단 너는 잡힌다 해도 감히 저들이 죽일 수 없다는 거야. 아기 니콜을 워낙 대대적으로 우상화해 왔으니까."

"내가 길리어드를 파멸시킬 수는 없어요." 내가 말했어요. "나는 그저 한 사람에 불과한데."

"혼자는 아니지. 그럼 아니고말고." 일라이자가 말했어요. "하지만 네가 폭탄을 운반해야 하는 거야."

"내가 할 수 있을 것 같지가 않아요. 개종자 노릇을 어떻게 해요. 그쪽에서 믿어 주지 않을 거예요."

"우리가 훈련을 시켜 줄 거다." 일라이자가 말했어요. "기도와 호신술."

TV에서 보는 무슨 촌극처럼 들리는 말이었죠.

"호신술요? 누구를 상대로요?"

"콘도에서 시체로 발견된 진주 소녀 기억하니?" 에이다가 말했어요. "그녀는 우리 정보원을 위해 일하고 있었단다."

"메이데이가 죽인 게 아니야." 일라이자가 말했어요. "파트너였던 다른 진주 소녀의 짓이란다. 아드리아나는 그 파트너가 아기 니콜의 행방에 대한 의혹을 품자 막으려 했을 거야. 싸움이 벌어졌을 거고. 아드리아나는 진 거지."

"사람이 너무 많이 죽어요. 퀘이커 교도들, 닐과 멜라니, 그 진주 소녀까지."

"길리어드는 살인에 거침이 없지." 에이다가 말했어요. "광신도들이니까."

원래는 덕망 있고 신심 깊은 삶을 살아야 하는 건데, 광신도라면 살인을 일삼으면서도 도덕적인 삶을 살고 있다고 믿을 수 있다고 에이다가 설명해 주었어요. 광신도는 살인이, 아니 어떤 사람들을 죽이는 건 도덕적이라고 믿는다고 말이에요. 나도 알고 있었어요. 학교에서 광신도에 대해 배웠거든요.

33

어쩌다 보니 확실히 동의한 적도 없는데 길리어드에 가겠다고 한 셈이 되어 버렸어요. 생각해 보겠다고만 했는데, 다음 날 아침 일어나 보니 다들 내가 수락한 것처럼 행동하는 거예요. 일라이자는 정말 용감하다고, 큰일을 하는 거라고, 내가 덫에 갇힌 숱한 사람들에게 희망을 가져다줄 거라고 말했어요. 그러니 이래저래 입장을 번복할 수가 없어졌죠. 아무튼, 나도 닐과 멜라니에게, 또 다른 사람들에게 부채의식이 있었어요. 소위 그 정보원이 용인할 인물이 나밖에 없다면, 내가 시도는 해 봐야겠지요.

에이다와 일라이자는 시간이 얼마 없지만 그사이에 최대한 나를 준비시켜 주고 싶다고 했어요. 입방체 중 하나에 펀칭 백, 줄넘기 줄, 가죽 메디신볼*을 갖춘 체육관을 차렸어요. 그 분야의 훈련은 가스가 맡았어요. 처음에는 우리가 해야 할 운동을 알려 주기만 할 뿐, 내게 말을 많이 걸지 않더군요. 줄넘기, 펀칭, 공을 던졌다 받았다 하기. 그러나 시간이 좀 지난 후로는 약간 태도가 누그러졌어요. 가스는 텍사스 공화국에서 왔다고 했어요. 텍사스 공화국은 길리어드의 초창기에 독립을 선언했고, 길리어드는 앙심을 품었어요. 전쟁을 했지만 승패가 나지 않았고, 새로운 국경이 생겼지요.

그래서 당시 텍사스는 공식적으로 중립국이었고, 어떤 형태로든 국민이 길리어드에 적대 행위를 하는 건 불법이었어요. 캐나다가 중립국이 아니라는 건 아니지만, 여긴 좀 허술한 중립국이거든, 가스는 말했죠. 허술하다는 건 내가 아니라 그가 쓴 표현이었고, 어쩐지 모욕적인 표현으로 느껴진다고 생각하고 있는데, 가스가 캐나다는 좋은 쪽으로 허술하다고 덧붙여 말했어요. 그래서 친구들 몇 명과 함께 외국인 자유 투사를 위한 메이데이 링컨 군단에 들어가려고 캐나다로 왔다고 했어요. 가스는 너무 어려서 텍사스가 치른 길리어드 전쟁에 참전하지는 못했다고 해요. 겨우 일곱 살이었대요. 하지만 형 둘이 그 전쟁에서 전사했고 사촌 누나는 포로가 되어 길리어드로

---

* Medicine Ball. 규격이 정해진 체조 용구의 일종. 운동용으로 던지고 받는 무겁고 큰 공.

끌려갔는데, 그 후로 아무도 소식을 듣지 못했다고 했어요.

나는 가스의 나이가 정확히 몇 살일까, 머릿속에서 셈을 하고 있었어요. 나보다는 나이가 많겠지, 하지만 차이가 그렇게 많이 나지는 않겠네. 나를 단순한 임무로만 생각할까? 왜 나는 이딴 생각에 아까운 시간을 쓰고 있는 거야? 지금 하는 일에 집중해야 하는데.

처음에는 지구력을 키우기 위해서 하루 두 번 두 시간씩 운동했어요. 가스는 내 체력이 아주 형편없는 건 아니라고 했는데, 사실이에요. 학교에서는 운동을 잘하는 편이었거든요, 이제는 그 시절이 까마득한 옛날처럼 느껴졌지만. 다음에 가스는 내게 가로막기와 발차기 몇 가지, 무릎으로 사타구니를 차는 법, 심장이 멎을 정도로 주먹을 날리는 법을 가르쳐 줬어요. 주먹을 쥐고 검지와 중지 사이의 두 번째 손등뼈 사이로 엄지가 나오게 감싸고, 팔을 곧게 뻗은 상태로 펀치를 날리는 거죠. 우리는 그걸 아주 많이 연습했어요. 기회가 있을 때 선제공격을 해야 해, 가스는 말했죠. 허를 찌르는 이점이 있으니까.

"날 때려." 가스는 그렇게 말해 놓고는, 달려드는 나를 제치고 복부를 타격하곤 했죠. 너무 세게는 아니라도 느낌이 올 정도로 강하게. "근육에 단단하게 힘을 줘. 비장이 터지고 싶어?" 내가 울면(아파서, 아니면 좌절감에) 가스는 불쌍해하기는커녕 한심한 눈으로 쳐다봤어요. "너 이 일 하고 싶은 거야, 아니야?" 하며 다그쳤죠.

에이다가 플라스틱 주형으로 만든 마네킹 머리를 가져왔는데, 안구가 물컹한 젤로 되어 있었어요. 가스는 그걸로 내게 사람 눈알을 뽑는 법을 가르치려 했지만, 엄지로 눈알을 터뜨린다는 생각만 해도 온몸이 부르르 떨렸어요. 맨발로 벌레를 밟는 것 같을 거예요.

"미친. 그러면 진짜 아플 거 아니에요. 눈알에 엄지를 쑤셔 넣다니."

"원래 *아프게* 하는 게 목적이라고." 가스가 말했어요. "아프게 하겠다고 마음을 먹어야지. 그쪽에서는 너를 해치겠다고 마음먹고 덤빌 텐데, 그건 확실하다고."

"더러워."

안구 찌르기를 연습하라고 하는 가스에게 그랬어요. 눈앞에 너무나 선명하게 떠오르는 거예요, 그 눈알들이. 껍질 벗긴 포도알처럼.

"네가 죽어야 할지 여부를 두고 패널 토론이라도 할까?" 훈련을 옆에서 앉아 지켜보던 에이다가 말했어요. "진짜 머리가 아니잖아. 자, *찔러!*"

"우웩."

"우웩이 세상을 바꾸지는 못해. 손을 더럽혀야 한다고. 배짱과 근성을 좀 보여 봐. 자, 다시 해 보자. 이렇게."

에이다 본인은 인정사정이 없더군요.

"포기하지 마. 잠재력이 있으니까." 가스가 말했어요.

"눈물 나게 고맙네요."

비꼬는 말투를 쓰긴 했지만, 그 말은 진심이었어요. 가스가 내게 잠재력이 있다고 생각해 주길 바랐거든요. 그에게 반했던 거예요. 답도 없는 풋사랑이었죠. 하지만 아무리 헛꿈을 꾼대도, 현실적인 두뇌로 생각하면 어떤 미래도 보이지 않았어요. 길리어드로 잠입하고 나면 아마 다시는 못 볼 테니까요.

"어떻게 되어 가고 있어?" 에이다는 우리 운동이 끝나면 날마다 가스에게 물었어요.

"나아졌어요."

"이제 엄지로 사람을 죽일 수 있어?"

"조만간 될 거예요."

훈련 계획의 또 한 부분은 기도였어요. 에이다가 나를 가르치려 애썼죠. 에이다는 굉장히 잘하네, 나는 생각했어요. 하지만 나는 가망이 없어.

"어떻게 이런 걸 알아요?"

"내가 자란 곳에서는 모르는 사람이 없었으니까."

"어딘데요?"

"길리어드. 길리어드가 되기 전에." 에이다가 말했어요. "앞일을 내다보고 제때 빠져나왔어. 내가 아는 많은 사람이 그러지 못했지."

"그래서 메이데이와 일하는 거예요? 개인적인 이유로?"

"파고들어 보면 개인적이지 않은 이유는 없어."

"일라이자는 어때요? 역시 개인적인 이유가 있나요?"

"법대 교수였어. 명단에 올랐지. 누군가 미리 귀띔을 해 줬대. 입고 있는 옷 한 벌만 가지고 국경을 넘었지. 이제 이거 다시 한 번 해 보자. *하늘에 계신 아버지, 제 죄를 용서해 주시고……*. 제발 낄낄거리고 웃지 마."

"미안해요. 닐은 항상 신이란 상상 속의 친구 같은 거라고, 차라리 빌어먹을 치아 요정을 믿는 게 낫다고 말했거든요. 물론 빌어먹을이라는 말은 하지 않았지만."

"너 이거 진지하게 생각해야 해." 에이다가 말했어요. "길리어드는 정말로 진지하거든. 그리고 또 한 가지. 욕은 집어치워."

"욕은 거의 안 쓴다고요."

다음 단계는 내가 노숙자처럼 차려입고 어디 진주 소녀 눈에 띌 만한 데서 구걸을 하는 거라고, 그들이 말해 줬어요. 진주 소녀들이 나를 설득하기 시작하면, 따라가야 한다고.

"진주 소녀들이 나를 데리고 가길 원할지 어떻게 알아요?"

"그럴 가능성이 높지." 가스가 말했어요. "원래 그러라고 보낸 사람들이니까."

"노숙자 노릇은 못 해요. 몸가짐을 어떻게 해야 하는지도 모를 텐데."

"그냥 자연스럽게 행동하면 돼." 에이다가 말했어요.

"다른 노숙자들이 보면 내가 가짜라는 걸 알 거예요. 어떻게 여기까지 왔는지, 부모님은 어디 계시는지 캐물으면 어떻게 해요? 뭐라고 말해야 해요?"

"가스가 같이 있을 거야. 네가 심리적인 외상을 입어서 말수가 적다고, 옆에서 말해 줄 거고." 에이다가 말했어요. "가정 폭력이 있었다고 하면 되지. 그건 다 알아들을 테니까."

멜라니와 닐이 폭력을 행사하는 상상을 했는데, 터무니 없었어요.

"날 좋아하지 않으면 어떻게 해요? 다른 노숙자들이?"

"어떻게 하느냐고?" 에이다가 말했어요. "참 걱정도 팔자다. 살면서 모든 사람이 너를 좋아하는 건 아니야."

걱정도 팔자라니. 이런 표현을 다 어디서 배운 거예요?

"하지만 그중에는…… 범죄자도 있지 않아요?"

"마약 거래, 총기 난사, 폭음." 에이다가 말했어요. "다 있지. 하지만 가스가 잘 보고 있을 거야. 네 남자 친구라고 하고 누가 너한테 해코지를 하려고 하면 당장 개입할 거고. 진주 소녀들이 너를 데려갈 때까지 바로 옆에 붙어 있을 거야."

"그게 얼마나 오래 걸릴까요?"

"내 짐작은, 그리 길지는 않을 거 같아." 에이다가 말했죠. "진주 소녀들이 너를 데려가게 되면 가스는 같이 못 갈 거야. 하지만 그들은 너를 달걀처럼 깨질세라 소중히 다룰 거야. 너같이 소중한 진주를 한 알이라도 더 목걸이에 꿰어야 하니까."

"그러나 일단 길리어드에 들어가면 그때는 좀 달라질 수 있지." 일라이자가 말했어요. "입으라는 옷을 입고 말조심하고 정신 똑바로 차리고 그들의 관습을 따라야 한다."

"하지만 처음부터 너무 많이 알면, 우리한테 훈련을 받았다고 의심을 살 수도 있어. 그러니까 줄타기를 잘해야지."

나는 이 생각을 해 봤어요. 내가 그만큼 똑똑할까?

"해낼 수 있을지 모르겠어요."

"자신 없으면 바보 노릇을 해." 에이다가 말했어요.

"예전에도 가짜 개종자를 파견한 적이 있나요?"

"한두 명." 일라이자가 말했어요. "결과는 다 달랐어. 하지만 너처럼 보호를 받지는 못했으니까."

"정보원으로부터 말이죠?"

정보원, 내 눈앞에 떠오르는 건 머리에 자루를 둘러쓴 사람뿐이었어요. 정말로 누굴까요? 정보원 이야기는 들으면 들을수록 이상했어요.

"추정일 뿐이지만, 우리는 아주머니라고 생각해." 에이다가 말했어요.

메이데이는 아주머니에 대해서 아는 바가 많지 않았어요. 뉴스에 나오지 않았거든요, 심지어 길리어드의 뉴스에도. 명령을 내리고 법을 제정하고 말을 하는 건 사령관들이었어요. 아주머니들은 막후에서 일했어요. 학교에서 우리가 들은 얘기는 그뿐이었어요.

"굉장히 힘이 세다고 들었어." 일라이자가 말했어요. "하지만 그건 풍문이지. 자세한 내용은 우리가 잘 몰라."

에이다한테 아주머니들의 사진이 있었지만 몇 장 되지 않았어요. 리디아 아주머니, 엘리자베스 아주머니, 비달라 아주머니, 헬레나 아주머니. 이들이 소위 '창설자'였죠.

"사악한 마녀 집단 같으니라고." 에이다가 말했어요.

"멋져요. 아주 재밌는 일 같네요."

가스는 우리가 거리에 나가면 자기 명령을 따라야 한다고 말했어요. 길거리의 규칙을 꿰고 있는 사람은 자기라면서. 다른 사람들을 자극해서 자기하고 싸움을 붙일 셈이 아니라면, "작년에는 누굴 노예처럼 부렸어?"라든가 "네가 나한테 대장 노릇을 하려고 들어?" 같은 소리는 넣어 두라고.

"여덟 살 이후로 그딴 소리는 해 본 적 없는데요." 내가 말했어요.

"바로 어제 둘 다 말했으면서." 가스가 말했어요.

이름도 다른 거로 하나 골라야 해, 데이지는 사람들이 찾고 있을지 모르고 니콜은 쓸 수 없으니까, 가스가 말했지요. 그래서 제이드*로 하겠다고 했어요. 꽃보다는 단단한 이름을 고르고 싶었거든요.

"정보원 말로는, 왼쪽 팔뚝에 문신을 새겨야 한대." 에이다가 말했어요. "처음부터 타협할 수 없는 조건이라고 했어."

열세 살 때 문신을 해 보려 시도했지만, 멜라니와 닐이 극구 반대했어요.

"멋진데요, 그런데 왜죠?" 그래서 물었죠. "길리어드에서는 맨팔로 다니는 사람이 없는데, 누가 본다는 거예요?"

"우리 생각에는 진주 소녀가 보라고 하는 것 같아." 에이다가 말했어요. "너를 데리고 갈 때. 특별히 그 문신을 찾으라는 지시를 받았을 거야."

"그럼, 내가 누군지 알까요, 그러니까, 니콜 어쩌고 하는 거?" 내가 물었어요.

"그냥 지시를 따르는 것뿐이겠지." 에이다가 말했어요. "묻지도 않고, 따지지도 않고."

"어떤 문신을 해야 하는데요, 나비?" 농담이었지만 아무도 웃지 않았어요.

"정보원이 이런 모양을 해야 한다고 했어."

---

* Jade. 옥(玉).

296

에이다가 문신을 스케치해서 보여 주었어요.

L

GOD

V

E

"내 팔에 그걸 새길 수는 없어요. 내가 그러는 건 잘못이에요."
너무 위선적이잖아요. 닐이라면 충격을 받았을 거예요.
"너한테는 잘못일 수 있지." 에이다가 말했어요. "하지만 상황에는
맞아."
에이다가 아는 여자를 불러서 문신을 새기고 노숙자로 분장해 주
었어요. 그 여자는 머리 색이 파스텔 그린이었고, 맨 처음에 한 일도
내 머리를 똑같은 색으로 물들이는 거였죠. 마음에 들었어요. 무슨 비
디오게임에 나오는 위험한 아바타처럼 보인다는 생각이 들었어요.
"일단 시작은 이렇게 하자." 에이다는 결과를 품평하며 말했어요.
그냥 문신이 아니라 돋을새김 문신이었어요. 흉터를 내서 글씨를
도드라지게 하는 문신. 더럽게 아팠어요. 하지만 해낼 수 있다는 걸
가스에게 보여 주고 싶어서 하나도 아프지 않은 척했어요.

한밤중에 나쁜 생각이 들더군요. 정보원이 미끼에 불과하면 어떻
게 하지, 메이데이를 속이려는 거면 어떻게 하지? 중요한 문서 캐시
같은 건 없으면 어떻게 하지? 아니 정보원이 나쁜 놈이면 어떻게 하

지? 이 모든 이야기가 다 함정이면…… 나를 길리어드로 꾀여 내려는 영악한 수법이면 어떻게 하지? 들어가긴 하는데 나오지는 못할 거야. 그러면 깃발을 올리고 합창단이 노래를 하고 기도를 하면서 수없이 행진을 하겠지. TV에서 본 것처럼 대규모 행사들이 열릴 테고, 내가 중앙에서 장식품 노릇을 하게 될 거야. 아기 니콜, 제자리로 돌아왔다, 할렐루야. 길리어드 TV를 위해 웃어요.

아침이 되어 에이다, 일라이자, 가스와 함께 앉아 기름진 아침 식사를 하면서 이런 두려움을 털어놓았어요.

"우리도 그런 가능성을 생각해 봤단다." 일라이자가 말했어요. "도박이지."

"아침에 눈을 뜨는 것도 매번 도박이야." 에이다가 말했어요.

"이건 좀 더 심각한 도박이지요." 일라이자가 말했어요.

"나는 너한테 걸 거야." 가스가 말했어요. "네가 이기면 정말 근사할 거야."

XIII

전지가위

아르두아 홀 홀로그래프

34

나의 독자여, 깜짝 놀랄 일이 있다. 나로서도 예상치 못한 놀라움이었다.

나는 어둠을 틈타, 착암기와 펜치, 그리고 모르타르 땜질의 도움을 받아서, 배터리로 작동하는 감시 카메라 두 대를 내 석상의 받침대에 설치했다. 나는 원래 연장 다루는 솜씨가 좋았다. 조심스럽게 이끼를 다시 덮으며, 내 모습을 본뜬 조각상을 꼭 청소해야겠다는 생각을 했다. 이끼가 품격을 더해 주는 것도 어느 정도까지다. 이제는 내가 털북숭이처럼 보이기 시작하고 있었다.

상당히 초조한 마음으로 결과를 기다렸다. 내 명망에 먹칠하려는 의도로 석상 발치에 완숙 달걀과 오렌지를 증거로 심고 있는 엘리자베스 아주머니의 모습을 반박 불가한 사진으로 여러 장 담는다면 멋진 일이 될 것이다. 내가 직접 이런 우상숭배 행위를 하지 않더라도,

다른 사람들이 그러면 나한테도 악영향이 돌아오기 마련이다. 내가 이런 행위를 용인했고 심지어 조장하기까지 했다는 말이 나올 것이다. 그런 중상은 나를 정점에서 떨어뜨리려는 엘리자베스의 계략에 얼마든지 이용될 수 있다. 저드 사령관의 의리에 관해서는 일말의 환상도 품지 않았다. 안전한 수단을 찾기만 하면(자기한테 안전한 수단 말이다.) 사령관은 주저 없이 나를 내칠 것이다. 내치는 일이라면 그간 수도 없이 연습했을 테니.

하지만 놀랄 일은 여기서부터다. 며칠은 아무 움직임도 없었다. 아니 딱히 말할 일이 없었다고 해야겠다. 고위직 '눈'과 결혼한 사이라서 영내 출입을 허락받은 눈물 젖은 젊은 아내 셋은 셈에 넣지 않았으니까. 그들은 총합 머핀 한 개, 작은 옥수수빵 한 덩이, 그리고 레몬 두 알을 봉헌하고 갔다. 레몬 두 알, 플로리다의 대참사와 캘리포니아에서 승기를 잡지 못하는 우리의 현황을 생각할 때 이건 요즘 금덩이나 다를 바 없다. 나는 레몬을 받은 게 기쁘고, 또 유용하게 쓸 생각이다. 삶이 레몬을 주면 레모네이드를 만들어야 하니까. 그리고 이 레몬을 손에 넣은 경위도 알아볼 작정이다. 회색 시장의 활동을 모조리 옥죄려는 시도는 비효율적이겠지만(사령관들도 분명히 소소한 즐거움을 누릴 테니까.) 나는 당연히 누가 무엇을 팔고 있는지, 어떻게 밀반입하는지 알기를 원한다. 여자들은 은밀히 이송되는 상품 중 한 가지에 불과하다. 여자를 상품이라고 말하자니 주저되지만 돈이 관련된 한 상품은 상품인 것이다. 레몬은 유행이고 여자는 한물간 건가? 회색 시장의 내 정보원에게 물어봐야겠다. 그들은 경쟁을 좋아하지 않는다.

302

이 눈물 젖은 아내들은 내가 신비스러운 힘을 발휘해 다산을 추구하는 그들의 모색을 도와주길 바란다, 불쌍한 것들. *페르 아르두아 쿰 에스트루스*, 그들은 읊조리고 또 읊조렸다. 영어보다 라틴어의 효험이 더 큰 것도 아니건만. 나는 그들을 위해 해 줄 수 있는 일을, 아니 해 줄 수 있는 사람을 물색할 것이다. 그런 면에서 그녀의 남편들은 유례없는 유약함을 입증했으므로.

하지만 내가 말한 놀라운 일로 돌아가도록 하자. 나흘째 되던 날, 동이 막 터 오는 시점에서 카메라의 시야에 들어온 것은, 바로 비달라 아주머니의 커다랗고 빨간 코였고 이어서 눈과 입이 나타났다. 곧 카메라는 좀 더 원경의 영상을 제공했다. 그녀는 장갑을 끼고(교활하기도 하지.) 호주머니에서 달걀을, 그리고 오렌지를 꺼냈다. 두리번거리며 아무도 지켜보지 않는다는 사실을 재차 확인한 후, 이 헌물들을 작은 플라스틱 아기와 함께 내 발밑에 놓았다. 그러더니 석상 옆 땅바닥에 라일락이 수놓인 손수건 한 장을 떨어뜨렸다. 유명한 나의 소품이다. 몇 년 전 비달라 아주머니의 학교 프로젝트로 소녀들이 상급 아주머니의 이름을 표시하는 꽃들을 세트로 손수건에 수놓은 적이 있다. 나는 라일락, 엘리자베스는 수레국화, 헬레나는 히아신스, 비달라 본인은 바이올렛 꽃을 가졌다. 우리 각자에게 다섯 장씩, 얼마나 수를 많이 놓았던지. 그러나 이 아이디어는 위험할 정도로 읽기에 가깝다고 판단되었고 결국 중단되었다.

그런데 지금, 엘리자베스가 나를 중상하려 한다고 귀띔해 준 비달라 본인이 내게 불리한 증거를 심고 있었다. 이 순진무구한 공예 작품. 어디서 구했을까? 세탁물을 뒤져서 훔쳤을 것이다. 내가 스스로에 대한 이단적 숭배를 조장한다니. 얼마나 기가 막힌 고발인가? 당신은 내 즐거움을 상상할 수 있을 것이다. 가장 위협적인 도전자의 헛발질은 무조건 신이 내린 선물이다. 언젠가 쓸 기회가 생길 때를 대비해 그 사진 파일을 보관해 두고(부엌에서든 어디서든, 쓰고 남은 자투리들은 잘 모아서 보관해 놓는 것이 바람직하다.) 앞으로의 전개를 기다리기로 결정했다.

나의 고매하신 동료 창설자 엘리자베스의 귀에 머지않아 비달라가 그녀를 반역죄로 고발했다는 소식이 들어갈 것이다. 헬레나도 끼워 넣어야 할까? 희생이 필요한 상황이 생기면 누구를 버리는 게 좋을까? 필요한 상황이 생기면 누가 더 쉽게 포섭될까? 어떻게 해야 나를 무너뜨리려 혈안이 된 3인방이 서로 반목하게 만들 수 있을까? 아니 하나씩 서로 제거하게 만들면 더 좋지 않을까? 그리고 헬레나가 나와 대립한 적이 있던가? 그녀는 시대정신이 어떻게 흘러가든 상관없이 따라갈 것이다. 언제나 우리 셋 중에서 가장 약했으니까.

나는 전환점에 근접하고 있다. 운명의 바퀴는 달처럼 변덕스럽게 돌아간다. 곧 아래로 내려갔던 자들이 위로 올라올 것이다. 그리고 물론, 그 역도 성립한다.

나는 저드 사령관에게 아기 니콜이 (이제는 소녀로 자라나서) 마침내 우리 손아귀에 '거의' 들어왔으며 머지않아 길리어드로 꾀어 데리고 올 '수도 있다'고 알릴 것이다. 그가 서스펜스에 조바심을 치도록 *거의와 수도 있다*라는 말을 쓸 것이다. 본국 송환된 아기 니콜이 지닌 선전선동의 미덕을 오래전부터 잘 알고 있었으므로, 단순히 흥분하는 정도로 그치지 않을 것이다. 나는 내 계획이 순조롭게 진행되고 있지만, 지금은 모두 밝히지 않는 쪽을 선호한다고 말할 것이다. 섬세한 계산이 필요한 일이고, 자칫 부주의한 단어라도 하나 잘못 끼웠다가는 모든 걸 망쳐 버릴 수도 있다. 진주 소녀가 연루되어 있고, 그들은 내 감독하에 있다. 이 문제는 특별한 여성의 영역에 속하는 것으로, 손이 둔한 남자들이 간섭해서는 안 된다고, 짓궂게 손가락을 흔들며 말할 것이다. "곧 포상은 사령관님 것이 될 겁니다. 이 문제에서는 저를 믿어 주십시오." 나는 지저귀듯 말할 것이다.

"리디아 아주머니, 과분하게 좋은 분이시군요." 그는 환하게 웃을 것이다.

현실에 과분하게 좋은 사람, 나는 생각할 것이다. 이 지상에 과분하게 좋은 사람. 선(善)이여, 그대 나의 악(惡)이 되어 달라.

현재 상황이 어떻게 전개되어 가는지 당신의 이해를 돕기 위해, 잠시 지나간 과거의 이야기를 하려 한다. 당시에는 거의 주목하지 않고 넘어갔던 사건이다.

대략 9년 전(내 석상이 베일을 벗던 바로 그해였지만 계절은 달랐다.) 집무실에서 중매결혼의 혈통 계보를 추적하던 중, 리즈 아주머니의 등장에 하던 일을 중단한 적이 있다. 팔랑이는 속눈썹과 가식적 헤어스타일을 한 여자, 변형된 프렌치 롤 스타일을 고수하던 여자다. 안내를 받아 집무실로 들어온 그녀는 초조하게 손을 비틀고 있었다. 그렇게 소설에나 나오는 사람처럼 행동하는 그녀를 보니 오히려 내가 다 부끄러웠다.

"리디아 아주머니, 귀한 시간을 빼앗게 되어 참으로 죄송합니다."

그녀가 말머리를 꺼냈다. 다들 말은 그렇게 하지만 아무도 구애받지 않는다. 나는 미소를 지으며 지나치게 고압적인 자세로 느껴지지 않기를 바랐다.

"무엇이 문제입니까?" 내가 물었다.

표준적으로 나오는 문제들은 정해진 레퍼토리가 있었다. 서로 싸우는 아내들, 반항하는 딸들, 제안받은 아내의 선택지에 불만이 있는 사령관들, 도망간 시녀들, 잘못된 '출산'들. 간헐적인 강간, 이건 공개하기로 결정하는 대로 엄하게 처벌한다. 아니면 살인. 남자가 여자를 죽이고, 여자가 남자를 죽이고, 여자가 여자를 죽이고, 아주 가끔은 남자가 남자를 죽인다. 이코노계급에서는 질투의 격노에 휩쓸려 칼을 휘두르는 경우가 있지만, 특권층에서 남자와 남자 사이의 살인은 은유적이다. 등에 칼을 꽂는 것이다.

하루가 느리게 가는 날이면 나는 정말로 독창적인 뭔가를 갈망하기도 한다. 이를테면 인육을 먹는 사건이라든가. 그러다 정신을 차리고 스스로를 질책한다. *소원을 빌 때는 조심해야 해.* 과거에 나는 다양한 소원을 빌었고 실제로 얻기도 했다. 옛날에 하던 말처럼, 신을 웃기고 싶다면 그에게 네 계획을 말해 보라. 물론 요즘은 신이 웃는다는 생각 자체가 신성모독에 가깝지만. 겁나게 심각한 위인이다, 요즘의 신은.

"루비 예비신부 학교 교내에서 또 자살 기도가 있었습니다." 리즈 아주머니는 흘러내린 머리칼 한 가닥을 쓸어 넘기며 말했다.

그녀는 남자를 도발하는 일을 피하기 위해 우리가 반드시 착용하게 되어 있는, 바부슈카*처럼 생긴 흉측한 머리쓰개를 벗고 있었다.

비록 옆모습은 인상적이지만 걱정스러우리만큼 잔주름이 짜글짜글한 리즈 아주머니나 회색 이엉 같은 머리와 감자포대 같은 몸을 지닌 나를 보고 흥분할 남자가 있다는 생각 자체가 워낙 웃겨서 말할 가치도 없지만 말이다.

자살은 안 돼, 또다시 그런 일이 있어서는 안 돼, 나는 생각했다. 그러나 리즈 아주머니는 *시도*라고 말했으니, 자살에 성공하지는 못했다는 뜻이다. 자살에 성공하면 언제나 탐문이 이어지고, 비난의 손가락은 아르두아 홀을 가리키게 된다. 부적절한 짝을 선택해 준다는 비난이 대부분이었다. 홀 소속의 우리는 혈통 정보를 가지고 일차적인 선별을 담당한다. 그러나 실제로 무엇이 적정한가에 대해서는 의견이 갈릴 수 있다.

"이번에는 뭐죠? 항불안제 과다복용? 아내들이 그 약들을 아무나 손멜 수 있는 데에 흩어 놓지 좀 말았으면 좋겠네요. 그것도 그렇고 아편도. 얼마나 큰 유혹입니까. 아니면 목이라도 매달았나요?"

"목을 매단 건 아닙니다." 리즈 아주머니가 말했다. "전지가위로 손목을 그으려 했어요. 제가 꽃꽂이할 때 쓰는 가위 말이에요."

"그건 직접적이군요. 어쨌든 그래서 어떻게 됐습니까?"

"글쎄요, 아주 깊이 베지는 못했어요. 피가 아주 많이 나기는 했고, 상당량의…… 소음도 초래했습니다만."

"아." 소음은 비명을 말하는 것이었다. 너무나 숙녀답지 못하게 말이지. "그다음에는요?"

---

* babushka. 러시아어로 '할머니'라는 뜻이지만, 복식에서는 러시아 농부 여인이 쓰는 스카프를 말한다. 턱 아래에서 묶어 쓴다.

"제가 응급 구조대를 불렀고, 그들이 와서 진정제를 먹이고 병원으로 데리고 갔습니다. 다음에는 해당 상부에 보고했습니다."

"그래야지요. 수호자요, 아니면 '눈'요?"

"양쪽 다 어느 정도는요."

나는 고개를 끄덕였다.

"가능한 최선의 방법으로 사태를 처리한 것 같군요. 그런데 저와 의논할 문제가 뭐가 더 남아 있나요?"

리즈 아주머니는 칭찬을 받아 기쁜 눈치였지만, 재빨리 표정을 바꾸어 깊은 우려를 표했다.

"다시 시도하겠답니다. 그러니까 만일…… 만일 계획에 변경이 없다면요."

"계획 변경요?"

나는 그녀의 말뜻을 알고 있었지만 확실한 의미를 묻는 게 최선이었다.

"결혼이 취소되지 않는다면 말입니다." 리즈 아주머니가 말했다.

"우리한테 상담사가 있지 않습니까. 그들이 자기 일을 했습니까?"

"그들이 보통 쓰는 방법을 모두 시도해 보았지만 허사였습니다."

"최고형으로 협박도 해 봤습니까?"

"죽는 건 무섭지 않답니다. 삶에 반대하는 거라면서요. 현 상황에서는."

"반대하는 게 특정 후보입니까, 아니면 결혼 전반입니까?"

"결혼 전반입니다." 리즈 아주머니가 말했다. "여러 이점에도 불구하고 말이지요."

"꽂꽂이로는 마음을 끌지 못했나 봅니다?" 나는 건조한 말투로 말했다.

리즈 아주머니는 꽂꽂이를 엄청나게 중요하게 생각한다.

"그렇습니다."

"출산의 전망 때문입니까?"

나도 그건 이해할 수 있다. 지금은 사망률이 그 정도니. 주로 영아가 사망하지만 산모도 많이 죽는다. 합병증이 생긴다. 특히 영아가 정상적인 형태가 아닌 경우에. 한 번은 팔이 없는 아기를 받았는데, 신이 산모에게 부정적인 논평을 한 것으로 해석되었다.

"아니, 출산은 아닙니다." 리즈 아주머니가 말했다. "아기를 좋아한답니다."

"뭐요, 그럼?"

나는 결국 대놓고 말하게 만드는 걸 좋아했다. 간혹 가다 한 번씩은 현실을 직시하는 게 리즈 아주머니한테도 좋다. 그녀는 꽃잎에 둘러싸여 쓸데없이 너무 많은 시간을 낭비한다.

그녀는 또 머리카락 가닥을 만지작거리기 시작했다.

"그 말을 하고 싶지는 않습니다." 그러더니 바닥을 내려다보았다.

"어서 해 봐요. 충격을 받지는 않을 테니까."

그녀는 얼굴이 벌겋게 상기된 채 잠시 말을 멈추고 목청을 가다듬었다.

"그럼. 음경 때문입니다. 공포증 같은 겁니다."

"음경이라." 나는 생각에 잠긴 채 말했다. "또 그것들이군."

어린 소녀들의 자살 미수에서는 이런 경우가 많았다. 아무래도 우리 교육과정을 바꿀 필요가 있어, 나는 생각했다. 공포를 덜 조장하고, 켄타우로스처럼 생긴 강간범이나 폭발해서 활활 불타는 남자의 성기 같은 건 좀 덜 보여 주고. 하지만 섹스의 이론적 즐거움을 너무 강조하게 되면, 결과는 호기심과 실험이 될 것은 거의 자명하다. 그 다음에는 도덕적 타락과 공개 돌팔매질이 당연한 수순으로 따라오겠지.

"그 문제의 사물을 목적을 이루기 위한 수단으로 보게 될 가능성은 없습니까? 아기를 낳기 위한 단계로?"

"전혀 없습니다." 리즈 아주머니가 확고하게 단언했다. "그건 시도해 봤습니다."

"창조의 순간부터 여성은 복종의 의무를 타고났다?"

"생각할 수 있는 시도는 모두 해 보았습니다."

"감독자를 교대하면서 수면을 박탈하고 24시간 기도를 시키는 것도 해 봤죠?"

"꿈쩍도 안 합니다. 게다가 더 높은 소명으로 부름을 받았다는 말도 하고 있어요. 물론 그런 변명을 자주 쓴다는 건 알지만요. 하지만 저는 우리가…… 아주머니께서……."

나는 한숨을 쉬었다.

"아무 이유 없이 젊은 여성의 인생을 파멸로 몰아 봤자 무슨 의미가 있겠습니까." 내가 말했다. "읽기와 쓰기를 배울 능력이 있을까요? 그만한 지적 능력이 있습니까?"

"아, 네. 약간 지나치게 지적입니다." 리즈 아주머니가 말했다. "상상력이 과도하고요. 그래서 그런…… 그것들에 대해서, 그렇게 된 것 같아요."

"그래요, 음경에 대한 사고실험이 주체가 안 될 때가 있지요." 내가 말했다. "혼자 살아서 멋대로 날뛴다니까요."

나는 말을 잠시 끊었다. 리즈 아주머니가 조바심을 쳤다.

"수습 기간을 두고 우리가 받겠습니다." 결국 내가 말했다. "6개월의 시간을 주고 배울 수 있는지 보지요. 아시다시피, 우리도 여기 아르두아 홀의 인원을 보충해야 하니까요. 우리 같은 구세대가 영원히 살 수는 없지 않습니까. 그러나 절차는 신중하게 진행해야 합니다. 한 군데만 연결 고리가 약해져도……."

나는 이처럼 비정상적으로 꾀까다로운 여자애들을 익히 알았다. 이런 애들한테는 강제력을 행사해 봤자 아무 효과가 없었다. 실체적 진실을 받아들이지 못하니까. 어찌어찌 초야를 보내더라도, 결국 조명등에 매달려 흔들거리거나 집 안의 알약을 모조리 집어삼키고 장미 덤불 속에서 혼수상태로 발견될 것이다.

"감사합니다." 리즈 아주머니가 말했다. "너무 안타까운 일이었을 거예요."

"그녀를 잃었다면 말입니까?"

"네." 리즈 아주머니가 말했다.

그녀는 여린 심장의 소유자였다. 애초에 그래서 꽃꽂이나 뭐 그런 일을 할당받은 거지만. 과거의 삶에서 그녀는 18세기 혁명 전의 프랑스 문학을 가르치는 교수였다. 루비 예비신부 학교 학생들을 가르치는 게, 그녀로서는 살롱의 여주인이 되는 일에 가장 가까이 다가가는 길이었다.

나는 자질에 소명을 맞춰 주려 애쓴다. 그러는 편이 낫고, 나는 차선을 굳게 신봉하는 사람이다. *최선이 부재할 때는.*

그게 우리가 지금 살아가는 방식이다.

그렇게 해서 나는 베카라는 여자아이의 사건에 개입해야만 했다. 이렇게 우리 일원이 되고 싶다고 주장하는, 자살 충동이 있는 여자애들은 처음부터 내가 개인적인 관심을 두는 편이 늘 바람직하다.

리즈 아주머니가 그 애를 내 집무실로 데리고 왔다. 마른 여자애, 섬세하게 예쁘고, 커다랗고 빛나는 눈에 왼쪽 손목에 붕대를 감고 있었다. 아직 예비신부의 초록색 옷을 입고 있었다.

"들어와라." 내가 그 애를 보고 말했다. "잡아먹지는 않아."

그 애는 이 말이 의심스럽다는 듯 움찔했다.

"그 의자에 앉아도 된다." 내가 말했다. "리즈 아주머니가 바로 네 옆에 계실 거야."

그러자 그 애는 머뭇거리며 앉더니, 얌전하게 무릎을 붙이고 손을 모아 무릎에 올렸다. 그리고 불신의 눈길로 나를 응시했다.

"그러니까 아주머니가 되고 싶다 이거지." 내가 말했다. 그러자 그 애는 고개를 끄덕였다. "특혜지만 권리는 아니다. 너도 그건 이해하겠지만. 그리고 자기 목숨을 끊으려는 멍청한 시도에 주어지는 보상도 아니야. 그건 하느님에 대한 도전일 뿐만 아니라 실수였어. 우리가 너를 받아 주면, 그런 일이 다시는 없을 거라고 믿겠다."

고개를 흔들고, 눈물 한 방울이 떨어졌지만 손으로 훔치지는 않았다. 그건 과시용 눈물이었나, 내게 잘 보이려고 하는 건가?

리즈 아주머니에게는 밖에서 기다리라고 했다. 그리고 나의 일장 연설을 시작했다. 베카에게 너는 인생에서 두 번째 기회를 제안받고 있는 거라고 말했다. 그러나 너도 우리도 이것이 옳은 길인지 확신이 있어야 한다. 아주머니의 삶은 모두에게 적합하지는 않으니까. 윗사람의 명령에 순종하겠다고 약속해야 하고, 자기 몫의 일상적 집안일뿐만 아니라 어려운 학업과정에도 열심히 임해야 하고, 매일 밤과 아침 주님의 인도를 기도해야 한다. 그리고 6개월이 지난 뒤에도, 여전히 이것이 네 참된 선택이고 우리 또한 진행 과정에 만족한다면 아르두아 홀 서약을 하고 모든 가능한 진로를 포기할 테지만, 심지어 그때에도 탄원자에 불과할 테고, 해외에서 진주 소녀 선교사업을 성공적으로 완수해야만 온전히 아주머니가 될 수 있는데, 그때까지는 수년이 걸릴 수도 있다. 이 모든 일을 기꺼이 할 수 있겠니?

아, 그럼요, 베카는 말했다. 얼마나 고마워하던지! 말씀만 하시면 무슨 일이든 하겠어요. 저를 구해 주셨으니까요, 저, 그러니까, 그……. 베카는 얼굴을 붉히며 더듬거리다가 말을 멈췄다.

"예전의 삶에서 무슨 불행한 일을 당한 거냐, 아가?" 내가 물었다. "남자와 관련된 일이냐?"

"그 얘기는 하고 싶지 않아요."

그 어느 때보다도 창백한 얼굴이었다.

"벌을 받을까 봐 두렵니?" 고개를 까딱한다. "나한테는 말해도 된다." 내가 말했다. "불쾌한 이야기를 수도 없이 들었으니까. 네가 겪었을지 모를 일도 어느 정도는 이해한다." 그러나 여전히 말하기 싫은 눈치라서 밀어붙이지는 않았다. "신들의 맷돌은 서서히 빻지만,

아주 곱게 갈아 낸단다."

"네?" 베카는 어리둥절한 얼굴을 했다.

"내 말은, 그게 누구든, 시간이 지나면 그런 행동에 벌을 받을 거라는 얘기야. 네 마음에서는 털어 버려라. 여기 우리와 함께 있으면 안전해. 다시는 그 남자 때문에 힘들지 않을 거다." 우리 아주머니들은 그런 사건에 공공연히 나서지는 않지만 할 일은 한다. "자, 그럼 내가 보인 믿음을 네가 저버리지 않고 보답하기를 바라마."

"아, 그럼요." 베카가 말했다. "꼭 보답하겠습니다!"

이 여자애들은 처음에 다 똑같다. 안도감에 축 늘어져서, 비굴하게 납작 엎드린다. 물론 시간이 지나면서 그것도 바뀔 수 있다. 우리에겐 변절자도 있었고, 뒷문으로 몰래 빠져나가서 어리석은 로미오와 만나는 아이들도 봤으며, 반항하다가 도망치는 아이들도 있었다. 그런 이야기들의 결말은 대체로 행복하지 않았다.

"리즈 아주머니가 데리고 가서 네 유니폼을 주실 거다." 내가 말했다. "내일은 첫 읽기 수업을 할 거고, 우리의 규칙을 외우기 시작할 거야. 하지만 먼저 새 이름부터 골라야 한다. 쓸 수 있는 적당한 이름의 목록이 있어. 그럼 가 봐. 오늘은 네 나머지 생애가 시작되는 첫날이야." 나는 최대한 명랑하게 말했다.

"제가 아무리 감사를 드려도 모자랄 거예요, 리디아 아주머니!" 베카가 말했다. 두 눈이 환히 빛났다. "정말로 감사합니다!"

나는 겨울처럼 쌀쌀한 미소를 지었다.

"그 말을 들으니 기쁘구나."

실제로도 기분이 좋았다. 감사는 내게 가치가 있다. 나는 그걸 비오는 날을 대비해 은행에 저축해 두는 걸 좋아한다. 언제 유용하게 쓸 때가 올지 모르니까.

부름 받는 자는 많으나 선택받는 자는 적도다, 나는 생각했다. 하지만 그 말은 아르두아 홀에서는 옳지 않다. 부름 받은 자 가운데 저버려야 했던 건 한 줌에 불과했다. 저 베카라는 여자애는 분명 우리가 끝까지 데리고 있게 되리라. 훼손된 화초지만, 제대로 돌봐 주면 꽃을 피울 것이다.

"나가면서 문을 닫고 가라."

그 애는 팔짝팔짝 뛰다시피 방을 나갔다. 저 아이들은 얼마나 젊고, 얼마나 활기 넘치는가! 얼마나 감동적으로 순진무구한가! 나도 저런 적이 있었던가? 기억이 나지 않았다.

XIV

아르두아 홀

증언녹취록 369A

35

베카가 전지가위로 손목을 긋고 샤스타데이지 꽃에 피를 흘리고
병원에 실려 간 후, 나는 그 애 걱정을 많이 했답니다. 회복할까, 벌
을 받을까? 하지만 가을이 가고 겨울이 왔다 가도록, 아무 소식이 없
었어요. 심지어 우리 하녀들도 베카가 어떻게 됐는지 아무 소식도
듣지 못했습니다.

슈나마이트는 베카가 관심을 받고 싶어서 그러는 거라고 말했어
요. 내 생각은 달랐고, 유감스럽지만 남은 수업 시간 내내 우리 사이
에는 냉기가 흘렀어요.

완연히 봄 날씨가 자리 잡자, 가바나 아주머니는 아주머니들이 세
명의 후보군을 추렸으니 폴라와 카일 사령관이 고려해 주십사 했어
요. 그녀는 우리 집을 방문해 후보들 사진을 보여 주며 공책에 적힌
약력과 자격을 보고 우리에게 읊어 주었고, 폴라와 카일 사령관은

경청하며 고개를 끄덕였어요. 나도 사진을 보고 설명을 듣게 되어 있었지만, 일단 아무 말도 해서는 안 되었죠. 생각해 볼 시간을 일주일 가질 수 있었어요. 당사자의 의향이 물론 고려되어야 하겠지요 하고 가바나 아주머니가 말했어요. 이 말에 폴라는 미소를 지었어요.

"물론이지요." 폴라가 말했어요. 나는 아무 말도 하지 않았지요.

첫 번째 후보는 정식 사령관이었고 심지어 카일 사령관보다 나이가 많았어요. 빨간 코에 약간 눈이 툭 튀어나와 있었는데, 가바나 아주머니는 그것이 강인한 성격의 표식이라면서, 아내를 든든히 보호하고 지켜 줄 사람이라고 말하더군요. 수염이 하얗고, 그 밑으로 축 처진 뺨 같은 게 보였는데 두툼한 목살이었을지도 모르지요, 늘어져서 접힌 살. 최초의 야곱의 아들로 비범한 신심의 소유자이고, 길리어드 공화국을 건국하기 위한 초기의 투쟁에서 불가결한 존재였대요. 실제로, 도덕적으로 파산한 과거 미합중국 의회를 공격하는 작전을 막후 지휘한 그룹의 일원이었다는 소문도 돌았어요. 이미 아내를 여러 번 맞았고(모두 불행한 죽음을 맞았죠.) 다섯 시녀를 할당받았지만 아직 자식의 은총을 입지 못했다고 해요.

그의 이름은 저드 사령관이지만, 여러분이 그 사람의 진짜 정체를 알아내려고 할 때 이 정보가 큰 도움이 될지는 잘 모르겠어요. 선도적인 야곱의 아들들은 은밀하게 길리어드의 계획을 세우던 단계에서 자주 이름을 바꾸었거든요. 당시에는 저도 이런 개명에 대해 전혀 몰랐지만, 훗날 아르두아 홀의 '혈통 족보 보관기록'을 배회하면서 알게 됐지요. 그러나 심지어 거기서도, 저드의 원래 이름은 지워지고 없었어요.

두 번째 후보는 더 젊고 날씬했어요. 정수리가 뾰족하고 이상하리만큼 귀가 컸지요. 그 사람은 숫자를 아주 잘 다루고 지적이라고, 가바나 아주머니가 말했어요. 지성이 꼭 바람직한 건 아니지만(특히 여자한테는 더 그렇지만) 남편이라면 참아 줄 만하다면서요. 정신적 수난자들을 위한 요양원에서 죽음을 맞은 전 아내에게 자식을 하나 얻었지만, 불쌍한 아기는 한 살도 못 되어 죽었답니다.

아니요, 가바나 아주머니는 말했어요, 비아는 아니었어요. 출생 당시에는 아무 문제가 없었어요. 원인은 소아암이었답니다, 걱정스럽게 늘어나고 있어요.

세 번째 남자는 하급 사령관의 차남이었는데 나이가 스물다섯밖에 되지 않았어요. 머리숱은 아주 많았지만, 목이 두껍고 눈이 가운데로 몰려 있었지요. 다른 두 사람처럼 전망이 훌륭하지는 못하지요, 가바나 아주머니가 말했어요. 하지만 가족이 이 혼사를 극구 반기고 있고, 그 말은 시가에서 나를 제대로 대접해 줄 거라는 뜻이라고 했죠. 가볍게 생각할 일은 아닙니다. 적대적인 시가에서는 여자 인생이 불행해질 수 있으니까요. 매사 트집을 잡으면서 남편 편만 들 거예요.

"아직은 섣불리 결론을 내리지 말아라, 아그네스." 가바나 아주머니가 말했어요. "천천히 시간을 두고 생각해. 부모님은 네가 행복하기를 바라신다."

친절한 생각이지만 그건 거짓말이었어요. 그들은 내가 행복하기를 바라지 않았지요. 그저 다른 데로 가 버리기를 바랐을 뿐.

그날 밤 침대에 누워 있자니 신랑감 후보의 사진 세 장이 눈앞에 떠다녔어요. 내 몸을 깔고 엎드린 그들 모습을 각각 그려 보았어요. 그들이 있을 자리가 거기니까요. 돌처럼 차가운 내 몸에 혐오스러운 부속물을 쑤셔 넣으려 애쓰는 모습을.

왜 내 몸이 돌처럼 차가울 거라는 생각이 들까? 그런 생각이 들더군요. 그러다 깨달았어요. 내가 죽었으니까 돌처럼 차가운 거야. 나는 불쌍한 오브카일이 그랬던 것처럼 창백하고 핏기 없는 모습일 거야. 아기를 꺼내기 위해 배를 가른 채, 시트를 몸에 두르고, 가만히 누워서, 소리 없는 눈으로 나를 응시하던 오브카일. 거기에는 어떤 힘이 있었어요, 침묵과 부동 말이에요.

36

가출해 도망칠 생각도 해 봤지만 어떻게 할 것이며 어디로 갈 수 있을까요? 나는 지리 관념이 아예 없었어요. 학교에서 배운 적도 없었고요. 우리한테는 우리가 사는 동네로 충분할 테고, 어차피 어느 아내한테 그 이상이 필요하겠어요? 심지어 나는 길리어드가 얼마나 큰지도 몰랐어요. 얼마나 멀리까지 뻗어 있을까, 어디서 끝이 날까? 더 현실적으로, 무슨 수단으로 여행을 할까, 뭘 먹을까, 어디서 잘까? 그리고 정말 도망친다면, 하느님이 나를 증오할까? 틀림없이 추격을 당하겠지? '열두 조각으로 잘린 첩'처럼 나도 다른 사람들한테 큰 폐를 끼치게 될까?

세상은 경계를 넘어 일탈한 소녀들에게 틀림없이 유혹을 느낄 남자들이 창궐하는 곳이었어요. 그런 여자애들은 도덕의식이 문란하다고 보니까요. 나는 아마 바로 옆 블록까지도 못 가서 갈기갈기 잘게 찢기고 더러워져서 시들시들한 녹색 꽃잎 더미로 전락하고 말 거예요.

남편을 선택하도록 주어진 일주일이 하릴없이 지나갔어요. 폴라와 카일 사령관은 저드 사령관을 선호했어요. 최고의 권력자니까요. 신부가 의욕적인 쪽이 나으니까 겉으로는 나를 설득하는 척했지요. 고위직의 결혼식이 엉망진창으로 잘못되었다는 가십이 돌았던 적이 있어요. 통곡하고 기절하고 어머니가 신부의 따귀를 때리고. 결혼식을 앞두고 진정제를, 그것도 주삿바늘로 투여한 적이 있다는 얘기를 하녀들끼리 나누는 걸 나도 엿들은 적이 있어요. 용량을 신중하게 계산해서 투약해야 했대요. 약간 휘청거리고 말이 어눌해지는 정도라면 결혼식이 여자 인생에서 엄청나게 중요한 순간이다 보니 감정이 복받쳐서 그렇다고 칠 수 있지만, 신부가 아예 의식이 없으면 혼례가 무효로 돌아간다면서.

나는 저드 사령관과 결혼하게 될 것이 자명했어요, 좋든 싫든. 아니, 끔찍하게 싫어하든 말든. 하지만 혐오감은 나 혼자 간직하고 마음을 결정하고 있는 척했어요. 말씀드렸듯, 연기하는 법을 배웠거든요.

"앞으로의 네 위상을 생각해 보렴." 폴라는 입버릇처럼 말했어요. "바랄 나위 없이 좋은 자리야." 저드 사령관은 젊지도 않고 영원히 살 리도 없잖니. 절대 내가 그런 일을 바라는 건 아니지만 그 사람보다는 네가 훨씬 더 오래 살 가능성이 높아. 그가 죽으면 너는 미망인이 될 테고, 훨씬 자유롭게 다음 남편을 선택할 수 있을 거야. 얼마나 큰 이득이니! 두 번째 남편을 선택할 때는 남자 친척이 큰 역할을 하니까. 결혼으로 맺어진 친척까지 포함해서 말이야.

그리고 폴라는 나머지 두 후보의 자격을 훑으며 외모와 성격과 삶에서의 입지를 깎아내리곤 했죠. 귀찮게 그럴 필요도 없었는데요. 어차피 내게는 둘 다 혐오스러웠으니까요.

그사이, 나는 달리 내가 취할 수 있는 행동을 곰곰이 생각했어요. 베카가 썼던 것 같은 프랑스 스타일 꽃꽂이 전지가위가 있었지만(폴라한테 몇 개 있었거든요.) 가위가 있는 정원 헛간에는 자물쇠가 채워져 있었어요. 결혼을 피하려고 목욕가운 끈으로 목을 맨 여자애 얘기를 들은 적이 있어요. 베라가 그전 해에 그 이야기를 들려주는 동안 다른 하녀 둘이 슬픈 표정으로 고개를 절레절레 흔들었더랬죠.

"자살은 믿음의 실패야." 질라가 말했어요.

"일이 정말 지저분해지지." 로사가 말했어요.

"가문에 완전히 먹칠하는 짓이라니까." 베라가 말했어요.

표백제가 있었지만, 칼과 마찬가지로 주방에서 보관했죠. 그리고 하녀들은(바보도 아니고 뒤통수에도 눈이 달린) 내 절망에 촉을 곤두세우고 있었어요. 그래서 뜬금없이 경구를 툭툭 던지기 시작했죠. "하늘이 무너져도 솟아날 구멍이 있어."라든가 "호두 껍데기가 단단하면 알맹이가 달다니까요."로도 부족해서 "여자한테 최고의 친구는 다이아몬드잖아요."라고도 말했죠. 로사는 심지어, 혼잣말을 가장해서 "한 번 죽으면 영원히 죽는 거야."라는 소리까지 했어요, 내내 곁눈질로 나를 쳐다보면서요.

하녀들에게 도와달라고 해 봤자 아무 소용도 없었죠. 질라라도 어쩔 수 없었어요. 아무리 나를 딱하게 여겨도, 아무리 내가 잘되기를 바라도, 결과를 바꿀 아무런 힘도 없었으니까요.

주말에 내 약혼이 공식적으로 공표됐어요. 처음부터 정해진 대로 저드 사령관이 상대였죠. 그는 훈장이 줄줄이 달린 정복을 입고 우리 집에 나타나서 카일 사령관과 악수를 하고 폴라에게 고개 숙여 인사를 하고 내 정수리를 내려다보며 미소를 지었어요. 폴라가 다가와서 내 옆에 서더니 내 등에 팔을 두르고 손을 가볍게 내 허리에 얹었어요. 이런 짓은 한 번도 한 적이 없는데. 내가 도망가려 할 거라고 생각했을까요?

"안녕하시오, 사랑하는 아그네스." 저드 사령관이 말했어요.

나는 그의 훈장에 집중했어요. 그 사람보다는 훈장을 보는 게 쉬웠거든요.

"안녕하세요 하고 인사는 해도 돼." 폴라가 내 등 뒤의 손으로 살짝 꼬집으며 나직한 목소리로 말했어요. "안녕하세요, 사령관님."

"안녕하세요." 나는 간신히 속삭였어요. "사령관님."

사령관이 다가와 턱살이 늘어진 미소로 표정을 가다듬고 내 이마에 입을 갖다 대더니 정숙한 키스를 했어요. 그 입술은 불쾌하게 뜨끈했고, 떨어지면서 쪽 빼는 소리를 냈어요. 나는 이마의 살갗을 뚫고 내 두뇌의 아주 작은 덩어리가 그 입안으로 빨려 들어가는 상상을 했어요. 그런 키스를 천 번 하고 나면 뇌가 다 없어져 머리뼈가 텅 비어 버릴 것만 같았죠.

"내가 당신을 아주 행복하게 해 주리다." 그가 말했어요.

그의 숨결 냄새를 맡을 수 있었어요. 알코올과 치과에서 나던 것 같은 민트 마우스워시에 썩은 이 냄새가 섞인 구취. 반갑지 않은 초야의 이미지가 불쑥 떠올랐어요. 거대한, 불투명한 흰색의 흐릿한 형체가 모르는 방의 어스름을 뚫고 내게로 다가오고 있었어요. 머리가 있어도 얼굴은 없었어요. 거머리 입 같은 구멍만 뻐끔 뚫려 있었을 뿐. 그 형체의 중간 부분에서 세 번째 촉수가 나와 허공에서 흔들거렸어요. 촉수는 내 침대로 다가왔지만, 나는 공포로 마비된 채 누워 있었고 벌거벗은 몸이었어요. 벗어야지, 아니면 적어도 필요한 부분만 벗든지, 슈나마이트가 말해 준 적이 있어요. 다음에는 어떻게 됐느냐고요? 나는 마음속의 광경을 지워 버리려고 눈을 꾹 감았다가 다시 떴어요.

저드 사령관은 물러나서 나를 빈틈없는 눈으로 바라보았어요. 그가 키스하는 동안 내가 진저리를 쳤던 걸까요? 그러지 않으려고 애썼는데, 폴라가 내 허리를 더 세게 꼬집고 있었어요. 무슨 말을 해야 한다는 건 알았는데, *고맙습니다*라든가 *저도 그러길 바라요*라든가 *그러실 거라 믿어요* 같은 말을 해야 하는데, 도저히 말이 나오지 않았어요. 배 속까지 메스껍고 울렁거렸어요. 지금 당장, 카펫에 토하면 어떻게 하지? 그거야말로 수치스러울 거야.

"남달리 겸손한 아이에요." 폴라가 굳은 입술 사이로 말하면서, 나를 곁눈질하며 노려보았어요.

"그리고 그건 매력적인 자질이지요." 저드 사령관이 말했어요.

"이제 너는 가도 된다, 아그네스 제미마." 폴라가 말했어요. "네 아버지와 사령관님께서 의논하실 일이 있어."

그래서 나는 문 쪽으로 갔어요. 약간 어지러웠어요.

"순종적으로 보이는군요." 내가 방을 나가는데 저드 사령관의 말소리가 들렸어요.

"아, 그럼요." 폴라가 말했어요. "원래 공경심이 깊은 아이랍니다."

대단한 거짓말쟁이였죠. 내 안에 크나큰 분노가 들끓고 있다는 걸 잘 알면서.

결혼 준비를 맡은 로나 아주머니, 사라 리 아주머니, 베티 아주머니, 세 명이 다시 집을 찾아왔는데, 이번에는 웨딩드레스 치수를 재기 위해서였어요. 스케치를 몇 장 가지고 왔더군요. 어느 드레스가 제일 마음에 드는지 내 의견을 물었어요. 그래서 아무거나 되는대로 가리켰죠.

"이 아이 괜찮은가요?" 베티 아주머니가 부드러운 목소리로 폴라에게 물었어요. "굉장히 피곤해 보이는군요."

"감정적으로 힘든 시기잖아요." 폴라가 대답했어요.

"아, 그렇죠." 베티 아주머니가 말했어요. "감정적이고말고요!"

"하녀들을 시켜서 마음을 달래 주는 음료를 만들어 주라고 해요." 로나 아주머니가 말했어요. "카모마일이 든 음료로. 아니면 진정제나."

나는 드레스뿐만 아니라 새 속옷과 신혼 초야에 입을 특별한 나이트가운을 맞춰야 했어요. 앞을 리본으로 묶게 되어 있어서, 얼마나 풀기가 쉬웠는지 몰라요, 꼭 포장한 선물처럼.

"우리가 프릴에 왜 이렇게 신경을 쓰고 있는지 모르겠네요." 폴라가 나를 무시하고 아주머니들에게 말했어요. "어차피 얘는 예쁜지도 모를 텐데요."

"그걸 볼 사람은 그 아이가 아닙니다." 사라 리 아주머니가 뜻밖에 퉁명스러운 말투로 잘라 말했어요.

로나 아주머니가 참다가 코웃음을 터뜨렸죠.

웨딩드레스 자체는, '고전적'이라야 한다고 사라 리 아주머니가 말했어요. 고전적인 게 최고의 스타일입니다. 깨끗한 선이 아주 우아할 거예요, 제 의견으로는 말이죠. 천으로 만든 단순한 눈풀꽃과 물망초 화관에 베일을 두르는 거죠. 조화 만들기는 이코노아내들 사이에서 권장되는 수공예였어요.

레이스 테두리 장식을 놓고 나지막한 대화가 이어졌어요. 덧붙일 것이냐, 말 것이냐. 베티 아주머니는 덧붙이는 쪽을 추천하면서 매력적으로 보일 거라고 했고, 매력은 중요한 문제가 아니니까 생략하는 쪽이 낫다는 게 폴라의 의견이었어요. 말하지 않은 사실은, 여기서 중요한 문제란 이 일을 빨리 해치워 버리고 나를 자기 과거지사로 돌려서, 그곳에 처박아 두겠다는 속내였어요. 납처럼 아무 반응도 없이, 폭발할 위험도 없이. 이제는 아무도 폴라에게 사령관의 아내이자 길리어드의 법률을 엄수하는 시민으로서 의무를 다하지 않았다고 말할 수 없을 거예요.

결혼식 본식은 드레스가 준비되는 대로 최대한 빨리 치러질 예정이었어요. 그러므로 이날을 기점으로 2주일 동안 준비하면 넉넉했지요. 폴라한테 초청하고 싶은 손님 명단이 있는지 사라 리 아주머니가 물었어요. 두 사람은 아래층으로 내려가 명단을 작성했지요. 폴라가 이름을 읊으면 사라 리 아주머니가 받아 적었어요. 아주머니들이 준비해서 개인적으로 찾아다니며 구두로 초대장을 전달할 예정이었죠. 독이 든 메시지를 전달하는 건 아주머니의 역할 중 하나였으니까.

"흥분되지 않니?" 베티 아주머니는 로나 아주머니와 함께 스케치들을 챙기면서 다시 옷을 입고 있는 나를 보고 물었어요. "2주일만 있으면 너만의 집을 가질 수가 있잖니!"

그 목소리에는 어쩐지 아련한 느낌이 배어 있었어요. 그녀는 자기만의 집을 결코 가질 수 없을 테니까요. 하지만 나는 들은 척도 하지 않았어요. 2주일, 나는 생각했어요. 내가 이 지상에서 살날이 겨우 2주일밖에 남지 않았어. 그 시간을 어떻게 보내야 할까?

37

하루하루가 재깍재깍 흘러가자 나는 점점 더 절박해졌어요. 출구가 어디 있을까? 내게는 총도 없고, 치명적인 약도 없는데. 학교에서 슈나마이트가 퍼뜨리던 이야기가 생각났어요. 누군가의 시녀가 배수구 청소용 세제를 삼켰다는 이야기.

"얼굴의 아래쪽 절반이 뜯겨 나갔어." 슈나마이트는 신이 나서 속삭였어요. "그냥…… 녹아 버렸대! 푸시식, 그렇게 말이야!"

그때는 그 말을 믿지 않았지만 이제는 믿어졌어요.

욕조에 물을 가득 채우면? 하지만 숨이 막히면 퍼덕거리다 공기를 찾아 올라오고 말 테고, 호수나 강이나 바다와는 달리 욕조에서는 몸에 돌을 매달 수도 없었어요. 하지만 나는 호수나 강이나 바다에 갈 수 있는 방법이 없었지요.

아무래도 결혼식을 치르고 나서 초야에 저드 사령관을 죽여야 할 것 같았어요. 훔친 칼을 그의 목에 꽂고 그다음에 내 목을 찌르는 거죠. 시트에 엄청나게 많은 피가 흐를 거예요. 하지만 걸레질을 하는 건 내가 아닐 테니까요. 학살의 방에 들어서는 순간 폴라의 얼굴에 떠오를 실의를 상상했어요. 참혹한 살육의 현장. 그리고 폴라의 사회적 지위도 날아가겠죠.

이 시나리오들은 물론 공상이었어요. 거미줄을 짜듯 상상했지만, 저변에서는 내가 자살을 할 수도 누굴 죽일 수도 없다는 걸 알고 있었어요. 손목을 긋던 베카의 맹렬한 표정을 기억했어요. 그 애는 진지했어요, 정말로 죽을 각오를 하고 있었어요. 나와 다른 방식으로 강인했어요. 나라면 결코 그런 결단을 내리지 못할 텐데.

밤이면 잠에 빠져들며 기적적인 탈출을 꿈꾸었지만, 전부 다 다른 사람의 도움이 필요했어요. 하지만 누가 나를 도와주겠어요? 내가 모르는 사람이어야만 했어요. 구조자, 숨겨진 문을 지키는 자, 비밀번호를 간직한 사람. 아침에 일어나면 무엇 하나 가능할 것 같지 않았어요. 나는 머릿속으로 빙빙 생각을 돌리고 또 돌렸어요. 어떻게 하지, 어떻게 하지? 생각도 거의 할 수 없게 되고, 제대로 먹지도 못했어요.

"결혼 때문에 불안해서 그렇지, 영혼에 축복 있기를." 질라가 말했어요.

나도 내 영혼에 축복이 내리기를 진심으로 바랐지만, 그런 일이 일어날 길은 보이지 않았어요.

불과 사흘을 남기고, 뜻밖의 손님이 나를 찾아왔어요. 질라가 내 방으로 올라와 아래층으로 내려오라고 불렀지요.

"리디아 아주머니가 아가씨를 보러 여기 와 계세요." 그녀는 숨죽이고 속삭이며 말했어요. "행운을 빌어요. 우리 모두 아가씨의 행운을 빌게요."

리디아 아주머니라니! 핵심적인 창설자, 모든 교실 뒤편에 걸려 있는 금테 두른 액자의 주인공, 궁극의 아주머니. 나를 보러 왔다고? 내가 무슨 짓을 했지? 계단을 내려가는데 몸이 덜덜 떨렸어요.

폴라는 외출하고 없었는데, 천만다행이었지요. 비록 나중에 리디아 아주머니를 더 잘 알게 되고 나서는, 행운과는 아무 상관 없는 일이었음을 깨달았지만요. 리디아 아주머니는 거실 소파에 앉아 있었어요. 오브카일의 장례식에서 봤을 때보다 작아 보였지만, 아마 내가 그사이 더 자랐기 때문이었을 거예요. 그녀는 나를 보고 실제로 미소를 지어 보였어요. 주름이 자글자글하고 누런 치아를 드러낸 웃음을.

"우리 아그네스, 얘야." 그녀가 말했어요. "네가 친구 베카 소식을 듣고 싶을지 모르겠다고 생각했단다."

나는 경외심에 압도당한 나머지 말도 잘 나오지 않았어요.

"죽었나요?" 속삭이는데, 심장이 내려앉았어요.

"천만의 말씀. 안전하고 행복하게 잘 있단다."

"어디 있는데요?" 나는 간신히 더듬거렸다.

"아르두아 홀에, 우리와 함께 있지. 아주머니가 되고자 해서 탄원자로 등록했단다."

"아." 한 줄기 빛이 떠올랐어요, 문이 열리고 있었어요.

"모든 여자애가 결혼이 적성에 맞는 건 아니지." 리디아 아주머니는 말을 이었어요. "어떤 여자애들에게는 잠재력의 낭비에 불과해. 소녀나 여인이 하느님의 계획에 보탬이 될 수 있는 다른 길도 있단다. 너도 나와 같은 생각일 거라고 내가 작은 새 한 마리한테서 들었는데."

누가 말했을까요? 리디아 아주머니는 내가 얼마나 격한 불행에 사로잡혀 있는지 감지하고 있었어요.

"그래요." 내가 말했죠.

옛날에 리디아 아주머니에게 올렸던 기도가 드디어 보답을 받는지도 몰라요, 내가 생각했던 것과는 다른 방식이지만.

"베카는 더 높은 소명으로 부름을 받았단다. 너도 그런 부름을 받았다면, 아직 우리한테 말해 줄 시간이 있단다."

"그러나 어떻게…… 나는 잘……."

"나도 이런 행동 방침을 직접 제안하는 모습을 보일 수는 없단다. 딸의 결혼을 주선할 아버지의 가장 중요한 권리를 침해하게 될 테니까. 소명은 아버지의 친권에 우선하지만 네 쪽에서 먼저 우리에게 최초로 접촉을 해 와야 한다. 내 생각에 에스테 아주머니가 아주 잘 들어주실 것 같구나. 네 부름이 충분히 강력하다면, 에스테 아주머니에게 연락할 길은 네가 강구하게 될 거란다."

"하지만 저드 사령관님은 어떻게 하죠?" 나는 소심하게 물었어요. 너무 강력한 인물이었으니까요. 내가 결혼식을 피한다면 틀림없이 몹시 화를 낼 텐데 하고 생각했죠.

"아, 저드 사령관님한테는 선택지가 항상 아주 많이 있어."

그녀는 내가 읽을 수 없는 표정으로 말했어요.

내 다음 과업은 에스테 아주머니에게로 갈 길을 찾는 것이었어요. 직설적으로 내 의도를 표명할 수는 없었어요. 폴라가 막을 테니까요. 내 방에 나를 가둬 놓고, 약을 먹일 거예요. 폴라는 이 결혼을 성사시키기 위해 지옥이라도 갈 태세였어요. *지옥이라도 갈 태세*라는 표현은 의도적으로 쓴 거예요. 폴라는 실제로 영혼이라도 팔라면 팔 기세였거든요. 하지만 나도 나중에 알게 된 사실이지만, 그녀의 영혼은 이미 지옥 불에 타고 있었지요.

리디아 아주머니가 방문한 다음 날, 나는 폴라에게 청을 하나 했어요. 이미 두 번 가봉하고 수선해 둔 웨딩드레스에 대해 로나 아주머니와 의논을 하고 싶다고 했지요. 특별한 나의 날에는 모든 게 완벽하면 좋겠어요, 나는 말했어요. 미소를 띠었어요. 나는 드레스가 꼭 등갓처럼 생겼다고 생각했지만 쾌활하고 감사하는 것처럼 보이는 게 내 계획이었어요.

폴라는 나를 날카롭게 쏘아보았어요. 내 웃는 얼굴을 믿지는 않았겠지만, 폴라가 원하는 연기인 이상 내가 연기를 한다면 오히려 좋은 일이었죠.

"네가 흥미를 갖는다니 기쁘구나." 폴라는 건조하게 말했어요. "리디아 아주머니의 방문은 잘된 일이야."

폴라도 당연히 그 얘기는 들었겠지요. 실제로 무슨 이야기가 오갔는지는 몰라도.

그러나 로나 아주머니가 우리 집에 온다고 하면 귀찮은 일이야, 폴라가 말했어요. 불편하거든, 너도 그 정도는 알아야지. 음식도 맞춰야 하고, 꽃 장식도 처리해야 하고. 폴라는 그렇게 시간 소모적인 방문에는 응대할 수 없다고 했지요.

"로나 아주머니는 슈나마이트 집에 계세요." 내가 말했어요.

질라한테 들어 알고 있었어요. 슈나마이트의 결혼식도 머지않아 열릴 예정이었어요. 그렇다면 우리 수호자가 너를 거기까지 태워 주면 되겠네, 폴라가 말했어요. 나는 심장이 빨라지는 걸 느꼈어요, 일부는 안도감, 일부는 두려움에서. 이제 위험천만한 내 계획을 실행하기만 하면 되었어요.

하녀들은 누가 어디 있는지 어떻게 알았을까요? 컴퓨토크를 쓰는 것도 금지고 편지를 받을 수도 없는데. 분명히 다른 하녀들한테서 들어 알게 되었을 거예요. 아주머니나 다른 아내들한테서 들었을 가능성도 높고요. 아주머니, 하녀, 아내. 그들은 종종 서로를 질시하고 반목하며 심지어 증오하기도 했지만, 뉴스는 보이지 않는 거미줄을 타고 흐르듯 그들 사이로 흘렀어요.

우리 수호자 운전기사가 폴라의 부름을 받고 와서 지시를 들었어요. 폴라는 내가 집 밖에 나간다니까 좋아했던 것 같아요. 내 불행이 뿜어내는 시큼한 냄새 때문에 짜증스러워하고 있었거든요. 슈나마이트가 옛날에 결혼을 앞둔 여자애들이 마시는 따뜻한 우유에는 행복해지는 알약이 들어 있다고 했는데, 내 우유에는 아무도 행복한 알약 같은 걸 넣어 주지 않았어요.

내가 우리 차 뒷좌석에 타는 동안 수호자가 문을 잡아 주었어요. 나는 깊이 숨을 들이마셨어요, 반은 희열에서, 반은 공포에서. 속임수를 쓰려다 실패하면 어떻게 하죠? 혹시라도 성공하면 또 어떻게 되는 걸까요? 어느 쪽이든 미지의 영역으로 들어가게 되겠죠.

나는 실제로 슈나마이트 집에 와 있던 로나 아주머니와 상의를 했어요. 슈나마이트는 나를 만나니 재미있다면서, 결혼하고 나서 서로의 집에 자주자주 놀러 다니자고 했어요. 그 애는 황급히 나를 끌고 안으로 들어가더니 자기 웨딩드레스를 봐 달라고 했고, 곧 결혼하게 될 남편에 대한 시시콜콜한 얘기를 늘어놓았어요. 그 사람은 (슈나마이트는 속살거리며 키득키득 웃어 댔어요.) 하관이 약하고 왕방울 같은 눈을 해서 잉어처럼 생겼지만, 사령관들 중에서 중상위쯤은 된다고요.

정말 너무 흥분되지 않니, 나는 드레스를 보고 감탄하면서, 내 것보다 훨씬 화려하다고(슈나마이트를 보며) 말했죠. 슈나마이트는 소리 내어 웃으면서 너는 하느님하고 결혼하는 거나 마찬가지라는 얘기를 들었다고, 남편감이 그렇게 중요한 요직에 있으니 너는 참 운도 좋다고 말하더군요. 나는 바닥을 내려다보며 그래도 드레스는 네 것이 더 예쁘다고 했죠. 슈나마이트는 그 말에 기분이 좋아져서, 우리 둘 다 섹스 부분은 요란법석 떨지 않고 잘 넘길 거라고 말했어요. 리즈 아주머니의 지시대로 화병에 꽃을 꽂는 생각만 하고 있으면 된다고, 그러면 전부 금세 끝날 거라고, 어쩌면 우리 힘으로, 시녀 없이 진짜 아기를 갖게 될지도 모른다고 했어요. 그러더니 오트밀 쿠키 먹고 싶으냐고 묻고는, 하녀를 보내 쿠키를 좀 가져오게 하더군요. 배가 고프지 않았지만 쿠키 하나를 들고 갉작거렸죠.

나 오래 머물 수는 없어, 내가 말했어요. 할 일이 너무 많거든. 하지만 내가 로나 아주머니를 좀 뵈어도 될까? 우리는 복도 건너 여분의 방들 중 하나에서 공책을 열심히 들여다보고 있는 그녀를 찾았죠. 그리고 내 드레스에 뭔가 이것저것 더 달아 달라고 했어요. 하얀 리본, 하얀 프릴, 기억이 나지 않네요. 슈나마이트에게 잘 있으라고, 쿠키 고마웠다고 인사하고 다시 한 번 웨딩드레스가 정말 예쁘다고 칭찬했어요. 그러고는 진짜 소녀처럼 명랑하게 손을 흔들며 앞문으로 나와서 우리 차로 걸어갔지요.

그러고 났더니 심장이 두방망이질을 쳤고, 나는 우리 운전기사에게 혹시 내가 예전에 다니던 학교에 잠깐 들르게 해 줄 수 있느냐고 물으면서, 옛 선생님인 에스테 아주머니에게 가르쳐 준 모든 것에 감사한다고 말씀드리고 싶다고 했어요.

그는 차 옆에 서서 나를 위해 뒷문을 잡아 주고 있었어요. 의심스럽다는 듯 얼굴을 찌푸리더군요.

"그건 제가 받은 지시가 아닙니다."

나는 웃으면서 매력적으로 보이기를 바랐어요. 하지만 서서히 굳는 풀을 처바른 것처럼 얼굴이 딱딱하게 느껴졌어요.

"아주 안전해요." 내가 말했죠. "카일 사령관님의 아내도 마음 쓰지 않으실 거예요. 에스테 아주머니는 *아주머니*잖아요! 나를 돌봐 주는 게 그분의 일인걸요!"

"글쎄요, 잘 모르겠군요." 그가 못 믿겠다는 투로 말했어요.

나는 그를 올려다보았어요. 전에는 그 남자를 눈여겨본 적이 없었어요. 보통 뒷모습만 봤거든요. 어뢰 모양의 남자였어요. 꼭대기는 좁고 중간은 넓은 모양으로 생긴 남자. 꼼꼼하게 면도를 하지 않아서 삐죽삐죽 털이 남아 있고 뾰루지도 있었어요.

"나는 곧 시집을 가요." 내가 말했어요. "아주 힘센 사령관에게요. 폴라보다…… 카일 사령관의 아내보다 더 힘이 센 사람." 나는 이 말 뜻이 확실히 전달될 때까지 말을 끊고 기다렸다가, 말하기 부끄럽지만 자동차 문을 잡고 있는 그 남자의 손 위에 내 손을 얹었어요. 그리고 말했죠. "내가 책임지고 이 일은 보상해 드리겠어요."

그는 살짝 움찔하더니 낯빛이 분홍색으로 변했어요.

"좋습니다, 그럼." 그렇게 말은 했지만 그는 웃지 않았어요.

그러니까 여자들이 이런 식으로 뜻을 관철하는구나, 나는 생각했어요. 살살 구슬리고 거짓말을 하고 자기가 한 말을 번복할 태세가 되어 있기만 하다면. 나 자신이 혐오스러웠지만 그렇다고 포기하지는 않았다는 걸 알게 되실 거예요. 나는 치맛자락을 아주 살짝 걷어서 발목을 드러내고 살랑살랑 다리를 돌려 차에 탔어요.

"고마워요." 내가 말했어요. "후회하지는 않으실 거예요."

그는 내 부탁대로 옛 학교에 나를 데려다주었고, 학교를 지키는 천사들에게 말했고, 이중의 문이 활짝 열렸고, 나는 차를 타고 그 안으로 들어갔어요. 운전사에게 나를 기다리라고 말했죠. 오래 걸리지 않을 거라고. 그리고 차분하게 학교 건물로 들어갔어요. 내가 떠날 때보다 학교가 훨씬 작게 느껴지더군요.

방과 후라서 에스테 아주머니가 아직 거기 있었던 건 행운이었어요. 아니죠, 이번에도 운 같은 건 아니었을지도 모르죠. 그녀는 평소 쓰는 교실에서 책상에 앉아 공책에 뭔가 끼적거리고 있었어요. 내가 들어가자 눈길을 들었죠.

"어머, 아그네스." 그녀가 말했어요. "이제 다 컸구나!"

나는 이 순간 이후로는 계획이 없었어요. 그녀 앞의 땅바닥에 그대로 몸을 던지고 울음을 터뜨리고 싶었어요. 에스테 아주머니는 언제나 내게 친절했거든요.

"나를 끔찍한, 역겨운 남자한테 시집보내려고 해요!" 내가 말했어요. "그 전에 자살할 거예요!"

그리고 나는 정말로 울음을 터뜨리며 그녀의 책상 위로 풀썩 엎드렸어요. 어떤 면에서는 연기였고 아마도 형편없는 연기였겠지만, 그건 진실된 연기였어요, 제 말이 무슨 뜻인지 아신다면요.

에스테 아주머니가 나를 일으켜 세워 의자까지 부축해 데리고 갔어요.

"앉아라, 애야." 그녀가 말했어요. "그리고 나한테 다 털어놓으렴."

그리고 나한테 의무적으로 해야 하는 질문들을 했어요. 이 결혼이 네 장래에 긍정적으로 작용할 수도 있다는 점은 생각해 봤니? 그래서 결혼이 주는 이득은 잘 알지만 어차피 내겐 미래가 없으니, 그런 유의 미래는 없으니, 내겐 의미 없다고 답했어요. 다른 후보들은 어떠니? 그녀가 물었죠. 누구 다른 사람이면 낫겠니? 나는 이렇게 말했죠. 나을 것도 없어요, 그리고 폴라는 어차피 저드 사령관으로 마음을 정했는걸요. 자살하겠다는 건 진심이니? 그래요, 식전에 결행하지 못하면 반드시 그 후에라도 하고야 말 거예요. 그리고 내 몸에 손가락 하나라도 대는 순간 저드 사령관도 죽여 버릴 거예요. 칼로 할 거예요. 그 사람 목을 그어 버릴 거예요.

내가 할 수 있다는 걸 보여 주려고 확신에 차서 이 말을 했는데, 그 순간에는 정말 그럴 수 있을 것 같았어요. 그 남자 몸에서 쏟아져 나오는 피가 느껴지는 것 같았어요. 그리고 나의 피도요. 눈앞에 선히 보일 것 같았죠. 붉은색 아지랑이가.

비달라 아주머니라면 내게 몹시 사악하다고 했겠지만 에스테 아주머니는 그러지 않았어요. 오히려 내 고통을 이해한다고 했어요.

"그렇다면 네가 더 큰 선(善)에 공헌할 수 있는 다른 길이 있다고 생각하는 거니? 혹시 부름을 받은 적은 없니?"

그 부분은 잊고 있었지만 이제 생각이 났어요.

"아, 네." 나는 말했어요. "네, 그랬어요. 더 높은 봉사를 하라는 부름을 받았어요."

에스테 아주머니는 나를 오래도록 탐색하는 눈으로 바라보았어요. 그러더니 소리 없이 기도를 좀 해도 되겠느냐고 묻더군요. 어떻게 할지 인도를 받아야 한다고. 그녀가 손을 모으고, 눈을 감고, 고개를 숙이는 모습을 지켜보았어요. 숨을 죽이고. 제발, 하느님, 올바른 메시지를 내려 주세요. 나도 내 나름의 기도를 올렸어요.

마침내 그녀가 눈을 뜨고 내게 미소를 지었어요.

"내가 부모님께 말씀을 드려 보마. 그리고 리디아 아주머니께도."

"감사합니다." 나는 또 울기 시작했는데, 이번에는 안도감 때문이었지요.

"나와 함께 가고 싶니?" 에스테 아주머니가 말했어요. "부모님과 상의하러?"

"저는 못 가요." 내가 말했어요. "나를 붙잡아서 내 방에 가두고 약을 먹일 거예요. 그러리라는 걸 아시잖아요."

그녀는 부인하지 않았어요.

"그게 최선일 때도 있지. 하지만 네 경우에는 생각이 다르단다. 여기 학교에 남아 있을 수는 없어. '눈'이 들어와서 너를 데려가 네 마음을 바꾸겠다고 하면 내가 막을 길이 없거든. 너도 '눈'이 그러는 건 원치 않지. 그러니 나와 함께 가는 쪽이 나을 거다."

에스테 아주머니는 폴라를 감평하고 무슨 짓이든 할 수 있는 사람이라는 판단을 내렸던 거예요. 에스테 아주머니가 폴라에 대한 이런 정보를 어떻게 입수했는지 그때는 몰랐지만 이제는 알아요. 아주머니들에게는 그 나름대로의 수단과 첩보 제공자들이 있었어요. 아주머니들에게는 지나치게 단단한 장벽도, 잠긴 문도 없어요.

우리는 밖으로 나갔고 에스테 아주머니가 우리 운전사에게 아그네스 제미마를 이렇게 오래 붙잡아 둬서 미안하다고, 괜한 걱정을 끼치지는 않았기를 바란다고 사령관의 아내한테 전하라고 말했어요. 그리고 중요한 문제를 결정해야 하니 그녀, 에스테 아주머니가 곧 카일 사령관의 아내를 방문하게 될 거라는 얘기도 꼭 하라고 말했어요.

"그럼 아가씨는 어떻게 합니까?" 그가 말하는 건 나였어요.

내가 책임질 테니 걱정할 필요 없네, 에스테 아주머니는 말했어요. 운전사는 내 쪽으로 책망의 눈길을…… 솔직히, 몹시 더러운 표정을 했어요. 자기가 나한테 속았고, 이제 골치 아프게 됐다는 걸 깨달았던 거죠. 그러나 그는 차에 타고 교문 밖으로 가 버렸어요. 천사들은 비달라 학교 소속이었고, 따라서 에스테 아주머니의 명령에 따르게 되어 있었거든요.

그리고 에스테 아주머니는 호출기를 써서 담당 수호자 운전기사를 불렀고, 우리는 그 차에 탔어요.

"안전한 곳으로 너를 데리고 가는 거야. 내가 네 부모님과 얘기를 하는 동안 너는 거기 있어야 한다. 우리가 안전한 장소에 다다르면 꼭 뭘 좀 먹겠다고 나와 약속하렴. 알겠니?"

"배고프지 않을 거예요." 내가 말했어요. 아직도 애써 눈물을 참고 있었어요.

"좀 안정되면, 배가 고플 거야." 그녀가 말했어요. "어쨌든 따뜻한 우유 한 잔만이라도." 에스테 아주머니는 내 손을 잡고 꼭 쥐었어요.

"다 잘될 거다. 세상만사가 다 잘될 거야."

그러더니 손을 놓고 가볍게 토닥여 주었죠.

내게는 그 이상 위로가 될 수 없는 말이었지만, 또 울음이 터질 것 같아져 버렸어요. 친절은 가끔 그런 효과를 낳을 때가 있답니다.

"어떻게요?" 내가 물었죠. "어떻게 잘될 수가 있나요?"

"나도 모르지." 에스테 아주머니가 말했어요. "하지만 잘될 거란다. 내겐 믿음이 있단다." 그녀는 한숨을 쉬었어요. "믿음을 갖는 건 가끔 힘들게 노력해야 하는 일이란다."

38

해가 지고 있었어요. 봄 공기는 그맘때 자주 볼 수 있는 황금빛 아지랑이로 가득했죠. 먼지, 아니면 꽃가루. 너무나 상큼한, 갓 돋아나 펼쳐진 나뭇잎에는 반들거리는 고유의 광택이 났어요. 잎사귀 한 장한 장이 마치, 절로 포장이 풀리고 흔들려 쏟아지는 선물 같았죠. 하느님이 방금 창조하신 것 같지 않니, 에스테 아주머니는 예전에 '자연에 대한 감사' 시간에 그렇게 말하며, 죽은 듯 보이는 겨울나무들 위로 손을 흔들어 싹이 트고 잎새가 펼쳐지게 만드는 하느님의 모습을 우리에게 그려 보이곤 했어요. 잎새 한 장 한 장 다 저만의 모양이 있단다, 에스테 아주머니는 덧붙여 말했죠, 꼭 너희들처럼! 그건 아름다운 생각이었어요.

에스테 아주머니와 나는 차를 타고 황금빛 거리를 지나쳤어요. 이집들, 이 나무들, 이 인도들을 내가 다시 볼 수 있을까요? 텅 빈 인도, 고요한 거리. 집 안에서 불빛이 비치고 있었어요. 저 안에는 행복한 사람들, 자기가 어디 소속인지 잘 알고 있는 사람들이 있겠죠. 벌써 추방자가 된 기분이었어요. 내가 나 자신을 추방했으니 자기연민을 느낄 자격이 없었지만요.

"우리 어디로 가는 거예요?" 에스테 아주머니에게 물었어요.

"아르두아 홀." 그녀가 말했어요. "내가 부모님을 만나고 오는 동안 너는 거기 있으면 돼."

아르두아 홀이 언급되는 걸 들은 적이 있지만, 그때마다 조심스럽게 숨죽인 말투였어요. 그곳은 아주머니를 위해 특별히 마련된 장소였거든요. 우리 눈에 안 보이는 곳에서 아주머니가 무슨 일을 하든 우리가 상관할 일이 아니라고, 질라가 말했어요. 자기들끼리 은밀히 생활하는 사람들인데 우리가 참견할 일이 아니라면서.

"하지만 *그런 사람들*에 끼고 싶지는 않아요." 질라는 덧붙여 말하곤 했죠.

"왜 싫어?" 언젠가 내가 물었어요.

"고약한 일이니까." 베라가 파이에 쓰려고 갈아 둔 고기를 포크로 푹푹 찌르며 말했어요. "더러운 일로 손을 버린다고요."

"우리 대신 맡아서 해 주는 거잖아요." 질라가 파이 껍질 반죽을 밀대로 밀며 온순하게 말했어요.

"그들은 마음도 더럽힌다고." 로사가 말했어요. "원하든 원치 않든 말이야." 뼈를 자르는 커다란 칼로 양파를 다지고 있었어요. "글을 읽다니!" 유독 큰 소리를 내며 칼을 쿵 내리쳤죠. "한 번도 좋았던 적이 없어."

"나도 싫더라고요." 베라가 말했어요. "억지로 뭘 파고 다니게 될지 누가 알아! 더럽고 수상쩍은 비리나 들춰 보겠지."

"우리보다는 아주머니가 나아요." 질라가 말했어요.

"평생 남편도 못 갖잖아." 로사가 말했어요. "다 말라빠져서."

"껍질 준비 다 됐어요." 질라가 말했어요. "우리 셀러리 있나요?"

아주머니에 대한 이런 맥 빠지는 견해에도 불구하고 나는 아르두아 홀이라는 관념에 매료됐어요. 타비사가 우리 어머니가 아니라는 걸 알게 된 후로, 비밀이라면 무조건 마음이 끌렸거든요. 어릴 때는 마음속에서 아르두아 홀을 꾸미고 거대하게 부풀리고 마술적인 특징을 부여했어요. 지하에 있지만 사람들이 잘 모르는 권능을 그토록 많이 갖고 있는 장소라면 틀림없이 건물이 위압적일 테지요. 거대한 성일까요, 아니면 감옥에 가까울까요? 우리 학교 같을까요? 무엇보다 아주머니들만 열 수 있는 거대한 황동 자물쇠가 문에 주렁주렁 달려 있을 거예요.

마음은 빈 곳이 있으면 의무적으로 채우기 마련이지요. 호기심도 그렇지만, 두려움도 언제나 손 닿는 곳에 있어 공백을 채워 주었어요. 나는 그 둘 모두와 관련해 풍부한 경험이 있답니다.

"그곳에 사시는 거예요?" 그제야 에스테 아주머니에게 물었죠. "아르두아 홀에?"

"이 도시의 아주머니들은 모두 거기 산단다." 그녀가 말했어요. "왔다 갔다 하기는 하지만."

가로등이 빛나기 시작해 대기를 탁한 오렌지빛으로 바꿀 무렵, 우리는 높은 붉은 벽돌 장벽의 관문에 도달했어요. 빗장이 걸린 철문은 닫혀 있었어요. 우리가 탄 차가 잠시 정차했고, 다음 순간 철문이 활짝 열렸지요. 플러드라이트*가 있고, 나무들이 있었어요. 저 멀리, '눈'의 검은 제복을 입은 일군의 남자들이 환한 조명으로 밝혀진 흰색 열주의 붉은 벽돌 궁전 앞 널찍한 계단에 서 있었어요. 아니, 궁전처럼 보였어요. 금세 나는 그 건물이 과거에 도서관이었다는 걸 알게 되었지요.

---

* 야간 경기를 밝힐 때 쓰는 강력한 투광 조명등.

우리 차가 서서히 속도를 줄이고 정차하자, 운전사가 먼저 에스테 아주머니를 위해서, 다음에는 나를 위해 문을 열어 주었어요.

"고맙네." 에스테 아주머니가 그에게 말했어요. "여기서 기다려 주게. 금세 돌아올 테니."

그녀는 내 손을 잡았고, 우리는 거대한 회색 석조 건물 측벽을 따라 걷다가 포즈를 취한 다른 여자들의 군상에 에워싸인 어떤 여자의 석상을 지나쳤어요. 길리어드에서 여자의 석상을 보는 일은 흔치 않아요, 남자들뿐이죠.

"리디아 아주머니야." 에스테 아주머니가 말했어요. "아니, 그분의 석상이라고 해야겠네."

내 상상이었을까요, 아니면 에스테 아주머니가 살짝 무릎을 굽혀 절을 했던 걸까요?

"실제와 다르네요." 내가 말했어요. 리디아 아주머니의 방문이 비밀인지 아닌지 알 수 없어서 덧붙여 말했어요. "장례식에서 뵌 적이 있어요. 그렇게 크지 않으시던데."

에스테 아주머니는 잠시 대답이 없었어요. 이제 와서 돌이켜 보니 어려운 질문이었다는 걸 알겠어요. 그런 권력자가 왜소하다는 말을 하다가 들키면 큰일이니까요.

"그래." 그녀가 말했죠. "하지만 석상은 진짜 사람이 아니니까."

우리는 포장된 산책로로 들어섰어요. 산책로 옆으로 길게 붉은 벽돌의 3층 건물이 뻗어 있었는데, 중간중간 똑같이 생긴 문들이 아주 많았고, 각 문으로 이어지는 계단 몇 개가 있고 그 위에 하얀 삼각형이 덮여 있었어요. 삼각형 안에 뭔가 글씨가 쓰여 있었는데, 아직 나는 읽을 수가 없었죠. 그럼에도 버젓이 공적인 건물에 글자가 쓰여 있다는 사실에 충격을 받았어요.

"여기가 아르두아 홀이다." 에스테 아주머니가 말했어요. 실망스러웠어요. 훨씬 더 웅장한 건물을 생각하고 있었거든요. "들어와. 이 안에서는 안전할 거야."

"안전하다고요?" 내가 말했어요.

"지금은." 에스테 아주머니가 말했죠. "그리고 당분간은 그랬으면 좋겠구나." 그녀는 온화하게 웃었어요. "아주머니의 허락이 없이는 어떤 남자도 안으로 들어올 수 없어. 법이 그렇단다. 내가 돌아올 때까지는 여기서 쉬면 된단다."

남자들로부터는 안전할지 모르지만, 여자들은 어떡해요? 나는 생각했어요. 폴라가 쳐들어와서 나를 끌고 나가서, 남편들이 있는 곳으로 다시 데리고 갈지도 모르잖아요.

에스테 아주머니는 나를 데리고 소파가 있는 중간 크기의 방을 지나갔어요.

"여기가 공용 거실이야. 저 문으로 나가면 욕실이 있어." 그녀는 나를 데리고 계단을 한 층 올라가 싱글베드와 책상이 있는 작은 방으로 들어갔어요. "다른 아주머니가 따뜻한 우유 한 잔을 갖다주실 거야. 그다음에는 눈을 좀 붙여야 해. 제발 걱정은 넣어 두렴. 하느님께서 다 괜찮을 거라고 내게 말씀하셨단다."

에스테 아주머니가 보여 주는 믿음만큼 확신을 가질 수는 없었지만 그래도 위로가 되더군요.

에스테 아주머니는 조용한 아주머니가 뜨끈한 우유를 가져올 때까지 기다려 주었어요.

"고마워요. 실루엣 '아주머니'." 그녀가 말했죠.

그 아주머니는 고개를 끄덕이고 미끄러지듯 나갔어요. 에스테 아주머니는 내 팔을 토닥거리고 나가면서 문을 닫아 주었어요.

우유는 한 모금밖에 마시지 않았어요. 믿음이 가지 않았거든요. 아주머니들이 내게 약을 먹인 후 납치해서 다시 폴라의 손아귀로 돌려보내면 어떻게 해요? 에스테 아주머니는 아니겠지만 실루엣 아주머니는 그럴 수도 있어 보였어요. 아주머니는 아내 편이니까요. 아니, 적어도 학교에서 아이들 말로는 그랬어요.

나는 작은 방 안에서 서성거리다가 좁은 침상에 누웠어요. 하지만 극심한 긴장에 잠이 오지 않아서 다시 일어났지요. 벽에는 사진이 한 장 걸려 있었어요. 불가해한 미소를 띠고 있는 리디아 아주머니였지요. 반대편 벽에는 아기 니콜의 사진이 있었고요. 비달라 학교 교실에 걸려 있던 것과 똑같은 익숙한 사진들이었는데, 이상하게 그 덕분에 마음이 좀 편해졌어요.

책상 위에는 책 한 권이 놓여 있었어요.

그날 하루에 금지된 생각과 행동을 너무 많이 해서 한 가지쯤은 얼마든 더 할 수 있었어요. 나는 책상으로 가서 책을 빤히 내려다보았어요. 그 안에 무엇이 있기에 우리 같은 여자애가 보면 그토록 위험하다는 걸까요? 그토록 화르르 불이 붙고? 그토록 파괴적이라니요?

39

나는 손을 뻗었어요. 그 책을 집어 들었어요.

앞표지를 펼쳤어요. 불길이 치솟지는 않았어요.

안에는 흰 책장들이 많고 표식이 아주 많았어요. 그 표식은 작은 벌레들처럼 보였어요, 거미처럼 한 줄로 나란히 선, 까맣고 부서진 벌레들 말이에요. 그 표식에 소리와 의미가 담겨 있다는 사실을 내가 아는 것 같았는데, 어떻게 아는지는 기억이 나지 않았어요.

"처음에는 정말 어려워." 내 뒤에서 어떤 목소리가 말했어요.

나는 문이 열리는 소리를 미처 듣지 못했어요. 소스라쳐 돌아섰죠.

"베카!" 내가 말했어요.

그 애를 마지막으로 본 건 베인 손목에서 피가 솟구치던 리즈 아주머니의 꼿꼿이 수업 때였지요. 그때 베카의 얼굴은 아주 창백하고, 결연하고, 쓸쓸했어요. 이제는 훨씬 좋아 보였죠. 상체는 헐렁하고 허리에서 벨트로 묶은 갈색 옷을 입고 있었어요. 머리카락은 가운데 가르마를 타서 뒤로 모아 묶었죠.

"내 이름은 이제 베카가 아니야." 그 애가 말했어요. "임모르텔 '아주머니'가 됐어. 탄원자 신분이고. 하지만 우리 둘이서만 있을 때는 베카라고 불러도 돼."

"그러니까 결국 결혼하지 않았구나." 내가 말했어요. "리디아 아주머니께서 네가 더 높은 소명으로 부름을 받았다고 얘기해 주셨어."

"그래." 베카가 말했어요. "남자와 결혼하지 않아도 돼, 영영. 하지만 너는? 네가 대단히 중요한 인물과 결혼할 거라는 얘기를 들었어."

"그렇게 됐어." 나는 울기 시작했어요. "하지만 안 돼. 그냥 못 하겠는걸!"

소매로 코를 훔쳤지요.

"알아." 베카가 말했어요. "나는 차라리 죽겠다고 했어. 너도 똑같은 말을 했겠지." 나는 고개를 끄덕였어요. "부름을 받았다고 말했니? 아주머니가 되겠다고?" 나는 또 고개를 끄덕였어요. "너 정말로 부름을 받은 거야?"

"모르겠어." 나는 말했어요.

"나도 모르는걸." 베카가 말했어요. "하지만 6개월의 수습 기간은 마쳤어. 9년 후에는(나이가 차면) 진주 소녀 선교사업에 지원할 수 있게 되고, 그 일을 끝내면 정식 아주머니가 될 거야. 그때는 진짜로 부름을 받을지도 모르지. 그렇게 되기를 기도하고 있어."

나는 울음을 그쳤어요.

"내가 뭘 해야 해? 시험에 통과하려면?"

"처음에는 설거지를 하고 마루를 닦고 화장실을 청소하고 빨래와 요리 일을 도우면 돼, 하녀처럼 말이야." 베카가 말했어요. "그리고 읽는 법을 공부하기 시작해야 할 거야. 독서는 화장실 청소보다 훨씬 더 어려워. 하지만 이제 조금은 읽을 수 있게 됐어."

나는 베카에게 책을 건네줬어요.

"보여 줘!" 내가 말했어요. "이 책은 사악한 거야? 비달라 아주머니가 말했던 것처럼 금지된 것들로 가득 차 있어?"

"이거?" 베카는 웃었어요. "이건 아니야. 『아르두아 홀 규정집』인데 뭐. 역사와 서약과 찬송가가 실려 있지. 거기에 일주일의 세탁 일정하고."

"어서 해 봐! 읽어 줘!"

베카가 정말로 그 검은 벌레 표식을 단어로 번역할 수 있는지 보고 싶었어요. 하지만 내가 글을 읽지 못하니 맞게 읽는지 어떻게 알겠어요?

베카는 책을 펼쳤어요.

"여기 있네, 첫 페이지에. '아르두아 홀. 이론과 실천. 프로토콜과 절차, 페르 아르두아 쿰 에스트루스.'" 그리고 내게 보여 주었어요. "이거 보여? 이게 A야."

"A가 뭐야?"

베카는 한숨을 쉬었어요.

"우리 오늘은 이걸 못 해. 힐데가르트 도서관에 가야 하거든. 내가 야간 당직이라서. 하지만 네가 여기 계속 있어도 된다고 하면 도와준다고 약속할게. 네가 여기에서 나하고 같이 살아도 되는지 리디아 아주머니께 여쭤볼 수도 있어. 침실 두 개가 비어 있거든."

"허락해 주실까?"

"잘 모르겠어." 베카는 언성을 낮췄어요. "하지만 여기처럼 안전한 데 있다고 생각되더라도 아주머니에 대해 나쁜 말은 하지 마. 그런 걸 알아내는 방법이 있으시니까." 베카는 속삭였어요. "아주머니들 중에서도, 정말 무서운 분이야."

"비달라 아주머니보다 더 무서워?" 나도 속삭여 물었죠.

"비달라 아주머니는 네가 실수를 하길 바라시지." 베카가 말했어요. "하지만 리디아 아주머니는…… 설명하기가 어려워. 그분은 자

350

기를 능가하길 바라신다는 느낌이 들어."

"영감이 될 것 같은데." 내가 말했어요.

영감을 준다는 리즈 아주머니가 제일 좋아하는 말이었어요. 꼿꼿이에 그 말을 쓰셨죠.

"그분은 너를 정말 훤히 꿰뚫어 보듯 바라보셔."

너무 많은 사람의 눈길이 나를 그냥 스쳐 지나갔어요.

"난 좋을 것 같아." 내가 말했어요.

"아니야." 베카가 말했어요. "그래서 그분이 그렇게 무서운 거야."

40

폴라가 아르두아 홀에 찾아와서 내 마음을 돌리려 했어요. 리디아 아주머니가 내가 폴라를 만나서 내가 내린 결정의 정당성과 신성함을 직접 설득하는 게 옳다고 해서 그 말씀을 따른 거예요.

폴라는 아르두아 홀의 우리가 방문객을 맞을 수 있는 공간인 슐라플리 카페의 분홍색 테이블에서 나를 기다리고 있었어요. 몹시 화가 나 있었죠.

"저드 사령관님과 인연을 맺기 위해서 네 아버지와 내가 얼마나 고생을 했는지 알기나 하니?" 폴라는 말했어요. "네가 아버지에게 불명예를 끼쳤어."

"아주머니에 입회하는 것은 불명예와는 거리가 멉니다." 나는 경건하게 말했어요. "저는 더 높은 소명으로 부름을 받았어요. 거절할 수는 없습니다."

"거짓말이야." 폴라가 말했어요. "너는 하느님이 특별히 선택하실 만한 부류의 아이가 아니야. 명령이니 당장 집으로 돌아와라."

나는 벌떡 일어나서 찻잔을 마루에 던져 깨어 버렸어요.

"감히 하느님의 뜻을 의심하는가?" 나는 악을 쓰다시피 했어요. "네 죄가 너를 찾아오리라!"

무슨 죄인지는 몰랐지만, 누구나 이런저런 죄는 있는 법이니까요.

"미친 척해." 베카가 말해 줬어요. "그러면 아무한테도 시집가라고 하지 않을 거야. 네가 뭔가 폭력적인 짓을 하면 자기네 책임이니까."

폴라는 정말 소스라치게 놀랐어요. 잠시 아무 대답도 없더니 이렇게 말했어요.

"아주머니들은 카일 사령관님의 동의를 구해야 하는데, 사령관님은 절대 허락하지 않으실 거다. 어차피 가야 하니까 짐을 꾸리렴, 지금 당장."

그러나 그 순간, 리디아 아주머니가 카페로 들어왔어요.

"저와 말씀을 좀 나누실까요?" 폴라에게 말했지요.

두 사람은 나와 멀찌감치 거리를 두고 다른 테이블로 자리를 옮겼어요. 나는 리디아 아주머니가 무슨 말을 하는지 들어 보려 귀를 쫑긋 세웠지만 들을 수 없었지요. 그러나 폴라가 자리에서 일어날 때 보니 얼굴이 어디 아픈 사람 같았어요. 그녀는 내게 아무 말도 없이 카페를 나갔고, 그날 오후 카일 사령관은 나에 대한 권위를 아주머니들에게 넘긴다는 공식 승인서에 서명했어요. 수년이 지난 후에야 비로소 나는 리디아 아주머니가 폴라한테 무슨 말을 해서 나를 강제로 포기하게 만들었는지 알게 됐어요.

다음에는 창설자 아주머니들과 면접을 거쳐야 했어요. 베카가 각각의 아주머니들 앞에서 보여야 할 최선의 행동거지를 충고해 주었거든요. 엘리자베스 아주머니는 더 큰 선에 헌신하는 마음가짐을 중요시하고, 헬레나 아주머니는 그냥 빨리 해치우기를 바라지만, 비달라 아주머니는 비굴하게 아부하면서 수치를 자처하는 걸 좋아한다고 해서 나는 마음의 준비를 했어요.

첫 번째 면접은 엘리자베스 아주머니였어요. 그녀는 내가 반감을 갖는 게 결혼인지, 저드 사령관과의 결혼인지를 물었어요. 그래서 결혼 전반에 반감이 있다고 했더니 마음에 들어 하는 기색이었죠. 내 결정이 저드 사령관을, 사령관의 감정을 다치게 할 수 있다는 생각은 해 봤냐는 질문도 했어요. 나는 하마터면 저드 사령관에게는 감정이란 게 별로 없어 보였다고 대답할 뻔했지만 베카가 불경한 말은 한마디도 하지 말라고, 아주머니들이 봐주지 않을 거라고 해서 참았어요.

저드 사령관의 감정적 안녕을 바라고 기도했다고, 누구보다 행복할 자격이 있는 분이니 다른 아내가 그 행복을 가져다줄 거라 믿는다고, 하지만 하느님의 인도가 나는 그분께, 아니 다른 어떤 남자에게도, 그런 행복을 가져다줄 수 없을 거라고 알려 주셨고, 따라서 한 남자와 한 가정보다는 길리어드의 모든 여성에게 봉사하는 일에 전념하고자 한다고 말했어요.

"그게 네 진심이라면, 영적으로, 이곳 아르두아 홀에서 아주 잘 지낼 수 있는 위치에 잘 자리 잡은 것 같구나." 엘리자베스 아주머니가 말했어요. "나는 너를 조건부로 받아 주는 쪽으로 투표하겠다. 6개월 후에 이 삶이 정말로 네가 따르길 선택한 길인지 살펴보마."

내가 거듭거듭 감사하다고 인사하고, 얼마나 황송한지 모르겠다고 했더니 그녀는 기뻐하는 눈치였어요.

헬레나 아주머니와의 면접은 별것 없었어요. 공책에 글을 적으며 눈을 들어 쳐다보지도 않았죠. 리디아 아주머니께서는 이미 마음을 정하셨다면서, 당연히 자기도 동의해야 할 거라고 말했어요. 내가 따분하고 자기 시간을 낭비하는 존재라는 눈치를 주면서요.

비달라 아주머니와의 면접이 가장 어려웠어요. 예전에 나를 가르쳤던 교사였고, 그때도 나를 좋아하지 않았으니까요. 아주머니는 내가 의무를 회피하고 있다고 말했어요. 여성의 몸이라는 축복을 받은 소녀는 누구나 하느님과 길리어드의 영광과 인류를 위해 성스러운 희생제물로 이 몸을 바쳐야 할 의무가 있고, 또한 그런 몸이 창조의 순간부터 물려받은 기능을 수행해야 하며, 그것은 자연의 법칙이라고요.

나는 하느님이 여성에게 주신 다른 선물도 있다고 말했어요. 비달라 아주머니에게 주신 것과 같은 선물처럼 말이에요. 그러자 그녀는 "그게 어떤 선물이냐?" 하고 물었어요. 나는 읽을 수 있는 능력이라고 말했지요. 모든 아주머니는 그런 방면으로 축복을 받았으니까요. 그녀는 아주머니들이 하는 읽기는 성스러운 읽기이고 따라서 자기가 방금 말한 모든 목적에 봉사한다고(그리고 아까 말한 여자의 온갖 의무를 한 번 더 되풀이해 읊조리더군요.) 말하더군요. 그런데 감히 네가 그 정도로 충분히 축성받았다고 믿는 거냐?

비달라 아주머니는 빛나는 모범이므로 그녀와 같은 아주머니가 될 수 있다면 어떤 힘든 일이라도 하겠다고, 나는 전혀 축성받은 존재가 아니지만, 혹시라도 은총과 기도를 통해서 충분한 축성을 받을지도 모른다고, 하지만 그렇다 해도 그녀가 이룩한 신성함의 경지에 도달할 꿈은 꾸지도 못할 거라고 말했지요.

비달라 아주머니는 내가 합당한 온순함을 보여 주고 있으니, 성공적으로 아르두아 홀의 봉사 공동체에 통합되는 데 있어 좋은 징조라고 하더군요. 심지어 내가 나가기 전에 그 인색하게 꼬집힌 듯한 미소도 보여 주었어요.

마지막 면접은 리디아 아주머니였어요. 다른 사람들도 불안했지만 리디아 아주머니의 집무실 밖에 서 있자니 죽도록 무서웠어요. 생각이 달라지셨다면 어떻게 하지? 리디아 아주머니는 무섭기도 하지만 예측할 수 없는 사람으로 유명했어요. 문을 두드리려고 손을 드는데 안에서 그녀의 목소리가 들려왔어요.

"하루 종일 거기 서 있을 거냐? 들어와."

숨겨진 작은 카메라로 나를 보고 있었을까요? 리디아 아주머니는 그런 장비를 여러 개 설치해 놓았다는데, 뜬소문일 수도 있다고 베카한테 들었어요. 하지만 머지않아 나는 아르두아 홀이 반향실이라는 걸 알게 되었지요. 뜬소문이 서로 돌며 살을 붙이고 부풀어 애초에 어디서 온 건지 알 수 없게 된다는 걸.

나는 집무실로 들어갔어요. 리디아 아주머니는 파일 폴더가 산더

미처럼 쌓인 책상 뒤에 앉아 있었어요.

"아그네스." 그녀가 말했어요. "먼저 축하를 해야겠구나. 숱한 장애물을 뚫고 여기까지 오는 데 성공했고, 우리와 합류하라는 부름에 응답했으니 말이다."

나는 고개를 끄덕였어요. 어떤 부름을 받았느냐고(어떤 목소리를 들었느냐?) 물을까 봐 두려웠지만 그녀는 그러지 않았어요.

"저드 사령관과 결혼하고 싶지 않다는 마음은 아주 확실한 거냐?"

나는 고개를 끄덕여 그렇다고 했어요.

"현명한 선택이야." 그녀가 말했어요.

"뭐라고요?" 나는 놀랐어요. 여성의 참된 의무라든가 뭐 그런 얘기에 대해서 도덕적인 훈계를 늘어놓을 줄 알았거든요. "아, 저, 실례지만 다시 말씀해 주시겠어요?"

"네가 저드 사령관의 아내감으로 적합하지 않았을 거라는 얘기란다."

나는 안도의 한숨을 내쉬었어요.

"네, 리디아 아주머니. 그랬을 거예요. 그분이 너무 실망하지는 않으시길 바랍니다."

"이미 내가 더 적당한 선택지를 제안했다." 그녀가 말했어요. "네 학교 동기인 슈나마이트 말이다."

"슈나마이트요? 하지만 그 애는 다른 사람과 결혼할 예정인걸요!"

"이런 주선은 언제나 변경될 수 있단다. 남편감이 바뀌면 슈나마이트가 좋아하겠지, 안 그러냐?"

슈나마이트가 나에 대한 질투심을 거의 숨기지도 않았던 기억이 떠올랐고, 결혼으로 얻게 될 물질적 풍요에 흥분하던 생각도 났어요. 저드 사령관은 그보다 열 배는 더 많은 재물을 주겠지요.

"깊이 감사하는 마음을 가질 겁니다."

"나도 그렇게 생각한다." 리디아 아주머니는 미소를 지었어요. 오래된 순무가 웃는 것 같았어요. 우리 하녀들이 수프 육수를 낼 때 쓰는 말라빠진 순무 말이에요. "아르두아 홀에 온 걸 환영한다." 그녀가 계속 말했어요. "너는 합격했어. 이 기회에 감사하고 너를 도운 우리 은혜를 잊지 않기를 바란다."

"그럼요, 리디아 아주머니," 말이 간신히 나왔어요. "진심으로 감사합니다."

"그 말을 들으니 기쁘구나." 그녀가 말했어요. "아마 언젠가 지금 도움을 받은 것처럼 너도 우리를 도울 날이 올 거다. 선은 선으로 갚아야 하는 법이지. 그게 여기 아르두아 홀의 암묵적인 규칙이란다."

XV

여우와 고양이

아르두아 홀 홀로그래프

41

모든 것은 기다리는 여자의 차지다. 시간이 흐르면 모든 뒷굽은 닳는다.* 인내심은 미덕이다. 복수는 나의 것이다.

이 고색창연한 지혜의 말들이 언제나 진실인 건 아니지만 가끔은 맞는다. 여기 언제나 옳은 말이 하나 있다. 모든 건 타이밍에 있다. 농담이 그렇듯.

우리가 이 근처에서 농담을 많이 하는 건 아니지만 말이다. 우리는 경박한 악취미로 비난받기를 원하지 않는다. 권력자의 위계에서 농담이 허락되는 건 최정상에 있는 이들뿐이고, 그들도 개인적인 자리에서만 농담을 한다.

그러나 본론으로 들어가자.

---

* Time wounds all heels. '시간이 모든 상처를 치유한다(Time heals all wounds).'라는 경구에서 두 단어의 위치를 바꾸고 heal/heel의 발음이 같은 점을 이용한 말장난이다.

벽에 붙은 파리, 아니 더 정확히 말해 벽 속의 귀 노릇을 하는 특권을 누렸던 것은, 내 정신적 발전에 결정적인 역할을 했다. 참으로 교훈적이었다. 듣고 있는 제삼자가 없다고 믿고 젊은 여자들이 나누는 비밀 이야기란. 지난 세월 동안 나는 마이크의 감도를 높여, 속삭임의 주파수에 맞추었고, 새로 모집한 소녀들 중 누가 그런 수치스러운 정보를 내게 제공해 줄까 숨을 죽였다. 나는 갈구하고 또 수집했다. 서서히 나의 사건 기록은 이륙 준비가 된 열기구처럼 팽팽하게 부풀어 올랐다.

베카의 문제는 수년이 걸렸다. 그 애는 고통의 일차적 원인에 대해 워낙 말을 아꼈고, 심지어 학교 친구인 아그네스에게도 털어놓지 않았다. 나는 충분히 신뢰가 쌓일 때까지 기다려야 했다.

마침내 그 화두를 꺼낸 건 아그네스였다. 내가 여기서 그들의 과거 이름을 쓰는 건(아그네스, 베카) 자기들끼리 쓰는 이름이기 때문이다. 아주머니로의 완벽한 변신은 아직 멀었지만, 그 사실이 나는 마음에 들었다. 하지만 엄밀히 따지고 들면 그런 사람이 어디 있겠나.

"베카, 실제로 무슨 일을 겪은 거니?" 성경공부를 하던 어느 날 아그네스가 물었다. "왜 그렇게까지 결혼에 반감을 갖게 된 거냐고." 침묵. "뭔가 있다는 건 알아. 부탁인데, 나한테만 털어놓으면 안 되겠니?"

"난 말 못 해."

"나는 믿어도 돼, 말하지 않을 거야."

그러자 조각조각, 그 이야기가 흘러나왔다. 야비한 그로브 박사는 치과 진료 의자에 앉은 젊은 환자들에게 손을 대는 데서 그치지 않았다. 나는 꽤 오래전부터 이 사실을 알고 있었다. 심지어 사진 증거도 수집했지만, 못 본 체 넘겼던 건 어린 소녀들의 증언은(그 애들한 테서 증언을 끌어낼 수 있다면 말이지만, 이 경우에는 회의적이었다.) 효력이 아예 없거나 아주 미약하기 때문이었다. 심지어 성인일 경우에도, 여기 길리어드에서는 여자 증인을 넷 합쳐야 남자 한 명에 맞먹을 수 있었다.

그로브는 그 점을 믿었다. 그리고 그 남자는 사령관들의 전폭적인 신뢰를 받고 있었다. 그는 훌륭한 치과의사였고, 권력자들의 고통을 덜어 줄 수 있는 전문직 종사자들에게는 상당히 폭넓은 자유가 허용 된다. 의사, 치과의사, 변호사, 회계사. 길리어드라는 신세계에서도, 구세계에서와 마찬가지로, 그들의 죄는 빈번히 용서받았다.

그러나 그로브가 어린 베카에게(아주 어린 베카에게, 그리고 좀 더 자 랐지만 여전히 어린 베카에게) 저지른 짓은, 내가 보기에 응징을 당해 마땅했다.

베카 본인에게 의존해 복수를 실행할 수는 없었다. 그 애는 그로 브에게 불리한 증언을 하지는 않을 거라고, 나는 확신했다. 그리고 이 점은 베카가 아그네스와 나눈 대화로 확인되었다.

아그네스: 누군가한테 말을 해야 해.

베카: 아니, 아무도 없어.

아그네스: 리디아 아주머니께 말씀드릴 수도 있어.

베카: 그는 내 아버지였으니 부모에게는 순종해야 한다고, 그것이 하느 님의 계획이라고 하실 거야. 그게 우리 아버지 본인이 한 말이야.

아그네스: 하지만 실제로는 부모라고 할 수 없잖아. 너한테 그런 짓을 했

는데. 너는 어머니한테서 도둑질당해서 아기 때 넘겨진 거야…….

베카: 아버지는 나에 대한 권리를 하느님한테서 보장받았다고 했어.

아그네스: 너의 어머니라고 하는 사람은?

베카: 내 말을 믿어 줄 리가 없어. 믿어 준다 해도 내가 먼저 여지를 줬다고 할 거야. 다들 그렇게 말하니까.

아그네스: 하지만 너는 네 살이었잖니!

베카: 어쨌든 그렇게 말할 거야. 너도 알잖니. 이제 와서…… 나 같은 사람들 말을 믿어 줄 리가 없어. 그리고 혹시라도 내 말을 믿어 주면, 아버지는 죽임을 당할 거야, '참여 처형'에서 시녀들한테 갈가리 찢길 테고, 그건 내 탓이 되겠지. 그런 가책을 품고 살 수는 없어. 살인이나 마찬가지일 텐데.

나는 눈물, 아그네스의 위로, 영원한 우정의 맹세, 기도는 덧붙이지 않았다. 그러나 그런 것들이 있었다. 가장 단단한 심장도 녹일 수 있었으리라. 내 심장도 녹을 뻔했으니까.

요지는 베카가 이 침묵의 수난을 하느님에게 제물로 바치기로 결심했다는 거다. 하느님이 이걸 어떻게 생각하실지는 잘 모르지만 나는 여기 만족할 수 없었다. 한번 판사는 영원히 판사다. 나는 판결을 내렸고, 형을 언도했다. 그러나 어떻게 집행할 것인가?

한동안 숙고하다가 나는 지난주에 드디어 움직이기로 결정했다. 슐라플리 카페에서 민트 티를 한잔하자고 엘리자베스 아주머니를 초대했던 것이다.

엘리자베스는 만면에 웃음을 띠고 있었다. 내가 특별히 골라서 총애를 베풀어 주는 셈이었기 때문이다.

"리디아 아주머니, 이건 뜻밖의 기쁨이군요!"

써먹기로 마음만 먹으면 그녀는 아주 훌륭한 언행을 보일 수 있었다. 한번 바사 졸업생은 영원히 바사 졸업생이군, 가끔 '라헬과 레아' 센터에서 고집 센 시녀 후보의 발을 흐물흐물 뭉개지도록 때리는 그녀의 모습을 볼 때면 나는 비웃듯 마음속으로 생각하곤 했다.

"우리가 비밀 이야기를 좀 나눠야겠다고 생각했어요." 내가 말했다.

엘리자베스 아주머니는 몸을 바짝 기울이며 가십을 기대했다.

"이제 귀밖에 없어요." 그녀는 말했다.

진실이 아니다. 귀는 그녀의 아주 작은 일부에 불과하다. 하지만 나는 그냥 넘어간다.

"종종 궁금해지는데," 나는 말했다. "아주머니가 동물이라면 어떤 동물이겠습니까?"

그녀는 당혹스러워하며 다시 물러섰다.

"생각해 본 적이 없는 것 같군요." 그녀가 말했다. "하느님이 저를 동물로 만들지 않으셨으니까요."

"한번 생각해 보세요." 내가 말했다. "예를 들어서 여우입니까, 고양이입니까?"

여기서는, 나의 독자여, 내가 당신에게 설명을 빚졌다. 어렸을 때 나는 『이솝 우화』라는 책을 읽었다. 학교 도서관에서 빌렸다. 우리 가족은 책에 돈을 쓰지 않았다. 이 책에 실린 한 우화에 대해 나는 종종 깊은 생각에 잠겼다. 그 이야기는 다음과 같다.

여우와 고양이는 사냥꾼과 사냥개를 피하는 각자 나름의 방법을 논하고 있었다. 여우는 가방을 가득 채울 만큼 잔꾀가 많다면서, 사냥꾼들이 개를 데리고 오면 그 꾀를 하나씩 하나씩 꺼내서 쓰겠다고 했다. 자취를 이중으로 찍으며 왔던 길로 돌아가기, 체취를 없애기 위해 물을 헤치고 달리기, 출구가 여럿 있는 굴로 뛰어들기. 사냥꾼들은 여우의 꾀에 지쳐 떨어져 포기할 테고, 여우는 보통 때처럼 계속 도둑질과 헛간 털기를 하며 살면 된다고 했다.

"그런데 너는 어때, 고양이야?" 여우가 물었다. "네 꾀는 뭐니?"

"나는 속임수가 하나밖에 없어." 고양이가 대답했다. "궁지에 몰리면 나무로 올라가는 법을 알지."

여우는 고양이에게 만찬을 배불리 먹기 전에 흥미로운 대화를 나누어 즐거웠다고 말하고, 자기 저녁 메뉴는 고양이 요리라고 선언한다. 여우 이빨이 딱딱 부딪치는 소리가 나고, 고양이 털 뭉치가 마구 날리고, 여우는 입안에서 고양이 목에 달려 있던 이름표를 퉤 뱉는다. 실종된 고양이를 찾아 달라는 포스터가 전봇대마다 나붙고, 고양이를 잃고 슬픔에 젖은 아이들이 애처롭게 호소한다.

미안. 이건 아니고. 잠깐 흥분해서 상상력이 좀 지나쳤다. 실제 우화는 다음과 같이 이어진다.

사냥꾼과 개들이 현장에 도착한다. 여우는 온갖 꾀를 모두 꺼내 쓰지만 속임수가 바닥나 죽임을 당한다. 반면 고양이는 나무에 올라가 평온하게 그 장면을 지켜보고 있다.

"뭐 그렇게 똑똑하지도 않네!" 고양이는 조소한다.

아니, 아무튼 그 비슷하게 비열한 말을 한다.

길리어드 초창기에 나는 나 스스로 여우인지, 고양이인지 자문하곤 했다. 재주를 넘으면서 내가 지닌 비밀들을 활용해 다른 사람들을 조종할 것인가, 아니면 입에 지퍼를 채우고 제 꾀에 넘어가는 다른 사람들을 보며 즐거워할 것인가? 나는 둘 다였던 것이 분명하다. 다른 많은 사람들과 달리, 나는 아직 여기 건재하지 않은가. 내게는 아직도 가방 가득한 재주들이 있다. 그리고 나는 아직도 높은 나무 위에 있다.

그러나 엘리자베스 아주머니는 내 개인적인 상념에 대해서는 아무것도 모른다.

"솔직히 저는 모르겠네요." 그녀가 말했다. "아마 고양이겠죠."

"그래요. 나도 그쪽은 고양이라고 점찍었어요. 하지만 이제는 내면의 여우를 끌어낼 때가 된 것 같군요."

나는 잠시 말을 끊었다.

"비달라 아주머니가 당신을 중상하려 합니다." 다시 말을 이었다. "당신이 내 석상에 달걀과 오렌지를 일부러 놓아두고 나를 이단과 우상숭배로 고발하려 한다고 주장하더군요."

엘리자베스 아주머니는 넋이 나갔다.

"사실이 아니에요! 비달라가 왜 그런 말을 하겠어요? 나는 한 번도 그 여자를 해코지한 적이 없는데!"

"인간 영혼의 비밀을 누가 가늠할 수 있을까요?" 내가 말했다. "우리 중 누구도 죄 사함을 받지 못했는데요. 비달라 아주머니는 야심 찬 사람입니다. 실질적으로 당신이 내 다음의 이인자라는 걸 감지했던 모양이지요." 여기서 엘리자베스의 얼굴이 환해졌다. 처음 듣는 애기였으므로. "그러므로 당신이 이곳 아르두아 홀의 차기 계승자라는 추론을 했을 겁니다. 이 사실에 틀림없이 원한을 품었겠지요. 일찌감치 길리어드의 신봉자였으므로 당신보다, 아니, 나보다도 서열이 높다고 생각하지 않습니까. 나는 젊지도 않고 건강상태도 최상이 아니다 보니, 정당한 자기 자리를 차지하기 위해서는 당신을 제거해야 한다고 느꼈을 겁니다. 그래서 내 석상에 헌물을 놓는 행위를 금지하는 법을 제정하고자 했을 테지요. 물론 합당한 처벌도 함께." 나는 덧붙였다. "나를 아주머니로부터 제적하고, 당신도 추방하는 길을 모색하고 있을 겁니다."

엘리자베스는 이제 흐느껴 울고 있었다.

"어떻게 그런 앙심을 품을 수가 있어요?" 그녀는 훌쩍거리며 말했다. "우리가 친구라고 생각했는데."

"저런, 우정은 살갗 두께밖에 안 될 수도 있는 법. 걱정 말아요. 내가 보호해 줄 테니까."

"한없는 감사를 드려요, 리디아 아주머니. 참으로 고매한 인격의 소유자이십니다!"

"감사합니다." 내가 말했다. "그렇지만 보답으로 한 가지 해 주었으면 하는 일이 있습니다."

"아, 그럼요! 물론이지요." 엘리자베스가 말했다. "무엇이지요?"

"위증을 해 주었으면 합니다." 내가 말했다.

이건 사소한 부탁이 아니었다. 엘리자베스는 상당한 위험을 감수해야 하리라. 길리어드에서는 위증을 엄히 다스린다. 그럼에도 빈번하게 행해지는 일이지만.

XVI

진주 소녀

증언 녹취록 369B

42

내가 가출한 제이드로 보낸 첫날은 목요일이었어요. 멜라니는 내가 목요일에 태어났으니까 먼 길을 떠날 거라고 했어요. 이건 오래된 동요의 가사였는데*, 수요일의 아이는 슬픔이 가득하다는 얘기도 있었지요. 그래서 나는 언짢고 심술이 날 때면 멜라니가 요일을 잘못 안 거라고, 사실 나는 수요일에 태어났을 거라고 말했고, 그러면 멜라니는 아니라고, 당연히 그럴 리가 없다고, 내가 태어난 시각은 정확히 알고 있다고, 어떻게 그걸 잊을 수가 있겠냐고 했어요.

아무튼 목요일이었어요. 나는 가스와 함께 인도에 앉아 있었어요. 찢어진 검은 타이츠(타이츠는 에이다가 갖다주었지만 찢는 건 내가 했어

---

* 동요 「월요일의 아이(Monday's Child)」를 가리킨다. '월요일의 아이는 얼굴이 예쁘고/ 화요일의 아이는 은총이 가득하며/ 수요일의 아이는 슬픔이 가득하고/ 목요일의 아이는 먼 길을 떠나네/ 금요일의 아이는 사랑과 인정이 많고/ 토요일의 아이는 열심히 일해 먹고 살지/ 그리고 안식일에 태어난 아이는/ 튼튼하고 명랑하고 착하고 즐겁다네.'

요.) 위에 마젠타 반바지를 걸치고 너구리가 씹어 삼켰다가 토한 것 같은 낡은 은빛 젤리 신발을 신고 있었죠. 우중충한 핑크색 티를 입었는데, 에이다가 문신을 보여 줘야 한다고 해서 민소매였어요. 회색 후드티를 허리에 둘러 묶고 검은 야구모자를 썼어요. 맞는 옷은 하나도 없었어요. 쓰레기통에서 아무거나 주워 입은 것처럼 보여야 했거든요. 험한 데서 잔 것처럼 보이려고 새로 염색한 녹색 머리카락도 일부러 더럽혔어요. 초록색 물이 이미 빠지고 있었어요.

"굉장한데." 의상을 다 갖춰 입고 갈 준비를 마친 나를 보고 가스가 말했어요.

"굉장하긴요, 똥 같은데." 내가 말했어요.

"근사한 똥이야." 가스가 말했어요. 단순히 내게 잘 해 주려고 하는 말이라고 생각했고, 그래서 심술이 났어요. 진심이기를 바랐거든요. "하지만 길리어드에 일단 들어가면 정말로 욕은 끊어야 할 거야. 하긴 그 사람들한테 너를 개종시켜서 욕을 못 하게 만들 수도 있지."

기억해야 할 지시사항이 아주 많았어요. 초조한 마음이 들었죠. 틀림없이 내가 망쳐 버리고야 말 것 같았거든요. 하지만 가스가 그냥 바보인 척 연기만 하면 된다고 하기에, 그나마 '연기'라고 말해 주니 고맙다고 대꾸했어요. 남자와 간질거리는 대화를 나누는 데는 재주가 없었어요. 한 번도 해 본 적이 없었거든요.

우리 둘은 은행 밖에 자리를 잡았어요. 가스 말로는 공짜 현금을 겨냥하고 있다면 그곳이 명당이래요. 은행에서 나오는 사람들이 돈을 좀 줄 가능성이 더 높다고요. 보통은 다른 사람, 휠체어를 탄 여자가 이 자리를 차지하지만 우리한테 그 자리가 필요한 동안은 메이데이가 그 여자한테 돈을 주어 자리를 옮기게 했어요. 진주 소녀가 다니는 경로가 있는데, 우리 자리가 그 길에 있었거든요.

땡볕이 내리쬐고 있어서 우리는 작은 그늘 조각이 드리운 벽에 등을 딱 붙이고 있었어요. 나는 앞에 낡은 밀짚모자를 하나 놓고 크레용으로 마분지에 홈리스입니다 제발 도와주세요라고 쓴 팻말을 뒀어요. 원래 누구 다른 사람이 돈을 넣는 걸 보면 더 수월하게 돈을 주는 법이라고 가스가 말했거든요. 나는 황망하고 넋 나간 연기를 해야 했는데, 그건 어렵지 않았어요. 실제로 그런 기분이었으니까요.

동쪽으로 한 블록 떨어진 곳에서는 조지가 모퉁이에 자리를 잡고 있었어요. 진주 소녀나 경찰하고 뭔가 문제가 생기면 그가 에이다나 일라이자한테 연락하기로 했지요. 에이다와 일라이자는 밴에 타고 근처를 돌아다니고 있었어요.

가스는 별로 말이 없었어요. 나는 그가 베이비시터와 보디가드를 합친 역할이라는 결론을 내렸어요. 그러니까 말상대를 해 주러 온 것도 아니고 굳이 나한테 잘 해 줘야 한다는 법도 없는 거죠. 가스도 검은 민소매 티셔츠를 입고 있어서 자기 팔의 문신을 드러내고 있었어요. 한쪽 이두박근에는 오징어, 다른 쪽에는 박쥐가 검은색으로 새겨져 있었지요. 그리고 역시 검은색의 니트 모자를 쓰고 있었어요.

"동전을 던져 주는 사람한테는 웃어 줘." 내가 어느 백발의 할머니에게 웃어 주지 못했더니 가스가 말했어요. "뭐라고 한마디 하고."

"무슨 말을 해요?" 내가 물었죠.

"어떤 사람들은 '주님의 축복 있기를'이라고 해."

내가 그런 말을 했다고 하면 닐이 충격을 받았을 텐데.

"거짓말이잖아요. 신을 믿지 않는다면."

"좋아, 그럼. '감사합니다'라도 괜찮아." 그는 참을성 있게 말했죠. "아니면 '좋은 하루 되세요'라든가."

"그런 말도 못 해요." 내가 말했어요. "위선이잖아요. 고마운 마음도 안 들고, 그 사람들이 거지 같은 하루를 보내거나 말거나 내가 무슨 상관이야."

가스는 웃음을 터뜨렸어요.

"이제는 거짓말이 걱정이야? 아예 이름을 다시 니콜로 바꾸지 그래?"

"그건 내가 선택한 이름이 아니라고요. 빌어먹을 리스트 맨 밑바닥에 있는 이름이라는 걸 알면서."

나는 무릎 위로 팔짱을 끼고 그를 등지고 돌아앉았어요. 나는 1분 1초마다 점점 더 유치해지고 있었어요. 그가 내 안의 그런 부분을 자극했어요.

"분노를 나한테 낭비하지 마." 가스가 말했어요. "나는 가구나 다름없는 존재야. 분노는 아꼈다가 길리어드에 써."

"전부들 나한테 성깔이 있어야 한다고 했잖아요. 그러니까 이게 내 성깔이에요."

"진주 소녀 온다." 가스가 말했어요. "빤히 쳐다보지 마. 아예 보지도 마. 약 기운에 취한 사람처럼 굴어."

보는 것 같지도 않았는데 어떻게 알아봤는지 알 수가 없어요. 거리 저쪽 멀리에 있었거든요. 그러나 금세 우리와 나란해졌어요. 그

중 두 사람, 치맛자락이 긴 은회색 드레스, 하얀 컬러, 하얀 모자. 삐져나온 머리 가닥을 보니 빨간 머리인 한 사람, 눈썹을 보니 갈색 머리인 또 한 사람. 그들은 벽에 기대앉은 나를 웃는 얼굴로 내려다봤어요.

"안녕하세요." 빨간 머리가 말했어요. "이름이 뭐예요?"

"우리가 도와줄 수 있어요." 갈색 머리가 말했죠. "길리어드에는 노숙자가 없답니다."

나는 내가 느끼는 감정만큼 슬퍼 보이기를 바라며 그녀를 물끄러미 올려다보았어요. 두 사람 다 너무나 새침하고 단정해 보였어요. 그래서 세 배는 더 더러운 기분이 들었죠.

가스가 내 팔에 손을 얹더니 자기 거라고 과시하듯 움켜쥐었어요.

"얘는 당신네들하고 말 안 해." 그가 말했어요.

"팔에 그게 뭐예요?" 키 큰 여자, 갈색 머리가 말했어요.

그러더니 뚫어져라 내려다보더군요.

"저 사람이 학대하나요?" 빨간 머리가 물었어요.

다른 여자가 웃음을 지었어요.

"아가씨를 팔고 있나요? 우리가 훨씬 더 좋은 데서 살게 해 줄 수 있는데."

"꺼져, 이 길리어드 암캐들아!" 가스가 인상적인 야만성을 드러내며 말했어요.

진줏빛 드레스와 하얀 목걸이를 걸치고 깔끔하고 단정한 매무시를 한 두 사람을 올려다보는데, 믿거나 말거나 눈물 한 방울이 내 뺨을 타고 흘러내렸어요. 그 여자들은 목적이 있고 나 따위는 어떻게 되든 신경도 쓰지 않는다는 걸 알면서도(나를 수집해서 할당받은 숫자에 더하길 원할 뿐이라는 걸 알면서도) 그 친절함에 마음이 약간 흐물흐물 해졌어요. 누군가 나를 일으켜 세워 주고, 꼭 감싸 주기를 바랐어요.

"어머, 이런." 빨간 머리가 말했어요. "진정한 영웅이 납셨네. 이 여자분한테 이거 하나 준다고 해서 큰일 날 건 없겠죠?" 그 여자는 내게 홍보 책자를 하나 찔러 줬어요. '길리어드에는 당신이 살 집이 있습니다!'라고 쓰여 있었어요. "하느님이 축복하시기를."

두 사람은 떠나면서, 한 번 흘끗 뒤를 돌아보았어요.

"저 사람들이 나를 데려가야 하는 거 아니에요?" 내가 말했다. "저 사람들하고 같이 가야 하잖아요?"

"처음에는 아니야. 우리가 일을 너무 쉽게 해 주면 안 되지." 가스가 말했어요. "길리어드에서 누가 감시하고 있다면, 너무 수상해 보일 거야. 걱정 마, 다시 올 테니까."

43

그날 밤 우리는 다리 밑에서 잤어요. 그 다리는 협곡을 가로질렀고, 협곡 바닥에는 샛강이 흘렀어요. 안개가 피어올랐어요. 뜨거운 낮이 지나고 나자 쌀쌀하고 습했어요. 흙에서는 고양이 오줌 냄새가 났어요. 스컹크였을 수도 있고요. 회색 후드티를 둘러쓰고 문신 흉터 위로 살살 소매를 끌어내렸어요. 아직도 약간 아팠어요.

다리 밑에는 우리와 또 다른 사람들이 너덧 명 있었어요. 남자가

376

셋이고 여자가 둘이었던 것 같은데, 어두워서 잘 알아볼 수가 없었어요. 한 남자는 조지였어요. 우리를 모르는 듯이 행동했지요. 한 여자가 담배를 권했지만 나는 넙죽 받아 피워 보려 할 정도로 바보는 아니었어요. 기침을 했다가는 정체가 들통날 테니까요. 술병도 돌았어요. 가스는 아무것도 피우거나 마시지 말라고 했어요. "그 속에 뭐가 들었는지 누가 알겠어?"라면서

가스는 또 아무와도 말을 섞지 말라는 얘기도 했어요. 이 사람들 누구라도 길리어드의 첩자일 수 있고, 우리 이야기를 탈탈 털려 들지 모른다고, 내가 말실수라도 하면 수상하게 여기고 진주 소녀에게 경고할지도 모른다고 했지요. 말은 가스가 했는데, 대체로는 으르렁거림뿐이었어요. 한두 명은 이미 안면이 있는 사람 같았어요. 한 사람이 말했거든요.

"쟤는 뭐야, 정박아야? 왜 말을 안 해?"

그러면 가스가 말했어요.

"나한테만 말하는 애야."

그러자 다른 남자가 말했어요.

"잘했네. 비결이 뭐냐?"

우리는 초록색 쓰레기 봉지 몇 장을 깔고 누웠어요. 가스가 두 팔로 내 몸을 감싸 안아 주어서 더 따뜻했어요. 처음에는 그의 위팔을 내가 손으로 치웠는데, 그랬더니 가스가 내 귀에 대고 속삭였어요.

"명심해, 너는 내 여자 친구야."

그래서 꿈틀거리는 건 멈췄어요. 그 포옹이 연기라는 걸 알았지만 그 순간에는 개의치 않았어요. 하마터면 정말로 내 첫 남자 친구라고

느낄 뻔했거든요. 대단한 일은 아니라도 내겐 중요한 일이었어요.

다음 날 밤 가스는 다리 밑의 어떤 다른 남자와 싸움에 휘말렸어요. 싸움은 재빨리 끝났고 가스가 이겼어요. 어떻게 이겼는지는 모르겠어요. 짧고 신속한 동작이었어요. 그러더니 가스는 우리가 이동해야 한다고 말했고, 다음 날 밤에는 시내의 교회에서 잤어요. 가스가 열쇠를 가지고 있었어요. 어디서 났는지는 모르겠어요. 신도석 밑의 쓰레기와 오물로 봐서 우리만 거기서 자는 게 아닌 것 같았어요. 버리고 간 배낭들, 빈 병들, 이상하게 생긴 바늘.

우리는 패스트푸드점에서 밥을 먹었고, 덕분에 나는 정크푸드 병을 싹 고쳤어요. 전에는 뭔가 좀 멋지다고 생각했는데, 아마 멜라니가 싫어해서 그랬던 것 같아요. 하지만 날마다 먹었더니 속이 메슥거리고 몸이 붓는 느낌이 들었어요. 나는 낮 시간에 거기 화장실에 가서 씻기도 했어요. 그리고 남는 시간에는 협곡에 쭈그리고 앉아 있었지요.

넷째 밤은 공동묘지였어요. 묘지는 다 좋은데 가끔 사람이 너무 많아서 탈이지, 가스가 말했어요. 묘비 뒤에서 펄쩍 뛰어나와 사람을 놀래는 게 재미있다고 생각하는 사람들도 있었는데, 대개 집에서 가출해서 주말 동안 노숙하는 애들일 뿐이었어요. 진짜 노숙자들은 어둠 속에서 그렇게 사람을 놀래면 칼에 찔릴 확률이 높다는 걸 알았거든요. 공동묘지를 배회하는 사람들이 모두 정신상태가 온전한 건 아니라서요.

"그쪽처럼 말이죠." 나는 가스에게 말했어요.

그는 반응하지 않았어요. 내가 신경을 박박 긁고 있었을 거예요.

가스는 그 상황을 부당하게 이용하지 않았다는 말을 여기서 해 두어야겠어요. 틀림없이 내가 강아지처럼 순진하게 자기를 짝사랑하고 있다는 걸 알았을 텐데도요. 그는 나를 보호하기 위해 그곳에 있었고 나를 보호해 줬어요. 심지어 자기 자신으로부터도요. 나는 그게 힘든 일이었을 거라고 생각하고 싶어요.

44

"진주 소녀는 언제 다시 나타나는 거예요?" 나는 닷새째 아침에 물었어요. "나를 버리고 갔나 봐."

"참을성을 가져." 가스가 말했어요. "에이다가 말했지만, 우리는 예전에도 이런 식으로 길리어드에 사람을 보내 봤어. 몇 명은 성공했지만, 한두 명은 열의가 지나쳐서 첫 접근에 따라나섰지. 국경도 넘기 전에 버려졌어."

"고맙기도 해라." 나는 처량하게 말했어요. "자신감이 막 치솟네. 내가 다 망쳐 버릴 거예요, 확실해."

"침착해. 괜찮을 거야." 가스가 말했어요. "너는 할 수 있어. 우리 모두 너만 믿고 있다고."

"하나도 부담이 안 되네요, 그렇죠?" 내가 말했어요. "그쪽에서 뛰라고 하면, 나는 얼마나 높이요? 그러면 되는 거잖아."

내가 봐도 참 꼴 보기 싫었지만 멈출 수가 없었어요.

바로 그날 늦게 진주 소녀들이 다시 우리 쪽으로 왔어요. 주변에서 어슬렁거리다가, 지나갔다가, 길을 건넜다가 상점 진열장을 보며 반대 방향으로 걸어갔어요. 그러다가 가스가 햄버거를 사러 가자, 길을 건너와서 내게 말을 걸기 시작했어요.

내 이름이 뭐냐고 묻기에 제이드라고 대답했어요. 그러자 그들은 자기소개를 했어요. 베아트리스 '아주머니'가 갈색 머리고, 도브 '아주머니'가 주근깨가 있는 빨간 머리였어요.

행복하냐고 물어서 나는 고개를 흔들어서 아니라고 했어요. 그러자 그들은 내 문신을 보고, 내가 아주 특별한 사람이라서 하느님을 위해 이 모든 수난을 겪은 거라고 말했죠. 그리고 하느님이 나를 아끼신다는 걸 알고 있어서 다행이라고 말했어요. 나는 귀한 꽃이니까 길리어드도 아껴 줄 거라고, 모든 여자는 귀한 꽃이라고, 특히 내 나이의 소녀는 모두 귀한 꽃이라고, 길리어드에 가면 특별한 소녀다운 대접을 받을 거고, 보호받을 거고, 아무도(어떤 남자도) 나를 다치게 할 수 없을 거라고 말했어요. 그런데 함께 있는 남자는 누구죠? 그 남자가 때리나요?

나는 그런 식으로 가스에 대해 거짓말을 하는 게 싫었지만, 고개를 끄덕였어요.

"그 사람이 나쁜 짓을 시키나요?"

나는 바보 같은 표정을 지었고, 베아트리스 아주머니(키 큰 쪽)가 말했어요.

"섹스를 강요하나요?"

나는 그런 일이 부끄럽다는 듯, 아주, 아주 작게 고개를 끄덕였어요.

"그러면 당신을 다른 남자들한테도 돌리나요?"

그건 너무 많이 나갔어요. 가스가 그 비슷한 일이라도 하는 건 상상할 수도 없는데. 그래서 아니라고 고개를 저었지요. 그러자 베아트리스 아주머니가, 아마 아직 그런 시도는 하지 않았나 보다고, 하지만 계속 같이 있으면 그럴 거라고, 그런 남자들이 하는 일이 그렇다고 했어요. 내 나이 또래의 여자애들을 잡아서 사랑하는 척하지만, 조만간 돈을 주는 사람이 있으면 아무한테나 팔아 버린다고.

"공짜 사랑이라니." 베아트리스 아주머니가 경멸적으로 말했어요. "사랑에 공짜는 없어요. 언제나 대가를 치러야 하지."

"심지어 사랑도 아니고." 도브 아주머니가 말했어요. "왜 그 사람이랑 같이 있어요?"

"다른 데 어디로 가야 할지를 모르겠어요." 나는 이 말을 하다 울음을 터뜨렸어요. "가정 폭력 때문에요!"

"길리어드의 가정에는 폭력이 없답니다." 베아트리스 아주머니가 말했어요.

그때 가스가 돌아와서 화를 내는 척 연기했어요. 내 팔을 움켜쥐고(돈을새김 문신이 있는 왼팔이었어요.) 홱 잡아 자기 발치로 쓰러뜨리는 바람에 나는 아파서 비명을 질렀어요. 그러자 가스가 입 닥치라면서 우리는 이제 간다고 했어요.

베아트리스 아주머니가 가스에게 "우리 잠깐 얘기 좀 나눌까요?"라고 말했어요. 그녀가 가스를 우리한테 소리가 들리지 않는 데로 멀찍이 데리고 갔고, 도브 아주머니가 울고 있는 내게 휴지를 주면서 말했어요. "하느님을 대신해서 내가 좀 안아 줘도 될까요?" 그래서 나는 고개를 끄덕였어요.

베아트리스 아주머니가 돌아오면서 말했어요.

"이제 우리 가도 돼요."

그러자 도브 아주머니가 말했죠.

"찬미 있으라."

가스는 이미 성큼성큼 걸어가 버렸어요. 뒤도 한 번 돌아보지 않았어요. 나는 잘 가라는 인사도 하지 못했고, 그래서 더 서럽게 울었어요.

"괜찮아요. 이제 안전해." 도브 아주머니가 말했죠. "강해져야 해요."

그건 길리어드에서 탈출한 난민 여자들이 생츄케어에서 들을 법한 말이었지요. 하지만 우리는 그들과 반대 방향으로 가고 있었어요.

베아트리스 아주머니와 도브 아주머니는 내 양편에 한 사람씩 서서, 나와 아주 바짝 붙어 걸었어요. 그래야 아무도 귀찮게 하지 않죠, 이렇게 말하면서.

"그 청년이 돈 받고 팔아넘겼어요." 도브 아주머니가 경멸 조로 말했어요.

"그랬어요?" 내가 물었어요. 가스는 그럴 작정이라는 말을 내게 하지 않았어요.

"나는 그냥 의향을 묻기만 했어요. 아가씨 가치를 그 정도로 생각하는 거죠. 그 사람이 무슨 성매매 조직이 아니라 우리한테 팔아서 다행인 거예요." 베아트리스 아주머니가 말했어요. "돈을 아주 많이 요구했는데, 내가 깎았어요. 결국 반만 받아서 갔어요."

"더러운 이교도 같으니." 도브 아주머니가 말했어요.

"처녀라면서 값을 더 높이 쳐줘야 한다더라고요." 베아트리스 아주머니가 말했어요. "하지만 우리한테 해 준 얘기는 다르잖아요, 안 그래요?"

재빨리 머리를 굴렸어요.

"나를 불쌍하게 생각해 줬으면 했어요." 나는 속삭여 말했어요. "그래야 나를 데려가 주시죠."

두 사람은 나를 가운데 두고 서로를 흘끗 바라보았어요.

"이해해요." 도브 아주머니가 말했어요. "그렇지만 이제부터는 진실만 말해야 합니다."

고개를 끄덕이며 그러겠다고 했어요.

그들은 묵고 있는 콘도로 나를 데려갔어요. 그 죽은 진주 소녀가 발견된 곳과 같은 콘도일까 궁금했어요. 하지만 그때 내 계획은 최대한 말을 아끼는 것이었고, 괜한 일로 다 망치고 싶지는 않았어요. 그리고 문손잡이에 묶인 채 발견되고 싶지도 않았고요.

콘도는 아주 현대적이었어요. 각각 욕조와 샤워를 갖춘 화장실이 두 개 있고, 커다란 유리창들, 콘크리트 화분에 진짜 식물이 자라는 널찍한 발코니도 있었어요. 나는 곧 발코니로 나가는 문은 잠겨 있다는 걸 알아차렸어요.

샤워를 하고 싶어 죽을 지경이었어요. 내 몸에서는 고약한 냄새가 났어요. 층층이 쌓인 내 더러운 각질과 땀과 오래된 양말을 신은 발 냄새에 코를 찌르는 다리 밑의 진흙 냄새, 거기다 패스트푸드점의

튀김 기름 찌든 내까지 났어요. 콘도는 아주 청결하고 시트러스 공기 청정제 향기가 그득해서 내 체취가 정말로 두드러질 거라고 생각했어요.

베아트리스 아주머니가 샤워하고 싶으냐고 물었을 때 재빨리 고개를 끄덕였어요. 그러나 조심해야 해요. 도브 아주머니가 말했어요. 팔 때문에. 물이 묻으면 딱지가 떨어질 수도 있으니까. 나는 그들의 염려에 감동을 받았어요, 아무리 가짜라도요. 진주알 대신 곪아 터진 몰골을 길리어드로 데리고 가고 싶지 않았을 테니까.

샤워를 하고 하얗고 보송보송한 타월을 몸에 두르고 나와 보니 예전 옷들이 없어지고(너무 더러워서 빨아 봤자 소용이 없겠더라고요, 베아트리스 아주머니가 말했어요.) 그들과 똑같은 은회색 드레스가 놓여 있었어요.

"이걸 입어요?" 내가 물었어요. "하지만 나는 진주 소녀가 아닌데요. 진주 소녀는 두 분인 줄 알았는데."

"진주를 줍는 사람들도 주운 진주들도 다 진주랍니다." 도브 아주머니가 말했어요. "그쪽은 귀한 진주예요. '크나큰 값어치의 진주'."

"그래서 아가씨를 위해서 우리가 그렇게 큰 위험을 무릅쓴 거예요." 베아트리스 아주머니가 말했어요. "여기에는 우리 적이 너무 많아요. 하지만 제이드는 걱정 말아요. 우리가 안전하게 지켜 줄 테니까."

아무튼 공식적으로는 진주 소녀가 아니라도 캐나다 밖으로 나가려면 이 드레스를 입어야 해요, 베아트리스 아주머니가 말했어요. 캐나다 정부가 미성년자 반출 단속을 강화하는 건 인신매매로 보고 있기 때문인데, 그건 정말 잘못된 생각이라는 말도 덧붙였지요.

그러자 도브 아주머니가 소녀는 상품이 아닌데 *반출* 같은 말은 쓰면 안 된다고 지적했어요. 베아트리스 아주머니는 사과하더니 '국경 너머로 이동을 촉진'하는 행위를 뜻한 거라고 둘러댔어요. 그러더니 둘 다 웃음을 짓더군요.

"나는 미성년자가 아니에요." 나는 말했어요. "열여섯 살이거든요."

"신분증 있어요?" 베아트리스 아주머니가 말했어요.

고개를 저어 없다고 했어요.

"우리도 그럴 줄 알았어요." 도브 아주머니가 말했어요. "그건 우리가 준비해 줄게요."

"하지만 혹시라도 문제가 생기지 않도록, 도브 아주머니라는 이름으로 서류를 작성해서 줄 거예요." 베아트리스 아주머니가 말했어요. "캐나다 사람들이 입국 사실을 아니까 국경을 넘을 때 그녀라고 생각할 거예요."

"하지만 저는 훨씬 어린데요." 내가 말했어요. "닮지도 않았고요."

"서류에는 본인 사진이 들어갈 거예요." 베아트리스 아주머니가 말했어요.

진짜 도브 아주머니는 캐나다에 남아 있다가, 새로 들어오는 진주 소녀의 이름을 가지고 다음에 줍는 소녀와 함께 출국하면 된대요. 이런 식으로 사람들을 바꿔치기하는 건 예전부터 해 왔던 일이래요.

"캐나다 사람들은 누가 누군지 우리를 알아보지 못해요." 도브 아주머니가 말했어요. "그들 눈에 우리는 다 똑같아 보이니까."

그런 장난을 치다니 정말 신난다는 듯이, 두 사람 다 웃었어요.

그리고 도브 아주머니가 은빛 드레스를 입는 또 한 가지 정말 중요한 이유는, 길리어드 입국을 수월하게 하기 위해서라고 말해 줬어요. 길리어드에서는 여자가 남자 옷을 입지 않는다면서요. 내가 레깅스는 남자 옷이 아니라고 말했지만 그들은(차분하지만 확고한 말투로) 맞는다고, 남자 옷이라고, 성경에 그렇게 쓰여 있다고, 혐오스러운 물건이라고 말했어요. 그러면서 내가 길리어드의 일원이 되고 싶다면 그 사실을 받아들여야 한다고 하더군요.

나는 마음속으로 다시 한 번 이 사람들과 말다툼을 하지 말자고 다짐하고 그 드레스를 입었어요. 진주목걸이도 걸었는데, 멜라니 말대로 가짜였어요. 하얀 햇빛 가리개 모자가 있긴 했는데, 그건 밖에 나갈 때만 쓰는 거라고 하더군요. 남자들이 주변에 없는 집 안에서는 머리카락을 드러내는 게 허락된다고요. 남자들은 머리카락에 특히 약해서, 자제력을 잃고 넋을 잃고 만다고 했죠. 그리고 내 머리카락은 녹색 빛이 돌아서 특히 더 도발적이라고 말했어요.

"헤어 틴트일 뿐이에요. 색이 빠질 거예요."

변명조로 말하면서, 이미 성급하게 머리색을 선택한 걸 후회한다는 인상을 주려 했어요.

베아트리스 아주머니는 점심으로 피자를 주문했고, 우리는 냉장고에 있던 아이스크림과 함께 피자를 먹었어요. 나는 정크푸드를 먹다니 놀랍다고 말했어요. 길리어드는 정크푸드를 금지하지 않나요? 특히 여자들한테?

"진주 소녀로서 시험의 일환이에요." 도브 아주머니가 말했어요. "외부세계에서 미식의 유혹을 조금씩 맛보고 잘 이해한 다음에, 우리 심장에서부터 거부해야 한답니다."

그러면서 피자를 한 입 더 깨물었어요.

"아무튼 피자를 먹을 기회도 오늘이 마지막이에요." 베아트리스 아주머니는 이미 피자를 싹싹 먹어 치우고 아이스크림을 먹고 있었어요. "솔직히 아이스크림은 뭐가 문제인지 모르겠어요. 화학물질만 없으면요."

도브 아주머니가 비난하는 표정을 지었어요. 베아트리스 아주머니는 스푼을 핥았어요.

아이스크림은 사양했어요. 너무 초조했거든요. 그리고 이제 아이스크림이 좋지도 않았어요. 멜라니가 너무 생각났거든요.

그날 밤 침대에 들기 전에 나는 화장실 거울에서 내 모습을 뜯어보았어요. 샤워하고 음식을 먹었는데도, 몰골이 형편없었어요. 눈 밑에 다크서클이 있고, 살도 많이 빠졌어요. 정말로 구조할 필요가 있는 부랑아처럼 보였어요.

다리 밑이 아니라 진짜 침대에서 자는 건 근사했어요. 하지만 가스가 그리웠어요.

그 침실 안에서 자던 밤마다 그들은 내 방 문을 잠갔어요. 그리고 내가 깨어 있는 시간 동안은 잠시도 혼자 두지 않았어요.

다음 이삼일은 내 도브 아주머니 서류를 준비하며 흘러갔어요. 저들은 여권을 만들 수 있도록 내 사진을 찍고 지문을 채취했어요. 여권은 오타와의 길리어드 대사관에서 공증한 뒤, 특별 택배를 통해 다시 영사관으로 돌아왔어요. 도브 아주머니의 등록번호를 입력했지만 사진과 신체 정보는 내 것이었어요. 그리고 그들은 도브 아주머니의 입국 기록을 가지고 있는 캐나다 이민국 데이터베이스에 침투해 진짜 도브 아주머니를 한시적으로 지우고 내 데이터와 함께 홍채 스캔과 지문까지 등록했어요.

"캐나다 정부 하부구조 내부에는 우리 친구가 많아요." 베아트리스 아주머니가 말했어요. "알면 놀랄 거예요."

"잘되기를 바라는 사람들이 정말 너무 많아요." 도브 아주머니가 말했어요. 그리고 둘이 입을 모아 "찬미 있으라." 하고 말했어요.

그들은 진주 소녀라고 쓰인 페이지에 양각의 스탬프를 찍었어요. 나는 무조건, 즉시 길리어드 입국을 허용받는다는 뜻이었어요. 외교관이랑 똑같은 거예요, 베아트리스 아주머니가 말했어요.

이제 나는 '도브' 아주머니였지만, 다른 도브 아주머니였어요. 나는 '진주 소녀 선교사용 한시적 캐나다 비자'를 가지고 있다가 출국할 때 국경의 관리자에게 반납해야 했어요. 간단해요, 베아트리스 아주머니가 말했어요.

"우리가 수속할 때 아래를 주로 내려다보고 있어요." 도브 아주머니가 말했어요. "얼굴 생김새가 가려지니까. 어쨌든 그게 겸손한 행동이에요."

베아트리스 아주머니와 나는 검은 길리어드 정부 차량을 타고 공항까지 갔고, 문제없이 국경 검색대를 지났어요. 우리는 심지어 몸수색을 당하지도 않았어요.

비행기는 개인용 제트기였어요. 날개가 달린 눈이 그려져 있었지요. 은빛이었는데 내 눈에는 검어 보였어요. 거대한 검은 새, 나를 어

디로 데려가려고 대기하고 있는 걸까요? 공백으로. 에이다와 일라이
자는 길리어드에 대해 최대한 많이 가르쳐 주려 노력했어요. 다큐멘
터리도 보고 TV 영상도 많이 봤어요. 그렇지만 그곳에서 무엇이 나
를 기다리고 있을지 눈앞에 그려지지가 않았어요. 전혀 준비가 안
된 느낌이었어요.

생츄케어와 여자 난민들이 기억났어요. 나는 그들을 보았지만 정
말로 보지는 못했어요. 자기가 아는 장소를 떠나, 모든 걸 잃고, 알지
못하는 곳으로 여행한다는 게 무슨 뜻인지 생각해 보지 않았어요.
얼마나 허허롭고 캄캄한 기분일까요? 그래도 아마 그런 위험을 감
수하게 해 주었던 아주 은은한 희망의 빛은 있었겠지요.

이제 금방, 나 역시 그런 기분을 느끼게 될 터였어요. 캄캄한 곳에
서, 아주 작은 불씨만 가지고, 내 길을 찾으려 애쓰게 될 거예요.

45

우리의 이륙이 늦어지자, 정체가 발각되어서 저지당할까 봐 걱정
이 되었어요. 그러나 비행기가 공중에 뜨자 마음이 좀 가벼워지더
군요. 전에는 비행기를 타 본 적이 없었어요. 처음에는 굉장히 흥분
했지요. 그러나 구름이 끼면서 전망이 단조로워졌어요. 잠이 들었던
모양이에요. 금세 베아트리스 아주머니가 부드럽게 쿡쿡 찌르며 "우
리 거의 다 왔어요."라고 말했거든요.

작은 창밖을 내다보았어요. 비행기가 더 낮게 날고 있어서 저 아

래 뾰족탑과 타워가 있는 예쁘게 생긴 건물들과 구불구불 흐르는 강, 바다가 보였어요.

그리고 비행기는 착륙했어요. 우리는 비행기에서 내려 준 스텝을 밟고 내렸어요. 뜨겁고 건조한 날씨에 바람이 불고 있었어요. 치렁치렁한 은빛 치맛자락이 우리 다리에 휘감겼어요. 아스팔트 위에 검은 제복을 입은 남자들이 2열로 서 있었고, 우리는 팔짱을 끼고 그 사이로 지나갔어요.

"남자들 얼굴은 보지 말아요." 그녀가 속삭였어요.

그래서 나는 그들의 제복에 집중했지만 내 온몸을 손처럼 더듬는 눈, 눈, 눈, 눈들을 감지할 수 있었어요. 그런 식으로 위험에 노출된 기분은 처음이었어요. 가스와 함께 다리 밑에 있을 때도 그렇지는 않았어요. 모르는 사람들이 그렇게 많았는데도 말이에요.

그리고 그 남자들 모두가 경례를 붙였어요.

"이건 뭐예요?" 나는 베아트리스 아주머니에게 입속으로 중얼거리며 물었어요. "왜 경례를 하는 거예요?"

"내가 임무를 성공적으로 완수했기 때문이에요." 베아트리스 아주머니가 말했어요. "귀중한 진주를 가지고 돌아왔잖아요. 바로 그쪽 말이에요."

우리는 검은 차에 태워져 시내로 들어갔어요. 거리에는 사람이 그리 많지 않았고, 여자들은 모두 다큐멘터리에서 본 것과 똑같이, 색깔이 다른 긴 드레스를 입고 있었어요. 심지어 시녀들이 둘씩 짝을 지어 가는 모습도 봤어요. 가게에는 글자가 쓰여 있지 않았어요. 간판에는 그림만 그려져 있었어요. 장화, 물고기, 이빨.

자동차는 벽돌 벽의 관문 앞에서 잠시 정차했어요. 두 사람의 보초가 우리를 보고 손짓해 들여보내 주었어요. 차가 들어가서 멈췄고, 보초들이 우리 문을 열어 주었어요. 우리는 차에서 내렸고 베아트리스 아주머니가 팔로 내 팔을 휘감으며 말했어요.

"우리가 잘 곳을 보여 줄 시간이 없어요. 비행기가 너무 늦게 내렸거든요. 우리는 곧장 예배당으로 가서 '추수 감사'*를 드려야 해요. 내가 하라는 대로만 해요."

나는 이것이 진주 소녀에 대한 일종의 의례라는 건 알았지만(에이다가 미리 경고해 줬고, 도브 아주머니도 설명해 주었거든요.) 정신 차리고 집중하지는 않았기 때문에 실제로 무엇을 예상해야 할지 몰랐어요.

우리는 예배당 안으로 들어갔어요. 이미 만석이었어요. 아주머니의 갈색 유니폼을 입은 나이 지긋한 여인들, 진주 소녀의 드레스를 입은 젊은 여자들. 모든 진주 소녀는 나처럼 임시로 은색 드레스를 입은 여자애를 하나씩 데리고 있었어요. 맨 앞에는 커다란 금빛 액자에 든 아기 니콜의 사진이 걸려 있었는데, 그걸 보니 기분이 더 처졌어요.

베아트리스 아주머니가 나를 인도해 회랑을 걷는 사이, 모두가 노래를 불렀어요.

진주를 가지고 들어오네,

---

* Thanks Giving. '진주'의 수확을 감사하는 예식이므로 관용적인 한글 표현을 감안해 '추수 감사'라고 옮겼다.

진주를 가지고 들어오네,

우리는 기뻐하며 오리라,

진주를 가지고 들어오네.

그들은 웃음을 띠고 나를 보고 고개를 끄덕였어요. 정말로 행복해 보였어요. 그렇게 나쁘지 않을지도 몰라, 그런 생각이 들었어요.

우리 모두 앉았어요. 그때 나이 든 여인 중 한 명이 단상으로 올라 갔어요.

"리디아 아주머니셔요." 베아트리스 아주머니가 속삭였어요. "우리 주축 창설자이시지요."

에이다가 보여 준 사진에서 봤던 기억이 났어요. 비록 사진보다 훨씬 늙었지만, 아니 내 눈에는 늙어 보였지만요.

"우리는 임무를 완수하고 돌아온 진주 소녀들의 무사 귀환을 감사하기 위해 이 자리에 모였습니다. 세상 어디에 있었든, 그 속에서 바삐 이리저리 움직이며 길리어드의 선행을 했습니다. 우리는 그들의 육체적 무용과 영적 용기에 경의를 표하며 우리 심장에서 우러난 감사를 표하고자 합니다. 이제 나는 돌아온 우리의 진주 소녀들이 탄원자가 아니라 정식 아주머니가 되어 그에 수반된 모든 권능과 특권을 누리게 되었음을 선포합니다. 그들이 의무의 부름을 받으면 어디서든 어떻게든 의무를 완수할 것임을 우리는 압니다."

모두가 "아멘."이라고 말했어요.

"진주 소녀들이여, 그대들이 수확한 진주를 보여 주세요." 리디아 아주머니가 말했어요. "먼저 캐나다 선교단부터."

"일어나세요." 베아트리스 아주머니가 속삭였어요. 그러더니 내 왼팔을 잡고 이끌어 앞으로 데리고 갔어요. GOD/LOVE에 손을 대고 있어서 아팠어요.

베아트리스 아주머니는 자기가 걸고 있던 진주목걸이를 벗어 리디아 아주머니 앞에 있는 커다랗고 얕은 그릇에 놓고 말했어요.

"이 진주를 받았던 때와 똑같이 순수한 상태로 돌려드립니다. 자랑스럽게 이 진주목걸이를 걸고 임무를 수행하게 될 다음 진주 소녀에게 축복이 있기를 빕니다. 하느님의 뜻 덕분에 저도 귀한 보석들을 담은 길리어드의 보물함에 보탬이 될 수 있었습니다. 당면한 파멸로부터 구해 온 귀하고 '크나큰 값어치의 진주' 제이드를 올립니다. 그녀가 세상의 더러움을 깨끗이 씻고, 정숙하지 못한 욕망을 정화하고, 불로 지져 죄를 없애고, 길리어드에서 맡게 될 그 어떤 봉사라도 해낼 수 있도록 축성받기를 빕니다."

그녀는 내 어깨에 손을 얹고 밀어 무릎을 꿇은 자세를 하게 만들었어요. 이건 미처 상상도 못 했던 상황이었죠. 나는 하마터면 옆으로 넘어질 뻔했어요.

"뭐 하시는 거예요?" 내가 속삭였어요.

"쉬이잇." 베아트리스 아주머니가 말했어요. "조용히 해요."

그리고 리디아 아주머니가 말했어요.

"아르두아 홀에 온 것을 환영해요, 제이드. 그리고 그 선택에 축복 있기를 빕니다. 그분의 눈 아래, *페르 아르두아 쿰 에스트루스*."

그러더니 내 머리에 손을 얹었다가 떼고 고개를 끄덕이더니 메마른 미소를 지었어요.

모두 따라 말했어요.

"'크나큰 값어치의 진주'를 환영합니다, 페르 아르두아 쿰 에스트 루스, 아멘."

나 지금 여기서 대체 뭘 하고 있는 거야? 나는 생각했어요. 여기는 젠장맞을 진짜 기괴한 곳이야.

XVII

완벽한 치아

아르두아 홀 홀로그래프

46

내 파란 스케치 잉크 병, 내 만년필, 은닉처에 맞춰 책장 여백을 잘라 낸 내 공책. 이것들을 통해서 나는 내 메시지를 나의 독자, 당신에게 전달하고자 한다. 그러나 그 메시지는 어떤 종류인가? 어떤 날은 나 자신이 길리어드의 죄악을, 나 스스로의 죄까지 포함해서, 낱낱이 모으는 '기록의 천사'라고 생각한다. 다른 날은 어깨를 으쓱하고 이처럼 고고한 도덕적 어조는 털어 버린다. 나는, 근본적으로, 지저분한 가십을 배포하는 자에 불과하지 않겠는가? 안타깝게도 나는 어느 쪽이든 당신의 평결을 끝까지 알 수 없을 것이다.

더 큰 두려움은, 내 모든 노력이 수포로 돌아가고 길리어드가 천 년을 가리라는 것이다. 대부분의 시간에, 전장에서 멀리 떨어져 폭풍의 고요한 심장에 자리한 이곳에서는, 그렇게만 느껴진다. 너무나 평화롭다, 거리들은. 너무나 고요하고, 너무나 정연하다. 그러나 기만적으로 평온한 표면 아래로, 전율이 흐른다, 고압선 근처에 있는 것처럼. 우리 모두는, 가늘고 팽팽하게 당겨져 있다. 우리는 진동한다. 우리는 떨고 있다. 우리는 항상 경계를 놓지 않는다. 흔히 공포정치라고 말하곤 하지만, 정확히 말해 공포는 정치를 하지 않는다. 대신 공포는 마비시킨다. 그렇게 해서 부자연스러운 정적이 내려앉는다.

그러나 소소한 자비들이 있다. 어제 나는 (저드 사령관의 집무실에 설치된 폐쇄회로 텔레비전을 통해) 엘리자베스 아주머니가 주관하는 참여처형을 보았다. 저드 사령관이 커피를 주문해 두었다. 보통 손에 넣기 어려운 훌륭한 커피다. 나는 어떻게 그런 커피를 손에 넣었느냐고 묻는 것을 삼갔다. 그는 자기 커피에 럼을 넣고 내게도 좀 마시겠느냐고 물었다. 사양했다. 그러자 그는 자기는 심장이 여리고 신경이 약해서 단단히 각오해야 한다고 말했다. 이처럼 피에 굶주린 스펙터클을 보다 보면 몸에 부담이 간다는 것이다.

"너무나 이해합니다." 내가 말했다. "그러나 정의가 이루어지는 광경을 보는 것은 우리의 의무입니다."

사형 선고를 받은 두 남자가 참여 처형을 당할 예정이었다. 메인주를 통해 밀반입한 회색 시장의 레몬을 팔다가 들킨 천사와 치과의사 그로브 박사였다. 다만 천사의 진짜 죄목은 레몬이 아니라 메이데이로부터 뇌물을 받고 우리의 다양한 국경을 넘어 시녀 여럿이 탈출에 성공하도록 도운 일이었다. 그러나 사령관들은 이 사실이 공표되는 걸 원치 않았다. 사람들한테 쓸데없는 생각을 심어 줄 수 있기 때문이다. 공식적인 노선은 타락한 천사는 한 명도 없고 도망친 시녀도 물론 없다는 것이었다. 대체 무슨 이유로 신의 왕국을 저버리고 불타는 구덩이로 몸을 던진단 말인가?

이제 곧 그로브의 삶을 끝장낼 과정을 통틀어 엘리자베스 아주머니는 눈부시게 훌륭했다. 그녀는 대학교 연극반에서 활동했고 「트로이의 여인들」에서 헤카베* 역을 했다. 별 근거는 없지만 흥미로운 이 정보는 초기의 길리어드에서 그녀와 헬레나와 비달라와 내가 특별한 여성의 영역의 형태를 뚝딱뚝딱 빚어내고 있던 시절 수집한 것이다. 그런 상황에서는 동료애가 샘솟아 과거의 삶 이야기를 절로 나누게 되기 마련이다. 나는 나 자신에 대한 정보를 너무 많이 공유하지 않도록 주의했다.

엘리자베스의 무대 경험은 과연 실망스럽지 않았다. 그녀는 나의 지령에 따라 그로브 박사와 진료 약속을 잡았다. 그리고 적당한 때를 봐서, 황급히 진료의자에서 일어나 자기 옷을 찢어발기고 그로브가 자기를 강간하려 했다고 고래고래 악을 썼다. 그리고 정신 나간 사람처럼 울면서 비틀거리며 대기실로 나와, 치과의사의 비서인 윌리엄 씨가 자신의 흐트러진 모습과 엉망으로 망가진 정신상태를 볼 수 있게 했다.

아주머니의 신체는 신성한 것으로 간주된다. 엘리자베스 아주머니가 이런 폭력에 그토록 분노한 것도 당연하다는 게, 일반적인 견

---

* Hecuba, Hecabe라고도 쓴다. 그리스군에 패배해 몰락하는 트로이의 왕 프리아모스의 왕비이자 영웅 헥토르의 어머니다. 트로이 전쟁으로 남편과 자식들을 잃고 실성해 복수의 화신으로 변하는 비극적 모성의 상징으로, 개로 변해 트라키아를 떠돌았다는 전설이 있다. '목줄'을 풀고 달아난다는 표현에서 이 은유의 확장을 볼 수 있다.

해였다. 그 남자는 위험한 광인이 틀림없었다.

나는 치아를 완벽히 축소한 도해 속에 숨겨 둔 미니카메라로 촬영한 연사 사진을 확보해 두었다. 만에 하나 엘리자베스가 목줄을 풀고 달아나려 하면 그녀가 거짓말을 했다는 증거로 그 사진들을 제시하겠다고 협박할 수 있었다.

윌리엄 씨는 재판에서 그로브 박사에게 불리한 증언을 했다. 그는 바보가 아니었다. 상사의 운이 다했다는 걸 즉시 알아차렸다. 그는 발견 당시 그로브 박사의 분노를 묘사했다. 악귀처럼 날뛰는 그로브 박사가 엘리자베스 아주머니에게 쓴 표현은 *씨발 빌어먹을 암캐*였다고 주장했다. 그런 말은 입 밖으로 나온 적도 없다. 사실 그로브는 "왜 이러시는 겁니까?"라고 물었다. 그러나 윌리엄의 진술은 재판에서 큰 효과가 있었다. 청중이 놀라 숨을 크게 몰아쉬는 소리가 들렸던 것이다. 당시 아르두아 홀에 소속된 전원이 재판에 참관했다. 아주머니에게 그런 저속한 호칭을 쓴다는 건 신성모독에 버금가는 짓이었다! 질문 공세가 이어지자 윌리엄은 마지못해 과거에도 자신의 고용주가 일탈을 저질렀다는 의심을 품은 적이 있다고 시인했다. 잘못된 사람의 손에 들어가면 마취제의 유혹은 대단하지요, 그는 서글프게 말했다.

그로브는 무슨 말로 자기변호를 할 수 있었겠는가? 자신은 무죄라고 주장하고 성경을 인용해 유명한 거짓 강간 고발자인 보디발의 아내 이야기를 꺼내는 수밖에 없지 않았겠는가? 나의 독자여, 당신도 눈치챘겠지만, 무죄인 사람이 죄과를 부인하면 정확히 유죄처럼 들리기 마련이다. 청중은 아무도 믿기 싫어하는 경향이 있다.

자기는 미성년 소녀한테만 흥분하기 때문에 엘리자베스 아주머니에게는 음탕한 손가락 하나라도 댔을 리가 없다고는, 그로브도 차마 말할 수 없었을 것이다.

엘리자베스 아주머니의 비범한 연기를 볼 때, 스타디움에서 벌어지는 참여 처형 절차를 그녀가 집행하게 하는 게 마땅하다고 느꼈다. 그로브는 두 번째로 처리될 예정이었다. 그는 천사가 일흔 명의 시녀한테 발길질을 당해 죽고 나서 말 그대로 갈가리 찢기는 광경을 지켜보아야 했다.

두 팔이 단단히 묶인 채 필드로 끌려 나가면서 그로브는 비명을 질렀다.

"내가 하지 않았어!"

엘리자베스 아주머니는 분노한 미덕의 화신 같은 모습으로 준엄하게 호루라기를 불었다. 2분 후 그로브 박사는 흔적도 없어졌다. 뿌리째 뽑혀 나간 피에 젖은 머리카락을 뭉텅뭉텅 움켜쥔 주먹들이 치켜 올려졌다.

아주머니와 청원자들은 아르두아 홀의 존경하는 창설자가 당한 굴욕의 응징에 힘을 실어 주고자 전원 참석했다. 한쪽으로는 새로 모집한 진주들이 모여 있었다. 바로 전날 도착했으니, 그들에게는 세례 의식과 다름없는 순간이었다. 나는 그 젊은 얼굴들을 훑어보았으나 거리가 멀어 표정을 읽을 수는 없었다. 혐오? 음미? 극도의 반감? 알아 두는 건 언제나 좋은 일이다. 최고의 값어치를 지닌 진주가 그 가운데 있었다. 우리가 곧 목도하게 될 여흥 이벤트가 끝나면 나는 즉시 그 아이를 내 목적에 가장 부합하는 숙소에 배치할 것이다.

시녀들의 손에 그로브가 질퍽하고 흐물흐물하게 변하는 동안, 임모르텔 아주머니는 혼절했다. 원래 예민한 성정이므로, 예상했던 바다. 이제 이 일로 어떤 식으로든 자책을 하겠지. 아무리 추악하게 행동했다 하더라도, 그로브는 그녀에겐 아버지의 역할로 캐스팅되었으니.

저드 사령관은 텔레비전의 스위치를 끄고 한숨을 쉬었다.

"딱한 일이에요." 그가 말했다. "좋은 치과의사였는데."

"그렇습니다." 내가 말했다. "그러나 죄인의 솜씨가 좋다고 죄를 묵과할 수는 없는 일이지요."

"정말로 유죄였습니까?" 그는 약간 흥미를 보이며 물었다.

"네." 내가 말했다. "그러나 저 혐의는 아닙니다. 엘리자베스 아주머니를 강간할 수는 없었을 겁니다. 소아성애자였으니까요."

저드 사령관은 다시 한숨을 쉬었다.

"불쌍한 사람이구먼. 그건 심각한 질병이지요. 우리가 그의 영혼을 위해 기도해야겠습니다."

"물론이지요. 그러나 그는 결혼해야 할 소녀들을 너무 많이 망치고 있었습니다. 귀한 꽃들이 결혼의 의무를 받아들이느니 차라리 아주머니가 되겠다고 도망쳐 오고 있었으니까요."

"아." 그가 말했다. "그 아그네스라는 여자애의 경우도 그랬던 건가요? 뭔가 그 비슷한 사정이 있었을 거라 짐작했습니다."

그는 내가 그렇다고 말해 주기를 바랐다. 그러면 아그네스의 혐오감을 개인적으로 받아들이지 않아도 되기 때문이다.

"확실히는 모르겠습니다." 내가 말했다. 그의 얼굴이 축 처졌다. "하지만 그렇다고 믿습니다."

지나치게 몰아서 좋을 건 없다.

"리디아 아주머니의 판단력이야 언제나 믿고 따를 만하지요." 그가 말했다. "이 그로브 문제에 있어서는 길리어드를 위해 최선의 선택을 하셨다고 믿습니다."

"감사합니다. 주님께서 인도해 주시기를 기도합니다." 내가 대답했다. "그런데, 화제를 바꿔서, 아기 니콜이 이제 길리어드 내로 안전히 반입되었음을 기쁜 마음으로 알려 드립니다."

"대단한 성과로군요! 정말 잘하셨습니다!"

"나의 진주 소녀들이 주효했지요." 내가 말했다. "그들은 내 지령을 따랐습니다. 새로운 개종자로 거두어들여 우리의 일원이 되도록 설득했답니다. 그 아이에게 영향력을 행사하던 젊은 청년은 돈을 주고 매수할 수 있었습니다. 베아트리스 아주머니가 거래를 했는데, 본인은 물론, 아기 니콜의 정체는 모르고 있었지요."

"하지만 친애하는 리디아 아주머니, 아주머니께서는 알고 있었지요." 그가 말했다. "어떻게 그 애가 누군지 아셨습니까? 우리 '눈'이 수년 동안 시도했던 일인데."

내가 그 말투에서 질투를, 아니 더 나쁜 것, 의혹을 감지했던가? 나는 산들바람처럼 아무렇지도 않게 넘겨 버렸다.

"소소한 나만의 방법들이 있지요. 그리고 도움이 되는 정보원들이 좀 있고." 나는 거짓말을 했다. "둘과 둘을 더하면 가끔 넷이 되니까요. 그리고 우리 여자들은, 근시안적이긴 하지만, 남자들의 더 넓고 고고한 시야를 벗어나는 미세한 디테일을 찾아낼 때가 종종 있답니다. 그러나 베아트리스 아주머니와 도브 아주머니한테는, 그 불쌍한 아이가 스스로 새긴 특정 문신을 찾으라는 지시를 내렸을 뿐입니다. 그런데 다행히도 그들이 찾아냈지요."

"스스로 문신을 새겼다고요? 그런 여자애들이 다 그렇듯 타락했군요. 신체 어느 부위입니까?"

그는 흥미로워하며 물었다.

"팔뚝에만요. 얼굴에는 표식이 없습니다."

"팔뚝은 공적인 행사에서 가려야 하겠군요."

"제이드라는 이름을 쓰고 있습니다. 심지어 그게 자기 진짜 이름인 줄 알 수도 있어요. 먼저 사령관님과 상의해야 할 듯하여, 아직 자기 정체를 알려 주지는 않았습니다."

"탁월한 결정이십니다." 그가 말했다. "한 가지 여쭤봐도 된다면…… 그 청년과 맺은 관계의 본질은 무엇입니까? 그 아이가, 말하자면, 아직 손길이 닿지 않은 상태라면 더 낫겠지만, 그 아이 경우에 우리는 규칙을 묵과해야겠지요. 시녀로 쓰는 건 낭비일 것입니다."

"처녀성의 상태는 아직 확인되지 않았으나, 그런 면으로는 순수할 것이라 믿습니다. 저는 그 아이를 우리 젊은 아주머니 중에서도 친절하고 공감 능력도 좋은 두 명에게 맡겼습니다. 반드시 그들에게 자신의 희망과 두려움을 털어놓을 것입니다. 물론 신념 체계도 그렇고요. 그건 우리와 부합하도록 개조할 수 있을 거라고 확신합니다."

"역시 탁월하십니다, 리디아 아주머니. 진정 보석 같으신 분입니다. 얼마나 빨리 길리어드와 세계에 아기 니콜을 선보일 수 있겠습니까?"

"먼저 그 아이가 참된 믿음의 개종자가 되었다는 확신이 서야 합니다." 내가 말했다. "확고한 신앙을 가져야 해요. 그러려면 좀 세심한 주의와 요령이 필요합니다. 이 신참들은 열정에 정신없이 휘말려서, 너무 비현실적인 기대치를 갖고 있거든요. 우리는 그 아이를 지상으로 내려놓아야 하고, 앞으로 수행하게 될 의무를 알려 주어야 합니다. 찬송가를 부르고 늘 황홀한 기쁨에 취하는 게 전부는 아니니까요. 그것으로 모자라 제 과거사까지 숙지하게 해야 하고요. 자기가 그토록 유명하고 모두의 사랑을 한 몸에 받는 아기 니콜이라는 걸 알게 되면 충격이 클 겁니다."

"이런 문제들은 유능하신 아주머니의 손에 맡기겠습니다." 그가 말했다. "정말로 커피에 럼을 한 방울쯤 넣지 않으시렵니까? 혈액순환에 도움이 된답니다."

"그럼 한 작은술만 넣을까요." 내가 말했다.

그가 따랐다. 우리는 머그를 들고 쩽 하고 서로 부딪었다.

"우리의 노력에 축복 있기를." 그가 말했다. "축복이 따르리라 믿어 의심치 않습니다만."

"시간이 온전히 차오르면 말이지요." 미소를 지으며 내가 말했다.

치과에서, 재판에서, 참여 처형에서 활약한 엘리자베스 아주머니는 신경쇠약에 걸렸다. 나는 비달라 아주머니와 헬레나 아주머니와 함께 그녀가 요양하고 있는 '피정관'에 문병을 갔다. 그녀는 눈물 젖은 얼굴로 우리를 맞았다.

"어디가 잘못된 건지 알 수가 없네요." 그녀는 말했다. "기력이 완전히 소진되어 버렸답니다."

"그간 겪은 그 많은 일들을 생각하면, 당연한 일이지요." 헬레나가 말했다.

"당신은 아르두아 홀에서 성인이나 다름없이 추앙되고 있어요." 내가 말했다.

나는 그녀를 괴롭히는 참된 원인을 알고 있었다. 돌이킬 수 없는 위증을 했기 때문이다. 발각되면, 그녀의 종말을 고하는 신호탄이 될 수 있었다.

"인도에 감사합니다, 리디아 아주머니." 엘리자베스는 비달라를 곁눈질하며 내게 말했다.

내가 자신의 확고한 동맹이 된 지금 (엘리자베스는 나의 비정통적인 요청을 들어주었으므로) 비달라 아주머니의 힘은 자기에 비하면 아무것도 아니라는 느낌이 들었을 것이다.

"도움이 될 수 있어 기뻤습니다." 내가 말했다.

XVIII

리딩 룸

증언 녹취록 369A

47

베카와 나는 진주 소녀와 개종자들의 귀환을 환영하는 추수 감사에서 처음 제이드를 보았습니다. 행동거지가 다소 어색한 키 큰 소녀로, 자칫하면 너무 대담해질 수도 있는 똑바른 눈길로 계속 주위를 두리번거리고 있었어요. 벌써부터 그 애가 길리어드는 물론이고 아르두아 홀에 쉽게 적응하지 못하리라는 느낌이 들었어요. 그러나 곧 아름다운 의례에 정신이 팔렸고, 그 아이 생각은 별로 많이 하지 않게 되었지요.

머지않아 우리 차례가 될 거야, 나는 생각했어요. 베카와 나는 탄원자로서의 수련을 마쳐 가던 참이었어요. 정식 아주머니가 될 채비도 거의 끝났어요. 이제 곧 우리가 입는 갈색 옷보다 훨씬 예쁜 은색 진주 소녀 드레스를 받게 되겠지요. 우리가 저 진주목걸이를 물려받게 될 거예요. 우리의 임무를 받아 선교를 떠날 테고, 개종한 진주를 데리고 돌아오게 되겠지요.

아르두아 홀에서의 처음 몇 년 동안 나는 그런 앞날을 황홀하게 꿈꾸었어요. 여전히 전적으로 진실된 신봉자였어요. 길리어드의 모든 것은 아니라도, 적어도 아주머니의 이타적 봉사라는 이념만큼은 철저히 신봉했어요. 그러나 이제 그런 확신을 가질 수가 없네요.

우리는 다음 날까지 제이드를 다시 보지 못했어요. 새로 온 모든 진주들과 마찬가지로, 제이드도 예배당에서 묵상과 기도로 밤을 새우는 철야기도회에 참석했거든요. 그리고 은색 드레스를 반납하고 우리 모두가 입는 갈색 옷을 받았을 거예요. 아주머니가 될 운명이라서가 아니라(최근에 도착한 진주들은 세심한 관찰을 거친 후 잠재적인 아내나 이코노아내, 탄원자, 그리고 몇몇 불행한 경우에는, 시녀로 배정받게 되었어요.) 우리 사이에 있을 때는 우리처럼 옷을 입고, 초승달 모양의 커다란 모조 진주 브로치를 달아 구분했기 때문이에요.

제이드는 다소 가혹한 방식으로 길리어드의 관습에 입문해야 했어요. 바로 다음 날 참여 처형에 참석해야 했거든요. 시녀들의 손에 두 남자가 말 그대로 찢겨 나가는 모습을 보는 건 충격이었을 거예요. 수년에 걸쳐 여러 번 본 적이 있는 내게도 충격적일 때가 있으니까요. 시녀들은 보통 굉장히 조용했기 때문에 그렇게 엄청난 분노를 드러내는 게 무서웠어요.

창설자 아주머니들이 이런 법규를 창안했던 거예요. 베카와 나라면 좀 덜 극단적인 방법을 택했을 텐데요.

그 참여 처형에서 제거된 사람 중에는 예전에 베카의 치과의사 아버지였던 그로브 박사가 있었어요. 엘리자베스 아주머니를 강간한 죄로 고발당했거든요. 아니, 강간미수라고 해야 하겠어요. 내가 그 남자한테 겪은 걸 생각하면, 어느 쪽인지 별로 알고 싶지도 않지만 요. 유감이지만 나는 그 남자가 처벌을 받게 되어 다행이라고 생각했어요.

베카는 아주 다르게 받아들였지요. 그로브 박사는 어린 베카를 굴욕적으로 다루었고, 아무리 베카 자신이 괜찮다 해도 나는 그 점을 용서할 수가 없었어요. 베카는 나보다 자비로운 성품이었죠. 나는 그래서 베카를 사랑했지만 그런 경지에 달할 수는 없었어요.

그로브 박사가 참여 처형에서 갈가리 찢겨 죽자 베카는 기절했어요. 몇몇 아주머니들은 이런 반응을 효심 때문이라고 봤어요. 그로브 박사는 사악한 사람이었지만 여전히 남자였고 고위직의 남자였으니까요. 그는 또한 아버지였고, 순종적인 딸은 아버지에게 존경을 바쳐야 했고요. 그러나 내가 아는 바는 달라요. 베카는 그의 죽음에 책임감을 느꼈던 거예요. 베카는 애초에 내게 그의 죄상을 털어놓지 말았어야 한다고 믿었어요. 비밀을 아무에게도 말하지 않았다고 베카를 안심시켰지만, 베카는 나를 믿지만 리디아 아주머니가 어떻게든 알아낸 게 틀림없다고 했지요. 아주머니들은 그런 식으로 권력을 손에 넣었다는 거예요. 진상을 알아내서. 차마 입에 올려서는 안 될 일들을 알아내서 말이에요.

베카와 나는 참여 처형에서 돌아왔어요. 나는 베카에게 차 한 잔을 끓여 주고 좀 눕는 게 좋겠다고 말했죠. 아직 얼굴에 핏기가 하나도 없었어요. 그렇지만 베카는 이제 감정을 통제했으니 괜찮을 거라고 말했지요. 우리가 저녁 성경 읽기에 몰두해 있는데 노크 소리가 들려왔어요. 우리는 밖에 서 있는 리디아 아주머니를 보고 깜짝 놀랐죠. 새로 온 진주인 제이드가 함께 있었어요.

"빅토리아 '아주머니', 임모르텔 아주머니, 자네들은 아주 특별한 임무를 맡도록 선택받았네. 방금 새로 온 진주인 제이드가 두 사람에게 배정되었어. 제이드는 세 번째 침실에서 자게 될 텐데, 내가 알기로는 지금 비어 있지. 자네들의 임무는 모든 면에서 제이드를 도와주고 여기 길리어드에서 우리가 따르는 봉사의 삶을 낱낱이 알려주는 걸세. 시트와 수건은 충분히 갖고 있는가? 그렇지 않으면 내가 좀 마련해 주겠네."

"네, 리디아 아주머니, 찬미 있으라." 내가 말했어요. 베카는 내 말을 메아리처럼 따라 했지요. 제이드는 우리를 보고 미소를 지었는데, 떨고 있으면서도 동시에 묘하게 고집 센 미소였어요. 해외에서 온 다른 개종자들과는 달랐어요. 비굴하게 굴거나 열정이 넘쳐흐르는 게 보통이었거든요.

"환영해요." 내가 제이드에게 말했어요. "어서 들어와요."

"좋아요." 제이드가 말했어요.

그 애가 우리 문지방을 넘어왔어요. 심장이 툭 내려앉았어요. 베카와 내가 아르두아 홀에서 지난 9년 동안 누리던, 표면적으로 평온한 삶이 끝났다는 걸 벌써 알았거든요. 변화가 찾아온 거지요. 그러나 그 변화가 얼마나 뼈아픈 것일지는 제대로 파악하지 못했어요.

우리 삶이 평온했다고 말했지만, 그건 적당한 단어가 아닐지도 모르겠어요. 우리 삶은 어쨌든 질서정연했어요. 비록 다소 단조로웠지만요. 우리 시간은 꽉 채워져 있었지만 이상하게도 잘 가지 않았어요. 탄원자로 입회했을 때 나는 열네 살이었고 이제는 성년이 되었는데, 나 자신은 별로 성장했다는 실감을 할 수 없었어요. 베카도 마찬가지였어요. 우리는 어떤 면에서 동결된 것 같았어요. 얼음 속에 냉동되어 보존된 것처럼요.

창설자들과 나이 든 아주머니들에게는 날카로운 서슬이 있었어요. 그들은 길리어드 이전의 시대에 인격이 형성되었고, 우리는 면제받은 투쟁을 해야 했고, 이 투쟁이 그들에게도 한때는 있었을 부드러움을 모두 갈아 없애 버렸어요. 그러나 우리는 그런 수난을 강제받지 않았어요. 우리는 보호받았고, 전반적인 세상의 가혹성에 대처할 필요도 없었어요. 우리는 선조들의 희생으로 수혜를 입었어요. 우리는 이 사실을 꾸준히 상기해야 했고, 감사하라는 명령을 받았어요. 그러나 측량할 수 없는 부재에 감사하기란 어려운 일이에요. 안타깝지만 우리는 리디아 아주머니의 세대가 불속에서 단련된 정도를 온당히 평가할 수가 없었어요. 그들은 우리에게 결여된 무자비한 면모를 갖고 있었어요.

48

이처럼 시간이 정지된 느낌이 들긴 했지만, 실제로는 나도 변했어요. 이제는 아르두아 홀에 처음 들어올 때와 같은 사람이 아니었어요. 이제는, 경험이 없기는 해도, 여자가 되었거든요. 그때는 아이였지요.

"아주머니들이 너를 머무르게 해 주셔서 정말 기뻐." 베카는 그 첫날 말했어요. 그 수줍은 눈길을 똑바로 내게 돌리고 말이에요.

"나도 기뻐." 내가 말했어요.

"나는 늘 학교에서 너를 우러러봤어. 세 명의 하녀나 사령관 가문 때문만은 아니었어." 베카가 말했어요. "다른 사람들만큼 거짓말을 하지 않았기 때문이야. 그리고 내게 잘 해 주었고."

"그렇게 잘 해 주지도 못했는데."

"나머지 다른 사람들보다는 잘 해 줬어."

리디아 아주머니는 베카와 같은 숙소 유닛에 살아도 좋다고 허락해 주었어요. 아르두아 홀은 수많은 아파트로 나뉘어 있었는데, 우리 아파트에는 C라는 글자와 아르두아 홀의 모토가 페르 아르두아 쿰 에스트루스 표기되어 있었어요.

"저 말은, 여성의 재생산 사이클에 따라 출산의 산고를 지난다는 뜻이야." 베카가 말했어요.

"그렇게 많은 뜻이 담겨 있어?"

"라틴어야. 라틴어로 읽으면 더 좋게 들려."

"라틴어가 뭔데?" 내가 물었어요.

베카는 아주 오래전의 언어인데 이제 아무도 말하지 않지만 모토를 쓸 때는 쓴다고 알려 주었어요. 예를 들어서, 예전에는 장벽 안쪽 모든 것들의 모토가 베리타스였는데 라틴어로 '진실'이라는 의미였대요. 그렇지만 그들이 그 단어를 정으로 깎아내고 페인트로 덧칠했다고 해요.

"그런 걸 어떻게 알았어?" 나는 물었어요. "단어가 없어졌는데?"

"힐데가르트 도서관에서." 베카가 말했어요. "우리 아주머니들만을 위한 곳이야."

"도서관이 뭐야?"

"책을 보관하는 곳이야. 그 안에는 책으로 가득 찬 방들이 끝도 없이 늘어서 있어."

"사악한 거야?" 내가 물었어요. "그 책들?"

나는 방 안에 빽빽하게 들어찬 폭발물을 상상했어요.

"내가 읽고 있던 책들은 아니었어. 더 위험한 책들은 '리딩 룸'에 보관되어 있어. 그 안에 들어가려면 특별 인가가 필요해. 하지만 다른 책들은 읽을 수 있어."

"읽게 해 주는 거야?" 나는 경악했어요. "그냥 들어가서 읽을 수 있어?"

"인가를 받으면. 리딩 룸만 빼고. 인가 없이 읽으면 저 아래 지하실에 갇혀서 '교정'을 받게 될 거야." 아르두아 홀의 모든 아파트에는 방음처리가 되어 있는 지하실이 있거든, 베카가 말했어요. 예전에는 피아노 연습 같은 데 쓰였대. 그런데 이제 R 지하실은 비달라 아주머니가 교정을 하는 곳이 되었어. 교정은 규율을 벗어나 일탈하면 받게 되는 일종의 처벌이야.

"하지만 처벌은 공개적으로 하게 되어 있잖아." 내가 말했어요. "범죄자들. 있잖아, 참여 처형하고, 교수형을 해서 장벽에 진열하고."

"아, 나도 알아." 베카가 말했어요. "그렇게 오래 걸어 두지 말았으면 좋겠어. 냄새가 우리 침실까지 퍼져서 속이 안 좋거든. 하지만 지하실의 교정은 다른 거야. 우리를 위해서 하는 거라서. 자, 네 옷을 가지러 가자. 그다음에는 이름을 고를 수 있어."

리디아 아주머니를 비롯한 상급 아주머니들이 작성해 둔, 인가받은 이름의 목록이 있었어요. 베카는 그 이름들이 여자들이 과거에 좋아했고 또 마음의 위로를 받았던 상품명에서 나온 거라고 했지만, 정작 그 상품들이 뭔지는 알지 못했어요. 우리 또래는 아무도 몰라, 베카가 말했어요.

베카는 그 목록의 이름을 큰 소리로 내게 읽어 주었어요. 내가 아직 글을 읽을 줄 몰랐으니까요. "메이벌린은 어때?" 베카가 말했어요. "소리가 예쁘잖아. 메이벌린 아주머니."

"싫어. 너무 프릴이 주렁주렁 달린 느낌이야."

"아이보리 아주머니는?"

"너무 차가워."

"여기 하나 있다. 빅토리아. 빅토리아라는 여왕이 있었던 거 같아. 너는 빅토리아 아주머니라고 불리게 될 거야. 탄원자의 신분이라도 아주머니라는 칭호는 허락되거든. 하지만 우리가 길리어드 밖의 다른 나라에서 진주 소녀 선교 임무를 완수하고 오면 졸업하고 정식 아주머니가 될 수 있어." 비달라 학교에서는 진주 소녀에 대한 이야기를 별로 듣지 못했어요. 용감하고 길리어드를 위해 위험을 무릅쓰며 희생을 하고 있는 사람들이니 우리가 존경해야 한다는 말뿐이었지요.

"우리가 길리어드 밖으로 나간다고? 그렇게 멀리 가는 건 무서운 일 아니야? 길리어드는 정말 큰 나라잖아?" 길리어드에는 끝이 없으니, 그건 마치 세상 밖으로 떨어지는 느낌일 것만 같았지요.

"길리어드는 우리 생각보다 작아." 베카가 말했어요. "주변에 다른 나라들이 있어. 내가 지도에서 보여 줄게."

내가 어리병병한 표정을 지었는지 베카가 웃었어요.

"지도는 그림 같은 거야. 내가 지도에서 보여 줄게."

"그림을 읽어?" 내가 말했어요. "어떻게 그럴 수가 있어? 그림은 글이 아니잖아."

"보면 알아. 나도 처음에는 못 했어." 베카는 다시 미소를 지었죠. "네가 여기 있으니까 이제 그렇게 외롭지 않겠다."

6개월 후에는 내게 무슨 일이 일어날까? 걱정이 되었죠. 남아도 된다는 허락을 받게 될까? 채소를 검수하듯 아주머니들이 나를 빤히 바라보고 있으니 불안했어요. 시선을 바닥에 두고 있어야 했는데 그러기가 어려웠어요. 조금만 눈을 들면 아주머니의 몸통을 바라보게 되어 무례를 저지를 테고, 아니면 눈을 맞추고 주제넘은 짓을 하게 될 터였죠. 상급 아주머니가 먼저 말을 걸지 않으면 결코 입을 열면 안 되었는데, 그것도 어려웠어요. 순종, 굴종, 온순. 이런 미덕이 요구되었지요.

그리고 읽기를 해야 했는데, 마음만큼 잘 되지 않아서 정말 답답했어요. 내가 나이가 너무 들어서 읽기를 배우는 건 영영 틀렸나 봐, 나는 생각했어요. 섬세한 자수 같은 걸지도 몰라. 어렸을 때 시작하지 않으면, 언제까지나 어설픈 수준에 머물러야 하는 거. 하지만 아주 조금씩 감을 잡아 갔어요. "너 재주가 있다." 베카가 말했어요. "내가 처음 시작했을 때보다 훨씬 잘 하는데!"

내가 받은 교재들은 딕과 제인이라는 이름의 소년 소녀에 대한 책이었어요. 아주 오래된 책들이었는데, 그림은 아르두아 홀에서 고쳐 그린 거였어요. 제인은 긴 치마와 긴 소매를 입고 있었지만, 물감이 덧칠된 부분을 보면 원래는 치마가 무릎 길이였고 소매는 팔꿈치 위에서 끝나게 되어 있었어요. 예전에는 머리카락도 가리지 않았고요.

이 책들에서 가장 놀라운 점은 딕과 제인과 아기 샐리가 사는 집 주위로 하얀 나무 울타리밖에 아무것도 없다는 사실이었어요. 울타리는 허술하고 낮아서 아무나 타고 넘을 수 있었어요. 천사도 없고 수호자도 없었어요. 딕과 제인과 아기 샐리는 밖에 나가 사람들이 다 보는 앞에서 놀았어요. 아기 샐리는 금방이라도 테러리스트한테 유괴되어 캐나다로 몰래 빼돌려질 것만 같았지요. 아기 니콜이나 다른 도둑맞은 죄 없는 아기들처럼요. 제인의 맨다리가 지나치던 남자들한테 사악한 충동을 불러일으켰을 텐데요. 지금은 제인의 얼굴 말고는 모든 게 물감 덧칠로 지워져 있었지만요. 베카는 그런 책에 물감을 덧칠하는 일을 내가 맡아 하게 될 거라고 말했어요. 원래 탄원자들한테 할당되는 작업이라면서요. 베카 본인이 물감 칠을 한 책들도 아주 많다고 했어요.

응당 남아도 좋다는 허락을 받으려니 생각하면 안 돼, 베카가 말했어요. 모두가 아주머니가 되기에 적합한 건 아니거든. 베카는 내가 아르두아 홀에 오기 전에 입회를 허락받은 소녀를 두 명 알았는데, 그중 한 명은 3개월밖에 안 됐을 때 마음을 바꿨고, 가족이 데리러 와서 결국 예정대로 결혼식을 치렀다고 했어요.

"또 한 소녀는 어떻게 됐는데?" 내가 물었어요.

"안 좋게 되었어." 베카가 말했어요. "그 애 이름은 릴리 '아주머니'였어. 처음에는 아무 잘못된 구석이 없어 보였지. 다들 잘 적응하고 있다고 했는데, 중간에 말대꾸를 해서 교정을 받게 된 거야. 최악의 교정은 아니었던 것 같아. 비달라 아주머니는 수틀리면 몹시 고약해지기도 하거든. 교정 중에 '이거 마음에 드냐?'라고 계속 묻는데, 무슨 답을 대도 틀린 답이 될 수밖에 없어."

"그래서 릴리 아주머니는 어떻게 됐는데?"

"그 후로 딴판으로 바뀌었어. 아르두아 홀을 떠나기를 원했지만 (자기는 여기 맞지 않는다고 했지.) 아주머니들은 그러면 예정된 결혼을 치러야 한다고 말했어. 그렇지만 그것도 싫다고 했대."

"원하는 게 뭐였는데?"

갑자기 릴리 아주머니에게 몹시 흥미가 동했어요.

"혼자 농장에서 살고 싶어 했어. 엘리자베스 아주머니와 비달라 아주머니 말로는, 너무 이른 나이에 읽기를 배우면 그렇게 된대. 정신이 거부할 수 있는 힘을 기르기 전에 힐데가르트 도서관에서 잘못된 사상에 물든 거라고 하셨지. 없애 버렸어야 하는 수상쩍은 책들이 아주 많다면서. 사고의 초점이 맞춰지도록 더 엄한 교정을 받아야 한다고 했어."

"그게 뭔데?" 내 정신은 충분히 힘을 기른 걸까, 나 또한 여러 번 교정을 받게 될까, 그런 생각이 들었어요.

"지하실에서 빵과 물만 먹으면서 혼자 한 달 동안 사는 거였어. 다시 풀려나왔을 때는 '네', '아니요' 말고는 아무한테도 아무 말도 하지 않았어. 비달라 아주머니가 아주머니가 되기에는 심성이 너무 약하다면서, 결국 결혼을 시켜야겠다고 했지.

홀을 떠나기로 예정된 날 릴리 아주머니는 아침 식사 시간에 나타나지 않았고 점심때도 안 보였어. 어디 갔는지 아는 사람이 아무도 없었어. 엘리자베스 아주머니와 비달라 아주머니는 도망친 게 틀림없다고, 치안에 구멍이 났다고 했고, 대대적으로 수색이 이루어졌어. 그렇지만 찾지 못했어. 그러다 샤워의 물에서 이상한 냄새가 나기 시작했지. 그래서 또 수색을 했는데, 이번에는 샤워 물로 쓰는 옥상의 빗물탱크를 열어 봤고, 그 속에 있었던 거야."

"아, 그건 끔찍하다!" 내가 말했어요. "그럼…… 누가 죽인 거야?"

"아주머니들은 처음에 그렇게 말했어. 헬레나 아주머니는 히스테리 발작을 일으켰고, 결국 아주머니의 허락을 받아 '눈' 몇 명이 아르두아 홀에 와서 단서를 찾았는데 아무것도 나오지 않았어. 우리 탄원자 중 몇 명이 옥상에 올라가서 그 물탱크를 봤거든. 사고로 추락했을 리가 없다고 했어. 사다리가 있고 작은 문이 있었거든."

"너도 그 사람을 봤어?" 내가 물었어요.

"뚜껑이 닫힌 관이었어." 베카가 말했어요. "하지만 의도적으로 저지른 일이 틀림없어. 호주머니에 돌멩이가 들어 있었대……. 소문으로는 그랬어. 유서는 남기지 않았고, 남겼다면 비달라 아주머니가 찢어 버렸겠지. 탄원자가 그렇게 참담하게 실패했다는 사실이 알려지길 바라지 않을 테니까. 우리 모두 그이를 위해 기도를 올렸어. 하느님께서 용서하셨으리라 믿어."

"하지만 왜 그랬던 거야?" 내가 물었어요. "죽고 싶었던 거야?"

"죽음을 원하는 사람은 아무도 없어." 베카가 말했어요. "그렇지만 허락된 길 내에서 살고 싶지 않은 사람들도 가끔 있어."

"하지만 물에 빠져 죽다니!" 내가 말했어요.

"물속은 고요하대." 베카가 말했어요. "종소리와 노래가 들린대. 천사들처럼. 헬레나 아주머니는 그렇게 말씀하셨어, 우리 기분을 좀 낫게 해 주려고."

딕과 제인 책들을 완독한 뒤에는 비달라 아주머니가 지은 『어린 소녀를 위한 열 가지 이야기』를 받았어요. 내가 기억하는 한 가지는 다음과 같아요.

터르자의 꼴을 봐! 저기 앉아 있잖아

제멋대로 비져나와 흐트러진 머리 꼴을 하고.

인도를 휘적휘적 걷는 걸 봐,

머리는 높이 치켜들고 오만방자하게.

수호자의 눈길을 받는 걸 봐,

죄악의 상황으로 유혹하잖아.

절대로 행동거지를 바꾸지 않네,

절대로 무릎 꿇고 기도하지 않네!

금세 죄악으로 떨어지리,

그리고 장벽에 매달리리.

비달라 아주머니의 이야기는 여자아이들이 하지 말아야 할 일들과 해서는 안 될 일을 했을 때 당하게 될 끔찍한 일을 다루고 있었어요. 이제 보니 별로 잘 쓴 시도 아니었지만, 그 당시에도 나는 실수를 저질러 가혹한 처벌을 받고 심지어 죽임을 당하는 불쌍한 여자애들 얘기를 듣기가 싫었어요. 그렇지만 한편으로는 내용이 무엇이든 읽을 수 있다는 사실에 흥분을 느꼈지요.

하루는 내가 실수하면 베카가 고쳐 줄 수 있게 터르자의 이야기를 큰 소리로 낭독하고 있었어요. 그런데 베카가 이렇게 말했어요. "그런 일은 나한테는 일어나지 않을 거야."

"무슨 일?" 내가 말했어요.

"수호자를 그런 식으로 유혹하는 거. 나는 절대 그 사람들 눈길을 받지 않을 거야. 쳐다보기도 싫어." 베카가 말했어요. "어떤 남자라도. 남자는 끔찍스러워. 길리어드 부류의 신을 포함해서."

"베카!" 내가 말했어요. "왜 그런 말을 해? 무슨 말이야, 길리어드 부류라니."

"그들은 신이 단 한 가지이기를 바라잖아." 베카가 말했어요. "있는 것들을 생략한단 말이야. 성경에는 우리가 하느님의 모습을 본떴다고 되어 있어, 남자와 여자 모두. 너도 알게 될 거야, 아주머니들이 읽도록 허락을 내려 주시면."

"그런 말 하지 마, 베카." 내가 말했어요. "비달라 아주머니는…… 그분이 알면 이단이라고 생각하실 거야."

"너한테는 말해도 되잖아, 아그네스." 베카가 말했어요. "너라면 내 목숨도 맡길 수 있어."

"그러지 마." 내가 말했어요. "난 좋은 사람이 아니야, 너만큼은."

아르두아 홀에서 두 번째 맞는 달에, 슈나마이트가 나를 만나러 왔어요. 나는 슐라플리 카페에서 그녀를 만났어요. 공식적인 아내의 파란 옷을 입고 있더군요.

"아그네스!" 슈나마이트는 양손을 내밀며 말했어요. "너를 만나서 너무 기쁘다! 괜찮은 거야?"

"당연히 괜찮지." 내가 말했어요. "이제 빅토리아 아주머니가 됐어. 민트 티 좀 마실래?"

"폴라가 하는 말을 들으니 어쩐지 네가…… 뭔가 잘못된 건 아닌가 해서……."

"내가 미쳤다고 말이지." 내가 미소를 지으며 말했어요. 슈나마이트가 폴라의 이름을 친한 친구처럼 부른다는 걸 잘 새겨 두었지요. 슈나마이트의 계급이 이제 더 높아졌다는 게 폴라의 신경에 많이 거슬릴 거예요, 이렇게 어린 여자애가 자기보다 높은 직급으로 승급되었다는 사실이. "그렇게 생각하고 있다는 건 나도 알아. 그건 그렇고 결혼 축하를 해야지."

"나한테 화 안 났어?" 학생 시절의 말투로 돌아가서 그녀가 말했어요.

"내가 왜, 네 말대로, '화'를 내겠니?"

"글쎄, 내가 네 남편감을 채어 갔잖니." 그게 슈나마이트의 생각이었던 걸까요? 자기가 경쟁에서 이겼다는 게? 저드 사령관을 욕보이지 않고 이 말을 내가 부인할 길이 있을까요?

"나는 더 높은 소명으로 부름을 받았어." 나는 최대한 새침하게 말했어요.

그 애는 킬킬 웃었어요. "정말로? 뭐, 나는 더 낮은 소명으로 부름을 받은 거네. 하녀가 네 명이나 돼! 네가 우리 집을 볼 수 있으면 좋겠다!"

"당연히 아름다운 가정이겠지." 내가 말했어요.

"하지만 너 정말로 괜찮은 거지?" 내 안위를 걱정하는 마음은 어느 정도 진심이었을지도 몰라요. "이곳에서 계속 지내다가 지쳐 빠지지는 않겠니? 너무 황량하다."

"나는 잘 지내." 내가 말했어요. "네가 누구보다 행복하기를 빌게."

"베카도 이 땅굴에 있는 거니, 응?"

"여기는 땅굴이 아니야." 내가 말했어요. "맞아. 우리는 아파트에서 같이 살아."

"전지가위를 들고 너를 덮칠까 봐 겁나지는 않아? 그 애 아직도 정신이 이상하니?"

"베카는 정신이 이상했던 적이 없어." 내가 말했어요. "불행했을 뿐이야. 만나서 정말 반가웠어, 슈나마이트. 하지만 이제 의무를 다하러 돌아가야 해."

"이제는 나를 좋아하지 않는구나." 반쯤은 진지하게 하는 말이었어요.

"나는 아주머니가 되기 위해 수련하고 있어." 내가 말했어요. "사실 아무도 좋아하면 안 되는 거야."

49

나의 읽기 능력은 수없는 시행착오를 거치며 서서히 향상되었어요. 베카가 정말 많이 도와주었지요. 우리는 탄원자가 쓸 수 있도록 인가된 성경 구절로 연습했어요. 그때까지는 들어 보기만 했던 성경의 일부를 내 눈으로 직접 읽을 수가 있게 된 거예요. 베카의 도움을 받아서 타비사가 죽었을 때 내가 머릿속으로 수없이 떠올렸던 성경 구절을 찾아보았어요.

당신 앞에서는 천 년도 하루와 같아, 지나간 어제 같고 깨어 있는 밤과 같사오니

당신께서 휩쓸어 가시면 인생은 한바탕 꿈이요, 아침에 돋아나는 풀잎이옵니다.

아침에는 싱싱하게 피었다가도 저녁이면 시들어 마르는 풀잎이옵니다.

힘들여 한 글자 한 글자 철자를 읊었어요. 책장에 쓰여 있으니 전혀 달랐어요. 머릿속에서 낭독했을 때와는 달리 유려하게 흐르지도 않고 낭랑한 울림도 없고, 훨씬 납작하고 건조했어요.

베카는 철자법은 읽기가 아니라고 했어요. 읽기는, 노래처럼 말이 귀에 들리는 거야.

"아무래도 난 영영 제대로 못 하려나 봐." 내가 말했어요.

"될 거야." 베카가 말했어요. "진짜 노래를 몇 개 읽어 보자."

베카는 도서관에 가서(나는 아직 허락을 받지 못해서 못 들어갔거든요.)

아르두아 홀 찬송가 책을 한 권 가지고 돌아왔어요. 거기 어린 시절 밤에 타비사가 은종 같은 목소리로 불러 주던 노래가 있었어요.

이제 잠자리에 듭니다,
주님께서 내 영혼을 지켜 주시고……

나는 베카에게 그 노래를 불러 주었고, 얼마 후에는 읽어 줄 수도 있게 되었어요.

"참 희망찬 노래네." 베카는 말했어요. "이제 언제나 나와 함께 날 아갈 준비를 하고 서 있는 천사가 둘이나 있다고 생각할 수 있잖아." 그러더니 이렇게 말하더군요. "나는 밤에 노래를 불러 주는 사람이 아무도 없었어. 너는 정말 운이 좋았던 거야."

읽기와 함께 쓰기도 배워야 했어요. 어떤 면에서는 더 어려웠지만 다른 면에서는 덜 어려웠어요. 우리는 스케치용 잉크와 금속 촉을 꽂아 쓰는 펜대를 썼지만 가끔은 연필도 썼어요. 수입품을 관장하는 창고에서 아르두아 홀로 최근에 배급된 물품에 따라 달라졌지요.

글쓰기 용품은 사령관과 아주머니를 위한 특전이었어요. 그렇지 않은 경우에는 길리어드에서 일반적으로 구할 수 없었거든요. 여자 들은 어차피 필요가 없었고 대다수 남자들도 보고서나 물품 목록 말 고는 별로 쓸 일이 없었어요. 대다수 사람들이 그것 말고 무엇에 대 해 글을 쓸 일이 있겠어요?

옛날에 비달라 학교에서는 수예와 회화를 배웠는데, 베카는 쓰기도 그것과 똑같다고 보면 된다고 했어요. 각 글자가 그림이나 스티치 한 줄에 해당하고, 또 음표 같기도 하다는 거예요. 먼저 글자를 만드는 법만 배우고, 그다음에 진주를 꿰어 목걸이를 만들듯 글자들을 조립하는 법을 배우면 된다고 했어요.

베카는 필체가 아름다웠어요. 베카가 글을 쓰는 법을 가르쳐 주었지요, 인내심을 발휘해야 할 때가 자주 있었지만요. 그러다가 내가 서투를망정 쓸 수 있게 되자 베카는 성경에서 일련의 금언을 골라 와서 베껴 쓰라고 주더군요.

그러므로 믿음, 소망, 사랑, 이 세 가지는 항상 있을 것인데 그중에 제일은 사랑이라.*
사랑은 죽음같이 강하고**
공중의 새가 그 소리를 전하고 날짐승이 그 일을 전파할 것이다.***

나는 그 글귀들을 쓰고 또 썼어요. 똑같은 문장의 서로 다른 판본들을 비교해 보면 자기 실력이 얼마나 늘었는지 알 수 있다고, 베카가 말했거든요.

나는 내가 쓰는 어휘들에 의문이 생겼어요. 사랑이 정말로 믿음보다 더 큰 것일까, 내게는 둘 중 하나라도 있을까? 사랑이 죽음같이 강한 것일까? 새가 전하는 소리는 누구의 목소리일까?

---

* 고린도전서 13장 13절

** 아가 8장 6절

*** 전도서 10장 20절

읽고 쓸 줄 안다는 것이 모든 질문에 답을 주지는 않았어요. 다른 질문으로, 또 다른 질문들로 이끌어 갈 뿐이었죠.

처음 몇 달간 나는 읽기뿐만 아니라 할당받은 다른 과업들도 성공적으로 수행해 나갔어요. 성가신 일들도 있었지만, 딕과 제인 교재에 그려진 어린 소녀들에게 치마와 소매와 머리쓰개를 그려 주는 일은 재미있었고 주방 일도 괜찮았어요. 요리사를 위해 무순과 양파를 다지고 설거지를 했지요. 아르두아 홀에서는 전원이 전반적 복지에 공헌해야 하고 육체노동도 깔보아서는 안 되었어요. 직위가 아무리 높은 아주머니라도 힘든 일을 마다할 수는 없었지요. 하지만 실제로는 탄원자들이 힘들게 몸 쓰는 일을 도맡아 했어요. 하지만 그러면 어때요? 우리가 더 젊었는데요.

아무리 그래도 변기를 박박 닦는 일만은 즐겁게 할 수가 없었어요. 특히 처음에 완벽하게 깨끗하게 닦았는데도 또 닦고, 그러고도 심지어 세 번째로 닦아야 하니 즐거울 수가 없었어요. 베카가 일찌감치, 아주머니들이 이렇게 반복하도록 요구할 거라고 경고를 해 주었죠. 변기의 상태가 문제가 아니거든, 베카는 말했어요. 순종의 시험인 거야.

"하지만 세 번씩이나 변기를 닦게 시키는 건…… 비합리적이야." 내가 말했어요. "귀한 국가적 자원의 낭비란 말이야."

"변기 세제는 귀한 국가적 자원이 아니야." 베카가 말했어요. "임신한 여자처럼 귀한 건 아니라는 말이야. 하지만 비합리적인 건 맞아. 그래서 시험인 거지. 우리가 불평하지 않고 비합리적인 요구에

복종할 것인지를 보려는 거니까."

시험의 난이도를 높이기 위해 가장 계급이 낮은 아주머니가 우리를 감독하는 일을 맡곤 했어요. 나이가 많은 사람보다는 자기 나이와 거의 비슷한 사람한테서 바보 같은 명령을 받는 게 훨씬 짜증나니까요.

"이거 정말 싫어!" 변기 닦는 일을 연달아 4주간 하고 나서 나는 말했어요. "애비 '아주머니'가 진심으로 미워 죽겠어! 너무 치사하고 잘난 척하고 또⋯⋯."

"시험이라니까." 베카가 내가 잊지 않게 다시 말해 주었어요. "하느님께서 시험에 들게 한 욥처럼 말이야."

"애비 아주머니는 하느님이 아니잖아. 자기가 하느님이라고 생각할 뿐이지." 내가 말했어요.

"우리는 자비심을 잃지 않도록 노력해야 해." 베카가 말했어요. "증오심이 사라지길 기도해야겠다. 그냥 숨결처럼 코에서 흘러나온다고 생각해 봐."

베카는 이처럼 스스로를 통제하는 기술을 아주 많이 알고 있었어요. 나도 연습해 보려 애썼어요. 이따금 효과가 있을 때도 있었어요.

6개월의 수습 기간을 마치고 시험에 통과해 정식 탄원자로 입회하자 힐데가르트 도서관에 들어가도 좋다는 허락이 떨어졌어요. 그때 내가 느낀 감정은 말로 설명하기 어려워요. 처음 도서관 문을 지나던 순간, 내 기분은 황금 열쇠라도 받은 기분이었죠. 그 황금 열쇠가 비밀의 문을 하나하나 열어젖혀 온갖 재물을 내게 보여 줄 것 같았어요.

처음에는 바깥방에만 접근권이 있었지만 시간이 지나자 리딩 룸에도 들어가게 됐어요. 거기에 나만의 책상을 갖게 되었어요. 내게 할당된 일 중에는 특별한 행사가 있을 때 리디아 아주머니가 하는 연설(설교라고 해야 할지도 모르겠네요.)을 보기 좋게 필사하는 작업이 들어 있었어요. 리디아 아주머니는 이 연설들을 재활용하면서도 매번 변화를 주었고, 우리는 리디아 아주머니가 손으로 써서 건네주는 쪽지들을 알아보기 쉽게 타자한 원고로 통합해야 했어요. 그때쯤은 느리긴 하지만 타자를 치는 법도 배웠거든요.

책상에 앉아 있다 보면 가끔 리디아 아주머니가 리딩 룸을 가로질러 그녀만의 특별한 방으로 가는 길에 나를 지나치곤 했어요. 그 방 안에서 리디아 아주머니는 길리어드를 더 나은 곳으로 만들 수 있도록 중요한 연구를 한다고 했어요. 그것이 리디아 아주머니가 평생을 바친 과업이라고, 상급 아주머니들은 말했죠. 귀중한 혈통 족보 보관기록은 상급 아주머니들에 의해 한 치의 오차도 없이 관리되고 있었고, 성경들, 신학 담론들, 세계 문학 중에서 위험한 작품들 이런 모든 것들은 잠긴 문 너머에 보관되어 있었어요. 우리 마음이 충분히 강인해졌을 때에야 비로소 들어갈 수 있는 곳이었지요.

몇 달 몇 년이 흐르고 베카와 나는 절친한 친구가 되어, 아무에게도 말하지 않은, 자기 자신과 가족의 이야기를 서로 많이 나누었어요. 나는 비록 감정을 극복하려고 애쓰긴 했지만, 계모 폴라를 끔찍하게 증오했다고 고백했어요. 우리 시녀 크리스털의 비극적 죽음을 설명해 주고, 얼마나 화가 나고 마음이 아팠는지도 말해 주었어요.

그러자 베카는 내게 그로브 박사가 한 짓을 말해 주었고, 나도 그와 관련해 내가 겪은 일을 말해 주었죠. 그랬더니 베카는 내 몫까지 속상해했어요. 우리는 우리 진짜 어머니들의 이야기를 했고, 누군지 알고 싶은 마음이 절실하다는 말도 했어요. 그렇게까지 허심탄회하게 털어놓지는 말았어야 할지도 모르겠어요. 하지만 큰 위로가 되었답니다.

"자매가 있으면 좋겠어." 베카는 어느 날 내게 말했어요. "그리고 혹시 내게 자매가 있다면, 그게 너라면 좋겠어."

50

우리의 삶이 평온했다고 묘사했는데 외부의 눈에 비치는 모습은 그랬습니다. 그러나 그 후로 내가 알게 된 내면의 폭풍과 요동은 더 높은 소명에 헌신하고자 하는 이들 사이에서는 희귀한 일이 아니었지요. 내 마음의 폭풍이 처음 휘몰아친 건, 초보적인 텍스트를 4년간 읽은 후 드디어 성경전서를 읽을 권한을 인가받았을 때입니다. 우리의 성경들은 길리어드 다른 곳과 마찬가지로 자물쇠가 채워진 서고에 보관되어 있었습니다. 강인한 정신과 흔들림 없는 인격을 지닌 사람에게만 믿고 맡길 수 있었는데, 여성은 해당이 되지 않았고 아주머니만 예외였지요.

베카는 성경 공부를 나보다 일찍 시작했지만(학습 진도가 빨랐을 뿐만 아니라 우선권이 있었거든요.) 이 신비한 앎에 이미 입문한 사람들은 성스러운 독서 경험에 대해 말하지 못하게 되어 있어서, 우리는 베카가 공부한 내용을 이야기하지 않았어요.

내가 예약한 성경이 든 자물쇠 채워진 나무 궤가 꺼내져 리딩 룸으로 나오는 날, 비로소 나는 모든 책 가운데 가장 큰 금기인 이 책을 열어 보게 되는 것이었지요. 나는 굉장히 흥분해 있었는데, 그날 아침에 베카가 말했어요.

"내가 미리 경고를 해 줘야겠다."

"경고?" 내가 말했어요. "하지만 성스러운 책인걸."

"성경에는 저들이 쓰여 있다고 말한 바가 쓰여 있지 않아."

"무슨 뜻이야?" 내가 물었어요.

"네가 너무 실망하지 않기를 바라서 하는 말이야." 베카는 잠시 말이 없었어요. "에스테 아주머니가 좋은 뜻으로 하신 말일 거라고 믿어." 그러더니 이렇게 말했어요. "사사기 19장에서 21장."

베카는 내게 그 말만 했어요. 그렇지만 리딩 룸으로 가자마자 나는 나무 궤를 열어 성경을 펼치고 곧장 그 대목을 찾았어요. '열두 조각으로 잘린 첩'의 이야기였어요. 비달라 아주머니가 오래전 학교에서 우리에게 해 줬던 것과 같은 이야기였어요. 어렸을 때 베카를 그토록 괴롭혔던 바로 그 이야기 말이에요.

나는 똑똑히 기억하고 있었어요. 그리고 에스테 아주머니가 우리한테 들려준 설명도 기억하고 있었어요. 첩이 살해당한 이유는 불복종을 저지른 게 미안해서, 사악한 베냐민 부족에게 주인이 능욕을 당하는 걸 보느니 차라리 자기가 희생한 거라고 했죠. 에스테 아주머니는 그 첩이 용감하고 고결하다고 말했어요. 스스로 선택한 거라고요.

그러나 이제 전체 이야기를 읽게 된 거예요. 나는 용기와 고결이 나오는 부분을, 선택이 나오는 부분을 찾았지만 그런 건 존재하지 않았어요. 그 여자는 그냥 문밖으로 내쳐져서 죽도록 강간을 당하고 살아 있을 때 자신을 시장에서 산 가축처럼 취급한 남자의 손에 의해 암소처럼 열두 조각으로 잘렸어요. 애초에 남편한테서 도망간 것도 놀랄 일이 아니더군요.

그건 뼈아픈 충격으로 다가왔어요. 친절하고 우리를 도와주던 에스테 아주머니가 거짓말을 했다니. 진실은 고결한 게 아니라 끔찍하고 무서웠어요. 이렇다면 여자들의 마음은 너무 약해서 읽기에 적합하지 않다는 아주머니들의 말뜻이 이런 거였나 봐요. 모순에 짓눌려 우리가 허물어지고, 산산조각으로 부서지고 말리라는 것. 단단히 버티고 서 있지 못하리라는 것.

그때까지는 길리어드 신앙의 정당성을, 특히나 그 진실됨을 심각하게 회의한 적이 없었어요. 내가 완벽한 경지에 도달하지 못했을 수는 있으나, 그건 내 잘못이라고 치부하고 말았거든요. 그러나 길리어드의 손에 무엇이 변화되고, 무엇이 덧붙여지고, 무엇이 생략되었는지 알았을 때는, 자칫 믿음을 잃게 될까 봐 두려웠어요.

여러분은 믿음을 가져 본 적이 없으니까 그게 무슨 뜻인지 모르실 거예요. 그건 마치 가장 친한 친구가 죽어 가는 느낌이에요. 나를 규정하는 모든 것이 불타 사라지는 느낌, 이 세상에 덩그러니 혼자 남는 느낌이에요. 어두운 숲에서 길을 잃은 것 같은, 추방당한 느낌이에요. 타비사가 죽었을 때 내가 느꼈던 그런 감정이에요. 세상이 품고 있던 의미가 싹 비워지고 있었어요. 모든 것이 공허했어요. 모든 것이 시들어 마르고 있었어요.

나는 마음속에서 벌어지고 있는 변화를 베카에게 일부 털어놓았어요.

"알아." 베카가 말했어요. "나도 겪었거든. 길리어드 최상부의 모든 사람이 우리에게 거짓말을 했어."

"어떻게 말이야?"

"하느님은 저들이 말하는 존재가 아니야." 베카는 길리어드를 믿을 수도 있고, 하느님을 믿을 수도 있지만, 둘 다 믿을 수는 없다고 했어요. 그런 식으로 자기 내면의 위기를 관리해 왔다고 했어요.

나는 과연 선택할 수 있을지 잘 모르겠다고 말했어요. 내 은밀한 두려움은, 둘 다 믿을 수 없을지도 모르겠다는 마음이었거든요. 그래도 믿고 싶었어요. 진심으로 믿음을 갈구했어요. 그런데, 결과적으로, 과연 믿음의 얼마나 많은 부분이 갈망에서 오는 걸까요?

51

3년 후에는 심지어 더 크게 경각심을 유발하는 사태가 발발했어요. 힐데가르트 도서관에서 내가 맡은 의무 중에는 리디아 아주머니의 연설문을 정서하는 일이 있었다고 말씀드렸지요. 내가 그날 작업해야 할 연설문 페이지들은 은색 폴더에 정리되어 내 책상 위에 놓여 있곤 했어요. 그런데 어느 날 아침 나는 은색 폴더 뒤에 끼워져 있는 파란 폴더를 발견했어요. 누가 두고 갔을까? 착오가 있었나?

나는 폴더를 열어 보았어요. 내 계모 폴라의 이름이 첫 페이지 맨 위에 쓰여 있었어요. 그 후로 이어지는 내용은 폴라가 소위 우리 아버지인 카일 사령관과 결혼하기 전에 함께 살았던 첫 번째 남편의 죽음과 관련된 상세한 정황이었어요. 이미 말씀드렸듯이, 폴라의 남편 손더스 사령관은 서재에서 시녀의 손에 살해당했어요. 아니, 항간에 떠도는 얘기는 그랬어요.

폴라는 그 젊은 여자가 위태롭게 균형을 잃고 아무도 도발하지 않았는데 혼자 주방에서 꼬치를 훔쳐 손더스 사령관을 찔러 죽였다고 말했어요. 그 시녀는 도망쳤지만 붙들려 교수형을 당했고, 시신은 장벽에 걸려 진열되었지요. 그러나 슈나마이트는 하녀한테 들었다면서 불법적이고 죄로 얼룩진 밀회가 있었다고 말했어요. 시녀와 남편이 서재에서 상습적으로 간음을 저질렀다는 거지요. 그것이 시녀에게 살인의 기회를 주었고, 또 살인의 동기가 되기도 했던 거예요. 그가 요구하는 것들 때문에 벼랑 끝으로 몰려 광기로 떨어져 버렸다는 거예요. 슈나마이트의 이야기에서 나머지 부분은 똑같았어요. 폴라가 시신을 발견하고 시녀를 체포하고 교수형이 집행되고. 슈나마이트는 폴라가 체면을 차리려고 죽은 사령관의 피를 온몸에 묻혔다는 세부사항을 덧붙였죠.

그러나 파란 폴더 속의 이야기는 전혀 달랐어요. 사진들이라든가 은밀하게 녹음된 대화 녹취록들이 신빙성을 더해 주고 있었어요. 손더스 사령관과 시녀 사이에 금지된 성관계는 없었습니다. 법이 정한 대로 정기적인 예를 치렀을 뿐이에요. 그러나 폴라와 카일 사령관

(아주 오래 전 나의 아버지였던 사람)은 내 어머니 타비사가 사망하기 전부터 불륜을 저지르고 있었어요.

폴라는 시녀와 친해진 후 길리어드에서 탈출하는 것을 돕겠다고 제안했어요. 그 젊은 여자가 얼마나 불행한지 잘 알고 있었거든요. 심지어 지도와 안내도도 제공하고 가는 길에 접촉할 메이데이의 연락처도 몇 군데 알려 주었어요. 시녀가 출발하자 폴라는 자기 손으로 손더스 사령관을 찔러 죽였어요. 그게 온몸에 그토록 많은 피를 묻힌 이유였던 거죠. 손더스 사령관의 바지를 주워 입히려던 게 아니었어요. 사실 바지를 벗은 적도 없었어요, 적어도 그날 밤에는요.

폴라는 하녀에게 뇌물을 먹이고 살인 충동에 휩싸인 시녀 이야기를 뒷받침하게 했지요. 뇌물에 협박을 섞어서요. 그리고 천사들에게 연락해 시녀를 고발했고, 나머지는 자연스럽게 따라왔어요. 불행한 소녀는 절망 속에 길거리를 헤매다가 발견되었어요. 지도는 부정확했고 메이데이 연락처는 존재하지 않았던 거예요.

시녀는 신문을 당했어요. (신문 녹취록이 첨부되어 있었는데, 편히 읽을 수 있는 내용이 아니었어요.) 그녀는 탈출 시도를 시인하고 폴라의 역할도 폭로했지만 살인에 대해서는 무죄를 주장했어요. 사실은 살인 사건이 있었는지도 모르고 있었다고요. 그러나 결국 고통이 너무 심해지자 거짓 자백을 하고 말았지요.

명백한 무죄였어요. 그러나 어쨌든 교수형을 당하고 말았지요.

아주머니들은 진실을 알고 있었어요. 아니 적어도 한 사람은 이미 알고 있었어요. 내 눈앞에 놓인 폴더에 증거가 들어 있었어요. 그러나 폴라에게는 아무 일도 일어나지 않았어요. 그리고 시녀가 대신

죄를 뒤집어쓰고 교수형을 당했어요.

벼락에 맞은 사람처럼 그저 멍하더군요. 그러나 이 이야기에만 놀랐던 건 아니었어요. 내 책상에 이 사연이 놓인 이유도 수수께끼였어요. 미지의 사람은 왜 내게 이렇게 위험한 정보를 준 것일까요?

진실이라고 믿었던 이야기가 거짓으로 한 번 밝혀지면, 그다음부터는 모든 이야기를 의심하게 돼요. 내가 길리어드를 배반하게 만들려고 누군가 공작하고 있는 걸까? 증거가 조작된 걸까? 리디아 아주머니는 폴라의 범죄를 공개하겠다고 협박해서 나를 저드 사령관에게 시집보낸다는 계획을 무산시킨 걸까? 이 끔찍한 사연 덕분에 내가 아르두아 홀의 아주머니라는 자리를 얻은 걸까? 이건 혹시, 내 어머니 타비사가 질병으로 죽은 게 아니라 폴라의 손에, 아니 어쩌면 심지어 카일 사령관의 손에 어떤 미지의 수단으로 살해당했다는 사실을 내게 우회적으로 알려 주려는 걸까? 무엇을 믿어야 할지 알 수가 없었어요.

이런 내막을 털어놓을 수 있는 사람은 아무도 없었어요. 심지어 베카도 안 될 말이었지요. 공모자로 끌어들여 위험에 처하게 만들고 싶지 않았거든요. 알아서는 안 될 사람이 진실을 알게 되면 엄청난 곤욕을 겪게 되니까.

나는 그날의 일을 마치고 파란 폴더를 처음 발견한 자리에 그대로 두었어요. 다음 날에는 내가 정서할 새 연설문이 놓여 있고, 전날의 파란 폴더는 사라지고 없었어요.

그 후 2년에 걸쳐 내 책상에서 그렇게 나를 기다리는 폴더들을 수 없이 많이 보게 되었어요. 모두 각종 범죄의 증거를 담고 있었어요. 아내의 범죄가 든 폴더는 파란색이었고 사령관은 검은색, 의사 같은 전문직은 회색, 이코노계급은 줄무늬, 하녀의 경우는 탁한 녹색이었지요. 시녀의 범죄를 담은 폴더는 하나도 없었고, 아주머니의 폴더도 없었어요.

내가 읽으라고 두고 가는 파일은 대부분 파란색이나 검은색이었고, 복수의 범죄가 묘사되어 있었어요. 시녀들이 불법적인 행위를 하도록 강요받고 그 죄를 뒤집어썼어요. 야곱의 아들들이 서로를 겨냥한 음모를 꾸몄고요. 최상위 계급에서 뇌물과 특혜가 오가고, 아내들은 다른 아내를 모함했어요. 하녀들은 대화를 엿듣고 정보를 수집해 팔았지요. 수수께끼의 식중독이 발발했고, 아기들은 경악할 만한 추문을 근거로 아내에게서 아내에게로 옮겨졌으나 실제로 추문의 근거는 없었어요. 사령관이 더 젊은 다른 아내를 원한다는 이유로 아내들이 간음의 죄목으로 교수형을 당했고요. 공개재판은(반역자를 숙청하고 지도층을 정화하기 위한 것이지만) 고문으로 얻어 낸 거짓 자백에 의존했어요.

거짓 증언은 예외적인 일이 아니라 통상적인 관행이었어요. 미덕과 순수의 외면 밑에서 길리어드는 썩어 가고 있었지요.

폴라의 파일을 제외하면 나와 가장 직접적으로 관련이 있는 파일은 저드 사령관의 것이었지요. 두툼한 파일이었어요. 여러 가지 비행(非行) 가운데 과거 아내들의 운명과 관련된 증거가 들어 있더군요. 잠시 나와 약혼하기 전에 그와 결혼했던 아내들 말이에요.

그들 모두 그가 죽였던 거예요. 첫 아내는 계단 아래로 밀쳐져 떨어졌어요. 목이 부러졌지요. 말로는 그녀가 발을 헛디뎌 낙상했다고 했고요. 다른 파일을 읽어 알고 있는 바에 따르면, 그런 일을 사고처럼 위장하는 건 어려운 일이 아니었지요. 또 다른 아내 두 명은 출산을 하다가, 혹은 출산 직후에 죽었어요. 아기들은 비아였지만 아내들의 죽음에는 고의적으로 유도한 패혈증이나 쇼크가 연루되어 있었어요. 어떤 경우에는, 머리가 두 개인 비아가 산도에 끼였는데도 저드 사령관이 수술을 허락하지 않았고요. 아직도 태아의 심장 박동 소리가 들리니 할 수 있는 일이 없군 하고 경건하게 말했다고 해요.

넷째 아내는 저드 사령관의 권유로 꽃을 그리는 취미를 갖게 되었어요. 사령관은 사려 깊게도 물감을 손수 사 주었지요. 그 아내는 카드뮴 중독으로 볼 수 있는 증후를 드러냈답니다. 파일에 따르면 카드뮴은 잘 알려진 발암물질이고, 넷째 아내는 그 후 얼마 되지 않아 위암으로 죽었어요.

보아하니 내가 사형선고를 아슬아슬하게 피한 모양이었어요. 그 운명을 피하는 데 도움을 받았고요. 그날 밤 나는 감사의 기도를 올렸어요. 의심하는 마음이 들어도, 계속 기도는 했거든요. 감사합니다 하고 기도했어요. 내 불신을 도와주세요. 그리고 또한 빌었어요. 슈나마이트를 도와주세요. 틀림없이 도움이 필요할 거예요.

처음 이 파일들을 읽기 시작했을 때는 공포에 질리고 구역질이 났어요. 누군가 나를 괴롭히려고 일부러 이러는 걸까? 아니면 파일들이 내 교육의 일환일까? 내 마음이 딱딱해지고 있는 걸까? 훗날 아주머니로 수행해야 할 과업들을 위해 준비과정을 거치고 있는 걸까?

이것이 아주머니가 하는 일이라는 걸, 나는 배우고 있었어요. 그들은 기록했어요. 그들은 기다렸어요. 그들은 정보를 이용해 오로지 그들만 아는 목적을 달성했어요. 하녀들이 항상 말했듯이 그들의 무기는 강력하지만 감염성이 있는 비밀들이었어요. 비밀, 거짓말, 간교와 기만······. 그러나 그 비밀들, 그 거짓말들, 그 간교와 기만들은 아주머니들뿐만 아니라 타인들의 것이기도 했어요.

내가 아르두아 홀에 남게 된다면······ 진주 소녀 선교사업을 완수하고 정식 아주머니가 되어 돌아온다면, 이런 존재가 될 테지요. 이제까지 내가 알게 된 모든 비밀들은 물론, 당연히 존재할 수많은 다른 비밀들까지, 내 것이 될 테고 내가 적절하다고 판단하는 대로 사용할 수 있게 되겠지요. 이런 모든 권력. 침묵 속에 사악한 자를 심판하고 그들이 예상할 수 없는 방식으로 처벌할 수 있는 이 모든 잠재력. 이 모든 복수.

말씀드렸듯이 제게는 복수자의 면모가 있고, 과거에는 그런 내 모습이 싫어 뉘우치곤 했어요. 뉘우쳤으나 씻어 버릴 수는 없었죠.

유혹을 느끼지 않았다고 한다면 진실을 말하는 게 아닐 거예요.

XIX

서재

아르두아 홀 홀로그래프

52

어제저녁에는 놀라서 가슴이 내려앉는 불쾌한 경험을 했다, 나의 독자여. 인적 없는 도서관에서 공기가 통하도록 문을 열어 둔 채 펜과 파란색 잉크를 가지고 은밀하게 글을 끼적거리고 있는데, 내 개인 열람석 모퉁이로 비달라 아주머니의 머리가 갑자기 불쑥 튀어나오는 게 아닌가. 화들짝 소스라쳐 놀라지는 않았지만(나는 보존 처리용 중합체가 주입된 인체 표본처럼 튼튼한 신경줄을 가지고 있다.) 신경의 반사작용으로 기침이 나왔고, 내가 쓰고 있던 페이지 위로, 펼치지도 않은 『아폴로기아 프로 비타 수아』를 슬쩍 밀었다.

"아, 리디아 아주머니." 비달라 아주머니가 말했다. "감기에 걸리시는 건 아니길 빕니다. 이미 잠자리에 들었어야 할 시간이 아닙니까?"

영면을 말하는 거겠지, 나는 생각했다. 당신이 내게 바라는 건 그거잖아.

"그냥 알레르기일 뿐입니다." 내가 말했어요. "이맘때쯤에는 워낙 많이 생기지 않습니까." 자기도 심하게 앓는 처지니 이 말을 반박할 수는 없겠지.

"불쑥 들어와 죄송합니다." 그녀는 속에 없는 소리를 했다. 그 눈이 뉴먼 추기경의 책을 훑고 지나쳤다. "항상 연구를 게을리하지 않으시네요." 그녀가 말했다. "그런 악명 높은 이교도를 읽으시니."

"너의 적을 알라." 내가 말했다. "제가 도와드릴 일이 있습니까?"

"굉장히 중요한 일로 의논을 드려야 해서요. 슐라플리 카페에서 뜨거운 커피 한 잔 제가 사 드리면 어떨까요?"

"참으로 친절하시군요." 내가 대답했다.

뉴먼 추기경의 책을 선반에 도로 꽂으면서, 파란색 잉크로 쓴 페이지를 슬쩍 끼워 넣으려고 그녀에게 등을 돌렸다.

얼마 후 우리 둘은 카페 테이블에 앉아 있었다. 나는 따뜻한 우유를, 비달라 아주머니는 민트 티를 앞에 놓고서. "진주 소녀 추수 감사에서 좀 이상한 구석이 있었습니다." 그녀가 말머리를 꺼냈다.

"무엇이 말입니까? 저는 보통 때와 별 다름없이 흘러갔다고 생각했는데요."

"그 새로 온 여자애, 제이드 말입니다. 영 믿음이 가지 않아요." 비달라 아주머니가 말했다. "아무래도 아닌 것 같단 말입니다."

"처음에는 다 아닌 것처럼 보이지요." 내가 말했다. "그러나 그 애들은 가난과 착취와 소위 현대의 삶이라는 약탈로부터 안전한 은신처를 원합니다. 안정을 원하고 질서를 원하고 명확한 지도를 원하지요. 자리를 잡으려면 시간이 조금 걸릴 겁니다."

"베아트리스 아주머니한테 그 애 팔에 있다는 웃기는 문신 이야기를 들었습니다. 아마 들으셨겠지요. 말이 됩니까! '하느님'과 '사랑'이라니! 비위를 맞추려는 그런 조잡한 시도에 우리가 말려들기나 할 것처럼 말이지요! 게다가 그토록 이단적인 신학이라니! 속임수를 쓰려 든다는 냄새가 나지 않습니까. 그 애가 메이데이의 침투 요원일지 어떻게 알겠습니까?"

"과거에도 우리는 성공적으로 그런 첩자들을 가려냈습니다." 내가 말했다. "신체 훼손으로 말하자면, 캐나다의 젊은이들은 이교도예요. 다들 몸에 온갖 야만적인 상징을 낙인처럼 찍어 댄단 말입니다. 하지만 오히려 선한 의도를 보여 준다고 생각해요. 적어도 잠자리나 해골이나 뭐 그런 문양은 아니지 않습니까. 다만 우리가 그 애를 세심하게 관찰해야겠지요."

"그 문신은 제거하도록 해야 합니다. 신성모독이에요. 하느님이라는 단어는 신성합니다. 팔뚝은 가당치 않은 자리예요."

"지금 제거하는 건 너무 아플 겁니다. 얼마쯤 그대로 둬도 괜찮아요. 젊은 탄원자의 기를 꺾는 건 원하는 바가 아니지요."

"그 애가 참된 신자라면 그렇겠지요, 심히 회의적입니다만. 이런 유의 미끼를 놓으려 드는 건 전형적으로 메이데이다운 일이지요. 내 생각은 그 애를 신문해야 한다는 겁니다." '자기 손으로'가 그녀의 말뜻이었다. 비달라는 이런 신문을 좀 지나치게 즐기는 경향이 있다.

"서두르면 오히려 더디 갑니다." 내가 말했다. "조금 덜 노골적인 방식이 좋을 것 같습니다."

"예전에는 그런 걸 선호하지 않으셨는데." 비달라가 말했다. "노골적인 원색 일색이었지요. 약간의 유혈에는 눈도 꿈쩍하지 않았고."

그녀는 재채기를 했다. 아무래도 이 카페의 곰팡이를 어떻게 좀 해야 하려나, 나는 생각했다. 다시 생각해 보니, 그냥 두는 게 낫겠군.

늦은 시각이라 자택 집무실에 있는 저드 사령관에게 전화를 걸어 긴급한 회동을 요청했고 허락을 받았다. 운전기사에게는 밖에서 기다려 달라고 말했다.

문을 열어 준 건 저드의 아내 슈나마이트였다. 도저히 건강한 안색이라 볼 수 없었다. 마르고 하얀 얼굴에 눈이 퀭하게 꺼져 있었다. 저드의 아내치고는 비교적 오래 버틴 셈이다. 비아이긴 했지만 최소한 아기를 생산했으니. 그러나 이제는 그녀에게 남은 시간도 끝나가는 듯했다. 저드가 그녀의 수프에 무엇을 넣고 있을까 궁금했다.

"아, 리디아 아주머니." 그녀가 말했다. "어서 들어오세요. 사령관님께서 기다리고 계십니다."

어째서 직접 문을 열었을까? 문을 여는 건 하녀의 일이다. 내게 뭔가 원하는 바가 있는 게 틀림없다. 나는 돌연 언성을 낮추었다.

"슈나마이트, 얘야." 나는 미소를 지었다. "어디 아프냐?"

주제넘고 사람 속을 긁어도 그토록 활기찬 소녀였는데, 이제는 병색 완연한 생령의 몰골이었다.

"저는 그렇다고 말할 수가 없어요." 슈나마이트가 속삭였다. "사령관님은 아무것도 아니라고 하세요. 제가 없는 병을 만들어서 불평을 한다고. 하지만 확실히 몸에 뭔가 이상이 있는걸요."

"우리 아르두아 홀 클리닉에서 검진을 받도록 하자." 내가 말했다.

"몇 가지 검사만 하면 돼."

"사령관님의 허락을 얻어야 할 거예요. 못 가게 하실 거예요."

"내가 대신 허락을 얻어 주마." 내가 말했다. "걱정하지 마라."

그러자 눈물이 흐르고, 연거푸 감사의 인사가 이어졌다. 다른 시대였다면 그녀는 내 앞에 무릎을 꿇고 발에 키스를 했을 것이다.

저드는 서재에서 기다리고 있었다. 예전에도 와 본 적이 있는 곳이다. 어떤 때는 그가 있었고, 다른 때는 그가 없었다. 이곳은 풍부한 정보를 제공하는 장소다. 그는 '눈'의 집무실에서 일거리를 집으로 가지고 와서 그렇게 부주의하게 여기저기 놔두지 말았어야 했다.

우측 벽에는(문에서 보이지 않는 쪽이다. 집안 여자들에게 충격을 주면 안 되므로.) 몸에 실오라기 하나 걸치지 않은 묘령의 소녀가 그려진 19세기 회화가 걸려 있다. 소녀에게는 잠자리 날개를 덧그려 요정의 모습으로 바꾸었는데, 그 시대 요정들은 옷을 싫어했다고 알려져 있다. 소녀는 부도덕하고 짓궂은 미소를 띠고 버섯 위를 떠다니고 있다. 그런 게 저드의 취향이다. 완전한 인간으로 볼 수 없는 어린 소녀들이 속으로 못된 심지를 품고 있는 것. 그는 그걸 빌미로 가혹한 취급을 정당화한다.

서재에는 모든 다른 사령관의 서재처럼 책들이 즐비하게 꽂혀 있다. 저들은 축적을 좋아하고, 획득한 재물에 탐닉하며, 약탈품을 다른 사람들에게 자랑하는 걸 좋아한다. 저드는 전기와 역사 부문에서 존경할 만한 컬렉션을 수집했다. 나폴레옹, 스탈린, 차우셰스쿠*, 그밖에 인류를 선도하고 통제한 다양한 인물들. 그는 내가 부러워하는 희귀한 판본들을 여러 권 소장하고 있다. 도레**가 삽화를 그린 『지옥편』, 달리가 삽화를 그린 『이상한 나라의 앨리스』***, 피카소가 삽화를 그린 『여자의 평화』****. 좀 덜 점잖은 다른 유의 장서도 있다. 빈티지 포르노그래피다. 내가 검토했기 때문에 안다. 그 장르는 두꺼워지면 따분해진다. 인간 육신의 학대는 레퍼토리가 한정되어 있다.

"아, 리디아 아주머니." 과거의 신사적 행동거지를 공허하게 따라 하며 그가 반쯤 의자에서 몸을 일으켰다. "어서 자리에 앉으시고 무슨 일로 이런 밤에 오셨는지 말해 주십시오."

환한 미소는 눈에 담긴 표정에는 투영되지 않는다. 그 눈은 경각심과 냉혹함으로 빛났다.

"문제가 있습니다." 나는 맞은편 의자를 차지하며 말했다.

미소가 싹 사라졌다.

"위급한 상황은 아니기를 빕니다만."

"대처할 수 없는 문제는 아닙니다. 비달라 아주머니가 소위 제이드가 첩보를 캐내고 우리를 악역으로 보이게 만들고자 파견된 침투

---

* 니콜라에 차우셰스쿠(Nicolae Ceauşescu). 루마니아 공산당 서기장으로 국가평의회 의장을 4번 연임하며 독재를 했다. 1989년 반정부시위를 무자비하게 유혈 진압하다가 임시정부에 체포되어 처형되었다.

** 귀스타브 도레(Gustave Doré). 프랑스의 화가이자 삽화가, 판화가, 조각가. 독특한 상상력과 생생한 묘사력으로 라블레, 발자크, 세르반테스, 밀턴, 단테 등 수많은 문학가들의 작품을 시각화했다.

*** 살바도르 달리(Salvador Dali)는 1969년 자신이 삽화를 그린 『이상한 나라의 앨리스』의 한정판을 발행했다.

**** *Lysistrata*. 아리스토파네스(Aristophanes)의 작품으로 펠로폰네소스 전쟁 당시 아테네 아크로폴리스를 무대로, 전쟁을 중단시키는 데 성공하는 아테네 여성들의 책략과 소동을 그린 희극이다. 파블로 피카소(Pablo Picasso)는 1934년 에칭 기법을 써서 이 작품의 특별 한정판의 삽화를 그렸다.

요원이라는 의심을 하고 있습니다. 그 여자애를 신문하길 원하지요. 그러면 장래 아기 니콜을 생산적으로 활용하는 데 치명적인 결과를 가져올 것입니다."

"동의합니다." 그가 말했다. "텔레비전에 내보낼 수가 없게 되겠지요. 내가 리디아 아주머니를 어떻게 도와드리면 될까요?"

"*우리* 모두를 돕는 일입니다." 내가 말했다. 우리의 이 작은 사략선*에 둘이 타고 있다는 사실을 상기시키는 건 언제나 좋은 생각이다. "'눈'에서 명령을 내려, 우리가 그 애를 확실히 아기 니콜로 세상에 내세울 수 있는지 파악할 때까지 보호해 주세요. 비달라 아주머니는 제이드의 정체를 모릅니다." 나는 덧붙여 말했다. "그리고 알아서도 안 됩니다. 이제는 전적으로 신뢰할 만한 인물이 아니에요."

"그 점을 설명해 줄 수 있습니까?" 그가 말했다.

"일단 지금은 저를 믿어 주셔야 합니다." 내가 말했다. "그리고 한가지 더 있습니다. 아내 슈나마이트는 아르두아 홀의 '진정과 향유' 클리닉에 보내서 치료해야 합니다."

긴 침묵이 흐르는 사이 우리는 책상을 가운데 놓고 서로의 눈을 응시했다.

"리디아 아주머니, 내 마음을 읽으시는군요. 나보다는 아주머니가 거두어 보살피는 게 확실히 더 좋을 것 같습니다. 만에 하나 불시의 사태가…… 치명적인 질병에 걸릴 수도 있으니까요."

이 지점에서 나는 길리어드에 이혼이 없다는 사실을 독자에게 상

---

* 전시에 적의 상선을 나포할 수 있는 권한을 허가받은 무장한 민간 선박

기시켜야 하겠다.

"현명한 판단입니다." 내가 말했다. "사령관님은 그 어떤 의혹도 받아서는 안 되시지요."

"분별력을 믿고 따를밖에요. 나는 그 손안에 있는 사람인걸요, 친애하는 리디아 아주머니." 그는 책상에서 일어서며 말했다.

정말이지 그렇고말고, 나는 생각했다. 그리고 손이 주먹이 되는 건 또 얼마나 쉬운 일인지.

나의 독자여, 나는 이제 면도날 위에 서 있다. 내게는 두 가지 선택이 있다. 위험하고 심지어 무모한 계획을 진행해 나가는 길이 있다. 어린 니콜을 통해 어마어마한 파장을 일으킬 꾸러미를 전달해 성공할 경우 저드와 길리어드 둘 다를 벼랑 끝으로 밀치는 첫 일격을 가할 수도 있다. 성공하지 못한다면 나는 당연히 반역자로 낙인찍혀 오욕 속에 살게 될 것이다. 아니, 오욕 속에 죽게 될 것이다.

아니면 더 안전한 길을 택할 수도 있다. 아기 니콜을 저드 사령관에게 넘겨주어, 한순간 찬란하게 빛나다가 불복종의 죄목으로 획 꺼지게 둘 수도 있다. 그 애가 이곳에서 자기 역할에 순순히 따를 가능성은 제로다. 그다음에 나는 길리어드에서 아마도 대단할 포상을 받아 챙기면 된다. 비달라 아주머니는 무존재로 변할 것이다. 어쩌면 내가 정신병원에 보내 버릴 수도 있다. 아르두아 홀에서 내 지배력은 완전해질 테고 명예로운 노년도 보장되리라.

그렇게 되면 저드와는 골반에서 딱 붙은 한 몸이 될 테니, 응징과 복수라는 생각은 포기해야 하겠지. 저드의 아내 슈나마이트는 부수

적 피해*가 될 것이다. 내가 제이드를 임모르텔 아주머니와 빅토리아 아주머니와 같은 기숙사 공간에 배정했으므로, 제이드가 제거되면 그 두 사람의 운명도 위태로워진다. 길리어드에서는 다른 곳과 마찬가지로 연좌제가 유효하다.

내가 그런 이중적 행위를 할 수 있는 인간인가? 그렇게 철저히 배반할 수 있는 위인인가? 쟁여 둔 무연 화약을 끌고 길리어드의 토대 밑으로 이만큼 터널을 파 들어왔는데, 여기서 비슬거릴 것인가? 나는 인간이므로, 그것도 얼마든지 가능하다.

그 경우, 나는 내가 이토록 힘겹게 쓴 이 페이지들을 파괴해야 할 것이다. 그리고 그와 함께 당신도 파괴해야 할 것이다, 내 미래의 독자여. 성냥불을 화르르 붙이면 당신은 사라지리라. 한 번도 존재한 적 없고, 영영 존재하지 않을 것처럼, 싹 지워지고 말 것이다. 내가 당신의 존재를 부정하리라. 얼마나 신과 같은 기분인가! 절멸의 신이라 해도 말이다.

나는 흔들린다, 나는 흔들린다.

그러나 내일은 또 다른 날이다.

---

* collateral damage. 군사행동으로 인한 민간인의 인적, 물적 피해.

XX

혈통

증언 녹취록 369B

53

나는 길리어드에 들어가는 데 성공했어요. 그곳에 대해 많이 알고 있다고 생각했지만 살면서 부딪히는 건 또 다른 일이고, 길리어드의 경우에는 아주 달랐어요. 길리어드는, 마치 살얼음 위를 걷는 것처럼, 위태위태했어요. 언제나 균형을 잡지 못하고 사는 느낌이었지요. 사람들의 표정도 읽을 수 없었고, 그들의 말을 못 알아듣는 경우도 허다했어요. 단어는 귀에 들리고, 그 단어 자체도 이해할 수 있는데, 그 단어를 의미로 번역할 수가 없었어요.

예배당에서의 첫 회합에서 무릎 꿇고 노래하기를 마치자 베아트리스 아주머니는 나를 신도석으로 데리고 와서 앉혔고, 내 뒤를 돌아보니 실내를 여자들이 가득 채우고 있었어요. 모두 나를 빤히 바라보며 반쯤 우호적이고 반쯤 굶주린 표정으로 미소 짓고 있었지요. 공포영화에서 마을 사람들이 뱀파이어로 변할 거라는 걸 관객이 이미 알고 있는 그런 장면들처럼 말이에요.

그리고 새 진주들을 위한 밤샘 기도회가 있었어요. 우리는 무릎을 꿇은 채로 묵상을 해야 했지요. 아무도 나한테 이런 얘기는 해 주지 않았어요. 규칙이 뭐죠? 손을 들고 화장실에 가야 하나요? 혹시 궁금할까 말씀드리자면, 답은 '네'예요. 이걸 몇 시간씩 하고 나서(다리에 진짜로 쥐가 난다고요.) 새로 온 진주 한 명이, 아마 멕시코에서 왔을 거예요, 히스테리를 일으켜 울기 시작했고 막 소리를 질러 댔어요. 아주머니 둘이 그녀를 일으켜 끌고 나갔지요. 나중에 그 애를 시녀로 만들었다는 얘기를 들었는데, 그러니까 입을 닥치고 있었던 건 잘한 일이었던 거예요.

다음 날 우리는 그 흉한 갈색 옷을 받았고, 정신을 차려 보니 어느새 스포츠 스타디움으로 가축처럼 몰이를 당해 가서 줄줄이 앉아 있었어요. 아무도 길리어드의 스포츠에 대해 언급하지 않았어요. 길리어드에는 아예 스포츠가 없는 줄 알았죠. 그리고 그건 스포츠가 아니었어요. 참여 처형이었어요. 학교에서 이런 얘기를 들은 적이 있지만, 아주 자세하게 다루지는 않았는데, 아마 우리한테 심리적 외상을 남기고 싶지 않았기 때문일 거예요. 이제는 그게 이해가 돼요.

그건 이중의 처형이었어요. 두 남자가 말 그대로 광기에 사로잡힌 여자들 무리의 손에 갈가리 찢겨 죽었어요. 비명 소리가 나고, 발길질이 이어지고, 깨물고, 사방에, 특히 시녀들에게 피가 튀었어요. 그들은 피를 뒤집어썼어요. 신체 부위를(머리카락 한 뭉텅이, 손가락처럼 보이는 무언가) 쥐고 있는 사람들도 있고, 또 다른 사람들은 소리를 질러 대며 응원을 했어요.

처참했어요. 무시무시했어요. 시녀를 보는 내 관점에 완전히 다른 차원을 더하는 경험이었어요. 아마 우리 어머니도 그랬을지 몰라요, 야성적이다 못해 흉포한 존재.

54

베카와 나는 최선을 다해서 리디아 아주머니가 요청한 대로 새 진 주인 제이드를 교육했지만 허공에 대고 말하는 거나 다름없었습니다. 허리를 꼿꼿이 펴고 손을 무릎에 모은 채로 참을성 있게 앉아 있는 법도 몰랐거든요. 몸을 비틀고 꼬물거리고 발을 가만히 두지 못했어요.

"여자들은 이렇게 앉아야 해." 베카가 시범을 보이며 말하곤 했죠.

"네, 임모르텔 아주머니." 그렇게 말하며 노력하는 시늉은 하더군요. 그러나 이런 시도는 오래가지 않았고, 금세 다시 구부정하니 앉아 무릎 위로 발목을 꼬고 앉았어요.

아르두아 홀에서 제이드가 처음 저녁식사를 할 때는 어찌나 부주의한지, 우리 둘이 제이드를 가운데 두고 앉아 보호해야 했어요. 빵과 부정기적으로 나오는 수프와(월요일에는 남은 음식을 섞어 양파를 좀 추가하는 경우가 많았어요.) 콩깍지와 흰 순무로 만든 샐러드였어요.

"수프 말인데요." 제이드가 말했어요. "이거 꼭 곰팡내 나는 설거지 물 같아요. 못 먹겠어요."

"쉬이이…… 주어진 것에 감사해야지." 나는 속삭여 대꾸했어요. "분명히 영양가가 높을 거야."

디저트는 또 타피오카였지요.

"이건 진짜 못 넘겨요." 제이드는 쨜랑 소리를 내며 숟가락을 놓았어요. "접착제 속에 생선 눈깔이라니."

"음식을 남기는 건 불경한 짓이야." 베카가 말했어요. "금식하는 게 아니면."

"내 거 드셔도 돼요." 제이드가 말했어요.

"사람들이 보고 있잖니." 내가 말했어요.

처음 왔을 때 제이드의 머리칼은 녹색 빛이 돌았지만(캐나다에서는 그런 식으로 신체를 훼손하는 모양이었어요.) 우리 아파트 밖에서는 머리를 가리고 있어야 하니 이건 대체로 눈에 띄지 않았어요. 그런데 그 애가 뒷목덜미 쪽으로 머리카락을 뽑기 시작했어요. 그러면 생각하는 데 도움이 된다면서.

"계속 그러면 원형탈모증이 생길 거야." 베카가 말했어요.

우리가 루비 예비신부 학교에 다닐 때 에스테 아주머니한테 배운 거예요. 머리를 자꾸 뽑으면 다시 자라지 않는다고. 눈썹과 속눈썹도 똑같다고 했어요.

"알아요." 제이드가 말했어요. "하지만 여기서는 어차피 아무도 머리카락은 안 보잖아요." 그러더니 비밀을 털어놓듯 웃음을 지었어요. "언젠가는 머리를 싹 밀어 버릴 거예요."

"그러면 못써! 머리카락은 여자의 영광이야." 베카가 말했어요. "쓰는 것을 대신하여 주신 거라고. 고린도전서에 나와."*

"영광이 하나밖에 없는 거예요? 고작 머리카락?" 제이드가 말했어요. 말투는 퉁명스러웠지만 무례하게 굴 의도는 없었다고 생각해요.

"왜 머리카락을 밀어서 수치를 자처하려는 거니?" 나는 최대한 부드럽게 물었어요. 여자라면 대머리는 굴욕의 증표였어요. 가끔 이코노맨 남편이 불만을 접수하면 아주머니들이 불복종하거나 잔소리하는 이코노아내의 머리카락을 잘라 버리고 공개적인 형틀에 묶곤 했어요.

"대머리가 되면 어떤지 보려고요." 제이드가 말했어요. "내 버킷리스트에 있어요."

"다른 사람한테 말할 때는 조심해야 해." 내가 말했어요. "베카는…… 임모르텔 아주머니와 나는 너그러운 편이고 네가 타락한 문화에서 온 지 얼마 안 됐다는 걸 이해해. 우리는 너를 도우려고 노력하고 있어. 그렇지만 다른 아주머니들은…… 특히 비달라 아주머니 같은 어르신들은 잘못을 찾으려고 항상 눈을 부라리고 계시단다."

"네, 맞아요." 제이드가 말했어요. "그러니까 내 말은, 네, 빅토리아 아주머니."

"버킷리스트가 뭐니?" 베카가 물었어요.

"죽기 전에 하고 싶은 일들요."

---

* 고린도전서 11장 15절.

"왜 그렇게 부르는 거야?"

"버킷, 그러니까 '양동이를 찬다'*는 표현에서 나왔어요." 제이드가 말했어요. "그냥 하는 말이에요." 그러더니 어리둥절한 우리 표정을 보고는 말을 이었다. "옛날에는 나무에 매달아서 교수형을 한 데서 나온 것 같아요. 양동이에 올라서게 하고 목을 매달았거든요. 그러면 발버둥을 치게 되니까 당연히 양동이를 걷어찼겠죠. 그냥 내 짐작이에요."

"여기 우리 교수형은 그렇게 안 하는데." 베카가 말했어요.

---

* kick the bucket. 속어로 '죽는다'는 뜻이다.

증언 녹취록 369B

55

C 현관의 젊은 두 아주머니는 나를 탐탁지 않게 생각한다는 걸 금세 깨달았어요. 하지만 다른 사람과는 말을 섞고 지내는 관계가 아니라 내게는 그 두 사람밖에 없었어요. 베아트리스 아주머니는 토론토에서 나를 개종하려 할 때는 그렇게 친절하더니, 내가 일단 여기 온 후로는 아예 신경도 쓰지 않았어요. 지나칠 때면 거리를 두는 미소를 지었지만 그게 다였지요.

생각해 보면 나는 두려웠는데 두려움에 좌우되지 않으려 애썼던 거예요. 그리고 몹시 외로웠어요. 여기에는 내 친구가 하나도 없었고, 그곳 사람들과 연락할 길도 없었어요. 에이다와 일라이자는 머나먼 곳에 있었어요. 조언을 구할 사람도 없었어요. 설명서도 없이 무작정 내 힘으로 해 나가야 했어요. 가스가 정말로 그리웠어요. 백일몽으로 함께했던 일들을 꿈꾸었어요. 공동묘지에서 자고, 길거리에서 구걸하고. 내가 다시 그곳으로 돌아갈 수나 있을까요, 혹시라도 돌아간다면 그때는 어떻게 될까요? 가스에겐 여자 친구가 있겠지요. 어떻게 없을 수가 있어요? 대답을 듣기 싫어서 한 번도 물어보지 않았어요.

그러나 내가 불안한 가장 큰 이유는 에이다와 일라이자가 정보원이라고 불렀던 사람 때문이에요. 길리어드 내부의 연락책 말이에요. 이 사람은 언제 내 삶에 등장하게 될까요? 실존하지 않는 사람이면 어떻게 하죠? '정보원'이 없다면 나는 여기 길리어드에 꼼짝없이 붙들려 살아야 해요. 꺼내 줄 사람이 없을 테니까요.

증언 녹취록 369A

56

제이드는 몹시 칠칠치 못했어요. 공용 거실에 제 물건을(스타킹, 새 견습 탄원자 유니폼 벨트, 심지어 구두까지) 아무렇게나 두고 다녔죠. 화장실을 쓰고 물을 꼬박꼬박 내리지도 않았어요. 머리를 빗을 때 빠진 그 애 머리카락이 욕실 바닥에서 이리저리 굴러다녔고, 세면대에서 치약을 발견하기도 했어요. 샤워도 허가되지 않은 시간에 자꾸 해서 단호하게 안 된다고 말해야만 했어요, 그것도 여러 번. 저도 이런 게 사소한 일이라는 건 알지만, 비좁은 데서 함께 살다 보면 문제가 쌓이기 마련이에요.

게다가 왼팔의 문신 문제도 있었어요. 하느님과 사랑이라는 단어가 십자가 형태로 그려져 있었어요. 그 애 말로는 참된 신앙으로 개종한 증표라지만, 나는 그 말이 의심스러웠지요. 한 번은 하느님이 '상상 속의 친구'라고 생각한다는 말을 흘린 적이 있거든요.

"하느님은 상상 속의 친구가 아니라 진짜 친구셔." 베카가 말했어요. 그 목소리에는 베카가 드러낼 수 있는 한계치의 분노가 담겨 있었지요.

"갖고 계신 문화적 신념을 제가 존중하지 못했다면 죄송해요." 제이드는 이렇게 말했지만, 베카가 보기에는 전혀 상황이 나아지지 않았어요. 하느님이 문화적 신념이라는 말은 심지어 상상의 친구보다 더 나빴으니까요. 우리는 제이드가 우리를 바보라고 생각한다는 사실을 깨달았어요. 터무니없는 미신을 믿는다고 여기는 게 확실했어요.

"너는 그 문신 지워야 해." 베카가 말했어요. "신성모독이야."

"네, 아마 그럴지도 몰라요." 제이드가 말했어요. "아니, 제 말은, 네, 임모르텔 아주머니, 말씀해 주셔서 감사해요. 아무튼, 지옥같이 가렵기도 하고."

"지옥은 더 가려워." 베카가 말했어요. "네 영혼이 구원받기를 기도하마."

제이드가 2층의 자기 방으로 올라가면 쿵쾅거리는 소음과 한풀 꺾인 고함 같은 소리가 들려왔어요. 야만인들이 기도하는 방식인가? 그러다 마침내 나는 그 안에서 뭘 하는 거냐고 물어봤지요.

"단련하는 거예요." 제이드는 말했어요. "운동 같은 거예요. 강한 체력을 유지해야 하니까."

"남자들의 몸은 강인하지." 베카가 말했어요. "그리고 마음도. 여자들은 영적으로 강인해. 출산적령기가 되면 걷기처럼 적당한 운동은 허락되지만."

"너는 왜 체력이 강해야 한다고 생각하니?" 내가 물었어요. 그 애의 이교도적 믿음에 점점 더 호기심이 동했어요.

"남자한테 공격을 받을 수도 있으니까요. 엄지로 눈을 찌르고 불알을 무릎으로 차고 심장을 멎게 하는 펀치를 날리는 법은 알아야 해요. 제가 가르쳐 드릴 수 있어요. 주먹을 이렇게 쥐는 거예요. 손가락을 오므리고, 손등뼈 사이로 엄지를 감싸 쥐고, 팔을 곧게. 심장을 겨냥해요." 제이드는 주먹을 소파에 메다꽂았어요.

베카는 너무 놀라서 자리에 앉아야 했어요.

"여자는 남자를 때리지 않아." 베카가 말했지요. "아니, 아무도 때리지 않는 법이야. 참여 처형처럼 법으로 요구될 때만 제외하고."

"뭐, 그것참 편리하네요!" 제이드가 말했어요. "그러니까 저들이 무슨 짓이든 하게 그냥 두면 되는 거네요?"

"남자를 유혹하면 안 되지." 베카가 말했어요. "그럴 때 일어나는 사태에는 어느 정도 여자 책임도 있는 거지."

제이드는 우리 두 사람의 얼굴을 번갈아 바라보았어요.

"희생자를 탓하는 거예요? 설마 진짜로?"

"방금 뭐라고 했니?" 베카가 말했어요.

"신경 쓰지 마세요. 그러니까 지금 하시는 말은 이게 이러나저러나 지는 게임이라는 거잖아요." 제이드가 말했어요. "우리는 뭘 어떻게 해도 망한 거죠."

우리 둘은 침묵 속에서 제이드를 물끄러미 바라보았어요. 리즈 아주머니가 예전에 입버릇처럼 하던 말처럼, 아무 답도 하지 않는 것도 일종의 대답이니까요.

"좋아요." 제이드가 말했어요. "하지만 나는 어쨌든 단련을 계속할 거예요."

제이드가 도착하고 나흘 뒤 리디아 아주머니가 베카와 나를 집무실로 불렀어요.

"새 진주는 어떻게 지내고 있느냐?" 그렇게 묻더군요. 내가 망설이자 다시 다그쳐 물었어요. "솔직히 말하게!"

"행실을 어떻게 해야 할지 전혀 모릅니다." 내가 말했어요.

리디아 아주머니는 쪼글쪼글한 늙은 순무 같은 웃음을 지었어요.

"명심하게. 방금 캐나다에서 온 아이라는 걸." 그러더니 말했어요. "그러니 잘 알 리가 없지. 해외의 개종자들은 처음 오면 그런 경우가 자주 있어. 일단, 더 안전한 길을 가르치는 게 자네의 의무야."

"우리도 노력하고 있습니다, 리디아 아주머니." 베카가 말했어요. "그렇지만 그 애는 아주……."

"고집이 세지." 리디아 아주머니가 말했어요. "나도 놀랍지는 않아. 시간이 치유해 줄 거야. 할 수 있는 최선을 다해 주게. 가 봐도 좋아."

우리는 리디아 아주머니의 집무실에서 나올 때 모두 그러듯 옆걸음을 쳐서 물러났어요. 그녀에게 등을 돌리는 건 예의에 어긋나는 일이었어요.

범죄 파일은 계속해서 힐데가르트의 내 책상 위에 나타났어요. 어떻게 생각해야 할지 마음을 정할 수가 없었어요. 하루는 정식 아주머니가 복 받은 자리라는 생각이 들다가도(아주머니들이 세심하게 축적

한 모든 비밀을 알고, 숨겨진 권력을 휘두르고, 공평하게 응징과 복수를 하고) 또 다음 날은 내 영혼을(나도 영혼이 있으니까요.) 생각하지 않을 수 없었어요. 그런 식으로 행동하게 되면 영혼이 얼마나 뒤틀어지고 일그러지겠어요. 나는 고민했어요. 내 보드라운 진흙 같은 뇌가 딱딱해지고 있는 걸까? 내가 돌처럼 차갑고 강철처럼 싸늘하고 무자비한 사람이 되어 가고 있는 걸까? 다정하고 나긋나긋한 여성의 본성을 버리고 서슬이 날카롭고 무자비한 남성적 본성의 불완전한 복제품이 되어 가고 있는 걸까? 이런 건 원하는 바가 아니었지만, 아주머니가 되고자 노력하는 한 피할 방법이 없어 보였어요.

그러다 우주에서의 내 위치를 바라보는 시각을 바꾸고 선한 섭리의 작용에 새삼스럽게 감사하게 만든 사건이 일어났어요.

성경에 접근해도 좋다는 허락을 받고 위험한 범죄 파일을 수없이 많이 읽었지만, 아직 철통처럼 잠긴 방에 보관된 혈통 족보 보관기록에는 접근할 권한이 없었어요. 그 안에 들어가 본 사람들 말로는 이 방에는 폴더가 꽂힌 회랑이 끝도 없이 이어져 있다고 했지요. 계급에 따라 구분되어 책장에 꽂혀 있는데, 남자만 있다고 했어요. 이코노맨, 수호자, 천사, '눈', 사령관. 이 범주 내에서 위치에 따라, 그 다음에는 성에 따라 혈통이 분류 보관되어 있었어요. 여자들은 남자들의 폴더 안에 들어 있었고요. 아주머니는 폴더가 없었어요. 자식을 낳지 않을 것이므로, 혈통을 기록하지도 않았지요. 내게는 그것이 남몰래 간직한 슬픔이었어요. 아이들을 좋아했고, 예전부터 항상 자식을 낳고 싶었거든요. 그저 그에 수반되는 다른 것들을 원치 않앉을 뿐이에요.

탄원자는 전원 보관기록의 존재와 목적에 대한 브리핑을 받았어
요. 보관기록에는 시녀들이 시녀가 되기 전에 어떤 사람이었는지,
그들의 자식이 누구인지, 그 아버지는 누구인지, 이 모든 것들에 대
한 기록이 보관되어 있었어요. 공표된 아버지뿐만 아니라 불법적 아
버지까지 포함하고 있었지요. 아내와 시녀를 막론하고 절박한 궁지
에 몰려 어떤 식으로든 아이를 갖고 싶어 하는 여자들이 많았거든
요. 그러나 아주머니는 경우를 막론하고 무조건 혈통을 기록했어요.
나이 많은 남자들이 그토록 어린 소녀들과 결혼하는 경우가 워낙 많
았기 때문에 누군가 기록하고 있지 않으면 부녀가 위험하고 죄스러
운 근친 관계를 맺을 가능성이 있었고 길리어드는 그 위험한 결과를
무릅쓸 수 없었던 거예요.

그러나 나는 진주 소녀 선교사업을 마칠 때까지는 보관기록에 접
근할 권리가 없었지요. 나는 어머니의 행적을 찾을 수 있게 될 날을
손꼽아 기다렸어요. 타비사가 아니라 시녀였던 친어머니 말이에요.
그 기밀 파일을 보면 친어머니가 누구인지, 아니 누구였는지 알 수
있게 되겠지요. 아직도 생존해 있기는 할까요? 물론 감당해야 할 위
험성이 있다는 점도 알고 있었어요. 내가 알게 될 사실이 마음에 들
지 않을 수도 있으니까요. 그래도 어쨌든 시도는 해 봐야 했어요. 어
쩌면 진짜 아버지도 추적할 수 있을지 모르는 일이었어요. 사령관이
아니라 가능성은 더 희박했지만요. 어머니를 찾을 수 있다면 나도
무(無)의 상태를 벗어나 이야기를 가지게 되겠지요. 내 과거를 넘어
서는 과거가 생길 거예요. 물론 그것이 내가 알지 못하는 이 어머니

를 아우르는 미래를 보장해 주지는 않겠지만요.

어느 날 아침, 나는 책상 위에서 보관기록의 파일 하나를 발견했어요. 파일 표지에 손으로 쓴 작은 쪽지가 종이 클립으로 끼워져 있었어요. *아그네스 제미마의 혈통.* 숨을 죽이고 파일을 열었어요. 안에는 카일 사령관의 혈통 기록이 들어 있었어요. 폴더에는 폴라가 있고, 두 사람의 아들 마크가 있었어요. 나는 그 혈통의 일원이 아니었고, 따라서 마크의 누이로 표기되어 있지도 않았지요. 그러나 카일 사령관의 혈통에서 나는 불쌍한 크리스틸(아기를 낳다가 죽은 오브 카일)의 진짜 이름을 알게 되었답니다. 어린 마크는 그녀의 혈통이기도 했으니까요. 그 애가 크리스틸의 이야기를 알게 되는 날이 올까, 그런 생각이 들었어요. 정말로 어쩔 수 없는 경우가 아니라면 말해 줄 리가 없겠지, 그게 내 짐작이었어요.

그리고 드디어 나 자신에 관한 혈통 기록을 찾았습니다. 그건 있어야 할 곳에 있지 않았어요. 첫 아내 타비사와 관련된 시기의 카일 사령관 폴더 안에 없었다는 말이에요. 그게 아니라 그 파일 뒤에 첨부된 별도의 하위 파일에 들어 있었지요.

거기 내 어머니의 사진이 있었어요. 탈주한 시녀의 공개 수배 포스터에서 볼 수 있는 두 장의 사진이었어요. 앞 얼굴, 그리고 옆에서 찍은 얼굴. 밝은색 머리카락을 뒤로 모아 묶고 있었고, 젊었어요. 내 눈을 똑바로 바라보고 있었어요. 내게 무슨 말을 전하려 하는 걸까요? 미소는 짓고 있지 않았지만 웃을 이유가 있었겠어요? 그 사진들은 아주머니가, 아니 심지어 '눈'이 찍었을 텐데요.

그 아래 적힌 이름은 파란 잉크를 진하게 칠해 지워져 있었어요.

그러나 업데이트된 주석이 있었어요. *아그네스 제미마, 현 빅토리아 아주머니의 친모는 캐나다로 탈주해, 현재 메이데이 테러리스트 단체의 첩보기관 소속으로 활동 중임. 두 차례의 암살 시도(실패) 후, 현재는 소재 불명.*

그 밑에는 *생물학적 아버지*라고 적혀 있었지만, 그 이름 역시 편집되어 있었어요. 주석에는 이렇게 적혀 있었어요. *현 소재 캐나다. 메이데이 요원으로 알려짐. 소재 불명.*

내가 어머니를 닮았을까요? 나는 그렇게 생각하고 싶었어요.

어머니 기억이 났느냐고요? 기억을 되살리려 애쓰기는 했지요. 기억해 내야 한다는 건 알았지만, 과거는 너무 어두웠어요.

참으로 잔인한 것이죠, 기억이란. 우리는 우리가 잊은 게 무엇인지 기억할 수 없잖아요. 우리에게 잊으라고 강요한 것도. 여기서 정상적으로 살아가는 척하기 위해서 어쩔 수 없이 잊어야 했던 것도.

미안해요, 나는 속삭여 말했어요. 어머니를 되살릴 수가 없네요. 아직은.

나는 어머니의 사진 위에 손을 얹었어요. 따뜻한 온기가 느껴졌느냐고요? 나는 그걸 바랐죠. 사랑과 온기가 이 사진에서 뿜어져 나오고 있다고 생각하고 싶었어요. 예쁘게 찍힌 사진은 아니지만, 그건 아무렇지도 않았어요. 이 사랑이 내 손으로 흘러오고 있다고 생각하고 싶었어요. 유치한 공상이죠, 나도 알아요. 그러나 그래도 위로가 되었어요.

나는 페이지를 넘겼어요. 또 다른 문서가 있었어요. 내 어머니가 둘째 아이도 낳았던 거예요. 그 아이는 갓난아기일 때 몰래 빼내어져 캐나다로 넘겨졌다고 했어요. 그 아기의 이름은 니콜이었어요. 아기의 사진이 첨부되어 있었지요.

아기 니콜.

아기 니콜, 아르두아 홀에서 종교 행사가 있을 때마다 우리가 기억하며 기도했던 아기 니콜. 국제무대에서 길리어드가 당한 불의의 상징이 되어 길리어드 텔레비전에 그토록 자주 등장하는 그 해님처럼 웃는 천사처럼 동그란 얼굴. 성인이자 순교자나 다름없는, 그리고 명백한 아이콘이 되어 버린 아기 니콜. 그 아기 니콜이 내 동생이었어요.

문서의 마지막 문단 아래, 파란 잉크로 쓴 흔들리는 필체의 글이 한 줄 쓰여 있었어요. *일급비밀. 아기 니콜은 현재 여기 길리어드에 있음.*

있을 수 없는 일만 같았어요.

울컥 감사하는 마음이 복받쳤어요. 내게 여동생이 있다니! 하지만 덜컥 무섭기도 했어요. 아기 니콜이 여기 길리어드에 있다면 왜 모두에게 알리지 않은 걸까? 온 국민이 기뻐하며 대규모의 축하 행사가 열릴 텐데. 왜 나한테는 알려 주는 걸까? 그물이 내 몸을 옭아맨 느낌이었지만, 칭칭 몸을 감은 그물은 눈에 보이지 않았어요. 내 동생이 위험한 걸까? 그 애가 여기 있다는 걸 아는 사람이 또 누가 있을까, 그리고 저들은 동생을 어떻게 할까?

이때쯤은 내가 보도록 파일을 갖다 놓는 사람은 리디아 아주머니가 분명하다는 걸 알고 있었어요. 하지만 왜 그런 짓을 하는 걸까요?

그리고 내가 어떻게 반응하기를 원하는 걸까요? 내 어머니는 살아 있지만, 사형선고를 받은 몸이었어요. 범죄자로 취급되고 있었어요. 아니, 심지어 테러리스트였죠. 내 안에는 어머니가 얼마나 있을까요? 나는 어떤 면에서 더럽혀진 걸까요? 그것이 내게 전하려던 메시지였을까요? 길리어드가 나의 반역자 어머니를 죽이려 했으나 실패했다고. 그러면 나는 기뻐해야 하나요, 유감으로 여겨야 하나요? 내 충성심은 어디로 향해야 할까요?

그때, 충동적으로 아주 위험한 짓을 했어요. 보는 눈이 없다는 걸 확인하고, 혈통 파일에서 풀로 붙인 사진이 붙은 두 페이지를 뜯어내서 여러 번 접은 후 내 소맷자락에 슬쩍 넣은 거예요. 어쩐지 그 사진들과 헤어지면 견딜 수 없을 것만 같았어요. 어리석고 무모한 짓이었지만, 내가 저지른 어리석고 무모한 짓이 그 일 하나뿐인 것도 아니었지요.

57

그날은 수요일, 슬픔의 날이었어요. 보통 때처럼 지독하게 맛없는 아침 식사를 마쳤는데 당장 리디아 아주머니의 집무실로 가라는 메시지를 받았어요.

"무슨 뜻이죠?" 나는 빅토리아 아주머니에게 물었어요.

"리디아 아주머니의 의중은 아무도 몰라."

"내가 뭐 잘못했나요?" 나쁜 일들을 꼽자면 엄청나게 많은 선택지가 있었어요. 그건 확실했죠.

"꼭 그런 건 아니야. 뭔가 잘한 일이 있을 수도 있지."

리디아 아주머니는 집무실에서 나를 기다리고 있었어요. 문은 활짝 열려 있었고, 내가 미처 노크도 하기 전에 들어오라고 하더군요.

"문을 닫고 들어와서 앉아라." 아주머니가 말했어요.

나는 자리에 앉았어요. 그녀는 나를 보았어요. 나도 그녀를 보았어요. 이상했어요. 아르두아 홀을 장악한 강력하고 못된 늙은 여왕벌이라고 생각해야 하는데, 그때는 그렇게 무섭지가 않았어요. 턱에 커다란 사마귀가 나 있었죠. 그걸 빤히 쳐다보지 않으려고 애썼어요. 왜 제거하지 않았는지 궁금했어요.

"여기서 잘 지내고 있니, 제이드?" 그녀가 물었어요. "적응은 잘하고 있고?"

'네' 아니면 '좋아요' 아니면 훈련받은 대로 뭐라도 말했어야 했어요. 하지만 나는 퉁명스럽게 대꾸하고 말았지요.

"별로 안 좋아요."

리디아 아주머니는 누런 기가 도는 치아를 드러내며 웃었어요.

"처음에는 후회하는 사람들이 많지." 그렇게 말하더군요. "돌아가고 싶니?"

"뭐, 어떻게요?" 내가 말했어요. "날아다니는 원숭이*라도 타고 가요?"

"공공연한 자리에서는 그렇게 경솔한 언사는 삼가는 게 좋겠구나. 되튕겨 돌아오면 뼈아픈 결과를 맛보게 될 수도 있다. 나한테 뭐 보여 줄 것 있니?"

나는 영문을 몰라 어리둥절했어요.

"어떤 거요?" 내가 물었어요. "아니, 아무것도 안 가져……."

"이를테면 네 팔뚝에 있는 거 말이다. 소매 밑에."

---

* Flying monkeys. 말 그대로의 뜻은 '날아다니는 원숭이'지만, 대중심리학에서는 나르시시스트나 사이코패스의 가짜 페르소나에 속아 그를 대신해 중상모략이나 고문을 하는 등 제삼자에게 위해를 가하는 사람을 의미한다. 제이드는 위험한 말장난을 하고 있다.

"아." 내가 말했어요. "내 팔요." 소매를 걷어 올렸어요. GOD/
LOVE 문신이 있었지만, 별로 예쁘지 않았어요.

리디아 아주머니는 그 문신을 찬찬히 바라보았어요.

"요청대로 해 줘서 고맙구나."

요청한 장본인이라는 거예요? "정보원이세요?" 내가 물었어요.

"뭐?"

나 이제 큰일 난 건가? "있잖아요, 그…… 내 말은……."

그녀가 내 말허리를 잘랐어요.

"생각을 편집해서 내보내는 법을 배워야겠구나." 그리고 말했어
요. "그 생각은 아예 머릿속에서 지우도록 해. 자, 다음 단계다. 캐나
다에서 들었겠지만 네가 아기 니콜이다."

"네, 하지만 아니면 좋겠네요." 내가 말했어요. "그거 안 좋아요."

"그야 틀림없이 그렇겠지." 그녀가 말했어요. "차라리 다른 사람이
었으면 하고 바라게 될 때가 있지. 하지만 그 방면으로는 우리한테
선택지가 무한정 있는 게 아니거든. 자, 캐나다에 있는 우리 친구들
을 도울 준비가 되었느냐?"

"제가 어떻게 해야 하죠?"

"여기 와서 책상에 팔을 얹어 봐라." 그녀가 말했어요. "아프지 않
을 거야."

그러더니 얇은 칼날을 꺼내 내 문신의 O 아래쪽에 살짝 칼집을
냈어요. 그리고 확대경과 아주 작은 족집게로 아주 작은 뭔가를 내
팔에 집어넣었지요. 아프지 않을 거라고 했지만 틀린 말이었어요.

"아무도 GOD의 속을 들여다볼 생각은 못 할 거다. 이제 너는 전

476

서구가 된 거야. 이제 우리가 너를 운반하기만 하면 돼. 예전보다는 어려워졌지만 할 수 있을 거다. 아, 그리고 허락이 떨어지기 전에는 이 얘기를 아무한테도 하면 안 된다. 가벼운 입이 함선을 침몰시키고, 함선이 침몰하면 사상자가 생기겠지, 알겠냐?"

"네." 이제 내 팔에는 치명적인 무기가 들어 있었어요.

"네, *리디아 아주머니*라고 해야지. 여기서는 범절에서 실수가 있어서는 안 된다. 그렇게 사소한 일로도 자칫 고발당할 수 있어. 비달라 아주머니는 교정을 아주 좋아한단 말이야."

증언 녹취록 369A

58

혈통 파일을 읽고 두 번의 아침을 보낸 후, 리디아 아주머니의 집무실로 오라는 소환을 받았습니다. 베카 역시 참석 명령을 받았지요. 우리는 함께 집무실로 걸어갔습니다. 또 제이드가 잘 지내는지, 우리와 함께 있으면서 행복한지, 문해력 시험을 볼 준비는 되었는지, 신앙심이 굳건한지, 그런 질문을 받게 될 줄 알았어요. 베카는 제이드를 다른 곳으로 옮겨 달라고 청해야겠다고 말했죠. 아무리 해도 우리는 제이드에게 뭐 하나 가르칠 수가 없었거든요. 아예 우리 말을 듣지 않았어요.

하지만 우리가 갔을 때는 벌써 제이드가 리디아 아주머니의 집무실에 와서 의자에 앉아 있었어요. 우리를 보고 미소를 지었는데, 겁먹은 듯한 웃음이더군요.

리디아 아주머니가 우리에게 들어오라고 말하고, 문을 닫기 전에 눈을 들어 바깥 복도를 훑어보았어요.

"와 줘서 고맙네." 그녀는 우리에게 말했어요. "앉아도 좋아."

제이드 양편으로 우리를 위해 마련된 의자 두 개에 앉았어요. 리디아 아주머니도 책상을 짚고 몸을 낮추어 자리에 앉았어요. 손이 미미하게 떨리고 있었어요. 나도 모르게, 저분도 늙어 가고 있구나 하는 생각을 해 버렸어요. 하지만 그럴 리가 없지요. 리디아 아주머니는 나이를 초월하는 존재가 틀림없는데.

"오늘 내가 자네들한테 알려 줄 정보는 길리어드의 앞날을 실체적으로 좌우하게 될 게야." 리디아 아주머니가 말했어요. "자네들도 핵심적인 역할을 해야 할 거고. 그럴 만한 용기가 있겠나? 그럴 태세를 갖추고 있는 건가?"

"네, 리디아 아주머니." 나는 말했고, 베카도 같은 말을 반복했어요. 젊은 탄원자는 언제나 핵심적인 역할을 해야 하며 그 일에는 용기가 필요하다는 말을 듣기 마련이었어요. 보통 그 말은 무언가를, 이를테면 시간이나 음식 같은 걸 포기해야 한다는 뜻이었지요.

"좋아. 간단히 말하지. 첫째, 임모르텔 아주머니, 자네에게는 나머지 두 사람이 이미 알고 있는 사실을 전해야겠네. 아기 니콜이 여기 길리어드에 있어."

나는 혼란스러워졌어요. 어째서 이 여자애 제이드한테 그렇게 중요한 소식을 말해 주는 거죠? 그렇게 우상에 가까운 인물의 등장이 우리에게 끼칠 영향이 얼마나 큰지 전혀 모를 텐데요.

"정말입니까? 아, 찬미 있으라, 리디아 아주머니!" 베카가 말했어요. "참으로 굉장한 소식입니다. 여기에요? 길리어드에? 하지만 왜 우리 모두 그런 소식을 듣지 못했을까요? 기적 같은 일이군요!"

"제발 감정을 절제하게, 임모르텔 아주머니. 이제 나는 아기 니콜이 빅토리아 아주머니의 이부자매라는 소식을 전해야만 한다네."

"이런 젠장!" 제이드가 외쳤어요. "말도 안 돼!"

"제이드, 그 말은 못 들은 걸로 치겠다." 리디아 아주머니가 말했어요. "자중, 자숙, 자제."

"죄송합니다." 제이드가 중얼거렸어요.

"아그네스! 아니 빅토리아 아주머니!" 베카가 말했어요. "동생이 있군요! 정말 너무 기쁜 일입니다! 게다가 아기 니콜이라니! 얼마나 행운이에요, 아기 니콜은 정말 사랑스럽잖아요." 리디아 아주머니의 벽에는 표준적인 아기 니콜의 초상이 걸려 있었어요. 아기 니콜은 정말로 사랑스러웠지만, 사랑스럽지 않은 아기가 어디 있나요. "내가 좀 안아 줘도 될까요?" 베카가 내게 말했어요. 베카는 긍정적으로 보려고 열심히 싸우고 있었어요. 내게는 유명한 친척이 있지만 자기한테는 아무도 없다는 생각을 하면 슬펐을 거예요. 심지어 위장된 아버지마저도 얼마 전 치욕스럽게 처형당한 참이었으니까요.

"진정하게나, 부탁이야." 리디아 아주머니가 말했어요. "아기 니콜이 아기이던 시절도 지났어. 그 애는 이제 다 컸다네."

"물론이지요, 리디아 아주머니." 베카는 자리에 앉아 무릎에 얌전히 손을 모았어요.

"하지만 여기 길리어드에 있다면 말입니다, 리디아 아주머니." 내가 말했어요. "정확히 어디 있는 거지요?"

제이드가 웃음을 터뜨렸어요. 컹 짖는 소리에 더 가까웠지만요.

"아르두아 홀에 있네." 리디아 아주머니는 미소를 띠고 있었어요. 마치 추리 게임이라도 하는 듯 말이지요. 그녀는 즐기고 있었어요. 우리는 전혀 아무것도 감을 잡지 못하는 얼굴이었을 거예요. 아르두아 홀에는 우리가 모르는 사람이 없는데, 아기 니콜이 어디 있다는 거지?

"이 방에 있네." 리디아 아주머니가 공표했어요. 그리고 한 손을 흔들어 보였어요. "여기 이 제이드가 아기 니콜이야."

"그럴 리가!" 제이드가 아기 니콜이라고? 그러면 제이드가 내 동생이라고?

베카는 입을 떡 벌리고 앉아 제이드를 물끄러미 바라보았어요. "아니야." 속삭여 말하더군요. 얼굴에 참담한 슬픔이 얼룩져 있었어요.

"사랑스럽지 못해서 죄송하네요." 제이드가 말했어요. "노력은 했는데, 그 분야로는 워낙 재주가 형편없어서." 그건 분위기를 좀 가볍게 해 보려고 농담으로 한 말이라고 믿어요.

"아…… 나는 그런 뜻이……." 내가 말했어요. "그냥…… 아기 니콜처럼 보이지는 않아서."

"그래, 그건 그렇지." 리디아 아주머니가 말했어요. "하지만 자네와는 닮았군." 사실이었어요, 어느 정도까지는. 눈은 맞지만 코는 아니었지요. 나는 드디어 무릎 위에 모으고 앉은 제이드의 손을 내려다보았어요. 손가락을 내밀어 보라고, 내 손가락하고 비교해 보자고 하고 싶었지만 기분이 나쁠 수도 있겠다는 생각이 들었어요. 진짜 동생이라는 증거를 너무 많이 요구한다거나, 자기를 거부한다는 느낌을 주기는 싫었어요.

"동생이 생겨서 정말 기뻐." 이제 충격에서 정신을 좀 차리고, 제이드에게 예의 바르게 말했어요. 이 서투른 소녀가 나와 같은 어머니의 딸이라니. 앞으로도 할 수 있는 최선을 다해야 하겠지요.

"두 사람 모두에게 정말 행운이에요." 베카가 말했어요. 그 목소리는 서글펐어요.

"그리고 아주머니는 내게 자매 같은 사람이잖아요." 내가 말했어요. "그러니까 제이드는 임모르텔 아주머니의 동생이기도 한 거예요." 베카가 소외감을 느끼게 하고 싶지 않았어요.

"내가 안아 봐도 되겠니?" 베카가 제이드에게 말했어요. 아니, 이 진술에서는, 니콜이라고 불러야 할 것 같네요.

"네, 뭐." 니콜은 베카의 가벼운 포옹을 받아 주었어요. 나도 따라 포옹했어요. "고마워요." 니콜이 말하더군요.

"고맙네, 임모르텔 아주머니, 그리고 빅토리아 아주머니." 리디아 아주머니가 말했어요. "자네들은 수용과 포괄의 자세에 훌륭한 모범을 보여 주었어. 이제 미안하지만, 전적으로 내게 집중해 줘야 하겠네."

우리는 모두 리디아 아주머니에게로 얼굴을 돌렸어요.

"니콜은 오랫동안 우리와 함께 있지 않을 거야." 리디아 아주머니가 말했어요. "머지않아 아르두아 홀을 떠나 다시 캐나다로 여행해야 하네. 그 길에 중요한 메시지를 가지고 갈 걸세. 자네 둘이 니콜을 도와줬으면 하네."

경악할 일이었어요. 리디아 아주머니가 왜 니콜을 돌려보내려는 걸까요? 그 어떤 개종자도 돌아가지 않았는데.(그건 반역이었어요.) 심지어 하필 당사자가 아기 니콜이라면, 그건 열 배로 가중된 반역죄였어요.

"하지만 리디아 아주머니," 내가 말했어요. "그건 법에 저촉되며 사령관들이 선포한 '하느님의 뜻'에도 반하는 일입니다."

"물론 그렇지, 빅토리아 아주머니. 그러나 자네와 임모르텔 아주머니는 이제 내가 그간 놓아둔 기밀 파일을 상당히 많이 읽었을 텐데, 현재 길리어드에 존재하는 개탄할 만한 수준의 타락을 알고 있지 않나?"

"알고 있습니다, 리디아 아주머니, 하지만 분명……." 그동안에는 베카에게도 범죄 파일들이 배달되고 있다는 확신을 가질 수 없었어요. 우리 둘 다 일급비밀의 수칙을 존중했던 거예요. 아니, 그보다 더 중요한 건, 위험한 일에 서로를 끌어들이고 싶지 않았던 거죠.

"출범 당시 길리어드의 목표는 순수하고 고결했다, 이 점에는 우리 모두 동의할 수 있겠지." 리디아 아주머니는 말했어요. "그러나 인류 역사에서 빈번히 그러하였듯, 이기적이고 권력에 눈이 먼 자들에 의해 전복되고 더럽혀지고 말았지. 자네들도 틀림없이 그 점을 바로잡기를 원할 걸세."

"그렇습니다." 베카가 고개를 끄덕이며 말했어요. "그러기를 바랍니다."

"자네들의 맹세를 또한 기억하게. 소녀들과 여자들을 돕겠다고 서약하지 않았는가. 진심에서 우러난 서약이었을 거라 믿고 있네."

"그렇습니다, 리디아 아주머니." 내가 말했어요. "그랬어요."

"이 일이 그들을 도울 거야. 그리고 자네들 뜻에 반하는 짓을 억지로 시키고 싶지는 않지만, 지금 자네들이 처한 상황을 명확히 설명해야만 하겠네. 이제 내가 자네들에게 이 비밀을 발설했으므로(아기 니콜이 여기 있고, 곧 우리의 전령 역할을 하게 되리라는 이야기 말이지.) 자네들이 이 사실을 '눈'에게 고발하지 않고 지나가는 1분 1초가 반역으로 간주될 걸세. 그러나 혹시 고발하더라도 여전히 엄혹한 처벌을 당할 수도 있고, 심지어 한순간이라도 망설였다는 이유로 죽음을 맞을 수도 있네. 굳이 말할 필요도 없지만 나는 처형당할 테고, 니콜은 새장에 갇힌 앵무새나 다름없는 신세가 될 거야. 니콜이 순응하지 않으면, 이런저런 수단을 써서 결국 죽일 테지. 저들은 주저하지 않을 거야. 자네들이 범죄 파일을 읽었으니까."

"언니들한테 그러시면 안 되죠!" 니콜이 말했어요. "그건 공평하지 않아요. 감정적인 협박이잖아요!"

"견해를 표명한 건 고맙다만, 니콜." 리디아 아주머니가 말했어요. "네 사춘기 아이다운 정의 관념은 여기서 적용되지 않는다. 감상은 그냥 네 마음속에만 넣어 둬라. 캐나다를 다시 보고 싶으면 명령이라고 생각하는 게 좋을 거다."

그리고 리디아 아주머니는 우리 둘 쪽으로 고개를 돌렸어요.

"자네들은 물론 각자 알아서 결정을 내릴 자유가 있네. 나는 이 방을 나가 있겠네. 니콜, 너는 나를 따라와라. 언니와 친구에게 단둘이서 이 가능성을 숙고할 수 있게 해 주자꾸나. 우리는 5분 후에 돌아오겠네. 그때는 단순하게 '네' 아니면 '아니요'를 요구할 거야. 자네들의 임무와 관련해 다른 세부사항은 때가 되면 제공될 걸세. 어서 와라, 니콜."

리디아 아주머니는 니콜의 팔을 잡고 방에서 데리고 나갔어요.

베카의 눈이 휘둥그레 겁에 질려 있었어요. 내 눈도 아마 그랬겠지요.

"해야만 해." 베카가 말했어요. "둘 다 죽게 놔둘 수는 없어. 니콜은 네 동생이고, 리디아 아주머니는……."

"뭘 해?" 내가 물었어요. "무슨 일을 시키실지 알지도 못하잖아."

"순종과 충성을 요구하시는 거야." 베카가 말했어요. "우리를 어떻게 구해 주셨는지 기억해? 심지어 우리 둘 다를 구해 주셨잖아? 우리는 '네'라고 대답해야만 해."

리디아 아주머니의 집무실을 나와서 베카는 주간 근무시간을 채우러 도서관으로 갔고, 니콜과 나는 함께 다시 우리 아파트로 걸어갔어요.

"우리는 자매니까, 우리끼리 있을 때는 아그네스 언니라고 불러도 좋아."

"알았어요, 그렇게 해 볼게요." 니콜이 말했어요.

우리는 거실로 들어갔어요.

"너한테 말해 주고 싶은 게 있어. 잠깐만 기다려."

그리고 나는 위층으로 올라갔어요. 혈통 파일에서 몰래 빼낸 두 페이지를 작게 접어 매트리스 밑에 숨겨 두고 있었거든요. 나는 돌아와서 조심조심 다시 펼쳐서 판판하게 만들었어요. 내가 테이블에 올려놓자 니콜도 (나처럼) 우리 어머니의 사진에 손을 얹고 싶은 유혹을 뿌리치지 못했어요.

"굉장해요." 니콜은 손을 떼고 다시 사진을 찬찬히 들여다봤어요. "날 닮은 것 같아요?"

"나도 똑같은 게 궁금하더라." 내가 말했어요.

"조금이라도 기억나는 게 있어요? 나는 너무 어렸을 거예요."

"모르겠어. 가끔은 그런 것 같기도 해. 무언가 기억나는 기분이 들 때가 있어. 다른 집이 있었던가? 내가 어디론가 여행을 갔던가? 하지만 그저 희망 사항일지도 모르지."

"우리 아버지들은요?" 니콜이 물었어요. "왜 그 이름들은 지워 버렸을까요?"

"아마 어떤 면에서 우리를 보호하려고 그랬을 거야."

"보여 줘서 고마워요." 니콜이 말했다. "하지만 이런 걸 이렇게 갖고 있으면 안 될 것 같아요. 들키면 어떻게 해요?"

"알아. 다시 페이지를 끼워 넣으려고 했는데 파일이 이미 없어졌더라."

결국 우리는 그 페이지들을 잘게 찢어 화장실에 버리고 물을 내리기로 결정했어요.

리디아 아주머니는 우리 앞에 놓인 임무에 대비해 마음을 굳게 먹어야 한다고 말했어요. 그사이 우리는 보통 때처럼 생활을 계속하며 니콜이 이목을 끌거나 의혹을 살 만한 일이 없도록 주의했지요. 우리 마음이 불안했기 때문에, 어려운 일이었어요. 나만 해도 항상 두려움을 안고 살았거든요. '니콜이 들키면 베카와 나도 고발당할까?' 하는 두려움.

베카와 내가 진주 소녀의 사명을 받들어 해외로 떠날 날이 코앞에 다가와 있었어요. 과연 가게 되기는 하는 걸까, 아니면 리디아 아주머니가 다른 목적지를 염두에 두고 있을까? 우리는 기다리는 수밖에 없었지요. 베카는 캐나다의 진주 소녀 표준 가이드를 미리 공부했어요. 통화와 관습, 신용카드를 비롯한 구매수단까지. 나보다 훨씬 더 철저히 준비되어 있었어요.

추수 감사 의례가 일주일도 남지 않았을 때, 리디아 아주머니가 우리를 다시 집무실로 불렀어요.

"이것이 자네가 해야 할 일이네. 내가 시골의 우리 피정관 한 군데에 니콜을 위해 방을 하나 마련해 두었어. 서류는 다 준비되어 있고. 그렇지만 니콜 대신 자네, 임모르텔 아주머니가 가야 해. 니콜은 자네의 신분으로 진주 소녀로 위장해 캐나다로 가게 될 거야."

"그러면 저는 못 가나요?" 절망한 베카가 물었어요.

"자네는 나중에 갈 거야." 리디아 아주머니는 대답했습니다.

하지만 심지어 그때에도, 나는 거짓말일 거라고 의심했어요.

XXI

정신없이 한꺼번에

아르두아 홀 홀로그래프

59

나는 모든 일의 수순을 짜 놓았다고 생각했으나 최고의 계획도 어긋나고* 수난은 잇달아 찾아오기 마련이다. 참으로 고된 하루를 보낸 끝에 서둘러 이 글을 쓴다. 오늘 하루 내 집무실을 오간 수많은 인파는 (맨해튼 전쟁에서 그 고색창연한 건물이 돌 더미로 변해 버리기 전) 그랜드 센트럴 역이 무색할 정도였다.

처음 등장한 인물은 비달라 아주머니로 아침 식사 직후에 나타났다. 비달라와 소화가 덜 된 죽은 아주 괴로운 조합이다. 할 수 있는 한 최대한 빨리 민트 티를 섭취해야겠다고 다짐했다.

"리디아 아주머니, 다급히 주목을 요할 일이 있어 찾아뵙습니다."

나는 속으로 한숨을 쉬었다.

---

* the best-laid plans gang aft agley. 스코틀랜드 시인 로버트 번스(Robert Burns)의 시 「생쥐에게(To a Mouse)」의 한 구절이다.

"물론이지요, 비달라 아주머니. 어서 앉으십시오."

말로는 "시간을 많이 빼앗지는 않겠습니다."라면서, 정확히 그렇게 하려는 태세로 의자에 자리를 잡고 앉았다.

"빅토리아 아주머니에 관한 일입니다."

"그래요? 임모르텔 아주머니와 함께 캐나다로 진주 소녀의 소명을 띠고 곧 출발한다면서요."

"바로 그 점을 의논드리고자 하는 것입니다. 그 둘이 준비가 되었다고 확신하십니까? 아무래도 나이에 비해 철이 없는 것 같아요. 그 세대의 여타 탄원자와 비교해 보아도 더 심한 것 같습니다. 둘 다 더 큰 세계의 경험이 없거니와, 적어도 다른 탄원자 중에는 이 둘한테 없는 확고한 인격을 겸비한 인재도 있습니다. 그 두 사람은, 줏대가 없다고 해야 할까요. 캐나다에서 제공할 물리적 유혹에 경박하게 휘둘릴 것입니다. 그리고 제 의견으로는, 빅토리아 아주머니는 망명의 위험도 있다고 봅니다. 근래에 수상쩍은 걸 읽고 있더군요."

"성경을 수상쩍다고 말씀하시는 게 아니길 바랍니다." 내가 말했다.

"물론 아닙니다. 제가 언급한 내용은 족보 보관기록에서 나온 빅토리아 아주머니 자신의 혈통 파일입니다. 그걸 보고 위험한 생각을 품게 될 수도 있어서요."

"빅토리아 아주머니는 혈통 족보 보관기록에 접근권이 없습니다." 내가 말했다.

"누군가 그 파일을 대신 구해 준 게 틀림없습니다. 그 책상 위에 있는 걸 내가 봤습니다."

"내 허락이 없이 누가 그런 짓을 했을까요?" 내가 말했다. "탐문을 해 봐야 하겠습니다. 불복종은 묵과할 수 없지요. 그러나 빅토리아 아주머니는 이제 위험한 생각을 뿌리칠 힘이 생겼을 거라고 믿네요. 철이 없다는 견해를 피력하셨지만, 저는 그이가 칭찬할 만한 성숙함과 마음의 강단을 얻어 냈다고 생각합니다."

"얄팍한 겉치레지요." 비달라가 말했다. "그 아이의 신학은 몹시 허술합니다. 기도에 대해서도 얼치기 같은 생각을 갖고 있더군요. 어릴 때는 경박했고 학교의 의무에 반항했습니다. 특히 수예를 싫어했지요. 게다가 그 어머니는……."

"그 아이의 어머니가 누구인지는 나도 압니다." 내가 말했다. "우리의 가장 존경받는 젊은 아내들에 대해서도 같은 말을 할 수 있을 겁니다. 생물학적으로는 시녀의 자손이니까요. 그러나 그런 유의 타락이 꼭 유전되는 건 아니에요. 그 아이의 양어머니는 청렴과 인내하는 수난의 모범이었습니다."

"타비사에 관한 말씀은 옳습니다." 비달라 아주머니가 말했다. "그러나 우리가 알다시피, 빅토리아 아주머니의 친어머니는 특히 극악무도한 사례였지 않습니까. 의무를 등한시하고 임지를 저버리고 신성한 권위를 바탕으로 군림하는 이들에게 반항했을 뿐만 아니라 길리어드로부터 아기 니콜을 도둑질한 주범이에요."

"케케묵은 옛날이야기입니다, 비달라." 내가 말했다. "우리의 사명은 구원이지, 순전히 우연적인 근거로 죄를 묻는 게 아닙니다."

"빅토리아에 관해서는 그렇습니다. 그러나 그 아이의 어미는 열두 조각으로 잘라 마땅해요."

"그야 물론이지요."

"그 여자가 다른 반역죄로도 모자라, 캐나다의 메이데이 첩보기관에서 활동하고 있다는 상당히 신빙성 있는 소문이 돌고 있어요."

"얻는 게 있으면 잃는 것도 있는 법이지요." 내가 말했다.

"거참 희한하게 말씀하시는군요." 비달라 아주머니가 말했다. "이건 스포츠가 아닙니다."

"용인되는 언어에 대한 견해를 알려 주시다니 친절하시군요. 빅토리아 아주머니에 대한 통찰은, 두고 보면 알 일입니다. 나는 그이가 진주 소녀의 사명을 누구보다 훌륭하게 완수하리라고 믿습니다."

"보면 알겠지요." 비달라 아주머니가 반쪽짜리 미소를 띠고 말했다. "그러나 그 아이가 망명하는 사태가 생기면, 내가 미리 경고했다는 점을 부디 기억해 주십시오."

다음에 찾아온 건 헬레나 아주머니였다. 도서관에서 절뚝거리며 오느라 숨이 턱에 차 있었다. 갈수록 발이 골치를 썩이고 있다.

"리디아 아주머니, 빅토리아 아주머니가 허가 없이 족보 보관기록에서 자신의 혈통 파일을 읽고 있다는 사실을 아셔야 할 것 같습니다. 생물학적 어머니를 고려할 때, 그건 참으로 어리석은 일이라고 봅니다."

"방금 비달라 아주머니한테서 이 사실을 주지받았습니다." 내가 말했다. "빅토리아 아주머니의 도덕적 심지가 허약하다는 견해에 역시 동조하더군요. 그러나 빅토리아 아주머니는 가정교육도 잘 받았고, 우리의 명문 비달라 학교에서 최고의 교육을 받았어요. 본성이 양육을 물리치고 결국 승리하리라는 이론을 갖고 계신 겁니까? 그렇다면 아무리 우리가 엄혹히 죄의 씨앗을 짓밟아 없애고자 해도 아담의 원죄가 우리 모두의 내면에서 고개를 들고 말 테니, 우리 길리어드 기획은 처음부터 가망이 없는 셈이군요."

"아, 그럴 리가요! 그런 의도를 품고 말한 건 아닙니다." 화들짝 놀란 헬레나가 말했다.

"아그네스 제미마의 혈통 파일을 읽어 보셨습니까?" 내가 물었다.

"네, 수년 전에요. 당시에는 창설자 아주머니에게만 열람이 제한되어 있었어요."

"우리는 옳은 결정을 내렸습니다. 아기 니콜이 빅토리아 아주머니의 이부자매라는 사실이 널리 퍼뜨려졌다면, 유년기의 발달에 저해가 될 수 있었겠지요. 이제 나는 길리어드에서 진중하지 못한 자들 일부가 그들의 관계를 알았다면, 아기 니콜을 되찾으려는 시도에서 빅토리아 아주머니를 거래의 패로 이용하려 했을 거라고 믿게 되었답니다."

"그런 생각은 미처 하지 못했습니다." 헬레나 아주머니가 말했다. "당연히 아주머니가 옳습니다."

"아시면 흥미로워하실 일이 있는데," 하고 내가 말했다. "메이데이는 그 자매 관계를 인지하고 있어요. 한동안 아기 니콜을 수중에 두고 있었기 때문이지요. 저들은 아기 니콜이 타락한 어미와 재회하기를 바랄 수도 있다고 봅니다. 그 아이의 양부모가 급작스럽게 죽었기 때문이지요. 폭발 사고로요." 내가 덧붙였다.

헬레나 아주머니가 집게발 같은 작은 손을 뒤틀었다. "메이데이는 무도한 집단이지요. 그 아이를 제 어미 같은 도덕적 범죄자의 손에 맡기는 정도는, 아니 심지어 죄 없는 어린 목숨을 희생시키는 것마저 아무 일도 아닐 겁니다."

"아기 니콜은 아주 안전합니다." 내가 말했다.

"찬미 있으라!" 헬레나 아주머니가 말했다.

"아직 자기가 아기 니콜이라는 사실을 알지 못하고 있습니다만." 내가 말했다. "우리는 그 아이가 곧 길리어드에서 정당한 자기 위치를 찾는 모습을 보고자 합니다. 이제는 가능성이 생겼습니다."

"그 말을 들으니 참으로 기쁩니다. 그러나 그 애가 정말로 우리 가운데 오게 되면, 참된 정체성의 문제는 조심스럽게 풀어 가야 할 것입니다." 헬레나 아주머니가 말했다. "찬찬히 부드럽게 알려 줘야 할 거예요. 그런 폭로로 여린 마음이 안정을 잃을 수 있으니까요."

"그게 바로 제 생각입니다. 그러나 그사이에는 비달라 아주머니의 동태를 좀 살펴 주셨으면 합니다. 아무래도 빅토리아 아주머니의 손에 혈통 파일이 들어가게 한 장본인이 비달라 아주머니인 것 같아요. 무슨 목적에서인지야 제가 상상할 수 없습니다만. 아마도 빅토리아 아주머니가 타락한 부모의 정체를 알고 절망에 빠진 나머지 불안한 영적 상태로 내던져져 뭔가 성급한 실족을 하길 바랄 수도 있겠지요."

"비달라는 그 아이를 한 번도 좋아한 적이 없지요." 헬레나 아주머니가 말했다. "학교에 다닐 때도요."

그녀는 임무를 받았다는 사실로 행복해져서, 절뚝절뚝 가 버렸다.

슐라플리 카페에서 늦은 오후의 민트 티 한 잔을 마시며 앉아 있는데 엘리자베스 아주머니가 황급히 들어왔다.

"리디아 아주머니!" 그녀는 서럽게 통곡하고 있었다. "아르두아 홀에 '눈'들과 천사들이 들어왔습니다! 침공 같았어요! 설마 직접 이를 재가하지는 않으셨지요?"

"진정하세요." 내가 말했다. 내 심장도 마구 정신없이 뛰고 있었다. "그들이, 정확히, 어디 있었습니까?"

"인쇄소에요. 우리 진주 소녀 홍보 책자를 모두 압수해 갔습니다. 웬디 '아주머니'가 항의했는데, 유감이지만 그러다 체포되었어요. 실제로 저들이 그 몸에 손을 댔단 말입니다!" 엘리자베스 아주머니가 부르르 몸을 떨었다.

"이건 전례 없는 일이군요." 나는 벌떡 일어나며 말했다. "즉시 저드 사령관과 회동을 요구하겠습니다."

빨간 직통 전화를 쓸 생각으로 내 집무실로 향했는데, 그럴 필요도 없었다. 저드가 거기 내 눈앞에 있었다. 긴급사태라면서 그냥 쳐들어온 게 틀림없었다. 우리가 합의한 성스러운 별개의 영역은 이걸로 끝이다.

"리디아 아주머니. 제 행동에 대해 설명을 해 드리는 게 순서겠지요." 그의 얼굴에 웃음기가 없었다.

"훌륭한 설명이 당연히 있으시겠지요." 내가 말했다. 목소리에 약간의 냉기를 허락했다. "'눈'들과 천사들이 예의범절의 도를 크게 넘었습니다. 관습과 법은 두말할 것도 없지요."

"모두 아주머니의 명예를 위해서입니다, 리디아 아주머니. 앉아도 되겠습니까?" 나는 의자를 손짓해 가리켰다. 우리는 앉았다.

"막다른 골목에 여러 번 부딪힌 끝에, 우리는 제가 일전에 알려 드린 마이크로닷이 진주 소녀들이 아무것도 모르고 배포하는 홍보 책자를 매개로 메이데이와 이곳 아르두아 홀 내부 미지의 연락책 사이를 오간 게 틀림없다는 결론에 다다랐습니다." 그는 잠시 말을 멈추고 내 반응을 눈여겨보았다.

"경악할 말씀을 하십니다!" 내가 말했다. "이 무슨 파렴치한 일이!" 나는 뭘 하느라 저들이 이렇게 오래 걸렸나 생각하고 있었다. 하나 마이크로닷은 아주 작거니와, 우리의 매혹적이고 정통적인 선교 자료를 의심할 생각을 누가 하겠는가? 보나 마나 '눈'들은 구두와 속옷들을 검사하느라 많은 시간을 낭비했을 것이다. "증거가 있습니까?" 내가 물었다. "그리고 있다면, 우리 통 안의 썩은 사과가 누구입니까?"

"우리는 아르두아 홀 인쇄소를 급습했고, 웬디 아주머니를 구금해 신문했습니다. 진실에 닿을 수 있는 최단의 직선행로 같더군요."

"웬디 아주머니가 연루되어 있다는 건 믿을 수가 없군요." 내가 말했다. "그 여자는 그런 음모를 꾸밀 능력이 없는 사람인데. 두뇌가 열대어 구피 수준이란 말입니다. 즉시 풀어 주시는 게 나을 겁니다."

"우리도 그렇게 결론을 내렸습니다. 충격에서 회복되도록 '진정과 향유' 클리닉에 보낼 겁니다."

나는 마음이 좀 놓였다. 불필요한 고통은 없어야 하지만, 필요하다면, 고통도 무릅써야 한다. 웬디 아주머니는 쓸모 있는 바보였지만 콩알만큼도 해롭지 않았다.

"무엇을 발견하셨습니까?" 내가 물었다. "사령관님이 말하는 이 마이크로닷이 새로 인쇄된 홍보 책자에 있던가요?"

"아니요, 그러나 최근 캐나다에서 반납된 책자를 검사한 결과 마이크로닷이 여러 개 나왔어요. 메이데이가 넣은 게 틀림없는 지도들이며 다른 항목들이 담겨 있었습니다. 우리 내부에 있는 미지의 반역자는 작전의 클로즈 하운드 쪽이 제거되어 그 경로가 폐기될 줄 알고 길리어드로부터 나오는 기밀 정보로 진주 소녀 홍보책자를 장식하는 짓거리를 그만둔 겁니다."

"오래전부터 비달라 아주머니가 의심스럽더라니." 내가 말했다. "헬레나 아주머니와 엘리자베스 아주머니도 인쇄소 출입이 허가되어 있고, 손수 출발하는 진주 소녀의 손에 항상 새 홍보책자를 쥐여주는 사람이 바로 나였으니, 나 또한 의심을 받아 마땅하겠군요."

저드 사령관은 그 말에 미소를 지었다.

"리디아 아주머니, 이런 시국에도 꼭 그렇게 소소한 농담을 하셔야 직성이 풀리십니까. 다른 사람들도 접근권이 있었습니다. 수습 인쇄공들이 예닐곱 명쯤 있었어요. 그러나 그들의 범죄 사실은 현재 입증되지 않았고, 이번 사건에서 대리 피의자는 안 될 말입니다. 실제 범죄자가 자유롭게 돌아다니게 놔둘 수 없으니까요."

"그렇다면 여전히 암중모색이군요."

"불행히도 그렇습니다. 내게 아주 불행한 일이고, 따라서 리디아 아주머니 당신에게도 아주 불행한 일이지요. 위원회에서 내 신임이 급속히 떨어지고 있습니다. 그간 결과를 내놓겠다고 약속을 해 왔단 말입니다. 싸늘하게 외면하고 등을 돌리거나 뜬금없이 불쑥 인사를 건네는 일들이 감지되고 있습니다. 임박한 숙청의 징후가 감지되고 있어요. 당신과 나 둘 다, 우리 주위에, 바로 코밑의 아르두아 홀에서, 메이데이가 조직 활동을 하게 방치한 죄, 반역에 준하는 태만으로 고발당할 겁니다."

"절체절명의 위기 상황이군요."

"우리 스스로 우리를 구할 길이 있습니다." 저드 사령관은 말했다. "아기 니콜을 즉시 데리고 나와 완전히 세상에 전시해야 합니다. 텔레비전, 포스터, 대규모 공개행사."

"무슨 장점이 있는지는 알겠습니다."

"그 아이가 나와 약혼했다는 사실을 공표하고 향후의 결혼식을 중계하면 훨씬 효과가 커질 겁니다. 그러면 당신과 나는 아무도 건드릴 수 없는 존재가 되겠지요."

"천재적이십니다, 늘 그러하시듯." 내가 말했다. "그렇지만 이미 결혼을 하셨잖습니까."

"우리 아내의 건강은 어떻습니까?" 그는 책망하듯 눈썹을 치켜 올리며 물었다.

"전보다는 나아졌습니다." 내가 말했다. "그러나 생각만큼 좋지는 않군요."

어떻게 그는 쥐약처럼 뻔한 수단을 쓸 생각을 했던 거지? 아무리 소량이라도 너무나 쉽게 감지할 수 있는 독극물인데. 학생 시절 슈나마이트는 호감 가는 아이가 아니었지만, 그래도 저드의 폐기처분된 신부들과 함께 푸른 수염*의 방에 들어가게 만들 생각은 전혀 없다. 건강은 사실 회복되고 있다. 그러나 '사랑이 넘치는' 저드의 품으

---

* 프랑스 동화 작가 샤를 페로(Charles Perrault)가 지은 이야기로 푸른 수염이라는 신비스러운 귀족과 결혼한 아내가 어느 날 금지된 방을 열어 보니 금기를 어겨 살해된 아내들의 시체가 있었다는 내용이다.

로 돌아갈 전망을 너무 무서워하는 나머지 회복이 더딜 뿐이다.

"다만 다시 악화될까 걱정입니다." 내가 말했다.

사령관이 한숨을 쉬었다.

"아내가 고통으로부터 자유로워지길 기도하겠습니다."

"사령관님의 기도는 반드시 응답을 받을 것입니다."

우리는 책상 너머로 서로를 응시했다.

"얼마나 빨리 될까요?" 그는 참지 못하고 결국 묻고 말았다.

"충분히 빨리요." 내가 대답했다.

XXII

결정타

증언 녹취록 369A

60

베카와 내가 진주목걸이를 수여받기 이틀 전, 우리가 사적인 저녁 기도를 올리는 시간에 리디아 아주머니가 계획에 없이 불쑥 찾아왔습니다. 베카가 문을 열었어요.

"아, 리디아 아주머니." 베카는 몹시 놀라 당황해 말했습니다. "찬미 있으라."

"미안하지만 한발 물러섰다가 내가 들어오면 문을 닫게." 리디아 아주머니가 말했어요. "지금 급하네. 니콜은 어디 있나?"

"위층에요, 리디아 아주머니." 내가 말했어요. 베카와 내가 우리의 기도를 올리는 사이, 니콜은 보통 방에서 나가 위층으로 가서 신체 단련을 했어요.

"어서 불러오게. 긴급한 상황이야." 리디아 아주머니가 말했어요. 보통 때보다 호흡이 훨씬 빨랐어요.

"리디아 아주머니, 어디 편찮으세요?" 베카가 불안하게 물었지요. "물 한 잔 드시겠어요?"

"법석 떨 일 아니야." 리디아 아주머니가 말했어요.

니콜이 방 안으로 들어왔어요.

"다들 괜찮아요?" 니콜이 물었어요.

"사실을 적시하면 괜찮지가 않아." 리디아 아주머니가 말했어요. "우리는 지금 몹시 궁지에 몰렸거든. 저드 사령관이 방금 반역의 증거를 찾느라 우리 인쇄소를 급습했어. 웬디 아주머니가 상당한 고초를 겪긴 했어도 혐의를 입증할 만한 단서는 나오지 않았지. 다만 불행하게도 사령관은 제이드가 진짜 이름이 아니라는 사실을 알아냈어. 실제로 네가 아기 니콜이라는 사실을 알고는 자신의 특권적 입지를 강화하기 위해 너와 결혼하겠다고 마음먹은 참이야. 결혼식을 길리어드 텔레비전에 중계하고 싶어 하고."

"젠장 완전 엿 됐잖아!" 니콜이 말했어요.

"말조심해라, 제발." 리디아 아주머니가 말했어요.

"나를 그 인간하고 결혼시킬 수는 없어요!" 니콜이 말했어요.

"어떻게든 하려고 할 거야." 베카가 말했어요. 안색이 몹시 파리했어요.

"끔찍한 일이에요." 내가 말했어요. 저드 사령관에 대해 읽은 파일에 따르면, 끔찍한 정도가 아니었어요. 사형선고였어요.

"우리가 할 수 있는 일이 뭘까요?"

"자네하고 니콜은 내일 떠나야 해." 리디아 아주머니가 나를 보고 말했어요. "최대한 빨리. 길리어드의 외교 전용기는 쓸 수 없을 거야.

저드가 소식을 듣고 막을 테니까. 다른 경로로 가야 하네."

"그렇지만 우리는 준비가 안 되었는걸요." 내가 말했어요. "우리는 진주도 없고, 드레스도 없고, 캐나다 돈도 홍보 책자도 은색 배낭도 없어요."

"필요한 물건은 이따가 오늘 밤 늦게 갖다주겠네." 리디아 아주머니가 말했어요. "니콜을 임모르텔 아주머니로 신분을 위장한 통행증은 이미 마련해 두었으니. 불행히도 임모르텔 아주머니의 피정 일정을 재조정할 시간이 없었어. 그런 속임수는 어쨌든 충분히 오래 끌고 가기 힘들었을 테지만."

"헬레나 아주머니가 니콜이 없어졌다는 걸 알아채실 거예요." 내가 말했어요. "언제나 사람들 숫자를 세거든요. 그리고 베카가, 그러니까 임모르텔 아주머니가 왜 아직 여기 있는 건지, 이상하다고 여길 거예요."

"물론이네." 리디아 아주머니가 말했어요. "그러므로 자네에게 좀 특별한 부탁을 해야겠어, 임모르텔 아주머니. 저 두 사람이 떠난 후에 적어도 48시간 동안 어디 숨어 있어 주게. 도서관은 어떨 것 같나?"

"그곳은 안 됩니다." 베카가 말했어요. "책이 너무 많아요. 사람이 숨을 공간이 없습니다."

"어디든 생각해 낼 수 있을 거라 믿네." 리디아 아주머니가 말했어요. "우리 임무 전체가, 당연히 빅토리아 아주머니와 니콜의 안위도, 자네한테 달려 있어. 엄청난 책임을 짊어져야 하는 거야. 새롭게 태어난 길리어드 자체가 자네를 통해서만 실현될 수 있네. 다른 사람들이 붙잡혀 교수형에 처해지는 건 원치 않겠지."

"네, 리디아 아주머니." 베카가 속삭였다.

"열심히 생각을 좀 해 보게나." 리디아 아주머니가 밝게 말했어요. "자네의 재기를 발휘하라고!"

"아니 임모르텔 아주머니한테 모든 걸 뒤집어씌우고 있잖아요." 니콜이 리디아 아주머니에게 말했어요. "내가 혼자 가면 왜 안 돼요? 그랬다가 임모르텔 아주머니와 아그네스 언니, 그러니까 빅토리아 아주머니가 적당한 때 함께 여행하면 될 텐데."

"멍청한 소리 하지 마." 내가 말했어요. "그럴 수는 없어. 너는 즉시 체포될 거야. 진주 소녀들은 언제나 둘씩 짝지어 다니고, 네가 유니폼을 입지 않더라도, 네 나이의 여자애는 결코 동행 없이 여행하지 않아."

"니콜이 장벽을 넘어 도망친 것처럼 꾸며야 합니다." 베카가 말했어요. "그렇게 되면 아르두아 홀 내부를 수색하지는 않을 거예요. 그러자면 나는 홀 안 어딘가에 숨어 있어야 하겠지요."

"정말 지적인 아이디어로군, 임모르텔 아주머니." 리디아 아주머니가 말했어요. "아마 니콜이 우리 말을 듣고 그런 쪽으로 쪽지를 남길 수도 있겠지. 아주머니에 맞지 않는다는 걸 깨달았다고 하면 돼. 그리 믿기 어려운 얘기도 아닐 테니까. 그리고 결혼과 가정을 약속한 어떤 이코노맨과 도망간다고 주장하면 될 거야. 여기 우리를 위해서 수리 일을 해 주는 급 낮은 기술자라고 하면 되겠지. 그런 의도라면 적어도 자손 생산이라는 칭찬할 만한 욕망은 드러내니까."

"꿈도 크시네. 하지만 뭐 문제없어요." 니콜이 말했어요.

"문제가 없어요, 그리고?" 리디아 아주머니가 기운차게 물었지요.

"문제없어요, 리디아 아주머니." 니콜이 말했다. "쪽지는 쓸 수 있어요."

10시가 되어 어두워지자 리디아 아주머니가 부피가 큰 검은 천 가방을 메고 문간에 다시 나타났어요. 베카가 문을 열어 주었지요.

"축복 있기를, 리디아 아주머니."

리디아 아주머니는 거추장스러운 형식적 인사는 건너뛰었어요.

"필요할 만한 물건은 다 가지고 왔다. 정확히 오전 6시 30분에 동쪽 관문 옆에서 출발할 거야. 관문 우측을 보면 검은 차가 대기하고 있을 게다. 그 차를 타고 이 도시를 벗어나서 뉴햄프셔 포츠머스까지 가면, 거기서 버스를 탈 거야. 여기 경로가 표시된 지도가 있다. X에서 내리면 돼. 그곳에서 암호는 오월의 낮과 유월의 달이다.* 접선하게 될 사람이 다음 목적지까지 데려다줄 것이다. 니콜, 네 임무가 성공하면 네 양부모를 살해한 자들도 밝혀지고, 즉시 처벌을 받게 만들 수도 있어. 지금이니 말해 주는 얘기지만, 너희가 명백한 장애물들을 무릅쓰고 마침내 캐나다에 닿는다면 어머니와 재회할 가능성이…… 가능성이라는 걸 명심해라…… 적지는 않아. 네 어머니도 그 사실을 꽤 오래전부터 알고 있었다."

"아, 아그네스. 찬미 있으라, 그러면 참으로 멋진 일이겠구나." 베

---

* 오월의 낮(May Day)은 시녀를 탈출시키는 지하조직 메이데이를 가리키며, 유월의 달(June Moon) 역시 전작과 관련해 의미가 있다. 첫째, 『시녀 이야기』에서 암시되고 드라마 「핸드메이즈 테일」에서 밝혀진 바에 따르면, 아그네스 제미마와 니콜의 친어머니 오브프레드의 본명은 준(June)이다. 둘째, 『시녀 이야기』 34장에 리디아 아주머니가 시녀들에게 '엉덩이를 까고 쓸데없는 짓(Juning and Moon-ing)'을 하지 말라면서 '사랑' 따위는 무의미하다고 말하는 대목이 나온다.

카는 작은 목소리로 말했어요. "두 사람 모두를 위해서."

"진심으로 감사합니다, 리디아 아주머니." 내가 말했어요. "그런 결과가 있기를 얼마나 오랫동안 기도했는지 모릅니다."

"'만일 성공한다면'이라고 말했네. 이 만일은 아주 큰 거야." 리디아 아주머니가 말했어요. "성공은 따 놓은 당상이 아니야. 잠깐 실례 좀." 리디아 아주머니는 주위를 두리번거리다 소파에 힘겹게 앉았어요. "귀찮겠지만 그 물 한 잔 이제 좀 가져다주겠나?"

베카가 물을 가지러 갔어요.

"괜찮으세요, 리디아 아주머니?" 내가 물었어요.

"노령으로 인한 소소한 질환들이지." 그녀가 말했어요. "자네도 오래 살아서 꼭 경험하게 되면 좋겠군. 한 가지 더. 비달라 아주머니는 내 석상 근처에서 이른 아침에 산책하는 버릇이 있다네. 두 사람을 보면, 진주 소녀로 차려입은 모습을 보면, 저지하려 할 게야. 시끄러운 사태를 벌이기 전에 재빨리 행동해야 해."

"하지만 우리가 무슨 일을 할 수 있을까요?" 내가 물었어요.

"너는 힘이 세지." 리디아 아주머니가 니콜을 보며 말했어요. "체력은 재능이야. 재능은 활용해야 하는 법이다."

"때리라는 말씀인가요?" 니콜이 말했어요.

"그건 참 직설적인 표현이구나." 리디아 아주머니가 말했어요.

리디아 아주머니가 가고 나서 우리는 검은 천 가방을 열었어요. 드레스 두 벌, 진주목걸이 두 개, 흰 모자 두 개, 은빛 배낭이 두 개 들어 있었어요. 홍보 책자 한 꾸러미와 길리어드의 음식 토큰이 든

봉투 하나, 캐나다 지폐 한 다발과 신용카드 두 장이 들어 있었지요. 우리가 관문과 검문소를 통과할 수 있도록 통행증 두 장이 들어 있었고, 버스표도 두 장 있었어요.

"그 쪽지를 쓰고 이제 자러 가야겠어요." 니콜이 말했어요. "새벽에 봐요."

용감한 척, 아무렇지도 않은 척했지만 나는 그 애가 불안해 한다는 걸 알고 있었어요.

니콜이 방을 나가자 베카가 말했어요.

"나 정말로 너희들과 함께 가고 싶어."

"나도 정말로 네가 같이 가면 좋겠어." 내가 말했어요. "그렇지만 네가 우리를 도와줄 거야. 네가 우리를 보호해 줄 거야. 그리고 내가 나중에 너를 빼내 올 길을 꼭 찾아낼 거야, 약속해."

"나는 길이 있을 거라는 생각이 들지 않아." 베카가 말했어요. "하지만 네 말이 맞기를 기도해."

"리디아 아주머니가 48시간이라고 하셨어. 그러니까 겨우 이틀이야. 네가 그만큼 오래 숨어 있을 수 있다면……"

"어디로 가야 할지는 알고 있어." 베카가 말했어요. "지붕이야. 물탱크 속."

"안 돼, 베카! 그건 너무 위험해!"

"아, 먼저 물을 다 뺄 거야." 베카가 말했어요. "C 현관의 욕조를 통해서 흘려보낼 거야."

"저들이 눈치챌 거야, 베카." 내가 말했어요. "A와 B 현관 사람들. 물이 말라 버리면 말이야. 우린 수조를 공유하잖니."

"처음에는 모를 거야. 우리는 그렇게 이른 아침에 목욕이나 샤워를 하면 안 되잖아."

"그러지 마." 내가 말했어요. "그냥 내가 안 가면 어떨까?"

"너는 선택의 여지가 없어. 여기 남아 있으면 니콜이 무슨 일을 당하겠니? 그리고 리디아 아주머니는 네가 신문당해서 자기가 세운 계획에 대해 발설하게 되는 사태는 원치 않으실 거야. 아니면 비달라 아주머니가 너를 취조하기를 원할 테고, 그러면 끝장이야."

"비달라 아주머니가 나를 죽일 거라는 말이니?"

"결국은. 아니면 누군가가 하겠지." 베카가 말했어요. "저들이 하는 일이니까."

"우리가 너를 데리고 갈 수 있는 길이 틀림없이 있을 거야." 내가 말했어요. "너를 차에 숨기고 갈 수도 있고, 아니면……."

"진주 소녀들은 언제나 둘이서만 여행해." 베카가 말했어요. "우리는 멀리 못 갈 거야. 나는 마음만 너희와 함께 갈게."

"고마워, 베카." 내가 말했어요. "너는 정말로 내겐 자매야."

"너희들이 훌훌 날아가는 새들이라고 생각할 거야." 베카가 말했어요. "공중의 새가 그 소리를 전하리라."

"너를 위해 기도할게." 내가 말했어요. 하지만 적당한 말 같지 않았어요.

"나도 너를 위해 기도할 거야." 베카가 엷은 미소를 지었어요. "나는 너 말고는 사랑한 사람이 아무도 없어."

"나도 사랑해." 내가 말했어요. 그리고 우리는 서로 꼭 껴안고 조금 울었지요.

"잠을 좀 자 둬." 베카가 말했어요. "내일은 체력이 필요할 거야."

"너도." 내가 말했어요.

"나는 깨어 있을 거야." 베카가 말했어요. "너희를 위해 철야 기도를 할 거야."

그리고 자기 방 안으로 들어가 부드럽게 문을 닫았어요.

61

다음 날 아침, 니콜과 나는 조용히 C 현관을 빠져나왔어요. 동쪽의 구름이 분홍색과 금빛으로 물들고, 새들이 지저귀고, 이른 새벽의 공기는 아직 신선했어요. 주위에는 아무도 없었어요. 우리는 아르두아 홀 앞의 오솔길을 따라 리디아 아주머니의 석상 쪽으로 재빨리, 그리고 조용히 걸었어요. 우리가 그곳에 막 다다랐을 때, 비달라 아주머니가 옆 건물 모퉁이를 결연한 걸음걸이로 돌아 나타났어요.

"빅토리아 아주머니! 아니 왜 그 드레스를 입고 있는 거냐? 다음 추수 감사는 오는 일요일인데!" 비달라 아주머니는 니콜을 자세히 노려보았어요. "그리고 같이 있는 이건 누구냐? 그 새로 온 여자애잖아! 제이드! 이 애는 원래 이러면……." 그녀는 손을 뻗어 니콜의 진주목걸이를 잡아채었고, 목걸이가 끊어졌지요.

니콜이 주먹으로 뭔가를 했어요. 너무 빨라서 제대로 보지 못했지만, 비달라 아주머니의 가슴을 가격했던 거예요. 비달라 아주머니가 힘없이 풀썩 땅바닥에 주저앉았어요. 눈은 감겨 있고 얼굴은 푸석한 흰색이었어요.

"아, 안……." 내가 말하기 시작했어요.

"도와줘요." 니콜이 말했어요. 니콜은 비달라 아주머니의 발을 잡아 조각상의 받침대 뒤로 끌고 갔어요. "행운을 빌자고요." 니콜이 말했어요. "우리 가요." 그 애가 내 손을 잡았어요.

땅에 오렌지가 한 알 있었어요. 니콜이 그걸 주워 진주 소녀 드레스 호주머니에 넣었어요.

"죽은 거야?" 내가 속삭였어요.

"몰라요." 니콜이 말했어요. "어서요, 우리 서둘러야 해요."

우리는 관문에 도착했고, 통행증을 보여 주었고, 천사들이 우리를 내보내 주었어요. 니콜은 진주목걸이가 없어진 걸 아무도 보지 못하게 망토를 꼭 여미고 있었지요. 리디아 아주머니가 말한 바로 그 자리에, 관문 우측 도로를 따라 멀찌감치 떨어진 곳에 검은 차 한 대가 서 있었어요. 우리가 탔을 때 운전기사는 고개를 돌리지 않았어요.

"숙녀분들, 준비 다 되셨습니까?" 그가 말했어요.

"네, 고마워요."

내가 말했어요. 하지만 니콜이 이렇게 말했어요.

"우리는 숙녀가 아닌데요."

내가 팔꿈치로 그 애를 쿡 찔렀어요.

"저 사람한테 그런 식으로 말하면 안 돼." 내가 속삭였어요.

"진짜 수호자가 아니잖아요." 니콜이 말했어요. "리디아 아주머니는 바보가 아니에요." 그 애는 호주머니에서 오렌지를 꺼내 껍질을 까기 시작했어요. 싱그러운 오렌지 향이 공기를 가득 채웠어요. "좀 먹을래요?" 니콜이 말했어요. "반은 먹어도 좋아요."

"아니, 됐어. 고마워." 내가 말했어요. "그걸 먹는 건 옳은 일이 아니야." 어쨌든 일종의 신성한 헌물이잖아요. 그 애는 오렌지 한 알을 다 먹었어요.

저 애가 발을 헛디디고 말 거야, 나는 그런 생각을 하고 있었어요. 누군가가 눈치챌 거야. 저 애 때문에 우리가 체포될 거야.

62

비달라 아주머니한테 주먹을 날린 건 유감이었지만 아주 유감은 아니었어요. 때리지 않았으면 소리를 질렀을 테고 우리는 저지당했을 테니까요. 그렇긴 해도 심장이 쿵쾅거렸어요. 정말로 내가 죽였으면 어떡하지? 하지만 죽었든 살았든 저들이 찾아내면, 그때부터는 우리를 사냥하기 시작할 거예요. 에이다 말대로, 이제 우리는 발은 물론 모가지까지 푹 담근 처지가 된 거죠.

그런데 아그네스는 그 와중에 기분이 상한 사람처럼 굴고 있었어요. 뭔가 선을 넘은 행동을 했을 때 아주머니들이 은근히 티를 내려고 하는 그 입술을 내민 뿌루퉁한 표정 있잖아요. 아무리 봐도 오렌지 때문인 것 같았어요. 그걸 주워 오지 말았어야 했나 봐요. 그러다 문득 나쁜 생각이 들었어요. 수색견들. 오렌지는 향이 강하잖아요. 껍질을 어떻게 해야 하나 걱정이 되기 시작했어요.

왼팔이 다시 가려워지고 있었어요, O 자 주변 말이에요. 왜 이 상처는 낫는 데 이렇게 오래 걸리는 걸까요?

리디아 아주머니가 마이크로닷을 내 팔에 쑤셔 넣었을 때는 그 계획이 천재적이라고 생각했는데, 이제는 그리 좋은 생각이 아닌 것 같기도 했어요. 내 몸과 메시지가 하나라면, 내 몸이 캐나다까지 못 갈 경우에 어떻게 해요? 팔만 잘라서 우편으로 부칠 수도 없잖아요.

우리 차는 두세 군데 검문소를 지나쳤지만(통행증을 내밀고, 천사들이 차창으로 고개를 디밀어 우리가 우리라는 걸 확인하고) 아그네스가 말은 운전사한테 맡겨 두라고 해서 그가 말을 다 했어요. 진주 소녀가 어쩌고저쩌고, 우리가 얼마나 고결하고 어쩌고저쩌고, 얼마나 큰 희생을 하고 있고 어쩌고저쩌고. 검문소 한 군데에서 천사가 말했어요. "사명에 행운이 따르기를 빕니다." 또 다른 검문소에서는(시외로 한참 나갔을 때) 자기네들끼리 농담을 했어요.

"못생기거나 헤픈 년들은 데리고 돌아오지 않으면 좋겠네."

"못생기거나 헤프거나 둘 중 하나야." 검문소 천사 둘이 터뜨리는 폭소.

아그네스가 내 팔에 손을 얹었어요.

"말대꾸하지 마."

우리가 시골로 나와 고속도로를 타자 운전사가 샌드위치를 두 개 건네줬어요. 길리어드의 가짜 치즈.

"이게 아침 식사인가 보네요." 아그네스에게 말했어요. "흰 빵에다 발가락 땟국물을 바른 거."

"감사기도를 올려야 해." 아그네스가 경건한 아주머니의 말투를 쓰는 걸로 보아, 아직 나한테 화가 난 모양이었어요. 우리 언니라고 생각하면 이상했어요. 우리는 서로 너무나 달랐거든요. 그렇지만 아직 그런 걸 알아볼 시간을 가진 적이 없으니까요.

"언니가 있어서 기뻐요." 화해하려고 내가 말했어요.

"나도 기뻐." 아그네스가 말했어요. "그래서 감사를 드리는 거야." 하지만 별로 고마운 말투가 아니었어요.

"저도 감사를 드려요." 내가 말했어요. 그게 그 대화의 끝이었어요. 나는 언제까지 이걸, 이런 길리어드식 말투를 유지해야 하느냐고 물어볼까 생각했어요. 이제 도망 길에 올랐으니까 우리 다 집어치우고 자연스럽게 행동하면 안 돼요? 하지만 어쩌면 언니에게는 이게 자연스러운지도 몰라요. 어쩌면 다른 방식은 모를 거예요.

뉴햄프셔 포츠머스에서 우리 차를 몰던 기사는 우리를 버스 정류장에 내려줬어요.

"행운을 빌어요, 아가씨들." 그가 말했어요. "저들에게 지옥을 보여줍시다."

"저것 봐요?, 진짜 수호자가 아니라니까." 나는 아그네스 언니의 말문이 다시 트이길 바라며 말했어요.

"당연히 아니지." 아그네스 언니가 말했어요. "진짜 수호자는 '지옥'이라는 말을 할 리가 없어."

버스 정류장은 낡고 허물어져 가고 있었고, 여자 화장실은 세균 공장이었으며, 길리어드 음식 토큰을 내고 사람이 먹고 싶을 만한 걸 구할 곳이 한 군데도 없었어요. 오렌지를 먹기 잘했다는 생각이 들었지요. 하지만 아그네스는 아르두아 홀에서 음식이라고 주는 쓰레기에 워낙 익숙해서 비위가 좋았고, 그래서 토큰 두 개를 주고 무슨 도넛 비슷한 걸 샀어요.

1분 1분이 재깍재깍 흘러갔어요. 나는 바짝 안달이 나기 시작했어요. 우리는 기다리고 또 기다렸고, 마침내 버스 한 대가 도착했어요. 우리가 버스에 올라탔더니 먼저 타고 있던 사람들 몇 명이 군대에서 하듯이 고개를 숙여 경례를 했어요. 나이 지긋한 한 이코노아내는 심지어 "하느님의 축복이 있기를."이라고 말했지요.

15킬로미터쯤 가자 또 검문소가 하나 나왔지만 그곳 천사들은 우리에게 깍듯하게 예를 지켰어요. 한 천사는 "소돔으로 들어가다니 두 분 정말 용감하십니다."라고 말하더군요. 잔뜩 겁을 집어먹고 있지 않았다면 아마 웃음을 터뜨렸을 거예요. 캐나다가 소돔이라는 생각만 해도 웃음이 나지 뭐예요, 대체로 얼마나 따분하고 평범한 나라인지 생각해 보면요. 전국에 걸쳐 논스톱으로 난교 파티가 벌어지는 것도 아니고.

아그네스 언니는 자기가 말을 하겠다는 뜻으로 내 손을 꽉 움켜쥐었어요. 언니는 아르두아 홀 출신답게 단조롭고 차분한 표정을 유지하는 데 일가견이 있었어요.

"우리는 그저 길리어드를 위해 우리 나름의 봉사를 하는 것뿐입니다."

언니가 자분자분하고 로봇 같은 아주머니 특유의 말투로 말하자 천사가 말했어요.

"찬미 있으라."

도로가 점점 더 울퉁불퉁해졌어요. 틀림없이 이곳의 보수 공사를 할 돈을 아껴서 통행량이 더 많은 도로에 썼을 거예요. 캐나다와의 무역이 요즘처럼 실질적으로 단절된 상황에서, 거주민 말고 누가 북부 길리어드에 가고자 하겠어요?

버스는 만원이 아니었어요. 승객은 모두 이코노계급이었어요. 우리는 해안을 따라 달리는 관광도로를 타고 갔지만 그렇게 풍경이 아름답지만은 않았어요. 수많은 모텔과 길가의 레스토랑이 문을 닫았고, 너덜너덜 떨어져 나가고 있는 대형 바닷가재 간판이 한두 개가 아니었어요.

북쪽으로 올라갈수록 우호적인 분위기가 덜해졌어요. 성난 표정들도 보였고, 진주 소녀 선교사업과 전반적인 길리어드의 면면이 인기를 잃고 있다는 인상을 받았어요. 아무도 우리를 보고 침을 뱉지 않았지만, 그러고 싶다는 듯 험상궂게 인상을 쓰고 지나갔지요.

얼마나 멀리 왔을까 궁금해졌어요. 리디아 아주머니가 표시해 준 지도는 아그네스 언니가 갖고 있었지만, 꺼내 보라고 말하고 싶지는 않았어요. 우리 둘이 지도를 보고 있으면 수상해 보일 거예요. 버스는 느렸고, 나는 점점 더 불안해졌어요. 우리가 아르두아 홀에 없다는 걸 누군가 눈치챌 때까지 얼마나 걸릴까? 내 가짜 쪽지를 저들이 믿을까? 먼저 전화를 하고 도로를 차단하고 버스를 세울까? 우리는 너무 눈에 잘 띄는데.

그리고 우리는 우회도로로 올라섰어요. 일방통행로였고, 아그네스가 손을 가만 두지 못하고 움찔거리기 시작했어요. 내가 팔꿈치로 쿡 찔렀어요.

"우리는 평온해 보여야 한다면서요, 기억나요?"

언니는 내게 힘없이 미소를 짓고 손을 무릎 위에 모았어요. 언니가 깊이 숨을 들이쉬었다가 천천히 내뱉는 게 느껴졌어요. 아르두아 홀에서는 실제로 몇 가지 쓸모 있는 것들을 가르치는데, 자제력이 그중 하나였지요. *자기 자신을 제어하지 못하는 여자는 의무를 다하는 길을 통제할 수 없다. 분노의 물결과 맞서 싸우려 들지 말고, 분노를 연료로 활용하라. 숨을 들이쉬어라. 숨을 내쉬어라. 옆으로 한 발 비켜서라. 우회하라. 굴절하라.*

나는 결코 진짜 아주머니의 경지에 오르지 못했을 거예요.

아그네스가 "우리 여기서 내려."라고 말했을 때는 오후 5시 무렵이었어요.

"여기가 국경이에요?" 내가 물었더니 언니는 말했어요. 아니, 우리가 다음 운반책을 만나게 되어 있는 곳이야. 선반에서 배낭을 내려 버스에서 내렸어요. 마을 상점들은 전면에 판자를 박아 막아 두고 창문들은 산산조각 깨어져 있었지만 주유소와 허름한 편의점은 있었어요.

"이거 참 기운이 팍팍 나네요." 나는 우울하게 말했어요.

"나를 따라오고 아무 말도 하지 마." 아그네스가 말했어요.

가게 안에서는 까맣게 탄 토스트와 발 냄새가 났어요. 선반에는 물건이랄 게 없고, 글씨가 까맣게 지워진 보존 음식들만 한 줄로 나란히 놓여 있었어요. 통조림과 크래커와 쿠키 들. 아그네스는 커피

카운터로 다가가서(등이 없는 바 의자들이 놓인 빨간 카운터 말이에요.) 앉았고, 나도 따라 했어요. 땅딸막한 중년의 이코노맨이 카운터를 보고 있었어요. 캐나다였다면 땅딸막한 중년의 여자였을 텐데요.

"뭐요?" 남자가 말했어요. 확실히 우리 진주 소녀 의상에 크게 감명을 받지는 못한 눈치였지요.

"커피 두 잔 주세요." 아그네스가 말했어요.

남자는 커피를 머그잔에 따르고 카운터를 가로질러 쓱 밀었어요. 커피는 내려서 하루 종일 놔둔 모양인지 내가 먹어 본 중 최악의 맛이었어요. 심지어 카피츠보다 더 맛이 없었어요. 괜히 마시지 않아서 남자의 짜증을 돋우기는 싫어서 설탕을 한 봉지 넣었어요. 그런데 나아지기는커녕 맛이 더 이상해졌어요.

"오월의 낮치고는 따뜻하네요." 아그네스가 말했어요.

"오월이 아닌데요." 남자가 말했어요.

"아무렴요." 아그네스가 말했어요. "제가 실수했네요. 유월의 달이 떠 있는데."

이제 남자는 웃고 있었어요.

"화장실을 써야 합니다." 남자가 말했어요. "두 분 다요. 저 문을 나가면 있어요. 자물쇠를 풀어 드리지요."

우리는 그 문으로 나갔어요. 화장실이 아니라 낡은 어망, 부러진 도끼, 산더미처럼 쌓인 양동이들, 뒷문이 있는 옥외 헛간이었어요.

"뭘 하느라 이렇게 오래 걸리나 했다니까." 남자가 말했어요. "빌어먹을 버스, 날이면 날마다 연착이지. 여기 새 물건 있어요. 저기 손전등 있고. 저 배낭에다 드레스 넣어 두면 내가 나중에 버릴테니까.

바깥에 나가 있을게요. 우리는 빨리 움직여야 해요."

옷가지는 청바지와 긴 티셔츠, 울 양말과 등산화였어요. 격자무늬 상의, 플리스 모자, 워터프루프 재킷. 내가 왼쪽 팔을 소매에 집어넣는 데 좀 문제가 있었어요. O 자에 뭔가가 걸렸거든요. 나는 "젠장, 돌겠네."라고 말했다가 "미안해요." 하고 사과했어요. 내 평생 옷을 그렇게 빨리 갈아입은 건 처음이에요. 그렇지만 은색 옷을 벗고 그 옷을 입고 나니 조금 더 나다워진 느낌이 들었어요.

증언 녹취록 369A

63

내게 제공된 옷가지는 극도로 불쾌했어요. 속옷은 아르두아 홀에서 입는 평범하고 튼튼한 종류와는 아주 달랐어요. 나한테는 미끄러운 촉감에 타락한 느낌이었어요. 그 위로 입는 옷은 남자 옷이었어요. 사이에서 막아 주는 페티코트도 없이 그 거친 천이 내 다릿살에 닿는 느낌은 몹시 심란했어요. 그런 옷을 입는 건 성별에 대한 배반이고 하느님의 법률에 반하는 일이었지요. 작년에는 한 남자가 아내의 속옷을 입은 죄로 장벽에 걸린 적이 있어요. 아내가 발견해서 남편을 고발했던 거예요, 그게 그녀의 의무였으니까.

"난 이 옷들 벗어야 해." 내가 니콜에게 말했어요. "남자 옷이잖아."

"아니, 아니에요." 니콜이 말했어요. "그건 여자 청바지예요. 재단도 다르고, 저 작은 은색 큐피드들도 보세요. 확실히 여자 옷이에요."

"길리어드에서는 아무도 안 믿을 거야." 내가 말했어요. "나는 태형을 당하거나, 더 험한 벌을 받을 거야."

니콜이 말했어요.

"우리가 길리어드로 가고 있는 게 아니잖아요. 바깥의 우리 친구와 합류할 때까지 시간이 2분밖에 없어요. 그러니까 그냥 닥치고 밀어붙이는 거예요."

"방금 뭐라고 했니?" 가끔은 동생이 하는 말을 도무지 알아들을 수가 없었어요.

니콜은 조금 웃었어요.

"'용감해야 한다'는 뜻이에요." 그 애가 말했어요.

우리가 가는 곳의 언어는 니콜이 이해하겠지, 나는 생각했어요. 그리고 나는 이해할 수 없을 거야.

남자에게 낡아빠진 픽업트럭 한 대가 있었어요. 우리 셋이 앞자리에 구겨 앉았어요. 부슬비가 내리기 시작하고 있었어요.

"우리를 위해서 이 모든 일을 해 주셔서 감사합니다." 내가 말했어요. 남자가 끙 하고 신음 소리를 냈어요.

"돈을 받는 거예요." 남자가 말했어요. "올가미에 목을 디밀어 넣는 조건으로 말이지. 이런 짓을 하기에는 이제 너무 늦었어요."

기사는 우리가 옷을 갈아입는 사이 술을 마시고 있었던 게 틀림없었어요. 나는 알코올 냄새를 맡을 수 있었거든요. 어렸을 때 카일 사령관이 열던 디너파티 때 그런 냄새를 맡은 기억이 났어요. 로사와 베라가 유리잔에 남은 술을 다 마셔 버리곤 했어요. 질라는 그렇게 많이 마시지 않았지요.

막상 영원히 길리어드를 떠나려 하니 질라와 로사와 베라와, 내가 예전에 살던 집과, 타비사가 죽도록 그리워 향수병에 걸릴 것만 같았어요. 오히려 초반에는 어머니가 없다고 생각하지 않았는데, 이제는 엄마 없는 아이가 된 느낌이 들었지요. 리디아 아주머니도 엄하기는 했지만 일종의 어머니였는데, 이제 다시는 보지 못할 거예요. 리디아 아주머니는 니콜과 내게 우리 진짜 어머니가 살아 있고, 캐나다에서 우리를 기다리고 있다고 하셨지만, 거기로 가는 길에 내가 죽을지 살지 알 수가 없었어요. 죽는다면 이 생애에서는 어머니를 끝내 만나지 못하겠지요. 그 당시에 어머니는 그저 찢어 낸 사진 한 장에 불과했어요. 부재였고, 내 안의 어떤 간극이었어요.

알코올에도 불구하고 남자는 운전을 잘했고 빨랐어요. 길은 구불구불했고 부슬비 때문에 번들거렸어요. 몇 킬로미터가 스쳐 지나갔어요. 달이 구름 위로 떠올라 우듬지의 검은 윤곽선을 은빛으로 물들였어요. 이따금 집이 나타났는데, 어둡거나 불이 몇 개밖에 켜져 있지 않았어요. 나는 불안을 잠재우려고 의식적으로 노력했어요. 그러다가 잠이 들고 말았어요.

나는 베카의 꿈을 꾸었어요. 베카가 트럭 앞자리 내 바로 옆에 앉아 있었어요. 볼 수는 없었지만 거기 있다는 걸 알았어요. 꿈속에서 나는 베카에게 말했어요.

"그러니까 결국은 너도 우리와 함께 왔구나. 정말 행복해."

그러나 그 애는 대답이 없었어요.

증언 녹취록 369B

64

밤은 정적 속에 미끄러졌어요. 아그네스는 잠들어 있었고, 운전하는 남자는 소위 수다쟁이라고 하기는 어려웠지요. 우리를 배달할 짐 정도로 생각했던 것 같은데, 누가 화물에 말을 걸겠어요?

한참 후 우리는 좁은 옆길로 들어섰어요. 저 앞에서 물이 반짝였어요. 우리는 개인용 도크 비슷한 것 옆에 정차했어요. 모터보트가 한 대 있고, 그 안에 누가 타고 있었어요.

"저분 깨워요." 기사가 말했어요. "소지품 가지고 가고, 저기 당신네 보트가 있어요." 내가 아그네스의 갈비뼈를 쿡 찔렀더니 소스라치며 일어났어요.

"새 나라의 어린이가 일어날 시간이에요." 내가 말했어요.

"지금 몇 시지?"

"보트 탈 시간요. 가요."

"여행 잘 해요." 우리 운전기사가 말했어요. 아그네스가 좀 더 고맙다는 인사를 하려 말머리를 꺼냈지만, 그 사람이 딱 끊어 버렸어요. 트럭에서 우리 새 배낭을 던져 주고는, 우리가 보트까지 반도 못 갔는데 벌써 사라져 버렸더군요. 우리가 앞길을 볼 수 있도록 내가 손전등을 비추고 있었어요.

"불 꺼요." 보트에 있던 사람이 부드럽게 외쳤어요. 방수 재킷을 입고 후드를 둘러쓴 남자였는데, 젊은 목소리였어요. "앞은 그럭저럭 보여요. 천천히 올라와요. 중간 자리에 앉고."

"여기가 대양인가요?" 아그네스가 물었어요.

그가 웃음을 터뜨렸어요.

"아직 아니에요. 여기는 페놉스코트강*입니다. 금세 바다로 나갈 겁니다."

모터는 전동이었고 아주 조용했어요. 보트는 곧장 강 한가운데로 나아갔어요. 초승달이 떠 있고, 물에 달그림자가 져 있었지요.

"봐." 아그네스가 속삭였어요. "난 이렇게 아름다운 건 처음 봐! 꼭 빛의 길 같아!"

바로 그 순간 나는 언니보다 더 나이를 먹은 느낌이 들었어요. 우리는 이제 길리어드를 거의 벗어났고, 규칙은 바뀌고 있었어요. 언니는 새로운 곳에 가서 세상일이 어떻게 돌아가는지 모를 테지만, 나는 집으로 가고 있었으니까요.

"우리는 사방이 훤히 트인 곳에 나와 있잖아요. 누가 우리를 보면

---

* Penobscot River. 미국 메인주에 있는 강. 페놉스코트는 '유령 마을'이라는 뜻이라고 한다.

어떻게 해요?" 나는 남자에게 물었어요. "누가 신고라도 하면 어떻게 해요? '눈'한테?"

"여기 사람들은 '눈'하고 말을 섞지 않아요." 남자가 말했어요. "우리는 밀고자들을 싫어해서."

"밀수업자세요?" 에이다가 들려준 이야기가 생각나서 물었어요. 언니가 나를 쿡 찔렀어요. 또 예의에 어긋난다고. 길리어드에서는 직설적인 질문을 삼가거든요.

남자가 웃었어요.

"국경은…… 지도 위에 그려진 선에 불과하지요. 물건들이 건너다니고, 사람도 건너다니고. 나는 그냥 배달부일 뿐입니다."

강은 점점 더 넓어졌어요. 안개가 피어오르고 있었어요. 강변은 흐릿했어요.

"저기 있군요." 남자가 마침내 말했어요. 물 위에 떠 있는, 어두운 그림자가 보였어요. "넬리 J. 뱅크스호.* 두 분의 낙원행 티켓이지요."

---

* Nellie J. Banks. 1910년 실제로 건조된 대구잡이 어선으로 훗날 럼 밀수용 선박으로 개조되었다. 1938년 노바스코샤 연안에서 나포된 최후의 럼 밀수선들 중 한 척이다.

XXIII

장벽

아르두아 홀 홀로그래프

65

비달라 아주머니는 혼수상태로 내 석상 뒤에 누워 있는 모습으로 늙은 클로버 아주머니와 그녀가 이끄는 70대의 정원사들에게 발견되었다. 응급 구조대원이 내린 결론은 뇌일혈을 일으켰다는 것이었고, 우리 의사들도 그 진단을 확정했다. 아르두아 홀에서는 삽시간에 소문이 퍼졌고 서로 보면서 서글프게 고개를 절레절레 저었으며 비달라 아주머니의 회복을 위해 기도하자고 약속했다. 끊어진 진주 소녀 목걸이가 근처에서 발견되었다. 누군가가 어느 시점에서 잃어버린 모양인데, 비경제적인 실수가 아닐 수 없다. 나는 우리가 안전하게 지켜야 할 실체적 사물에 대한 경계 태세를 당부하는 공지문을 발표할 것이다. 심지어 모조 진주라도, 진주는 나무에서 자라지 않습니다,라고 나는 말할 것이다. 또한, 진주는 돼지 앞에 던져서도 안 됩니다. 아르두아 홀에 돼지가 있다는 말은 아닙니다만 하고 새침하게 덧붙일 것이다.

비달라 아주머니를 문병하러 집중 치료실을 방문했다. 그녀는 눈을 감고 누워 있었으며, 튜브 하나는 콧속으로 들어가고 또 다른 튜브는 팔에 꽂혀 있었다.

"우리 친애하는 비달라 아주머니는 좀 어떻습니까?" 당직 근무 중인 간호 아주머니에게 물었다.

"그분을 위해서 기도하고 있었습니다." 무슨무슨 아주머니가 말했다. 나는 간호사들의 이름을 도저히 기억할 수가 없다. 그게 그들의 운명이다. "혼수상태입니다. 회복과정에는 도움이 될 수 있습니다. 마비가 좀 나타날 수 있고요. 언어 장애가 생길까 봐 의료진이 걱정하고 있습니다."

"의식을 회복한다면 말이지요." 내가 말했다.

"의식을 회복했을 때 말입니다." 간호사는 책망하는 어조로 말했다. "우리는 환자의 가청 범위 내에서는 부정적인 의견을 말로 표현하지 않으려 합니다. 잠든 것처럼 보이지만 전부 알아듣는 경우가 빈번하게 있어서요."

나는 간호사가 갈 때까지 비달라 곁에 앉아 있었다. 그리고 재빨리 쓸 수 있는 화학적 요법을 검토해 보았다. 마취제 용량을 늘려야 하나? 팔뚝으로 들어가는 튜브에 손대야 할까? 하지만 나는 아무 짓도 하지 않았다. 나는 노력을 믿지만 불필요한 노력은 믿지 않는다. 비달라 아주머니는 이 세상에서 탈출하는 법을 자기 나름대로 고민하고 있을 공산이 컸다. 집중 치료실에서 나오기 전에 작은 병에 든 모르핀을 슬쩍 주머니에 넣었다. 선견지명이 최고의 미덕이므로.

우리가 식당에서 점심 식사를 하려고 자리를 잡는데, 헬레나 아주머니가 빅토리아 아주머니와 임모르텔 아주머니의 부재를 논했다.

"단식을 하고 있을 거라 생각되는군요." 내가 말했다. "어제 힐데가르트 도서관에서 성경 공부를 하는 모습을 잠깐 보았습니다. 곧 떠나게 될 임무를 앞두고 주님의 인도를 구하고 싶은가 보지요."

"기특해라." 헬레나 아주머니가 말했다. 그녀는 계속해서 꼼꼼하게 머릿수를 헤아렸다. "우리 새 개종자 제이드는 어디 있지요?"

"어디가 아픈가 보지요." 내가 말했다. "여자의 증상 말입니다."

"제가 가서 한번 보지요." 헬레나 아주머니가 말했다. "뜨거운 물병이라도 필요할지 모르겠네요. C 현관이지요?"

"참으로 친절하십니다." 내가 말했다. "맞아요. 그 아이 방은 3층의 다락방일 겁니다."

나는 니콜이 눈에 잘 띄는 곳에 야반도주하겠다는 쪽지를 놓아두었기를 바랐다.

헬레나 아주머니는 C 현관에 갔다가 다급하게 돌아왔다. 자기가 발견한 사실에 어질어질하리만큼 흥분한 상태였다. 그 여자애 제이드가 남자와 도망갔다니.

"가스라는 이름의 배관공하고요." 헬레나 아주머니가 덧붙여 말했다. "사랑에 빠졌다고 주장합니다."

"불행한 사태로군요. 그 커플을 찾아내서 제대로 야단을 치고 결혼식이 제대로 이루어졌는지 확인해야 할 것입니다. 하지만 제이드는 언행이 몹시 거칠었어요. 점잖은 아주머니는 못 되었을 겁니다. 좋은 쪽을 보도록 하지요. 이 결합으로 길리어드의 인구가 늘어나지 않겠습니까."

"그런데 그런 배관공을 대체 어디서 만날 수 있었을까요?" 엘리자베스 아주머니가 말했다.

"오늘 아침 A 현관에 목욕물이 나오지 않는다는 불만이 접수되었습니다." 내가 말했다. "배관공을 불렀을 겁니다. 첫눈에 반한 사랑인가 보군요. 젊은 사람들은 참 성질도 급하지."

"홀에서는 아침 시간에 목욕을 하지 못하게 되어 있어요." 엘리자베스 아주머니가 말했다. "누가 규칙을 어긴 게 아니라면 말이에요."

"불행히도 그게 영 불가능한 일은 아니지요." 내가 말했다. "육신은 약하니까요."

"아, 네, 너무나 약하지요." 헬레나 아주머니가 동의했다. "하지만 어떻게 관문을 통과했을까요? 통행증이 없으니 허락이 떨어졌을 리가 없는데."

"그 나이 아이들은 아주 민첩하지 않습니까." 내가 말했다. "내 생각에는 장벽을 넘어갔을 겁니다."

우리는 계속 점심을 먹었다. 말라빠진 샌드위치와 토마토에 뭔가 해서는 안 될 짓을 한 음식과 줄줄 녹아 흐르는 블랑망제*가 나왔다. 그리고 소박한 식사가 끝날 무렵이 되자, 우리 중에 제이드의 조숙한 도피, 가히 곡예라 할 수 있는 장벽의 월담, 그리고 야심 찬 이코노맨 배관공의 품 안에서 여성의 운명을 완성하겠다는 당돌한 선택을 모르는 사람은 없게 되었다.

---

* Blanc Mange. 전분, 우유, 설탕과 바닐라 향을 첨가한 푸딩.

XXIV

넬리 J. 뱅크스호

66

우리는 배 옆에 보트를 댔어요. 갑판에는 세 개의 그림자가 있었어요. 손전등이 짧게 번득였어요. 우리는 밧줄 사다리를 타고 올라갔어요.

"가장자리에 걸터앉고, 다리를 돌려서 넘겨요." 어떤 목소리가 말했어요. 누군가 내 팔을 잡았어요. 그리고 다음 순간 우리는 갑판에 서 있었어요.

"미시멘고 선장입니다." 그 목소리가 말했어요. "안으로 들어갑시다." 낮은 웅웅 소리가 들리더니 배가 움직이는 게 느껴졌어요.

우리는 창문에 암막 커튼이 쳐진 좁은 선실로 들어갔는데 조종장치가 좀 있고 선박의 레이더 같은 것도 있었는데, 자세히 볼 기회는 없었어요.

"무사히 와 줘서 기쁘군요." 미시멘고 선장이 말했어요. 그가 우리 손을 잡고 흔드는데 손가락 두 개가 없었어요. 그는 예순쯤 되어 보였고, 땅딸하고 다부진 몸매에 그을린 피부, 수염은 짧고 검었어요. "물어봤다고 치고 말하자면 여기 우리 이야기는 이렇습니다. 이 배는 대구잡이 스쿠너*고 태양열 엔진에 연료로 가동되는 보조 엔진이 있습니다. 편의상 국기는 레바논 기를 달았지요. 우리는 특별 허가를 받아서 대구와 레몬을 화물로 운반했는데, 그러니까 회색 시장에 말이지요. 이제 다시 돌아가는 길입니다. 그리고 두 사람은 낮에는 눈에 띄지 않게 숨어 있어야 해요. 도크에 여러분을 내려 준 버트를 통해서 내 정보원의 전언을 들었는데, 곧 저들이 여러분을 찾을 수밖에 없을 거랍니다. 화물창에 두 사람이 잠을 잘 만한 공간이 있어요. 해안 경비대가 검사를 하더라도 철저히 하지는 않을 거예요, 우리가 아는 친구들이거든." 선장은 손가락을 모아 비볐는데, 나는 그게 돈을 의미하는 손짓이라는 걸 알고 있었어요.

"음식이 있나요?" 내가 물었어요. "우리가 종일 별로 먹은 게 없어서요."

"맞다." 그가 말했어요. 그러더니 우리에게 거기 기다리라고 하고 차가 든 머그 두 개와 샌드위치를 가지고 왔지요. 치즈 샌드위치였는데, 길리어드 치즈가 아니라 진짜 치즈였어요. 차이브가 든 염소 치즈, 멜라니가 좋아하던 종류였지요.

"감사합니다." 아그네스 언니가 말했어요. 나는 벌써 먹기 시작해서 입안에 음식을 가득 문 채로 감사 인사를 웅얼거렸어요.

---

* 돛대가 두 개 이상인 범선.

"친구분인 에이다가 안부 전해 달라면서, 곧 보자고 하더군요." 미시멘고 선장이 내게 말했어요.

나는 먹던 음식을 꿀꺽 삼켰어요.

"어떻게 에이다를 알아요?"

선장이 껄껄 웃더군요.

"여기서는 다 연결이 되어 있어요. 이 근처에서는, 아무튼 그렇습니다. 옛날에는 같이 노바스코샤에 사슴 사냥도 하러 가고 그랬지요."

사다리를 내려가니 우리가 잘 자리가 나왔어요. 미시멘고 선장이 먼저 들어가서 불을 켜 주었어요. 화물창에는 냉장고도 몇 개 있고 무슨 커다란 타원형 금속상자 같은 것들도 있었어요. 한 상자의 측면에 경첩이 달린 접이문이 달려 있고, 그 속에 별로 청결해 보이지 않는 침낭 두 개가 있었어요. 우리가 그 침낭을 처음 사용하는 사람들은 아닌 것 같더군요. 온통 생선 비린내가 진동했어요.

"문제가 없으면 상자의 문은 열고 있어도 좋아요." 미시멘고 선장이 말했어요. "푹 자고, 벌레한테 물리지 말고." 우리는 멀어져 가는 그의 발소리를 들었어요.

"이건 좀 지독한데요." 나는 아그네스에게 속삭였어요. "생선 비린내. 이 침낭들. 장담하는데 이가 들끓을 거예요."

"우리는 감사해야 해." 아그네스가 말했어요. "자자."

나는 GOD/LOVE 문신이 영 신경이 쓰였고, 짓누르지 않으려고 오른쪽으로 누워야 했어요. 패혈증이 생긴 건 아닐까 걱정이 되었어요. 아무리 봐도 선상에 의사는 없어 보였으니, 만일 그렇다면 나는 큰일 난 거였죠.

배가 흔들리는 바람에 아직 어두운데 잠이 깼어요. 아그네스가 우리 금속상자에서 나가서 사다리를 타고 무슨 일인지 보러 올라갔어요. 나도 가고 싶었지만 정말로 몸이 좋지 않았어요.

아그네스는 차가 든 보온병과 완숙 달걀 두 개를 들고 내려왔어요. 우리는 이제 바다로 나왔어, 그리고 파도가 쳐서 배가 흔들리는 거야, 언니가 말했어요. 언니는 파도가 이렇게 높을 줄은 상상도 못 했지만 미시멘고 선장에게 별로 큰 것도 아니라는 말을 들었다고 해요.

"아, 하느님 맙소사." 내가 말했어요. "파도가 더 높아지지는 않으면 좋겠어요. 토하는 거 진짜 싫은데."

"제발 아무렇지 않게 욕하면서 하느님 이름 좀 쓰지 마." 언니가 말했어요.

"미안해요." 내가 말했어요. "하지만 언니만 괜찮다면 이 말은 하고 싶은데, 하느님이 혹시 계신다면 내 인생을 완전 엉망으로 망쳐 놨다고요."

나는 그때 언니가 화를 낼 줄 알았지만, 언니는 이 말밖에 하지 않았어요.

"그런 사람이 우주에 너 하나밖에 없는 건 아니야. 인생을 쉽고 편하게 사는 사람은 아무도 없어. 하지만 하느님이 네 인생을, 네 표현대로, 완전 엉망으로 망쳐 놓으셨다면 아마 이유가 있을 거야."

"그런데 나는 그 이유가 뭔지 젠장 기다릴 수가 없다니까요." 팔의 통증 때문에 나는 몹시 신경이 날카로워져 있었어요. 그렇게 조롱하는 투로 말하지도 말고, 욕설을 섞어 쓰지도 말았어야 했는데.

"하지만 나는 네가 우리 사명의 참된 목표를 이해한 줄 알았는데." 언니가 말했어요. "길리어드의 구원. 정화. 소생. 그게 이유야."

"언니는 그 곪아 터진 똥 더미가 소생할 수 있다고 생각해요?" 내가 말했어요. "다 불태워 버리라지!"

"왜 그렇게 많은 사람이 해를 입기를 원하니?" 언니는 부드럽게 물었어요. "그곳은 내 나라야. 내가 자란 곳이야. 지도자들이 망치고 있어. 나는 그 나라가 더 좋아지기를 바라."

"네, 알았어요." 내가 말했어요. "이해해요. 미안해요. 언니를 말한 건 아니에요. 우리 언니잖아요."

"사과는 받아 줄게." 아그네스가 말했어요. "이해해 줘서 고마워."

우리는 몇 분쯤 캄캄한 침묵 속에 앉아 있었어요. 언니의 숨소리와 몇 번인가 한숨 소리를 들을 수 있었어요.

"이 일이 효과가 있을 것 같아요?" 나는 마침내 물었어요. "우리가 거기 닿을 수 있을까요?"

"우리 손을 떠난 일이야." 아그네스가 말했어요.

증언 녹취록 369A

67

우리의 두 번째 날이 시작될 무렵, 니콜이 몹시 걱정이 되었어요. 말로는 아프지 않다고 했지만 열이 났거든요. 아르두아 홀에서 병자를 간호하는 법을 배운 기억을 되살려서 탈수를 막으려 애썼어요. 배에는 레몬이 좀 있어서 레몬주스 조금을 차에 넣고 소금과 설탕 약간을 섞을 수 있었지요. 이제 우리 잠자리를 사다리를 타고 오르내리며 드나드는 게 한층 수월해졌고, 긴 치마 차림이었으면 훨씬 어려웠을 거라는 생각을 했어요.

안개가 짙게 끼어 있었어요. 우리는 아직 길리어드 수역에 있었고, 정오쯤에 해안 경비대의 점검이 있었어요. 니콜과 나는 금속상자의 문을 꼭 닫고 안쪽에서 잠갔어요. 니콜이 내 손을 잡기에 내가 움켜쥔 손에 힘을 꼭 주었고, 우리는 쥐 죽은 듯 조용히 있었어요. 쿵쾅거리는 발소리가 들리고 목소리도 들렸지만, 그 소리들은 잦아

들고 내 심장도 이제 아까처럼 빨리 뛰지는 않았어요.

그날 늦게 엔진에 문제가 생겼는데, 나는 레몬주스를 더 가지러 올라갔다가 알게 되었지요. 미시멘고 선장의 얼굴이 걱정스러워 보였어요. 이 지역의 조수가 아주 높고 빨라서, 동력이 없으면 파도에 휘말려 바다로 쓸려 나가거나, 그게 아니면 펀디만으로 끌려 들어가 캐나다 연안에서 조난당할 테고, 배는 압수되고 선원들은 체포될 거라고 했어요. 배는 남쪽으로 흘러가고 있었어요. 그렇다면 이 말은 우리가 곧장 다시 길리어드로 끌려간다는 뜻인 건가요?

미시멘고 선장이 우리를 데려가겠다고 한 걸 후회하는 건 아닐까 궁금했어요. 선장은 배가 추적당해 나포되어 우리가 발견되면 여성 밀매로 고발당할 테니, 그런 일은 없어야 한다고 내게 말했어요. 배는 압류될 테고 선장 본인 역시 원래 길리어드 출신이고 캐나다를 거쳐 길리어드 내셔널 홈랜드를 탈출했기 때문에 길리어드에서 자기네 시민이라고 우겨서 밀매업자로 재판에 넘길 수 있다고, 그러면 그걸로 끝장이라고.

"우리가 선장님을 너무 위험한 사지로 몰아넣고 있군요." 이 이야기를 듣고 내가 말했어요. "해안 경비대와 약속을 해 두지 않으셨나요? 회색 시장에 관해서?"

"저들은 부인할 거예요. 글로 써 둔 건 하나도 없으니." 선장이 말했어요. "뇌물수수죄로 총살당하고 싶은 사람이 어디 있겠어요?"

저녁 식사로 치킨 샌드위치가 나왔지만, 니콜은 배가 고프지 않다며 자고 싶어 했어요.

"많이 아프니? 이마 좀 짚어 봐도 될까?" 피부가 델 정도로 뜨거웠어요. "나는 네가 내 삶에 들어와 줘서 고맙다고 말하고 싶어. 네가 내 동생이라 행복해."

"나도 그래요." 니콜은 몇 분 후에 물었어요. "우리가 어머니를 보게 될 거라고 생각해요?"

"만나게 되리라는 믿음이 있어."

"우리를 좋아할 것 같아요?"

"우리를 사랑하실 거야." 나는 니콜의 마음을 달래 주려고 그렇게 말했어요. "그리고 우리도 그분을 사랑할 거야."

"혈연관계가 있다고 다 사랑하게 되는 건 아니에요." 니콜은 중얼거렸어요.

"사랑은 수련이야, 기도처럼." 내가 말했어요. "네 기분이 나아지도록, 너를 위해 기도해 주고 싶어. 괜찮겠니?"

"효과가 없을걸요. 내 기분은 나아지지 않을 거예요."

"하지만 내 기분이 좀 나아질 거야." 내가 말했어요. 그러자 니콜이 그러라고 하더군요.

"사랑하는 하느님, 우리가 흠결까지 모두 아울러 과거를 받아들이게 하시고, 용서와 다정한 친절 속에 더 나은 미래로 나아가게 하소서. 그리고 우리 자매에 대한 감사하는 마음을 갖게 하시고, 우리 둘 다 다시 어머니를 볼 수 있게 하시고, 서로 다른 두 아버지도 만날 수 있게 하소서. 그리고 우리가 리디아 아주머니를 기억하게 하시고, 우리가 우리 죄 사함을 원하듯이 그녀도 모든 죄와 결함을 주님이 용서해 주시기를 바라나이다. 그리고 우리 자매 베카가 어디에 있든 우리가 언제까지나 그이에게 감사하는 마음을 갖게 하소서. 부디 모두를 축복하소서. 아멘."

기도를 마치고 보니 니콜은 잠들어 있었어요. 나도 자려고 했지만, 화물창은 심지어 전보다 더 텁텁했어요. 그때 금속 사다리를 밟고 내려오는 발소리가 들려왔어요. 미시멘고 선장이었어요.

"미안한데, 하선을 해야겠어요."

"지금요?" 내가 물었어요. "지금은 밤인데요."

"미안하게 됐습니다." 미시멘고 선장이 다시 말했어요. "모터를 돌리고 있기는 한데 동력이 약해요. 지금은 캐나다 수역이지만 원래 내려 줘야 할 곳까지는 한참 멀었어요. 어디 항구로 갈 수는 없어요, 우리한테는 너무 위험해서. 조수가 우리한테 불리합니다."

그는 우리가 펀디만 동쪽 해안 앞바다에 있다고 말했어요. 니콜과 나는 해안까지 가기만 하면 된다고, 그러면 무사할 거라고 했어요. 하지만 배와 승무원들의 위험을 감수할 수는 없다는 말이었지요.

니콜은 깊이 잠들어 있었어요. 그 애를 흔들어 깨워야 했지요.

"나야. 언니야."

미시멘고 선장은 똑같은 이야기를 니콜에게 되풀이해 들려주었어요. 지금 당장 넬리 J. 뱅크스호에서 내려야 한다는 얘기.

"그러니까 우리한테 헤엄을 치라는 거예요?" 니콜이 물었어요.

"공기주입식 보트에 탈 거예요." 선장이 말했어요. "미리 연락해 놨으니, 저쪽에서 기다리고 있을 겁니다."

"얘가 몸이 안 좋아요." 내가 말했어요. "내일 가면 안 되나요?"

"안 돼요." 미시멘고 선장이 말했어요. "조수가 바뀌고 있어요. 이 짧은 틈새를 놓치면 바다로 휩쓸려 갈 겁니다. 제일 따뜻한 옷으로 챙겨 입고, 10분 뒤에 갑판으로 올라와요."

"제일 따뜻한 옷이라고요?" 니콜이 말했어요. "우리가 무슨 극지용 방한복이라도 챙겨 온 줄 알겠네요."

우리는 갖고 있는 옷가지를 모두 껴입었어요. 장화, 플리스 모자, 워터프루프 재킷. 니콜이 먼저 사다리를 올랐어요. 똑바로 아주 잘 걷지는 못했고, 오른팔만 쓰고 있었어요.

갑판에 올라가 보니 미시멘고 선장이 승무원 한 명과 함께 우리를 기다리고 있었어요. 우리를 위해 구명복과 보온병을 들고 있었어요. 선박 좌측으로 장벽 같은 안개가 우리 쪽으로 굴러오고 있었어요.

"감사합니다." 나는 미시멘고 선장에게 인사했어요. "우리를 위해 해 주신 모든 일에 감사해요."

"계획대로 되지 않아서 유감이에요." 그가 말했어요. "무사하길 빌어요."

"감사합니다." 나도 다시 말했어요. "선장님도 무사하세요."

"될 수 있으면 안개는 피하세요."

"멋지네." 니콜이 말했어요. "안개라니. 아주 우리한테 필수품이잖아요."

"축복일 수도 있어." 내가 말했어요.

그들은 우리를 구명보트에 내려 주었어요. 작은 태양열 엔진이 달려 있었지요. 조종은 아주 간단해요, 미시멘고 선장이 말했죠. 시동, 표류, 전진, 후진. 노가 두 개 있었어요.

"꽉 밀고 나가요." 니콜이 말했어요.

"무슨 말이야?"

"우리 보트를 배에서 멀리 밀고 나가라고요. 언니 손으로 밀고요! 여기…… 노를 써요."

밀고 나가는 데 성공하기는 했는데 아주 잘하지는 못했어요. 노를 잡아 본 적이 없으니까요. 나 자신이 굉장히 서투른 느낌이었어요.

"안녕, 넬리 J. 뱅크스." 내가 말했어요. "주님이 축복하시기를!"

"손인사는 할 필요 없어요. 저기서 보이지도 않으니까." 니콜이 말했어요. "우리를 치워 버려서 속이 시원할 거예요. 유독성 화물 같은 거니까."

"친절한 분들이었어." 내가 말했어요.

"돈을 산더미처럼 번다고 생각지 않아요?"

넬리 J. 뱅크스호가 우리에게서 멀어져 가고 있었어요. 나는 그 배에 행운이 있기를 바랐어요.

조수가 구명보트를 움켜쥐는 실감이 생생했어요. 고개를 모로 꼬고 미시멘고 선장이 말했어요. 조수를 똑바로 가로질러 가면 위험합니다. 구명보트가 뒤집어질 수 있어요.

"내 손전등 좀 들고 있어요." 니콜이 말했어요. 오른손으로 모터에 달린 단추들을 만지작거리고 있었어요. 모터에 시동이 걸렸지요. "이 조수는 강물 같네요."

우리는 정말로 빠른 속도로 움직이고 있었어요. 아주 멀리, 우리 왼쪽의 바닷가에 불빛 몇 개가 보였어요. 추웠어요. 껴입은 옷을 전부 꿰뚫고 들어오는 그런 한기였어요.

"우리 그쪽으로 가고 있는 거니?" 한참 후 내가 물었어요. "바닷가

쪽으로?"

"그랬으면 좋겠는데요." 니콜이 말했어요. "안 그러면 우리는 다시 곧장 길리어드로 돌아가게 돼요."

"물속으로 뛰어들 수도 있어." 내가 말했어요. 무슨 일이 있어도, 길리어드로 돌아갈 수는 없었어요. 이제 니콜이 없어졌고, 이코노맨과 도망간 게 아니라는 사실도 알게 되었겠죠. 베카를, 베카가 우리를 위해 해 준 그 모든 일을 배반할 수는 없었어요. 차라리 죽는 게 나았죠.

"빌어먹을." 니콜이 말했어요. "동력이 방금 죽어 버렸어."

"아, 안 돼." 내가 말했어요. "너 혹시……."

"지금 하고 있어요. 젠장, 빌어먹을!"

"뭐야? 왜 그래?" 나는 언성을 높일 수밖에 없었어요. 안개가 우리를 온통 휘감았고, 물소리가 시끄러워서.

"합선이 된 거 같은데." 니콜이 말했어요. "배터리가 떨어졌거나."

"일부러 그런 걸까? 어쩌면 우리가 죽기를 바랐는지도 몰라." 내가 말했어요.

"말도 안 돼!" 니콜이 말했어요. "왜 고객을 죽이고 싶겠어요? 이제 우리 노를 저어야 해요."

"노를 저어?" 내가 말했어요.

"네, 저 노로." 니콜이 말했어요. "나는 멀쩡한 팔밖에 쓸 수가 없어요. 다른 팔은 푸석푸석한 게 꼭 먼지버섯 같아서, 제발 먼지버섯이 뭐냐고 묻지는 마세요!"

"그런 걸 모르는 게 내 잘못은 아니잖아."

550

"하필 지금 이런 얘기를 하고 싶어요? 젠장 미안한데요, 우리 여기 지금 완전 비상사태거든요! 자, 노 잡아요!"

"좋아. 자. 꽉 잡았어."

"그걸 노걸이에 끼워요. 노걸이요! 이거! 이제 양손을 다 써요. 좋아요, 이제 나 잘 봐요! 내가 가자고 하면 노를 물속에 넣고 잡아당겨요." 니콜이 말했어요. 이제 고래고래 악을 쓰고 있었어요.

"어떻게 해야 할지 모르겠어. 정말 쓸모없는 인간이 된 기분이야."

"울음 뚝 그쳐요." 니콜이 말했어요. "언니 감정이야 어떻든 난 몰라! 그냥 해요! 자! 내가 가자고 하면, 몸 쪽으로 노를 당겨요! 불빛 보여요? 더 가까워졌어요!"

"아닌 것 같아." 내가 말했어요. "우리 너무 멀리 있어. 물에 휩쓸려 가 버릴 거야."

"아니, 안 그래요." 니콜이 말했어요. "하면 돼요. 자, 가요! 또 가요! 맞아, 그거야! 가자! 가자! 가자!"

XXV

각성

68

비달라 아주머니가 눈을 떴다. 아직 아무 말도 하지 않았다. 의식
도 돌아온 것일까? 제이드가 은색의 진주 소녀 드레스를 입은 모습
을 본 것을 기억할까? 어떤 충격에 정신을 잃었는지 기억할까? 기억
한다면 곧이곧대로 말할까? 기억한다면 말도 할 것이다. 비달라는
기억하는 내용을 종합해서 결론을 낼 것이다. 나 이외에 이 시나리
오를 가능하게 할 사람은 아무도 없다는 결론을. 그리고 간호사에게
나 때문이라고 말하는 즉시, '눈'에 보고될 것이다. 그러면 시계는 멈
출 것이다. 미리 조치를 취해야 한다. 하지만 무엇을, 어떻게?

비달라 아주머니가 저절로 정신을 잃은 것이 아니라 모종의 충격,
심지어 공격 때문이라는 소문이 아르두아 홀에 돌고 있다. 흙에 생
긴 뒤꿈치 자국을 보면 그녀가 내 석상 뒤쪽으로 끌려온 것으로 보
인다. 그녀는 집중 치료실에서 회복실로 옮겨졌고, 엘리자베스 아주

머니와 헬레나 아주머니가 번갈아 가며 병상을 지키면서, 저마다 상대를 의심하며 비달라 아주머니가 눈을 뜨자마자 뭐라고 하는지 기다리고 있다. 그러니 내가 비달라와 단둘이 있기는 불가능하다.

니콜이 남긴 쪽지는 많은 사람들이 살펴보았다. 배관공 언급은 훌륭했다. 아주 그럴듯한 디테일이었다. 니콜의 재간이 자랑스럽고, 앞으로 니콜이 살아가는 데 큰 도움이 될 거라고 믿는다. 그럴싸한 거짓말을 지어내는 능력은 만만히 볼 수 없는 재능이다.

당연히 적절한 절차에 대한 내 의견을 물어 왔다. 수색을 해야 하는 것이 아닌가? 결혼과 자손이 목적이라면 소녀의 현재 위치는 별로 중요하지 않다고 했다. 하지만 엘리자베스 아주머니는 남자가 호색적인 사기꾼이거나 변장을 하고 아르두아 홀 내부에 침투한 메이데이 요원일지도 모른다고 했다. 어떤 경우든 그는 제이드를 이용하고 버릴 것이며, 그렇게 되면 제이드는 시녀와 다름없는 삶을 살게 될 테니 우리가 당장 그녀를 찾고 남자를 체포해 신문해야 한다는 것이다.

정말로 남자가 있었다면, 그러는 편이 옳았을 것이다. 길리어드에서 지각 있는 소녀는 남자와 달아나지 않고, 선의를 가진 남자도 어린 여자애와 달아나지 않는다. 그래서 나는 그들의 말을 받아들여 천사들로 이루어진 수색 팀을 보내 근처 집들과 거리들을 샅샅이 뒤졌다. 천사들은 별로 열의가 없었다. 망상에 빠진 여자애를 뒤쫓는 일은 그들이 생각하는 영웅적 행동이 아니었으니까. 두말할 필요도 없지만, 제이드는 발견되지 않았다. 메이데이의 가짜 배관공도 발각되지 않았다.

엘리자베스 아주머니는 이 사건 전체에 뭔가 굉장히 수상쩍은 점이 있다는 의견을 내놓았다. 나도 동의했고, 그녀만큼 당혹스럽다고 말했다. 하지만 무슨 방도가 있겠냐고 도리어 물었다. 증거가 없으니 어쩔 수 없다고. 새로운 국면을 기다려야 한다고.

저드 사령관은 그렇게 쉽게 막을 수 없었다. 그는 긴급회의를 하자고 나를 집무실로 불렀다.

"아기 니콜을 잃었군요." 그는 분노를, 그리고 두려움을 억누르며 떨고 있었다. 아기 니콜을 잡고 있다가 놓치다니…… 위원회에서 용서받지 못할 일이었다. "그 밖에 누가 그 애의 정체를 알고 있습니까?"

"아무도 모릅니다." 내가 말했다. "사령관님. 저. 그리고 물론 니콜 자신뿐입니다. 니콜에게 고귀한 운명을 가진 것을 설득하기 위해서 그 정보를 공유하는 것이 적절하다고 여겼습니다. 그 밖에는 아무도 모릅니다."

"아무도 알아서는 안 됩니다! 어떻게 이런 일이 벌어지게 할 수 있습니까? 그 애를 길리어드까지 데리고 와서 채어 가도록 두다니……. '눈'의 평판이 떨어질 겁니다. 아주머니의 평판은 말할 것도 없고 말이죠."

저드가 괴로워하는 꼴을 보니 이루 말할 수 없을 만큼 즐거웠지만, 우울한 표정을 지었다.

"모든 사전 조치를 취하고 있습니다." 내가 말했다. "그 애가 정말로 도주한 경우든, 납치된 경우든 말입니다. 후자의 경우라면, 관련자들은 메이데이와 함께 움직이고 있을 겁니다."

나는 시간을 벌고 있었다. 사람은 언제나 무언가를 버는 법이다.

흘러가는 시간을 셌다. 몇 시간, 몇 분, 몇 초인지. 내가 보낸 연락책들이 길리어드 붕괴의 씨앗을 가지고 멀리까지 갔으리라 기대할 만한 근거가 충분했다. 그토록 오랜 세월 동안 아르두아 홀 최고 기밀의 범죄 파일을 복제해 놓은 것이 헛되지 않았다.

버몬트의 버려진 하이킹 도로로 들어가는 입구 옆에서 진주 소녀 배낭 두 개가 발견되었다. 그 안에는 진주 소녀 드레스 두 벌과 오렌지 껍질 약간, 진주목걸이 하나가 있었다. 수색견을 동원해 그 지역을 뒤졌다. 아무런 성과도 없었다.

관심을 딴 데로 돌리는 장치였으니, 몹시 방해가 되었을 것이다.

현관 A와 현관 B에 사는 아주머니들이 물이 부족하다고 불평하자 설비부서에서 조사를 시작했고, 물탱크 속에서 불쌍한 임모르텔 아주머니가 배출구를 막고 있는 것을 발견했다. 근검절약이 몸에 밴 아이는 다른 사람이 나중에 입도록 겉옷을 벗어 두었다. 그 옷은 단정히 개어져 사다리 맨 위 가로대에 놓여 있었다. 속옷은 입고 있었던 것은 조신함 탓이었다. 내가 생각하는 임모르텔이 했을 법한 행동이었다. 그녀를 잃은 것을 내가 슬퍼하지 않는다고 생각하지 말라. 하지만 한편으로 나는 자발적인 희생이었음을 잊지 않는다.

이 소식으로 또 한 차례 무성한 추측이 나왔다. 임모르텔 아주머니가 살해당했는데, 제이드라는 행방불명이 된 캐나다인 신입보다 그런 짓을 저지를 가능성이 높은 사람은 없다는 소문이 돌았다. 제이드가 왔을 때 그렇게 기쁘고 흡족한 얼굴로 반겼던 이들을 비롯하여, 많은 아주머니들이 이제 와서는 그 애는 항상 무슨 꿍꿍이가 있는 것 같았다고 말하고 있었다.

"끔찍한 추문이로군요." 엘리자베스 아주머니가 말했다. "우리에 대한 인식이 나빠질 거예요!"

"그 일은 덮을 겁니다." 내가 말했다. "나는 임모르텔 아주머니는 귀중한 인력을 아끼기 위해 물탱크의 문제를 살피려고 했던 것뿐이라고 보는 입장이에요. 발을 헛디디거나 기절했을 거예요. 이타적인 행동을 하다가 우발적으로 일어난 사고였어요. 고인에게 예를 갖추고 칭송하며 거행할 장례식에서도 그렇게 말할 겁니다."

"그거 천재적이로군요." 헬레나 아주머니가 의심쩍은 표정으로 말했다.

"그런 얘길 누가 믿을 거라고 생각해요?" 엘리자베스 아주머니가 물었다.

"아르두아 홀에 가장 이익이 되는 일이라면 무엇이든지 믿을 겁니다." 내가 단호하게 말했다. "그게 바로 우리에게 가장 이익이 되는 일이니까요."

하지만 추측은 더욱 난무했다. 두 명의 진주 소녀가 관문을 통과했다. 당번이었던 천사들이 그렇다고 장담했다. 그리고 그들의 서류는 유효했다. 그중 하나가 아직도 식사하러 나오지 않는 빅토리아 아주머니였을까? 그렇지 않다면, 그녀는 어디로 간 것일까? 또, 그렇다면 그녀는 어째서 추수감사절 전, 일찍 임무를 수행하러 떠난 것일까? 그녀가 임모르텔 아주머니와 동행하지 않았으니, 두 번째 진주 소녀는 누구였을까? 빅토리아 아주머니가 이중 탈출에 연루되었을 가능성이 있을까? 왜냐하면, 그 사건이 점점 더 탈출처럼 보였기 때문이다. 떠나며 남긴 쪽지도 탈출 작전의 일부로, 추적을 늦추기 위한 속임수였다는 결론이 내려졌다. 어린 소녀들이 얼마나 영악하고 교활해질 수 있는지 모르겠다고, 아주머니들은 속삭였다. 특히 외국인 소녀들이 말이다.

그러다가 뉴햄프셔 포츠머스 버스 정류장에서 진주 소녀 두 사람이 목격되었다는 소식이 전해졌다. 저드 사령관은 수색 작전을 명령했다. 이 사기꾼들을(그는 그들을 이렇게 불렀다.) 잡아서 데려와 신문해야 한다고, 그들은 저드 사령관 이외에 아무와도 이야기해서는 안된다고 했다. 탈출 가능성이 있는 경우 사살하라는 명령을 내렸다.

"그건 좀 가혹하군요." 내가 말했다. "그 애들은 경험이 없어요. 분명 오도당한 겁니다."

"그런 사정이라면, 우리에겐 죽은 아기 니콜이 살아 있는 편보다 훨씬 더 유용합니다." 저드 사령관이 말했다. "그 정도는 알고 있겠죠, 리디아 아주머니."

"제 어리석음을 사과드립니다." 내가 말했다. "아기 니콜이 진심이라고 믿었어요. 그러니까, 우리와 함께하겠다는 뜻이 진심이었다고 믿었어요. 그랬다면 대단한 쿠데타가 되었을 거예요."

"거짓으로 위장해서 길리어드에 침투한 첩자가 분명합니다. 살아 있다면 우리를 둘 다 끌어내릴 수 있는 존재였습니다. 다른 사람이 아기 니콜을 붙잡아 입을 열게 한다면, 우리가 얼마나 취약한 입장에 처할지 알고 있습니까? 나는 신뢰를 잃을 겁니다. 수하들이 발각될 것이고, 나만의 문제가 아닐 겁니다. 아르두아 홀에서 당신의 입지도 끝날 것이고, 솔직히 말하면 당신 자체가 끝장날 겁니다."

그는 나를 사랑한다, 사랑하지 않는다. 나는 이용되고 버려지는 단순한 도구 입장인 척하고 있다. 하지만 이건 두 사람이 하는 게임이다.

"옳은 말씀이에요." 내가 말했다. "우리나라에는 불행히도 복수심어린 앙갚음을 하는 데 집착하는 사람들이 있어요. 그들은 사령관님이 늘 최선을 위해서 행동하지 않았다고 믿지요. 특히 쭉정이를 가려내는 작전에서 말이에요. 하지만 이 사안에서는, 언제나 그랬듯이, 가장 현명한 선택을 하신 겁니다."

그 말에 남자의 얼굴에, 비록 긴장이 가시진 않았지만, 미소가 떠올랐다. 옛일이 문득 떠올랐다. 처음이 아니었다. 나는 갈색의 긴 옷을 걸치고 총을 들어, 조준하고, 쏘았다. 총알이 있었을까, 없었을까?

있었다.

다시 비달라 아주머니를 찾아갔다. 엘리자베스 아주머니가 당번을 서며 요즘 흔해진 미숙아에게 씌울 작은 모자를 뜨고 있었다. 뜨개질을 배우지 않은 것에 깊은 감사를 느낀다.

비달라의 눈이 감겨 있었다. 숨은 고르게 쉬고 있었다. 운이 다하고 있었다.

"아직 말을 하지 않았나요?" 내가 물었다.

"아뇨, 한마디도 안 했어요." 엘리자베스 아주머니가 말했다. "내가 여기 있는 동안에는 그랬어요."

"이렇게 신경을 써 주니 고맙군요." 내가 말했다. "하지만 피곤할 거예요. 내가 교대해 줄게요. 가서 차 한 잔 마시고 와요."

엘리자베스 아주머니는 미심쩍은 눈초리로 나를 쳐다보았지만, 자리를 떴다.

그녀가 방에서 나가자마자 나는 허리를 숙이고 비달라의 귀에 대고 크게 말했다.

"일어나요!"

비달라는 눈을 떴다. 내게 눈을 맞췄다. 그리고 작은 소리로 또렷하게 속삭였다.

"당신이 한 짓이지, 리디아. 교수형을 당하게 될 거야."

복수심과 승리감이 모두 느껴지는 표정이었다. 마침내 비달라는 인정받을 고발 건을 얻었고, 내 자리는 거의 그녀의 것이나 다름없었다.

"당신은 지쳤어." 내가 말했다. "다시 자도록 해요." 비달라는 다시 눈을 감았다.

내가 가져온 모르핀 병을 찾아 주머니를 뒤지는데 엘리자베스가 들어왔다.

"뜨개질감을 두고 갔어요." 엘리자베스가 말했다.

"비달라가 말을 했어요. 당신이 병실에서 나갔을 때."

"뭐라고 하던가요?"

"뇌손상이 분명하네요." 내가 말했다. "당신이 자길 쳤다더군요. 당신이 메이데이와 결탁했다고 했어요."

"하지만 아무도 그 말을 믿을 리 없어요." 엘리자베스의 낯빛이 변했다. "누가 친 거라면, 그 제이드라는 아이겠죠!"

"신뢰란 예측하기 어려워요." 내가 말했다. "당신이 고발당하면 편리하겠다고 생각하는 사람이 있을지 몰라요. 사령관들 전부가 그로브 박사의 불명예스러운 퇴진을 반기지는 않았겠죠. 당신을 믿을 수 없다고 말하는 소리를 들었어요. 당신이 그로브를 비난했으니, 또 누굴 비난할 수도 있다는 거죠. 그러면 그들은 비달라가 당신에 대해 한 증언을 받아들일 거예요. 사람들은 희생양을 좋아하잖아요."

엘리자베스는 주저앉았다.

"이거 큰일이네요."

"우린 전에도 궁지에 몰린 적이 있잖아요, 엘리자베스." 내가 부드럽게 말했다. "땡크 탱크 때를 기억해 봐요. 그때도 우리 함께 겪어 냈잖아요. 그 후로 필요한 일들을 해 왔죠."

"그 말을 들으니 기운이 나네요, 리디아." 엘리자베스가 말했다.

"비달라의 알레르기가 참 안타깝군요." 내가 말했다. "자다가 천식 발작이 일어나지 않길 바라겠어요. 회의가 있어서 그만 가 봐야 되겠어요. 비달라의 간호를 맡아 주세요. 베개를 좀 바로잡아 주어야 할 것 같네요."

일석이조. 그렇게 되면 미학적으로나 실용적으로나 참 만족스러울 것이고, 여기서 생겨난 우회로로 더 많은 활주로가 생겨날 것이다. 하지만 종내는 내가 그것을 이용하지는 못할 것이다.

캐나다 텔레비전 뉴스에 니콜이 등장하고, 나 대신 그 애가 운반해 준 증거가 공개되면 필히 이어질 폭로에서 내가 무사히 벗어날 가능성은 희박하니까.

시계가 똑딱이고 시간이 흘러간다. 나는 기다린다. 나는 기다린다.
무사히 날아가라, 내 연락책들, 내 은빛 비둘기들, 내 파멸의 천사
들이여. 안전하게 착륙하기를.

XXVI

상륙

증언 녹취록 369A

69

고무보트를 얼마나 탔는지는 모르겠어요. 몇 시간쯤 된 것 같아요. 더 정확히 말할 수 없어 미안해요.

안개가 끼어 있었어요. 파도가 굉장히 높았고, 물보라와 물이 우리를 뒤덮었어요. 너무나 추웠어요. 급류에 우리는 바다로 휩쓸려 갔어요. 겁이 나서 죽을 것 같았어요. 우리는 죽을 거라고 생각했어요. 고무보트는 물로 뒤덮이고, 우리는 바다에 빠져 가라앉아 버릴 것 같았어요. 리디아 아주머니의 메시지는 사라질 것이고 그 모든 희생이 물거품이 될 것 같았어요.

신이시여, 나는 소리를 내지 않고 기도했어요. 부디 우리를 도와 무사히 육지에 닿게 하소서. 그리고 누군가 죽어야 한다면, 저만 죽도록 하소서.

우리는 노를 젓고, 또 저었어요. 한 사람이 노를 하나씩 갖고 있었어요. 배를 타 본 적이 없어서, 노 젓는 법을 몰랐어요. 기운이 빠지고 지쳤고, 팔이 아파 저리고 있었어요.

"못 하겠어." 내가 말했어요.

"계속해!" 니콜이 외쳤어요. "우린 무사해!"

해변에 철썩이는 파도 소리가 가까웠지만, 너무 어두워서 해변이 어딘지 보이지 않았어요. 그러다가 아주 큰 파도가 배를 정통으로 때렸고, 니콜이 외쳤어요.

"노를 저어! 살려면 노를 저어!"

으드득거리는 소리가 났는데, 자갈이었을 거예요. 또 한 차례 큰 파도가 때리자 고무보트가 옆으로 기우뚱거리면서 우리는 육지로 던져졌어요. 물속에서 무릎을 꿇고 있다가 또 한 차례 파도를 맞고 쓰러졌지만 일어날 수 있었고, 니콜의 손이 어둠 속에서 튀어나오더니 나를 잡아 어느 커다란 바위 위로 끌어당겼어요. 그리고 우리는 바다가 닿지 않는 곳에 서게 되었어요. 나는 이를 딱딱 부딪치며 떨고 있었고, 손발에는 감각이 없었어요. 니콜이 나를 끌어안았어요.

"해냈어! 우리가 해냈어! 죽을 줄 알았는데!" 니콜이 외쳤어요. "이 해변을 제대로 찾아온 게 틀림없어!"

니콜은 웃으면서 동시에 헉헉거리고 있었어요.

나는 마음속으로 말했어요. 신이시여. 감사합니다.

증언 녹취록 369B

70

정말이지 아슬아슬했어요. 우린 거의 죽을 뻔했어요. 조류에 휩쓸려 남미에서 발견되든가, 아니면 길리어드에게 잡혀 장벽에 매달려 죽었을 가능성이 더 컸거든요. 아그네스가 정말 자랑스러워요. 그날 밤 뒤로 아그네스는 진짜 내 언니가 되었어요. 아그네스는 끝까지 포기하지 않았어요. 나 혼자서 고무보트의 노를 젓기란 도저히 불가능했을 거예요.

바위가 위험하기 짝이 없었어요. 미끄러운 해초가 많았어요. 너무 어두워서 앞이 잘 보이지 않았어요. 아그네스가 내 곁에 있었는데, 그 무렵 나는 섬망 상태였으니 다행한 일이었어요. 왼팔이 내 것 같지 않았어요. 팔이 떨어졌는데 소매 때문에 몸에 붙어 있는 느낌이었어요.

우리는 발을 헛디뎌 미끄러지면서 큰 바위들을 넘고 물웅덩이들을 건넜어요. 어디로 가는지 알 수 없었지만 오르막으로 올라가기만 하면 파도에서 벗어날 수 있다고 생각했어요. 나는 너무 지쳐서 거의 잠들어 있었어요. 여기까지 왔는데 이제 정신을 잃고 쓰러져 머리가 깨져 죽는구나 하고 생각했어요. 베카는 말했어요. *많이 멀지 않아.* 베카가 고무보트에 있었던 것은 기억나지 않지만, 바닷가에서는 우리 곁에 있었는데 너무 어두워서 보이지는 않았어요. 그리고 베카가 말했어요. *저 위를 봐. 불빛을 따라가.*

누군가 위쪽 절벽에서 외쳤어요. 꼭대기를 따라 움직이는 불빛이 보였고, 누군가 이렇게 외치는 소리가 들렸어요. "저기 있어요!" 그리고 또 한 사람이 이렇게 말했어요. "여기입니다!" 너무 지쳐서 소리를 질러 대답할 수 없었어요. 그러고 나서 바닥에 모래가 많아졌고 불빛이 언덕을 내려와 우리 오른쪽으로 다가왔어요.

그 불빛 하나를 든 것은 에이다였어요.

"해냈구나."

에이다의 말에 내가 대답했어요.

"네."

그리고 나는 쓰러졌어요. 누가 나를 들어 올려 옮기기 시작했어요. 가스였어요. 그가 이렇게 말했어요.

"내가 뭐라고 했어? 잘했어! 해낼 줄 알았어."

그 말에 웃음이 떠올랐어요.

우리가 언덕을 올라가니 환한 불빛과 텔레비전 카메라를 든 사람들이 있었고, 누군가 이렇게 말했어요.

"미소를 지어 주세요."

그다음에 나는 기절했어요.

그들은 우리를 비행기로 캄포벨로 망명자 의료 센터로 이송했고, 내게 항생제를 잔뜩 투여해서 깨어나 보니 팔이 전처럼 붓거나 쓰라리지 않았어요.

언니 아그네스는 청바지와 생명을 위해 달립시다, 간암과의 싸움을 도와주세요.라고 적힌 운동복 상의를 입고 침대 옆에 있었어요. 우리가 한 일이 바로 그것, '생명을 위해 달리는 것'이라서 재미있다고 생각했어요. 언니는 내 손을 잡고 있었어요. 에이다가 언니 옆에 있었고, 일라이자와 가스도 함께 있었어요. 그들 모두 미친 듯이 웃고 있었어요.

"기적이야. 네가 우리 목숨을 구했어." 언니가 내게 말했어요.

"모두 정말 자랑스러워." 가스가 말했어요. "고무보트에 대해서는 유감이지만. 그걸 타고 항구로 들어왔어야 하는데."

"뉴스에 온통 두 사람 기사야." 에이다가 말했어요. "'역경을 이겨 낸 자매.' '아기 니콜 길리어드에서 대담무쌍한 탈출 감행.'"

"문서 캐시도." 일라이자가 말했어요. "그것도 뉴스에 나왔어. 난리가 났어. 길리어드 최고 간부들 내부의 범죄를 굉장히 많이 폭로했거든. 우리가 바라던 걸 훨씬 능가하는 내용이야. 캐나다 언론은 엄청난 비밀을 하나씩 보도하고 있고, 곧 해임이 잇따를 거야. 우리의 길리어드 정보원이 정말 우리를 위해 와 준 것이지."

"길리어드가 사라졌어요?" 내가 말했어요. 기뻤지만 실감이 나지 않았어요. 우리가 한 일들이지만 내가 한 것이 아닌 것처럼 말이에

요. 우리가 어떻게 그런 위험을 무릅쓸 수 있었을까요? 무엇이 우리
가 그 모든 일을 이겨 내게 했을까요?

"아직은." 일라이자가 말했어요. "하지만 이제 시작이지."

"길리어드 뉴스는 그게 전부 가짜라고 하고 있어." 가스가 말했어
요. "메이데이의 음모라고."

에이다는 짧게 으르렁거리며 웃었어요.

"물론 그렇게 말하겠지."

"베카는 어디 있어요?" 내가 물었어요. 다시 어지러워져서 눈을 감
았어요.

"베카는 여기 없어." 아그네스가 부드럽게 말했어요. "우리랑 함께
오지 않았잖아. 기억 안 나?"

"함께 왔어. 해변에 있었어." 내가 조그맣게 말했어요. "베카 목소
리를 들었는걸."

잠이 든 것 같아요. 그리고 다시 깨어났어요.

"아직 열이 있나요?" 누군가 말했어요.

"무슨 일이 있었어요?" 내가 말했어요.

"쉬잇." 언니가 말했어요. "괜찮아. 우리 어머니가 오셨어. 어머니
가 너를 굉장히 걱정하고 계셔. 봐, 바로 네 옆에 계셔."

눈을 뜨니 아주 밝았지만 거기 어떤 여자분이 서 있었어요. 그분
은 슬프면서도 동시에 행복한 얼굴이었어요. 조금 울고 있었어요.
그분은 나이만 더 들었을 뿐, 혈통 파일의 사진과 거의 같은 모습이
었어요.

572

그분이 틀림없다는 느낌에 두 팔을, 성한 팔과 낫고 있는 팔을 모두 뻗었고, 우리 어머니는 내 병상 위로 허리를 숙여서 우리는 한 팔로 서로를 포옹했어요. 그분은 다른 팔로 아그네스를 안고 있어서 한 팔만 썼어요. 그리고 그분이 이렇게 말했어요.

"내 소중한 딸들."

어머니의 냄새가 났어요. 그건 마치, 또렷이 들리지 않는 목소리의 메아리 같은 느낌이었어요.

그리고 어머니는 작게 미소 짓더니 이렇게 말했어요.

"물론 나를 기억하지 못하겠지. 너무 어렸으니까."

그래서 내가 말했어요.

"네, 기억 안 나요. 하지만 괜찮아요."

그리고 언니가 말했어요.

"아직은 기억이 안 나요. 하지만 기억날 거예요."

그리고 나는 다시 잠들었어요.

XXVII

작별

아르두아 홀 홀로그래프

71

나의 독자여, 우리가 함께하는 시간이 끝나 가고 있다. 아마 당신은 내가 쓴 이 글을 연약한 보물 상자로, 굉장히 주의해서 열어야 하는 것으로 볼지도 모른다. 아마 당신은 이것을 찢어 버리거나 태워 버릴지도 모른다. 글은 종종 그런 일을 당한다.

어쩌면 당신은 역사를 전공하는 학생일지 모르고, 그런 경우 당신이 나로부터 유용한 것을, 나쁜 점까지 모두 그려 낸 초상화를, 내 삶과 내가 살던 시대를 확정적으로 설명하는 자료를 만들어 내기를 바란다. 당신이 내가 정직하지 않다고 비난하지 않는다면, 놀랄 테지만 말이다. 아니, 사실 놀라지 않을 것이다. 그때가 되면 나는 죽었을 테고, 죽은 사람은 놀라기 어려우니까.

당신을 총명하고 야심찬 젊은 여성으로 그려 본다. 당신의 시대가 되면, 동굴처럼 어둡고 메아리만 들리는 학계가 여전히 존재할지 모르겠지만, 당신은 그 속에서 자신에게 맞는 틈새를 찾고 있을 것이다. 내가 상상하는 당신은 책상 앞에 앉아, 머리카락을 귀 뒤로 넘기고, 벗겨진 매니큐어를 하고 있을 것이다. 매니큐어 유행은 돌아왔을 테니까, 항상 그렇듯이. 당신은 살짝 인상을 쓰고 있는데, 그 습관은 나이가 들면서 더 심해질 것이다. 나는 당신 뒤에서 어깨너머로 살펴보고 있다. 당신의 뮤즈, 보이지 않는 영감이 되어서 격려하고 있다.

당신은 내가 쓴 이 기록을 거듭해서 읽고 오류를 뒤지며 전기 작가들이 집필 대상에 대해 자주 느끼게 되는, 선망과 지루함이 뒤섞인 증오심을 키우고 있을 것이다. 어떻게 그렇게 서툴게, 그렇게 잔인하게, 그렇게 어리석게 행동할 수 있었을까? 당신은 이렇게 질문할 것이다. 당신이라면 절대 그런 짓을 하지 않았을 텐데! 그렇지만 당신에겐 그런 일을 해야 할 필요가 절대 생기지 않을 것이다.

그래서 우리는 나의 최후에 다다랐다. 이제 늦었다. 길리어드가 앞으로 닥칠 파멸을 막기에는 너무 늦어 버렸다. 살아서 그것, 대혼란과 붕괴를 보지 못하는 것은 유감이다. 그리고 내 나이도 늦었다. 그리고 밤도 늦었다. 여기까지 걸어오는 동안 보았는데, 구름 한 점 없는 밤이다. 보름달이 떠서 만물 위에 모호한 시체의 빛을 드리우고 있다. 세 명의 '눈'이 지나가는 내게 경례를 했다. 달빛에 보니 그들의 얼굴은 해골 같았고, 내 얼굴도 그들에게 그렇게 보였을 것이다.

그들, '눈'들은 너무 늦게 도착할 것이다. 내가 보낸 연락책들은 달아났다. 곧 그러겠지만, 최악의 경우가 닥칠 때 나는 재빨리 퇴장할 것이다. 모르핀 주사 한두 방이면 충분할 것이다. 그것이 최선이다. 내가 목숨을 부지하면 너무 많은 진실을 토해 낼 것이다. 고문은 댄스와 같다. 그걸 감당하기에 나는 너무 나이가 들었다. 용기는 젊은 이들이 실천하도록 하라. 그들에겐 내가 가진 특권이 없어 선택권이 없을지는 모르지만.

하지만 이제는 우리의 대화를 마쳐야 한다. 안녕히, 나의 독자여. 나를 너무 나쁘게, 아니, 내가 나 자신에 대해서 생각하는 것보다 더 나쁘게 생각하지 말아 주기를.

곧 나는 이 원고를 뉴먼 추기경의 책에 끼워 넣어 다시 책장에 꽂아 둘 것이다. 누군가 예전에 말했듯이, 나의 최후는 나의 시작이다. 누가 한 말이었더라? 역사가 거짓이 아니라면, 스코틀랜드의 메리 여왕이다. 메리 여왕의 모토인 잿더미에서 부활하는 불사조가 벽장식에 수놓여 있다. 참 탁월한 자수 솜씨를 가졌다. 여자들은.

발소리가, 군홧발 소리가 연달아서 다가오고 있다. 한숨 그리고 다음 숨을 쉬는 사이에 노크 소리가 들려올 것이다.

13차 심포지엄

역사적 사항:

2197년 6월 29일~30일 메인주, 패서머쿼디에서 열린 국제 역사 협회 총회 길리어드 연구 13차 심포지엄 회의록 일부임.

의장: 마리안 크레센트 문 교수, 온타리오주, 코발트, 애니시나비 대학교 총장.

기조연설: 제임스 다시 파익소토 교수, 영국 케임브리지 대학교 20세기 및 21세기 기록보관소 소장.

크레센트 문: 우선, 이 행사가 페놉스코트 부족의 옛 영토에서 열리고 있음에 대해, 오늘 우리가 여기에 모일 수 있도록 허락해 주신 원로 및 조상들께 감사하고 싶습니다. 또한 이곳, 과거 뱅거였던 패

서머쿼디가 길리어드에서 도피해 나온 망명자들이 출발지로 삼았던 곳일 뿐만 아니라, 지금으로부터 300여 년 전, 전쟁 이전 시절 '지하 철도'의 핵심 중추이기도 했음을 말씀드리고 싶습니다. 늘 하는 이야기처럼, 역사가 정확히 반복되지는 않지만 각운을 맞추어 비슷하게 이어지는 것이죠.

여기 길리어드 연구 13차 심포지엄에서 여러분 모두를 맞이하게 되어 얼마나 기쁜지 모릅니다! 우리 조직은 큰 성장을 이루었고, 그럴 만한 충분한 이유가 있습니다. 우리는 과거에 있었던 잘못을 상기하여 그것을 반복하지 않도록 부단히 노력해야 합니다.

몇 가지 전달 사항이 있습니다. 페놉스코트강에서 낚시를 하실 분들을 위해 두 번의 낚시 여행이 계획되어 있습니다. 자외선 차단제와 벌레 퇴치제를 잊지 말고 가져오세요. 이 낚시 나들이와 길리어드 시대 시내 건축 투어에 대한 자세한 사항은 여러분이 받으신 심포지엄 자료를 참조하세요. 시내 학교 합창단 세 곳과 함께, 성 유다 교회에서 길리어드 시대 찬송가를 부르는 오락 활동도 추가되었습니다. 내일은 시대 복장 재연의 날이니, 준비해 오신 분들은 참여하시기 바랍니다. 10회 심포지엄에서 그랬던 것처럼, 지나치게 흥분해서 자제심을 잃는 일은 없기를 당부합니다.

그럼 이제, 출간된 논문과 최근 방영된 흥미진진한 미니시리즈 「인사이드 길리어드: 청교도 신정국가의 일상생활」로 우리 모두에게 친근한 분을 모시겠습니다. 이분이 전 세계에 선보인 박물관 소장품, 그중에서도 특히 수공예 직물들은 진정으로 보는 이를 매혹시켰습니다. 여러분, 파익소토 교수입니다.

파익소토: 감사합니다, 크레센트 문 교수님. 아니, 총장님이라고 불러야 하나요? 총장 승진을 우리 모두 축하드립니다. 길리어드였다면 결코 일어날 수 없는 일이었죠. (박수) 이제 여성들이 이처럼 대거 지도자 자리를 차지하고 있으니, 제게 너무 엄하게 굴지 말아 주시기를 부탁드립니다. 12차 심포지엄에서 제가 한 사소한 농담에 대해 여러분이 하신 말씀은 마음에 잘 새겼습니다. 제 농담 중에는 고상하지 못한 것이 있었음을 인정하는 바입니다. 그리고 또다시 기분을 상하게 하는 일이 없도록 노력할 것입니다. (줄어든 박수)

이렇게 많은 분들이 참석한 것을 보니 감격스럽습니다. 수십 년 동안 도외시되었던 길리어드 연구가 이처럼 큰 인기를 얻게 될 줄 누가 알았겠습니까? 학계에서 아무도 관심을 가져 주지 않는 어둠 침침한 구석에서 그렇게 오랫동안 고생한 우리는 어리둥절할 정도로 세간의 이목이 집중되는 것에 익숙하지 않습니다. (웃음)

몇 년 전, '오브프레드'라고 알려진 길리어드의 시녀가 녹음한 테이프들이 들어 있는 사물함이 발견되었을 때의 흥분을 모두 기억하실 겁니다. 그 발견은 바로 이곳 패서머쿼디의 인조 벽 뒤에서 이루어졌습니다. 우리의 조사와 잠정 결론 내용을 지난 심포지엄에서 발표했고, 동료 심사를 받은 논문이 이미 다수 나왔습니다.

이 자료와 그 연대에 대해 질문을 한 분들에게, 어느 정도 단서를 달아야 하지만, 여섯 건의 독립 연구가 우리가 처음 세운 가정이 확실함을 확인해 주었다고 이제 자신 있게 말씀드릴 수 있습니다. 21세기 디지털 블랙홀이 저장 데이터를 빠르게 부식시켜 굉장히 많은 정보가 유실되었을 뿐만 아니라, 자체 기록과 상충될 수 있는 모든 데이터를 소거하려 했던 길리어드의 대리인들이 여러 서버 팜과 도서관을 파괴한 것이 더해져, 많은 길리어드 자료의 연대를 정확히 알 수 없었습니다. 10년에서 30년의 오차 범위를 상정해야 합니다. 그러나 그 범위 안이라면 우리도 여느 역사학자들만큼은 자신 있게 말할 수 있습니다. (웃음)

그 중대한 테이프의 발견 이후로 두 건의 큰 발견이 있었는데, 진품이라면 우리 집단 역사에서 오래전 사라진 기간에 대해 이해를 크게 높여 줄 수 있는 것들입니다.

우선 「아르두아 홀 홀로그래프」라고 알려진 원고가 있습니다. 이 필사본 시리즈는 뉴먼 추기경의 『아폴로기아 프로 비타 수아』 19세기 판본 속에서 발견되었습니다. 이 책은, 최근까지 매사추세츠 주 케임브리지에 살았던 J. 그림스비 다지가 일반 경매에서 사들였습니다. 그런데 조카가 소장품을 물려받아 골동품상 중개인에게 팔았고, 그 중개인이 가치를 알아보았습니다. 그래서 우리가 관심을 갖게 된 것입니다.

이것은 첫 페이지의 슬라이드입니다. 글씨체는 구식 필기체 읽기 훈련을 받은 사람들만 알아볼 수 있습니다. 뉴먼 추기경의 책을 파낸 부분에 맞아 들어가도록 페이지의 가장자리를 잘라 냈습니다. 이 종이를 탄소 연대 측정한 결과는 길리어드 시대 후기를 배제하지 않고, 첫 페이지에 사용된 잉크는 그 시대의 표준 스케치 잉크로서 검은색이지만, 일정 페이지 이후로는 청색이 사용됩니다. 아주머니 이외의 여성과 소녀들에게는 글쓰기가 금지되었지만, 엘리트 계층의 딸들에게는 학교에서 그림을 가르쳤습니다. 그러므로 이런 잉크를 구할 수 있었습니다.

「아르두아 홀 홀로그래프」는 '리디아 아주머니'라는 사람이 쓴 것이라고 주장하는데, 그녀는 사물함에서 발견된 테이프에서 약간 호감이 안 가는 인물로 등장합니다. 내부 증거에 따르면 그녀는 길리어드 몰락 70년 뒤 버려진 양계장에서 발견된, 서툰 솜씨로 만든 대형 조각상의 주인공이라고 고고학자들이 확인한 '리디아 아주머니'와 동일인일 수 있다고 합니다. 조각상의 가운데 인물의 코는 부서져 나갔고, 다른 인물 한 사람은 머리가 없어서 고의적 파손이 있었으리라 짐작됩니다. 그 석상의 슬라이드가 이것입니다. 조명 상태에 대해 사과드립니다. 제가 직접 찍은 사진인데, 저는 사진 찍는 재주가 없습니다. 예산 문제로 전문가를 고용할 수는 없었습니다. (웃음)

'리디아'라는 인물은 메이데이 위장 요원이 작성한 서너 건의 보고서에서 무자비하고 교활한 사람으로 언급되었습니다. 우리는 현재까지 남아 있는 얼마 안 되는 그 시대의 텔레비전 방송 자료 속에서 그녀를 찾지 못했습니다만, '리디아 아주머니'라고 뒷면에 손으로 쓴 액자 사진 하나가 길리어드 붕괴 중 폭격을 당한 여학교 잔해에서 발굴되었습니다.

많은 증거들이 위의 '리디아 아주머니'를 우리의 홀로그래프 저자로 지목하고 있습니다. 하지만 언제나 그렇듯이 신중해야 합니다. 그 원고가 위조본이라고 가정해 봅시다. 사취를 위해서 우리 시대에 서툴게 시도한 것이 아니라,(그런 위조는 종이와 잉크만 보아도 쉽게 알 수 있을 겁니다.) 길리어드 시대, 그렇습니다, 아르두아 홀 내에서 이루어진 위조라면 말입니다.

우리가 발견한 원고가, 스코틀랜드의 메리 여왕의 죽음을 가져온 캐스킷 서신*처럼, 상대에게 누명을 씌우기 위한 덫으로 고안된 것이라면? 그것이 홀로그래프 속에 설명되어 있는 것처럼, '리디아 아주머니'의 적들 중 한 사람이(가령, 엘리자베스 아주머니나 비달라 아주머니 말이죠) 리디아의 권력을 증오하고, 그녀의 자리가 탐이 나서, 그녀의 글씨체와 말투를 잘 알기에, 발각되기를 바라며 죄를 덮어씌우기 위해서 문서를 쓰기 시작한 것일 수도 있을까요?

그럴 가능성은 희박하지만 존재합니다. 하지만, 전체적으로, 저는 우리가 발견한 홀로그래프가 진품이라고 보는 편입니다. 분명 아르두아 홀 내부의 누군가가 길리어드에서 도망친 이부자매 둘에게 중대한 마이크로닷을 제공한 것은 사실입니다. 그리고 그 자매의 여정은 우리가 다음에 살펴볼 것입니다. 자매는 그 제공자가 리디아 아주머니라고 주장합니다. 그들의 말을 곧이곧대로 믿는 것이 어떨까요?

물론, 소녀들이 전하는 '리디아 아주머니'의 이야기가 메이데이 내부에서 배신자가 있을 경우에 대비해, 진짜 메이데이 이중 요원의 정체를 보호하기 위해서 만든 잘못된 정보가 아니라면 말입니다. 그럴 가능성은 언제나 존재합니다. 우리 연구 분야에서는 미지의 상자를 하나 열면, 다른 상자가 감추어져 있는 경우가 매우 흔합니다.

그래서 우리는 진품이 거의 확실한 두 건의 문서를 살펴보게 됩니다. 이 문서들은 두 젊은 여성의 증언을 녹취한 것인데, 그들은 아주머니들이 관리한 혈통 족보 보관기록을 통해 이부자매임을 알게 되

---

* 메리 여왕이 보스웰 백작에게 보낸 편지와 시를 모아 놓은 편지집. 메리 여왕이 보스웰과 간통하여 남편 단리 경을 죽이려 했다는 증거로 제시되곤 하지만, 역사적 신빙성은 낮은 편이다.

었다고 합니다. 자신을 '아그네스 제미마'라고 밝힌 증언자는 길리어드 안에서 자랐다고 주장합니다. 자신을 '니콜'이라고 칭하는 여성은 여덟 살 혹은 아홉 살 정도 어린 것으로 보입니다. 그녀는 증언에서 자신이 유아기에 길리어드에서 몰래 빼내어졌다는 이야기를 두 명의 메이데이 요원에게서 들었다고 설명합니다.

'니콜'은 그들 자매가 매우 성공적으로 수행해 낸 것으로 보이는 위험한 임무를 맡기에는 나이도 어리고 경험도 부족해 보일지 모르지만, 수백 년 동안 저항 작전과 스파이 업무에 가담해 온 사람들 중에는 비슷한 나이도 많았습니다. 몇몇 역사학자들은 젊은이들이 이상주의적이고, 자신의 죽음을 실감하지 못하며, 정의를 구현하고자 하는 과장된 욕구에 시달리기 때문에 그 나이의 청소년이 특히 그런 무모한 모험에 적당하다고 주장하기도 했습니다.

그들이 설명한 임무는 길리어드의 최종 붕괴를 촉발시키는 데 중요한 역할을 했으리라 여겨집니다. 자매 중 동생이 훔쳐 낸 자료가(문신을 절개해 마이크로닷을 심은 것인데, 매우 새로운 정보 운송 방식이라고 해야 되겠습니다. (웃음)) 다양한 고위 관리들의 여러 불명예스러운 사적 비밀을 폭로했기 때문입니다. 특히 주목할 것은, 다른 사령관들을 제거하기 위해 사령관들이 꾸며 낸 몇 가지 음모입니다.

이 정보가 공개되면서 소위 바알 숙청이 시작되어 엘리트 계급이 줄어들고, 정권이 약화되었으며, 민중 항쟁뿐만 아니라 군사 쿠데타도 촉발했습니다. 그로 인해 일어난 사회적 갈등과 혼란으로 말미암아 메이데이 저항 세력이 조직한 사보타주 운동, 그리고 미주리 산악지대, 시카고와 디트로이트, 유타 안팎의 지역(거기서 일어난 모르몬

교도 대학살에 분개한 이들이죠.) 텍사스 공화국, 알라스카, 서해안 대부분 지역 등 이전 미국의 특정 지역에서 일련의 성공적인 공격이 가능해진 것입니다. 하지만 그건 또 다른 이야기로, 군사 역사학자들이 앞으로 채워 넣어야 하는 내용입니다.

제가 다룰 부분은, 아마도 메이데이 저항 운동에서 사용하기 위해 기록된 증언들 자체가 될 것입니다. 이 문서들은 래브라도주 쉐삿슈의 이누 대학교 도서관에 보관되어 있습니다. 이전에는 아무도 그것을 발견하지 못했는데, 아마도 파일 명칭이 「넬리 J. 뱅크스호의 기록: 두 번의 모험」이라고 모호하게 달려 있기 때문이었을 것입니다. 그 제목을 무심코 본 사람이라면 과거 주류 밀거래 기록이라고 여겼을 것입니다. 넬리 J. 뱅크스호가 20세기 초 유명한 럼 밀수 선박이었으니까요.

우리 대학원에서 논문 주제를 찾던 미아 스미스가 그 파일을 열어 보고서야 그 내용이 무엇인지 밝혀지기에 이르렀습니다. 스미스가 심사 평가를 위해 그 자료를 제출했을 때, 저는 몹시 흥분했습니다. 길리어드를 직접 체험한 사람의 이야기, 그중에서도 특히 소녀들과 여자들의 삶에 관한 기록은 너무나 귀하니까요. 글을 읽고 쓰는 능력을 빼앗긴 사람들이 그런 기록을 남기기는 어려운 일이지요.

하지만 우리 역사학자들은 스스로 처음 내린 가정에 대해 이런 질문을 던졌습니다. 이 양날의 검 같은 이야기가 교묘한 가짜는 아닐까? 우리 대학원생들이 꾸린 팀은 목격자라는 이들이 설명한 경로를 추적하기 시작했습니다. 우선, 그들의 진행 경로를 육지 지도와

해양 지도에 그려 보고, 잔존하는 증거가 있다면 찾아내기를 바라며 직접 그 경로를 따라 여행한 것입니다. 답답하게도, 이들 자료에는 연대가 적혀 있지 않았습니다. 여러분이 이런 모험에 직접 참가하게 된다면, 미래의 역사학자들에게 도움이 되도록 연도와 월을 적어 주시리라 믿습니다. (웃음)

여러 차례 막다른 길에 봉착하고, 뉴햄프셔의 버려진 가재 통조림 공장에서 쥐들에게 시달리는 하룻밤을 보낸 뒤, 대학원생 팀은 이곳 패서머쿼디에 거주하는 나이 지긋한 여성을 인터뷰했습니다. 그녀는 증조부로부터 사람들, 주로 여성들을 낚싯배에 태워 캐나다로 이송했다는 이야기를 들었다고 했습니다. 증손녀는 그 지역 지도까지 보관하고 있었고, 자신이 세상을 뜬 후에 남들이 정리할 필요가 없도록 낡은 쓰레기를 버릴 참이었다고 하면서 그 지도를 우리에게 선물했습니다.

그 지도 슬라이드를 보여 드리겠습니다.

레이저 포인터로 우리가 발견한 젊은 망명자 두 사람이 지나갔을 가능성이 가장 높은 길을 알려 드리겠습니다. 여기까지는 차로, 여기까지는 버스로, 여기까지는 픽업트럭으로, 여기까지는 모터보트로, 그다음 넬리 J. 뱅크스호를 타고 여기, 노바스코샤 하버빌 근처 해변에 도착한 것입니다. 거기서부터 뉴브런즈윅 캄포벨로 아일랜드의 망명자 수속 및 의료 센터까지는 항공기로 이동한 것으로 추정됩니다.

우리 대학원생 팀은 그다음 캄포벨로 아일랜드를 찾아가 망명자 센터가 임시로 위치했던 곳, 19세기에 프랭클린 루즈벨트 대통령 가족이 지은 여름 별장을 방문했습니다. 길리어드는 이 건물과의 모든 관계를 끊고 싶어 했고, 민주적인 방식을 선망하는 이들이 육로로 탈출하는 것을 막기 위해 길리어드 본토로부터 연결되는 둑길을 폭파했습니다. 이 별장은 당시 어려운 시기를 겪었지만 그 후로 복구되어 박물관으로 운영되고 있습니다. 아쉽게도 원래의 가구는 많이 소실되었습니다.

우리가 발견한 두 젊은 여성은 이 집에서 적어도 일주일 동안 지냈을 것입니다. 그들의 기록에 따르면 둘 다 저체온증과 추위 과다 노출에 대한 치료를 받아야 했고, 동생의 경우에는 감염으로 인한 패혈증 치료도 필요했기 때문입니다. 이 건물을 살펴보는 동안, 우리 진취적인 대학원생 팀은 2층 창틀 목재에 새겨 놓은 몇 가지 흥미로운 글을 발견했습니다.

이 슬라이드를 보시면…… 페인트로 덧칠이 되어 있지만, 내용이 아직 보입니다.

여기 N은 아마도 '니콜'일 것입니다. 여기, 위로 그은 획이 보이시죠. 그리고 A와 G가 있습니다. 이것이 '에이다'와 '가스'를 가리키는 것일까요? 아니면 A는 '아그네스'일까요? 조금 아래, 여기에는 V가 있는데, '빅토리아'일까요? 여기, AL은 아마도 그들의 증언에 나오는 '리디아 아주머니'를 의미하는 것 같습니다.

이 이부자매의 어머니는 누구였을까요? 몇 년 동안 메이데이에서 현장 요원으로 활동한 도망자 시녀가 있었음을 우리는 알고 있습니다. 적어도 두 차례 암살 시도에서 살아남은 그녀는 몇 년간 온타리오주 베리 근처, 유기농 대마 제품 농장으로 가장한 정보기관으로부

590

터 삼중의 보호하에서 일했습니다. 우리는 이 인물이 사물함에서 발견된 「시녀 이야기」 테이프의 저자가 아니라고 확실하게 배제하지는 않았습니다. 그리고 그 이야기에 따르면, 이 인물에게는 적어도 두 아이가 있었습니다. 하지만 성급한 결론을 내리다 보면 바른 길을 잃게 되니, 가능하다면 장차 학자들이 이 문제를 더욱 면밀히 살펴보기를 바랍니다.

현재로서는 심포지엄 참석자들만 이용할 수 있지만, 재정 지원에 따라서 더 많은 사람들이 읽을 수 있게 되기를 바라며, 관련 연구자들이 이용하도록 제 동료 노틀리 웨이드 교수와 함께, 우리가 보기에 가장 이야기와 가깝게 느껴지는 순서로 정리한 복사본을 준비했습니다. 작가에게서 역사학자의 면모를 지울 수는 있지만, 역사학자에게서 작가의 면모를 지울 수는 없으니까요! (웃음, 박수) 우리는 검색과 참조에 도움이 되도록 섹션마다 번호를 붙였습니다. 따로 말씀드릴 필요도 없지만, 원본에는 그런 숫자가 없었습니다. 복사본은 등록 데스크에서 신청할 수 있습니다. 준비한 수량이 많지 않으니, 한 부씩만 신청해 주시기를 부탁드립니다.

과거로의 여행을 잘 다녀오세요. 그리고 과거에 계신 동안, 수수께끼 같은 창틀 글씨의 의미를 생각해 보세요. 백번 양보하더라도, 우리가 발견한 기록에 등장하는 몇몇 핵심 인물과 최초 서신들의 연관성이 몹시 강하게 떠오른다는 말씀만 드리겠습니다.

한 가지 더 흥미진진한 퍼즐 조각을 보여 드리며 마치겠습니다.

지금 보여 드릴 슬라이드들은 현재 보스턴 커먼에 위치한 조각상의 모습입니다. 그 출처를 보면 길리어드 시대의 것이 아님을 알 수 있습니다. 조각가 이름은 길리어드가 붕괴되고 몇십 년 뒤 몬트리올에서 활동한 예술가와 일치하며, 이 조각상은 길리어드 이후 혼란 시기와 미국의 복구를 거친 뒤 현재 위치로 옮겨진 것이 분명합니다.

조각상에 적혀 있는 내용은 우리가 발견한 자료에 등장하는 주요 인물들의 이름으로 보일 것입니다. 그렇다면 우리가 발견한 두 젊은 전달자들은 살아서 이야기를 전했을 뿐만 아니라, 어머니 그리고 각자의 아버지와 재회했으며, 각기 자녀와 손자손녀를 둔 것이 틀림없습니다.

저는 이것이 우리가 발견한 두 건의 증언 녹취록이 진본임을 확실히 증명하는 자료라고 여깁니다. 집단 기억에는 오류가 많은 것으로 널리 알려져 있으며, 과거 대부분은 시간의 바다 속에 가라앉아 영영 떠오르지 않습니다. 하지만 이따금 바다가 갈라지며, 감추어져 있던 보물을 잠시나마 일별할 기회가 오기도 합니다. 역사에는 미묘한 뉘앙스가 가득하고, 우리 역사학자들은 만장일치의 합의를 바랄 수 없지만, 적어도 이 경우에서만은 여러분도 저와 같은 의견일 것이라고 믿습니다.

보시다시피, 이 조각상은 진주 소녀의 복장을 한 젊은 여성을 묘사하고 있습니다. 독특한 모자, 진주목걸이, 배낭을 보십시오. 이 여성은 우리의 민족식물학자 자문이 물망초임을 확인해 준 작은 꽃의 꽃다발을 들고 있습니다. 오른쪽 어깨에는 새 두 마리가 앉아 있는데, 비둘기 과에 속하는 것으로 보일 겁니다.

조각에 새겨진 내용은 이렇습니다. 글씨가 닳아 슬라이드에서는

읽기 어려워, 여기 다음 슬라이드에 적어 왔습니다. 그리고 이 마지
막 글귀를 읽으며 마치겠습니다.

베카, 임모르텔 아주머니를
사랑하는 마음으로 추모하며
이 조각상은 그녀의 자매
아그네스와 니콜
그리고 그들의 어머니와 두 아버지,
그들의 자녀와 손자손녀들이 건립함.
A.L.의 소중한 봉사에 감사하며.
새가 그 소리를 전하고 날짐승이
그 일을 전파할 것임이니라.*
사랑은 죽음만큼 강하다.

---

* 전도서 10장 20절.

감사의 글

『증언들』은 여러 장소에서 집필했다. 산사태로 대피 선로에서 꼼짝 못 하게 된 기차의 전망 객차에서, 두어 척의 배에서, 여러 호텔 방에서, 숲 한가운데에서, 도시 한복판에서, 공원 벤치에서, 카페에서, 그 유명한 종이냅킨에 적어 넣은 글로, 공책에, 노트북 컴퓨터로. 집필 장소에 영향을 준 몇몇 여타의 사건들과 마찬가지로, 산사태는 내가 어쩔 수 없는 상황이었다. 다른 경우는 모두 내 탓이었다.

하지만 실제로 종이에 글을 쓰기 전에, 『증언들』은 전편 『시녀 이야기』를 읽은 독자들의 마음속에서 부분적으로 집필되었고, 독자들은 소설이 끝난 뒤 어떻게 되었냐고 계속 질문했다. 35년은 가능한 대답을 생각하기에 긴 세월이고, 사회 자체가 변하고 가능성이 현실로 바뀌면서 대답들도 변해 왔다. 미국을 포함한 여러 나라의 시민들은 30년 전보다 더 큰 압박을 받고 있다.

『시녀 이야기』에 대해 반복적으로 나오는 한 가지 질문은 이것이다. 길리어드는 어떻게 붕괴했는가? 『증언들』은 이 질문에 대한 대답으로 썼다. 전체주의는 집권 과정에서 한 약속을 계속 어기는 과정에서, 내부로부터 무너질 수 있다. 혹은, 외부로부터 공격을 받을 수도 있다. 역사에서 불가피한 일은 거의 없으므로, 절대 확실한 공식은 존재하지 않는다.

우선 『시녀 이야기』의 독자 여러분께 감사한다. 독자의 관심과 호기심은 영감이 되어 주었다. 그리고 그 책을 다수의 상을 수상한 MGM 및 훌루의 흥미롭고 아름다운 텔레비전 시리즈로 재창조해 준 여러분, 제작 팀의 스티브 스타크, 워렌 리틀필드, 대니얼 윌슨, 쇼러너 브루스 밀러와 그의 탁월한 집필실 여러분, 훌륭한 감독 여러분, 여느 드라마와는 다른 작품으로 만들어 준 엘리자베스 모스, 앤 도드, 새미러 와일리, 조셉 파인스, 이본 스트라홉스키, 알렉시스 블레델, 어맨다 브러겔, 맥스 밍겔라, 그 밖의 여러 출연진께 깊이 감사한다. 이 텔레비전 시리즈는 원작을 집필하며 세운 원칙, 즉 인간 역사에서 전례가 없는 사건은 소설에 쓰지 않는다는 원칙을 존중해 주었다.

출판 소설은 모두 협업을 통해 탄생하기에, 열성적인 편집자들과 대서양 양안의 첫 독자들에게 많은 고마움을 전한다. 첫 독자 여러분은 '정말 좋아요!'부터 '이걸로 넘어갈 순 없어요!'나 '이해가 안 되니 더 이야기해 주세요.'까지 숱한 방식으로 이 사고 실험에 도움을 주었다. 여기에는 영국 채터/펭귄 랜덤 하우스의 베키 하디, 캐나다 펭귄 랜덤 하우스의 루이스 데니스와 마사 케냐포스트너, 미국 펭귄 랜덤 하우스의 낸 탤리스와 루안 월터, 가차 없는 제스 애트우드 깁슨, 아직 태어나지도 않은 것까지 포함해 모든 서캐를 다 잡아내는 악마 같은 카피라이터 스트롱 피니시의 헤더 생스터와 그 이외의 많은 분들이 포함된다. 그리고 미국 펭귄 랜덤 하우스의 리디아 부클러와 로레인 하일랜드, 캐나다 펭귄 랜덤 하우스의 킴벌리 히서스가 이끄는 교정 및 제작 팀에도 감사한다.

또한 미국 펭귄 랜덤 하우스의 토드 도티와 수전 허츠, 캐나다 펭귄 랜덤 하우스의 재러드 블랜드와 애쉴리 던, 영국 펭귄 랜덤 하우스의 프랜 오웬, 마리 야마자키, 클로이 힐리에게도 감사한다.

이제는 은퇴한 에이전트 피비 라모어와 비비안 슈스터에게, 캐럴리나 서튼, 커티스 브라운의 케이틀린 레이든, 클레어 노지러스, 소피 베이커, 조디 패브리에게, 알렉스 페인, 데이비드 세이블, 페인 프로덕션의 팀에게, ICM의 론 번스타인에게 감사를 전한다.

특별한 도움을 준 여러분들께 감사한다. 항해에 대해 조언해 준 스콧 그리핀, 오베론 젤 레이븐하트와 커스틴 존슨, '고문으로부터의 자유' 자선 단체의 도움을 받아 실시한 경매 결과 소설에 이름이 등장한 미아 스미스, 오랜 세월 알고 지낸 프랑스, 폴란드, 네덜란드의 몇몇 제2차 세계대전 레지스탕스 일원들에게 감사한다. 등장인물 에이다는 내 시고모 에이다 바워 애트우드 브래넌으로부터 이름을 땄는데, 그는 노바스코샤 최초의 여성 사냥 및 낚시 안내원 중 한 명이었다.

지난한 집필 과정을 견디게 해 주고 오늘이 며칠인지 알려 준 분들, 그중에서도 O.W. 토드 리미티드의 루시아 사이너와 페니 캐버너에게 감사드린다. 웹사이트를 디자인하고 관리해 주는 V.J. 바우어, 루스 애트우드와 랠프 사이퍼드, 이블린 헤스킨, 마이크 스토얀과 셸던 쇼이브, 도널드 베넷, 밥 클라크와 데이브 콜에게 감사의 말을 보낸다.

내가 글쓰기의 굴에서 나와 탁 트인 길을 걸을 수 있도록 해 준 콜린 퀸에게, 시아오란 자오와 비키 덩에게, 이런저런 일들을 고쳐 준 매튜 깁슨에게, 수지 타산을 맞추어 준 테리 카먼과 샤크 닥터스에게 감사한다.

그리고 언제나 그렇듯이 50년 가까이 많은 신기하고 놀라운 모험에 함께해 준 내 동반자, 그레이엄 깁슨에게 고마움을 전한다.

옮긴이 | 김선형

서울대학교 영어영문학과를 졸업하고 동 대학원에서 르네상스 영시 연구로 박사학위를 받았다. 세종 대학교와 서울시립대학교에서 연구교수로 재직했다. 옮긴 책으로 『시녀 이야기』, 『프랑켄슈타인』, 『가 재가 노래하는 곳』, 『은하수를 여행하는 히치하이커를 위한 안내서』 등이 있다. 2010년 유영번역상을 받았다.

증언들

1판 1쇄 펴냄 2020년 1월 3일
1판 11쇄 펴냄 2023년 10월 12일

지은이 | 마거릿 애트우드
옮긴이 | 김선형
발행인 | 박근섭
편집인 | 김준혁
펴낸곳 | 황금가지

출판등록 | 2009. 10. 8 (제2009-000273호)
주소 | 06027 서울 강남구 도산대로 1길 62 강남출판문화센터 5층
전화 | 영업부 515-2000 편집부 3446-8774 팩시밀리 515-2007
홈페이지 | www.goldenbough.co.kr

도서 파본 등의 이유로 반송이 필요할 경우에는 구매처에서 교환하시고
출판사 교환이 필요할 경우에는 아래 주소로 반송 사유를 적어 도서와 함께 보내주세요.
06027 서울 강남구 도산대로 1길 62 강남출판문화센터 6층 민음인 마케팅부

한국어판 © ㈜민음인, 2019. Printed in Seoul, Korea
ISBN 979-11-5888-613-4 04840
ISBN 979-11-5888-614-1 04840(set)

㈜민음인은 민음사 출판 그룹의 자회사입니다.
황금가지는 ㈜민음인의 픽션 전문 출간 브랜드입니다.